温庭筠全集校注卷八 詩

寄山中人〔一〕

月中一雙鶴，石上千尺松〔二〕。素琴入爽籟〔三〕，山酒和春容〔四〕。幽瀑有時斷〔五〕，片雲無所從。何事蘇門生〔六〕，攜手東南峯〔七〕？

校注

〔一〕《英華》卷二六一寄贈十五載此首。

〔二〕千，李本、十卷本、毛本作『百』。【立注】王韶之《神境記》：滎陽郡南有石室，室後有孤松千尺，常有雙鶴，晨必接翮，夕輒偶影。相傳昔有夫婦隱此室，化爲雙鶴。

〔三〕【咸注】嵇康《贈秀才詩》：習習谷風，吹我素琴。王勃《滕王閣序》：爽籟發而寒潭清。【補注】爽籟，此指清風。句意謂素琴之聲中融入習習清風的意境。謝朓《和王中丞聞琴》：『蕭瑟滿林聽，輕鳴響澗音。』形容琴聲如蕭瑟之秋風，滿林傳遍其颯颯秋聲。劉長卿《聽彈琴》：『泠泠七絃上，靜聽松風寒。』均可互參。

〔四〕【立注】《子夜歌》：郎懷幽閨性，儂亦恃春容。【補注】春容，春天的容色。句意謂山間佳釀融和春天的芳香和顔色。

〔五〕時，原一作『間』，諸本同。

〔六〕生，述鈔、李本、十卷本、毛本作『坐』。《全詩》、顧本校：一作『嘯』。【曾注】《阮籍傳》：籍嘗於蘇門山遇孫登，與商略終古及棲神道氣之術，登皆不應。籍因長嘯而退。至半嶺，聞有聲若鸞鳳之音，響乎巖谷，乃登之嘯也。【補注】蘇門生，指孫登，借指山中人。

〔七〕【曾注】李白詩：廬山東南五老峯。【補注】東南峯，指山中人所居之峯。

箋評

【鍾惺曰】（片雲句）孤迥。（《唐詩歸》卷三十三）

【按】山中人當隱逸修道者。詩寫其山居環境景物及彈琴飲酒生活。末致異日相訪攜手尋幽之意。鍾惺評『片雲』句『孤迥』，蓋亦欣賞景物描寫中所透露之高遠孤寂情趣。

送淮陰孫令之官〔一〕

隋堤楊柳煙〔二〕，孤棹正悠然。蕭寺通淮戍〔三〕，蕪城枕楚壖〔四〕。魚鹽橋上市〔五〕，燈火雨中船〔六〕。故老青葭岸〔七〕，先知處子賢〔八〕。

校注

〔一〕《英華》卷二七九送行十四載此首，題作『送淮陰縣令』。【咸注】《唐書·地理志》：淮陰縣屬楚州，武德七年省，乾封二年析山陽復置。【補注】唐楚州淮陰縣，今江蘇淮安縣。屬淮南節度使（治揚州）管轄。

〔二〕【咸注】《隋書》：煬帝自板渚引河，作街道，植以楊柳，名曰隋堤，一千三百里。【按】隋煬帝時沿通濟渠、邗溝河岸築堤植柳，稱隋堤柳。通濟渠至泗州盱眙縣入淮水。自盱眙至楚州一段運河即利用淮水水道。唐淮陰縣即在此段水道之南，當泗水入淮處。楊柳煙，形容楊柳繁茂，如堆煙籠霧。此句『隋堤』指揚州之運河堤。

〔三〕【曾注】《杜陽雜編》：梁武帝好佛，造浮屠，命蕭子雲飛白大書曰蕭寺，至今一字猶存。【按】又見李肇《唐國史補》卷中。後因稱佛寺爲蕭寺。此借指揚州之佛寺。揚州多名寺，如建於南朝劉宋大明年間之大明寺（又稱棲靈寺）、天寧寺（東晉謝安故宅，初稱司空寺）、禪智寺等。淮戍，淮水邊之戍城，此指淮陰。

〔四〕壖，《英華》、席本、顧本作『田』。【曾注】《地理志》：蕪城，揚州治北，即邗溝城。【咸注】鮑照《蕪城賦》注：宋孝武時，照爲臨海王子頊參軍，隨至廣陵。子頊叛逆，照見廣陵故城荒蕪，乃漢吴王濞所都，照以子頊事同於濞，遂爲賦以諷之。【補注】蕪城，借指揚州。壖，餘地，此指河邊空地。三四二句曰『蕭寺』、曰『蕪城』，詩當作於揚州，謂運河邊上的佛寺通向淮陰，揚州城緊靠着水邊。

〔五〕【曾注】淮陰城北半里爲跨下橋，十里爲杜康橋。【補注】此句寫唐代臨時性的集市。石橋上有集市，販賣魚鹽等生活用品。

〔六〕【曾注】杜甫詩：江船火獨明。

〔七〕【補注】故老，指淮陰縣之年高識多者。青葭岸，長滿緑色蘆葦的岸邊。

〔八〕【咸注】《吕氏春秋》：虙子賤治亶父，三年，巫馬期短褐衣弊裘而往觀化於亶父，見夜漁者得則舍之，巫馬期問焉，曰：『漁爲得也，今子得而舍之，何也？』對曰：『虙子不欲人之取小魚也，所舍者小魚也。』巫馬期歸而告孔子曰：『虙子之德至矣。』【補注】《吕氏春秋·察賢》：『宓子賤治亶父，彈鳴琴，身不下堂，而單父治。巫馬期以星出，以星入，日夜不居，以身親之，而單父亦治。巫馬期問其政於宓子，宓子曰：「我之謂任人，子之謂任力。任力者故勞，任人者故逸。」宓子則君子矣，逸四肢，全耳目，平心氣，而百官以治義矣，任其數而已矣。巫馬期則不然。弊生事精，勞手足，煩教詔，雖治，猶未至也。』此以宓子賤比孫令。稱其善於治理。宓子賤，孔子弟子。宓、虙同。

箋評

【按】詩作於揚州。首聯孫令沿運河乘舟北去，『隋堤楊柳』點送別之地。頷聯『蕭寺』、『蕪城』指揚州，『淮戍』指孫令之官之地。腹聯想像沿途所見運河邊市鎮風情，上句日間，下句夜間。尾聯則想像淮陰父老當在河岸迎候孫令到來。以宓子賤喻孫令，美其賢能，深得治道也。『魚鹽』一聯，描繪運河沿岸市鎮風情，可以入畫，堪稱白描佳聯，寫生高手。此詩或亦會昌元年自秦赴吴道經揚州拜謁李紳，有所逗留期間所作。

宿輝公精舍〔一〕

禪房無外物〔二〕，清話此宵同。林彩水煙裏〔三〕，澗聲山月中。橡霜諸壑霽〔四〕，杉火一爐空〔五〕。擁褐寒更徹，心知覺路通〔六〕。

校注

〔一〕【曾注】《高僧傳》：漢明帝於城外立精舍，即白馬寺是也。【補注】精舍，僧人修煉、居住之所。即首句『禪房』。

〔二〕【曾注】《荀子》：内省則外物輕。【補注】外物，泛指外界之人或事物。

〔三〕【補注】林彩，猶林嵐，山林間的霧氣。

〔四〕【曾注】《廣韻》：橡，栗實也。《本草》：橡堪染用，一名皁斗，其實作梂，似栗實而小。【補注】橡，櫟樹之果實，又稱橡栗。《莊子·盜跖》：『晝拾橡栗，暮棲木上，故命之曰有巢氏之民。』句意謂橡栗被霜，諸壑晴霽。

〔五〕【曾注】《爾雅翼》：檆木類松而勁直，葉附枝生，若刺鍼。【按】檆，同『杉』。

〔六〕【補注】覺路，成佛之道路。《禪宗永嘉録序》：『慧門廣潤，理絶色相之端；覺路遥登，跡晦名言之表。』

箋評

【按】首聯宿輝公禪房，清宵共話，點明題曰，領起全篇。頷聯『清話』時禪房外景色，林嵐浮於水煙之上，澗聲響於山月之中，清景如畫。腹聯橡栗被霜，諸壑晴霽；一爐杉火，亦已燃盡，蓋清話竟宵徹曉矣。尾聯謂擁褐衣而坐，但覺寒意透徹，然心知覺路已通，不虚此宵清話之啓發也。

旅泊新津却寄一二知己〔一〕

維舟息行役，霽景近江村〔二〕。併起別離恨〔三〕，似聞歌吹喧〔四〕。高林月初上，遠水霧猶昏。王粲平生感〔五〕，登臨幾斷魂〔六〕。

校注

〔一〕《英華》卷二六一寄贈十五載此首，題内『却』作『欲』。席本題作『旅泊新津却寧□□一二知己』。【咸注】《唐書》：蜀州唐安郡有新津縣，西南二里有遠濟堰，分四筒穿渠，溉眉州、通義、彭山之田。【陳尚君曰】庭筠蜀中詩存兩首。《錦城曲》……是春初在成都作。《旅泊新津却寄一二知己》……新津在成都西南。據頷聯，詩是離成都後行舟中寄游宴之友的。（《温庭筠早年事迹考辨》）

〔二〕霽，《英華》作『霄』，誤。【補注】霽景，雨後晴明之景。

〔三〕恨，《全詩》、顧本校：一作『念』。

〔四〕似，《英華》、席本、顧本作『思』。【補注】二句謂客途旅泊，更興起與知己别離之恨，耳畔似聞與朋友離别時宴會上的歌吹之聲。

〔五〕【曾注】《三國志》：王粲字仲宣，山陽人。獻帝西遷，粲從之長安。以西京擾亂，乃至荆州依劉表。後太祖辟爲右丞相掾。魏國建，爲侍中。【補注】平生感，當指王粲平生多亂離時代的人生感慨。如《七哀詩》：『西京亂無象，豺虎方遘患。復棄中國去，遠身適荆蠻。親戚對我悲，朋友相追攀。出門無所見，白骨蔽平原……南登灞陵岸，迴首望長安。悟彼泉下人，喟然傷心肝。』《贈蔡子篤詩》：『舫舟翩翩，以泝大江……悠悠世路，亂離多阻。濟岱江衡，邈焉異處。風流雲散，一别如雨。人生實難，願其弗與。』此以王粲自喻。

〔六〕【曾注】《荆州記》：當陽縣城樓，王粲登之而作賦。【補注】王粲《登樓賦》有『雖信美而非吾土兮，曾何足以少留』，『情眷眷而懷歸兮，孰憂思之可任』，『心悽愴以感發兮，意忉怛而憯惻』等語，均所謂『登臨幾斷魂』也。

箋評

【按】詩寫旅泊途中懷友傷離意緒與羈旅漂泊之感。『似聞』句寫懷友傷别之情有神。腹聯寫夜泊所見景物亦能烘托孤寂黯淡情懷。庭筠入蜀約大和四年秋，《錦城曲》作於五年春，此詩則稍後作。尾聯以王粲自喻，又有『登臨』字，似暗寓已有寄跡幕府之意。時任西川節度使者爲李德裕（大和四年十月，德裕由義成節度使改西川節度使，大和六年十二月離任）。庭筠入蜀，或有寄跡西川幕府之意，故在成都有逗留及與『蜀將』、『一二知己』之交游。寄幕未遂，乃乘舟南下。

贈僧雲栖〔一〕

麈尾與筇杖〔二〕，幾年離石壇〔三〕。梵餘林雪厚〔四〕，棋罷岳鐘殘〔五〕。開卷喜先悟〔六〕，漱瓶知早寒〔七〕。衡陽寺前雁〔八〕，今日到長安。

校注

〔一〕《英華》卷二六一寄贈十五載此首。此詩一作張祜詩。【佟培基曰】宋蜀刻張集一載，清顧嗣立箋注《温飛卿詩集》八别集中亦收。其後記云：『依宋本分爲詩集七卷，别集一卷。』則卷八别集乃宋槧原貌。僧雲栖生平待考，詩難確指。《英華》二六一作温。（《全唐詩重出誤收考》）【補注】據詩意，雲栖當是南岳衡山寺僧，曾在長安某寺，後歸衡山。雲栖有書信寄居長安之庭筠，故作此詩回贈。

〔二〕【曾注】《名苑》：鹿大者曰麈，羣鹿隨之，視麈尾所轉而往。古談者執焉。詳卷三《祕書劉尚書輓歌詞二首》之二『麈尾近良玉』句注。《漢·張騫傳》：騫在大夏時，見邛竹杖、蜀布，問安得此，大夏國人曰：『吾賈人往市之身毒國。』身毒國在大夏東南可數千里。【補注】麈尾，此指僧人所執之拂塵。麈尾與竹杖，爲僧人談論或行走時所執持，此借指僧雲栖。

〔三〕【補注】石壇，僧人講經説法的石製高台。此『石壇』似指雲栖在長安僧寺講經説法之壇，故曰『幾年離石壇』。

〔四〕【咸注】《異苑》：陳思王植嘗登魚山，忽聞巖岫裹有誦經聲，清遒深亮，遠谷流響，不覺斂襟祗敬，便效而則之，今梵唱皆植依擬所造。【補注】梵，梵唄，佛教稱作法事時的歌詠贊誦之聲。《高僧傳·經師論》：『原夫梵唄之起，亦肇自陳思。』

〔五〕【補注】岳，此指南岳衡山。

〔六〕卷，毛本、十卷本、姜本作『弓』。【曾注】任昉策文：開卷獨得。【按】弓，古『卷』字，此指佛經經卷。

〔七〕【曾注】《淮南子》：覩瓶中冰而知天下之寒。【補注】瓶，指僧用以汲水及洗漱之銅瓶。

〔八〕【曾注】《地理志》：衡陽有回雁峯，雁至此則不進。【補注】舊有雁足傳書之説，此『雁』亦兼指書信。二句謂雲栖有信由衡陽寄至長安。

箋評

【按】首聯謂雲栖離長安僧寺已歷數年。頷腹二聯想像其在南岳寺中生活情景。作詩時在嚴冬，故有『林雪』、『早寒』語。尾聯謂其有信至長安，此贈詩之由。按劉得仁有《寄樓子山雲棲上人》五律云：『一室鑿崔嵬，危梯疊蘚苔。永無塵事到，時有至人來。澗谷冬深静，煙嵐日午開。修身知得地，京寺未言迴。』樓子山在嵐州（今山西寧武境），爲管涔山之一峯。與温氏此詩之雲栖先在長安某寺講經説法，後歸衡山岳寺者當非一人。

雪夜與友生同宿曉寄近鄰〔一〕

閉門羣動息〔二〕，積雪透疎林。有客寒方覺，無聲曉已深〔三〕。正繁聞近雁，併落起棲禽。寂寞寒塘路，憐君獨阻尋〔四〕。

校注

〔一〕《英華》卷一五四天部四詠雪載此首，題内『生』作『人』，題末『鄰』字脱。又卷二一七人事四載此首，題内『生』亦作『人』；又卷二六一寄贈十五亦載此首，題同底本及其他集本。詩均已删去。【補注】友生，朋友。《詩·小雅·常棣》：『雖有兄弟，不如友生。』

〔二〕【曾注】陶潛詩：日入羣動息。【補注】羣動，各種動物。

〔三〕曉已，李本、十卷本作『烏自』，非。【補注】陶潛《癸卯歲十二月中作與從弟敬遠一首》：『凄凄歲暮風，翳翳經日雪。傾耳無希聲，在目皓已潔。』此句化用陶詩之意。

〔四〕《英華》校：集作『履跡行當滿，依依欲阻尋。』【補注】君，指題内『近鄰』。阻尋，排除阻礙尋訪。

箋評

【按】首聯入夜羣動皆息，積雪透林。頷聯與友人同宿夜話，故夜間但感寒氣襲人，曉起但見積雪已深，點眼處在『無聲』二字。腹聯『正繁』、『併落』均指雪之繁密紛落。尾聯則憐近鄰沿寒塘小路踏雪前來尋訪。『有客』一聯，雖化用陶詩之意，寫夜雪自真切。

題造微禪師院〔一〕

夜香聞偈後，岑寂掩雙扉。照竹燈和雪，看松月到衣。草堂疎磬斷〔二〕，江寺故人稀。唯憶湘南雨〔三〕，春風獨鳥歸。

校注

〔一〕一作張祜詩。《會稽掇英總集》六作顧非熊《宿雲門寺》詩。【佟培基曰】宋蜀刻本張集一載，《温飛卿詩集》八別集亦收。（《全唐詩重出誤收考》）【按】造微禪師，永州零陵法華寺僧，揚州人。與顧非熊、劉得仁、栖白等善。卒于咸通、乾符中。

〔二〕【咸注】梁簡文帝《草堂傳》：周顒以蜀草堂寺林壑可懷，乃於鍾嶺學館立寺，因名草堂，亦號山茨。

【按】此指禪院中之草堂。

〔三〕【補注】湘南，漢置縣名，屬長沙國，故城在今湖南湘潭縣境。亦可泛指今湖南南部。何遜《七召》之二餚饌：『隴西白柰，湘南朱橘。』

箋評

【按】味詩意，造微禪師當曾駐錫江寺，此次造訪，造微已遠在湘南，故題詩於其舊院，以寄懷念之情。起聯夜宿禪院，行香聞偈之後，掩扉岑寂。頷聯寫禪院岑寂景況：照竹而燈映積雪，看松而月色到衣。腹聯謂草堂之疏磬聲已斷，江寺之故人亦稀，暗示造微禪師已往他處。尾聯則想像其在湘南，於春風細雨中與獨鳥同歸情景，頗有遠神。曰『江寺』，似在江南作。按：《英華》卷三〇五有張喬《弔造微上人》云：『至人隨化往，磨滅自堪傷。白塔收真骨，青山閉影堂。鐘殘含細韻，印滅有餘香。松上齋烏在，遲遲立夕陽。』係造微歿後作。顧非熊有《送造微上人歸淮南覲兄》（《全唐詩》五〇九）云：『到家方坐夏，柳巷對兄禪。雨斷蕪城路，虹分建業天。赴齋隨野鶴，迎水上漁船。終擬歸何處，三湘思渺然。』末聯『三湘』與温詩『湘南』合，似造微本家淮南，而後終駐錫湘南某寺也。

正見寺曉別生公〔一〕

清曉盥秋水〔二〕，高窗留夕陰。初陽到古寺，宿鳥起寒林。香火有良願〔三〕，宦名非素心〔四〕。靈山緣未絶〔五〕，他日重來尋〔六〕。

校注

〔一〕【補注】劉禹錫《金陵五題·生公講堂》，生公指東晉僧人竺道生，幼從竺法汰出家，後游學長安，從鳩摩羅什受業。南還都，止青園寺。後至虎丘，又投迹廬山，元嘉十一年卒。《方輿勝覽》卷十四建康府：『高座寺，名永寧寺，在城南門外。或云晉朝法師竺道生所居，因號高座寺。』此題云『曉別生公』，生公顯爲晚唐僧人。或如以『遠公』指慧遠，以『生公』指竺道生，借指有道高僧。然『生公』之稱出現於詩句中，或可借指；出現於題中，則不宜如此解。正見寺，未詳。

〔二〕【曾注】《説文》：盥，澡手也。

〔三〕【補注】謂於佛前供奉香火，乃已之良願。

〔四〕【曾注】陶潛詩：素心正如此。【補注】素心，本心。

〔五〕【曾注】《法華科》注：靈山，靈鷲山也。又名狼跡山，前佛今佛皆居此地。既是靈聖所居，故呼爲靈山。

【補注】靈鷲山在古印度摩揭陀國王舍城之東北，如來曾在此講《法華》等經，故佛教以爲聖地。靈山緣，指修行的佛緣。

〔六〕來，《全詩》、顧本校：一作『相』。

箋評

【按】前四句正見寺曉景。五六已之夙願。七八謂己佛緣未絶，他日當重訪也，正點題内『别』字。

旅次盱眙縣〔一〕

離離麥擢芒〔二〕，楚客意偏傷〔三〕。波上旅愁起，天邊歸路長〔四〕。孤橈投楚驛〔五〕，殘月在淮檣〔六〕。外杜三千里〔七〕，誰人數雁行〔八〕？

校注

〔一〕【咸注】《唐書·地理志》：武德四年，以縣置西楚州。八年，州廢，隸楚州。光宅初曰建中，後復故名。【補注】盱眙，唐屬楚州，在淮水之南，當通濟渠入淮處。此詩當是會昌元年春自長安赴吴中舊鄉途次盱眙時所作。

〔二〕【曾注】《詩》：彼黍離離。【立注】俞瑒云：潘岳《射雉賦》：麥漸漸以擢芒。【補注】離離，濃密盛多貌。

擢芒，抽穗。
〔三〕意，《全詩》、顧本校：一作『思』。【補注】楚客，作者自指。庭筠舊鄉在吴中，戰國時屬楚，故以『楚客』自稱，以『楚國』稱吴中舊鄉。
〔四〕天，李本、十卷本、姜本、毛本作『莄』。【補注】歸路，歸舊鄉之路。庭筠《春日將欲東歸寄新及第苗紳先輩》亦云『東歸』，即此詩『歸路』。
〔五〕橈，《全詩》、顧本校：一作『帆』。驛，顧本校：一作『岸』。【補注】孤橈，指作者所乘孤舟。楚驛，此指盱眙縣之驛館。
〔六〕【補注】淮檣，淮水邊上的帆船，與上句『孤橈』同指。
〔七〕杜，原作『社』，據述鈔、席本、《全詩》、顧本改。【曾注】《漢書·元后傳》：百姓歌曰：『五侯初起，曲陽最怒。壞决高都，連竟外杜。』注：長安有高都、外杜里，既壞决高都作殿，復衍及外杜里。【補注】杜里，漢長安城里名，在今西安市西北十公里漢長安故城址内。此借指作者在長安鄠杜的郊居。
〔八〕【補注】雁行，飛雁的行列。《禮記·王制》：『兄之齒雁行。』後因以雁行喻兄弟。

箋評

【按】《感舊陳情五十韻獻淮南李僕射》云：『旅食逢春盡，羈游爲事牽。』詩作於會昌元年春末，時作者在揚州。此詩曰『離離麥擢芒』，又曰『殘月』，時正當三月下旬，與《感舊陳情五十韻》『春盡』語合，可證詩當作于自秦歸吴中舊鄉途中。首聯點時令與『楚客』身份。頷聯謂望夕波而起旅愁，遥望天際，歸路尚長，所謂『日暮鄉關何處是，煙波江上使人愁』是也。腹聯正寫夜次盱眙。尾聯則遥思三千里外之鄠杜郊居，料此際兄弟當數雁行而思我也。庭筠有弟庭皓，或亦居鄠杜，故有此語。

鄠郊别墅寄所知〔一〕

持頤望平緑，萬景集所思〔二〕。南塘遇新雨〔三〕，百草生容姿。幽鳥不相識，美人如何期〔四〕。徒然委摇蕩，惆悵春風時。

校注

〔一〕《英華》卷二六一寄贈十五載此首，題内『别』字作『外』。【曾注】《漢書》：扶風有鄠縣。【補注】鄠郊别墅，庭筠在長安南郊鄠杜間的居處，詳見卷五《鄠杜郊居》題注。

〔二〕【補注】持頤，以手托腮，支着下巴，形容神態專注安詳。《莊子·漁父》：『左手據膝，右手持頤以聽。』平緑，平展的緑野。集所思，齊集於若有所思的人面前。

〔三〕遇，《英華》、顧本作『過』。

〔四〕如何，《英華》、席本、顧本作『何可』。【補注】美人，指所知。期，遇。

【箋評】

【鍾惺曰】（幽鳥句評）幽情微語。（《唐詩歸》卷三三）

【譚元春曰】（幽鳥二句評）十字連讀，尤有氣韻。（同上）（按：清劉邦彦《唐詩歸折衷》引唐云：『古煉莫測，未盡爲晚唐。』）

【黄周星曰】曠然有懷，莫知起止。（『持頤』二句下評）（《唐詩快》）

【陸次雲曰】温、李豔詩有豔在色者，有豔在意者。此豔在意，非繪染者所及。（《五朝詩善鳴集》）

【屈復曰】此首神似韋蘇州。『望』字起『萬景集所思』。『新雨』承『萬景』，五六承『所思』。『徒然』、『惆悵』應『集所思』，『春風』應『平緑』，兼結中四，亦不失法也。（《唐詩成法》）

【按】此庭筠五律中極近陶、韋一路者。『南塘遇時雨，百草生容姿』，與陶詩『平疇交遠風，良苗亦懷新』，韋詩『微雨夜來過，不知春草生』神似。屈復謂『神似韋蘇州』，甚是，然以起承轉合之法斤斤求之，不免拘泥瑣屑。詩語古澹疏宕而頗有情致，陸謂『豔在意』，亦有識，然非豔詩。末有自傷摇蕩意。

京兆公池上作〔一〕

稻香山色疊〔二〕，平野接荒陂〔三〕。蓮折舟行遠〔四〕，萍多釣下遲。壞堤泉落處，涼簟雨來時。京口兵堪用〔五〕，何因入夢思〔六〕？

校注

〔一〕《英華》卷一六五地部七載此首。【曾注】《漢書·地理志》：京兆尹故秦内史，高帝元年屬塞國，九年復爲内史。武帝建元六年分爲右内史，太初元年更爲京兆尹。【補注】卷五有《題城南杜邠公林亭》，原注：『時公鎮淮南，自西蜀移節。』顧嗣立據《舊唐書·杜悰傳》，悰會昌中拜中書侍郎、同中書門下平章事，出鎮西川，俄復入相，加太傅、邠國公，定爲杜悰。吴汝煜、胡可先《全唐詩人名考》則謂此詩題内之『京兆公』爲韋温，謂温曾爲莊恪太子侍讀，温庭筠與莊恪太子善，故與韋温亦厚善。温京兆人，故稱京兆公。（見該書五九七頁）按：此『京兆公』當亦杜悰。詩有『稻香山色』、『平野接荒陂』之語，此京兆公池當非長安城内第宅之池，而係城郊別墅之池。杜氏世居京兆，『城南韋、杜，去天尺五』。杜悰之祖杜佑京兆萬年人，有別墅在城南杜城。李商隱有《獻相國京兆公》二啓，均獻杜悰，可資參證。此詩之『池』當即『城南杜邠公林亭』中之池。杜城地與庭筠所居之鄠郊別墅鄰近，故庭筠時得過訪。

〔二〕【曾注】魏文帝書：江表惟長沙名有好米，何得比新城粳稻耶？上風吹之，五里聞香。【補注】山色疊，杜曲之南，即終南山，山色重疊幽深，故云。

〔三〕【曾注】杜甫詩：平野入青徐。【補注】荒陂，荒廢之池塘，即題内之『池』。

〔四〕折，《英華》、席本、顧本作『少』。

〔五〕用，《英華》、席本、顧本作『問』。【曾注】《晉書》：郄愔在北府，徐州人多勁悍，桓温恒云：『京口酒可飲，兵可用。』【補注】京口，城名，三國吴時稱京城，建安十四年孫權將首府自吴遷此。建安十六年遷建業（今南京）後，改稱京口鎮。東晉、南朝時稱京口城。爲古代長江下游軍事重鎮。地在今江蘇鎮江市。

〔六〕【補注】《書·説命序》：「高宗夢得説，使百工營求諸野，得諸傅巖。」《説命上》：「王庸作書以誥曰：『……夢帝賚予良弼，其代予言。乃審厥象，俾以形旁求于天下。説築傅巖之下，惟肖，爰立作相。』」「入夢思」，當用此。

箋評

【按】前三聯寫蕩舟京兆公池上。「涼簟」句謂雨來時如涼簟之飄卷。尾聯謂京兆公鎮守外藩，其兵堪用，何時得以入君王之夢而拜相乎？按杜悰初拜相在武宗會昌四年。會昌二年至四年七月任淮南節度使，「京口兵堪用」當指其鎮淮南時。此詩當作於會昌四年杜悰自淮南節度使入相之前。

盧氏池上遇雨贈同遊者〔一〕

簟翻涼氣集〔二〕，溪上潤殘棋。萍皺風來後，荷喧雨到時。寂寥閑望久〔三〕，飄灑獨歸遲。無限松江恨〔四〕，煩君解釣絲〔五〕。

校注

〔一〕《英華》卷一六六地部八池載此首，題末無『者』字。又卷一五三天部三對雨亦載此首，題作『盧氏池上對雨』。顧本題末無『者』字。

〔二〕【補注】簟翻，形容雨簾飄翻如竹席之翻動，與上首『涼簟雨來時』意同。李商隱《細雨》：『帷飄白玉堂，簟卷碧牙牀。』可互參。

〔三〕寥，原作『寞』，據《英華》、述鈔、《全詩》、顧本改。按詩律，此句第二字宜平。

〔四〕【補注】松江，吴淞江之古稱。唐陸廣微《吴地記》：『松江，一名松陵，又名笠澤。』松江恨，指懷念舊鄉而不得歸之恨。庭筠舊居在太湖之濱松江一帶。

〔五〕煩，《英華》卷一六六作『勞』。【補注】松江以産鱸魚著稱。晉張翰因秋風起而思吴中菰菜、蓴羹、鱸魚膾，謂『人生貴得適志，何能羈宦數千里以要名爵乎？』遂命駕而歸。此因欲歸不得，故煩同遊者解釣絲垂釣池上，聊慰思歸不得之恨也。

箋評

【方回曰】『萍皺』『荷喧』一聯工。（《瀛奎律髓》卷三十四）

【賀裳曰】（庭筠）短律尤多警句，如《題盧處士居》：『千峯隨雨暗，一徑入雲斜。』《贈越僧岳雲》：『一室故山月，滿瓶秋澗泉。』《題采藥翁草堂》：『衣濕木棉（朮花）雨，語成松嶺煙。』《題造微禪師院》：『照竹燈和雪，看松月到衣。』《盧氏池遇雨贈同遊者》：『萍皺風來後，荷喧雨到時。』清不減賈（島），潤更過之。世徒賞其『雞聲茅店月，人迹板橋霜』，殊未嘗全鼎之味。（《載酒園詩話又編》）

【沈德潛曰】四語與『荷枯雨滴聞』同妙。（《重訂唐詩別裁集》卷十二）

【紀昀曰】（萍皺一聯）亦是小巧。次句湊泊。（《瀛奎律髓刊誤》）

【按】三四雖新巧，終嫌纖小。五六『望』中有思，引動尾聯『松江恨』，較有情致。集中另有《登盧氏臺》，所指當是同一人。又有《送盧處士遊吴越》、《題盧處士居》、《寄盧生》、《哭盧處士》（詩疑佚），亦同指一人。詳《送盧處士遊吴越》編著者按語。

題薛昌之所居

所得乃清曠〔一〕，寂寥常掩關〔二〕。獨來春尚在，相得暮方還。花白風露晚，柳青街陌閑〔三〕。翠微應有雪，窗外見南山〔四〕。

校注

〔一〕【曾注】丘遲詩：豈徒轉清曠。【補注】《後漢書·仲長統傳》：『欲卜居清曠，以樂其志。』清曠，清静曠遠。

〔二〕【曾注】江淹詩：山中信寂寥。【補注】掩關，閉門。

〔三〕青，顧本作『清』，誤。【曾注】《釋名》：道四通曰街，南北曰阡，東西曰陌。

〔四〕【補注】翠微，青翠掩映之山腰幽深處。此泛指青翠之山峯。南山，指長安城南之終南山。

箋評

【鍾惺曰】（獨來句）幽淡動人。又曰：淡冶近古。（《唐詩歸》卷三十三）

【黄生曰】前後兩截，前敍事，後寫景。人見其終日掩關，寂寥殊甚，不知彼之所得，乃清曠之樂。可爲高士道，難與俗人言，故惟己與之相得，彼此素心晨夕耳。通首總寫『清曠』二字，意已盡三四二句，末只寫景作結，更有餘味。（《唐詩摘鈔》卷一）

【顧安曰】此等詩止得一光景而已，按之實無意味。既云『所得乃清曠』，又云『相得暮方還』，何也？若説我亦得此清曠而去，豈非稚語？『花白』、『柳青』承『春尚在』，口氣是春將盡矣，忽説到雪，又説到山，殊没要緊。古人用虚字，不是照應上句，便是勾起下句，所以爲章法也。『應有』二字，既不承上，又不勾下，真正落空。（《唐律消夏録》）

【吴瑞榮曰】『獨來春尚在』二語，飛卿可傳矣。（《全唐詩箋要》）

【按】薛昌之未詳。視尾聯，其所居當離庭筠之鄠杜郊居不遠，故過訪而題詩。首聯薛之所居清曠寂寥，晝常閉關，然其所得正在此。頷聯謂己此次來訪正值春暮，因彼此相得甚歡，故至暮方還。蓋既樂此清曠之境，復樂此清曠之人也。二句出語自然，情致摇曳，可稱佳聯。腹聯所居暮景，『柳青』句謂柳陰青翠繁茂，更顯街陌之閑静。尾聯見窗外之南山而遥想翠微深處或尚有餘雪，亦清曠之景。

東歸有懷〔一〕

晴川通野陂〔二〕，此地昔傷離。一去迹長在，獨來心自知〔三〕。鷺眠芰葉折，魚静蓼花垂〔四〕。無限高秋淚〔五〕，扁舟極路岐〔六〕。

校注

〔一〕東歸，指東歸吴中舊鄉。

〔二〕野，《全詩》、顧本校：一作『古』。【補注】野陂，野外之池塘湖泊。

〔三〕長，十卷本、姜本、毛本、《全詩》作『常』。【曾注】王維詩：興來每獨往，勝事空自知。

〔四〕【補注】蓼花，指生於水邊之紅蓼花，又稱澤蓼、水葒花。梗蔓紅褐色，秋初始花，花色白帯紅，蓓蕾相連，成穗狀，枝枝下垂，參差披拂，故曰『蓼花垂』。『紅蓼花開水國秋』，爲江南水鄉富於特徵之秋天景色。

〔五〕限，李本、十卷本、毛本作『恨』，形誤。

〔六〕【咸注】《淮南子》：楊子見歧路而哭之，爲其可以南可以北。【補注】極，甚也。

箋評

【按】此東歸吴中舊鄉悵然有懷之作。首聯謂昔日離鄉，曾在此晴川通向野陂之地告别。頷聯謂一去故鄉多年，舊迹長在。此番獨來，感觸惟有自知。腹聯『野陂』所見景象：鷺眠而芰葉折斷，魚静而蓼花穗垂，宛然當年風景。紅蓼花爲江南水鄉秋天之特徵性景物，故知『東歸』乃歸吴中舊鄉。尾聯謂己值此高秋，無限傷懷，雖乘一葉扁舟，其情則甚於路歧之悲也。前六句均有『懷』字在内，此則集中揭示己之人生歧路之悲。會昌元年春自長安啓程東歸，春盡時在揚州，當有所逗留。此則同年秋歸抵舊鄉時所作。

休澣日西掖謁所知〔一〕

赤墀高閣自從容〔二〕，玉女窗扉報曙鐘〔三〕。日麗九門青瑣闥〔四〕，雨晴雙闕翠微峯〔五〕。毫端蕙露滋仙草〔六〕，琴上薰風入禁松〔七〕。苟令鳳池春婉娩〔八〕，好將餘潤變魚龍〔九〕。

校注

〔一〕《英華》卷一九一朝省二載此首，題作『休澣日謁西掖所知因成長句』，席本、顧本題作『休澣日西掖謁所知因成長句』。【曾注】鮑照詩：休澣自公日。【咸注】《漢書》：張安世休沐未嘗出。如淳曰：五日得下一沐。《洛陽故宫銘》：洛陽宫有東掖門、西掖門。《漢書注》：掖門在兩旁，若人之臂掖。【補注】休澣，官吏按例休假。唐代官員十日一休沐。西掖，指中書省。漢應劭《漢官儀》卷上：『左右曹受尚書事，前世文士，以中書在右，因謂中書爲右曹，又稱西掖。』所知，此指對自己有知遇之恩的顯宦。視『苟令』句，其人當任宰輔之職。題曰『休澣日』，似庭筠其時已在朝中任職。考之庭筠生平，其唯一任朝官之時間爲咸通六至七年任國子監助教時。詩或係此期間所作。據《新唐書·宰相表下》，咸通六年六月，楊收爲尚書右僕射兼門下侍郎，曹確以中書侍郎兼工部尚書，路巖爲中書侍郎。庚戌，御史大夫徐商爲兵部侍郎、同中書門下平章事，至十年六月罷相。此同時四相中，楊收爲怒貶庭筠爲方城尉者，而徐商鎮襄陽時，曾署庭筠爲巡官。庭筠居襄陽幕歷時首尾五年，則詩題中之『所知』或指徐商。《舊唐書·文苑傳·温庭筠》：『庭筠自至長安，致書公卿間雪冤，屬徐商知政事，頗爲言之。』亦可參證。又據詩中『春晼晚』字，詩當作於咸通七年春。

〔二〕【咸注】《禮記》：天子赤墀。《漢書注》：省中以丹漆漆地。【補注】皇宫中臺階以赤色丹漆塗飾，稱赤墀。

〔三〕【曾注】《魯靈光殿賦》：玉女窺窗而下視。《哀江南賦》：倚弓于玉女窗扉。【補注】玉女窗扉，刻有仙女之窗户，指皇宫中門窗。

〔四〕門，《英華》、席本、顧本作『華』。瑣，李本、毛本、《全詩》作『鎖』，通。【曾注】《漢舊儀》：給事黄門侍郎每日暮向青瑣門拜，謂之夕郎。【咸注】范雲詩：攝官青瑣闥。【補注】九門，指宫禁。王維《同崔員外秋宵寓直》：『九門寒漏徹，萬井曙鐘多。』青瑣，本指裝飾皇宫門窗之青色連環花紋，此以『青瑣闥』代指皇宫、宫廷。

〔五〕【曾注】《漢書》：蕭何治未央宫，立東闕、北闕。鮑照詩：雙闕似雲浮。何遜詩：高山鬱翠微。【補注】雙闕，古代宫殿前兩旁高臺上之樓觀。此謂雨晴時長安大明宫之雙闕遥對青翠之終南山。即杜甫《秋興八首》所謂『蓬萊宫闕對南山』。

〔六〕【咸注】沈約碑：究八體於毫端。【補注】句意謂宰輔筆端所傳的皇帝雨露之恩滋潤宮廷中的草木。

〔七〕【曾注】《琴操·虞舜〈南風歌〉》：南風之薰兮，可以解吾民之慍兮。《琴譜》：《風入松》，琴曲也。【補注】琴上薰風，喻皇帝勤政愛民之心意。

〔八〕晼晚，《英華》、顧本、《全詩》作『畹晚』。席本作『婉娩』。【曾注】《晉書》：荀勗自中書監爲尚書令，或有賀之者，曰：『奪我鳳皇池，諸君賀我耶！』【咸注】《楚辭》：白日晼晚其將入兮。【補注】荀令，此借指任宰相之職的所知者。鳳池，指中書省。晼晚，日暮，此指春暮。語本《楚辭·九辯》。李商隱《無題》四首之三：『含情春晼晚』，《春雨》：『遠路應悲春晼晚』。句意謂荀令鳳池春暮。

〔九〕變，《全詩》、顧本校：一作『拂』。【補注】變魚龍，使魚變化成龍。《辛氏三秦記》：『河津一名龍門……每莫春之際，有黃鯉魚逆流而上，得過者便化爲龍。』

箋評

【按】前三聯描繪宮廷之華貴氣象與所知之荀君寵、施君恩，從容於赤墀高閣、青瑣九門之間。尾聯揭出正意，祈所知者分鳳池之餘潤與己，使自己得以化龍昇遷，蓋希當路之所知汲引之作。

博山〔一〕

博山香重欲成雲〔二〕，錦段機絲妬鄂君〔三〕。粉蝶團飛花轉影，彩鴛雙泳水生紋〔四〕。青樓二月春將半，碧瓦千家日未曛〔五〕。見説楊朱無限淚，豈能空爲路岐分〔六〕？

校注

〔一〕十卷本、姜本、毛本題作『博山香爐』。【曾注】《考古圖》：博山鑪象海中博山，下盤貯湯，潤氣蒸香，象海之四環。【補注】博山，香爐名，因爐蓋上之造型似傳聞中之海上名山博山而得名。鮑照《擬行路難》之二：『洛陽名工鑄爲金博山，千斲復萬鏤，上刻秦女攜手仙。』

〔二〕【曾注】梁昭明太子《博山鑪賦》：似慶雲之呈色。【補注】吴均《行路難》：『博山爐中百和香，鬱金蘇合及都梁。』李白《楊叛兒》：『博山爐中沈香火，雙煙一氣凌紫霞。』

〔三〕【曾注】《鄴中記》：錦有大博山、小博山。《説苑》：鄂君乘青翰之舟，张翠華之蓋，越人擁楫而歌。於是鄂君舉繡被而覆之。

〔四〕【曾注】《西京雜記》：丁諼（緩）作九層博山香爐，鏤爲奇禽怪獸，窮諸靈異，皆自然運動。

〔五〕【曾注】劉騊駼詩：縹碧以爲瓦。【補注】碧瓦，青碧色之琉璃瓦。曛，熱。

〔六〕楊朱泣歧，見本卷《東歸有懷》注〔六〕。【補注】見説，聽説。姜本無名氏批：詠香爐以此結，韻悠然自遠。

箋評

【賀裳曰】論詩雖不可以理拘執，然太背理則亦不堪。温飛卿《博山香爐》曰：『博山香重欲成雲，錦段機絲妬鄂君。粉蝶團飛花轉影，彩鴛雙泳水生紋。』二聯形容香煙之斜正聚散，雖紆曲猶可。末云：『見説楊朱無限淚，豈能空爲路岐分？』因煙而思及淚，因淚而思及楊朱，用心真爲僻奥，但燒香亦太濃矣，恐不是解兒。若如義山所云『獸焰微紅隔雲母』，安有是事（下略）？（《載酒園詩話·詩不論理》）黄白山評曰：言楊朱爲路岐而泣，若香煙千頭萬緒，其爲路岐多矣，使楊朱見之，又當何如？此云『因煙而思及淚』，有何相干？解詩如此，古人有知，真欲哭矣。又曰：此正詩有别趣之謂，若必譏其無理，雖三尺童子亦知鴛必不與花同墜矣。

【按】賀、黄之解均以爲全篇皆詠香煙，故雖意見不同而同其紆曲。實則此詩除首聯詠香煙外，餘均詠香爐上刻鏤之圖形及由此引發之聯想。首聯謂香爐上升起之香煙濃重，猶如凝成之雲彩。香煙縷縷，如錦機上織出之美麗雲錦，使『舉繡被以覆之』的鄂君亦爲之妬羡。頷聯寫香爐上刻鏤之自然景物圖案：粉蝶圍繞花叢飛舞，花影轉動；鴛鴦雙雙戲水，水紋蕩漾。腹尾二聯，則描繪香爐上刻鏤人事景物圖案：仲春二月，青樓碧瓦，千家萬户，朝日未曛，而人已出行，路岐告别。蓋爐上刻鏤者又有早起歧路傷離之圖景，故尾聯有楊朱泣歧之聯想，謂臨歧之淚，豈能空自爲傷離而流乎？如謂全篇詠香煙，則腹聯直不可解。鮑照《行路難》謂博山爐上刻有蕭史、弄玉攜手升仙故事，則其上刻有路岐離别之圖景自不足怪。

送盧處士遊吴越〔一〕

羡君東去見殘梅，唯有王孫獨未迴〔二〕。吴苑夕陽明古堞〔三〕，越宫春草上高臺〔四〕。波生野水雁初下〔五〕，風滿驛樓潮欲來。試逐漁舟看雪浪〔六〕，幾多江燕荇花開〔七〕。

校注

〔一〕《才調》卷三、《英華》卷二七七載此首，並題張籍作。《才調》題作『送友人遊吴越』，《英華》題作『送友人盧處士遊吴越』。底本題爲『送盧士遊吴越』，據述鈔、席本、《全詩》、顧本補『處』字。士，《全詩》、顧本校：一作『生』。【佟培基曰】詩前四句（略）。張籍祖居吴地，有其舊宅，其《送陸暢》詩有：『共踏長安街裏塵，吴州獨作未歸身。昔年舊宅今誰住，君過西塘與問人。』此重出詩有客游在外未能東歸之嘆，非温庭筠口吻。【按】未可定。詳詩後編著者按語。

〔二〕【補注】淮南小山《招隱士》：『王孫遊兮不歸，春草生兮萋萋。』王孫，詩人自指。獨未迴，指回吴中舊鄉。殘梅，見時值春令。

〔三〕【立注】俞瑒云：《吴越春秋》：闔閭治宫室，立射臺、華池，南城宫。出入游卧，秋冬治於城中，春夏治於城外。詳卷一《吴苑行》注〔一〕。【補注】堞，女牆。

〔四〕【曾注】《越絶書》：句踐自吴歸，范蠡觀天文擬治紫宫，築城。城成，有山自琅邪東武海中飛來，蠡曰：

『天地率鄉。』以著其實名東武。起離宫靈臺、駕臺、燕臺、齊臺、中夜臺，句踐休息於此。【補注】《述異記》：『句踐延四方之士，作臺於外而館之。今會稽山有越王臺。』越王臺故址在今浙江紹興市种山。

〔五〕野水，《英華》作『遠水』，李本、十卷本、毛本、姜本、席本作『野渚』。

〔六〕逐，《英華》《才調》作『問』；漁，底本、述鈔、席本作『魚』，誤。據李本、《全詩》、毛本、顧本改。

〔七〕【曾注】《釋名》：荇，接余也。花黄，六出，浮水上。《詩》：參差荇菜。【補注】荇，多年生水生草本植物，葉呈對生圓形，嫩時可食，亦可入藥。

箋評

【按】卷七有《題盧處士居》（一作《處士盧岵山居》）、卷八有《寄盧生》。後詩云：『遺業荒涼近故都，門前堤路枕平湖……此地別來雙鬢改，幾時歸去片帆孤。』與卷八《東歸有懷》『晴川通野陂，此地昔傷離。一去迹長在，獨來心自知』者合，知《寄盧生》此數句乃指庭筠自己昔别舊居，未知何時能乘片帆歸去，而《送盧處士遊吴越》之首聯正羡盧處士東遊吴越，而己則獨未能回舊鄉。既與庭筠舊居吴中，懷念故鄉之情相合，又與集中其他有關盧氏之詩相合。又卷八《盧氏池上遇雨贈同遊者》後幅云：『寂寥閑望久，飄灑獨歸遲。無限松江恨，煩君解釣絲。』亦抒不得歸吴中松江舊鄉之恨。然則，集中凡言盧生、盧氏、盧處士者，實同爲一人。兩方面均如此吻合，决非巧合。而張籍集中，除此首外，再無有關盧處士或盧生之詩。兩相對照，可證此詩爲温作之可能性遠大於張作，不得因《才調》《英華》均作張籍而遽定其非温詩也。詩除首聯羡盧東游吴越，已獨不得歸吴中舊鄉外，其餘三聯均想像吴越之地景物，從中亦可看出詩人對故鄉之思念。詩當作於會昌元年春詩人東歸吴中舊鄉前之某年春，具體年份不詳。

過新豐〔一〕

一劍乘時帝業成〔二〕，沛中鄉里到咸京〔三〕。寰區已作皇居貴〔四〕，風月猶含白社情〔五〕。泗水舊亭春草偏〔六〕，千門遺瓦古苔生〔七〕。至今留得離家恨，雞犬相聞落照明〔八〕。

校注

〔一〕《英華》卷三〇九悲悼九遺跡、《紀事》卷五十四載此首。【咸注】《漢書》：京兆新豐，秦曰驪邑，高祖七年置。《三輔舊事》：太上皇不樂關中，思慕鄉邑，高祖徙豐、沛酤酒煮餅商人，立爲新豐。【補注】新豐，漢置縣名，唐廢，故址在今陝西臨潼縣西北。

〔二〕【立注】俞瑒云：《漢書》：漢亡尺土之階，由一劍之任，五載而成帝業。【補注】《史記·高祖本紀》：『吾以布衣提三尺劍取天下，此非天命乎？』乘時，乘有利的時機而起。

〔三〕中，《英華》作『公』，誤。【曾注】《史記》：高祖，沛豐邑中陽里人。【補注】咸京，秦都咸陽。此借指長安。餘詳注〔一〕及注〔八〕。

〔四〕居，《紀事》作『都』，誤。【補注】句意謂整個天下都已成爲漢王朝的皇居，即以寰區爲家之意。

〔五〕月，《英華》作『日』。情，《英華》作『清』，誤。【曾注】《漢書·郊祀志》：高祖禱豐枌榆社。晉灼曰：枌，白榆。社在豐東北十五里。【補注】風月，泛指景物、景色。白社，即枌榆社，漢高祖故鄉之里社名。《史記·

封禪書》：『高祖初起，禱豐枌榆社。』裴駰集解引張晏曰：『社在豐東北十五里。或曰：枌榆，鄉名，高祖里社也。』此句白社泛指故鄉。句意謂風景事物猶與故鄉里社無異。參注〔八〕。

〔六〕春，《英華》、顧本作『秋』。徧，《英華》、席本、顧本作『變』。【曾注】《史記》：高祖爲泗上亭長。【補注】泗水亭，古亭名。舊址在今江蘇沛縣東。亭爲秦漢時鄉以下、里以上行政機構。《漢書·百官公卿表》：『大率十里一亭，亭有長。十亭一鄉，鄉有三老、有秩、嗇夫、游徼。』

〔七〕【補注】千門，此指漢新豐之家家户户。《史記·孝武本紀》有『作建章宫，度爲千門萬户』之語，然此句『千門』非指宫中衆多門户，乃泛稱千家萬户、家家户户。

〔八〕【曾注】《西京雜記》：高祖既作新豐，并移舊社，衢巷棟宇物色惟舊，男女老幼相攜路首，各知其室，放犬羊雞鴨於通衢，亦競識其家。《文中子》：雞犬相聞。

箋評

【按】此過新豐而有感於鄉情之難忘。首聯謂漢高祖乘時而起，建立帝業，然鄉情難忘，猶建新豐於帝京。頷聯一篇主意，謂雖貴有天下，而舊鄉里社風物殊難忘懷。腹聯謂高祖起家之泗水亭如今春草已遍，舊時新豐家家户户之遺瓦今亦古苔滋生。結聯謂高祖及其父離家之恨，至今似仍遺留於新豐古鎮之雞犬相聞聲與殘陽落照中也。詩抒鄉情之永恒，又有『春草徧』字，或爲會昌元年春自長安歸吴中舊鄉途經新豐時作。

過潼關〔一〕

地形盤屈帶河流〔二〕，景氣澄明是勝遊。十里曉雞關樹暗〔三〕，一行寒雁隴雲愁〔四〕。片時無事溪泉好，盡日凝眸岳色秋〔五〕。塵尾角巾應曠望〔六〕，更嗟芳靄隔秦樓〔七〕。

校注

〔一〕【咸注】杜氏《通典》：潼關本名衝關，言河流所衝也。《雍録》：潼關在華州華陰縣東北三十九里，關西一里有潼水，因以爲名。【補注】潼關，古稱桃林塞。東漢時設潼關。故址在今陝西潼關縣東南。《水經注·河水四》：『河在關内，南流潼激關山，因謂之潼關。』

〔二〕【曾注】《關中記》：秦地多複疊，四面積高，故曰雍，形勝之國也。《西都賦》：帶以洪河。【補注】盤屈，曲折盤繞。河，指黄河。

〔三〕暗，《全詩》、顧本校：一作『静』。【曾注】《孟嘗君傳》：關法，雞鳴而出客。

〔四〕【曾注】杜甫詩：寒雁一行鳴。【補注】隴雲，隴山一帶的雲。隴山，又稱隴坂、隴坻，綿亘於今陝、甘交界一帶。此句寫極目西望，一行寒雁，飛向黯淡的隴雲。

〔五〕【曾注】《地理志》：華山，一名華岳，在潼關西。

〔六〕塵，李本作『麈』，誤。【咸注】王維《桃源行》：山開曠望旋平陸。塵尾，見本卷《贈僧雲栖》注〔二〕。

角巾，有棱角的頭巾，古代隱士冠飾。曠望，遠望，此處意謂遠不相及。

〔七〕【補注】芳靄，對雲霧之美稱。秦樓，用漢樂府《陌上桑》：『日出東南隅，照我秦氏樓。秦氏有好女，自名爲羅敷。』此以『秦樓』指妻子所居住的樓。或説，『秦樓』係用秦穆公爲女弄玉作鳳臺，以弄玉嫁蕭史之事，亦通。然弄玉事例稱『秦臺』、『鳳臺』，不稱『秦樓』。李商隱《東南》：『東南一望日中烏，欲逐羲和去得無？且向秦樓棠樹下，每朝先覓照羅敷。』李作亦思念家室之作，與温詩此句意略同，可互參。

箋評

【按】此過潼關東去，思念鄉居生活及妻室之作。首聯潼關形勝。頷聯曉過潼關，十里雞啼，關樹猶暗；極目西望，一行征雁，飛向隴雲。『愁』字逗下思家。腹聯懷念閑静之鄉居生活與優美之溪泉景色（當指其鄠杜郊居生活及景物），盡日凝眸遥望華岳秋色，覺此間風景之佳勝。尾聯謂執麈尾戴角巾之鄉居閑逸生活遠不可及，更何况芳靄阻隔秦樓，不能與妻子相聚。此首與《過新豐》制題相似，体裁亦同，然一作於春令，一作於秋令，非同時之作，主旨亦異。

題西平王舊賜屏風〔一〕

曾向金扉玉砌來〔二〕，百花鮮濕隔塵埃〔三〕。披香殿下櫻桃熟〔四〕，結綺樓前芍藥開〔五〕。朱鷺已隨新鹵簿〔六〕，黄鸝猶識舊池臺〔七〕。世間剛有東流水，一送恩波更不廻〔八〕。

校注

〔一〕【咸注】《舊唐書》：李晟字良器，隴右臨洮人。克服京城。德宗朝，官至太尉、中書令，封西平郡王。【補注】李晟（七二七—七九三年），初爲邊鎮裨將，後任右神策軍都將。德宗時，率軍討藩鎮田悦等叛亂。建中四年，擊敗叛據長安之朱泚，收復京師。爲中唐著名將帥。兩《唐書》有傳。

〔二〕【曾注】《魯靈光殿賦》：排金扉而北入。【補注】金扉，宮殿的門户。玉砌，玉石臺階，猶玉墀。

〔三〕【補注】百花鮮濕，似指屏風上所繪鮮豔欲滴的花卉圖案。

〔四〕【曾注】《三輔黄圖》：武帝時，後宫八區中有披香殿。【補注】《雍録》：『唐慶善宫有披香殿。』《舊唐書·蘇世長傳》：『高祖嘗引之於披香殿。』此與下句『結綺樓』均泛指宫中華美的殿閣樓臺。

〔五〕結綺樓，陳後主宫中樓閣名，見卷四《知道溪居别業》『屏上樓臺陳後主』句注。

〔六〕【曾注】孔穎達《詩疏義》：楚成王時，有朱鷺合沓飛翔而來舞，故《鼓吹曲》以《朱鷺》爲首。【咸注】蔡邕《獨斷》：天子車駕次第謂之鹵簿。大駕則公卿奉引，大將軍參乘，太僕御。屬車八十一乘，備千乘萬騎，祠天於甘泉備之，名曰甘泉鹵簿。【補注】鹵簿，帝王駕出時扈從的儀仗隊。漢以後亦用於后妃、太子、王公大臣。唐制四品以上皆給鹵簿。新鹵簿，新主人的儀仗。

〔七〕識，李本、十卷本、姜本、毛本、《全詩》作『濕』，誤。【補注】舊池臺，指西平郡王府中之池臺。

〔八〕【咸注】古樂府《長歌行》：百川東到海，何日復西歸？【補注】剛，只。恩波，指皇帝的恩澤。

箋評

【按】詩就德宗御賜西平王舊屏風抒慨。屏風上有彩繪之樓殿池臺與花卉禽鳥，前三聯均以華藻描繪屏風上之華美畫面，『百花鮮濕』、『櫻桃』、『芍藥』指花卉，『披香殿』、『結綺樓』指宫中樓殿，『朱鷺』、『黄鸝』則畫中禽鳥。腹聯點出『新』、『舊』二字，謂屏風雖隨新主，但上面所繪黄鸝似仍戀舊日之主人池臺。尾聯就勢作結，謂世情只似東流之水，舊君之恩澤正如東流水一去而不復返，暗示李晟之歷史功績已被新君所淡忘。此詩與庭筠七絶《題李相公勅賜錦屏風》題材、主旨均類似。七絶之『幾人同保山河誓』，即此首之『一去恩波更不廻』。可見庭筠對此類現象之不滿與感慨。

河中陪帥遊亭〔一〕

倚闌愁立獨徘徊，欲賦慚非宋玉才〔二〕。滿座山光摇劍戟〔三〕，繞城波色動樓臺。鳥飛天外斜陽盡，人過橋心倒影來〔四〕。添得五湖多少恨〔五〕，柳花飄蕩似寒梅〔六〕。

校注

〔一〕《又玄》卷中載此首，題作『河中陪節度遊河亭』；《英華》卷三一六居處六亭載此首，題作『陪和（河）中節度使遊河亭』；《鼓吹》卷七載此首，題作『河中陪節度遊河亭』，同《又玄》。集本均作『河中陪帥遊亭』。【補注】李商隱有《奉同諸公題河中任中丞新創河亭四韻之作》，詩云：『萬里誰能訪十洲，新亭雲構壓中流。河蛟縱翫難爲室，海蜃遥驚耻作樓。左右名山窮遠目，東西大道鎖輕舟。獨留巧思傳千古，長與蒲津作勝遊。』所詠河亭爲河中節度留後任畹所新建。亭係建於黄河浮橋中央之島上，故云『新亭雲構壓中流』。與温詩『人過橋心倒影來』正合。可證温詩所詠之亭即李詩所詠之河亭。河中，唐河中府，本蒲州（今山西永濟縣），爲河中節度使治所。商隱詩作於會昌四年春。温詩中無新建河亭之意，當作於李詩之後。詩題中之『帥』（即河中節度使）當另有所指。大中七年至十年，徐商曾任河中節度使。從大中十年庭筠入徐商襄陽幕之事推之，此『帥』或即徐商。詩有『柳花飄蕩』語，當作於暮春。約大中八年暮春作。

〔二〕【曾注】王逸《楚詞序》：宋玉，屈原弟子。【補注】宋玉《九辯》：『悲哉秋之爲氣也，蕭瑟兮草木摇落而變衰。憭慄兮若在遠行，登山臨水兮送將歸。』《招魂》：『目極千里兮傷春心。』《高唐賦》：『登高遠望，使人心瘁。』歷來以爲宋玉善賦登臨之作。詩寫河亭倚闌遠眺，亦屬登臨賦詩，故云『欲賦慚非宋玉才』。

〔三〕【補注】河亭建於黄河浮橋中央之島上，兩岸皆山，故云『滿座山光』。橋隨波動，河亭上所列之劍戟（節度使之儀衛）亦似隨之晃動，故云『摇劍戟』。

〔四〕心，《全詩》、顧本校：一作『邊』，誤。【補注】亭在浮橋中央，故云『人過橋心』。倒影，指河亭倒影。

〔五〕【補注】五湖，指太湖。庭筠舊鄉在太湖邊松江一帶。憑高遠望，觸動鄉思，故云『添得五湖多少恨』。五湖恨，猶『松江恨』（《盧氏池上遇雨寄同遊者》），指欲歸舊鄉而不得之恨。

〔六〕【補注】庭筠《送盧處士遊吴越》：『羡君東去見殘梅，唯有王孫獨未廻。』其吴中舊鄉盛産梅花，故梅花成爲其鄉思之寄託與象徵。見柳花飄蕩似寒梅盛開，觸動對家鄉之思念，故有此聯想。

箋評

【金聖歎曰】（前解）陪節使春遊，忽然欲擬古人秋賦，知其中之所感甚深，更非一人得曉，故曰『愁立獨徘徊』也。三四，人見是滿座劍戟，繞城樓臺，我見是滿座波光，繞城山色。所謂人是滿眼節使，我是滿肚五湖，只此眼色不同，便是徘徊獨立也。（後解）五是閑看閑鳥，六是閑看閑人。言同在柳花飄蕩之中，而彼自悠優，我自傷感，徘徊獨立之故，正不能以相喻也。（《貫華堂選批唐才子詩》卷六）

【《唐詩鼓吹評注》】此賦河亭之景，第三句纔説節度。首言倚闌愁望，獨立徘徊。昔宋玉陪楚王遊賞，皆有詞賦，余慚無其才也。但自景象言之，見青山滿於座上，劍戟摇光；緑水繞於城邊，樓臺動色，與夫鳥飛天外之斜陽，人過橋心而倒影，河亭之景如此也。乃更添思歸五湖之恨者，柳花飄蕩無異寒梅，人世萍蹤亦應如是，未免觸物興懷耳。

【薛雪曰】《陪河中節度遊河亭》詩，寫得節度何等風光，詩人何等牢落！以極牢落之客，陪極風光之主，是何等局面。曲曲寫來，何等彼此，真令人無奈。（《一瓢詩話》）

【按】河中府河亭之形製，薛能《題河中亭子》言之最具體明白：『河擘雙流島在中，島中亭上正南空。蒲根舊浸臨關道，沙色遥飛傍苑風。晴見樹卑知岳大，晚聞車亂覺橋通。無窮勝事應須宿，霜白蒹葭月在東。』蓋此處黄河中央有島，將河水分爲兩支，河亭建於島上，有浮橋分别連接島上與東西兩岸，橋上可通行人車馬，即著名之蒲津橋。温詩首聯點題。愁立徘徊，只緣登臨須賦，而已慚非宋玉之才也。自謙語，亦陪奉詩俗套，深解者反失詩之本意。頷聯詠河亭勝景，山光波色，劍戟樓臺，皆河亭所見遠近景色，精神結聚，在『摇』『動』二字，寫出建於河心島上之亭臺所見景物之特徵，富於動感，對亦工整。腹聯一遥望遠天，鳥飛夕陽之外；一俯視河水，人過橋心而見亭之倒影，對句亦見河亭之特徵。尾聯則因遥望而觸動鄉思。轉接之間，稍嫌突兀。

和趙嘏題岳寺〔一〕

疎鐘細響亂鳴泉，客省高臨似水天〔二〕。嵐翠暗來空覺潤〔三〕，澗茶餘爽不成眠。越僧寒立孤燈外〔四〕，岳月秋當萬木前。張邴宦情何太薄〔五〕，遠公窗外有池蓮〔六〕。

校注

〔一〕【咸注】《唐書》：趙嘏字承祐，山陽人。會昌二年進士，大中間仕至渭南尉。有《渭南集》二卷，又《編年詩》二卷。杜紫微覽其《長安秋望》『殘星幾點雁横塞，長笛一聲人倚樓』一聯，賞詠不已，因稱爲『趙倚樓』。《地理志》：西岳華山寺在山麓。【補注】趙嘏登進士第在會昌四年，見《唐才子傳》。嘏《成名年獻座主僕射兼呈同年》，『座主僕射』指會昌四年以左僕射知貢舉之王起。此詩尾聯云『張邴宦情何太薄』，以張良、邴漢喻指趙嘏，則其時嘏已任官。嘏大中四年在渭南尉任，渭南地近西岳華山，詩殆爲嘏任渭南尉期間，庭筠與之同遊唱和之作。嘏任渭南尉起訖年月未詳，暫編大中四年。瑕原唱已佚。

〔二〕【補注】客省，猶客署、客舍，指岳寺中之客舍。似水天，指夜色清朗，天色如水，係秋夜之景。

〔三〕【咸注】謝靈運詩：夕曛嵐氣陰。【補注】嵐翠，山林間的霧氣。

〔四〕立，述鈔作『來』，涉第三句『來』字而誤。【補注】越僧，指岳寺中籍貫爲越地或原住越地寺中的僧人。庭筠有《贈越僧岳雲二首》。此句『越僧』亦即末句『遠公』。

〔五〕【曾注】謝靈運詩：偶與張邴合。注：《漢書》：張良曰：『今以三寸舌爲帝師，封萬户，位列侯，此布衣之極，於良願足矣。願棄人間事，欲從赤松子學道輕舉。』又琅邪邴漢亦有清行，兄子曼容亦養志自修，爲官不肯過六百石，輒自免去。

〔六〕【曾注】《高僧傳》：沙門釋惠遠高卧冥頤，至潯陽，見廬峯清静，始往龍泉精舍，池種白蓮。【補注】《蓮社高賢傳》：『謝靈運至廬山，一見遠公，肅然心伏，乃即寺築臺，翻《涅槃經》，鑿池植白蓮。』遠公，借指岳寺住持越僧。

箋評

【按】首聯岳寺客舍高臨，見秋宵夜空似水，疏鐘之細響復與丁冬鳴泉相雜，一寫目見，一寫耳聞，而清朗幽静之境自見。頷聯寫山間嵐翠霧氣暗潤，潤茶餘爽令人不眠，側重於寫置身山寺之心理感受。腹聯寫岳寺夜間所見清迥之景：越僧立於孤燈之外，岳月映於萬木之前。尾聯收到趙瑕身上，謂瑕宦情甚薄，將依越僧而皈依學佛也。

蘇武廟〔一〕

蘇武魂銷漢使前〔二〕，古祠高樹兩茫然〔三〕。雲邊雁斷胡天月〔四〕，隴上羊歸塞草煙〔五〕。迴日樓臺非甲帳〔六〕，去時冠劍是丁年〔七〕。茂陵不見封侯印〔八〕，空向秋波哭逝川〔九〕。

校注

〔一〕《英華》卷三二〇郊祀祠廟、《紀事》卷五十四載此首。【曾注】《漢書》：蘇武字子卿，爲栘中廄監，使匈奴十九年，歸，拜爲典屬國，病卒。【補注】蘇武（？—前六〇），天漢元年（前一〇〇）使匈奴。匈奴欲降之，武不從。單于乃徙武北海（今俄羅斯貝加爾湖）上，使牧羊，廩食不至，掘野鼠去草實而食之。昭帝立，漢使使求武，乃得歸。卒年八十餘。

〔二〕使，《英華》作『史』，誤。【曾注】《蘇武傳》：昭帝即位，匈奴與漢和親。漢使至匈奴，常惠請其守者與俱，得夜見漢使。教漢使對單于言，天子射上林中，得雁足有係帛書，言武在某澤中。使如惠言，單于驚謝。江淹《別賦》：黯然銷魂。【補注】此句形容蘇武囚禁匈奴十九年後初見漢使時悲喜交集、黯然銷魂之情景。疑是見廟内所繪蘇武出使匈奴至復歸中國之連環壁畫而有此描寫，非憑空想像。下聯同。

〔三〕【補注】此句寫蘇武廟。茫然，年代久遠之狀。李白《蜀道難》：『蠶叢及魚鳧，開國何茫然。爾來四萬八千歲，不與秦塞通人煙。』祠古樹老，年代久遠，故云『兩茫然』。

〔四〕斷，《全詩》、顧本校：一作『落』。

〔五〕【曾注】《蘇武傳》：匈奴徙武北海上無人處，使牧羝。羝乳，乃得歸。《九邊志》：榆林，漢月氏國，爲武牧羝處。【補注】此聯描繪當年蘇武困居匈奴期間之生活情景，上句係望雁思歸圖，下句爲荒塞歸牧圖。此當亦蘇武廟内所繪之壁畫有此圖景，故如實描寫，非憑空想像。

〔六〕【曾注】《漢武故事》：以琉璃、珠玉、夜光錯雜天下珍寶爲甲帳，其次爲乙帳，甲以居神，乙以自居。【補注】此句寫蘇武十九年後歸國，宫中樓臺依舊，但武帝已經逝世，再也見不到往日求仙的甲帳了。有物是人非、恍如隔世之慨。亦寓含對武帝的追思悼念。

〔七〕劍，《英華》作『蓋』。【曾注】李陵《答蘇武書》：丁年奉使，皓首而歸。【補注】《漢書·蘇武傳》：『始以强壯出，及還，鬚髮盡白。』丁年，男子成丁之年，即青壯之年。二句用『逆挽法』，先敘『回日』，再倒敘『去時』，以去時反襯回日，更增感慨。二句所敘蓋亦壁畫中情景。

〔八〕【補注】茂陵，漢武帝陵墓，在今陝西興平縣東北。此借指已去世之漢武帝。封侯印，指『武以故二千石與計謀立宣帝，賜爵關内侯，食邑三百户』之事，見《漢書·蘇武傳》。

〔九〕秋，十卷本、姜本一作『長』。【補注】《漢書·蘇武傳》：『武以始元六年春至京師，詔武奉一太牢謁武帝園廟。』此句寫蘇武謁武帝園廟，表達對故君的追思悼念。亦壁畫中圖景。謂其面對秋波逝水，空自哭弔武帝。『逝川』兼寓武帝逝世。

箋評

【朱弁曰】『回日樓臺非甲帳，去時冠劍是丁年』，嘗見前輩論詩云：用事屬對如此者罕見。（《風月堂詩話》）

【劉克莊曰】『甲帳』是武帝事，『丁年』用李陵書『丁年奉使，皓首而歸』之語，頗有思致。（《後村詩話續集》卷二）

【方回曰】此見別集。『甲帳』、『丁年』甚工，亦近義山體。（《瀛奎律髓》卷二十八）查慎行曰：三四即用子卿事點綴景物，與他手不同。（《瀛奎律髓彙評》引，下同）何焯曰：五六不但工緻，正逼出落句。落句自傷。紀昀曰：五六生動，餘亦無甚佳處，結少意致。

【楊逢春曰】首點蘇武，提『魂消漢使前』五字，最爲篇主。（《唐詩繹》）

【毛奇齡、王錫曰】『丁年』亦是俊語，然使高手作此，則『回日』、『去時』，不如是板煞矣。（《唐七律選》）

【沈德潛曰】五六與『此日六軍同駐馬』一聯，俱屬逆挽法。律詩得此，化板滯爲跳脱矣。（《重訂唐詩別裁集》卷十五）又曰：温、李擅長，固在屬對精工，然或工而無意，譬之剪綵爲花，全無生韻，弗尚也……飛卿『回日樓臺非甲帳，去時冠劍是丁年』，對句用逆挽法，詩中得此一聯，便化板滯爲跳脱。（《説詩晬語》卷上）

【范大士曰】子卿一生大節，八句中包括無遺。（《歷代詩發》）

【方士舉曰】温之《蘇武廟》結句『空向秋波哭逝川』，『波』字誤，既『川』復『波』，涉於侵複，且『波』專言『秋』，亦覺不穩，上有何來路乎？（《蘭叢詩話》）

【梅成棟曰】全以議論行之，何嘗有意屬對？近人學之，便如優孟衣冠矣。（《精選五七言律耐吟集》）

【王壽昌曰】如此諸作，其悽惻既足以動人，其抑揚復足以懲勸，猶有詩人之遺意也。（《小清華園詩談》）

【朱庭珍曰】玉谿生『此日六軍同駐馬，當時七夕笑牽牛』，飛卿『回日樓臺非甲帳，去時冠劍是丁年』，此二聯用逆挽句法，倍覺生動，故爲名句。所謂逆挽者，倒撲本題，先入正位，敍現在事，寫當下景，而後轉溯從前，追述已往，以反襯相形。因不用平筆順拖，而用逆筆倒挽，故名。且施於五六一律，此係律詩筋節關鍵處，中晚以後之詩，此聯多隨筆敷衍，平平順下。二詩能於此一聯提筆振起，逆而不順，遂倍精采有力，通篇爲之添色，是以傳誦人口，亦非以馬、牛、丁、甲見長，故求工對仗也。然使二聯出工部乎，則必更神化無迹，并不屑於『此日』『當時』『回日』『去時』字面明點，必更出以渾成，使人言外得之。蓋工部以我運法，其用法入化，溫、李就法用法，其馭法有痕，此大家所由出名家上也。後人學其句，而不得其所以然之妙，僅以字面對仗求工……學者勿爲所惑，從而效顰。（《筱園詩話》）

【按】此詩題爲『蘇武廟』，而全篇正面寫廟者僅『古祠高樹兩茫然』一句，其他各句，均詠蘇武幽禁匈奴十九年及與漢使相見、歸漢，謁廟等情事，直似一篇壓縮之蘇武傳。起句尤顯突兀。因悟詩中所敍蘇武種種情事，均非憑空想像，而係見廟中所繪蘇武出使匈奴壁畫而有此一系列描寫，如此方與題内『廟』字相合。釋意具見各句注。此詩主要抒寫蘇武的故國之思、故君之戀。起聯感情强烈，感慨深沉。頷聯境界闊大而意緒悲涼。腹聯於『去時』『回日』的對照中寓有人生悲慨。尾聯則集中抒發對故君的悼念追思。按：庭筠遠祖温彦博曾有一段抵禦突厥入侵，兵敗被執，固守國家機密，被囚禁於陰山苦寒之地，至太宗即位方還朝的經歷，其事頗類苏武。作者詠苏武庙，筆端頗富感情，或與此有關。

途中偶作〔一〕

石路荒涼接野蒿〔二〕，西風吹馬利如刀。小橋連驛楊柳晚〔三〕，廢寺入門禾黍高。雞犬夕陽喧縣市，鳧鷖秋水曝城壕〔四〕。故山有夢不歸去〔五〕，官樹陌塵何太勞〔六〕？

校注

〔一〕《才調》卷二載此首。底本原題『客送偶作』，李本、十卷本、姜本、毛本、《全詩》作『送客偶作』。此從《才調》、述鈔、席本、顧本及《鼓吹》。

〔二〕涼，席本、顧本作『唐』。

〔三〕《才調》作『暮程投驛蘭蕙静』。《鼓吹》同。

〔四〕【立注】郝天挺注：《詩》：梟鷖在涇。江淹詩：飲酒出城濠。【補注】梟鷖，野鴨與鷗鳥。

〔五〕【補注】故山，指吴中舊鄉。

〔六〕樹，《全詩》、顧本校：一作『路』。【補注】謂已終日奔波於官樹陌塵之間，何太勞頓乎？

箋評

【《唐詩鼓吹評注》】首言經行石路，滿野生蒿，途中景色既屬蒼涼，乃西風又如刀焉。暮程則投向驛中，見蕙蘭之寂寂；廢寺則來自門内，嘆禾黍之離離。蓋言廢寺無僧，禾黍生於門内也。三聯言物得其性，遇縣市則聞雞犬之喧於夕陽，過城壕且見梟鷖之曝於秋水，此皆途中所寄目者。若我故山入夢，未能歸去，空役役於官樹陌塵之間，何太勞耶！此所以不能已於思歸也。

【朱三錫曰】前四句寫途中蒼涼之色，後四句寫自己欲歸之意。石路、暮程、廢寺本自荒涼，襯入『西風吹馬』句寫途中淒其之況，倍覺無聊。『投驛蕙蘭静』，則驛路之無人可知；『入門禾黍高』，則廢寺之無僧可知。雞犬梟

鷺，亦途中所見，凡物各得其性，各安其地，我徒役役於風塵，竟何爲乎？（《東岩草堂評訂唐詩鼓吹》）

【按】此慨己僕僕道塗、困苦勞頓，思歸故山而不能也。前四寫道途荒涼。石路野蒿，西風如刀，廢寺禾黍，均荒涼之景，亦透出勞頓之苦，唯『小橋』句與其他三句情調不侔（《才調》作『暮程投驛蕙蘭静』亦然），此則敗筆。腹聯寫雞犬喧於夕陽映照下之縣市，鳧鷺曝於城壕秋水中之意態，渲染閑逸自在之境，以反托『勞』字。末聯結出全篇主意。

寒食前有懷〔一〕

萬物鮮華雨乍晴〔二〕，春寒寂歷近清明〔三〕。殘芳荏苒雙飛蝶〔四〕，曉睡濛籠百囀鶯〔五〕。舊侶不歸成獨酌〔六〕，故園雖在有誰耕〔七〕？悠然更起嚴灘恨〔八〕，一宿東風蕙草生。

校注

〔一〕《英華》卷一五七天部七寒食、《古今歲時雜詠》卷十二寒食載此首。【補注】梁宗懍《荆楚歲時記》：『去冬節一百五日，即有疾風甚雨，謂之寒食，禁火三日，造餳大麥粥。』

〔二〕鮮華，《英華》、顧本作『相鮮』。

〔三〕寂，《英華》作『戚』，校：《雜詠》作『寂』。歷，《全詩》校：一作『曆』，誤。【補注】寂歷，寂静冷清。清明節在寒食後一二日，故曰『近清明』。

〔四〕荏苒，《英華》作『苒荏』。【曾注】江淹詩：百年信荏苒。【補注】荏苒，柔弱貌。

〔五〕曉，《英華》、顧本作『晚』，誤。濛籠，李本、十卷本、姜本、毛本、《全詩》、顧本、《英華》、《雜詠》作『朦朧』，通。

〔六〕侶，《全詩》、顧本校：一作『約』。誤。成，《雜詠》作『來』，誤。

〔七〕【補注】故園，指吴中舊鄉。

〔八〕更，《英華》、顧本作『便』。嚴灘，見卷七《送并州郭書記》『惟有嚴家瀨』句注。【補注】嚴灘恨，欲歸耕故園而不得之恨。猶前《河中陪帥遊亭》之『五湖恨』，《盧氏池上遇雨贈同遊者》之『松江恨』。

箋評

【金聖歎曰】（前解）寫寒食景物。（後解）寫有懷情事。（《貫華堂選批唐才子詩》卷六）

【按】前四寒食前後，萬物鮮華，鶯囀蝶舞，風光甚美。腹聯因寒食風光之美而興舊侶不歸之寂寞與故園難歸之感慨。『嚴灘恨』即歸耕故園不得之恨，『一宿東風蕙草生』是想像故園春滿之景。第六句轉出尾聯作結，晚唐七律常法。

宿雲際寺〔一〕

白蓋微雲一徑深〔二〕，東峯弟子遠相尋〔三〕。蒼苔路熟僧歸寺，紅葉聲乾鹿在林。高閣清香生静境〔四〕，夜堂疎磬發禪心〔五〕。自從紫桂巖前别〔六〕，不見南能直至今〔七〕。

校注

〔一〕【曾注】《長安志》：雲際山大安寺在鄠縣東南六十里，隋仁壽元年置居賢捧日寺。【補注】雲際寺，指雲際山大定寺，在今陝西省户縣東南。杜甫《渼陂行》：『船舷暝戛雲際寺，水面月出藍田關。』

〔二〕【補注】白蓋，峯名。卷九有『宿白蓋峯寄寺僧』。

〔三〕峯，李本、十卷本、姜本、毛本均作『風』。【曾注】《禪喜録》：皈依佛法曰弟子。【補注】東峯弟子，庭筠自指。庭筠曾隨圭峯宗密學禪。陳尚君云：『《重游圭峯（一作東峯）宗密禪師精廬》（詩略）作於宗密卒後重游舊地時。《宿雲際寺》（卷八）：「白蓋微雲一徑深，東峯弟子遠相尋。」東峯即圭峯，在長安西南終南山中，宗密建精舍於此。庭筠自稱「故山弟子」、「東峯弟子」，是曾從宗密受學。』

〔四〕【咸注】杜甫詩：心清聞妙香。

〔五〕【曾注】江淹詩：禪心莫不雜。

〔六〕【補注】《拾遺記》：『闇河之北，有紫桂成林，羣仙餌焉。』紫桂巖，指隱居學佛之地。

〔七〕至，《全詩》校：一作『到』。【咸注】《傳燈録》：六祖慧能大師姓盧氏，母感異夢因有娠，六年乃生，毫光騰空。黎明有僧來語曰：『此子可名慧能，惠者以法惠濟衆生，能者能作佛事。』語畢，不知所之。《舊唐書》：神秀同學僧慧能者，與神秀行業相埒。慧能住韶州廣果寺，神秀請則天迫慧能赴都，慧能固辭曰：『吾南中有緣，不可違也。』竟不度嶺而死。天下乃散傳其道，謂神秀爲北宗，慧能爲南宗。【補注】南能，借指雲際寺原住持僧。

箋評

【金聖歎曰】（前解）白蓋，定即寺名，蓋梵語楞嚴，此云白蓋也。『微雲一逕深』，言入寺之路至幽邃也。『東風』，是紀今日到寺之時。『弟子遠相尋』，言此來乃是特地，非乘便也。三四再寫『一逕深』之三字，言此逕中間有路是爲寺僧踏成，兩邊無路，則聞鹿行葉響也。一解寫未入寺前來。（後解）五六，心從磬發易解，境從香生難解。若解得清香所以生境之故，即以疏磬發心，如遇王鱔，饑便任食也。七八，桂巖一别以後，重見南能以前，便㯽括去無數不堪醜態，只看其高閣香前，夜堂磬後，默默懺悔，便知之也。一解寫既宿寺後。（《貫華堂選批唐才子詩》卷六）

【按】此尋訪並夜宿雲際寺，有懷寺之住持高僧也。首聯循深幽之小徑遠道尋訪雲際寺，『東峯弟子』對下『南能』而言。頷聯承『一徑深』寫沿途所見所聞：寺僧踏蒼苔之熟路而歸，麋鹿穿林而行聞霜葉聲乾。二句畫出清迥閑逸之境。腹聯夜宿寺內，聞高閣之妙香而心生静境，聽夜堂之疎磬而心發禪悟。尾聯則慨自從紫桂巖前一别，至今未見昔之住持高僧也。金解多誤。『南能』如指宗密，則此詩當作於會昌元年宗密去世之前。

寄岳州李員外遠〔一〕

含嚬不語坐持頤〔二〕，天近樓高宋玉悲〔三〕。湖上殘棋人散後〔四〕，岳陽微雨鳥來遲〔五〕。早梅猶得迴歌扇〔六〕，春水還應理釣絲〔七〕。獨有袁宏正憔悴〔八〕，一罇惆悵落花時〔九〕。

校注

〔一〕《英華》卷二六一寄贈十五載此首，題作『寄岳州李外郎遠一作肱』，述鈔、《全詩》題同《英華》。席本、顧本題作『寄李外郎遠』，李本、十卷本、姜本、毛本題作『寄岳州李員外』。【補注】詩中所寫之李員外，如『湖上殘棋』、『理釣絲』與杜牧《早春寄岳州李使君李善碁愛酒情地閑雅》、李商隱《懷求古翁》『欲收碁子醉，竟把釣車眠』者均合，其爲寄自員外郎出刺岳州之李遠（字求古）無疑。作『肱』者非。餘詳卷七《春日寄岳州李員外二首》注〔一〕。

〔二〕持，《英華》、席本、顧本作『搘』。【補注】持頤，以手托腮，形容神態專注。《莊子·漁父》：『左手據膝，右手持頤以聽。』

〔三〕近，李本、十卷本、姜本、毛本、《全詩》作『遠』。【曾注】宋玉《九辯》：悲哉秋之爲氣也。【按】《九辯》首段云：『悲哉秋之爲氣也，蕭瑟兮草木摇落而變衰。憭慄兮若在遠行，登山臨水送將歸。』樓高，指岳陽樓。『天近』係形容樓高聳入雲。宋玉，指李遠。

〔四〕【曾注】《楚中記》：岳州有青草湖。【補注】岳州臨洞庭湖。李遠善棋愛酒，《北夢瑣言》引其殘句有『人事三杯酒，流年一局棋』之語，《唐語林》引其殘句有『青山不厭三杯酒，長日惟消一局棋』之語，後二語曾爲宣宗所聞，可見在當時流傳甚廣。

〔五〕來，李本、十卷本、姜本、毛本、席本、顧本作『歸』。

〔六〕【曾注】李賀詩：渡口梅風歌扇薄。【補注】歌扇，歌舞時所執之扇。

〔七〕應，原作『因』，據述鈔、《英華》、《全詩》、顧本改。【補注】李遠喜愛垂釣，李商隱《懷求古翁》有『竟把釣車眠』之句。

〔八〕正，《英華》、《全詩》、顧本校：一作『唯』。李本、十卷本、毛本作『易』。宏，《英華》、席本、顧本作『安』。正，底本作『八』，據述鈔、《英華》、《全詩》、顧本作『正』。【曾注】《袁宏傳》：宏字彦伯。謝仁祖鎮牛渚，秋夜乘月，與左右微服渡江。會宏在船中諷詠，聲既清會，辭又藻拔，遂駐聽久之。遣問焉。答云：『是袁臨汝郎誦詩。』屈原《漁父》：顔色憔悴。

〔九〕【曾注】宋玉《九辯》：惆悵兮而私自憐。

箋評

【金聖歎曰】（前解）望岳州不見故『含嚬』，念岳州不置故『不語』，算計岳州不置故『持頤』諦思也。『天遠』即岳州，『樓高』即坐處。『殘棋人散』、『微雨鳥歸』，即『宋玉悲』之『悲』字也。看他『湖上』、『岳陽』十四字，又字字皆手邊筆底所慣用，而不知何故一出先生，便成佳製，此不可不細學也。（後解）此又細自分别，實爲員外而憔悴也。五六猶言設使不爲員外，則早梅歌扇固得送懷，春水釣絲亦堪遣興。今自冬入春，日惟惆悵，則舍員外竟

爲誰哉！『落花時』，妙。非妙於寫更無人知，妙於寫自早梅至落花，凡經一春，無日不惆悵也。（《貫華堂選批唐才子詩》卷六）

【朱三錫曰】世稱温、李齊名，如此纖濃之筆，真不忝義山也。最愛其『湖上』『岳陽』一聯，尤爲清雋可喜。（《東岩草堂評訂唐詩鼓吹卷七》）

【按】金解誤甚。此詩前三聯，均從想像落筆，寫李遠在岳州刺史任上之生活情趣。首聯寫其登高能賦，有宋玉之才。『含嚬』句正狀其構思時神情專注。頷聯寫其善棋。腹聯寫其賞歌舞喜垂釣。總之寫其『善棋愛酒，情地閒雅』（杜牧《早春寄岳州李使君李善棋愛酒情地閒雅》）。尾聯則謂己如袁宏未遇謝尚時，正困頓憔悴，於落花時惆悵飲酒以遣愁也。此首亦大中元年暮春作。

遊南塘寄知者〔一〕

白鳥梳翎立岸莎〔二〕，藻花菱刺泛微波〔三〕。煙光似帶侵垂柳，露點如珠落卷荷。楚水曉涼催客早〔四〕，杜陵秋思傍蟬多〔五〕。劉公不信歸心切〔六〕，聽取江樓一曲歌。

校注

〔一〕《英華》卷二六一寄贈十五載此首，題作『遊南塘寄王知白』，述鈔、席本、顧本題同《英華》。《詩人玉屑》卷三唐人句法引此詩五、六句作周賀詩，題同《英華》。【補注】南塘，李商隱詩中曾數次提及，如《宿晉昌亭聞驚禽》：『飛來曲渚煙方合，過盡南塘樹更深。』《即日》：『何人書破蒲葵扇，記着南塘移樹時。』或謂此『南塘』即慈恩寺之南池。然庭筠此詩有『楚水』、『江樓』字，其地似在江陵一帶。或咸通二年在荆南蕭鄴幕作。在荆南幕有《和沈參軍招友生觀芙蓉池》，詩中有『南塘烟露枝』之句，可以參證。知者，猶知己。

〔二〕【補注】《詩·大雅·靈臺》：『麀鹿濯濯，白鳥翯翯。』白鳥，白羽之鳥，如白鷺。岸莎，岸邊的莎草。

〔三〕【曾注】《埤雅》：藻，水草。生水底，横陳於水，若自澡濯然。

〔四〕曉，《英華》作『晚』，誤，下云『催客早』可證。【補注】楚水，指長江中游楚地之水。江陵爲楚之舊都，『楚水』可能指這一帶之長江。

〔五〕【補注】杜陵，在今陝西西安市東南。秦置杜縣，漢宣帝築陵於東原上，因名杜陵，且改杜縣爲杜陵縣。庭筠家居鄠杜一帶，此句係自指。秋思，指歸思，用晉張翰見秋風起，思吴中菰菜、蓴羹、鱸魚膾，遂命駕歸江東故鄉事，屢見前注。杜陵秋思，即《渚宫晚春寄秦地友人》之『思歸』。

〔六〕【補注】劉公，指晉劉弘。《晉書·劉弘傳》：『弘每有興廢，手書守相，丁寧款密，所以人皆感悦，争赴之，咸曰：『得劉公一紙書，賢於十部從事。』』此借指『知者』。

箋評

【金聖歎曰】（前解）一解純寫南塘一片新秋景物，略不插進自己意思，至後解輕輕轉筆，便令知者慨然會之。（後解）言上解通解是楚水曉景也，實通解是杜陵秋思也。其知我者，以我爲歸心切也；其不知我者，以我爲一曲歌也。然則胡不便記取此一曲歌也。（《貫華堂選批唐才子詩》卷六）

【朱三錫曰】通首寫遊南塘寄知者。此意言我自知之，惟知者可共知之。（《東岩草堂評訂唐詩鼓吹》卷七）

【按】前四句寫遊南塘所見曉景：白鷺立岸，菱藻泛波，煙光繞柳，露珠滴荷。此『南塘』當離『楚水』不遠，故五句寫楚江行旅乘曉涼而行舟早發，六句順勢寫自己因蟬聲而興杜陵之歸思。七八承六『秋思』，謂知己如不信我歸心之切，請聽取我之江樓一曲歌，亦即此寄『知者』之詩也。知者，或指荆南節度使蕭鄴。

寄盧生〔一〕

遺業荒凉近故都〔二〕，門前堤路枕平湖〔三〕。緑楊陰裏千家月，紅藕香中萬點珠〔四〕。此地别來雙鬢改〔五〕，幾時歸去片帆孤〔六〕。他年猶擬金貂换〔七〕，寄語黄公舊酒壚〔八〕。

校注

〔一〕《英華》卷二六一寄贈十五載此首。【補注】盧生，當即本卷《送盧處士遊吴越》之盧處士，參該詩題注及編著者按語。盧生時在吴越，故末句有『寄語』字。詩當作於會昌元年東歸吴中舊鄉前之某年。

〔二〕【補注】遺業，祖上留下的産業，如田地宅舍等。『遺業荒凉』，即『故園雖在有誰耕』（《寒食前有懷》）之意。故都，指春秋時吴國的都城，即今之蘇州。據此句，庭筠之父、祖輩當已居吴，故有留傳之産業。

〔三〕【補注】即《東歸有懷》所謂『晴川通野陂』。

〔四〕【補注】二句寫故居景色：門前堤路緑楊成陰，月映千家；平湖中藕花香濃，露珠滴荷。

〔五〕【補注】此地，即指前四句所寫吳中舊鄉故居。

〔六〕【補注】由長安歸吳中舊鄉，自洛陽起均走水路，故云『歸去片帆孤』。

〔七〕【曾注】《晉書》：阮孚嘗以金貂换酒。

〔八〕語，《英華》作『與』，誤。【曾注】《世説》：王濬沖爲尚書令，乘軺車往黄公酒壚下過，顧謂後車客：『吾昔酣飲此壚，竹林之遊，亦預其末。自嵇生夭，阮公亡，便爲時所羈紲。今日視此雖近，邈若山河。』【補注】黄公舊酒壚，當指吳中舊鄉之舊酒家。

箋評

【金聖歎曰】（前解）不解詩者，謂此是寫遺業好景，殊不知起句明有『荒涼』二字，則此固寫别來惡緒也。二，『隄路枕平湖』，以隄路故，便有三之一帶緑楊，便有四之萬枝紅藕。至如『影裏千家月』，『香中萬點珠』，則固所云當時好景，今日惡緒者也。（後解）『霜鬢改』，寫此地别來之久；『片帆孤』，寫幾時歸去之賒。讀至『他年猶擬』四字，想見先生胸中，乃至遂有意外之憂。嗟乎，人生首丘之情，不亦悲哉！（寄盧生用到黄公酒壚事，如自云他年猶擬，故云意外之憂也。）（《貫華堂選批唐才子詩》卷六）

【朱三錫曰】細想遺業門前，隄枕平湖，一帶絲楊，萬枝紅藕，絶好景致也。然首句插入『荒涼』二字，則當日一番好景皆爲今日别來惡緒。五六又承上文來，言别來已久，歸期未定，人生首丘之情，烏能已已也。（《東岩草堂評訂唐詩鼓吹》卷七）

【按】此抒故園之思以寄時游吳中舊鄉之友人盧生。起句點明故園所在之地—故都吳中，曰『遺業荒涼』，則父祖輩久已居此，而今則荒涼破敗矣。次句故居門前之景物特徵。頷聯承次句，就『堤路』、『平湖』作具體描繪，色彩鮮豔，對仗工整，興會淋漓，透出對故鄉景物之清晰記憶與深情懷念，『惡緒』之解，殊覺牽强。五六敍别鄉之久，思鄉之切。曰『此地别來雙鬢改』，則雖少小離家老大未回，然别家時年紀當不至過幼，否則對故居門前景物當無如此清晰記憶也。尾聯承六句『歸去』，謂異日歸鄉，當於舊酒家以金貂换酒，以期一醉，請友人先爲我寄語舊酒家之主人也。『意外之憂』之解，亦求深反鑿。此首當作於《送盧處士遊吴越》之後。

春日訪李十四處士〔一〕

花深橋轉水潺潺，甪里先生自閉關〔二〕。看竹已知行處好〔三〕，望雲空得暫時閑〔四〕。誰言有策堪經世，自是無錢可買山〔五〕。一局殘棋千點雨〔六〕，緑萍池上暮方還。

校注

〔一〕【陶敏曰】李十四，李羽。温詩中屢見『李羽處士』，當即其人。（《全唐詩人名考證》）

〔二〕甪，原作『角』，誤，據述鈔、十卷本、姜本、毛本、席本、《全詩》、顧本改。甪里先生，商山四皓之一，詳卷五《四皓》注〔一〕。此借指李羽。

〔三〕【曾注】《王徽之傳》：吴中一士大夫家有好竹，欲觀之，徽之坐輿造竹下，諷嘯良久，主人灑埽請坐，徽之不顧，將出，主人乃閉門，徽之以此賞之，盡歡而去。【補注】行處，隨處、到處。

〔四〕空，《全詩》、顧本校：一作『定』。【咸注】《新唐書》：狄仁傑登太行山，反顧見白雲孤飛，謂左右曰：『吾親舍其下。』瞻悵久之，雲移乃得去。【補注】陶潛《歸去來兮辭》：『雲無心以出岫，鳥倦飛而知還。』白雲悠悠飄浮，乃閒逸自在、無拘無束之象徵，故云『暫時閑』。顧予咸注引狄仁傑事，乃表思親之意，非此句之意。

〔五〕【曾注】《高僧傳》：支道林遣人問深公買印山，深公曰：『未聞巢由買山而隱。』【按】事又見《世説新語·排調》。劉禹錫《酬樂天閒卧見憶》：『同年未同隱，緣欠買山錢。』

〔六〕【曾注】《魏志》：王粲觀人圍棋，局壞，粲復爲之，棋者不信，以帕蓋局，使更以他局爲之，用相比校，不誤一道。【補注】殘棋，中斷或將盡的棋局。

箋評

【金聖歎曰】（前解）『花深』一境，『橋轉』一境，『潺潺』水聲又一境。凡轉三境，始到先生門，乃先生又方閉門。於是以未見先生故，且先看竹，便有無量益；且先看雲，便有無量益。則不知見先生後，其爲益又當如何。此唐人避實取虚之法也。（後解）更不復寫先生，只自敘所以未隱之故。七句，疏雨殘棋妙，所謂先生已移我情也。（《貫華堂選批唐才子詩》卷六）

【朱三錫曰】此訪處士也。絶不實寫處士一語，看他寫花深、橋轉、水聲、閉關、看竹、望雲，一片純是避實取虚，而處士高風逸韻，躍躍紙上矣。五六，忽又自寫所以不隱之故，而贊歎李處士之意隱然言外。七八一結，足移我情矣。（《東岩草堂評訂唐詩鼓吹》卷七）

【按】首聯造訪李十四處士，輾轉至門，有曲徑通幽之致，以『角里先生』借指李羽，既見其隱逸身份，亦透露其有經世安邦之才。頷聯以竹幽、雲閑襯托李羽之幽閑生活情趣。着一『空』字，暗透己之碌碌擾擾，惟看雲方得片時閑耳。腹聯非詩人自敍，乃寫李羽雖懷經世之才而不爲世所用，故曰『空言』；欲買山長隱而乏買山之錢，故曰『自是』。尾聯結『訪』字，謂己與李於其居處池邊對奕，適遇下雨，而棋興方濃，一局棋殘，至暮方還。

宿松門寺〔一〕

白石青崖世界分，卷簾孤坐對氛氲〔二〕。林間禪室春深雪，潭上龍堂夜半雲〔三〕。落月蒼涼登閣在〔四〕，曉鐘摇蕩隔江聞〔五〕。西山舊是經行地〔六〕，願漱寒缾逐領軍〔七〕。

校注

〔一〕《英華》卷二三八寺院六載此首。松門寺，所在未詳。

〔二〕氛，十卷本、姜本、毛本作『氲』。李本作『氣』，誤。【補注】氛氲，雲霧朦朧貌。

〔三〕【曾注】《楚辭》：魚鱗屋兮龍堂。王逸注：言河伯所居以魚鱗蓋屋，堂畫蛟龍之文也。【補注】龍堂，疑指華美壯觀的佛寺殿堂。《易·乾》：『雲從龍，風從虎。』故云『龍堂夜半雲』。松門寺建在白石青崖之山上，故寺殿常爲雲霧繚繞。

〔四〕月，席本、顧本、《英華》作『日』；『蒼』，《英華》校：一作『荒』，席本、顧本作『荒』。均誤。

〔五〕江，《英華》校：一作「牆」，席本、顧本作「牆」。

〔六〕【立注】《付法藏經》：迦葉語婦：「我若眠息，汝當經行；汝若眠息，我當經行。」【補注】西山，此指松門寺所在之山。經行，佛教謂旋繞往返或徑直來回於一定之地。此處含表示敬意之義。

〔七〕逐，《全詩》、顧本校：一作「在」。【曾注】《寄歸傳》：梵云軍持，此云瓶，常貯水，隨身净手。【補注】領軍，指晉王洽，與支遁爲方外交，曾官中領軍。詳見卷四《重游圭峯宗密禪師精廬》「支遁他年識領軍」句注。

箋評

【按】此夜宿松門寺而有皈依佛門之意。寺在白石青崖之峯頂，故登臨可見下方世界，卷簾獨坐可對氛氲之雲霧。頷聯夜宿深雪中之禪室，見潭邊之寺殿爲雲霧所繚繞，境界幽寂而帶神祕宗教氣氛。腹聯寫天將破曉時分，登閣而見蒼凉之落月猶在，寺院之曉鐘聲摇蕩不盡，隔水可聞。尾聯謂此西山舊日即經常往返拜謁，今日宿此，更願皈依佛門，追隨王洽之足跡，與高僧結爲方外交也。按此詩起句「白石青崖」與《重游圭峯宗密禪師精廬》首句「百尺青崖」略同，末句「逐領軍」又與《重游圭峯》「支遁他年識領軍」類似，疑此詩亦與宗密有關。然宗密居鄠縣圭峯草堂寺，與此詩所云「西山」「松門寺」似非一地。

詠寒宵〔一〕

寒宵何耿耿〔二〕，良讌有餘姿。寶靺徘徊處〔三〕，熏爐悵望時〔四〕。曲瓊垂翡翠〔五〕，斜月到罘罳〔六〕。委墜金釭燼〔七〕，闌珊玉局棋〔八〕。話窮猶注睇，歌罷尚持頤〔九〕。晻曖遥相屬〔一〇〕，氛氳積所思〔一一〕。秦娥卷衣晚〔一二〕，胡雁度雲遲。上郡歸來夢〔一三〕，那知錦字詩〔一四〕？

校注

〔一〕姜本此首入五言排律卷，在《洞户》後。

〔二〕【補注】《詩·邶風·柏舟》：『耿耿不寐，如有隱憂。』耿耿，不安貌。曹丕《燕歌行》：『耿耿伏枕不能眠，披衣出户步東西。』此言寒夜煩躁不安，心事重重，不能成眠。

〔三〕【咸注】隋煬帝詩：寶袜楚宫腰。靺、袜同。【補注】寶靺，即腰彩，古代女子束於腰間之彩帶。此借指美麗女子。

〔四〕熏爐，見卷一《織錦詞》『象齒熏爐未覺秋』句注。【咸注】江淹《擬怨别》：悵望陽雲臺。

〔五〕【咸注】宋玉《招魂》：砥室翠翹，絓曲瓊些。注：曲瓊，玉鉤也。【補注】翡翠，翠鳥尾羽，用以裝飾車服、編織簾帷。此指翡翠帷。

〔六〕【立注】《緗素雜記》：唐蘇鶚《演義》：罘罳，織絲爲之，輕疎浮虚，象羅網交文之狀，蓋宫殿檐户之間。

【補注】罘罳，設在屋檐或窗上以防鳥雀之金屬網或絲網。段成式《酉陽雜俎續集·貶誤》：『士林間多呼殿榱桷護雀網爲罘罳。』

〔七〕釭，李本、十卷本、毛本作『缸』，通。【咸注】《西都賦》：金釭銜壁。【按】《西都賦》之『金釭』指古代宮殿壁間横木上之飾物，非此句『金缸（釭）』所指。此『金缸（釭）』指金質之燭臺、燈盞。《文選·宋孝武宣貴妃誄》：『庭樹驚兮中帷響，金釭曖兮玉座寒。』劉良注：『金釭，謂金盞置燈也。』字或作『金缸』。齊己《江寺春殘寄幕中知己》之二：『秋加玉露何傷白，夜醉金缸不那紅。』句意謂金質燭臺上燭燼委墜，示夜已深。

〔八〕珊，顧本作『跚』。【曾注】李商隱詩：玉局敗棋收。【補注】闌珊，殘。玉局，對棋局的美稱。

〔九〕【補注】注睇，注目而視。持頤，以手托腮。均神情專注，若有所思之狀。

〔一〇〕曖，原作『暖』，據李本、顧本改。屬，《全詩》、顧本校：一作『矚』。【補注】晻曖，昏暗貌。《文選·王延壽〈魯靈光殿賦〉》：『遂排金扉而北入，宵藹藹而晻曖。』張銑注：『晻曖，暝色。』温庭筠《苦楝花》：『晻曖迷青瑣，氤氲向畫圖』屬，連。

〔一一〕氛氲，《全詩》、顧本校：一作『絪緼』。【補注】氛氲，心緒繚亂貌。陳子昂《入東陽峽》：『仙舟不可見，遥思坐氛氲。』亦可解爲盛多貌。

〔一二〕娥，十卷本、姜本、毛本、《全詩》作『蛾』，誤。衣，《全詩》、顧本校：一作『簾』。秦娥，見卷一《曉仙謡》『秦王女騎紅尾鳳』句注。卷衣，見卷一《舞衣曲》『不逐秦王卷象牀』句注。【補注】秦娥，此泛指秦地美女，即詩中女主人公。

〔一三〕上郡，見卷三《邊笳曲》『上郡隱黄雲』句注。

〔一四〕錦字詩，見卷七《送并州郭書記》『回文空上機』句注。

箋評

【按】詩寫寒宵宴罷，女子思念遠戍上郡之征人。其人之身份或爲歌伎。起聯點寒宵宴罷，其人綽有餘妍，然心事重重，煩躁不安。『寶靺』一聯，謂其身處居室，徘徊悵望，有所思念等待。『曲瓊』一聯，翡翠帷垂，月映罘罳，庭院寂寂。『委墜』一聯，燭臺蠟殘，玉局棋罷，長夜耿耿。『話窮』一聯，似回想宴席上話窮歌罷之際凝睇持頤，若有所思之狀。『晻曖』一聯，昏暗朦朧之長夜中相思之情蘊積。『秦娥』一聯，寫其起晏，而雁信遲遲。末聯揭出全篇主意，謂遠戍上郡魂夢歸來的丈夫，哪知閨中人寄往前方的錦字回文詩中所寓含的深長思念呢？此種内容，温詞中頗有之。

寄渚宫遺民弘里生〔一〕

柳弱湖堤曲，籬疎水巷深。酒闌初促席〔二〕，歌罷欲分襟〔三〕。波月欺華燭〔四〕，汀雲潤故琴〔五〕。鏡清花並蒂〔六〕，牀冷簟連心〔七〕。荷疊平橋闇〔八〕，萍稀敗舫沉。城頭五通鼓〔九〕，窗外萬家砧〔一〇〕。異縣魚投浪〔一一〕，當年鳥共林〔一二〕。八行香未滅〔一三〕，千里夢難尋〔一四〕。未肯睽良願〔一五〕，空期嗣好音〔一六〕。他時因詠作〔一七〕，猶得比南金〔一八〕。

校注

〔一〕《英華》卷二六一寄贈十五載此首。【補注】渚宫，春秋時楚國宫名，故址在今湖北省江陵縣。此借指江陵，唐荆南節度使治所。渚宫遺民，猶荆州居民。弘里生，疑指段成式。據『當年烏共林』句，詩人與『弘里生』當有同事之誼。段成式，宰相段文昌之子，世居荆州，與庭筠、余知古、周繇、韋蟾等人在山南東道節度使徐商幕，賦詩唱和，編爲《漢上題襟集》，尾聯『他時因詠作，猶得比南金』，正指『當年烏共林』期間詩文唱和酬贈之事。咸通二年，庭筠爲『荆州從事』，又與段成式同在蕭鄴幕，『當年烏共林』云云或兼含共在荆南幕之事。古無『弘里』之姓，『弘里生』之名必爲假託。弘里者，弘揚故里、顯耀故里，正切其父子均爲官宦，顯揚故里，爲荆州增光也。『弘里生』之稱段成式，與『昇平相公』之稱裴休，均爲借指。此詩有『八行香未滅，千里夢難尋』之語，題曰『寄』，段、温二人當非居一地。成式離荆南幕後任江州刺史，入爲太常少卿，咸通四年卒。詩有『柳弱湖堤曲，籬疏水巷深。酒闌初促席，歌罷欲分襟』等句，似庭筠至段氏别業參加宴會别後所寄，酌編咸通二年秋（據『牀冷』、『萍稀』、『萬家砧』語）。

〔二〕【咸注】沈君攸詩：班荆促席對芳林。【補注】《史記·滑稽列傳》：『日暮酒闌，合尊促席，引滿相罰，樂飲今夕，一醉累月。』李善注：『東方朔六言詩曰：合尊促席相娱。』促席，坐席相互靠近。

〔三〕【曾注】羅鄴詩：折柳分襟十載餘。【補注】分襟，離别。

〔四〕波，《全詩》、顧本校：一作『坡』。欺，十卷本、姜本、毛本作『期』，誤。【曾注】何遜詩：華燭帳前明。【補注】欺，壓倒、勝過。

〔五〕汀，《英華》、席本、顧本作『江』。【曾注】杜甫詩：江雲何處盡。【補注】汀雲，水邊沙洲上籠罩的霧氣。

〔六〕清，《英華》作『閑』。並蔕，《英華》、席本、顧本作『共葉』。【補注】鏡清，形容湖面清澈平静如鏡。庭筠詩常以鏡面喻湖面，前已屢見。花並蒂，指並蒂的蓮花。

〔七〕【補注】牀冷，疑形容湖水平整清冷。簟連心，本指竹席上織成連瑣同心花紋，此借指湖水波紋如同簟紋。此在晚唐詩中亦多見。亦有反以簟紋形容水紋者，所謂簟紋如水是也。

〔八〕闇，《全詩》、顧本校：一作『闊』，非。

〔九〕通，《英華》、席本、顧本作『更』。【咸注】《大唐新語》：舊制：京城内金吾曉暝傳呼，以戒行者。馬周獻封章，始置街鼓，俗號鼕鼕鼓，公私便焉。杜甫詩：五更鼓角聲悲壯。【補注】通，擊鼓的一個段落。李靖《衛公兵法·部伍營陳》：『日出日没時，撾鼓一千槌，三百三十三搥爲一通。』李商隱《聽鼓》：『城頭疊鼓聲，城下暮江清。』

〔一〇〕【曾注】李白詩：萬户擣衣砧（應作聲）。

〔一一〕魚，《英華》作『雨』，誤。【曾注】古樂府《飲馬長城窟行》：他鄉各異縣，展轉不相見。又：客從遠方來，遺我雙鯉魚。呼兒烹鯉魚，中有尺素書。

〔一二〕【咸注】晉王瓚詩：人情懷舊鄉，客鳥思故林。【補注】鳥共林，喻同棲託。

〔一三〕香，述鈔、李本、十卷本、姜本、毛本作『書』。滅，《英華》、席本、顧本作『減』。【立注】馬融《與竇伯向書》：孟陵奴來，賜書，見手跡，歡喜何量，次於面也。書雖兩紙，紙八行，行七字。【補注】八行，指書信。邢邵《齊韋道遜晚春宴》：『誰能千里外，獨寄八行書？』《古詩十九首·孟冬寒氣至》：『客從遠方來，遺我一書札。上言長相思，下言久離别。置書懷袖中，三歲字不滅。』香，指手澤之香。

〔一四〕夢，《英華》、席本、顧本作『歎』。【立注】陸機《爲顧彦先贈婦》詩：東南有思婦，長歎充幽闥。借問歎何爲，佳人眇天末。

〔一五〕【補注】睽，違。良願，指重聚會面之願。

〔一六〕期，《全詩》、《英華》、席本、顧本校：一作『知』。

〔一七〕因詠，《英華》、席本，顧本作『詠懷』，非。【曾注】阮籍有《詠懷》詩。

〔一八〕比，《英華》作『並』。【曾注】《詩》：元龜象齒，大賂南金。張載《擬四愁詩》：何以報之雙南金。【補注】南金，本指南方出産之銅，後借指貴重之物。此指珍貴之詩篇。白居易《酬張太祝晚秋卧病見寄》：『何以報珍重，慚無雙南金。』比南金，與南金比珍共價。此借指己之詩亦得與段作相比並。

箋評

【按】此詩抒寫與『弘里生』（即段成式）詩酒宴飲之聚會與離别，並將詩寄與對方。『柳弱』二句，宴飲之地。『酒闌』二句，概寫促席宴飲及宴罷分别。『波月』二句，夜宴時月映水上，光掩華燭，汀雲濕潤，琴聲幽咽。『鏡清』二句，形容湖面清澈如鏡，蓮開並蔕；湖水清冷，水紋如簟。『荷疊』二句，湖上即景：荷花重疊，平橋掩映，浮萍稀疏，破舫半沉。『城頭』二句，宴罷已是夜深。以上敍宴别情景，以下敍别後思念。『異縣』二句，謂彼此異縣相隔，如魚之投浪，各有所居，而當年則如鳥之共林，俱爲幕賓。『八行』二句，謂對方來書手澤之香未泯，而彼此已千里相隔，魂夢難尋。『未肯』二句，謂己雖不肯違重會之良願，但目前只能空自期望對方繼續有音書傳來。末二句則謂將來或能因酬和對方之詩作，而使己之詩得以與『南金』比價並傳也。

春盡與友人入裴氏林採漁竿〔一〕

一徑互紆直〔二〕，茅棘亦已繁。晴陽入荒竹，曖曖如春園〔三〕。倚杖息慚倦〔四〕，徘徊戀微暄〔五〕。歷尋嬋娟節〔六〕，翦破蒼筤根〔七〕。地閑修莖孤〔八〕，林振餘籜翻〔九〕。適心在所好，非必尋湘沅〔一〇〕。

校注

〔一〕十卷本、姜本、毛本無此首，此處有《寄裴生乞釣鈎》七絶一首，與第五卷第十題重複。底本、述鈔、席本、李本、《全詩》、顧本有此首，無《寄裴生乞釣鉤》七絶。題内『採』字，《全詩》、顧本作『探』，校：一作『采』。【按】卷五《寄裴生乞釣鈎》之『裴生』，與此題内之『裴氏』或是一人。

〔二〕【補注】互紆直，或曲或直，時曲時直。

〔三〕【補注】曖曖，繁茂貌。陶潛《祭從弟敬遠文》：『淙淙懸溜，曖曖荒林。』

〔四〕慚，十卷本作『憩』。《全詩》、顧本校：一作『憩』。

〔五〕【補注】微暄，微暖。

〔六〕【咸注】左思《吴都賦》：檀欒嬋娟，玉潤碧鮮。【補注】嬋娟，形容竹姿態秀美。《文選·成公綏〈嘯賦〉》：『藉皋蘭之綺靡，蔭脩竹之嬋娟。』李周翰注：『嬋娟，竹美貌。』

〔七〕筤，原作『莨』，據李本、十卷本、顧本、《全詩》改。【曾注】《易》：震爲雷，爲蒼筤竹。【咸注】《漢·

外戚傳》：童謡曰：『木門倉琅根。』倉琅根，宫門銅鍰也。【補注】蒼筤，青色。《易・説卦》孔疏：『竹初生之時，色蒼筤，取其初生之美也。』顧予咸注非。

〔八〕閑，《全詩》、顧本作『閉』。

〔九〕【曾注】謝靈運詩：初篁苞緑籜。注：籜，竹皮也。【補注】振，動。籜，筍殼。

〔一〇〕【咸注】《離騷》：濟沅湘以南征兮。注：沅、湘，水名也。【補注】《初學記》卷二引張華《博物志》：『舜死，二妃淚下，染竹即斑。妃死爲湘水神，故曰湘妃竹。』

箋評

【按】如題敍寫。一二，循時曲時直、茅棘繁生之小徑入林。三四，寫裴氏林在晚春晴陽照映下，繁茂如春日之園林。五六，倚杖惝息徘徊，戀春陽之微暄。七八，尋找姿態美好、顔色青翠之竹作漁竿。九十，因地閑修長適宜作漁竿的竹子迥然孤立，砍伐時竹林振動，剩餘之竹殼亦因之翻動。末二句謂垂釣貴在適心遂好，釣竿自不必遠尋湘竹爲之。

春日

問君何所思，迢遞豔陽時〔一〕。門静人歸晚，牆高蝶過遲。一雙青瑣燕，千萬緑楊絲。屏上吴山遠，樓中朔管悲〔二〕。寶書無寄處〔三〕，香轂有來期〔四〕。草色將林彩〔五〕，相添入黛眉〔六〕。

校注

〔一〕【補注】迢遞，時間久長貌。

〔二〕【補注】朔管，指羌笛，或泛指北方地區流行之管樂器。

〔三〕【咸注】《道學傳》：夏禹撰真靈之玄要，集天官之寶書。江淹《擬休上人怨别》：寶書爲君掩。【補注】寶書，此指閨中思婦寄給遠方丈夫的書信。

〔四〕轂，席本作『輦』。【補注】香轂，香車，閨中思婦所乘。有來期，指來賞春。故下二句云。

〔五〕彩，顧本校：一作『影』。【咸注】江淹《擬張司空離情》：庭樹發紅彩，閨草含碧滋。【補注】將，與。

〔六〕添，《全詩》、顧本校：一作『將』。涉上句『將』字而誤。【曾注】陰鏗詩：眉含黛欲斂。

箋評

【按】此閨中思婦之詞。起二句謂其在豔陽高照之春天遥有所思。『君』指閨中思婦。『門静』四句，寫迢遞春日之美好景物，以反托思婦之孤寂。『屏上』二句，分寫閨中思婦與戍樓征人，一則畫屏寂寂，一則羌笛聲悲。『寶書』二句，謂思婦音書難寄，惟駕香車賞春以遣愁。末二句則謂草色與林彩，同添眉黛之愁，蓋春色惱人，更添愁恨也。

洛陽〔一〕

鞏樹先春雪滿枝〔二〕，上陽宫柳囀黄鸝〔三〕。桓譚未便忘西笑〔四〕，豈爲長安有鳳池〔五〕？

校注

〔一〕《絶句》卷四十四載此首。【曾注】《唐·地理志》：河南府有洛陽縣。神龍二年，更洛陽曰永昌。唐隆二年，復故名。【按】此指東都洛陽，非河南府之洛陽縣。

〔二〕【曾注】《世系圖》，洛陽，周鞏伯封邑。【補注】鞏，鞏縣。鞏、洛每連稱，泛指洛陽一帶地區。鞏樹，實即洛陽一帶之樹。先春雪滿枝，指春前梅花競發如雪滿枝。

〔三〕【曾注】王維詩：陰陰夏木囀黄鸝。【補注】上陽，唐東都洛陽宫名。《新唐書·地理志》：『上陽宫在禁苑之東，東接皇城之西南隅，上元中置。高宗之季，常居以聽政。』

〔四〕【曾注】桓譚《新論》：關東俚語：『人聞長安樂，則（出門）西向而笑。』【補注】西笑，指對長安之渴慕向往。

〔五〕【補注】鳳池，即鳳凰池，中書省之别稱。

箋評

【按】此身在東都洛陽懷慕長安之作。起二句寫洛陽春日前後之美好景色。後二句謂己之懷慕長安，豈只因長安有鳳池可棲哉！蓋謂己之志不在慕高官顯宦，而别有所寄也。

題賀知章故居疊韻作〔一〕

廢砌翳薜荔〔二〕，枯湖無菰蒲〔三〕。老媪賓藁草〔四〕，愚儒輸逋租〔五〕。

校注

〔一〕《絶句》卷二十載此首，題作『題賀知章故居作疊韻』。【曾注】《越志》：賀知章宅在會稽城東一十五里，名賀家池。【補注】疊韻作，指詩中每句之五字均爲同韻字。此庭筠在越州時作，約會昌二年秋。

〔二〕【曾注】《離騷》：貫薜荔之落蕊。王逸注：薜荔，香草也。緣木而生（蕊實也）。【補注】翳，遮蔽。薜荔，木蓮。常緑藤本，蔓生。

〔三〕【補注】菰，即茭白。蒲，指香蒲。

〔四〕寶，十卷本、毛本、《全詩》作『飽』。【咸注】《戰國策》：觸讋對趙太后曰：『老臣竊以爲媪之愛燕后，賢於長安君。』高誘注：媪，女老稱。【補注】寶，珍愛、視爲珍寶。藁草，稻麥的稈、草料。

〔五〕【補注】逋租，拖欠之租税。

箋評

【按】此賀知章故居之素描。前二句故居荒廢，後二句則故居已成窮媪、愚儒之居矣。

雨中與李先生期垂釣先後相失因作疊韻〔一〕

隔石覓屐跡〔二〕，西溪迷雞啼。小鳥擾曉沼〔三〕，犁泥齊低畦〔四〕。

校注

〔一〕【補注】期，相約。

〔二〕【補注】屐跡，指李先生之屐印、足跡。

〔三〕【補注】擾，攪擾、喧鬧。曉沼，早晨之池塘。即垂釣之所。

〔四〕齊，李本、十卷本、姜本、毛本作『如』。【補注】句意謂田裏犁起的泥跟低畦平齊。

箋評

【按】此亦素描式之作，前三句扣題，末句眼前即景。

春日雨〔一〕

細雨濛濛入絳紗〔二〕，澧湖寒食孟珠家〔三〕。南朝漫自稱流品〔四〕，宮體何曾爲杏花〔五〕？

校注

〔一〕《英華》卷一五三天部雨載此首及下首（五律『憑軒望秋雨』），題作『細雨二首』。【立曰】以下見《文苑英華》。【按】《絶句》卷四十四載此首。題作『春日雨』，是，《英華》題作『細雨』，係據其内容另擬。

〔二〕【立注】何遜《杏花詩》：麗色明珠箔，餘香襲絳紗。【補注】絳紗，借喻杏花的花瓣。

〔三〕澧湖，《絶句》《全詩》作『湖亭』。珠，《英華》、姜本作『殊』，誤。《全詩》校：『疑作「姝」』，非。【立注】《丹陽孟珠歌》：陽春二三月，草與水同色。攀條摘香花，言是歡氣息。【補注】《讀史方輿紀要·江西和州》：『澧湖在州西十五里，昔時受麻湖水，至當利驛港入江。』《樂府詩集·清商曲辭·西曲歌》有《丹陽孟珠歌》

十首，其第一首云：『人言孟珠富，信實珠滿堂。龍頭銜九花，玉釵明月璫。』顧注所引爲第二首。此似以『孟珠家』指富人之家。

〔四〕【補注】流品，品類、等級。南朝士族矜尚門閥，重視人物儀容風度、言談舉止，並以此品評人物等第。《南史·王僧綽傳》：『究識流品。』漫自，空自。

〔五〕【立注】《南史·徐摛傳》：摛文體既別，春坊盡學之，宫體之號，自斯而始。【按】宫體詩之内容以豔情、詠物爲多，而其中無詠杏花者，故云『宫體何曾爲杏花』。

箋評

【按】詩詠『澧湖寒食』富人家春雨杏花之美，謂南朝宫體未見題詠，而此花流品當居第一也。

細雨〔一〕

憑軒望秋雨〔二〕，涼入暑衣清。極目鳥頻没〔三〕，片時雲復輕。沼萍開更斂，山葉動還鳴。楚客秋江上，蕭蕭故國情〔四〕。

校注

〔一〕《英華》卷一五三天部雨載上首及此首，合題爲『細雨二首』，此爲其二。

〔二〕【補注】軒，窗。

〔三〕【補注】没，指隱没於遠處天際雲中。

〔四〕【補注】楚客，詩人自指。庭筠舊鄉在江南吴楚舊地，故自稱『楚客』。蕭蕭，凄清貌。故國，指吴中故鄉。

箋評

【按】前三聯詠秋天細雨，尾聯則因秋江細雨而興故國之情。似晚年客江陵作。酌編咸通二年秋。

秋雨〔一〕

雲滿鳥行滅〔二〕，池涼龍氣腥〔三〕。斜飄看棋簟〔四〕，疎灑望山亭。細響鳴林葉，圓文破沼萍〔五〕。秋陰杳無際，平野但冥冥。

校注

〔一〕《英華》卷一五三天部雨載此首。

〔二〕滿，《英華》作『雨』，旁注：疑。【按】『雨』係『滿』之缺訛。天空雪滿，則飛鳥没入雲中，猶上首『極目鳥頻没』。

〔三〕【補注】傳説深池中常有龍潛藏其中，下雨前後，池塘中常升騰腥氣，故有『池涼龍氣腥』之想像。『涼』字切『秋雨』。

〔四〕【補注】棋簟，棋盤。『看』之主體係詩人自己，下句『望』字同。

〔五〕【補注】圓文，指秋雨雨滴入池漾起的圓紋。沼萍，池塘中的浮萍。

箋評

【按】首句及五六句與前首第三句、第五六句意複。唯前首以情結，此則以景結。此類詩均頗近試帖體。

春初對暮雨〔一〕

淅瀝生叢篠〔二〕，空濛泫網軒〔三〕。暝姿看遠樹〔四〕，春意入塵根〔五〕。點細飄風急，聲輕入夜繁。雀喧争槿樹〔六〕，人静出蔬園。瓦溼光先起〔七〕，房深影易昏〔八〕。不應江上草，相與滯王孫〔九〕。

校注

〔一〕《英華》卷一五三天部對雨載此首。

〔二〕【補注】叢篠，竹林。

〔三〕空，《英華》作『涳』，旁注：疑。【按】『涳』涉下二字而誤加水旁。【補注】泫，水下滴。網軒，網户，裝飾有網狀雕刻之門窗。韋應物《雨夜宿清都觀》：『洞户含涼氣，網軒構層陰。』

〔四〕【補注】暝姿，朦朧的身姿。此句即看遠樹之暝姿之意。

〔五〕塵，《全詩》校：一作『陳』。【立曰】疑作『陳』。鄭玄《毛詩箋》：陳根可拔。【補注】塵根，指塵泥下的草根，意自可通。

〔六〕【立注】謝靈運《田南樹園激流植援》詩：插槿當列墉。【補注】槿樹，木槿，常用作園圃的籬笆，此處即指槿籬，視下句『蔬園』可知。

〔七〕【補注】細雨濕瓦，在暮色中泛起反光，故云。

〔八〕影，顧本原作『景』，字通。此仍從《英華》、姜本、《全詩》。【補注】暮雨天暗，房屋深邃，物影更顯昏暗。

〔九〕【補注】《楚辭·招隱士》：『王孫遊兮不歸，春草生兮萋萋。』

箋評

【按】刻畫暮雨，殊乏情韻，唯『聲輕』、『瓦溼』二語稍佳。尾聯謂暮雨與春草，不應相與阻王孫之歸也。似客游作，地在江南。

雪二首〔一〕

硯水池先凍，窗風酒易消。鴉聲出山郭〔二〕，人迹過村橋〔三〕。稍急方縈轉，才深未寂寥。細光穿暗隙〔四〕，輕白駐寒條〔五〕。草静封還拆〔六〕，松欹墮復摇。謝莊今病眼，無意坐通宵〔七〕。

羸驂出更慵〔八〕，林寺已疎鐘。踏緊寒聲澀，飛交細點重。圃斜人過跡，階静鳥行蹤。寂莫梁鴻病，誰人代夜舂〔九〕？

校注

〔一〕《英華》卷一五四天部詠雪載此二首。

〔二〕鴉，《英華》作『雅』，注：即『鴉』字。郭，《英華》作『廓』，誤。

〔三〕【補注】作者《商山早行》有『雞聲茅店月，人跡板橋霜』之句，此聯構思、意境與之相似，而韻味則遜。

〔四〕【補注】細光，指細小泛着光亮的雪。暗隙，通向暗處的縫隙。

〔五〕【補注】輕白，指雪花。駐，停留、堆積。寒條，冬天的樹枝。

〔六〕拆，《英華》作『新』，校云：疑。《全詩》、姜本作『拆』。【補注】封，指爲雪所封蓋。拆，裂，指雪裂開。

〔七〕【立注】《南史·謝莊傳》：與大司馬江夏王義恭牋，自陳眼患，五月來不復得夜坐，恒閉帷避風。【補注】《宋書·符瑞志上》：『大明五年正月戊午之日，花雪降殿廷。時衛將軍謝莊下殿，雪集衣。還白，上以爲瑞。於是公卿並作花雪詩。』顧氏失注，則此聯與題了不相涉。

〔八〕【補注】羸驂，瘦馬。因雪積難行，故瘦馬出行更顯慵懶，舉步遲緩。

〔九〕莫，《英華》作『寥』。《全詩》作『寞』，通。【立注】《後漢·逸民傳·梁鴻》：梁鴻至吴，依大家皐伯通，居廡下，爲人賃舂。【補注】《後漢書·逸民傳·梁鴻》：『鄉里勢家慕其高義，多欲女之（以女妻之），鴻並絶不娶。同縣孟氏有女狀肥醜而黑，力舉石臼，擇對不嫁，至年三十。父母問其故，女曰：「欲得賢如梁伯鸞者。」鴻聞而聘之。』

箋評

【按】二首亦類試帖體。前首尾聯透露庭筠其時病眼，故不能坐通宵以賞雪。後首尾聯則透露其時庭筠妻已亡故，尚未再娶，故有『誰人代夜舂』之慨。

宿友人池〔一〕

背牆燈色暗〔二〕，宿客夢初成〔三〕。半夜竹窗雨，滿池荷葉聲。簟涼秋閣思〔四〕，木落故山情〔五〕。明發又愁起〔六〕，桂花溪水清。

校注

〔一〕《英華》卷一六五地部七池載此首。又卷二七九送行十四亦載此首，題作『送人遊淮海』，《全詩》題同《英華》卷二七九。【按】詩確係『宿友人池』之作，無『送人遊淮海』意。

〔二〕牆，《英華》卷二七九、《全詩》作『檣』，誤。色，顧嗣立校：一作『影』。

〔三〕【補注】宿客，詩人自指。

〔四〕閣，《全詩》作『閤』，通。姜本一作『客』，誤。【補注】句意謂因雨夜簟涼，宿於秋閣中之客人思緒縈繞。

〔五〕【補注】故山，指吳中舊鄉。

〔六〕【補注】明發，本指黎明、平明。語本《詩·小雅·小宛》：『明發不寐，有懷二人。』明發，謂將旦而光明開發。後轉用爲早晨啓程之義。陸機《招隱》之二：『明發心不夷，振衣聊躑躅。』此句即用早晨啓程之義。下句『溪水』説明詩人係乘舟旅行。

箋評

【按】羈旅途中，宿友人池閣。燈暗夢初成之際，聞竹窗夜雨、滿池荷聲，簟涼而秋思縈繞，葉落而鄉思轉添。想像明晨啓程續發，見桂花飄浮於溪水，當愁思悠悠難已也。詩清暢明麗，情致韻味均佳。羈旅思鄉之作，温所擅長。

原隰荑緑柳〔一〕

迥野韶光早〔二〕，晴川柳滿堤〔三〕。拂塵生嫩緑，披雪見柔荑〔四〕。碧玉牙猶短〔五〕，黄金縷未齊。腰支弄寒吹〔六〕，眉意入春閨〔七〕。預恐狂夫折〔八〕，迎牽逸客迷〔九〕。新鶯將出谷〔一〇〕，應借一枝棲〔一一〕。

校注

〔一〕《英華》卷一八八省試九（州府試附）載此首。注：集無。【立注】此省試題也。《文苑英華》注云：集中無此詩。【補注】原隰，廣平與低濕之地。語本《書·禹貢》：『原隰厎績，至于豬野。』萇，發芽、萌生。

〔二〕【補注】迥野，遠郊。韶光，春光。

〔三〕柳滿，《英華》校：一作『映柳』。

〔四〕【立注】《詩》：手如柔荑。【補注】柔荑，柔軟潔白的初生茅草嫩芽。此指初生的柳枝嫩芽。

〔五〕【補注】碧玉，指碧緑的柳葉。賀知章《柳》：『碧玉妝成一樹高。』牙，指柳芽。

〔六〕支，《全詩》作『肢』，通。【補注】腰支，形容初生柳枝如女子細腰。弄，擺動。寒吹，寒風。

〔七〕【立曰】柳腰、柳眉，注并見下（《楊柳枝八首》）。【補注】初生柳葉如女子美眉，故云『眉意入春閨』。

〔八〕【立注】《詩》：折柳樊圃，狂夫瞿瞿。【補注】狂夫，無知妄爲者。

〔九〕【補注】逸客，超逸高雅者。句意謂柳條依依迎客，使逸客情牽思縈。

〔一〇〕【補注】《詩·小雅·伐木》：『伐木丁丁，鳥鳴嚶嚶。出自幽谷，遷于喬木。』自唐以來，常以嚶鳴出谷之鳥爲鶯，故以鶯遷、鶯出谷喻科舉登第。

〔一一〕【補注】劉餗《隋唐嘉話》卷中：『李義府始召見，太宗試令詠烏，其末句云：「上林多少樹，不借一枝棲。」』

箋評

【《唐詩類釋》卷十五】首句先從早春説入，次句點明『柳』字，三句承明『緑』字，四句折出『荑』字，五六句實寫『荑』字，七八句申寫柳之景象，九十句襯寫一層，末二句以自况意作結。

【按】首二句點題。三至八句均寫嫩柳。九十句憐愛之意。末拍合應試求登第意作結。非自況，乃自抒企望登第之情，『一枝』者，柳枝也。

宿秦生山齋〔一〕

衡巫路不同〔二〕，結室在東峯。歲晚得支遁，夜寒逢戴顒〔三〕。龕燈落葉寺〔四〕，山雪隔林鐘。行解無由發〔五〕，曹溪欲施春〔六〕。

校注

〔一〕《英華》卷二一七人事四宿會載此首。又卷三一七居處七園齋亦載此首，題内『秦』作『陳』。生，顧嗣立曰：疑作『僧』。《全詩》校：一作『僧』。【按】據頷、尾二聯用典，似應作『僧』。

〔二〕【立注】顔延之詩：江漢分楚望，衡巫奠南服。注：衡、巫，二山名。【補注】衡巫，可指衡、巫二山，也可指二山所在的衡州、夔州一帶地區。此以赴衡、巫之不同路喻己與秦僧之僧、俗不同道。

〔三〕支遁、戴顒，見卷四《重游圭峯宗密禪師精廬》『戴顒』二句注。此分指秦僧與自己。

〔四〕【補注】龕燈，佛龕前的長明燈。龕，供奉佛的石室或小閣。

〔五〕行解，《英華》校：一作『行李』，一作『戒行』。【補注】行解，佛教用語，行指佛教的修習與踐行，解即知解、解會。或謂指心識游行所對之境而解了之。

〔六〕【立注】李舟《能大師傳》：五祖弘忍告之曰：『汝緣在南方，宜往教授，持此袈裟以爲法信。』一夕南逝。公滅度後，諸弟子求衣不獲，始相謂曰：『此非盧行者所得邪？』使人追之，已去。《寶林傳》：能大師傳法衣處，在曹溪寶林寺。【補注】曹溪，水名，在今廣東曲江東南雙峯山下。此借指禪宗南宗始祖慧能，以其在曹溪寶林寺演法，故稱，慧能原爲春米行者。此云『曹溪欲施春』，謂己欲依門下皈依佛法，爲秦僧弟子。

箋評

【按】起聯謂己與秦僧僧俗道異，彼則結室東峯。頷聯謂彼此在歲暮夜寒時相逢相識。腹聯夜宿山齋所見所聞，境界清寂。尾聯謂己於佛教之修習踐行知解尚無緣受到啓發，願依秦僧門下爲弟子。

贈楚雲上人〔一〕

松根滿苔石，盡日閉禪關〔二〕。有伴年年月，無家處處山。煙波五湖遠，瓶屨一身閑〔三〕。岳寺蕙蘭晚，幾時幽鳥還？

校注

〔一〕《英華》卷二二三釋門五載此首。【補注】上人，對僧人的尊稱。《釋氏要覽·稱謂》引古師云：『内有德智，外有勝行，在人之上，名上人。』楚雲上人，未詳。

〔二〕【補注】禪關，此指禪寺之門。

〔三〕【補注】五湖，指太湖。瓶屨，指僧人所攜的净水瓶和所著的芒鞋。

箋評

【按】松根之坐石長滿青苔，禪寺之大門盡日長關，見楚雲上人久已不在寺内。三四謂其年年惟與月作伴，無家而處處山寺均可爲家，見其常年雲游四方。五六謂其雲游之地或遠在煙波浩渺之太湖，攜净瓶著芒鞋到處雲游可謂一身閑。尾聯謂岳寺之蕙蘭行將凋衰，何時上人能如幽鳥之歸山回到此處呢？味詩意，楚雲上人蓋西岳華山某禪寺僧人，詩人往訪不遇，知其雲游在外已久，故作此詩以留贈。

宿白蓋峯寺寄僧〔一〕

山房霜氣晴〔二〕，一宿遂平生。閣上見林影，月中聞澗聲。佛燈銷永夜，僧磬徹寒更。不學何居士，焚香爲宦情〔三〕。

校注

〔一〕《英華》卷二二三釋門五載此首。【補注】卷八《宿雲際寺》云：『白蓋微雲一徑深，東峯弟子遠相尋。』白蓋峯疑即雲際山，在鄠縣東南六十里。白蓋峯寺，疑即指雲際山大定寺。參見卷八《宿雲際寺》注〔一〕。

〔二〕晴，《全詩》、顧本校：一作『清』。

〔三〕宦，《英華》作『官』，誤。【立注】《晉·何充傳》：充與弟準俱崇信釋氏，謝萬譏之曰：『二郄諂於道，二何佞於佛。』【補注】《晉書·何充傳》：『性好釋典，崇修佛寺，供給沙門以百數，糜費巨億而不吝也。親友至於貧乏，無所施遺，以此獲譏於世。阮裕嘗戲之曰：「卿志大宇宙，勇邁終古。」充問其故，裕曰：「我圖數千户郡尚未能得，卿圖作佛，不亦大乎！」』充官至宰相，而佞於佛，故曰『焚香爲宦情』。

箋評

【按】首聯宿白蓋峯寺山房。頷腹二聯宿寺所見所聞，一寺外，一寺内。尾聯則謂己之學佛，志尚真誠，非如何充之佞佛而宦情甚熾也。

送僧東遊〔一〕

師歸舊山去〔二〕，此别已悽然。燈影秋江寺，篷聲夜雨船〔三〕。鷗飛吴市外〔四〕，麟卧晉陵前〔五〕。若到東林社〔六〕，誰人更問禪？

校注

〔一〕《英華》卷二二三釋門五載此首。【補注】東遊，據『吴市』、『晉陵』語，當是東遊吴地。

〔二〕【補注】舊山，指庭筠之舊鄉吴中。『歸』字如指歸僧人昔日駐錫之山，則題不當曰『送僧東遊』，而應曰『送僧東歸』。

〔三〕篷，《英華》、姜本作『蓬』。通。

〔四〕【立注】《漢·梅福傳》：變姓名爲吴市門卒。【補注】吴市，吴都（蘇州）之街市。《越絶書·外傳記吴地傳》：『吴市者，春申君所造。闕兩城以爲市，在湖里。』

〔五〕【立注】《晉·州郡志》：南徐州刺史領晉陵太守。吴時分吴郡無錫以西爲毘陵，晉東海王越世子名毘，永嘉五年，帝改爲晉陵。【按】顧注非。此『晉陵』非指晉陵郡或晉陵縣，乃指東晉帝王之陵墓。麟指陵前之石麟。韋莊《上元縣》：『止竟霸圖何物在？石麟無主卧秋風。』即『麟卧晉陵前』之意。《元和郡縣圖志·江南道一·上元縣》：『晉元帝睿建平陵、明帝紹武平陵、成帝衍興平陵，並在縣東北六里雞籠山。康帝岳崇平陵，在縣東北二十里蔣山西南。哀帝丕安平陵，在縣北六里雞籠山南。簡文帝昱高平陵、孝武帝昌明隆平陵、安帝德宗休平陵、恭帝德文冲平陵，並在縣東北二十里蔣山西南。』僧東遊當至金陵、蘇州，故有此一聯。

〔六〕【補注】東林社，晉慧遠法師與劉遺民、雷次宗、宗炳等十八人發起白蓮社於廬山東林寺，故稱。此當借指吴中舊鄉已曾訪游之僧寺，所曾結交之僧人。

箋評

【按】首聯謂僧東遊至吴中己之舊鄉，而己則未能『歸舊山』，故相别不覺悽然。頷聯經行吴地所見所聞景物，饒有地方特色與詩情。腹聯蘇州、金陵二地之風物古蹟，亦僧東遊吴中必至之地。尾聯謂僧若到己昔遊之寺，有誰人更往問禪乎？慨己之不能歸舊山重訪也。此詩頷聯句法似『雞聲茅店月，人跡板橋霜』一聯，翁方綱《石洲詩話》卷二曾將二聯作比較，謂其『同是一樣手法』，而將『雞聲』一聯誤爲義山詩。

盤石寺留别成公〔一〕

槲葉蕭蕭帶葦風〔二〕，寺前歸客别支公〔三〕。三秋岸雪花初白〔四〕，一夜林霜葉盡紅〔五〕。山疊楚天雲壓塞，浪遥吴苑水連空〔六〕。悠然旅榜頻回首〔七〕，無復松窗半偈同〔八〕。

校注

〔一〕《英華》卷二二三釋門五載此首。【補注】卷七有《和友人盤石寺逢舊友》五律。首句云『楚寺上方宿』，此首亦云『山疊楚天』，又云『浪連吴苑』，可證寺當在吴楚之地。前詩云『水闊紅葉秋』，此首亦云『三秋岸雪花初白，一夜林霜葉盡紅』，時令物候相同。可證二詩當同時先後之作。此詩係離盤石寺時留别寺僧成公之作。疑會昌元年秋東歸吴中舊鄉途中作。

〔二〕【補注】槲，即柞櫟樹。葦，蘆葦。

〔三〕客，《全詩》、顧本校：一作『路』。【補注】歸客，詩人自指。《和友人盤石寺逢舊友》有『月溪逢遠客，煙浪有歸舟』之句，與此『歸客』亦合。詩人離盤石寺後，當歸吴中舊居。支公，支遁，詳卷四重游圭峯宗密禪師精廬》『支遁他年識領軍』句注。此以『支公』借指成公。

〔四〕花初，姜本作『蘆花』，非。【立注】《格物叢話》：蘆，葦之未秀者也。有節如竹，至末抽頭，頭上生花，花色白。或謂之荻花，即此。晉時謡云：『官家養蘆花成荻。』

〔五〕【補注】葉，指楓葉。又，江南多烏桕樹，秋天經霜後亦染紅。

〔六〕吴苑，見卷一《吴苑行》注〔一〕。【按】吴苑所在，即庭筠之吴中舊鄉一帶。

〔七〕【立注】曹植《朔風》詩：誰忘汎舟，媿無榜人。張揖《漢書注》：榜人，船長也。【補注】榜，船槳，代指船。旅榜，猶客船，指作者所乘之舟，即五律所謂『煙浪有歸舟』。

〔八〕【立注】《南史》：陶弘景好松風，庭院皆種松，聞其響，欣然爲樂。半偈，詳卷四《寄清源寺僧》注〔三〕。

箋評

【按】首聯點題。頷聯眼前蘆花似雪、楓葉盡紅之深秋明麗景象。腹聯遠望所見山疊楚天、雲壓楚塞，浪連吴苑、水接遥天之壯闊境界。尾聯則客舟頻頻回首，惜不能與成公於松窗下再同賦半偈也。

訪知玄上人遇暴經因有贈〔一〕

縹帙無塵滿畫廊〔二〕，鍾山弟子静焚香〔三〕。惠能未肯傳心法〔四〕，張湛徒勞與眼方〔五〕。風颺檀煙銷篆印〔六〕，日移松影過禪牀。客兒自有翻經處〔七〕，江上秋來蕙草荒。

校注

〔一〕《英華》卷二二三釋門五載此首。【立注】《稽古略》：知玄姓陳氏，咸通四年，制署號悟達國師。【補注】宋贊寧《高僧傳·悟達國師知玄傳》：知玄，俗姓陳，眉州洪雅人。少於蜀削髮出家。文宗時，居長安資聖寺，詔入顧問。『武宗御宇，玄即歸巴、岷舊山，例施巾櫛。方扁舟入湖、湘間，時楊給事漢公廉問桂嶺，延止開元佛寺。』『屬宣宗龍飛，玄復掛壞衣上國寶應寺。帝以舊藩邸造法乾寺，詔玄居寺之玉虚亭。大中三年，因奏天下廢寺基，各敕重建。大中八年，上章乞歸故山，大行例濟，受益者多。』『有李商隱者，一代文宗，時無倫輩，常從事河東柳公梓潼幕，久慕玄之道學，後以弟子禮事玄。時居永崇里，玄居興善寺。義山苦眼疾，慮嬰昏瞽，遥望禪宫，冥禱乞願。玄明旦寄《天眼偈》三章，讀終疾愈。迫乎義山卧病，語僧録僧徹曰：「某志願削染，爲玄弟子。」臨終寄書偈訣別。鳳翔府寫玄真，李義山執紼侍立焉……中和二年，弟子左街僧録净光大師僧徹述傳。』知玄僖宗廣明年間卒。文宗、宣宗時均曾在長安。庭筠大中十年後歷襄陽、荆南幕，約咸通四年方還長安。故此詩可能作於大中八年玄歸故山之前數年内。暴經，曝曬佛經。按：《全唐詩》於《盤石寺留别成公》後，爲《題中南佛塔寺》至《鴻臚寺有開元中錫宴堂樓臺池沼雅爲勝絶荒涼遺址僅有存者偶成四十韻》等十四首，顧本此十四首在《月中宿雲居寺上方》之後，與《全唐詩》次序不同。

〔二〕【補注】縹帙，淡青色之書衣。此代指佛經經卷。畫廊，廊壁上有畫，故云。

〔三〕鍾，《英華》作『終』。鍾山弟子，未詳。【按】《南齊書·周顒傳》，顒『泛涉百家，長於佛理，著《三宗論》』，『於鍾山西立隱舍』，是否指顒，未可定。詩意則以『鍾山弟子』指寺僧。

〔四〕能，姜本作『然』，非。【立注】李舟《能大師傳》：五祖弘忍告之曰：『汝緣在南方，宜往教授，持此袈娑以爲法信。』一夕南逝。公滅度後，諸弟子求衣不獲，始相謂曰：『此非盧行者所得邪？』使人追之，已去。【補注】惠能，即慧能，禪宗南宗創始人，俗姓盧。於龍朔元年赴黄梅參見弘忍，爲行者，在碓房舂米。後弘忍爲選嗣法弟子，命寺僧各作偈。上座神秀主漸悟，慧能主頓悟，所作偈『菩提本非樹，明鏡亦非臺。本來無一物，何處惹塵埃』得到弘忍贊許，密授法衣。後在韶州曹溪寶林寺弘揚『直指人心，見性成佛』之頓悟法門，與神秀倡導實行之『漸悟』相對，成爲南宗禪始祖。心法，指經典以外的傳受之法，禪宗以心傳心之法。此句謔言知玄未肯收己爲弟子，祕授己以心法。

〔五〕【立注】《晉書》：范甯常苦目痛，就張湛求方，湛書損讀書、減思慮、專内觀、簡外事、旦起晚、夜早眠六事。【補注】張湛，晉武帝時以才學官中書侍郎、光禄勳，曾撰《養生要集》十卷，今佚。此借指知玄。據《高僧傳》敍李商隱曾苦眼疾求醫於知玄事，玄或能醫治眼疾。庭筠《雪二首》之一自稱『謝莊今病眼』，故玄亦與治眼之方，曰『徒勞』者，謂藥方無效，眼疾未愈也。

〔六〕【補注】篆印，篆香，即盤香，用榆樹皮粉作糊，加入香料（如檀香），用金屬格印製之盤旋狀綫香。因其像篆字形，故稱。

〔七〕【立注】客兒，謝靈運小字。《廬山記》：謝靈運一見遠公，肅然心服，乃即寺翻《涅槃經》，名其臺曰翻經臺。【補注】客兒，詩人自指。翻經處，即末句所云『江上秋來蕙草荒』之地，當指吴中舊鄉之佛寺。

箋評

【按】首聯訪知玄，適遇其焚香曬經。頷聯謂知玄未肯傳授己以心法，收己爲弟子，僅得其治眼疾之方，亦屬徒勞。腹聯風颭檀煙，篆字香銷；日移松影，光過禪牀，見時間之推移。尾聯謂己自有翻經（以翻譯之翻諧翻曬之翻）之地，惜羈客他鄉，久未前往，舊鄉吳中秋來江邊之蕙草已荒蕪凋枯矣。

寄崔先生〔一〕

往年江海別元卿〔二〕，家近山陽古郡城〔三〕。蓮浦香中離席散〔四〕，柳堤風裏釣船橫。星霜荏苒無音信，煙水微茫變姓名〔五〕。菰黍正肥魚正美〔六〕，五侯門下負平生〔七〕。

校注

〔一〕《英華》卷二二九道門五載此首。崔先生，名未詳。

〔二〕【立曰】（元卿）見卷四《題韋籌博士草堂》『元卿謝免開三徑』句注。【補注】此以隱居不仕之蔣詡（字元卿）喻崔，謂昔年於江海之上別崔。江海，指隱士居處。《莊子·刻意》：『就藪澤，處閒曠，釣魚閒處，無爲而已矣。此江海之士，避世之人。』

〔三〕【補注】山陽，晉置郡名，治所在今江蘇淮安。隋廢郡留縣，唐仍之，屬楚州淮陰郡。

〔四〕浦，《英華》校：一作『沼』。

〔五〕【立注】《史記·越世家》：范蠡浮海出齊，變姓名爲鴟夷子皮。

〔六〕【立注】《西京雜記》：菰之有米者，長安人謂爲雕胡。【補注】此句隱用晉張翰在洛陽，見秋風起，因思吳中菰菜、蒪羹、鱸魚膾，遂命駕東歸事，見《晉書·文苑傳·張翰》。此指己之吴中舊鄉物産甚美，正宜歸去。

〔七〕【立注】《西京雜記》：五侯不相能，賓客不得往來。婁護、豐辯，傳食五侯間，各得其歡心，競致奇膳。護乃合以爲鯖，世稱五侯鯖，以爲奇味焉。【補注】漢成帝時，悉封舅王譚、王立、王根、王逢時、王商爲列侯。五人同日封，故世謂之五侯。見《漢書·元后傳》。此泛指權貴豪門。

箋評

【按】前四句寫昔年於山陽古郡城崔隱居之地與之離别，三四寫别時景象，頗富詩情畫意。腹聯别後星霜頻换，光陰荏苒，杳無音信，揣想崔當如范蠡之變姓名隱於煙水微茫之湖海。尾聯謂吴中舊鄉，菰黍鱸魚正美，深慨己之游於五侯門下，負平生之志願，有愧於崔之高逸也。此詩音節流暢，格調清新，亦富情致。會昌元年庭筠東歸吴中舊鄉途經山陽古郡時值春令，此詩有『蓮浦香中』字，當在夏末，或會昌三年自吴中返長安時經山陽與崔分别。此作則又在别後數年。

敬答李先生〔一〕

七里灘聲舜廟前〔二〕，杏花初盛草芊芊。緑昏晴氣春風岸〔三〕，紅漾輕輪野水天〔四〕。不爲傷離成極望〔五〕，更因行樂惜流年。一瓢無事麛裘暖〔六〕，手弄溪波坐釣船。

校注

〔一〕《英華》卷二三九道門五載此首。李先生，名未詳。

〔二〕【立注】顧野王《輿地志》：七里瀨在東陽江下，與嚴陵瀨相接，有嚴山。桐廬縣南有嚴子陵漁釣處，今山邊有石，上平，可坐十人，臨水，名爲嚴陵釣壇也。《括地志》：越州餘姚縣有歷山舜井。【補注】七里瀨，又名七里瀧，在今浙江桐廬縣南。兩山夾峙，東陽江奔瀉其間，水流湍急，連亘七里，故名。北岸富春山（嚴陵山）傳爲嚴光耕作垂釣處。舜廟，亦當在七里灘一帶，非遠在餘姚者。

〔三〕【補注】句意爲春風染緑岸上的草樹，在晴光照映下，瀰漫着一層霧氣。

〔四〕輪，《全詩》作『綸』。【補注】紅，指杏花花瓣。輕輪，指釣輪。詳卷四《寄湘陰閻少府乞釣輪子》注〔一〕〔二〕〔三〕。

〔五〕【補注】極望，極目遠望。句意謂不因傷離而極目遠望。

〔六〕【補注】《論語·雍也》：『一簞食，一瓢飲，在陋巷，人不堪其憂，回也不改其樂。』麛，幼鹿。麛裘，即麛裘。

箋評

【按】前兩聯寫七里灘之春景，『紅漾輕輪』暗透李亦嚴光式隱於耕釣之高士，後兩聯贊美其淡泊自守、達觀安恬之人生態度。似會昌二年游越中時作，據『杏花』『春風』字，當在二年春。卷七有《雨中與李先生期垂釣先後相失因作疊韻》，與此詩之『李先生』當是一人。

宿灃曲僧舍〔一〕

東郊和氣新〔二〕，芳靄遠如塵〔三〕。客舍停疲馬〔四〕，僧牆畫故人。沃田桑景晚〔五〕，平野菜花春。更想嚴家瀨〔六〕，微風蕩白蘋〔七〕。

校注

〔一〕《英華》卷二三八寺院六載此首。題内『灃』訛作『澧』。僧，《全詩》、顧本校：一作『精』。【補注】灃，水名，源出今陝西長安縣西南秦嶺山中，北流至西安市西北入渭水。《書·禹貢》：『漆、沮既從，灃水攸同。』《史記·封禪書》司馬貞索隱引《十三州記》：『灃水出鄠縣南。』灃曲，灃水的拐彎處。此詩當爲庭筠寓居鄠郊時作，具體時間未詳。

〔二〕【補注】東郊，指鄠縣之東郊。和氣，指春天的陽和晴暖之氣。

〔三〕【補注】芳靄，春天的煙霧。

〔四〕舍，《英華》校：一作『路』。【補注】客舍，指僧寺中的客舍。

〔五〕景，顧本作『葉』，據《英華》、《全詩》、姜本改。【補注】《太平御覽》卷三引《淮南子》：『日西垂，景在樹，謂之桑榆。』桑景晚，指落日餘輝照映桑樹之端，作『葉』者非。

〔六〕嚴家瀨，即嚴陵瀨，傳爲嚴光耕釣處，見上首注〔二〕。

〔七〕【補注】柳惲《江南曲》：『江洲采白蘋，日暖江南春。』

箋評

【按】宿僧舍詩而所寫内容殊少清寂之境，而多春日融和駘蕩之景。『沃田』一聯，白描佳境。尾聯由眼前春景聯想到嚴瀨春風摇蕩白蘋之江南春景，寓歸隱之思，亦有情致。

宿一公精舍〔一〕

夜闌黄葉寺，瓶錫兩俱能〔二〕。松下石橋路，雨中山殿燈〔三〕。茶爐天姥客〔四〕，棋席剡溪僧〔五〕。還笑《長門賦》〔六〕，高秋卧茂陵〔七〕。

校注

〔一〕《英華》卷二三八寺院六載此首。【立注】《方伎傳》：僧一行姓張氏，先名遂，魏州昌樂人。初，一行訪師至天台山國濟（當作清）寺，見一院古松十數，門有流水。一行立于門屏間，聞院僧于庭布算聲，而謂其徒曰：『今日當有弟子自遠求吾算法，到門豈無人導達也！』一行承其言而趨入，盡授其術焉。【補注】一行（公元六八三至七二七年），張公謹之孫，出家後博覽經典，精通曆算，著有《大衍曆》等。從善無畏筆受《大日經》，並作疏，爲佛教密宗之祖。題内『一公精舍』，或即指天台國清寺，視詩中『松下石橋』、『天姥』、『剡溪』等語可揣知。參各句注。

〔二〕【立注】《釋氏要覽》：游行僧爲飛錫，安住僧爲挂錫。【補注】瓶錫，僧人用的瓶鉢和錫杖，借指游方與住寺。

〔三〕《英華》校：一作『松下石橋雨，山中佛殿燈』。【立注】宋之問詩：待入天台路，看余渡石橋。注：天台赤城山高八千丈，上有石橋，廣不盈尺，下臨萬丈深淵。【補注】天台國清寺外有石橋。

〔四〕爐，姜本作『煙』。【立注】謝靈運詩：暝投剡中宿，明登天姥岑。《寰宇記》：天姥山在剡縣南八十里。《元和郡國志》：天姥山與括蒼山相連，石壁上有字，科斗形，高不可識。春月，樵者聞簫鼓笳吹之聲。

〔五〕【立注】道源《李義山詩注》：晉法潛隱會稽剡山，或問其勝友爲誰，指松曰：『此蒼髯叟也。』【補注】剡溪，即今曹娥江之上游，在浙江嵊縣南。『剡溪僧』與上句之『天姥客』均泛指國清寺近地之僧俗客人。

〔六〕長門賦，見卷六《洞户二十二韻》『新賦换黄金』句注。

〔七〕卧茂陵，見卷五《車駕西遊因而有作》『寂寞相如卧茂陵』句注。

箋注

【按】首聯夜宿一公精舍，贊美一行遊方與住寺俱能。一行曾隱嵩山，又曾步往荆州當陽山，依沙門悟真以習梵律；後又至天台國清寺居留，向寺僧求教數學，以修訂《大衍曆》。頷聯夜宿所見。腹聯謂寺内有來自近地天姥山與剡溪之僧俗客人，與寺僧品茗弈棋。尾聯則因精舍清逸之境而自笑空有作賦之才，而身世寂寞如當年高秋卧病閑居之司馬相如也。疑會昌二年秋在越中時作。

月中宿雲居寺上方〔一〕

虚閣披衣坐〔二〕，寒階踏葉行。衆星中夜少，圓月上方明。靄盡無林色，暄餘有澗聲〔三〕。祇因愁恨事〔四〕，還逐曉光生〔五〕。

校注

〔一〕《英華》卷二三八寺院六載此首。【補注】雲居寺，舊址在今陝西西安市南終南山上。白居易有《雲居寺孤桐》、《遊雲居寺贈穆三十六地主》詩。又有《寄王質夫》詩云：『春尋仙遊洞，秋登雲居閣。』仙遊洞在盩厔（今周至）城南仙遊山，雲居寺當與之相距不遠。《全唐文》卷七五七何籌《唐雲居寺故寺主律大德神道碑銘》云：『盡得南山之要，皆揚東墖之能。』知寺在終南山上。又，今襄陽城西有廣德寺，始建於唐貞觀年間，名雲居禪寺。皮日休有《過雲居院玄福上人舊居》詩。明成化年間由隆中遷襄陽，名『廣德禪林』，疑非此詩所指。上方，住持僧居住之内室。此詩亦寓居鄠郊時所作。具體年份未詳。

〔二〕虚閣，姜本此二字闕文。【補注】虚閣，當即白詩所謂『雲居閣』。

〔三〕靄盡，姜本此二字闕文。【補注】靄，指山中的煙霧。喧餘，喧鬧之聲停歇後。

〔四〕因，席本、《英華》、《全詩》作『應』，通。

〔五〕曉，姜本作『晚』，非。

箋評

【方回曰】衆星至中夜而少，以圓月之明在上方也，乃一句法。五六尤得月夜清寂之味。（《瀛奎律髓》卷五十七）

【何焯曰】本緣愁恨不能成眠，得此清境暫焉豁爾，落句翻使上六句皆有言外味，然此豈容以起承轉合忖量耶？三四倒裝。（《瀛奎律髓彙評》引。下同）

【查慎行曰】第三句翻從第四句倒映。

【紀昀曰】三四只是『月明星稀』之意，衍爲十字，殊少味。五句笨，六句自可。

【按】詩寫夜宿雲居寺清迥静寂之境。六句謂其他聲響停歇後惟餘澗水淙淙之清韻，體會真切。尾聯謂己心中别有幽愁暗恨，還隨曉光而生，似非如何氏所云。

題中南佛塔寺〔一〕

鳴泉隔翠微〔二〕，千里到柴扉。地勝人無慾，林昏虎有威。澗苔侵客屨〔三〕，山雪入禪衣。桂樹芳陰在，還期歲晏歸〔四〕。

校注

〔一〕《英華》卷二三八寺院六載此首。題内『寺』作『院』。【補注】中南，山名，即終南山。《左傳·昭公四年》：『三塗、陽城、太室、荆山、中南，九州之險也。』杜預注：『（中南）在始平武功縣南。』《詩·秦風·終南》『終南何有』毛傳：『終南，周之名山中南也。』《初學記》卷五引《五經要義》：『終南山，長安南山也。一名太一。潘岳《關中記》云：「其山一名中南，言在天之中，居都之南，故曰中南。」』

〔二〕【補注】翠微，青翠掩映之山腰幽深處。此指青翠之山巒。

〔三〕【補注】客，詩人自指。句意謂己造訪佛塔寺，一路行來，鞋上霑有澗苔之迹。

〔四〕【補注】《楚辭·招隱士》：『桂樹叢生兮山之幽，偃蹇連蜷兮枝相繚。山氣巃嵸兮石嵯峨，谿谷嶄巖兮水曾波。猿狖羣嘯兮虎豹嗥，攀援桂枝兮聊淹留。王孫遊兮不歸，春草生兮萋萋。歲暮兮不自聊，蟪蛄鳴兮啾啾。』末二句從此化出。

箋評

【方回曰】三四新異。（《瀛奎律髓》卷五十七）

【紀昀曰】三四粗淺。（《瀛奎律髓彙評》引）

【按】首聯寺院所在有鳴泉從隔山流淌而下。次聯狀其地勝林幽。腹聯點明已之踏澗苔造訪，不見寺僧，但見山雪侵入禪衣，尾聯盼寺僧歲晏歸來。謂山中桂樹芳陰仍在，期君之歸賞也。腹聯清迥有味。

馬嵬佛寺〔一〕

荒雞夜唱戰塵深〔二〕，五鼓雕輿過上林〔三〕。才信傾城是真語〔四〕，直教塗地始甘心〔五〕。兩重秦苑成千里〔六〕，一炷胡香抵萬金〔七〕。曼倩死來無絶藝，後人誰肯惜青禽〔八〕？

校注

〔一〕《英華》卷二三八寺院六載此首。【立注】李肇《國史補》：玄宗幸蜀，至馬嵬驛，（命高力士）縊貴妃于佛堂梨樹之前。【補注】《舊唐書·楊貴妃傳》：『及潼關失守，從幸至馬嵬，禁軍大將陳玄禮密啓太子，誅國忠父子。

既而四軍不散，玄宗遣力士宣問，對曰：「賊本尚在。」蓋指貴妃也。帝不獲已，與妃訣，遂縊死於佛室。』

〔二〕【補注】《周禮·春官·雞人》：『雞人掌供雞牲，辨其物。大祭祀，夜嘑旦以嘂百官。凡國之大賓客、會同、軍旅、喪紀，亦如之。』《漢官儀》：『宫中不得畜雞，衛士候於朱雀門外傳雞唱。』此言玄宗奔蜀途中，不聞雞人傳唱報曉，唯聞荒村之雞夜唱，戰塵已經深入關中。

〔三〕【補注】雕輿，皇帝乘坐的金輿。上林，漢宫苑名，此借指唐宫苑。《舊唐書·玄宗紀》：天寶十五載，六月『甲午，將謀幸蜀，乃下詔親征……乙未，凌晨自延秋門出，微雨霑濕，扈從惟宰相楊國忠、韋見素，内侍高力士及太子。親王妃主皇孫已下多從之不及。』漢上林苑規模宏大，北繞黄山（今興平縣馬嵬鎮北）。故至馬嵬驛亦可云『過上林』。

〔四〕【立注】李延年歌：『北方有佳人，絶世而獨立。一顧傾人城，再顧傾人國。（寧不知）傾城復傾國，佳人難再得。』《般若經》：如來是真語者、實語者。【補注】句意謂玄宗直到倉皇出奔之時，才相信沉迷美色可以傾覆國家。李商隱《馬嵬二首》之一：『君王若道能傾國，玉輦何由過馬嵬。』意似相反，而譏其溺於美色則同。

〔五〕【立注】潘岳《關中》詩：肝腦塗地。注：《漢書》：一敗塗地。《屈原傳》：不願得地，願得張儀而甘心焉。【補注】《史記·劉敬叔孫通列傳》：『（陛下）大戰七十，小戰四十，使天下之民肝腦塗地，父子暴骨中野，不可勝數。』此句『塗地』即使天下之民肝腦塗地。甘心，快意。

〔六〕【立注】《兩京新記》：開元二十年，築夾城入芙蓉園。自大明宫夾亘羅城複道，經通化門觀以達興慶宫，次經春明、延喜門至曲江、芙蓉園，而外人不知也。張禮《遊城南記》：芙蓉園與杏園皆秦宜春、下苑之地，唐之南苑也。【補注】兩重秦苑，指有内外城之長安城。玄宗奔蜀，長安城闕已遥隔千里。

〔七〕抵，《英華》校：一作『直』。【立注】庾信銘：胡香四兩。《十洲記》：武帝幸安定，西胡月支國主遣使獻香四兩，大如雀卵，黑如桑椹，香氣聞數百里，死者在地，聞香氣乃却活。後元元年，長安城内病者數百，亡者大半。帝試取月氏神香燒之於城内，其死未三月者皆活。杜甫詩：家書抵萬金。【補注】《開元天寳遺事》卷上：『明皇正寵妃子，不視朝政。安禄山初承聖睠，因進助情花香百粒，大小如粳米而色紅。每當寢處之際，則含香一粒，助情發興，筋力不倦。帝祕之曰：「此亦漢之慎邺膠也。」」胡香，或指此類。刺玄宗寵楊妃，淫佚無度，至用安禄山所進之助情香也。

〔八〕【《英華》注】《司馬相如傳》注：『青禽，古神女也。』一本作『青琴』。【立注】《漢武故事》：七月七日，上於承華殿齋。正中，忽有一青鳥從西方來，集殿前，東方朔曰：『此王母欲來也。』有頃，王母至。【補注】《史記·滑稽列傳》：『武帝時，齊人有東方生名朔，以好古傳書，多所博覽外家之語……建章宫後閤重櫟中有物出焉，其狀似麋……莫能知。詔東方朔問之，朔曰：「……所謂騶牙者也。遠方當來歸義，而騶牙先見……」其後一歲所，匈奴混邪王果將十萬衆來降漢。』此以『絶藝』指未卜先知、溝通仙凡之能。蓋嘲諷當時方士之流，無法如東方朔之溝通仙凡，使青鳥轉致玄宗思念楊妃之意也。『後人』指唐之方士。

箋評

【按】晚唐詩人多詠馬嵬事，同時之李商隱、韓琮均有馬嵬詩（琮詩已佚）。庭筠此詩，内容近似商隱之《馬嵬二首》，而譏刺更毒，格調則不免鄙俗。與庭筠之同題材、體製之作《馬嵬驛》相比，亦有雅俗之别。

清源寺〔一〕

黃花紅樹謝芳蹊〔二〕，宫殿參差黛巘西〔三〕。詩閣曉窗藏雪嶺〔四〕，畫堂秋水接藍溪〔五〕。松飄晚吹摐金鐸〔六〕，竹蔭寒苔上石梯。妙跡奇名竟何在〔七〕，下方煙暝草萋萋〔八〕。

校注

〔一〕《英華》卷二三八寺院六載此首，題作『清涼寺』，席本、《全詩》、顧本題並同《英華》。【按】據詩中『畫堂秋水接藍溪』之句，寺當在藍溪附近（藍溪在今陜西藍田縣）。按王維晚年曾上表，請施輞川莊别業爲寺（見其《請施莊爲寺表》），即清源寺。據張彦遠《歷代名畫記》：『清源寺壁上畫輞川，筆力雄壯。』此詩『妙跡奇名竟何在』之『妙跡』，當即指王維《輞川圖》之真跡。則題『清涼寺』必『清源寺』之誤。卷四《寄清源寺僧》，題内『源』一作『涼』，源、涼二字形近易訛也。《寄清源寺僧》腹聯寫景『簾向玉峯藏夜雪，砌因藍水長秋苔』，與本篇頷聯寫景『詩閣曉窗藏雪嶺，畫堂秋水接藍溪』極似，且『詩閣』『畫堂』又切合王維之工詩善畫，尤可證此詩所詠必清源寺無疑，故逕加改正。參注〔四〕〔五〕。

〔二〕【補注】黃花，指菊花。紅樹，指樹葉經霜變紅的樹，如楓樹。謝芳蹊，指路上積有凋謝的菊瓣、楓葉。

〔三〕【補注】黛巘，青翠的山峯，指藍田山。長安宫殿在藍田山之西，故云。

〔四〕【補注】詩閣，吟詩的小閣。一般佛寺無所謂『詩閣』，參下句『畫堂』，必寺之原主人工詩善畫，寺係其生前所居，後作爲佛寺者。而王維自稱『宿世謬詞客，前身應畫師』（《偶然作》），又施輞川莊爲寺，故寺有『詩閣』、『畫堂』。雪嶺，當指藍田山。與《寄清源寺僧》之『玉峯』同指。藍田山又名玉山，『詩閣曉窗藏雪嶺』，即《寄清源寺僧》之『簾向玉峰藏夜雪』。

〔五〕【補注】藍溪，即藍水、藍谷水。《類編長安志》卷六：『藍谷水，南自秦嶺，西流經藍關、藍橋，過王順山下，出藍谷，西北流入霸水。』宋之問《藍田山莊》：『輞川朝伐木，藍水暮澆田。』按：王維輞川別業即宋之問原藍田山莊，在藍田輞口。

〔六〕吹，席本作『翠』。《全詩》、顧本校：一作『翠』。【立注】楊衒之《洛陽伽藍記》：永寧寺有九層浮屠，刹上有金寶瓶，寶瓶有承露金盤，周帀皆垂金鐸。高風永夜，寶鐸和鳴，鏗鏘之聲，聞及十餘里。【補注】晚吹，晚風。摐，撞擊。此謂晚風中松濤作響，寺殿之金鈴撞擊有聲。

〔七〕在，《英華》作『往』。【補注】妙跡，指王維所畫的輞川圖壁畫真跡，參注〔一〕。又世傳王維《輞川圖》有紙本，宋人黄庭堅、秦觀等均有記述。奇名，指其詩名。庭筠作此詩時，清源寺壁上之輞川圖或已不存，故云『竟何在（往）』。

〔八〕【補注】下方，猶下界、人間，相對於佛寺的上方而言。姚合《題山寺》：『雲開上界近，泉落下方遲。』

箋評

【按】此遊清源寺而聯及其原主人，故詩之内容，構思均緊密聯繫王維工詩善畫之特點。所寫景物，如『藍溪』『雪嶺』，亦輞川近視遠眺所習見者。題目考證與校正直接牽涉對此詩内容之理解。如仍沿『清涼寺』之誤題，則不但寺之所在無從考證，且詩中『詩閣』、『畫堂』、『妙跡奇名』等語亦均不可解。唯其爲『清源寺』，即王維輞川別業後施爲寺者，詩方豁然可解，且可與庭筠詠同樣題材之詩互證。句解已詳注中。

贈盧長史〔一〕

移病欲成隱〔二〕，扁舟歸舊居。地深新事少〔三〕，官散故交疏〔四〕。道直更無侶，家貧惟有書。東門煙水夢，非獨爲鱸魚〔五〕。

校注

〔一〕《英華》卷二六一寄贈十五載此首。【補注】唐代上州刺史僚佐有長史一人，從五品上。盧長史，名未詳。此詩係盧移病歸舊居時庭筠贈行之作。

〔二〕【立注】《漢·公孫弘傳》：弘乃移病免歸。【補注】移病，官員上書稱病。多爲居官者求退之婉辭。顔師古《漢書注》：『移病，謂移書言病也。』

〔三〕新，《英華》作『心』。【補注】地深，謂地僻。

〔四〕【補注】官散，官職閑散。

〔五〕鱸魚，用晉張翰思歸典，詳卷四《溪上行》『張翰此來興不窮』句顧予咸注。【補注】東門，王鳴盛《蛾術編》卷四十：『漢、唐時州郡多在京師之東，士大夫游宦於京者，出入皆取道東門。』煙水夢，指對煙水縈繞的江南故鄉的嚮往。非獨爲鱸魚，蓋謂盧長史之移病歸舊居並非只由於思故鄉之美味，而且由於直道不容於世。

箋評

【按】官散而故交見疎，道直而官場無侣，加以爲官之州郡偏僻，家貧而唯有書籍，故決意移病歸隱舊居。頷、腹二聯正揭示出移病歸舊居之原因，歸結到『非獨爲鱸魚』。

秋日旅舍寄義山李侍御〔一〕

一水悠悠隔渭城〔二〕，渭城風物近柴荆〔三〕。寒蛩乍響催機杼〔四〕，旅雁初來憶弟兄〔五〕。自爲林泉牽曉夢〔六〕，不關砧杵報秋聲〔七〕。子虚何處堪消渴〔八〕，試向文園問長卿〔九〕。

校注

〔一〕《英華》卷二六一寄贈十五載此首。【立注】《舊唐書》：李商隱字義山，懷州河内人。【補注】程夢星《重訂李義山詩集箋注》據薛逢《重送徐州李從事商隱》有『蓮府望高秦御史』之句，謂義山初得侍御銜（指監察御史，非侍御史）在大中三年入徐州盧弘止幕時。故此詩當作於大中三年以後。張采田《玉谿生年譜會箋》四大中九年譜云：『飛卿集有《秋日旅舍寄義山李侍御》詩，結云：「子虛何處堪消渴，試向文園問長卿。」蓋寄義山東川者，温、李酬唱始此。』按：張箋可從。義山大中三至五年春在徐州、汴州盧弘止幕，此詩無義山在徐、汴跡象。大中五年夏，義山在長安爲太學博士，詩明言秋令，故非作於義山任太博士期間甚明。大中五年至九年，義山在東川節度使柳仲郢幕，所帶憲銜仍爲侍御。詩有『消渴』『長卿』字（司馬相如蜀郡成都人，有消渴疾），義山居東川幕期間亦有詩寄懷飛卿（《聞著明凶問哭寄飛卿》、《有懷在蒙飛卿》）。大中十年春義山回長安後，不再帶『侍御』銜。故可定此詩作於大中六至九年之某年秋（大中五年秋義山尚未抵東川）。

〔二〕【補注】渭城，漢縣名，本秦之咸陽，治所在今陝西咸陽東北二十里。一水，指渭水。

〔三〕【補注】柴荆，謙稱自己的鄠杜郊居。

〔四〕【立注】崔豹《古今注》：蟋蟀，一名吟蛩，一名蛩秋，初生得寒即鳴。又：莎雞，名催織，一名絡緯。催織謂鳴聲如急織，絡緯謂其鳴聲如紡織也。

〔五〕【立注】《王制》：兄之齒，雁行。【補注】《禮記・王制》：『父之齒，隨行；兄之齒，雁行；朋友不相踰。』陳澔集説：『父之齒、兄之齒，謂其人年與父等，或與兄等。隨行，隨其後也；雁行，並行而稍後也。』後以『雁行』喻兄弟。此謂旅雁初來，排列有序，因而思念情同手足之商隱。庭筠年長於商隱，故曰『弟兄』。

〔六〕曉，顧本、《全詩》校：一作『好』。席本作『好』。【補注】林泉，山林泉石。

〔七〕【補注】砧杵，擣衣石與棒槌。秋天爲製寒衣之季節，故云『砧杵報秋聲』。二句謂自己客旅思家，只因鄠杜郊居的林泉風景之美使自己魂牽夢繞，而無關乎砧杵之發出凄清的秋聲。

〔八〕【立注】《西京雜記》：司馬相如素有消渴疾。《漢書》：司馬相如遊梁，乃著《子虛賦》。後蜀人楊得意爲狗監，侍上，上讀《子虛賦》，曰：『朕獨不得與此人同時哉！』【補注】消渴，消渴疾，即今所稱糖尿病。此處雙關『消除渴望』。

〔九〕【補注】《史記・司馬相如列傳》：『相如拜爲孝文園令。』孝文園令，掌管陵園。長卿，借指在蜀的李商隱。商隱在東川幕時自稱『漳濱多病』。尾聯乃對商隱之問候語，謂才如司馬相如之商隱何時得賦《子虛》，試借問寄幕多病之『長卿』。

箋評

【按】首聯謂己身居渭城旅舍，地近鄠杜郊居，點題内『旅舍』。頷聯謂時值秋令，寒蛩鳴而催機織，起腹聯思家；旅雁來而憶弟兄，起尾聯念友。腹聯『自爲』、『不關』，强調思家乃因『林泉』風物之美。中二聯均緊扣題内『秋日』。尾聯則切題内『寄』字，問候寄幕多病之商隱，何時得賦《子虛》也。詩格調清新，亦有情韻。

晚坐寄友人〔一〕

九枝燈在瑣窗空〔二〕，希逸無聊恨不同〔三〕。曉夢未離金夾膝〔四〕，早寒先到石屏風〔五〕。遺簪可惜三秋白〔六〕，蠟燭猶殘一寸紅。應卷鰕簾看皓齒〔七〕，鏡中惆悵見梧桐〔八〕。

校注

〔一〕《英華》卷二六一寄贈十五載此首。

〔二〕【立注】王筠《燈檠詩》：百花曜九枝。《漢武内傳》：西王母至日，掃除宫内，燃九光之燈。鮑照詩：玉鉤隔瑣窗。【補注】九枝燈，一幹九枝的燭燈，亦泛指一幹多枝的燈。瑣窗，鏤刻有連瑣圖案的窗户。瑣窗空，暗示人已不在。

〔三〕【立注】沈約《宋書》：謝莊字希逸，其《月賦》云：『悄焉疚懷，不怡中夜。』【補注】謝莊《月賦》：『陳王初喪應、劉，端憂多暇。緑苔生閣，芳塵凝榭。悄焉疚懷，不怡中夜……情紆軫其何託，愬皓月而長歌，歌曰：「美人邁兮音塵闕，隔千里兮共明月。臨風歎兮將焉歇，川路長兮不可越。」歌響未終，餘景就畢，滿堂變容，迴遑如失。』恨不同，謂一生一死，不能同對明月，故云。

〔四〕【立注】陸龜蒙集有《以竹夾膝寄襲美》詩。【補注】夾膝，暑時置牀席間，以憩手足之消暑器具。以竹或金屬製成，呈籠狀。竹製者即後所謂竹夫人，此爲金屬製者。

〔五〕【立注】《西京雜記》：魏王子且渠冢有石牀，廣六尺，長一丈，石屏風。

〔六〕遺簪，見《感舊陳情五十韻獻淮南李僕射》『遺簪莫棄捐』句注。【補注】遺簪，寓『不忘故』之意。

〔七〕皓，《英華》作『浩』，誤。【立注】王隱《交廣記》：或語廣州刺史滕修，鰕須長一丈，修不信。其人後故至東海，取鰕須長四丈四尺，封以示修，修乃服。【補注】鰕簾，用海中大蝦之觸鬚所製之簾。皓齒，指美人。

〔八〕【補注】枚乘《七發》：『龍門之桐，高百尺而無枝，其根半死半生。』此以『梧桐』喻喪偶者。

箋評

【按】此寄友人詩，悲悼之意明顯。然悲悼之主體究竟爲友人或詩人自己，悲悼之對象究竟爲朋友或所愛女子，則須結合用典、用語及全篇意蘊細加體味。悲悼之主體，初看似指詩人自己，然尾聯『應卷鰕簾看皓齒，鏡中惆悵見梧桐』，一『應』字透露出此係對友人境況行爲之推想，亦透出前三聯所寫均爲對友人情況之懸擬想像。故悲悼之主體乃友人非自身。悲悼之對象從次句用謝莊《月賦》看，似有可能指朋友（曹植初喪應、劉），但就全篇細加尋繹，則以指所愛女子爲是，末聯『皓齒』之語、『梧桐』之喻尤顯。首句『九枝燈在瑣窗空』，實暗用沈約《傷美人賦》：『思佳人兮未來，望餘光而躑躅。拂螭雲之高帳，陳九枝之華燭。虚翡翠之珠被，空合歡之芳褥。』謂九枝華燈雖在而房室已空，暗示室中人已亡故。次句用謝莊《月賦》，亦取其『美人邁兮音塵闕』之意，而反其『隔千里兮共明月』之語，謂生死相隔，不能同對明月也，故意緒無聊，精神無所依託。如解爲傷亡友，雖於此句似通，而與上句『瑣窗空』及傷美人之意則不合。頷聯極狀獨居寂寞凄寒情景。『不離金夾膝』者，唯有金夾膝爲伴也。『先到石屏風』者，室空人杳，故覺『早寒』之先到也。腹聯謂伊人之遺簪，三秋仍白，而人已不在，故『可惜』，暗寓友人之『不忘故』。『蠟燭』句既是對友人長夜寂寞情景之想像，亦暗寓其如蠟燭之長夜垂淚，形銷骨立，唯餘『一寸紅』而思念悲悼之情未已。尾聯以一『應』字點醒全篇均爲對友人境況之想像，謂友人於恍惚中欲卷簾而看日思夜想之皓齒美人，而鏡中所映現者唯『半死半生』之『梧桐』，惆悵之情，其能已耶？李商隱《上河東公啓》云：『某悼傷以來，光陰未幾。梧桐半死，方有述哀；靈光獨存，且兼多病。』以『半死』之梧桐喻喪偶，可證温此詩中之梧桐即喪所愛美人之友人的身影。故此詩當是同情友人喪所愛女子之作。卷四有《和友人悼亡（一作『和友人喪歌姬』）》，此詩亦同類性質之作。

送渤海王子歸本國〔一〕

疆理雖重海〔二〕，車書本一家〔三〕。盛勳歸舊國，佳句在中華〔四〕。定界分秋漲〔五〕，開帆到曙霞〔六〕。九門風月好〔七〕，回首是天涯。

校注

〔一〕《英華》卷二七九送行十四載此首。【補注】渤海，唐時靺鞨等族建立之政權。本靺鞨粟末部，附屬於高麗。高麗滅亡後，其酋長大祚榮建國稱王。唐睿宗封其爲渤海郡王。其子大武藝繼位，擴大疆土，成爲東北方强國，與唐保持朝貢關係。强盛時其疆域東至日本海，北至今黑龍江境，南至鴨緑江下游，西至今吉林西部，地有五京、十二府、六十二州。據《新唐書·北狄傳》，渤海國『終文宗世來朝十二，會昌凡四。』『咸通時，三朝獻。』顧學頡《温庭筠交游考》云：『《册府元龜》卷九七二《外臣部·朝貢》：「文宗大和六年三月，渤海王子大明俊來朝。」同上：「開成四年十二月戊辰，渤海王子大延廣……等朝貢。」《舊唐書·渤海靺鞨傳》：「大和六年，大彝震遣王子大明俊等來朝。」同書：「七年二月，王子大先晟等六人來朝。」庭筠所送者，不知爲大明俊三人中之何人。但大和時，庭筠詩文中尚無在長安蹤跡，似以開成四年爲近是。然大延廣十二月至長安朝貢，回國不必即在當年。故温送詩可能在次年。是時，庭筠正在長安準備參加進士考試。』夏承燾《温飛卿繫年》云：『此王子若是大明俊，則庭筠詩有甲子可考者，以此爲最早。（夏繫大和六年。）』陳陶然、張國輝《温庭筠送渤海王子歸國時間考》則以爲：『温庭筠所送渤海王子，應在其……任國子學助教時……渤海王子在那裏學習，正是這種師生關係才使他們能够長期交往，才能有機會相互唱和，使得這位王子的佳句留在中華。』但推斷此詩係咸通十年送渤海王大虔晃之子回國則顯誤，因咸通七年末庭筠已卒。

〔二〕【立注】《左傳》：賓媚人對晉曰：『先王疆理天下。』【補注】疆理，猶疆域。《隋書·高祖紀下論》：『《職方》所載，並入疆理。』重海，層疊的海。此謂渤海國之疆域遠隔重海。

〔三〕【立注】庾信賦：混一車書。【補注】《禮記．中庸》：『今天下車同軌，書同文。』車書一家，指其文物制度同於中華。《新唐書．北狄傳．渤海》：『初，其王數遣諸生詣京師太學，習識古今制度，至是遂爲海東盛國。』在唐朝諸附屬國中，渤海係受華夏制度文化影響最顯著者。

〔四〕【補注】二句謂其受唐朝封爵，以卓著之功勳返歸本國，而其所作詩篇之佳句則流傳於中華。視此二句，似渤海王子居留中國已歷相當時日。

〔五〕【立注】《新書．吐蕃傳》：宰相裴光庭聽以赤嶺爲界，表以大碑，刻約其上。【補注】秋漲，此指秋天溟海水漲。句意謂唐與渤海國即以秋天之漲海分界。

〔六〕【補注】唐時渤海國使者往返唐朝，例由海路：『從西京鴨渌府，抵都里鎮（今遼寧旅順），再乘船横渡烏湖海（今渤海海峽），到達登州（今山東蓬萊），接着，向西南過北海（今山東濰坊）、青州（今山東益都）等地而至長安。』（陳陶然、張國輝《温庭筠送渤海王子歸國考》）『開帆見曙霞』，正指其從登州渡渤海回國。

〔七〕【補注】九門，古代宫室制度，天子設九門。此泛稱宫禁所在的長安。

箋評

【按】此送渤海王子歸國詩，既顯示渤海國受唐朝文化影響之深，又表現出對渤海國的友好尊重態度，頗具中華泱泱大國風度。尾聯言其歸國後當常憶長安帝京風月之佳，而回首已遠隔天涯矣。王子與己之惜别之意，均於此透出。

送北陽袁明府〔一〕

楚鄉千里路〔二〕，君去及良辰〔三〕。葦浦迎船火，茶山候吏塵。桑濃蠶卧晚〔四〕，麥秀雉聲春〔五〕。莫作東籬興〔六〕，青雲有故人〔七〕。

校注

〔一〕《英華》卷二七九送行十四載此首。【補注】明府，唐人對縣令的尊稱。《舊唐書·地理志·山南東道》：唐州上。『隋淮安郡，武德四年改爲顯州，仍置總管，領顯、北澧、純三州。顯州領北陽、慈丘、平氏、顯岡四縣。五年，又分置唐州，屬顯州總管。……九年，改顯州爲唐州……天寶元年，改爲淮安郡。乾元元年，復爲唐州。舊屬河南道，至德後割屬山南東道。』『北陽，漢縣，屬南陽郡。後魏置東荆州於漢北陽古城，改爲淮州。隋改淮州爲顯州，取界内顯望岡爲名，貞觀元年改爲唐州。北水出縣東。今縣，州所治也。』《新唐書·地理志·山南道》泌州淮安郡有比陽縣，『本淮安郡治，武德四年曰顯州，領比陽、慈丘、平氏、顯岡、桐柏五縣。』二書一作北陽，一作比陽。檢《漢書·地理志·南陽郡》：『比陽。』應劭曰：『比水所出，東入蔡。』是字本作『比』不作『北』。《舊唐書·地理志》誤。《元和郡縣圖志》亦作『比陽』。

〔二〕【補注】比陽爲楚地，唐州當爲袁某之故鄉，故曰『楚鄉』。據《舊唐書·地理志》，唐州距京師一千四百八十里，故曰『千里路』。

〔三〕辰，《英華》、席本作『晨』，誤。【補注】良辰，指春天。視下『桑濃』、『麥秀』可知。

〔四〕【立注】梁簡文帝詩：薄晚畏蠶飢，競采春桑葉。

〔五〕【立注】潘岳《射雉賦》：麥漸漸以擢芒，雉鷕鷕而朝雊。【補注】王維《渭川田家》：『雉雊麥苗秀，蠶眠桑葉稀。』春，形容雉鳴聲歡快，似透出春意。庭筠喜用『春』字形容事物在春天之情態，如『古墳零落野花春』、『客思柳邊春』、『堤柳雨中春』及此句皆其例。

〔六〕【立注】陶潛詩：采菊東籬下，悠然見南山。【補注】陶潛曾爲彭澤令，後辭官歸隱田園。東籬興，指歸隱田園的意興。

〔七〕【立注】顔延之詩：仲容青雲器。【補注】青雲，指高官顯爵。

箋評

【按】袁某歸舊鄉爲縣令，庭筠在長安作詩以送。首聯點題，並點出『楚鄉』、『良辰』爲下伏脈。頷聯承『楚鄉』，謂君抵鄉當有百姓在葦浦、茶山迎候。腹聯承『良辰』寫當地春天風物與和樂景象。尾聯囑其莫興歸隱田園之意，謂朝廷自有身居顯位之故人，可爲君之奥援。

送李生歸舊居〔一〕

一從征戰後，故社幾人歸〔二〕？薄宦離山久〔三〕，高談與世稀。夕陽當板檻〔四〕，春日入柴扉。莫却嚴灘意〔五〕，西溪有釣磯〔六〕。

校注

〔一〕《英華》卷二七九送行十四載此首。

〔二〕【補注】故社，指故鄉。古以二十五家爲社。

〔三〕【補注】薄宦，卑微之官職。山，指家山、故山。

〔四〕【補注】當，正當。板檻，木板欄杆。

〔五〕【補注】却，收起。嚴灘，即嚴陵瀨，在今浙江桐廬縣南，傳爲東漢嚴光隱居垂釣處。注屢見前。嚴灘意，歸隱舊居耕釣的意趣。

〔六〕【補注】釣磯，釣魚時坐的巖石。嚴光釣臺在富春山上，釣臺處有石亭。此『釣磯』泛指。

箋評

【按】同一送人歸舊鄉，前篇囑其『莫作東籬興，青雲有故人』，本篇則囑其『莫却嚴灘意，西溪有釣磯』。蓋緣前篇之袁某方歸鄉爲縣令，宦途才啓，故囑其莫動歸隱田園之意興，而此篇之李生薄宦久滯，高談不諧世俗，故囑其莫收歸耕之意，西溪釣磯自有樂地也。亦隨所送對象境況之不同聊作應酬語耳。

早春滻水送友人〔一〕

青門煙野外〔二〕，渡滻送行人。鴨卧溪沙暖，鳩鳴社樹春〔三〕。淺波清有石〔四〕，幽草緑無塵。楊柳東風裏〔五〕，相看淚滿巾。

校注

〔一〕《又玄》卷中、《英華》卷二七九送行十四載此首。【立注】桑欽《水經》：滻水出京兆藍田谷，北入于灞。【補注】滻水，古稱狗枷川及長水，源於今藍田縣境内秦嶺之焦岱峪，全長一百二十七里，於今西安未央區光太門附近注入灞水，故灞、滻每連稱。

〔二〕【補注】青門，漢長安城霸城門之又稱。《三輔黄圖》：『長安城東出南頭第一門霸城門，民見門色青，名曰青城門，或曰青門。』

〔三〕【補注】社樹，古代封土爲社，各隨其地所宜種樹，稱社樹。《莊子·人間世》：『匠石之齊，至于曲轅，見櫟社樹，其大蔽牛，挈之百圍，其高臨山，十仞而後有枝。』唐蘇鶚《蘇氏演義》卷上：『《周禮》文：二十五家爲社，各樹土之所宜木。今村墅間，多以大樹爲社樹，蓋此始也。』

〔四〕淺，《英華》、席本、顧本、《全詩》作『殘』，此從《又玄》。清，《又玄》、《英華》、席本、姜本作『青』。【按】『青』與首句『青門』之『青』字複，且此句句法與上句同，『清』承『波』言，猶下句『緑』承『草』言。清、緑爲對，係諧音（清諧青）借對。

〔五〕【補注】楊柳，關合送别。《三輔黄圖》：霸橋，在長安東，跨水作橋。漢人送客至此橋，折柳送别。王之涣《送别》：『楊柳東風樹，青青夾御河。近來攀折苦，應爲别離多。』

箋評

【按】首、尾二聯明點送别。頷、腹二聯點染眼前滻水邊上明麗安恬景色，故末句雖言『淚滿巾』，而全篇並無悽惻之音。庭筠喜寫春景，此送别時頗有盛唐風致。

送襄州李中丞赴從事〔一〕

漢庭文采有相如，天子通宵愛子虚〔二〕。把釣看棋高興盡〔三〕，焚香起草宦情疏〔四〕。楚山重疊當歸路，溪月分明到直廬〔五〕。江雨蕭蕭帆一片，此行誰道爲鱸魚〔六〕？

校注

〔一〕《英華》卷二七九送行十四載此首。【立注】《唐·地理志》：襄州，隋襄陽郡。武德四年，改爲襄州。天寶元年，改爲襄陽郡。乾元元年，復爲襄州。上元二年，置襄州節度使，領襄、鄧、均、房、金、商等州。【按】題必有誤。詳各句注及篇後編著者按語。中丞，御史中丞之省稱。從事，此指節度使幕府之幕僚。

〔二〕【立注】《漢書》：司馬相如遊梁，乃著〈子虚賦〉。後蜀人楊得意爲狗監，侍上，上讀《子虚賦》，曰：『朕獨不得與此人同時哉！』【按】事始見《史記·司馬相如列傳》，謂『賦奏，天子以爲郎』。

〔三〕【補注】高興，高逸的意興。切『把酒看棋』而言。盡，猶盡興。

〔四〕【立注】《漢官儀》：尚書郎主作文書起草，晝夜更直，五日於建禮門内。

〔五〕【補注】直廬，侍臣直宿之廬。《文選·陸機〈贈尚書郎顧彦先之二〉》：『朝游游曾城，夕息旋直廬。』吕延濟注：『直廬，直宿（夜間值班）之廬。』

〔六〕爲，顧本、《全詩》校：一作『憶』。席本作『憶』。爲鱸魚，用晉張翰思故鄉吴中菰菜、蓴羹、鱸魚膾，遂命駕歸江東事，屢見前。

【箋評】

【按】中丞爲御史中丞，御史臺之副長官，正四品下。視『襄州李中丞』之稱謂，李當以御史中丞之憲銜出任山南東道節度使兼襄州刺史者。若然，則當云『赴鎮』，而不當云『赴從事』，然詩中並無送節度使赴鎮之意，故知詩題亦不當作『送襄州李中丞赴鎮』。從事例爲幕府僚屬之泛稱，如李某係以御史中丞之憲銜赴襄陽幕，爲從事（如元繇以御史中丞游襄陽幕），則詩中對『御史中丞』之憲銜及所任之幕職應有所體現，然全詩對此並無交代。顧學頡據李遠善詩、愛棋、嗜酒之記載及遠『終御史中丞』之宦歷，謂『李中丞當即李遠』（《温庭筠交游考》）。然既『終御史中丞』，又豈能再赴襄陽爲區區之從事？其違背情理仍然無法解釋。從詩中所寫内容及所用典故看，李某當爲能文之士，其原任之職當爲尚書省某部之郎中而知制誥者（詩中三用郎中典，又云『焚香起草』）。然以郎中而知制誥之職出爲節度使幕府僚屬，亦不符當時官吏遷轉常理，郎中出任多爲州郡刺史。故知此詩題中之『中丞』、『從事』必有誤。從『宦情疏』、『當歸路』、『爲鱸魚』，李此行所至之地係其故鄉。又，赴襄州當由陸路，此詩尾聯『江雨瀟瀟帆一片』顯由水路，則『襄州』字亦可疑。姑獻上述疑點以俟進一步考證。

江上别友人〔一〕

秋色滿葭菼〔二〕，離人西復東〔三〕。幾年方暫見，一笑又難同。地勢蕭陵歇，江聲禹廟空〔四〕。如何暮灘上，千里逐離鴻〔五〕？

校注

〔一〕《英華》二八八留别三載此首。

〔二〕【立注】《詩》：葭菼揭揭。【補注】葭，蘆葦。菼，荻。句意謂蘆荻遍開白花，一片秋色。

〔三〕【立注】張籍樂府：遊人别，一東復一西。

〔四〕【立注】《後漢·郡國志》：會稽山在南，上有禹冢。有浙江。注：郭璞注《山海經》曰：江出歙縣玉山。又餘暨縣注：《魏都賦》注：有蕭山，潛水出焉。【補注】蕭陵，即蕭山，山名，在今浙江蕭山市西。《元和郡縣圖志·江南道二·越州》：「蕭山縣，本曰餘暨，吴王弟夫槩邑。吴大帝改曰蕭山，以縣西一里蕭山爲名。」浙江流至蕭山一帶，已爲平原，故曰「地勢蕭陵歇」，猶李白《渡荆門望楚》「山隨平野盡，江入大荒流」之意。禹廟，當指會稽山之禹廟（今稱大禹陵）。蕭山屬越州會稽郡。江，指浙江（錢塘江）。

〔五〕離，《全詩》作「征」。

箋評

【按】疑會昌二年秋自越中返吴中途中作。除腹聯點綴别地形勝古蹟外，其他各聯均敷衍『江上别友人』之題。會稽山禹廟離錢塘江頗遠，此亦敷衍拼湊之筆。

與友人别〔一〕

半醉别都門，含悽上古原〔二〕。晚風楊葉社〔三〕，寒食杏花村〔四〕。薄暮牽離緒，傷春憶晤言〔五〕。年芳本無限〔六〕，何况有蘭蓀〔七〕。

校注

〔一〕《英華》卷二八八留别三載此首。

〔二〕【補注】都門，指京城長安。古原，疑指樂遊原。漢宣帝神爵三年起樂遊苑。李商隱《樂遊原》：『向晚意不適，驅車登古原。』

〔三〕【立注】《南史》：周將獨孤盛領水軍趨巴、湘，太尉侯瑱自尋陽禦之，襲破盛於楊葉洲。【按】首聯言『别都門」「上古原」，則頷聯所寫「楊葉社」「杏花村」必爲登原望見之村落。楊葉社，指楊葉林中的村莊。「社」與「村」對文，社即村也。

〔四〕【立注】杏花村在池州府秀山門外。【按】此「杏花村」亦泛稱杏花圍繞中之村莊。

〔五〕【補注】晤言，見面説話。《詩·陳風·東門之池》：「彼美淑姬，可以晤言。」憶晤言，指回想見面時交談的情景。

〔六〕【補注】年芳，美好之春色。

〔七〕蓀，《英華》、《全詩》作「孫」。【補注】蘭蓀，香草。喻友人。

箋評

【按】暮春傍晚與友人别於都門外之古原，離情别緒與傷春意緒相糾結。起聯超拔，頷聯雖信手點染，亦有韻致。惜後幅不稱。

鴻臚寺有開元中錫宴堂樓臺池沼雅爲勝絶荒凉遺址僅有存者偶成四十韻〔一〕

明皇昔御極〔二〕，神聖垂耿光〔三〕。沈機發雷電〔四〕，逸躅陵堯湯〔五〕。西覃積石山〔六〕，北至窮髮鄉〔七〕。四凶有獬廌〔八〕，一臂無螳蜋〔九〕。嬋娟得神豔〔一〇〕，郁烈聞國香〔一一〕。紫絛鳴羯鼓〔一二〕，玉管吹《霓裳》〔一三〕。禄山未封侯〔一四〕，林甫才爲郎〔一五〕。昭融廓日月〔一六〕，妥貼安紀綱〔一七〕。羣生到壽域〔一八〕，百辟趨明堂〔一九〕。四海正夷晏〔二〇〕，一塵不飛揚〔二一〕。天子自遊豫〔二二〕，侍臣宜樂康〔二三〕。軋然閶闔開〔二四〕，赤日生扶桑〔二五〕。玉砌露盤紆〔二六〕，金壺漏丁當〔二七〕。劍佩相擊觸〔二八〕，左右隨趨鏘〔二九〕。玄珠十二旒〔三〇〕，紅粉三千行〔三一〕。盼睞生羽翼〔三二〕，叱嗟迴雪霜〔三三〕。神霞凌雲閣〔三四〕，春水驪山陽〔三五〕。盤鬭九子糉〔三六〕，甌擎五雲漿〔三七〕。雙瓊京兆博〔三八〕，七鼓邯鄲倡〔三九〕。毾㲪碧雞鬭〔四〇〕，蘢葱翠雉場〔四一〕。仗官繡蔽膝〔四二〕，寶馬金鏤鍚〔四三〕。椒塗隔鸚鵡〔四四〕，柘彈驚鴛鴦〔四五〕。猗歟華國臣〔四六〕，鬢髮俱蒼蒼。錫宴得幽致〔四七〕。車從真煒煌〔四八〕。畫鷁照魚鼈〔四九〕，鳴騶亂鶖鶬〔五〇〕。颭灩蕩碧波〔五一〕，炫煌迷横塘〔五二〕。縈盈舞迴雪〔五三〕，宛轉歌遶梁〔五四〕。黼帶畫銀絡〔五五〕，寶梳金鈿筐〔五六〕。沈冥類漢相〔五七〕，醉倒疑楚狂〔五八〕。一旦紫微東〔五九〕，胡星森耀芒〔六〇〕。憑陵逐鯨鯢〔六一〕，唐突驅犬羊〔六二〕。縱火三月赤〔六三〕，戰塵千里黄〔六四〕。殽函與府寺〔六五〕，從此俱荒涼。兹地乃蔓草〔六六〕，故基摧壞牆〔六七〕。枯池接斷岸，唧唧啼寒螿〔六八〕。敗荷塌作泥，死竹森如槍〔六九〕。遊人問老吏，相對聊感傷。豈必見麋鹿〔七〇〕，然後堪回腸〔七一〕！幸今遇太平，令節稱羽觴〔七二〕。誰知曲江隝〔七三〕，歲歲棲鸞凰〔七四〕。

校注

〔一〕《英華》卷三〇七悲悼七第宅載此首。【立注】《舊唐書·職官志》：鴻臚寺，周曰大行人，秦曰典客，景帝曰大行，武帝曰大鴻臚。梁置十二卿，鴻臚爲冬卿，去大字署爲寺。後周曰賓部，隋曰鴻臚寺。龍朔改爲同文寺，光宅曰司賓寺，神龍復也。【補注】《新唐書·百官志》：『鴻臚寺，卿一人，從三品；少卿二人，從四品上；丞二人，從六品上。掌賓客及凶儀之事。』

〔二〕【立注】《玄宗本紀》：上元二年，崩于神龍殿，羣臣上謚曰至道大聖大明孝皇帝，廟號玄宗。【補注】御極，登極、即位。《新唐書·玄宗本紀》：『睿宗即位，立爲皇太子。景雲二年，監國，聽除六品已下官。延和元年……八月庚子，即皇帝位。』

〔三〕【立注】《書》：以覲文王之耿光。【補注】耿光，光明、光輝。

〔四〕【立注】魏文帝樂府：發機若雷電，一發連四五。【補注】沈機，深沉的謀略。此當指其於中宗景龍四年定策討亂，誅矯詔稱制之韋后一事。

〔五〕【補注】逸躅，遺蹤。陵，超越。此謂其業績超越堯、湯等古代聖君。

〔六〕【立注】《禹貢》：導河積石，至于龍門。【補注】覃，延及。積石山，即阿尼瑪卿山，在今青海東南部，延伸至今甘肅南部邊境。這一帶係唐與吐蕃交界區域。

〔七〕【立注】顧啓期《婁地記》：浪山，海中南極之觀嶺，窮髪之人舉帆揚越，以爲標的。【補注】窮髪，極北不毛之地。《莊子·逍遥遊》：『窮髪之北有冥海者，天池也。』成玄英疏：『地以草爲毛髪，北方寒沍之地，草木不生，故名窮髪，所謂不毛之地。』

〔八〕廌，《英華》、席本、姜本作『豸』，字通。【立注】《左傳》：季文子使太史克對曰：『堯崩而天下如一，同心戴舜以爲天子，以其舉十六相，去四凶也。』《漢官儀》：獬廌性觸不直，故執憲者以其角形爲冠。【補注】《左傳·文公十八年》：『舜臣堯，賓于四門，流四凶族渾敦、窮奇、檮杌、饕餮，投諸四裔，以禦螭魅。』《書·堯典》：『流共工於幽州，放讙兜於崇山，竄三苗於三危，殛鯀於羽山。』二書所載『四凶』不同。此喻凶狠貪殘之惡臣。獬廌（豸），傳説中之異獸，一角，能辨曲直，見人相鬬，則以角觸邪惡無理者。此喻直臣。據《新唐書·玄宗本紀》，開元元年七月，太平公主及岑羲、蕭至忠、竇懷貞謀反，伏誅。此『四凶』或指其事。或泛解爲有直臣制裁凶惡之臣，亦通。

〔九〕【立注】《莊子》：螳蜋之怒，臂以當車轍。【補注】此謂凶惡謀逆者如螳臂當車，不自量力。

〔一〇〕【立注】《楊貴妃傳》：武惠妃薨，後宫數千，無可意者。或奏玄琰女姿色冠代，召見，時妃衣道士服，號曰太真。玄宗大悦。不數月，禮遇如惠妃。太真資質豐豔，每倩盼承迎，動移上意。【補注】嬋娟，姿態美好貌，神豔，神采豔麗。唐孟簡《詠歐陽行周事》：『太原有佳人，神豔照行雲。』《新唐書·楊貴妃傳》：『始爲壽王妃。開元二十四年，武惠妃薨，後廷無當帝意者。或言妃資質天挺，宜充掖廷，遂召内禁中，異之，即爲自出妃意者，丐籍女官，號太真，更爲壽王聘韋昭訓女，而太真得幸。善歌舞，邃曉音律，且智算警穎，迎意輒悟。帝大悦，遂專房宴，宫中號「娘子」，儀體與皇后等。』

〔一一〕【立注】《左傳》：鄭穆公曰：『蘭爲國香，人服媚之如是。』【補注】郁烈，香氣濃烈。國香，香甲一國。《開元天寶遺事》卷下：『明皇與貴妃幸華清宫，因宿酒初醒，憑妃子肩同看木芍藥（即牡丹）。上親折一枝，與妃子遞嗅其豔，帝曰：「不惟萱草忘憂，此花香豔，尤能醒酒。」』又李濬《松窗雜録》載中書舍人李正封詠牡丹詩，有『天香夜染衣，國色朝酣酒』之句，以國色天香稱牡丹。此處『國香』或指楊妃如牡丹之富豔芳香。

〔一二〕絛，《英華》、《全詩》、姜本作『縧』，字通。【立注】《文獻通考》：羯鼓，龜兹、高昌、疏勒、天竺部之樂也。狀如漆桶，下承以牙牀，用兩杖擊之，其聲噍殺鳴烈。南卓《羯鼓録》：明皇遊别殿，柳杏將吐，歎曰：『對此景物，不可不與判斷之。』呼高力士取羯鼓，上縱擊一曲，名《春光好》。回顧梅杏皆發，笑曰：『不謂我作天公，可乎？』【補注】《羯鼓録》：『其音焦殺鳴烈，尤宜急曲促破，又宜高樓曉引，破空透遠，特異衆樂，明皇極愛之。嘗聽琴未畢，叱琴者出，曰：「速召花奴將羯鼓來，爲我解穢。」花奴，汝陽王璡小名也。』李商隱《龍池》：『龍池賜酒敞雲屏，羯鼓聲高衆樂停。』紫絛，繫鼓杖之紫色絲帶。

〔一三〕【立注】《幽怪録》：開元十八年正月望日，帝謂葉法善曰：『今夕何處最麗？』對曰：『廣陵。』帝曰：『何術以觀之？』葉遂化虹橋，起殿前，閣闌若畫。帝步而上，太真、高力士及樂官數人從行。頃至廣陵寺觀，陳設之盛，光灼基殿，士女鮮麗，仰面曰：『仙人見雲中。』帝敕伶官奏《霓裳》一曲。數日，廣陵奏至。【補注】鄭嵎

《津陽門詩》注：『葉法善引上入月宫，時秋已深，上苦凄冷，不能久留，歸，于天半尚聞仙樂。及上歸，且記憶其半，遂于笛中寫之。會西涼都督楊敬述進《婆羅門》曲，與其聲調相符，遂以月中所聞爲之散序，用敬述所進曲作其腔，而名《霓裳羽衣法曲》。』據此，則《霓裳》爲盛唐教坊大曲、法曲。主體部分爲楊敬述所進《婆羅門》曲，玄宗爲之製散序，改名《霓裳羽衣》。音節清和優雅。玉管，指笛。《津陽門詩》注：『上皇善吹笛，常寶一紫玉管。』

〔一四〕【立注】《舊唐書》：安禄山，營州柳城雜種胡人，名軋犖山。【補注】《新唐書·逆臣傳·安禄山》：天寶元年，『以平盧爲節度，禄山爲之使，兼柳城太守，押兩蕃、渤海、黑水四府經略使。』此前之開元時期，尚未任節度使。『未封侯』指此。

〔一五〕【立注】《新唐書》：李林甫，平肅王叔良曾孫。初爲千牛直長。舅姜皎愛之。開元初，遷太子中允。源乾曜執政，與皎爲姻家。而乾曜子潔爲林甫求司門郎中。又：時宰相李林甫嫌儒臣以戰功進，尊寵間己，乃請顓用蕃將。帝寵禄山益牢，卒亂天下，林甫啓之也。【按】李林甫開元二十二年已遷禮部尚書、同中書門下平章三品；二十四年，代張九齡爲中書令。事在玄宗寵楊妃之前。二句只言其時叛臣奸臣尚未得勢專權，不必細究。

〔一六〕【立注】《詩》：昭明有融。【補注】昭融，光大發揚。句意謂玄宗此時正如日月之明，日益發揚光大其聖德。

〔一七〕貼，《英華》、席本、《全詩》作『帖』，通。【立注】《書》：亂其紀綱。【補注】句意謂政治綱紀有條不紊，安排妥貼。

〔一八〕【立注】《漢·王吉傳》：疏曰：躋之仁壽之域。【補注】壽域，人人得盡天年之太平盛世。

〔一九〕【立注】《禮記》：昔者周公朝諸侯于明堂之位。【補注】百辟，此指諸侯。明堂，古代天子宣明政教之所，凡朝會、祭祀、慶賞、選士、養老、教學等大典，均在明堂舉行。杜甫《石鼓歌》：『大開明堂受朝賀，諸侯佩劍鳴相磨。』

〔二〇〕【立注】陸倕《新刻漏銘》：河海夷宴。【補注】夷，平；宴，清。夷宴，指太平清明，無戰亂。杜甫《後出塞五首》之三：『六合已一家，四夸且孤軍。』四夸，即四夷。

〔二一〕【立注】《漢・終軍傳》：邊境時有風塵之警。【補注】塵，指戰塵。句意謂國家安寧無戰事。

〔二二〕遊，《英華》、《全詩》、姜本作『猶』。《全詩》、顧本校：一作『悦』。席本作『悦』。【補注】《孟子・梁惠王下》：『吾王不遊，吾何以休？吾王不豫，吾何以助？一遊一豫，爲諸侯度。』趙岐注：『豫亦遊也。』遊豫，遊樂。

〔二三〕【立注】屈原《九歌》：君欣欣兮樂康。【補注】樂康，安樂。

〔二四〕【立注】《西京賦》：表嶢闕于閶闔。薛綜曰：紫微宫門曰閶闔。【補注】閶闔，此指皇宫宫門。

〔二五〕【立注】王充《論衡》：日出扶桑，暮入細柳。東方朔《十洲記》：扶桑在碧海中，樹長數千里，一千餘圍。兩兩同根，更相依倚，故曰扶桑。【補注】扶桑，神話中日所出之樹。《楚辭・九歌・東君》：『暾將出兮東方，照吾檻兮扶桑。』王逸注：『日出，下浴於湯谷，上拂其扶桑，爰始而登，照耀四方。』赤日，象徵皇帝。二句寫宫門開啓，皇帝臨朝。

〔二六〕露，《全詩》校：一作『路』。席本作『路』。【補注】盤紆，回繞曲折。按：『露』不能謂『盤紆』，似當作『路』。然作『路』，又與『玉砌』（玉階）複，且『玉砌』亦不能謂『盤紆』，疑有誤。

〔二七〕壺，《英華》、席本作『壼』，誤。【立注】李白《烏棲曲》：銀箭金壺漏水多（原誤引作『金壺丁丁漏水多』，據《李太白文集》改正）。【補注】金壺，即銅壺滴漏，宫中用以計時。

〔二八〕【補注】劍佩，指大臣佩帶的寶劍和垂佩。經皇帝特許，重臣上朝時可不解劍。句意謂上朝時大臣的劍佩相觸，發出聲響。

〔二九〕趨，《英華》、姜本作『凄』。鏘，《全詩》作『蹌』。【補注】趨鏘，同『趨蹌』，形容朝拜時步趨中節。《詩・齊風・猗嗟》：『巧趨蹌兮。』孔疏：『禮有徐趨疾趨，爲之有巧有拙，故美之巧趨蹌兮。』

〔三〇〕【立注】《禮記》：天子玉藻，十有二旒。【補注】十二旒，天子冕冠前後各懸垂的十二條用黑色珠子串成的玉串。

〔三一〕【立注】《漢武故事》：上起明光宫，發燕、趙美人三千人充之。【補注】此即『後宫佳麗三千人』之意。

〔三二〕盼睞，《英華》、席本作『眄盼』，姜本作『盼眄』。《全詩》作『顧眄』。【立注】古詩：盼睞以適意。《西京賦》：所好生毛羽。【補注】盼睞，眷顧、垂青。謂君主眷顧垂青，則使之頓生羽翼。

〔三三〕叱，《英華》、席本、顧本校：一作『咄』。【立注】《戰國策》：周烈王崩，諸侯皆弔，齊後往，周怒，赴於齊。威王勃然怒曰：『叱嗟！而毋婢也。』【補注】叱嗟，怒斥聲。句意謂君王怒斥，則使之如置身於雪霜。

〔三四〕【立注】《南部新書》：驪山朝元閣在山嶺之上，最爲嶄絶。

〔三五〕【立注】《雍録》：驪山温泉，秦、漢、隋、唐皆常遊幸，惟玄宗時特侈宫殿，包裹一山，而繚牆周徧其外。詳見下。【補注】春水，此指温泉。

〔三六〕【立注】《開元遺事》：開元宫中，端午造粉團角黍，貯盤中，以小角弓射之，中者得食。《樂苑》：《月節折楊柳歌》其《五月歌》云：菰生四五尺，素身爲誰珍？盛年將可惜，折楊柳，作得九子糉，相思勞歡手。【補注】唐玄宗《端午三殿宴羣臣》：『四時花競巧，九子糉争新。』鬬，競賽。其時宫中或有端午競爲九子粽之習俗。九子粽，當指一串九隻之粽。

〔三七〕【立注】《太平廣記》：裴航遇雲翹夫人，與詩曰：『一飲瓊漿百感生，玄霜擣盡見雲英。藍橋便是神仙窟，何必崎嶇上玉京。』後經藍橋，渴過一舍，見有老嫗，揖之求漿。嫗令雲英擎一甌漿飲之，即美女也。郭子横《洞冥記》：五雲國有吉事，雲起，五色著于草，成五色雲。庾信《温湯碑序》：其色變者，通爲五雲之漿。【補注】謂酒杯中所舉者爲玉液瓊漿般的美酒。古常稱仙酒爲流霞。

〔三八〕博，顧本、《全詩》校：一作『卜』。席本作『卜』。【立注】鮑容《博經》：所擲頭謂之瓊，瓊有五采。刻爲一畫者謂之塞，刻爲兩畫者謂之白，刻爲三畫者謂之黑，一邊不刻者五，塞之間謂之五塞。《漢·陳遵傳》：祖父遂，宣帝微時與有故，相隨博弈，數負進。及宣帝即位，稍遷至太原太守，迺賜遂璽書曰：『官尊禄厚，可以償博進矣。』元帝時，徵遂爲京兆尹。【按】此疑借指玄宗寵信楊國忠。《新唐書・外戚傳》：『楊國忠，太真妃之從祖兄……嗜飲博，數丐貸于人，無行檢，不爲姻族齒……諸楊日爲（章仇）兼瓊譽，而言國忠善樗蒲，玄宗引見，擢金吾曹兵參軍……構王鉷誅死，己代爲京兆尹，悉領其使。』句意蓋謂玄宗寵任爲京兆尹之楊國忠係樗蒱博戲之徒。

〔三九〕倡，《全詩》作『娼』。【立注】《儀衛志》：晝漏上五刻，駕發。前發七刻，擊一鼓爲一嚴，擊二鼓爲再嚴。前二刻，三鼓爲三嚴。諸衛各督其隊依次入陳。古樂府《相逢狹路間》：堂上置樽酒，作使邯鄲倡。【按】此似諷玄宗好倡優聲伎之樂。《明皇雜録》：『天寶中，上命宮女子數百人爲梨園弟子，皆居宜春北院。』『唐玄宗在東洛，大酺於五鳳樓下，命三百里内縣令、刺史率其聲樂來赴闕者，或謂令較其勝負而賞罰焉。』『七鼓』未詳。

〔四〇〕【立注】陳鴻祖《東城老父傳》：玄宗即位，治雞坊于兩宮間，索長安雄雞金毫鐵距、高冠昂尾千數，養于雞坊。選六軍小兒五百人，使馴擾教飼。諸王、外戚、貴主、侯家，傾帑破産，市雞以償雞直。都中男女，以弄雞爲事。【補注】毰毸，禽鳥羽毛開張貌。此狀鬭雞毛羽怒張。

〔四一〕蘢蔥，《英華》作『籠蔥』。【立注】《南史》：東昏侯置射雉場二百十六處。【補注】蘢蔥，草木青翠茂盛貌。按：玄宗亦好射獵。《新唐書・玄宗紀》屢載其『獵于渭川』（開元元年）、『獵于下邽』（八年）、『獵于方秀川』（十四年）、『獵于城南』（十五年）之事。

〔四二〕【立注】《隋書》：朝服，冠、幘各一，絳紗單衣，白紗中單，皁領袖，皁襈，革帶，曲領，方心，蔽膝，白筆、舃、袜，兩綬、劍佩、簪導，鉤鰈，爲具服。七品以上服也。【補注】仗官，儀衛官。蔽膝，圍於衣服前面之大巾，用以蔽護膝蓋。

〔四三〕【立注】《明皇雜録》：上嘗令教舞馬四百匹，各分左右部，目爲某家寵、某家驕。時塞外以善馬來貢者，上俾之教習，無不曲盡其妙。因命衣以文繡，絡以金鈴，飾其鬘鬣，間以珠玉。其曲謂之《傾杯樂》者數十回。奮首鼓尾，縱横應節。安禄山亂，馬散落人間，田承嗣得之。一日軍中大饗，馬聞樂而舞，承嗣以爲妖而殺之。《詩》：鉤膺鏤錫。注：馬眉上飾曰錫。【補注】鄭嵎《津陽門詩》注：『又設連榻，令馬舞其上。馬衣紈綺而被鈴鐸，驤首奮鬣，舉趾翹尾，變態動容，皆中音律。』又《明皇雜録》：『又施三層板牀，乘馬而上，旋轉如飛。或命壯士舉一榻，馬舞於榻上，樂工數人立左右前後，皆衣淡黄衫、文玉帶，必求少年而姿貌美秀者。每千秋節，命舞於勤政樓下。』錫，馬額上皮革飾物，上綴金屬，半月形，馬走動時振動有聲。《詩·大雅·韓奕》『鉤膺鏤錫』鄭玄注：『馬面當盧，刻金为之，所謂鏤錫也。』

〔四四〕【立注】《晉·石崇傳》：崇塗屋以椒。《譚賓録》：天寶中，嶺南獻白鸚鵡，養之宫中，歲久頗聰慧，洞曉言詞。上及貴妃皆呼爲雪衣女。性既馴擾，常縱其飲啄飛鳴，然不離屏帷間。上每與嬪妃及諸王博戲，上稍不勝，左右乃呼雪衣女，必飛局中鼓翼以亂之。【補注】椒塗，指皇帝後宫。漢代皇后所居之宫殿曰椒房殿，殿内以花椒子和泥塗壁，取温暖、芬芳，多子之義。《三輔黄圖》：『椒房殿在未央宫，以椒和泥塗壁，取其温而芬芳也。』顧注引石崇事非所用。

〔四五〕【立注】《南部煙花記》：陳宫人喜於春林放柘彈。車轂詩：柘彈落金丸。【按】事未詳。《開元天寶遺事》下：『五月五日，明皇避暑遊興慶池，與妃子晝寢於水殿中。宫嬪輩憑欄倚檻，争看雌雄二鸂鶒戲於水中。帝時擁貴妃於綃帳内，謂宫嬪曰：「爾等愛水中鸂鶒，争如我被底鴛鴦。」』或當時有以柘木彈弓彈鴛鴦一類情事。

〔四六〕【立注】《國語》：季文子曰：『吾聞以德榮爲國華。』【補注】猗歟，贊美之辭。華國，光耀國家。陸雲《張二侯頌》：『文敏足以華國，威略足以振衆。』

〔四七〕幽，顧本作『佳』，據《英華》、席本、《全詩》、姜本改。【補注】幽致，幽美的景致。

〔四八〕【立注】《舊唐書》：天寶十三載三月丙午，御躍龍殿門，張樂，宴羣臣，賜右相絹一千五百匹，綵羅三百匹、綵綾五百匹，左相絹三百匹，綵羅綾各五十匹，極歡而罷。【按】此指在鴻臚寺錫宴堂中賜宴，與宴羣臣車馬侍從甚爲華盛。煒煌，猶輝煌。自『猗歟』句起，寫賜宴情景。

〔四九〕【立注】《淮南子》：龍舟鷁首。【補注】句意謂畫鷁裝飾華麗，照耀池中魚鼈。

〔五〇〕【立注】孔稚珪《北山移文》：鳴騶入谷。杜甫《同谷縣作歌》：東飛駕鵝後鶖鶬。【補注】鳴騶，隨同顯貴者出行並傳呼喝道之騎卒。鶖鶬，秃鶖，其狀如鶴而大，青蒼色，長頸赤目，頭項皆無毛。此謂騎卒喝道之聲使空中的秃鶖亦驚亂不安。

〔五一〕【補注】颭灩，水波蕩漾貌。

〔五二〕煌，姜本作『燁』。迷，顧本、《全詩》校：一作『逮』。席本作『逮』。塘，《英華》作『曠』。横塘，見卷三《江南曲》『回首問横塘』句注。【補注】炫煌，閃耀。

〔五三〕【補注】縈盈，回旋輕捷貌。回雪，狀女子舞姿之輕盈優美，舞袖轉動如雪之回旋飛舞。《藝文類聚》卷四十三引張衡《舞賦》：『裾似飛燕，袖如迴雪。』

〔五四〕歌遶，《全詩》校：一作『遶歌』。席本作『遶歌』。【立注】杜佑《通典》：周衰，有韓娥東之齊，至雍門，匱糧，鬻歌假食。既而去，餘音繞梁，三日而不絶。○《明皇雜録》：玄宗製新曲四十餘，又新製樂譜。每初年望夜，御勤政樓觀燈作樂，貴臣戚里登樓觀望。夜闌，太常樂府懸散樂畢，即遣宫女子樓前縛架出眺歌舞以娱之。【按】餘音繞梁事見《列子·湯問》。二句狀賜宴時歌舞之盛。

〔五五〕【立注】《明皇雜録》：上自解紅玉帶賜寧王。又：上以紫金帶賜岐王，蓋昔高宗破高麗所得。《典略》：魏文帝常賜劉楨廓落帶。【補注】句似謂豔麗之彩帶以雕鏤之銀絲纏絡。

〔五六〕【立注】《西京雜記》：漢元后在家，嘗有白燕銜石大如指，墮后績筐中，后取之，石自剖爲二，其中有文『母天后地』，乃合之，遂復還合。及爲后，嘗置璽笥中。【補注】筐，猶盒。句似謂華貴的梳子置於用金鑲嵌的盒中。

〔五七〕冥，《英華》、姜本作『真』，誤。【立注】《漢·曹參傳》：參代何爲相國，日夜飲酒。卿大夫以下及賓客見參不事事，來者皆欲有言。至者，參輒飲以醇酒，度之欲有言，復飲，酒醉而後去，終莫得關説，以爲常。【補注】沈冥，此指酣醉不醒。

〔五八〕【立注】『楚狂』見《論語》。〇案：《舊唐書》：天寶元年八月，李適之爲左丞相。五載四月，罷政，賦詩云：『避賢初罷相，樂聖且銜杯。爲問門前客，今朝幾箇來？』二句蓋指此也。【補注】《論語·微子》：『楚狂接輿歌而過孔子曰：「鳳兮鳳兮，何德之衰！往者不可諫，來者猶可追。已而，已而！今之從政者殆而！」孔子下，欲與之言，趨而辟之，不得與之言。』按：顧氏引李適之罷相銜杯事，以爲二句指此。然此上均寫錫宴情景，此二句當是形容與宴者酣醉如曹參、楚狂，未必影指時事。

〔五九〕紫微，見卷四《投翰林蕭舍人》『紫微芒動』句注。【補注】紫微，即紫微垣，借指帝王宮禁。《晉書·天文志上》：『紫宫垣十五星，其西蕃七，東蕃八，在北斗北。一曰紫微，大帝之座也，天子之常居也。主命主度。』東，東面。

〔六〇〕【立注】《天官書》：昴曰旄頭，胡星也。【補注】《史記·天官書》張守節正義：『（胡星）摇動若跳躍者，胡兵大起。』此即『森耀芒』之意。喻安、史亂起。

〔六一〕【立注】《左傳》：王子伯駢告于晉曰：『憑陵我城郭。』又：楚子曰：『古者明王伐不敬，取其鯨鯢而封之。』【補注】憑陵，横行、猖獗。鯨鯢，喻兇惡的敵人。

〔六二〕【立注】《世説》：周伯仁曰：『何乃刻畫無鹽，唐突西子也。』《子夜歌》：小喜多唐突，相憐能幾時？【補注】唐突，横衝直撞。《詩·小雅·漸漸之石》：『有豕白蹢，烝涉波矣。』鄭箋：『豕之性能水，又唐突難禁制。』

〔六三〕【立注】《漢·項籍傳》：羽屠咸陽，燒其宫室，火三月不滅。【補注】《新唐書·逆臣傳·安禄山》：『禄山未至長安，士人皆逃入山谷，東西駱驛二百里，宫嬪散匿行哭，將相第家委寶貨不貲，羣不逞争取之，累日不能盡。又剽左藏大盈庫、百司帑藏竭，乃火其餘。禄山至，怒，乃大索三日，民間財貲盡掠之。』

〔六四〕【立注】常建詩：戰餘落日黄。

〔六五〕【立注】賈誼《過秦論》：秦孝公據殽、函之固。徐堅《初學記》：施于府寺曰朝晡鼓。【補注】殽函，殽山與函谷關，相當於今潼關至新安一帶。安史亂時係戰場。府寺，指九卿衙門，鴻臚寺爲其中之一。

〔六六〕【補注】兹地，指鴻臚寺。

〔六七〕摧，顧本，《全詩》校：一作「唯」。席本作「惟」。

〔六八〕【立注】謝惠連《擣衣詩》：烈烈寒螿啼。許慎《淮南子注》：寒螿，蟬屬也。【補注】唐人詩中，寒螿亦借指深秋之鳴蟲，如張仲素《秋思》之一：「碧窗斜月靄深暉，愁聽寒螿淚濕衣。」此句「寒螿」亦同此，似指蟋蟀。

〔六九〕【補注】森，峙立。

〔七〇〕必，《英華》、席本作「不」。【立注】《漢·伍被傳》：被曰：「昔子胥諫吴王，吴王不用，乃曰：『臣今見麋鹿遊姑蘇之臺也。』」【補注】見麋鹿，謂國亡宮殿荒廢。

〔七一〕【立注】司馬遷《報任安書》：是以腸一日而九回。【補注】回腸，此指悲傷。二句意頗似李商隱《北齊二首》之一：「一笑相傾國便亡，何勞荊棘始堪傷。」蓋謂統治者當汲取安史之亂的歷史教訓，不能等到亡國才知道悲傷。

〔七二〕【補注】令節，佳節。羽觴，古酒器，作鳥雀狀，左右形如兩翼。一説，插鳥羽于觴，令人速飲。

〔七三〕隖，《英華》作「塢」；顧本校：一作「上」；《全詩》作「曲」。【立注】康駢《劇談録》：曲江，開元中疏鑿爲勝境。其南有紫雲樓、芙蓉苑，其西有杏園、慈恩寺。花卉環周，煙水明媚。都人遊賞，盛於中和，上巳之節。隖，塢之本字。

〔七四〕【補注】棲鸞凰，指皇帝攜后妃至曲江中遊賞棲宿。杜甫《哀江頭》：「少陵野老吞聲哭，春日潛行曲江曲。江頭宮殿鎖千門，細柳新蒲爲誰緑？憶昔霓旌下南苑，苑中萬物生顏色。昭陽殿裏第一人，同輦隨君侍君側。」

箋評

【按】此因見鴻臚寺錫宴堂安史亂後遺址荒涼，而抒今昔盛衰之感。自開篇至『柘彈驚鴛鴦』，極力形容玄宗開元時期之盛以及開元後期以來對楊妃的寵幸，與奢侈佚樂之情景。自『猗歟華國臣』至『醉倒疑楚狂』，渲染昔日錫宴之盛。自『一旦紫微東』至篇末，則寫錫宴堂遺址今日之荒涼。詩中雖不無諷慨玄宗寵美色、任邪佞、溺佚樂而招致禍亂之意，然其主旨不在進行政治上的諷戒，而在抒寫今昔盛衰的感慨。在作者心目中，玄宗寵幸楊妃以及其時種種奢侈佚樂之事，亦屬於『盛世』之『盛事』範圍，故敍及此類情事，不僅加以渲染，且往往流露出不勝欣羡追戀之情。此種對『盛世』『盛事』之向往追思，正折射出晚唐士人特有之心理。庭筠本人，對此類佚樂之『盛事』尤爲留連向往。故對此類詩，不宜從政治諷戒角度理解與評價，否則，無論肯定或否定、贊揚與批評，均不免偏頗。

登盧氏臺〔一〕

勝地當通邑〔二〕，前山有故居。臺高秋盡出〔三〕，林斷野無餘〔四〕。白露鳴蛩急，晴天度雁疏〔五〕。由來放懷地〔六〕，非獨在吾廬〔七〕。

校注

〔一〕《英華》卷三一三居處三載此首。【補注】卷八有《盧氏池上遇雨贈同遊者》，卷七有《題盧處士山居》（一作『處士盧岵山居』），與此詩『盧氏』或是一人。詩言『前山有故居』，與《題盧處士山居》亦合。

〔二〕【補注】勝地，名勝之地、風景佳勝之地。通邑，交通便利之城市。

〔三〕【補注】臺高，故秋色可一覽無餘。

〔四〕【補注】樹林斷處，曠野一望無際。

〔五〕晴天，《英華》作『天時』，校：疑作『晴天』。

〔六〕【補注】放懷，開懷。

〔七〕【立注】陶潛詩：吾亦愛吾廬。【按】此反陶詩之意而用之。吾廬，指詩人自己在鄠郊的别業。

箋評

【按】三四句奇，然實白描佳句，非追琢而成，『放懷』意已寓其中。

牡丹二首〔一〕

輕陰隔翠幃〔二〕，宿雨泣晴暉〔三〕。醉後佳期在〔四〕，歌餘舊意非〔五〕。蝶繁經粉住〔六〕，蜂重抱香歸〔七〕。莫惜熏爐夜，因風到舞衣〔八〕。

水漾晴紅壓疊波〔九〕，曉來金粉覆庭莎〔一〇〕。裁成豔思偏應巧〔一一〕，分得春光最數多〔一二〕。欲綻似含雙靨笑〔一三〕，正繁疑有一聲歌〔一四〕。華堂客散簾垂地，想凭闌干斂翠蛾〔一五〕。

校注

〔一〕《英華》卷三二一花木一牡丹載此二首。顧本題作《牡丹》，無『二首』二字。據《英華》補。

〔二〕【補注】翠幃，緑色的幃幕。指蓋在牡丹花上的幄幕，用以擋蔽風雨。

〔三〕【補注】宿雨霑濕牡丹，花瓣上掛着雨珠，在晴暉照映下有似哭泣，故云『宿雨泣晴暉』。

〔四〕【立注】謝朓詩：芳洲有杜若，可以慰佳期。【補注】醉後，似指紅豔的牡丹盛開後，其情態如美人酒醉。佳期在，盼望好合的期約仍在。

〔五〕【補注】歌餘，歌罷、歌殘，喻指花謝。舊意非，盼望好合之期的意向已經幻滅。

〔六〕經，《英華》、席本作『輕』。【立注】道書：蝶交則粉退。【補注】似謂蝴蝶紛繁飛舞，經過牡丹時留下蝶粉。

〔七〕【補注】蜜蜂飛得很慢，是因爲採牡丹花粉多抱香而歸。
〔八〕【補注】二句謂佳人熏爐等待之夜，莫惜牡丹花瓣因風起而飄落到舞衣上。
〔九〕【補注】水漾晴紅，晴光照映的水面上摇漾着紅色的牡丹花瓣。
〔一〇〕【補注】金粉，指牡丹花金黄色的粉蕊。庭莎，庭院中的莎草地。
〔一一〕【補注】謂牡丹花豔麗似含情思，如同人的巧手裁剪而成。
〔一二〕【補注】數，《英華》傅校作『教』，與上句『應』對較工。牡丹暮春開放，故云其分得春光最多。
〔一三〕【立注】梁簡文帝詩：夢想開嬌靨。【補注】此以美人之含靨欲笑形况牡丹之含苞欲綻情態。
〔一四〕【補注】謂牡丹開放最繁盛時似美人含情發聲一唱而歌聲乍傳。與上首『歌餘舊意非』可合參。
〔一五〕【補注】二句想像華堂客散，珠簾垂地之際，寂寞無賞的牡丹當如佳人之凭闌斂眉含愁脈脈。

箋評

【按】二首雖竭力形容刻畫，而少韻味。多以佳人爲喻，而不免流於纖巧俗豔。與李商隱《回中牡丹爲雨所敗二首》相較，高下立見。『醉後』一聯稍有意致，然語仍嫌晦。

反生桃花發因題〔一〕

病眼逢春四壁空〔二〕，夜來山雪破東風〔三〕。未知王母千年熟〔四〕，且共劉郎一笑同〔五〕。已落又開横晚翠〔六〕，似無如有帶朝紅〔七〕。僧虔蠟炬高三尺〔八〕，莫惜連宵照露叢〔九〕。

校注

〔一〕《英華》卷三二一花木一桃花載此首。【補注】反生，返生，凋謝後又開，即詩中『已落猶開』之意。

〔二〕病，《全詩》作『疾』。逢春，顧本、《全詩》校：一作『相逢』。席本作『相逢』。【立注】《史記》：司馬相如居徒四壁立。【補注】庭筠病眼，詩文中屢有提及。《夜看牡丹》云：『希逸近來成懶病，不能容易向東風。』《雪二首》之一：『謝莊今病眼，無意坐通宵。』《答段柯古贈葫蘆管筆狀》：『蝸睆傷明，對蘭釭而不寢。』四壁空，《史記》司馬貞索隱引孔文祥云：『家空無資儲，但有四壁而已。』

〔三〕【補注】山雪破東風，山雪爲東風所破（銷融）。

〔四〕【立注】《漢武内傳》：王母下命侍女索桃果，須臾以玉盤盛仙桃七顆，大如雞卵，形圓，青色。母以四顆與帝，三顆自食，桃味甘美，口有盈味。食輟，收其核。王母問帝，帝曰：『欲種之。』母笑曰：『此桃三千年一生實，非下土所植也。』【按】王母之桃，三千年一生實，而人世不過百年，故曰『未知』。

〔五〕【立注】李賀《金銅仙人辭漢歌》：茂陵劉郎秋風客。【補注】劉郎，此指漢武帝劉徹，借以自指。花開謂之笑。二句謂王母之仙桃三千年一熟，人世渺茫難期，然人間之桃花已落又開，自可與我同此一笑。

〔六〕【補注】晚翠，指桃樹翠綠的枝葉。

〔七〕【補注】似無如有，指返生桃花的花苞，細小如帶朝紅。

〔八〕【立曰】未詳。《宋書》：王曇首常與兄弟集會，子孫任其戲適。僧達跳下地作彪子。僧虔累十二博棋，既墜，亦不重作。僧綽探蠟燭珠爲鳳皇，僧達奪取於懷，亦不復惜。【補注】王僧虔（公元四二六—四八五），南朝宋、齊間文人、學者、書法家，《全上古三代秦漢三國六朝文》輯録其文十五題。『蠟炬三尺』事未詳。

〔九〕【補注】此即白居易《惜牡丹》『明朝風起應吹盡，夜惜衰紅把火看』之意。

箋評

【按】全篇均圍繞『反生』一語着筆。末語有情。

杏花〔一〕

紅花初綻雪花繁〔二〕，重疊高低滿小園〔三〕。正見盛時猶悵望〔四〕，豈堪開處已繽翻〔五〕。情爲世累詩千首，醉是吾鄉酒一尊〔六〕。杳杳豔歌春日午〔七〕，出牆何處隔朱門〔八〕。

校注

〔一〕《英華》卷三二一花木一杏花載此首。

〔二〕【補注】紅花，指杏花初綻時色純紅。雪花，指杏花盛開時色白微帶紅，遠望則白。

〔三〕【立注】庾信有《小園賦》。

〔四〕【補注】盛開時預憂其凋謝，故『猶悵望』。

〔五〕【補注】繽翻，繽紛飄落。此謂更何堪其旋開旋落乎！

〔六〕醉鄉，見卷四《李羽處士寄新醖走筆戲酬》『沉醉無期即是鄉』句注。【補注】王績《醉鄉記》：『阮嗣宗、陶淵明等十數人並遊於醉鄉。』《過酒家》：『此日長昏飲，非關養性靈。眼看人盡醉，何爲獨爲醒？』

〔七〕【補注】杳杳，杳遠隱約貌。豔歌，豔情的詩歌。《文心雕龍·樂府》：『若夫豔歌婉孌，怨志佚絶。』白居易《長安道》：『花枝出處青樓開，一曲豔歌酒一杯。』

〔八〕【補注】出牆，指杏花花枝伸出牆外。

箋評

【按】前兩聯寫杏花初綻、盛開、旋開旋落與己之愛花惜花心理。後兩聯由杏花聯及身世，末有自傷不遇，不爲朱門所賞之意。

和太常段少卿東都修行里有嘉蓮〔一〕

春秋罷注直銅龍〔二〕，舊宅嘉蓮照水紅。兩處龜巢清露裏〔三〕，一時魚躍翠莖東〔四〕。同心表瑞荀池上〔五〕，半面分妝樂鏡中〔六〕。應爲臨川多麗句〔七〕，故持重豔向西風〔八〕。

校注

〔一〕《英華》卷三二二花木二蓮荷載此首，題内「段」字作「杜」、「行」字作「竹」，席本、《全詩》同《英華》。【立注】《唐書》：東都，隋置。貞觀六年，號洛陽宫。光宅元年，曰神都。天寶元年，曰東京。肅宗元年，復爲東都。【陶敏曰】「杜」，疑爲「段」之訛。段少卿，段成式。温庭筠有《和段少常柯古》詩。《酉陽雜俎》序題「唐太常少卿段成式撰」。成式居修行里，見劉得仁《初夏題段郎中修行里南園》，段郎中，段成式。《新書》本傳：「擢累尚書郎，爲吉州刺史。」唐代兩都無修竹里，有修行里。《酉陽雜俎·前集》卷十八：「成式修行里私第大堂前有五鬛松兩株。」蓋段、杜音相近也。【補注】陶考甚確。題内「杜」應作「段」，「竹」應作「行」。太常，太常寺。《新唐書·百官志》：「太常寺，卿一人，正三品；少卿二人，正四品上。掌禮樂、郊廟、社稷之事，總郊社、太樂、鼓吹、太醫、太卜、廪犧、諸祠廟等署，少卿爲之貳。」修行里，在東都洛陽定鼎門東第二街。嘉蓮，從詩中看，當即同心蓮，又稱合歡蓮。《玉臺新詠·近代雜歌·青陽歌曲》：「下有並根藕，上生同心蓮。」段成式咸通二年在荆南節度使蕭鄴幕（見盧知猷《盧鴻草堂圖後跋》），其入爲太常少卿約在咸通三年。四年六月卒（見尉遲樞《南楚新聞》）。據『西风』語此詩當作於咸通三年初秋。

〔二〕直，《英華》、席本作『真』，誤。【立注】《晉書》：杜預字元凱，著《春秋經傳集解》。《漢書》：上急召太子出龍樓門。張晏曰：門樓上有銅龍。【補注】《春秋》罷注，謂其因公務繁忙而停注《春秋》。直，當值。銅龍，本漢太子宮門，此借指帝王宮闕。李白《酬坊州王司馬與閻正字對雪見贈》：『價重銅龍樓，聲高重門側。』

〔三〕【立注】《史記·龜策傳》：龜千歲乃遊蓮葉之上。褚先生曰：江南嘉林，龜在其中，常巢于芳蓮之上。【補注】因係同心並蒂之蓮，故曰『兩處龜巢』。

〔四〕【立注】《江南》詞：魚戲蓮葉東。【補注】一時，同時。

〔五〕【立注】隋杜公瞻《同心芙蓉》詩：名蓮自可念，况復兩心同。荀池，見卷八《休澣日西掖謁所知》『荀令鳳池春婉娩』句注。【補注】句意謂同心蓮象徵祥瑞，開放在曾經入主中書的荀令池上。按：段成式之父段文昌穆宗時曾拜中書侍郎同平章事，修行里係段氏舊居，故以『荀池』擬之，指舊居中的池塘。言外有此同心蓮預兆段成式亦將顯貴之意。

〔六〕分，《英華》、席本作『粉』，誤。【立注】《南史》：梁元帝徐妃，諱昭珮，無容質，不見禮於帝，二三年一入房。妃以帝眇一目，每知帝將至，必爲半面妝以俟。帝見則大怒而出。《世説》：衛伯玉爲尚書令，見樂廣，奇之曰：『此人人之水鏡。』【補注】樂鏡，借指如鏡之池面。因係同心並頭之蓮花，故映入水中，僅各得半面。

〔七〕【立注】沈約《宋書》：謝靈運，陳郡人也。博覽羣書，文章之美，江左莫逮。初辟琅邪王大司馬行參軍，後爲臨川郡守。【補注】《南史·顔延之傳》：『延之嘗問鮑照己與靈運優劣，照曰：「謝五言如初發芙蓉，自然可愛；君詩若鋪錦列繡，亦雕繢滿眼。」』謝靈運之詠荷麗句如：『澤蘭漸被徑，芙蓉初發池。』（《游南亭詩》）『芰荷迭映蔚，蒲稗相因依。』（《石壁精舍還湖中作詩》）此以謝靈運喻指段成式，謂其詩多『初發芙蓉』式之麗句，又善詠荷花。

〔八〕【立注】近代吴歌：芙蓉始結蕊，抱豔未成蓮。【補注】重豔，指同心並頭的蓮花（並排地長在同一個莖上的兩朵蓮花，亦稱並蒂蓮）。蓮花開時，已漸入秋令，故云『向西風』。

箋評

【按】句釋已詳注。此詩專從蓮之同心並蒂着筆，用各種有關典故反覆吟詠，既頌嘉蓮之表瑞，亦贊嘉蓮主人之『多麗句』。用典雖稱雅切，情韻不免稍遜。尾聯稍有情味。

題磁嶺海棠花〔一〕

幽態竟誰賞〔二〕？歲華空與期〔三〕。島回香盡處，泉照豔濃時〔四〕。蜀彩澹摇曳〔五〕，吴妝低怨思〔六〕。王孫又誰恨〔七〕，惆悵下山遲。

校注

〔一〕《英華》卷三二二花木二海棠載此首。磁嶺，所在未詳。視詩中所寫，似爲湖中島嶼上之山嶺。

〔二〕【補注】指海棠花幽獨的姿態。

〔三〕【補注】歲華，此指每年按時開放的海棠花。期，指開放之期。因『竟誰賞』，故曰『空與期』。

〔四〕【補注】回，回繞。豔，指海棠花紅豔的花苞、花朵。

〔五〕【補注】蜀彩，彩色的蜀錦。海棠花未開放時花苞深紅色，故上句云『豔濃時』；開放後呈淡紅色或白色，故此句云『澹搖曳』。

〔六〕【補注】吴妝，猶吴宫西子之妝。句意謂開後的海棠，如吴宫西施妝成，低迴怨思無限。此句寫其情態。

〔七〕【補注】王孫，詩人自指。《楚辭·招隱士》：『王孫遊兮不歸，春草生兮萋萋。』

箋評

【按】詠海棠即以自寓。起聯一篇主意。地處幽僻隔絶，雖香郁色豔而無人欣賞，故低回怨思無限。尾聯即因海棠幽獨無賞觸動身世之感，故含恨惆悵，下山遲遲。

苦楝花〔一〕

院裏鶯歌歇，牆頭舞蝶孤。天香熏羽葆〔二〕，宫紫暈流蘇〔三〕。晻曖迷青瑣〔四〕，氤氲向畫圖〔五〕。只應春惜别，留與博山爐〔六〕。

校注

〔一〕《英華》卷三二三花木三雜花載此首。《英華》、席本、姜本「楝」作「練」，誤。【立注】《歲時記》：始梅花，終楝花，凡二十四番花信風。【補注】苦楝，落葉喬木，春末開淡紫色筒狀小花，有清香。二十四番花信風，楝花風最後，故首聯云「鶯歌歇」、「舞蝶孤」，尾聯云「春惜別」，開在春末也。

〔二〕熏，《英華》、《全詩》、姜本、席本作「薰」，通。【補注】羽葆，帝王儀仗中用鳥羽聯綴爲飾之華蓋。因苦楝花呈圓筒形，有似華蓋，有清香，故云「天香熏羽葆」。熏，用同「薰」。

〔三〕流蘇，見卷三《春曉曲》「流蘇帳曉春雞早」句注。【補注】流蘇，形容楝花聚傘狀花序。因其色紫，故曰「宫紫暈流蘇」。暈，狀其顔色由深而淺。

〔四〕【補注】晻曖，盛貌。

〔五〕【補注】氤氲，香氣濃烈。沈約《芳樹》：「氤氲非一香，參差多異色。」

〔六〕【立注】《西曲歌·楊叛兒》云：郎作沈水香，儂作博山爐。【補注】楝花開當春末，故云「春惜别」；其花清香襲人，故云「留與博山爐」，望其久留香也。

箋評

【按】視詩中「天香」、「宫紫」、「青瑣」、「畫圖」等語，似以苦楝花暗喻宫嬪。或反之，以宫嬪暗喻苦楝花，亦可。

自有扈至京師已後朱櫻之期〔一〕

露圓霞赤數千枝，銀籠誰家寄所思〔二〕。秦苑飛禽諳熟早〔三〕，杜陵遊客恨來遲〔四〕。空看翠幄成陰日〔五〕，不見紅珠滿樹時〔六〕。盡日徘徊濃影下〔七〕，祇應重作釣魚期〔八〕。

校注

〔一〕《英華》卷三二六花木六櫻桃載此首。【立注】《尚書》注：有扈，夏同姓之國。在扶風鄠縣。【補注】《元和郡縣圖志》卷二京兆府：『鄠縣，東北至府六十五里，本夏之扈國。啓與扈戰於甘之野……扈至秦改爲扈邑……故鄠城，在城東北二里，夏之扈國也。』《左傳·昭公元年》：『扈在始平鄠縣。』即今西安市郊縣鄠（户）縣。庭筠家居鄠郊别墅，屢有詩言及，見前。《禮記·月令》：『是月（仲夏之月）也，天子乃以雛嘗黍，羞以含桃薦寢廟。』鄭玄注：『含桃，櫻桃也。』《淮南子·時則訓》：『羞以含桃。』高誘注：『含桃，鶯所含食，故曰含桃。』櫻桃古代用以薦寢廟。唐李綽《歲時記》：『四月一日，内園薦櫻桃。薦寢廟訖，班賜各有差。』已後朱櫻之期，謂已錯過『薦（進獻）櫻桃』之期，實以暗喻自己錯失參加科舉考試，將自己的才能進獻給朝廷的機會。此當即《感舊陳情五十韻獻淮南李僕射》自注『二年抱疾，不赴鄉薦試有司』之象喻，亦即『開成五年秋，以抱疾郊野，不得與鄉計偕王府』之謂。參之詩之末句，其寓託之意益顯。詩當作於開成五年仲夏。蓋開成四年、五年連續二年不赴鄉薦，故開成五年春、會昌元年春均錯失參加禮部進士試之機會。而會昌元年仲夏，庭筠已在自秦歸吴中舊鄉途中，故此詩當作於開成五年仲夏，時仍居鄠郊。

〔二〕【補注】銀籠，摘櫻桃時用以盛櫻桃的竹籠，又稱筠籠。杜甫《野人送朱櫻》：『西蜀櫻桃也自紅，野人相贈滿筠籠。』寄所思，存放所思念的櫻桃。

〔三〕【立注】《呂氏春秋》：仲夏之月羞含桃。注：含桃，櫻桃，鶯鳥所含食，故曰含桃。【補注】秦苑，長安宮苑。飛禽，指鶯。

〔四〕【補注】杜陵遊客，庭筠自指。庭筠有《鄠杜郊居》、《鄠郊別墅寄所知》詩，其居所在鄠杜之間。《商山早行》有『因思杜陵夢』之句，故以『杜陵遊客』自指。『恨來遲』，即題所稱『已後朱櫻之期』，表面上是説錯過櫻桃結實之期，實指錯失參加禮部進士試之期。進士試一般於正月或二月舉行。

〔五〕【立注】陸機《招隱詩》：緑葉成翠幄。

〔六〕【咸注】《埤雅》：櫻桃顆小者如珠，南人呼爲櫻珠。

〔七〕影，《英華》作『廕』，席本作『蔭』。

〔八〕【立注】晉潘尼《鼈賦序》：皇太子遊於玄圃，遂命釣魚，有得鼈而獻之者，命侍臣賦之。【補注】重作釣魚期，指重新應試，釣取功名。《史記·齊太公世家》：『呂尚蓋嘗窮困，年老矣，以漁釣奸（干）西伯。西伯將出獵，卜之，曰：「所獲非龍非彲，非虎非羆，所獲霸王之輔。」於是周西伯獵，果遇太公於渭之陽，與語大悦……載與俱歸。立爲師。』『釣魚』用此，喻參加科舉考試以干禄。白居易《代書詩一百韻寄微之》：『繁張獲鳥網，堅守釣魚磯。』自注：『謂自冬至夏頻改試期，竟與微之堅待制試也。』亦以『釣魚』喻應試。

箋評

【按】題面與詩面均寫自鄠杜郊居至京師，已錯過櫻桃成熟之期，只見緑葉成陰之惆悵，實際内容則寫自己錯失參加禮部進士試之機會，未能進獻才能於朝廷之遺憾。二者之聯結點集中在櫻桃係薦陵寢之物這一傳統禮俗上。構思精妙，寓託自然。尾聯於悵恨之餘發『重作釣魚期』之想，設喻雖與『後朱櫻之期』嫌脱節，但却使錯失科舉考試時機之寓意更加顯豁。

答段柯古見嘲〔一〕

彩翰殊翁金繚繞〔二〕，一千二百逃飛鳥〔三〕。尾生橋下未爲癡〔四〕，暮雨朝雲世間少〔五〕。

校注

〔一〕《絶句》卷四十四載此首。【立曰】以下七首見《絶句》。【補注】段柯古，段成式。卷七有《和段少常柯古》。段成式詩集中有《嘲飛卿七首》。其一云：『曾見當壚一個人，入時妝束好腰身。少年花蒂多芳思，只向詩中寫取真。』其二：『醉袂幾侵魚子纈，飄纓長罥鳳皇釵。知君欲作《閑情賦》，應願將身作錦鞋。』其三：『翠蝶密偎金叉首，青蟲危泊玉釵梁。愁生半額不開靨，只爲多情團扇郎。』其四：『柳煙梅雪隱青樓，殘日黄鸝語未休。見説自能裁袙腹，不知誰更著帩頭？』其五：『愁機懶織同心苣，悶繡先描連理枝。多少風流詞句裏，愁中空詠早環詩。』其六：『燕支山色重能輕，南陽水澤鬬分明。不煩謝雉先張翳，自有琴中威鳳聲。』其七：『半歲愁中鏡似荷，牽環撩鬢却須磨。花前不復抱瓶渴，月底還應琢刺歌。』又有《柔卿解籍戲呈飛卿三首》，其一：『長擔犢車初入門，金牙新醖盈新樽。良人爲漬木瓜粉，遮却紅腮交午痕。』其二：『最宜全幅碧鮫綃，自䙰春羅等舞腰。未有長錢求鄴錦，且令裁取一團嬌。』其三：『出意桃鬟一尺長，金爲鈿鳥簇釵梁。鬱金種得花茸細，添入春衫領裏香。』據此二組段詩，庭筠當與青樓妓柔卿有戀情。飛卿此詩，即答段之嘲戲之作。詩當作於居襄陽徐商幕期間，具體年月未詳。約大中十二年至咸通元年之間。

〔二〕翰，《全詩》校：一作『輪』。【補注】彩翰，彩色羽毛。殊翁，特別的老翁。金繚繞，形容其衣飾華麗，如金光繚繞。全句係寫一頭插彩羽、身著新裝之老年『新郎』形象。

〔三〕【補注】《千金方·房中補益論》：『彭祖曰：昔黄帝御女一千二百而登仙，俗人以一女伐命。知與不知，相去遠矣。』李商隱《擬沈下賢》有句云『千二百飛鸞』，此云『一千二百』『飛鳥』，當同用黄帝御女登仙事。然曰『逃飛鳥』，似反其意而用之，謂未敢效黄帝之御千二百飛鳥也。

〔四〕生，《絶句》、《全詩》作『薪』，當因音近而誤。【立注】《莊子》：尾生與女子期於梁下，女子不來，水至，不去，抱橋柱而死。

〔五〕【補注】暮雨朝雲，用宋玉《高唐賦序》神女自云『妾在巫山之陽，高丘之阻，旦爲朝雲，暮爲行雨。朝朝暮暮，陽臺之下。』句意蓋謂對方如『日爲朝雲，暮爲行雨』之美麗多情神女，世間實少。

箋評

【按】成式嘲飛卿，蓋調謔其與青樓妓女之間，彼此一往情深，故飛卿作詩以答。謂已雖插彩羽著華服聊作老年『新郎』，然絶非好色貪慾之輩。已雖如尾生之守信抱柱而非癡，蓋對方如美麗多情之神女，實世間難逢也。或疑庭筠此時年已六旬，不可能演出如段成式的詩作中所述的一段喜劇，因謂庭筠非生於貞元十七年，而當生於元和十一年，不知温詩已自稱『殊翁』矣。

蓮花〔一〕

緑塘摇灩接星津〔二〕，軋軋蘭橈入白蘋〔三〕。應爲洛神波上襪〔四〕，至今蓮蕊有香塵。

校注

〔一〕《絶句》卷四十四載此首。

〔二〕【補注】摇灩，水波蕩漾貌。星津，星河，指銀河。

〔三〕【補注】橈，船槳。蘭橈，猶蘭舟。指採蓮的小舟。白蘋，水中浮草。亦稱四葉菜，田字草。夏秋開小白花。

〔四〕【立注】《洛神賦》：凌波微步，羅韈生塵。【補注】洛神，洛水之神，即宓妃。曹植《洛神賦序》：『黄初三年，余朝京師，還濟洛川。古人有言，斯水之神，名曰宓妃。感宋玉對楚王神女之事，遂作斯賦。』『其辭曰：……於是洛靈感焉，徙倚傍徨……踐椒塗之郁烈，步蘅薄而流芳……陵波微步，羅韈生塵。』此句以荷葉凌波喻洛神之羅韈。

箋評

【按】前二句乘蘭舟採蓮。後二句寫蓮葉蓮花，從《洛神賦》生發想像，謂蓮葉凌波，恐是當年洛神之羅襪，故至今蓮蕊中似猶含其餘香焉。意境優美。

過吴景帝陵〔一〕

王氣銷來水淼茫〔二〕，豈能才與命相妨〔三〕。虚開直瀆三千里〔四〕，青蓋何曾到洛陽〔五〕！

校注

〔一〕《絶句》卷四十四載此首。【立注】《吴志》：孫休字子烈，權第六子，在位七年。薨時年三十。謚曰景皇帝，葬定陵。

〔二〕【補注】《太平御覽》引《金陵圖》云：『昔楚威王見此有王氣，因埋金以鎮之，故曰金陵。秦併天下，望氣者言江東有天子氣，鑿地斷連岡，因改金陵爲陵。』劉禹錫《西塞山懷古》：『王濬樓船下益州，金陵王氣黯然收。』李商隱《詠史》：『北湖南埭水漫漫，一片降旛百尺竿。』王氣銷來水淼茫，見吴國政權、建業繁華均已銷亡，眼前所見惟淼茫水勢而已。

〔三〕【補注】李商隱《有感》：『古來才與命相妨。』此句意與之相反，謂難道是孫休之才能與其命運相妨？吴再傳至孫皓而亡。

〔四〕【補注】直瀆，孫皓所開直渠。《方輿勝覽》卷十四《建康府》：『直瀆，吴後主孫皓所開。楊脩詩注云：「瀆在幕府山東北，長十四里，闊五丈，深二丈。初開之時，晝開夜復自塞，經年不就。傷足役夫卧其側，夜見鬼物來填，因歎曰：何不以布囊盛土棄之江中，使吾徒免殫力於此。傷者異之，曉白有司，如其言，乃成。瀆道直，故名直瀆。」』〇孫盛《晉春秋》云：「方山有直瀆。」唐人詩：「虛開直瀆三千里，青蓋何曾到洛陽？」』

〔五〕【立注】《江表傳》：皓載其母、妻、子及後宫數千人，從牛渚陸道西上，云青蓋入洛陽，以順天命。《吴志》：天璽元年，吴郡言『臨平湖自漢末草薉擁塞，長老相傳：「湖塞天下亂，湖開天下平。」近者無故忽開，此天下當太平，青蓋入洛之祥也。』皓以問都尉陳訓，訓退而告人曰：『青蓋入洛者，銜璧之徵也。』【補注】青蓋，青色車蓋。《晉書·輿服志》謂天子之法車青蓋，黄爲裏。故『青蓋』可指帝王車駕。青蓋入洛，謂入洛爲帝，一統天下。

箋評

【按】此言吳國覆亡之命運不可避免。首句點明詩之主旨。次句言吳之亡並非由於孫休之才與命相妨。《三國志·吳志·三嗣主傳》評曰：『（孫）休以舊愛宿恩，任用興、布，不能拔進良才，改弦易張，雖志善好學，何益救亂乎？』可與此句相參，三四言孫皓繼立，肆行殘暴，虐用其民，雖開直瀆、信祥瑞，妄想青蓋入洛，一統天下，又何曾實現其愚妄之意願乎？按：憲宗元和二年十月，鎮海軍節度使李錡反，旋即敗亡伏誅，此詩或有所託諷。

龍尾驛婦人圖〔一〕

慢笑開元有倖臣〔二〕，直教天子到蒙塵〔三〕。今來看畫猶如此，何況親逢絕世人〔四〕。

校注

〔一〕《絕句》卷四十四載此首。【立注】《新唐書·逆臣傳》禄山每過朝堂龍尾道，南北睥睨，久乃去。【補注】

龍尾驛，在鳳翔府岐山縣東漳水西岸，又名龍尾城。

〔二〕【補注】倖臣，帝王寵幸的臣子。開元有倖臣，連下句，當指高力士。陳鴻《長恨歌傳》：『開元中，泰階平，四海無事。玄宗在位歲久，倦於旰食宵衣，政無大小，始委於右丞相，稍深居遊宴，以聲色自娛。先是，元獻皇后，武淑妃皆有寵，相次即世。宫中雖良家子千數，無可悦目者……詔高力士潛搜外宫，得弘農楊玄琰女於壽邸。』事在開元二十五年。

〔三〕【立注】《左傳》：臧文仲曰：『天子蒙塵在外，敢不奔問官守？』【補注】謂玄宗因寵楊妃，直至釀成安史之亂，倉皇奔蜀。

〔四〕【立注】李延年歌：北方有佳人，絶世而獨立。【按】延年歌此下尚有『一顧傾人城，再顧傾人國。寧不知傾城與傾國，佳人難再得』數句，當引全方切合此句之意。

箋評

【按】龍尾驛婦人圖，看畫者甚衆。詩人有感於此，發抒議論，謂玄宗之蒙塵奔蜀，説者每歸罪於倖臣高力士之搜外宫召楊氏女。然今見看婦人畫者尚趨之若鶩，更何況親逢絶代佳人乎？蓋慨愛美色乃人性之普遍弱點，帝王、常人均不能免。以明玄宗之蒙塵，不獨由倖臣之逢迎，更緣人性本身之弱點所致，意與白居易《李夫人》『人非木石豈無情，不如不遇傾城色』相似，而語則略帶調侃。

薛氏池垂釣〔一〕

池塘經雨更蒼蒼〔二〕，萬點荷珠曉氣涼。朱瑀空偷御溝水〔三〕，錦鱗紅尾屬嚴光〔四〕。

校注

〔一〕《絶句》卷四十四載此首。

〔二〕【補注】蒼蒼，深青色。

〔三〕【立注】《後漢書·宦者傳》：郎中梁人審忠，奏長樂五官史朱瑀繕修第舍，連里竟巷，盜取御水以作魚釣，車馬服玩擬於天家。【補注】朱瑀，借指薛某。

〔四〕【補注】錦鱗紅尾，指紅尾鯉魚。嚴光，東漢初隱士，耕釣於富春山。屢見前注。此借以自指。

箋評

【按】薛氏池或通御溝。詩人釣池上得錦鱗，作此詩以調謔。謂薛空偷御溝之水，而錦鱗則屬垂釣之自己也。『空偷』者，謂其官務繁冗不得享垂釣池上之樂也。

簡同志〔一〕

開濟由來變盛衰〔二〕，五車纔得號鎡基〔三〕。留侯功業何容易，一卷兵書作帝師〔四〕。

校注

〔一〕《絶句》卷四十四載此首。【補注】簡，寄送書信。此以詩代簡。

〔二〕【補注】開濟，開創並匡濟。變盛衰，變衰亂爲昌盛。

〔三〕【補注】《莊子·天下》：『惠施多方，其書五車。』鎡基，基業。句意謂讀書多學問大者方能號稱助帝王創基業的開濟之臣。

〔四〕【立注】《漢·張良傳》：良常閒從容步游下邳圯上，有一老父，衣褐，出一編書曰：『讀是則爲王者師。』後佐高祖定天下，封留侯。【按】事始見《史記·留侯世家》。此即李商隱《驕兒詩》『穰苴司馬法，張良黄石術。便爲帝王師，不假更纖悉』之意。

箋評

【按】詩意謂佐帝王創開濟之大業者，不必均學富五車，試看建蓋世功業之張良，豈非憑黄石公所授之一編兵書而爲帝王師者乎？中晚唐士人，仕途日窄，雖苦讀並多次參加科舉考試，而往往窮困潦倒終身。然在藩鎮割據、邊患頻仍之形勢下，習武從軍者反易得受賞封侯，詩曰『留侯功業何容易』，或亦有慨於此焉。

瑟瑟釵〔一〕

翠染冰輕透露光〔二〕，墮雲孫壽有餘香〔三〕。只應七夕回天浪〔四〕，添作湘妃淚兩行〔五〕。

校注

〔一〕《絶句》卷四十四載此首。【立注】程大昌《演繁露》：《唐語林》：盧昂主福建鹽鐵，有瑟瑟枕大如斗，憲宗召市人估其值，或云至寶無價，或云美石，非真瑟瑟。則今世所傳瑟瑟，或皆煉石爲之耶？【補注】瑟瑟，碧色寶石。《周書·異域傳下·波斯》：『又出……馬腦、水晶、瑟瑟。』此謂用瑟瑟製成之寶釵。

〔二〕【補注】翠染，言其色碧；冰輕，言其質輕而透明，即『透露光』之謂。

〔三〕【立注】華嶠《後漢書》：梁冀妻孫壽作愁眉、嗁妝、墮馬髻。【補注】墮雲，當即『墮馬髻』。《漢書》李賢注引應劭《風俗通》曰：『墮馬髻者，側在一邊。』句意謂此瑟瑟釵或曾爲孫壽所用，其上似猶霑其雲髮之香澤。

〔四〕應，《全詩》作『因』。

〔五〕湘妃淚，見卷七《巫山神女廟》『一叢斑竹夜』句注。

箋評

【按】三四句意晦，似指瑟瑟釵隱隱透出波紋，似七夕銀河中回天之波浪；又隱含散見之斑點，似湘妃之淚灑斑竹。然如此形容，亦過於支絀。

元日〔一〕

神耀破氛昏〔二〕，新陽入晏溫〔三〕。緒風調玉吹〔四〕，端日應銅渾〔五〕。威鳳蹌瑶簴〔六〕，升龍護璧門〔七〕。雨暘春令煦〔八〕，裘冕晬容尊〔九〕。

校注

〔一〕《雜詠》卷一元日載此首。【立注】以下七首見《歲時雜詠》。【補注】元日，元旦，農曆正月初一。詩寫元日皇宫景象。

〔二〕【補注】神耀，指太陽的光耀。氛昏，雲霧陰霾。

〔三〕【補注】晏温，温暖。《史記·孝武本紀》：『至中山，晏温，有黄雲蓋焉。』裴駰集解引如淳曰：『三輔謂日出清濟爲晏，晏而温也。』或解：晏温、氤氳音近義同，形容雲靄垂覆之狀。

〔四〕【立注】庾信《春賦》：玉管初調。【補注】緒風，初春之和風。非《楚辭·九章·涉江》『欸秋冬之緒風』之『緒風』（餘風）。『緒』有發端、初始之義。調玉吹，猶調玉管。玉管，亦作玉琯，玉製之古樂器，用以定律候氣。《後漢書·律曆志上》：『候氣之法，爲室三重，塗釁必周，密布緹幔。室中以木爲案，每律各一，内庳外高，從其方位，加律其上，以葭灰抑其内端，案曆而候之，氣至者灰動，其爲氣所動者其灰散，人及風所動者其灰聚。』緒風調玉吹，謂春天到來。

〔五〕端，《雜詠》，席本作『瑞』，誤。詳注。【立注】《後漢·張衡傳》：作渾天儀。《漢名臣奏》：惟渾天者，近得其情，今史官所用候臺銅儀，則其法也。【補注】端日，農曆正月初一，即元日。《歲華紀麗·元日》『八節之端』胡震亨注：『又云端日，謂履端也。』端有開始義，與上句『緒』字爲的對，作『瑞』者非。銅渾，指張衡始創之渾天儀。清阮葵《茶餘客話》卷十三：『安溪先生云：渾天儀三重，其外一層不動者爲六合儀，所以定上下四方之位；其中一重旋轉者爲三辰儀，所以象天體圜動之行；其内一重周遊四徧者爲四遊儀，所以挈玉衡而便觀察。』

〔六〕【補注】《楚辭·九歌·東君》：『緪瑟兮交鼓，簫鐘兮瑶簴。』瑶簴，支撑懸掛鐘磬之横木的兩根玉製立柱。威鳳，指立柱上的鳳飾。鳳有威儀，故稱威鳳。蹌，起舞。鮑照《舞鶴賦》：『始連軒以鳳蹌，終宛轉以龍躍。』

〔七〕璧，《雜詠》作『辟』，誤。【立注】應璩《與劉公幹書》：鵷鶵棲翔鳳之條，鼋鼉遊升龍之川，識真者所爲憤結也。【補注】璧門，漢建章宫南之著名建築，武帝時造。《史記·封禪書》：『於是作建章宫……其南有玉堂、璧門、大鳥之屬。』因其建築裝飾有玉璧，故稱璧門。升龍，猶飛龍、翔龍。當是璧門上之雕飾。

〔八〕【立注】《洪範》：八庶徵曰雨，曰暘，曰燠，曰寒，曰風，曰時。【補注】雨暘，雨止日出。

〔九〕睟，顧本、席本作『晬』，誤，據《雜詠》、《全詩》改。【立注】《周禮·司服》：祀昊天上帝，則服大裘而冕。【補注】睟容，或作「睟顏」，温和而潤澤的容顏，用以頌稱皇帝的容顏。王僧孺《侍宴》：『睟顏暢有懌，德音良已粲。』

箋評

【按】此詩描繪元日宫廷景象，從朝日破除雲霧寫起，接寫時令及玉管、銅渾等宫中測候觀天之儀，再寫瑶簾、璧門等宫中陳設、建築，最後以日出春暖、皇帝裘冕睟容而登尊位作結。似宫廷舉行元日大典之景象。如係實寫，則詩當是咸通七年元日作，其時庭筠任國子助教，從六品上，故有機會見到元日朝會景象。

二月十五日櫻桃盛開自所居躡履吟玩競名王澤章洋才〔一〕

曉覺籠煙重，春深染雪輕〔二〕。静應留得蝶，繁欲不勝鶯〔三〕。影亂晨飇急〔四〕，香多夜雨晴。似將千萬恨，西北爲卿卿〔五〕。

校注

〔一〕《雜詠》卷四十三『二月』載此首。【補注】所居，當指其鄠杜郊居。躡履，穿鞋。競名，似指與友人競名賽詩。王澤、章洋才，似是二人。

〔二〕【補注】籠煙重，繁盛之櫻桃花爲早晨的煙霧所籠罩，似感煙霧之重。染雪，當指白色之櫻桃花。

〔三〕【補注】謂花繁似不能承受流鶯的重量。

〔四〕【補注】晨飇，晨風。晨風急而花影亂，故云。

〔五〕卿卿，見卷四《偶題》『不將心事許卿卿』句注。【補注】卿卿，此爲朋友間之昵稱，指王、章二人。

箋評

【按】前三聯寫『櫻桃盛開』，花繁香濃影亂。尾聯想像盛開之櫻桃花似含千萬恨而怨思無限，恐正爲『卿卿』耳。

寒食節寄楚望二首〔一〕

芳蘭無意緑，弱柳何窮縷。心斷入淮山〔二〕，夢長穿楚雨〔三〕。繁花如二八〔四〕，好月當三五〔五〕。愁碧竟平皋〔六〕，韶紅换幽圃〔七〕。流鶯隱圓樹〔八〕，乳燕喧餘哺〔九〕。曠望戀層臺〔一〇〕，離憂集環堵〔一一〕。當年不自遣〔一二〕，晚得終何補。鄭谷有樵蘇〔一三〕，歸來要腰斧。

家乏兩千萬〔一四〕，時當一百五〔一五〕。颸颸楊柳風〔一六〕，穰穰櫻桃雨〔一七〕。年芳苦沈潦〔一八〕，心事如摧櫓〔一九〕。金犢近蘭汀〔二〇〕，銅龍接花塢〔二一〕。青葱建楊宅〔二二〕，隱轔端門鼓〔二三〕。緑索拂庭柯〔二四〕，輕毬落鄰圃〔二五〕。三春謝遊衍〔二六〕，一笑牽規矩。獨有恩澤侯〔二七〕，歸來看楚舞〔二八〕。

校注

〔一〕《雜詠》卷十二寒食載此二首。題内『日』字，明鈔《歲詠》作『因』，似是。【補注】楚望，李郢字，長安人。初家居杭州，大中十年登進士第。歷湖州（大中四年）、淮南、睦州、信州從事，入爲侍御史。後爲越州從事，卒於任所。其爲越州從事在咸通末，時庭筠已前卒。二詩作年未詳。

〔二〕【補注】淮山，淮南小山（淮南王劉安部分門客）之省稱。王逸《楚辭章句·招隱士序》：『《招隱士》者，淮南小山之所作也。昔淮南王安，博雅好古，招懷天下俊偉之士，自八公之徒，咸慕其德而歸其仁，各竭才智，著作篇章，分造辭賦，以類相從，故或稱小山，或稱大山，其義猶《詩》有《小雅》、《大雅》也。』此句之『淮山』猶淮山館。入淮山，指入幕爲幕僚。心斷，猶望斷。

〔三〕【補注】用巫山神女朝雲暮雨事。

〔四〕【補注】二八，指二八（十六歲）佳人。

〔五〕【立注】王僧孺詩：二八人如花，三五月如鏡。

〔六〕【補注】謂令人憂傷的碧草佈滿平野。江淹《別賦》：『春草碧色，春水淥波，送君南浦，傷如之何！』李白《菩薩蠻》：『平林漠漠煙如織，寒山一帶傷心碧。』愁碧，即『傷心碧』。

〔七〕【補注】韶紅，美好鮮豔的春花。變，换。句意謂幽静的園圃中已經變换成鮮豔的春花。『變』字用法與謝靈運《登池上樓》『池塘生春草，園柳變鳴禽』之『變』字相似。

〔八〕圓，《雜詠》、《全詩》作『員』，通。

〔九〕【立注】鮑照詩：乳燕逐草蟲。【補注】喧餘哺，喧鬧着争食剩下的餵食。哺，與上句『樹』係諧音借對

（哺諧浦）。

〔一〇〕曾，《雜詠》作『層』，通。【補注】曠望，遠望。曾臺，高臺、重臺。

〔一一〕【立注】《儒行》：儒有一畝之宫，環堵之室。【補注】環堵，四周環繞每面一丈之土牆，形容居室狹小簡陋。

〔一二〕【補注】當年，與下句『晚得』相對，指壯年。不自遣，指心情煩悶鬱結，難以自我排遣。

〔一三〕鄭谷，見卷四《題李處士幽居》『谷口徒稱鄭子真』句注。【補注】樵蘇，打柴割草，指農耕之事。

〔一四〕【立曰】（兩千萬）未詳。【補注】兩千萬，疑『兩千石』之訛。漢制，郡守俸禄爲二千石。《史記·孝文本紀》：『臣謹請（與）陰安侯列侯頃王后與琅玡王、宗室、大臣、列侯、吏二千石議。』因『萬』字簡體『万』與『石』形近，故訛『石』爲『万』。

〔一五〕【立注】《荆楚歲時記：》去冬節一百五日，即有疾風甚雨，謂之寒食。

〔一六〕【補注】颸颸，涼爽、微寒貌。

〔一七〕穰穰，《雜詠》作『瀼瀼』。【補注】穰穰，紛亂貌。櫻桃雨，催開櫻桃花之雨。

〔一八〕【補注】年芳，美好的春景。沈潦，雨後之積水。

〔一九〕摧櫓，《雜詠》作『推魯』，誤。【立注】《歡聞變歌》：邪婆尚未眠，肝心如摧櫓。【補注】摧櫓，摧折的船櫓。

〔二〇〕【補注】金犢，黄牛犢。蘭汀，長着蘭草的汀洲岸邊。蘭，《雜詠》、席本作『瀾』，誤。

〔二一〕【立注】張敦頤《六朝事蹟》：桃花塢在蔣山寶公塔之西北，舊有桃花甚盛，今不復存。【補注】銅龍，銅龍門，漢太子宫門。亦可借指帝王宫闕。

〔二二〕【補注】建楊宅，栽種楊樹的宅舍。

〔二三〕【立注】《西京賦》：隱轔鬱律。《吴志》：建興元年十二月，雷雨天災，武昌端門改作。【補注】隱轔，象聲詞，像雷聲、鼓聲或車馬雜遝聲。此狀鼓聲。《南史·武穆裴皇后傳》：『上數遊幸，載宫人從後車。宫内深隱，不聞端門鼓漏聲，置鐘於景陽樓上，應五鼓及三鼓，宫人聞鐘聲，早起莊飾。』

〔二四〕索，顧本作『素』，席本、《全詩》同，據《雜詠》改。【補注】綵索，彩色的鞦韆索。庭柯，庭院中的樹枝。

〔二五〕【立注】秋千打毬皆寒食事。詳卷四《寒食日作》『綵索平時牆婉娩，輕毬落處晚寥梢』二句注。

〔二六〕【立注】王維《桃源行》：辭家終擬長遊衍。【補注】遊衍，恣意遊逛。《詩·大雅·板》：『昊天曰旦，及爾遊衍。』孔疏：『游行衍益，亦自恣之意也。』

〔二七〕【立注】《漢書》有《外戚恩澤侯表》。【補注】恩澤侯，謂以皇帝恩澤封侯者。

〔二八〕楚舞，見卷一《舞衣曲》『夜向蘭堂思楚舞』句注。

箋評

【按】二首雜寫寒食節景物風俗，而以抒己之遭際感慨爲歸趨。第一首『心斷』二句，謂己望斷於入使府爲幕賓，希圖遇合而終同幻夢，故離憂集於陋室，感慨壯歲心情鬱悶不能自遣，即使晚有所得亦無補於事，故決意歸隱樵蘇。第二首『年芳』二句，慨春芳之苦於水潦，歎心事如櫓之摧折。寒食雖是遊玩之節日，已則『三春謝遊衍』。視蒙皇帝恩澤之顯貴奢侈佚樂之生活，對照自身遭際，不免更增憤鬱。作年不詳。視『當年』二句，似晚歲作。

清明日〔一〕

青娥畫扇中〔二〕，春樹鬱金紅〔三〕。出犯繁花露，歸穿弱柳風。馬驕偏避幰〔四〕，雞駭乍開籠〔五〕。柘彈何人發〔六〕，黄鸝隔故宫。

校注

〔一〕《雜詠》卷十四清明載此首。

〔二〕青，《全詩》、席本作「清」，涉題内「清」字而誤。娥，《雜詠》作「蛾」，誤。【立注】杜甫詩：青娥皓齒在樓船。【補注】謂年青女子以畫扇半遮臉龐。

〔三〕【立注】《周禮注》：鄭玄曰：築鬱金，煮之和鬯酒也。鬱金若蘭。【補注】謂春天的樹木呈現鬱金草般的紅色（指樹上的紅花）。

〔四〕【立注】儀制令：六品以下皆不得用幰。【補注】幰，此指幰車，施有簾幔的車。《南史·鮑泉傳》：「後爲通直侍郎，常乘高幰車。」幰車爲五品以上官所乘，故云馬驕而知避乘幰車出遊之宫女。

〔五〕【立注】徐堅《初學記》：鬬雞寒食事。【按】清明在寒食後一二日。

〔六〕【補注】柘彈，柘木做的彈弓，此指柘木彈弓所發的彈丸。《西京雜記》：「長安五陵人，以柘木爲彈，真珠爲丸，以彈鳥雀。」何遜《輕薄篇》：「柘彈隨珠丸，白馬黄金飾。」唐馮贄《煙花記·柘彈》：「陳宫人喜於春林放柘彈。』

箋評

【按】此似寫宫女清明日乘幰車出遊之情景。末二語以『柘彈』『後宫』點明出遊者身份。

禁火日〔一〕

駘蕩清明日〔二〕，儲胥小苑東〔三〕。舞衫萱草緑〔四〕，春鬢杏花紅〔五〕。馬轡輕銜雪〔六〕，車衣弱向風〔七〕。又愁聞百舌〔八〕，殘睡正朦朧。

校注

〔一〕《雜詠》卷十四清明載此首。【補注】《荆楚歲時記》：『去冬節一百五日，即有疾風甚雨，謂之寒食。禁火三日，造餳大麥粥。』

〔二〕【補注】駘蕩，舒放無拘束貌。此處形容清明時節春物之舒展。謝朓《直中書省》：『春物方駘蕩。』

〔三〕【立注】《長楊賦》：木擁槍纍，以爲儲胥。范元實《詩眼》：儲胥，軍中藩籬也。《漢書》：蕭望之署小苑東門侯。【補注】儲胥，漢宫館名。張衡《西京賦》：『既新作以迎風，增露寒與儲胥。』《三輔黄圖·漢宫》：『武帝作迎風館于甘泉山，後加露寒、儲胥二館，皆在雲陽。』顧嗣立注非。

〔四〕【補注】謂緑色的舞衫上繡有萱草圖案。

〔五〕【補注】謂烏黑的鬢髮上簪插紅色杏花。或解：青春的容鬢如杏花之紅豔。

〔六〕【補注】輕銜雪，指用作馬銜的白色勒口鐵。

〔七〕【補注】車衣，指車的帷幔。

〔八〕又，顧本、席本原缺，明鈔《歲詠》亦缺，《全詩》同，據四庫本《雜詠》補。【補注】百舌，鳥名，俗謂其能易其舌效百鳥之聲，故名。

箋評

【按】此詩似寫清明時節宫妓之情思。首聯點時、地。頷聯其人之妝束，兼示其身份。腹聯清明日乘車出游。尾聯則歸來後殘睡矇朧中聞百舌啼鳴所觸發之愁思。

嘲三月十八日雪〔一〕

三月雪連夜，未應傷物華〔二〕。只緣春欲盡，留著伴梨花〔三〕。

校注

〔一〕《絶句》卷二十一、《雜詠》卷四十三『三月』均載此首。

〔二〕【補注】物華，美好的自然景物，多指春華。

〔三〕【補注】梨花開當三月，色白似雪，故云。作者《鄠杜郊居》云：『寂寞遊人寒食後，夜來風雨送梨花。』

箋評

【按】即事吟詠，語帶詼諧，故曰『嘲』，嘲其未能傷春華而可留着伴梨花也。亦輕倩有致。

楊柳枝八首〔一〕

宜春苑外最長條〔二〕，閒裊春風伴舞腰〔三〕。正是玉人腸斷處〔四〕，一渠春水赤闌橋〔五〕。

南内牆東御路傍〔六〕，預知春色柳絲黄〔七〕。杏花未肯無情思，何事行人最斷腸〔八〕？

蘇小門前柳萬條〔九〕，毵毵金線拂平橋〔一〇〕。黄鶯不語東風起，深閉朱門伴細腰〔一一〕。

金縷毵毵碧瓦溝〔一二〕，六宫眉黛惹春愁〔一三〕。晚來更帶龍池雨〔一四〕，半拂闌干半入樓〔一五〕。

館娃宮外鄴城西〔一六〕，遠映征帆近拂堤〔一七〕。繫得王孫歸意切〔一八〕，不關春草緑萋萋〔一九〕。

兩兩黄鸝色似金〔二〇〕，裊枝啼露動芳音。春來幸自長如線〔二一〕，可惜牽纏蕩子心〔二二〕。

御柳如絲映九重〔二三〕，鳳皇窗柱繡芙蓉〔二四〕。景陽樓畔千條露〔二五〕，一面新妝待曉鐘〔二六〕。

織錦機邊鶯語頻〔二七〕，停梭垂淚憶征人〔二八〕。塞門三月猶蕭索〔二九〕，縱有垂楊未覺春〔三〇〕。

校注

〔一〕《全詩》、席本題作『楊柳八首』。【立注】見郭茂倩《樂府詩集》。○案：薛能曰：《楊柳枝》者，古題所謂《折楊柳》也。《太平御覽》：《楊柳枝》曲者，白傅典揚州時所撰，尋進入教坊也。《古今詩話》：樊素善歌，小蠻善舞，樂天賦詩有曰：『櫻桃樊素口，楊柳小蠻腰。』至於高年，又賦詩曰：『失盡白頭伴，長成紅粉娃。』因爲《楊柳詞》以託意云：『一樹春風千萬枝，嫩于金色軟于絲。永豐東角荒園裏，盡日無人屬阿誰？』及宣宗朝，國樂唱是詞，帝問永豐在何處，左右具以對，遂因命取永豐柳兩枝植于禁中。白感上知，又爲詩曰：『一樹衰殘委泥土，雙枝移種植天庭。定知此後天文裏，柳宿光中見兩星。』洛下文士，無不繼作。【補注】王灼《碧雞漫志》卷五：『《楊柳枝》，《鑑戒録》云：「《柳枝歌》，亡隋之曲也。」前輩詩云：「萬里長江一旦開，岸邊楊柳幾千栽。錦帆未落干戈起，惆悵龍舟更不回。」又云：「樂（梁）苑隋堤事已空，萬條猶舞舊春風。」皆指汴渠事。而張祜《折楊柳枝》兩絶句，其一云：「莫折宮前楊柳枝，元宗曾向笛中吹。傷心日暮煙霞起，無限春愁生翠眉。」則知隋有此曲，傳至開元。《樂府雜録》云：「白傅作《楊柳枝》。」予考樂天晚年，與劉夢得唱和此曲詞，白云：「古歌舊曲君休聽，聽取新翻《楊柳枝》。」又作《楊柳枝二十韻》云：『樂童翻怨調，才子與妍詞。』注云：「洛下新聲也。」劉夢得亦云：「請君莫奏前朝曲，聽唱新翻《楊柳枝》。」蓋後來始變新聲。而所謂樂天作《楊柳枝》者，稱其別創詞也。』王昆吾《隋唐五代燕樂雜言歌辭研究》云：『《楊柳》一名《柳枝》，源于隋代民間歌曲，名載《教坊記》，多用于笛樂，如劉長卿《聽笛歌》：「又吹《楊柳》激繁音」，岑參《裴將軍宅蘆管歌》：「巧能陌上驚《楊柳》」。此外，劉禹錫、白居易、李橋、張喬、徐鉉均有詩詠及此。白居易改製《楊柳枝》新聲，播爲歌曲，演作詞調。敦煌曲子辭中亦有《楊柳枝》。』（三九九頁）又云：『《楊柳枝》，即使排除《柳枝》、《添聲楊柳枝》、《折楊柳》等調名下的傳辭不計，它擁有的存至今天的歌辭總數，亦達到了九十一首。』（八十至八十一頁）按：温庭筠《楊柳枝八首》，規模體製格調，全仿劉、白之作，其形式雖同於七絶，仍爲齊言體，實係符合詞體特徵按新製曲調譜寫新辭之曲子辭，故歷來編撰之唐五代詞總集及别集均收入。現仍據《樂府詩集》卷八十一近代曲辭三收入詩集中，詞集中只存目不再重出。文字則以《花間集》參校。

〔二〕【立注】《漢宫闕名》：長安有宜春宫。庾信《春賦》：宜春苑中春已歸。杜甫詩：誰謂朝來不作意，狂風挽斷最長條。【補注】《三輔黄圖・宜春下苑》：『宣帝神爵三年春，起宜春下苑，在京城東南隅。』《漢書・元帝紀》顔師古注：『宜春下苑，即今京城東南隅曲江池是。』宜春苑秦時已有，在宜春宫之東，漢代稱宜春下苑。《史記・秦始皇本紀》：『以黔首葬二世杜南宜春苑中。』

〔三〕【立注】白居易《楊柳枝詞》：枝裊輕風似舞腰。【按】温此句顯從白句變化而來，白謂柳枝裊娜似舞腰，温則謂柳枝裊娜似伴宫娃之舞腰。

〔四〕斷，晁本《花間集》作『絶』。【立注】王子年《拾遺記》：蜀先主甘后玉質柔肌，先主置于白綃帳中，如月下聚雪。河南獻玉人，置后側，晝則講説軍謀，夕則擁后而玩玉人。后與玉人潔白齊潤，寵者非惟妒后，亦妒玉人也。白居易《楊柳枝詞》：柳絲挽斷腸牽斷，彼此應無續得期。【按】唐人詩文傳奇中，『玉人』亦可指容貌俊美之男子，如杜牧《寄揚州韓綽判官》：『二十四橋明月夜，玉人何處教吹簫。』元稹《鶯鶯傳》：『隔牆花影動，疑是玉人來。』第二首末句『何事行人最斷腸』之『行人』亦爲男性。此首之『玉人』似指宫中美女。

〔五〕【立注】白居易詩：鴨頭新緑水，雁齒小紅橋。杜佑《通典》：隋開皇三年，築京城，引香積渠水自赤闌橋經第五橋西北入城。【補注】赤闌橋亦可泛稱紅色欄杆之橋，如顧況《葉道士山房》：『水邊垂柳赤闌橋，洞裏仙人碧玉簫。』本篇有『宜春苑』字，赤闌橋或爲專稱。

〔六〕【立注】《唐詩注》：玄宗即位，以隆慶坊舊邸爲興慶宫。後又增廣，遂爲南内。其正殿曰大同，東北即龍池殿。【補注】《新唐書·地理志》：『興慶宫在皇城東南，開元初置，十四年又增廣，謂之南内。』唐稱大明宫爲東内，太極宫爲西内，興慶宫爲南内。白居易《長恨歌》：『西宫南内多秋草，落葉滿階紅不掃。』御路，指複道，又稱夾城。《舊唐書·玄宗紀》：開元二十年六月，『遣范安及於長安萬花樓，築夾城至芙蓉園。』《唐六典》卷七：『興慶宫在皇城之東南。』原注曰：『興慶宫即今上（指玄宗）龍潛舊宅也。開元初以爲離宫。至十四年，又取永嘉、勝業坊之半以置朝。自大明宫東夾羅城複道，經通化門磴道潛通焉。』

〔七〕預，晁本《花間集》作『須』。【立注】李白詩：柳色黄金嫩。

〔八〕事，《全詩》作『是』，誤。行，《全詩》作『情』。【立注】案：李商隱《柳下暗記》：『無奈巴南柳，千條傍吹臺。更將黄映白，擬作杏花媒。』用意略同。

〔九〕【立注】白居易詩：柳色深藏蘇小家。【按】蘇小，錢塘名妓，見卷二《蘇小小歌》注〔一〕。

〔一〇〕【立注】白居易《楊柳枝詞》：黄金枝映洛陽橋。【補注】毿毿，垂拂紛披貌。

〔一一〕細，晁本《花間集》作『舞』。【立注】杜甫詩：隔户楊柳弱嫋嫋，恰似十五女兒腰。

〔一二〕【立注】劉禹錫《楊柳枝詞》：千條金縷萬條絲。【補注】碧瓦，青緑色之琉璃瓦。

〔一三〕【立注】梁元帝詩：柳葉生眉上。唐太宗《柳》詩：半翠幾眉開。【補注】上句詠柳枝，下句詠柳葉。上句賦，下句比而兼賦。春，晁本《花間集》作『香』，誤。

〔一四〕晚，顧本原作『曉』，據《樂府》、晁本《花間集》、《全詩》、席本改。【立注】錢起詩：龍池柳色雨中深。【補注】龍池，在興慶宫南薰殿北，詳卷五《長安春晚二首》之二『輕染龍池楊柳煙』句注。

〔一五〕【立注】陳後主《折楊柳詩》：入樓含粉色。

〔一六〕【立注】白居易《楊柳枝詞》：紅板江橋青酒旗，館娃宮暖日斜時。【補注】館娃宮，吴王夫差爲西施所建之宮殿，在今蘇州市西南靈巖山上，今靈巖寺即其舊址。鄴城西，指三國時魏鄴城的宮殿銅雀臺。曹操爲魏王，在鄴（今河北臨漳縣）起冰井、銅雀、金虎三臺，均在鄴城西北隅。

〔一七〕【立注】白居易詩：柳條無力魏王隄。【補注】遠映征帆，指館娃宮之柳。宮南爲太湖，故云。近拂堤，指銅雀臺之柳。堤，指魏王堤。

〔一八〕意，顧本作『思』，此從《樂府》、晁本《花間集》及《全詩》、席本。參下注。

〔一九〕春，晁本《花間集》作『芳』。闕，晁本《花間集》作『同』，誤。【補注】《楚辭·招隱士》：『王孫遊兮不歸，春草生兮萋萋。』二句謂楊柳依依，牽繫王孫之歸思甚切，非關春草萋萋所引起。

〔二〇〕【立注】杜甫詩：兩個黄鸝鳴翠柳。《開元遺事》：明皇每於禁苑中見黄鶯，呼之爲金衣公子。

〔二一〕自，顧本、《全詩》校：一作『有』；席本作『有』。

〔二二〕【立注】徐陵《折楊柳》詩：妾對長楊苑，君登高柳城。春還應共見，蕩子太無情。【補注】《古詩十九首·青青河畔草》：『青青河畔草，鬱鬱園中柳。盈盈樓上女，皎皎當户牖。娥娥紅粉妝，纖纖出素手。昔爲倡家女，今爲蕩子婦。蕩子行不歸，空牀難獨守。』此變化用之。蕩子，辭家遠游、羈旅忘返之男子。

〔二三〕【立注】《南史》：劉悛之爲益州刺史，獻蜀柳數株，枝條狀若絲縷。武帝植于靈和殿前，嘗賞玩咨嗟曰：『此楊柳風流可愛，似張緒當年。』韓琮《和楊柳枝詞》：玉皇曾采人間曲，應逐歌聲入九重。【補注】御柳，泛指宮禁中的柳。沈佺期《和户部岑尚書參跡樞揆》：『御柳垂仙掖，公槐覆禮闈。』

〔二四〕柱，晁本《花間集》作『映』。【立注】庾信賦：繫馬于鳳皇樓柱。崔顥《盧姬篇》：水晶簾箔繡芙蓉。【補注】鳳皇窗柱，指宮内的窗和柱。華鍾彦《花間集注》：『鳳凰窗，當爲宮内之窗，繡芙蓉，窗内之帳，此言窗帳之屬，皆因柳而生色也。』或解：鳳皇柱，刻有鳳皇形之瑟柱。吴均《酬别江主簿屯騎》：『趙瑟鳳皇柱，吴醥金罍罇。』李白《長相思》：『趙瑟初停凰皇柱，蜀琴欲奏鴛鴦絃。』然於『窗』無解。

〔二五〕【補注】景陽樓，南朝宫樓名。詳卷一《雞鳴埭曲》注〔四〕。

〔二六〕鐘，晁本《花間集》作「風」。【立注】盧貞《和楊柳枝詞》：「上陽宫女吞聲送，不分先歸舞細腰。」【補注】一面，猶一片。「新妝」指柳絲新吐。

〔二七〕【立注】江淹《别賦》：「織錦曲兮泣已盡。」【補注】《晉書·列女傳》：「竇滔妻蘇氏，始平人，名蕙，字若蘭，善屬文。苻堅時，滔爲秦州刺史，被徙流沙，蘇氏思之，織錦爲《迴文旋璣圖詩》以贈滔，宛轉循環以讀之，詞甚悽惋，凡八百四十字。」「織錦」暗用其事。

〔二八〕【立注】李白《烏夜啼》：「停梭悵然問故夫，欲説遼西淚如雨。」【黄進德注】「織錦」二句，檃括李白《烏夜啼》詩意。詩云：「黄雲城邊烏欲棲，歸飛啞啞枝上啼。機中織錦秦川女，碧紗如煙隔窗語。停梭悵然憶遠人，獨宿孤房淚如雨。」（《唐五代詞選集》）

〔二九〕塞，《全詩》校：一作「寒」，席本作「寒」誤。【補注】塞門，猶邊塞、邊關。

〔三〇〕【立注】王瑳《折楊柳》詩：「塞外無春色，上林柳已黄。」梁元帝詩：「垂柳復垂楊。」【補注】張敬忠《邊詞》：「五原春色舊來遲，二月垂楊未掛絲。」王之渙《涼州詞》：「羌笛何須怨楊柳，春風不度玉門關。」李白《塞下曲》：「曲中聞《折柳》，春色未曾看。」均可與此句合參。

箋評

【湯顯祖曰】《楊柳枝》唐自劉禹錫、白樂天而下，凡數十首。然惟詠史詠物，比諷隱含，方能各極其妙。如「飛入宫牆不見人」「隨風好去入誰家」「萬樹千條各自垂」等什，皆感物寫懷，言不盡意，真託詠之名匠也。此中（按：指温氏《楊柳枝八首》）三、五、卒章，真堪方駕劉、白。（湯評《花間集》卷一）

【杜庭珠曰】温、李二家詩，非徒巧麗奪目，直是風骨不凡。雖造意幽邃，温不逮李，而雋爽過之，總未可漫爲軒輊云。（《中晚唐詩叩彈集》卷八）

【鄭文焯曰】宋人詩好處，便是唐詞。然飛卿《楊柳枝八首》，終爲宋詩中振絶之境，蘇、黄不能到也。唐人以餘力爲詞，骨氣奇高，文藻温麗。有宋一代學人，嫥志於此，駸駸入古，畢竟不能脱唐五代之窠臼，其道亦難矣。（評《花間集》。《唐宋名家詞選》引）

【李冰若曰】風神旖旎，得題之神。（《栩莊漫記》，評第一首）

【邢昉曰】《瑶瑟怨》亦佳，而痕跡太露。此作乃極渾成，骨韻蒼古，不特聲調之美，所以高於『清江一曲』也。（《唐風定》，評第三首『蘇小門前』）

【楊慎曰】『王孫』、『芳草』，創自《楚詞》，而詠入詩句，則自謝、陸始。唐人競相效慕，好以此作。（《唐詩廣選》凌宏憲集評引。評第五首『館娃宫外』）

【《唐詩訓解》曰】美色可愛，非關柳茂。（評第五首）

【宗臣曰】構語閒曠，結趣瀟散，豪縱自然。（《删補唐詩選脈箋釋會通評林·晚七絶上》引。評第五首。下三條同。）

【唐汝詢曰】館娃、鄴城多柳，『映帆』、『拂堤』，狀其盛也。古人見春草而思王孫，我以爲添王孫歸意者，在此不在彼。

【周珽曰】推開春草，爲楊柳立門户，一種深思，含蓄不盡，奇意奇調，超出此題多矣。

【郭濬曰】『繫』字實着柳上，妙，落句反結有情。

【吴昌祺曰】借客尊主之法。（《删訂唐詩解》。評第五首。）

【黄生曰】言王孫歸意雖切，而楊柳能繫之，非爲春草之故，蓋諷惑溺之士也。（《唐詩摘鈔》卷四。評第五首）

【徐增曰】館娃宫，吴地；鄴城，魏都。此二處多柳樹，遠近皆是。『映征帆』與『拂堤』，乃是襯貼的字面。『繫得王孫歸意切，不關春草緑萋萋。』此不是翻案，又不是重添注脚。作詩要知賓主，此題是《楊柳枝》，則柳爲主，定當抬舉他也。此詩妙有風致。（《而庵説唐詩》。評第五首）

【周詠棠曰】刻意生新。（《唐賢小三昧集續集》。評第五首）

【李冰若曰】聲情綿邈，『繫』字甚佳。與白傅『永豐』一首，可謂異曲同工。（《栩莊漫記》。評第五首）

【黄叔燦曰】此詠塞門柳也。感鶯語而傷春，却停梭而憶遠，悲塞門之蕭索，猶春到而不知。少婦閨中，能無垂淚？（《唐詩箋注》。評第八首『織錦機邊』，下同）

【李冰若曰】『塞門』二句，亦猶『春風不度玉門關』之意，兩翻用之，亦復綺怨撩人。（《栩莊漫記》）

【劉永濟曰】結句乃進一層説，塞上三月尚無柳，故曰『三月猶蕭索』。結句縱有柳亦不覺是春時，征人之情苦矣，此所以思之垂淚也。（《唐人絶句精華》）

【按】此八首分詠宜春苑外、南内牆東、蘇小門前、龍池邊上、館娃宫外、鄴城西邊、景陽樓畔、塞門三月之柳（除第六首無具體地點外），多數與宫苑有關。固緣此類地點之柳，由於特定歷史掌故之關聯，與特定景物之襯托，容易唤起歷史的想像，形成華美輕倩的風調情致，亦因此類曲辭，其歌唱時欣賞之主體多爲宫廷中人或達官顯宦。八首中惟『織錦機邊』一首，近於傳統征人思婦之作，第六首亦近思婦蕩子之作。然總體格調基本一致。此類作品，自不必以『比諷隱含』求之解之，其動人處全在情韻風致音律格調之美。自劉、白創調以來，《楊柳枝》系列作品實爲典型之唐代流行歌曲。庭筠此組《楊柳枝》，就創造性而言，自不如劉、白，然因其熟諳曲子辭之創作並具有很高音樂素養，其音調之流美、語言之圓轉、風致之天然似更勝劉、白一籌。

和周繇襄陽公宴嘲段成式詩〔一〕

齊馬馳千駟〔二〕，盧姬逞十三〔三〕。玳筵方盼睞〔四〕，金勒自趁趯〔五〕。墮珥情初洽〔六〕，鳴鞭戰未酣〔七〕。

神交花冉冉〔八〕，眉語柳毿毿〔九〕。却略青鸞鏡〔一〇〕，翹翻翠鳳篸〔一一〕。專城有佳對〔一二〕，寧肯顧春蠶〔一三〕！

校注

〔一〕《紀事》卷五十四周繇下載此詩。繇原唱題《廣陽公宴成式速罷馳騁坐觀花豔或有眼飽之嘲》。《全詩》題作『和周繇』，題下注云：一作『和周繇廣陽公宴嘲段成式詩』，詩及段答詩並六韻。【立注】《唐詩紀事》：繇詩題『廣陽公宴成式速罷馳騁坐觀花豔或有眼飽之嘲』。詩及段答詩並六韻。【陶敏曰】廣，當『襄』之誤。襄陽公，徐商。《金華子》卷上：『（段成式）退隱于峴山，時温博士庭筠方謫尉隨縣，廉帥徐太師留爲從事，與成式甚相善。』《唐詩紀事》卷五四：『繇字爲憲，池州人……後以御史中丞與段成式、韋蟾、温庭皓同游襄陽徐商幕府。』按此與字允元，與庭筠子温憲並稱咸通十哲，咸通十四年及第之周繇當非一人。《直齋書録解題》卷十五：『《漢上題襟集》三卷，唐段成式、温庭筠、逢（庭）皓、余知古、韋蟾、徐商等唱和詩什、往來簡牘，蓋在襄陽時也。』徐氏望出東海，商僅於咸通初封東莞縣子，段成式呼爲東莞公（見段成式《觀山燈獻尚書》，序云：『尚書東苑（莞）公鎮襄之三年。』），知『廣陽』字誤。（《全唐詩人名考證》）【按】陶氏考辨甚確。兹改題内『廣』字爲『襄』字。詩當作於庭筠居襄陽幕期間，約大中十二年至十三年。與庭筠同幕之周繇字爲憲者，當爲『元繇』之誤。見陶敏

《晚唐詩人周繇及其作品考辨》。

〔二〕【補注】《論語·季氏》：『齊景公有馬千駟，死之日，民無德而稱焉。』按段成式《和周（元）繇見嘲》詩序云：『近者初開金埒，大敞紅筵，騎歷塊而風生，鼓摻撾而雷發。成式未曾盤馬，徒效執鞭，喜過君子之營，徒接將軍之第，款段辭退，因得坐觀。』知成式當於新開之馬場中參與賽馬而『速罷馳騁』，參與有衆多營妓陪坐的盛宴。

〔三〕【立注】《樂府解題》：盧女者，魏武帝時宫人也。故將軍陰升之姊。七歲入漢宫，善鼓琴。至明帝崩後，出嫁爲尹更生妻。梁簡文帝《妾薄命》曰：『盧姬嫁日晚，非復少年時。』蓋傷其嫁遲也。【補注】崔顥《盧姬篇》云：『盧姬少小魏王家，緑鬢紅唇桃李花。魏王綺樓十二重，水晶簾箔繡芙蓉。白玉欄杆金作柱，樓上朝朝學歌舞。前堂後堂羅袖人，南窗北窗花發春。翠幌珠簾鬭絲管，一彈一奏雲欲斷。君王日晚下朝歸，鳴環佩玉生光輝。人生今日得嬌貴，誰道盧姬身世微！』即據《樂府解題》所載本事前半敷衍而成。此以『盧姬』借指襄陽樂營中之少年歌妓。『逞十三』猶逞年少。

〔四〕盼，《全詩》、席本作『喜』。《全詩》校：一作『盻』。【立注】任昉牋：盼睞成飾。【補注】玳筵，玳瑁筵，華美珍奇的筵席。盼睞，猶顧盼。

〔五〕【立注】車轂詩：意欲趁趕走，先作野遊盤。【補注】金勒，金飾的帶嚼口的馬絡頭，借指坐騎。趁趕，相隨馳逐貌。

〔六〕【立注】謝朓《夜聽妓》詩：墮珥合琴心。【補注】珥，珠玉作的耳飾。《史記·滑稽列傳》：『（淳于髡曰）若乃州閭之會，男女雜坐，行酒稽留，六博投壺，相引爲曹，握手無罰，目眙不禁，前有墮珥，後有遺簪，髡竊樂此，飲可八斗而醉二參。』句指男女雜坐，酣飲謔浪，墮珥遺簪，歡情正洽。

〔七〕【立注】吴筠詩：鳴鞭適太阿。【補注】鳴鞭，揮鞭策馬。上六句，均一句寫賽馬，一句寫宴席。以下六句，專寫宴席上情景。

〔八〕冉冉，《紀事》作『苒苒』。【立注】《江表傳》：權曰：『孤與子輿，可謂神交。』【補注】周（元）繇《嘲段成式》云：『促坐疑辟咡，銜杯強朵頤。恣情窺窈窕，曾恃好風姿。色授應難奪，神交願莫辭。』神交，心靈契合，即李商隱《無題》『心有靈犀一點通』之意。花，借指席上歌妓。冉冉，纏綿貌。

〔九〕【原注】柳吴興（柳惲，曾爲吴興太守）云：窗疎眉語度。【補注】眉語，猶眉目傳情。柳，亦借指席上歌妓。毿毿，狀柳絲之垂拂紛披。亦借喻歌妓之依依多情。

〔一〇〕【補注】却略，原狀山背隆起貌。杜甫《橋陵詩三十韻因呈縣内諸官》：『坡陀因厚地，却略羅峻屏。』仇注：『却略，狀山背後擁。』此似狀鸞鏡背面隆起。

〔一一〕【立注】吴筠詩：鳳皇簪落髮。篸、簪同。【補注】翹翻，狀鳳簪頭部上翹翻卷之形。

〔一二〕【立注】古樂府：四十專城居。【補注】專城，擔任主宰一城的州牧、太守等地方長官，此借指襄州刺史、山南東道節度使徐商。有佳對，有佳偶。意謂歌妓意中自有節鎮爲佳偶。

〔一三〕【立注】宋之問《江南曲》：摘葉餧春蠶。【補注】樂府《西曲歌·作蠶絲》：『春蠶不應老，晝夜常懷絲。何惜微軀盡，纏綿自有時。』二句謂歌妓屬意府主，豈肯眷顧懷着情絲的『春蠶』（指段成式）呢？

箋評

【按】此幕中宴遊朋友同僚間彼此調謔之作，故出言往往無所顧忌，尾聯在嘲成式空懷情絲如春蠶的同時甚至謔及府主。但整體而言，此首尚可稱謔而不虐，下首則惡謔矣。句釋已見各句注。

光風亭夜宴妓有醉毆者〔一〕

吴國初成陣〔二〕，王家欲解圍〔三〕。拂巾雙雉叫〔四〕，飄瓦兩鴛飛〔五〕。

校注

〔一〕《紀事》卷五十七段成式下載此首。【立注】成式、韋蟾同詠，出《紀事》。【補注】《唐詩紀事》卷五十七：『光風亭夜宴，妓有醉毆者，温飛卿曰：「若狀此，便可以疻面對捽胡。」成式乃曰：「捽胡雲彩落，疻面月痕消。」又曰：「擲履仙鳧起，撦衣蝴蝶飄。羞中含薄怒，嚬裏帶餘嬌。醒後猶攘腕，歸時更折腰。狂夫自纓絶，眉勢倩誰描？」韋蟾云：「争揮鈎弋手，競聳踏摇身。傷頰詎關舞，捧心非效嚬。」飛卿云（略）。』《紀事》卷五十四周繇下載：『成式《不赴光風亭夜宴贈繇》云：「屏開屈膝見吴娃，鸞臘同心四照花。姹女不愁難管領，斬新鉛裏得黄牙。」繇和云：「玉樹瓊筵映彩霞，澄虚樓閣似仙家。只緣存想歸蘭室，不向春風看夜花。」』似是另一次光風亭夜宴。光風亭，當在襄陽使府内。詩作於庭筠居襄陽幕期間，約大中十二年至十三年間。劉言史有《上巳日陪襄陽李尚書宴光風亭》。

〔二〕【補注】《史記·孫子吴起列傳》：『孫子武者，齊人也，以兵法見於吴王闔廬。……闔廬曰：「可試以婦人乎？」曰：「可。」於是許之，出宫中美女，得百八十人。孫子分爲二隊，以王之寵姬二人各爲隊長，皆令持戟……約束既布，乃設鈇鉞，即三令五申之。』此即所謂『吴國初成陣』，謔指衆妓鬧哄哄地分成兩幫。

〔三〕【補注】《晉書·列女傳·王凝之妻謝氏》：『凝之弟獻之嘗與賓客談議，詞理將屈，道韞遣婢白獻之曰：「欲爲小郎解圍。」乃施青綾步障自蔽，申獻之前議，客不能屈。』此似謂當一方理屈時有人出來勸架解圍。

〔四〕【補注】古時博戲，用木製骰子五枚，每枚兩面，一面塗黑，畫牛犢；一面塗白，畫雉。一擲五黑者爲盧，爲最勝采。五子四黑一白者爲雉，是次勝采。博戲時爲求勝采，往往且擲且喝，稱呼盧喝雉。此以博戲喻衆妓醉毆搏鬬，以博戲時呼盧喝雉之聲喻醉毆時兩位妓女（雙雉）大喊大叫。拂巾，似指鬬毆時扯去對方之巾飾，如段詩所謂『撦衣蝴蝶飄』者。

〔五〕飄，顧本作『翻』，據《紀事》、《全詩》改。【立注】《魏志》：文帝問周宣曰：『吾夢殿屋兩瓦墜地，化爲鴛鴦，何也？』宣對曰：『後宫當有暴死者。』帝曰：『吾詐卿耳。』宣曰：『夫夢者，意耳。苟以形言，便占吉凶。』言未畢，黄門令奏宫人相殺。【補注】飄瓦，即段詩『擲履』；兩鴛，即段詩『仙舄』。全句蓋謂妓女醉毆時脱鞋擲向對方。履形似瓦，又似鴛鴦。

箋評

【按】題材本已不宜入詩，復連用四典，欲化鄙俗爲雅切，尤覺隔而晦。如不視詩題，直不知所詠爲何事。

新添聲楊柳枝辭二首〔一〕

一尺深紅勝麯塵〔二〕，天生舊物不如新〔三〕。合歡桃核終堪恨〔四〕，裏許元來别有人〔五〕。

井底點燈深燭伊〔六〕，共郎長行莫圍棋〔七〕。玲瓏骰子安紅豆，入骨相思知不知〔八〕？

校注

〔一〕《雲谿友議》卷下《温裴黜》載此二首。又《絶句》卷四十四載此二首，題作《南歌子詞二首》，《全詩》、席本、姜本題從《絶句》。【立注】《雲谿友議》：庭筠與裴郎中諴友善，爲此詞，飲筵競唱打令。有劉采春女周德華，雖《羅嗊》之歌不及其母，而《楊柳》之歌采春難及。崔郎中芻言寵愛之，將至京洛，豪門女弟子從其學者甚衆。所唱七八曲，乃賀知章、楊巨源、劉禹錫、韓琮、滕邁諸名流之詠，温、裴所稱歌曲，請德華一陳音韻，以爲浮豔之美，德華終不取焉。二君深有愧色。【補注】《花間集》載温庭筠《南歌子》詞七首，均爲單調二十三字，平韻，五五五五三句式，與此二首之字數句式迥異。《南歌子》另有單調二十六字、雙調五十二字等體，然從無作七言四句二十八字之體者，題作《南歌子詞二首》顯誤。按《雲谿友議》卷下《温裴黜》云：『裴郎中諴，晉國公次弟子也，足情調、善談諧。舉子温岐爲友，好作歌曲，迄今飲席，多是其詞焉。裴君既入臺，而爲三院所謔曰：「能爲淫豔之歌，有異清潔之士也。」裴君《南歌子詞》云：「不是廚中串，争知炙裏心。井邊銀釧落，展轉恨還深。」又曰：「不信長相憶，抬頭問取天。風吹荷葉動，無夜不摇蓮。」又曰：「簳蠍爲紅燭，情知不自由。細絲斜結網，争奈眼相鈎。」二人又爲《新添聲楊柳枝》詞，飲筵競唱其詞而打令也。詞云：「思量大是惡姻緣，只得相看不得憐。願作琵琶槽那畔，美人長抱在胸前。」又曰：「獨房蓮子没人看，偷折蓮時命也拚。若有所由來借問，但道偷蓮是下官。」温歧曰：「一尺深紅朦麯塵，舊物天生如此新。合歡桃核終堪恨，裏許元來別有人。」又曰：「井底點燈深燭伊，共郎長行莫圍棋。玲瓏骰子安紅豆，入骨相思知不知？」』所載三首裴誠《南歌子詞》，均爲單調二十字，平韻，即五言絶句體，與温之七首《南歌子》不同。《萬首唐人絶句》將此二首題爲《南歌子詞二首》，當因誤讀《雲谿友議》此則，將下引裴、温二人之《新添聲楊柳枝》亦誤視爲上文所引之《南歌子詞》也。添聲，一首詞之曲調雖有定格，但在歌唱時，還可對音節韻度略有增減，使其美聽。從音樂角度言，增謂之『添聲』，減謂之『偷聲』。曾昭岷等《全唐五代詞》注云：『案《楊柳枝》乃唐調，冠「添聲」、「新添聲」於調名之上，爲宋詞後起之事，且此二首仍爲七言四句，並無所添。未詳其故。』

〔二〕勝，《雲谿友議》作『朦』，顧本作『蒙』，此從《絶句》、《全詩》、姜本。【立注】《四聲實惢》：桑蕾淺黄色，麯塵深黄色，或以指衣，或以指柳。【補注】唐彦謙《黄（皇）子陂荷花》：『十頃狂風撼麯塵，緣堤照水露紅新。』麯塵，本指酒麯上所生之菌，因其顔色，淡黄如塵，故稱。借指柳葉。一尺深紅，指荷花。

〔三〕《絶句》《全詩》同。《雲溪友議》此句作『舊物天生如此新』。【立注】竇玄妻《古怨歌》：衣不如新，人不如故。【補注】承上句，謂柳枝柳葉係舊物，不如荷花之新豔。

〔四〕【立注】《煙花記》：煬帝以合歡水果賜吴絳仙。【補注】桃核由兩半合成，故云『合歡桃核』。

〔五〕【補注】裏許，裏面。人，諧『仁』。桃核中有仁，諧對方心中另有情人。承第二句『舊物不如新』之意。

〔六〕【立注】燭，囑。【補注】井底點燈，歇後『深燭伊』（深照對方）；深燭伊，又諧『深囑伊』（深情囑咐對方）。

〔七〕【立注】圍棋，違期。後魏李邵啓：曹植作長行局，即雙陸也。胡王作握槊，亦雙陸也。李肇《國史補》：今之博戲以長行最盛，其局有博有子，子有黄黑各十五，擲采之骰有二。其法生於握槊，變於雙陸。又有小雙陸、圍透、大點、小點、遊戲、鳳翼之名。然無如長行也。【補注】長行，長行局，即雙陸一類博戲。句意字面上謂與郎打雙陸莫下圍棋。而『長行』諧『遠走高飛』（私奔），『圍棋』諧『違期』，意即與郎遠走高飛雙雙私奔，切莫錯過約定的時間。

〔八〕【立注】紅豆，名相思子。詳見卷一《錦城曲》『江頭學種相思子』句注。宋祁《益部方物略記》：紅豆葉圓以澤，素蘤春敷，子生莢間，纍纍綴珠。注：花白色，實若大紅豆，以是得名。葉如冬青，蜀人以爲果飣。【補注】骰子用骨製成，面上刻有紅點，故云『玲瓏骰子安紅豆，入骨相思知不知』。玲瓏，晶瑩明徹貌。

箋評

【管世銘曰】詩中諧隱，始於古《藁砧》詩，唐賢絶句，間師此意。劉夢得『東邊日出西邊雨，道是無情却有情』，温飛卿『玲瓏骰子安紅豆，入骨相思知不知』，古趣盎然，勿病其俚與纖也。（《讀雪山房唐詩序例》）

【劉永濟曰】此二首皆樂府詞也……『長行』……以隱喻『長別』。此首（指第二首）言與郎長別時曾深囑勿過時而不歸。三四以骰子喻己相思之情。骰子各面刻有紅點，以喻入骨之相思也。閨情詞作者已多，此二首別開生面，設想極爲新穎。庭筠本長於樂府也。（《唐人絶句精華》）

【按】南朝樂府中，此類諧音雙關之隱喻手法運用相當普遍，有新巧可喜者，亦有生硬而乏詩意者。庭筠此二首，不僅多用諧音雙關手法，且結合運用歇後語（井底點燈—深燭伊—深囑伊），以增加活潑之情趣。前二句與後二句各設一諧音雙關比喻，表面上似互不相干，實則一意貫串，如首章以『舊物不如新』，次章以『入骨相思』貫串。因舊不如新，故『別有人』；長行局須擲骰子，故三四以骰子設喻。藕斷絲連，頗耐玩味。尤爲成功者，二首之三四句，不僅設喻新穎，出語天然，且能傳達出女子之神情口吻，堪稱傳神之筆。

贈隱者〔一〕

楚客隱名姓〔二〕，圍棋當薜蘿〔三〕。亂溪藏釣石，一鶴在庭柯〔四〕。敗堰水聲急〔五〕，破窗山色多。南軒新竹逕，應許子猷過〔六〕。

校注

〔一〕《又玄》卷中載此首。顧本集外詩未收。童養年《全唐詩續補遺》卷七據《又玄》所載輯入温庭筠新輯佚詩中。

〔二〕【補注】楚客，即題内所稱『隱者』，因其係楚地人，故稱。

〔三〕【補注】《楚辭·九歌·山鬼》：『若有人兮山之阿，被薜荔兮帶女蘿。』薜蘿，薜荔（木蓮）與女蘿，常攀於山野林木或屋壁之上。詩文中常以薜羅指稱隱居者之衣服或住所。此言『圍棋當薜蘿』，謂下圍棋之處正對着薜荔女蘿。

〔四〕【補注】庭柯，庭中樹木。陶淵明《停雲》：『翩翩飛鳥，息我庭柯。』鶴亦隱逸之士高風之象徵。

〔五〕【補注】堰，壅水之低壩。

〔六〕【補注】子猷，晉王徽之字，王羲之之子。《世説新語·任誕》：『王子猷嘗暫寄人空宅住，便令種竹。或問：「暫住何煩爾？」王嘯詠良久，直指竹曰：「何可一日無此君！」』南軒，南窗（外）。此以子猷借指詩人自己。

箋評

【按】只『破窗山色多』一句風味甚佳。尾聯蓋隱以己爲隱者之同調也。

佚句

沿澗水聲喧户外，卷簾山色入窗來。《山居》。日本上毛河世寧輯《全唐詩逸》卷上，下二聯同。

自有晚風推楚浪，不勞春色染湘煙。《次洞庭南》。

門外白雲何處雨，一條清澗繞溪流。《失題》。

蜜官金翼使〔一〕，花賊玉腰奴〔二〕。《蜂蝶》。童養年《全唐詩續補遺》卷七輯自宋陶穀《清異録》卷三。

校注

〔一〕【補注】此句指蜂，蜂翼金色，故云。

〔二〕【補注】此句指蝶。蝶之身如細腰美女。

新補佚詩佚句承南京大學趙庶洋先生提供

贈隱者

楚客隱名姓，圍棋當薜蘿。亂溪藏釣名，一鶴在庭柯。敗堰水聲急，破窗山色多。南軒新竹徑，應許子猷過。《又玄集》中

紅葉

一夕起霜風，千林墜曉紅。無端逐流水，流向武陵東。《全芳備祖》後集一八、《合璧事類備要》别集五二引《名賢集》、《新注朱淑真斷腸詩集》後集引第三句云爲温庭筠《紅葉》詩。

山居

沿澗水聲出山外，卷簾山色入窗來。《千載佳句》下、《全唐詩逸》上。《千載佳句》注云：「一作傳温。」

失題

門外白雲何處雨，一條清澗繞溪流。《全唐詩逸》上

存目詩

華清宮和杜舍人五十年天子

《英華》卷三一一居處一載此首。其前一首爲《過華清宮二十二韻》，署温庭筠作，顧本已據以收入温飛卿集外詩。此首題下無作者姓名，而下二首題下署『前人』，故顧本亦一併收入温飛卿集外詩。宋蜀刻本《張承吉文集》卷十、《全唐詩》卷五一一張祜詩二載此首。《全唐詩》卷五五〇趙嘏二、卷五五九薛能二亦載此首。則此詩温、張、趙、薛四家詩集重出。【佟培基曰】從以上諸人交游情況看，很難確指此詩之作者。按宋蜀刻張集一〇載此篇，題爲《和杜舍人華清宮三十韻》。《季稿》（季振宜《全唐詩》稿本）五三趙嘏集不收此篇，季氏所據多善本。張祜一作張祐，字承吉，而趙嘏字承祐。此詩誤爲趙嘏者，疑二人名字相近故。《英華》三一一載華清宮詩十一首，其三爲杜牧《華清宮三十韻》，其八爲温庭筠《過華清宮二十二韻》，其九即此重出詩，題下無作者姓名，詩中有十五處校記，與宋蜀刻本張集對勘，校記文字十四處皆合，惟一處字句偶有顛倒，可知《英華》此詩輯自張祜本集。此篇後第十、十一兩首題爲《華清宮二首》，署曰『前人』。檢蜀刻張集四載入，故九、十、十一等三首皆爲張祜作。温庭筠另有《過華清宮二十二韻》詩，顧嗣立《温飛卿詩集箋注》收此重出詩爲集外詩，後記中自述云：『纘輯既成，依宋本分爲詩集七卷，别集一卷，復采《英華》、《絶句》諸本中定爲集外詩一卷，而續注焉。』可見顧嗣立此詩采自《英華》，第八首爲温庭筠，第九首缺名，一并視爲温作而羼入飛卿集中……温另有《過華清宫二十二韻》詩，可與杜牧詩相頡頏，宋人尚看到杜、温二詩之刻石。《歲寒堂詩話》云：『往年過華清宫，見杜牧之、温庭筠二詩，俱刻石於浴殿之側，必欲較其優劣而不能。』重出又作薛能詩者亦誤，《統籤》六六七至六七二《戊籤》五六薛能集未收。（《全唐詩重出誤收考》）【按】佟氏辨析考證甚詳，當從。此詩爲張祜之作，尚有另一確證。檢《英華》卷三一一目録，華清宫詩共九題十一首，《過華清宫二十二韻》署温庭筠，而《華清宫和杜舍人》則署張祜，《華清宫二首》署前人。然則《華清宫和杜舍人》與《華清宫二首》均爲張祜之作可確定無疑。目録之署名本無誤，當是卷三一一刻正文時偶脱《華清宫和杜舍人》題下作者姓名張祜，顧嗣立輯温詩又未翻檢目録，遂將《華清宫和杜舍人》及下署『前人』之《華清宫二首》一併誤爲温作而收入集外詩中。今删去。

華清宫二首風樹離離月稍明；天閣沈沈夜未央

《英華》卷三一一目録《華清宫和杜舍人》署張祜，後接此二首，署『前人』，可證《英華》所載此三首均張祜作。宋蜀刻本《張承吉文集》卷四載此二首。兹從温飛卿集外詩中删此二首。考辨已詳前首。

客愁 客愁看柳色

顧本收入温飛卿集外詩，然未注明據何書收入。《唐詩品彙》卷四十四五言絶句『餘響』選録温庭筠五絶三首，第二首即本篇。然此詩實爲李羣玉詩。【佟培基曰】書棚本李集下、《絶句》一二俱連載二首作李。宋槧七卷本之《温飛卿集》不收。清人顧嗣立箋注温集時，將此詩收入卷九集外詩中，乃羼入温集者。另外五絶《桂州經佳人故居》一首，《品彙》四四作温庭筠，下注：『一作李羣玉詩。』而《全詩》温集不收，顧注本亦無，也是誤入温集者。書棚本李集下載。【按】佟氏考辨是。此當是高棅編次《唐詩品彙》時，誤將李羣玉詩植於温詩中，顧氏又據《品彙》收入温之集外詩。今亦删去。

題李衛公詩二首 蒿棘深春衛國門，勢欲凌雲威觸天

【顧嗣立曰】《新唐書》：李德裕字文饒，元和宰相吉甫子也。策功拜太尉，進封趙國公。又陳願得封衛，改封衛國公。《盧氏雜記》：李德裕，武宗朝爲相，勢傾朝野。及罪譴，作詩云云。《南部新書》以爲庭筠所作。案：此二詩語涉譏刺。飛卿貶謫，本傳可據，與衛公無涉，且本集《首春與丞相贊皇公遊止》云：『一抛蘭櫂逐燕鴻，曾向江湖識謝公。』又《題李相賜屏風》詩云：『幾人同保山河誓，獨自棲棲九陌塵。』則知此詩定非飛卿所作。《南部新書》不足信也。姑存之以備考。【夏承燾曰】飛卿貶謫，在德裕

卒後，斷非由此怨望。由其平日多口舌之禍，此必仇家嫁名，誣以『浮薄』之罪，後人誤取入集也。《塵史》中載白居易作丞相李德裕貶崖州三絶句，有『從此結成千萬恨，今朝果中白家詩』、『萬里崖州君自去，臨行惆悵欲寃誰』之句，李楚老翹叟謂白卒於李貶之前，當是疾李託名爲之附於集云云。葛立方《韻語陽秋》二十亦云然。飛卿二詩，正同此例也。（《唐宋詞人年譜·温飛卿繫年》）【傅璇琮曰】按此詩對德裕會昌時政績多加誣蔑，對大中時南貶又幸災樂禍，當出於晚唐人之手（詩中『流水斜傾出武關』，德裕之貶乃自洛陽沿水路南下，絶不經過武關，可見作僞者對當時情況隔膜如此），非温庭筠詩。（《李德裕年譜》）【按】顧氏據温庭筠本集中有關李德裕二詩所表現之政治傾向與思想感情，以證《南部新書》謂此二首七律爲庭筠作之不可信，頗有説服力。其中德裕貶後所作《題李相公敕賜屏風》對宣宗貶逐功臣李德裕持明顯反對態度，尤可證此二詩極端仇視、詆毀李德裕，快意於德裕之貶者决非温作。夏氏舉託名白居易之丞相李德裕貶崖州三絶句爲旁證，以證此二首之僞託，亦可資參考。傅氏舉出『流水斜傾出武關』之句，以證作僞者對實際情況之隔膜，尤可爲作僞之力證。此外，尚有下列各條，亦可證其非同時代人如温庭筠之熟悉當時事者作。其一、德裕開成五年九月至會昌六年四月相武宗，會昌四年八月封衛國公，在相位首尾七年，而首章起聯云：『嵩棘深春衛國門，九年於此盗乾坤。』『九年』與相武宗七年不合。次章頷聯竟又云：『三年驥尾有人附，一日龍髯無路攀。』『三年』亦不合相武宗之時間，且與首章『九年』自相矛盾。如係同時代人所作，豈能錯亂如此？其二，首章尾聯云：『當時誰是承恩者，肯有餘波達鬼村？』涉及大中六年令狐綯因夢見李德裕而懼其精爽可畏，奏宣宗令德裕子護喪歸葬之事（事見《新唐書·李德裕傳》，係採自《東觀奏記》卷中），則詩當作於德裕卒後之大中六年以後，然次章尾聯竟又云：『千巖萬壑應惆悵，流水斜傾出武關。』又似想像德裕被貶途經商山、武關一帶之情景，則首章與次章亦互相矛盾，同時代之作者，亦必無此種矛盾敍寫。從『蒿棘深春衛國門』之句看，詩之寫作年代離德裕被貶、去世時間已久，當是唐末士人仇視李德裕但對德裕爲相、被貶情況並不大了解者所作。當從集外詩中刪去。

題谷隱蘭若風帶巢熊拗樹聲

【顧嗣立曰】見段成式集。《絶句辨體》（楊慎撰）以爲庭筠詩，似誤，○元稹詩注：谷隱寺在峴山亭側。【佟培基曰】（此首）又作段成式《題谷隱蘭若三首》之三。谷隱爲寺名，元稹酬白居易百韻詩有『貪過谷隱寺，留讀峴山碑』二句，自注云：『寺在亭側。』見《元稹集》一〇，即在峴山亭側。《方輿勝覽》三二載：『峴山，去襄陽十里。』段成式於大中末年曾退隱於峴山，在襄陽宜城縣木香村築别業閒居，《太平寰宇記》一四五有記載。那麽他來往於谷隱寺當是常事。其題詩三首中有『風惹閒雲半谷陰，巖西隱者醉相尋』，『鳥啄靈雛戀落暉，村情山趣頓忘機』，皆寫山村隱居情趣與谷寺景色，此重出詩中亦有『半坡新路畬纔了，一谷寒煙燒不成』，乃谷坡燒畬時情景。三首詩互相交融，當爲段成式由木香村墅出游谷隱寺時所寫。《絶句》四四作段。（《全唐詩重出誤收考》）【按】此詩既見於《絶句》卷四十四段成式下，又見於段成式集，爲《題谷隱蘭若三首》之三，而不見於温集。佟氏考辨甚詳，當從温飛卿集外詩中刪去。楊慎《絶句辨體》殊不足據。《温飛卿詩集箋注》將此首題下顧嗣立注誤刻爲『見段成式《絶句辨體》，集以爲庭筠詩，似誤』，段氏無《絶句辨體》之作，乃楊升庵撰，上文引顧注時已改乙。

觀棋閒對楸枰傾一壺

《升菴詩話》卷八《唐詩不厭同》云：『陸龜蒙《送棋客》詩云：「滿目山川似奕棋，況當秋雁正斜飛。金門若召楊（一作羊）元保，賭取江東太守歸。」温庭筠《觀棋》詩云：「閑對楸枰傾一壺，黄華枰上幾成盧。他時謁帝銅池水，便賭宣城太守無？」』卷十《温庭筠觀棋》引此詩亦以爲温作。顧嗣立《温飛卿詩集箋注》卷九將此詩收入集外詩，未注出處，當是據《升菴詩話》收入。題下校：一作段成式詩。【佟培基曰】《絶句》四四歸段，當依之。楊慎《升菴詩話》八、一〇兩處俱誤爲飛卿。趙宧光本《絶句》乃屬段作。【按】楊慎《升菴詩話》引詩署名多誤，不足據。當依早出之《絶句》定爲段作。今從飛卿集外詩中删去。

佚句辨誤

春水碧于天，畫船聽雨眠。《全唐詩》輯自《優古堂詩話》

【按】此二句乃韋莊《菩薩蠻》詞五首之三之三四句。《花間集》、《金奩集》並作韋莊詞。

緑樹遶村含細雨，寒潮背郭捲平沙。《送人》。《全唐詩》輯自《詩人玉屑》。

【佟培基曰】又作方干《思桐廬舊居便送鑒上人》。《英華》二二三載全詩作方干。《詩人玉屑》卷三唐人句法誤作温。（《全唐詩重出誤收考》）【按】《英華》卷二二三温庭筠九首、方干十首相連，《詩人玉屑》編者魏慶之未注意自《鏡空上人遊江南》起已署方干，以爲此下各首署『前人』者仍指温庭筠，故將方干之《思桐廬舊居便送鑒上人》誤引爲温作。

卓氏壚前金線柳，隋家堤畔錦帆風。《題池亭》。日本上毛河世寧輯《全唐詩逸》卷上。

【按】此聯係本集卷五《題城南杜邠公林亭》七絶之一二句。非佚句。

山寺明媚木芍藥，野田叫噪官蝦蟆。陳尚君《全唐詩續拾》卷三十輯自《能改齋漫録》卷五《漢以牡丹爲木芍藥》條。

【按】此聯係本集卷四《春日野行》七律之頷聯，《才調集》卷二題作《春日野步》。非佚句。

窗疎眉語度。陳尚君《全唐詩續拾》卷三十輯自《類説》卷四九《漢上題襟》。

【按】此句係庭筠《和周（元）繇襄陽公宴嘲段成式詩》『眉語柳毶毶』句下之原注（原注：柳吴興云：『窗疎眉語度。』）。乃引柳惲詩以注『眉語』一詞之出處，非庭筠佚句。庭筠此詩載《唐詩紀事》卷五十四周（元）繇下，所録温詩即有此原注。逯欽立《先秦漢魏晉南北朝詩》柳惲詩中未見此句，實則此句係劉孝威《郗縣遇見人織率爾寄婦詩》中句，見《玉臺新詠》卷八。

温庭筠全集校注卷十　詞

菩薩蠻〔一〕

小山重疊金明滅〔二〕，鬢雲欲度香顋雪〔三〕。懶起畫蛾眉，弄妝梳洗遲〔四〕。照花前後鏡〔五〕，花面交相映。新帖繡羅襦〔六〕，雙雙金鷓鴣〔七〕。

校注

〔一〕蘇鶚《杜陽雜編》：『大中初，女蠻國貢雙龍犀、明霞錦。其國人危髻金冠，瓔絡被體，故謂之菩薩蠻。當時倡優遂製《菩薩蠻》曲，文士亦往往聲其詞。』又云：『上（懿宗）剙修安國寺，臺殿廊宇，制度宏麗……降誕日於宫中結綵爲寺，賜升朝官以下錦袍。李可及嘗教數百人，作四方菩薩蠻隊。』孫光憲《北夢瑣言》卷四：『温庭雲字飛卿，或「雲」作「筠」字，名岐，與李商隱齊名，時號「温李」。才思豔麗，工於小賦。宣宗愛唱《菩薩蠻》詞，令狐相國假其新撰，密進之。戒令勿泄，而遽言於人，由是疎之。』浦江清《詞的講解》云：『《菩薩蠻》疑從信奉佛教的邊裔之國進奉，由佛曲脱化而出，後爲宫中舞曲，始盛於宣、懿之世。崔令欽《教坊記》雖已著録，但崔氏之書可能爲後人所綴補。蘇鶚云：「當時倡優遂製《菩薩蠻》曲，文士亦往往聲其詞。」温飛卿好遊狹邪，又能逐絃吹之音，爲側豔之詞，正當宣宗大中初年，當時倡優好此新曲，飛卿遂倚聲爲詞，本作倡優之樂府，原非宫詞也。令狐綯假之以獻，可信與否，無關宏旨。』又云：『惟此十四首《菩薩蠻》中所寫，所設想之身份亦不同。如「新貼繡羅襦，雙雙金鷓鴣」，則是歌舞之女子，「青瑣對芳菲，玉關音信稀」，則征夫遠戍，設爲思婦之詞，不必倡女。凡此皆當時歌曲最普通之情調也。又有人謂此十四首《菩薩蠻》首尾關聯，首章是初起曉粧，末章爲夜深入睡，若敍一日之情景者然，此論亦非。其中如「藕絲秋色淺，人勝參差剪」，則是正月七日，「牡丹花謝鶯聲歇」，已是春末夏初，「雨晴夜合玲瓏日」，則是五月長夏之景，安能謂之一日乎？故每章各爲起訖，並不連貫。惟作者或編者稍稍安排，若有一總起訖存乎其間耳。』（《浦江清文録》第一三五至一三七頁）【按】據楊憲益《零墨新箋·李白與菩薩蠻》一文考證，《菩薩蠻》係緬甸古樂，玄宗時傳入中國，係《驃苴蠻》、《符詔蠻》之異譯。盛唐崔令欽《教坊記》『曲名表』已列《菩薩蠻》。現存敦煌曲子詞中有多首《菩薩蠻》詞，其中有時代早於温庭筠，可視爲盛、中唐時之作品者，如『敦煌古往出神將』即是。故蘇鶚之記述或可説明大中間《菩薩蠻》曲之流行與文士寫作《菩薩蠻》詞之盛。而《菩薩蠻》曲之傳入並流傳京師教坊則早在盛唐。至於温之十四首《菩薩蠻》詞是否有組織有寓託自成首尾之聯章體，自清代張惠言以來，學者看法不一。本編僅就每首詞本身作注釋疏解，不涉及對十四首是否有組織有寓託之聯章體之看法。張以仁《温飛卿〈菩薩蠻〉詞張惠言説試疏》、《温庭筠〈菩薩蠻〉詞的聯章性》對張惠言説有詳細闡發，可參閲（張文載其《花間詞論集》一〇七至一五二頁）。《菩薩蠻》詞雙調四十四字，上下片各四句，兩仄韻换兩平韻。據《北夢瑣言》所載，此十四首或大中四年十月至十三年十二月令狐綯爲相期間所作。《唐五代文學編年史》酌編大中六年前後。

〔二〕【浦江清曰】『小山』可以有三個解釋。一謂屏山，其另一首『枕上屏山掩』可證，『金明滅』指屏上彩畫。二謂枕，其另一首『山枕隱穠妝，緑檀金鳳凰』可證，『金明滅』指枕上金漆。三謂眉額，飛卿《遐方怨》云：

『宿粧眉淺粉山横』，又本詞另一首『蕊黄無限當山額』，『金明滅』指額上所傅之蕊黄，飛卿《偶游》詩『額黄無限夕陽山』是也。三説皆可通，此是飛卿用詞晦澀處。（《詞的講解》）【俞平伯曰】『小山』，屏山也。此處律用仄平，故變文耳。『金明滅』狀初日生輝，與畫屏相映。日華與美人連文，古代早有此描寫。（《讀詞偶得》）【沈從文曰】『中晚唐時，婦女髮髻效法吐蕃，作「蠻鬟椎髻」式樣，或上部如一棒槌，側向一邊，加以花釵梳子點綴其間』，『當時於髮髻間使用小梳有用至八件以上的』，『當成裝飾，講究的用金、銀、犀、玉或牙等材料，露出半月形梳背，有的多到十來把的』，『「小山重疊金明滅」，即對當時婦女髮間金背小梳而詠』，『所形容的，也正是當時婦女頭上金、銀、牙、玉小梳背在頭髮間重疊閃爍情形』。（《中國古代服飾研究》，據黄進德《唐五代詞選集》轉引）【黄進德曰】上句詠美人髮間金背小梳閃爍情景。王建《宫詞》：『玉蟬金雀三層插，翠髻高聳緑鬢虚。舞處春風吹落地，歸來别賜一頭梳。』可證（沈説）。小山，形容隆起的髮髻。【按】四説似均可通，亦各有所據。然此詞通篇均描繪刻畫女子睡態、畫眉梳妝、簪花照鏡、妝畢試衣情事，不涉及房中陳設及首飾，故『屏山』、『山枕』、『梳弓』諸説似均未能妥帖切合。以『小山重疊』形容多把金背小梳在頭髮間重疊閃爍，無論讀詞者，聽歌者均不易理解其爲何種物象。張以仁謂：『前人詩文詞賦中罕見以小山狀梳者；而插滿小梳，盛妝以眠，亦似不合情理，且下文「鬢雲欲度香腮雪」，係狀雲鬢蓬鬆垂拂之態，亦顯其人曾卸妝就寢，非小憩也。』（《花間詞論集》第三頁）所辨甚是。似仍以『眉山』之説較長。李商隱《代贈二首》之二：『總把春山掃眉黛，不知供得幾多愁？』此本《西京雜記》卷二：『文君姣好，眉色如望遠山，臉際常若芙蓉。』爲詩家所習用。『小山重疊』，猶言眉山隱隱；『金明滅』，則謂眉上之塗飾（青黛、蕊黄）滅没，蓋形容其宿妝猶殘。

〔三〕鬢雲，如雲的鬢髮。度，越，過。香顋雪，如雪的香腮。許昂霄《詞綜偶評》：『猶言鬢絲撩亂也。』俞平伯《唐宋詞選釋》：『「度」字含有飛動意。』胡國瑞《論温庭筠詞的藝術風格》解此句云：『她的散亂的鬢髮，似流動的雲樣將要渡過那雪白香豔的臉腮。』按：此句形容女子睡態：鬢髮鬆散，斜掩如雪香腮，似有飄然欲度的態勢。

〔四〕二句寫女子起牀後畫眉、梳髮、洗臉，分承一二句。因眉額妝殘，故『懶起畫蛾眉』；因鬢髮散亂，故『弄妝梳洗遲』。『弄』字含有把玩、欣賞、精心打扮之意。因『弄妝』，故『梳洗遲』。

〔五〕二句寫女子簪花、照鏡。前後鏡，即打反鏡。用前後鏡對映以審視髮髻後影是否妥貼美觀。花面，分指簪在鬢髮上的花和女子的面龐。交相映，即『人面桃花相映紅』之謂。

〔六〕帖，同『貼』。黄進德曰：『貼，指堆綾、貼絹法，以彩色綾絹照圖案需要剪好釘在衣料上。』或説，即貼金工藝，將黄金箔製成之飾物貼在衣服上。襦，短襖。

〔七〕金鷓鴣，指繡羅短襖所貼的金色鷓鴣圖案。浦江清曰：『鷓鴣是舞曲……伎人衣上畫鷓鴣，韋莊《鷓鴣詩》：「秦人只解歌爲曲，越女空能畫作衣。」……故知飛卿所寫正是伎樓女子。』

箋評

【湯顯祖曰】芟《花間集》者，額以温飛卿《菩薩蠻》十四首，而李翰林一首爲詞家鼻祖，以生不同時，不得列入。今讀之，李如藐姑仙子，已脱盡人間煙火氣；温如芙蕖浴碧，楊柳挹青，意中之意，言外之言，無不巧儁而妙入。珠璧相耀，正自不妨並美。（湯評《花間集》卷一）

【李調元曰】温庭筠善用『麗瞅』及『金鷓鴣』、『金鳳凰』等字，是西崑積習。金，皆衣上織金花紋。（《雨村詞話》卷一）

【許昂霄曰】小山，蓋指屏山而言。『鬢雲欲度香腮雪』，猶言鬢絲撩亂也。『照花前後鏡，花面交相映』，承上梳妝言之。（《詞綜偶評》）

【張惠言曰】此感士不遇也。篇法仿佛《長門賦》，而用節節逆敍。此章從夢曉後領起。『懶起』二字，含後文情

事。『照花』四句，《離騷》『初服』之意。（《詞選》卷一）

【譚獻曰】以《士不遇賦》讀之最確。『懶起』句：起步。（《譚評詞辨》卷一）

【陳廷焯曰】温麗芊綿，已是宋、元人門徑。（《雲韶集》卷一）飛卿詞全祖《離騷》，所以獨絶千古。《菩薩蠻》、《更漏子》諸闋，已臻絶詣，後來無能爲繼。（《白雨齋詞話》卷一）所謂沉鬱者，意在筆先，神餘言外。寫怨夫思婦之懷，寓孽子孤臣之感。凡交情之冷淡，身世之飄零，皆可於一草一木發之。而發之又必若隱若現，欲露不露，反覆纏綿，終不許一語道破。非獨體格之高，亦見性情之厚。飛卿詞如『懶起畫蛾眉，弄妝梳洗遲』，無限傷心，溢於言表。（同上）飛卿《菩薩蠻》十四章，全是變化楚騷，古今之極軌也。徒賞其芊麗，誤矣。（同上）

【王國維曰】固哉！皋文之爲詞也。飛卿《菩薩蠻》、永叔《蝶戀花》、子瞻《卜算子》，皆興到之作，有何命意，皆被皋文深文羅織。（《人間詞話删稿》）

【李冰若曰】『小山』當即屏山，猶言屏山之金碧晃靈也。此種雕鏤太過之句，已開吴夢窗堆砌晦澀之徑。『新貼繡羅襦』二句，用十字止説得襦上繡鷓鴣而已。統觀全詞意，諛之則爲盛年獨處，顧影自憐，抑之則侈陳服飾，搔首弄姿。『初服』之意，蒙所不解。（《栩莊漫記》）

【丁壽田、丁亦飛曰】此詞表面觀之，固一幅深閨美人圖耳。張惠言、譚獻輩將此詞與以下十四章一併串講，謂係『感士不遇』之作。此説雖曾盛行一時，而今人多持反對之論。竊以爲單就此一首而言，張、譚之説尚可從。『懶起畫蛾眉』句暗示蛾眉謡諑之意。『弄妝』『照花』各句，從容自在，頗有『人不知而不愠』之慨。王國維《虞美人》詞『且自簪花坐賞鏡中人』蓋脱化於此，但王詞覺牢騷氣稍重矣。或謂飛卿不過一浪漫無行之失意文人，平生未遭何奇冤極禍，寧有悲天憫人之懷抱足以仰企屈子？此説可商。夫浪漫無行不過當時社會之偏面批評，豈足以盡温尉之人格？如納蘭容若固一升平公子，而其詞哀感頑豔足以比南唐二主（陳其年評語），何也？人之思想固與環境有關，但環境者非止於衣食起居之事，一切觀感所及均環境也。『文乃心聲』，此言良是，但如飛卿者，吾人肉眼不足以窺其多重人格，宜乎覺其詞與其人不相稱矣。（《唐五代四大名家詞》甲編）

【劉永濟曰】此調本二十首，今存十四首，此則十四首之一。二十首之主題皆以閨人因思別久之人而成夢，因而將夢前、夢後、夢中之情事組合而成。此首則寫夢醒時之情思也。首言思婦睡夢初醒，見枕屏而引動離情。『小山重疊』，興起人遠之感；『金明滅』，牽動別久之思。次句言睡餘之態。三四句，梳妝也，曰『懶』曰『遲』，以見梳妝時之心情。五六句，簪花也；花面交映，言其美也。七八句，著衣也；『雙雙』句，又從見衣上之鳥成雙引起人孤單之感。全首以人物之態度、動作、衣飾、器物作客觀之描寫，而所寫之人之心情乃自然呈現。此種心情，又爲因夢見離人而起者，雖詞中不曾明言，而離愁別恨已縈繞筆底，分明可見，讀之動人。此庭筠表達藝術之高也。（《唐五代兩宋詞簡析》）

【俞平伯曰】小山，屏山也……此句從寫景起筆，明麗之色現於毫端。第二句寫未起之狀。古之帷屏與牀榻相連。『鬢雲』寫亂髮，呼起全篇弄妝之文。『欲度』二字似難解，却妙。譬如改作『鬢雲欲掩』，逕直易明，而點金成鐵矣。此不但寫晴日中之美人，并寫晴日小風中之美人，其巧妙固在難解之二字耳。難解並不是不可解。三、四兩句一篇主旨，『懶』、『遲』二字點睛之筆，寫豔俱從虛處落墨，最醒豁而雅。欲起則懶，弄妝則遲，情事已見。『弄妝』二字，弄字妙，大有千回百轉之意，愈婉愈温厚矣。過片以下全從『妝』字連綿而下。此章就結構論，只一直綫耳，由景寫到人，由未起寫到初起、梳妝、簪花照鏡、換衣服，中間並未間斷，似不經意然，而其實針綫甚密。本篇旨在寫豔，而只説『妝』，手段高絶。寫妝太多似有賓主倒置之弊，故於結句曰：『雙雙金鷓鴣』，此乃暗點豔情，就表面看，總還是妝耳。謂與《還魂記·驚夢》折上半有相似之處。（《讀詞偶得》）

【浦江清曰】此章寫美人晨起梳妝，一意貫穿，脈絡分明。論其筆法，則是客觀的描寫，非主觀的抒情，其中只有描寫體態語，無抒情語。易言之，此首通體非美人自述心事，而是旁觀的人見美人如此如此……因爲這些曲子是預備給歌伎傳唱的，其中的内容即是倡樓生活，所以是『她』是『我』，不容分辨。在聽者可以想像出一個『她』，在歌者也許感覺着是『我』。詞人作詞，只是『體貼』二字，不分主觀與客觀。首兩句寫美人未起。三四始述動態，於不矜持處見自然的美。五六美豔，彷彿見《牡丹亭·驚夢》折杜麗娘唱『裊晴絲吹來閒庭院』一曲之身段……前

後鏡中人面交相映的美態，在飛卿以前尚無人説過。（《詞的講解》）

【唐圭璋曰】此首寫閨怨，章法極密，層次極清。首句，寫繡屏掩映，可見環境之富麗；次句，寫鬢髮撩亂，可見人未起之容儀。三四兩句敘事，畫眉梳洗，皆事也。然「懶」字、「遲」字，又兼寫人之情態。「照花」兩句承上，言梳洗停當，簪花爲飾，愈增豔麗。末句，言更换新繡之羅衣，忽睹衣上有鷓鴣雙雙，遂興孤獨之哀與膏沐誰容之感。有此收束，振起全篇。上文之所以懶畫眉、遲梳洗者，皆因有此一段怨情蘊蓄於中也。（《唐宋詞簡釋》）

【夏承燾曰】温庭筠這首《菩薩蠻》是描寫一個女子的孤獨苦悶的心情。開頭兩句是寫她褪了色走了樣的眉暈、額黄和亂髮，是隔夜的殘妝。「小山」是指眉毛（唐明皇造出十種女子畫眉的式樣，有遠山眉、三峯眉等等。小山眉是十種眉樣之一），「小山重疊」即指眉暈褪色。「金」是指額黄……「金明滅」是説褪了色的額黄有明有暗……全篇點睛的是「雙雙」兩字，它是上片「懶」和「遲」的根源。全詞描寫女性，這裏面也可能暗寓這位没落文人自己的身世之感。至若清代常州派詞家拿屈原來比擬，説「照花前後鏡」四句即《離騷》「初服」之意，那無疑是附會太過了。（《唐宋詞欣賞》）

【葉嘉瑩曰】此詞自客觀之觀點讀之，實但寫一女子晨起化妝而已……首二句寫美人嬌卧未起之狀……次句「鬢雲」寫亂髮……「香腮雪」三字寫美人面。「香」，其氣味也；「雪」，其顔色也。「香腮雪」三字連文，與前「欲度」二字，初讀皆似有不通費解之感，然飛卿詞之妙處，實即在此等處也。後二句「懶起畫蛾眉，弄妝梳洗遲」，私意以爲唐杜荀鶴《春宫怨》詩之「早被嬋娟誤，欲妝臨鏡慵。承恩不在貌，教妾若爲容」四句，大可爲此二句之注脚。欲起則懶，弄妝則遲者，正緣此「教妾若爲容」之一念耳。美人之嬌慵，美人之自持，可以想見……且復着一「弄」字，千迴百轉，無限要好之心，無限幽微之怨，俱在言外矣。後片「照花前後鏡，花面交相映」，則妝成之象矣……結二句「新貼繡羅襦，雙雙金鷓鴣」，則自起牀、化妝、照鏡，直寫到穿衣矣……襦而爲羅，羅而爲繡，更加之以熨貼，猶以爲未足，復益之曰「新貼」，一氣四字，但形容此一襦也。然此猶未足盡其精美，因更足之曰「雙雙金鷓鴣」，「金」是一層形容，「雙雙」是又一層形容，此「襦」之華麗精美，有如是者……飛卿此詞，姑不論其含意如何，即以其觀察之細微、描寫之精美、層次之分明、鍼鏤之綿密而言，已大有不可及者矣。（《温庭筠詞概説》，見其《迦陵論詞叢稿》）

【周汝昌曰】本篇通體一氣，精整無只字雜言，所寫只是一件事，若爲之擬一題目增入，便是『梳妝』二字……而妝者，以眉爲始；梳者，以鬢爲主。故首句即寫眉，次句即寫鬢……上來兩句所寫，待起未起之情景也。故第三句緊接懶起……閨中曉起，必先梳妝，故『畫蛾眉』三字一點題——正承『小山』而來，『弄妝』再點題，而『梳洗』二字又正承鬢之腮雪而來。其雙管并下，脈絡最清。然而中間又着一『遲』字，遠與『懶』字相爲呼應，近與『弄』字互爲注解。『弄』字最奇，因而是一篇眼目。一『遲』字，多少層次，多少時光，多少心緒，多少神情，俱被此一字包盡矣……過片重開，即寫梳妝已罷，最後以兩鏡前後對映而審看梳妝是否合乎標準……兩鏡之交，『套景』重疊，花光之與人面，亦交互重疊，至于無數層次……梳妝既妥，遂開始一日之女紅：刺繡羅襦，而此新樣花貼，偏偏是一雙一雙的鷓鴣圖紋。閨中之人，見此圖紋，不禁有所感觸……飛卿詞極工於組織聯絡，回互呼應，此一例，足以見之。（見《唐宋詞鑒賞辭典》）

【按】此爲十四首《菩薩蠻》之第一首，且其首句『小山重疊金明滅』即頗晦澀難解，故學者紛紛加以解讀評鑒，發掘之深，體會之細，分析之精，可謂字無剩義，甚至遠超出作者進行創作時主觀上所欲表現之意藴。然平心而論，此首雖有個别易生歧解或看似刻意用力之詞語，全篇内容實極平常，不過寫一女子早晨自嬌卧未醒、宿妝已殘而懶起梳妝，而妝畢簪花照鏡，而穿上新羅襦之過程。結構亦循此次序作直綫型之描敍，極清晰明瞭。而對此詞内容意藴之理解，關鍵又在弄清詞中女主人公之身份與作者之立場態度。結拍二句『新帖繡羅襦，雙雙金鷓鴣』，正透露出女子所著者係舞衣，女子之身份爲歌舞伎人。飛卿出入倡樓，對此類女子之生活極爲熟悉，詞中所寫伎人早起梳妝前後之情事情態，即其經常親歷者。讀此詞，宛然可見此女子之旁有作者之身影。作者係站在旁觀者之立場，抱着欣賞之態度注視此女子自嬌卧未醒至懶起梳妝，至妝畢臨鏡、試穿新衣之全過程，其中看似着力經意之『度』字、『懶』字、『弄』字、『遲』字，即透露作者欣賞態度之字眼，既欣賞其嬌慵，亦欣賞其『弄妝』。『照花』

二句，女子妝畢臨鏡，顧盼自賞，作者旁觀，欣賞其自我欣賞之情亦自然流露。結拍試穿新襦，則女子自我欣賞之結束與高潮，亦作者旁觀欣賞之結束，故繁筆描繪刻畫。飛卿詞爲文人詞中典型的應歌之作，實即當時之流行歌曲。後世詞論家爲尊詞體，往往賦予此類詞以比興寄託、《離騷》『初服』之大義，殆與歷史實際不符。此詞在藝術表現方面，固有如評家所分析總結之精密綺豔特徵，王國維以『畫屏金鷓鴣』形容飛卿詞品，即以此種作品爲主要依據。然在温詞中，本篇實非上品。李賀有《美人梳頭歌》，元稹有『水晶簾下看梳頭』之句，此詞性質，實與之相類。

菩薩蠻

水精簾裏頗黎枕〔一〕，暖香惹夢鴛鴦錦〔二〕。江上柳如煙，雁飛殘月天〔三〕。　藕絲秋色淺〔四〕，人勝參差剪〔五〕。雙鬢隔香紅〔六〕，玉釵頭上風〔七〕。

校注

〔一〕頗黎，《金奩集》作『珊瑚』。水精簾，即水晶簾。李白《玉階怨》：『却下水晶簾，玲瓏望秋月。』頗黎，即玻璃，古爲玉名，亦稱水玉，係天然水晶石。《新唐書·西域傳下·吐火羅》：『武德二年，遣使者獻寶帶、玻璨、水精杯。』

〔二〕鴛鴦錦，用織有華麗鴛鴦圖案的彩錦製成的被。暖、香均就錦被而言。惹，牽引、逗引。

〔三〕【張惠言曰】『夢』字提，『江上』以下略敍夢境。【俞平伯曰】後來説本篇者亦多采用張説。説實了夢境似太呆，不妨看作遠景。【按】俞説是。

〔四〕藕絲，指女子身上穿着藕白色的衣裳。【俞平伯曰】藕合色近乎白，故説『秋色淺』。又曰：藕絲是借代用法，把所指的本名略去，古詞常見……這裏所省名詞，當是衣裳。【張以仁曰】秋色非一，然秋晨多霜，秋原草木蕭條，蘆花獨盛，是白色爲秋天景色特徵之一。元稹『藕絲衫子柳花裙』，詠『白衣裳』者也，温氏《歸國遥》詞：『舞衣無力風斂，藕絲秋色染』，亦謂藕白之衣裙，有如染上淡淡之秋色。王達津《讀温庭筠菩薩蠻二首》云：『藕色就像染上淡淡的秋光』，是矣。（《花間詞論集》十七頁）【按】秋又稱『素秋』，可證『秋色』即白色。

〔五〕人勝，人形之飾物，於人日（正月初七）用之。《初學記》卷四引《荆楚歲時記》：『正月七日爲人日，以七種菜爲羹，剪綵爲人，或鏤金簿爲人，以貼屏風，亦戴之頭鬢。』此指戴在頭鬢上的綵勝。參差剪，形容所剪人勝刀法純熟精巧，參差錯落，隨物賦形。

〔六〕【俞平伯曰】『雙鬢』句承上，着一『隔』字，而兩鬢簪花如畫。香紅即花也。【按】『香紅』固可借代花朵，然亦可借指女子芳香紅潤之面龐，參較前首『香腮雪』之語可知。兩鬢烏黑，越襯出中間的面龐芳香紅潤。『隔』字亦似更切。

〔七〕形容女子走動時，頭上的玉釵、釵頭的綵勝亦隨之摇曳顫動，如在春風中摇蕩。

箋評

【楊慎曰】王右丞詩『楊花惹暮春』，李長吉詩『古竹老梢惹碧雲』，温庭筠詞『暖香惹夢鴛鴦錦』，孫光憲詞

『六宫眉黛惹春愁』，用『惹』字凡四，皆絶妙。（《升菴詩話》卷五）

【徐士俊曰】『藕絲秋色染』，牛嶠句也（按：此庭筠《歸國遥》句），『染』、『淺』二字皆精。（《古今詞統》卷五）

【張惠言曰】『夢』字提。『江上』以下略敍夢境。人勝參差，玉釵香隔，言夢亦不得到也。『江上柳如煙』是關絡。（《詞選》卷一）

【譚獻曰】『江上柳如煙』句，觸起。（《譚評詞辨》卷一）

【吴衡照曰】飛卿《菩薩蠻》云：『江上柳如煙，雁飛殘月天。』《更漏子》云：『銀燭背，繡簾垂，夢長君不知。』《酒泉子》云：『月孤明，風又起，杏花稀。』作小令不似此着色取致，便覺寡味。（《蓮子居詞話》卷一）

【孫麟趾曰】何謂渾？如『淚眼問花花不語，亂紅飛過鞦韆去』，『江上柳如煙，雁飛殘月天』，『西風殘照，漢家陵闕』，皆以渾厚見長者也。詞至渾，功候十分矣。（《詞逕》）

【陳廷焯曰】『楊柳岸，曉風殘月』從此脱胎。『紅』字韻，押得妙。（《雲韶集》卷一）『江上』二句，夢境凄涼。（《詞則·大雅集》卷一）『江上』二句，佳句也，好在是夢中情况，便覺綿邈無際。若空寫兩句景物，意味便減，悟此方許爲詞。不則即金氏（應珪）所謂『雅而不豔，有句無章者矣』。（《白雨齋詞話》卷七）

【李冰若曰】『暖香惹夢』四字與『江上』二句均佳。但下闋又雕繢滿眼，羌無情趣。即謂夢境有柳煙殘月之中，美人盛服之幻，而四句晦澀已甚，韋相便無此種笨筆也。（《栩莊漫録》）

【俞平伯曰】以想像中最明净的境界起筆……『暖香』乃入夢之因，故『惹』字妙。三四忽宕開……飛卿之詞，每截取可以調和之諸印象而雜置一處，聽其自然融合，在讀者心眼中，仁者見仁，智者見智，不必問其脈絡神理如何如何，而脈絡神理則儼然自在……即以此言，簾内之情穠如斯，江上之芊眠如彼，千載而下，無論識與不識，解與不解，都知是好言語矣……過片以下，妝成之象，『藕絲』句其衣裳也，『人勝』句其首飾也……末句尤妙，着一『風』字，神情全出，不但兩鬢之花氣往來不定，釵頭幡勝亦顫摇於和風駘蕩中。……過片似與上文隔斷，按之則脈絡具在……點『人勝』一名自非泛泛筆，正鬬合『雁飛殘月天』句，蓋『人歸落雁後，思發在花前』，固薛道衡《人日》詩也，不特有韶華過隙之感，深閨遥怨亦即於藕斷絲連中輕輕逗出。（《讀詞偶得》）

【浦江清曰】『暖香惹夢』四字所以寫此鴛鴦錦者，亦以點逗春日曉寒，美人尚貪戀暖衾而未起。此兩句寫閨樓鋪設之富麗精雅，説了枕衾兩事，以文法言，只有名詞而無述語。述語可以省略。聽者可以直接想像有此閨房，閨房内有此枕衾也……『江上』兩句，忽然開宕，言樓外之景，點春曉。張惠言謂是夢境，大誤。上半闋雖未説出人，但于惹夢兩字内已隱含此主人，與前章相同，亦説美人曉起，惟不正寫曉起之情事，寫簾内及樓外之景物耳……下半闋正寫人，而以初春之服飾爲言……此章之時令，在『人勝參差剪』一句中，蓋初春情事也。（《詞的講解》）

【葉嘉瑩曰】此詞全以諸名物之色澤及音節之優美取勝。首二句寫簾裏之情景……晶瑩澄澈，一片清明。次句寫鴛鴦錦，不明言其爲衾爲褥，而但標舉其質地花紋，以喚起人一種極華麗之意象，而不作切實之説明，此正温詞純美作風之特色。『惹夢』之『惹』字，與前一首『鬢雲欲度』之『度』字同妙，而況『惹夢』者又是『暖香』，則夢境可知。此句纏綿旖旎，無限温馨……三四兩句……從簾裏轉至簾外，由華麗轉爲凄清。前賢多以爲此二句乃寫夢境之辭……所言誠大有可取，然似亦不必拘執其説……蓋飛卿詞之所以爲美，關係於色澤、聲音者多，而關係於内容、含意者少。即以此詞前半闋而言，其所標舉之諸名物，如水精簾、頗黎枕、暖香、鴛錦、煙柳、殘月，其色澤或爲明，或爲暗，或爲濃，或爲淡，皆於矛盾中見諧和，似相反而實相成者也。又如以其聲音分析言之，則一二兩句『枕』『錦』二字上聲寢韻，幽抑曲折，三四兩句忽轉爲平聲先韻，輕快清明，皆能極和諧變化之妙……至於『玉釵頭上風』之『風』字，初讀之，似不免有不通之感，細味之，方覺其妙。蓋必着此一『風』字，然後前所云之『參差』、之『人勝』，與夫『雙鬢』之『香紅』，乃增無限裊裊翩翩之感，然又必不明言其裊裊翩翩。而但着一名詞『風』，與『香紅』二字同妙。但以氣味、顔色、名物喚起人之意象，而不予以説明。若飛卿此詞，大可爲純美派之代表作矣。（《温庭筠詞概説》）

【張以仁曰】此蓋傷别之詞，寫戀人之離别也。故寓以旅雁，示以殘月，所謂『雁飛殘月天』是也。古人行旅，多發於清晨……下片寫女子頭戴人勝，則是早春時節。又曰：此詞佳處，結構是其一。首句寫『簾』，次及枕衾，由外而内。三句寫江上煙柳，四句寫天邊雁月，由近而遠，是一對稱；首次兩句寫室中物，三四兩句寫室外景，是又一對稱……衣藕白之衫，戴金箔之勝，鬢插紅花，頭簪玉釵，其色彩莫不兩兩對比，而又與首次二句有呼應之妙。似此安排，非無意也，蓋與暫聚而又别兩種情感相縈繫也。是景有冷暖，而情亦有歡悲，景之冷暖，亦即情之歡悲，則又一對稱也。上闋寫景，下闋寫人，此又一對稱；上闋寫景而人在其中，情亦在其中。下闋寫人，妙在只間接烘托，决不直接描狀，專從衣物首飾上着色落筆，捕捉其特點。或濃染之，或細勾之，或圖其貌，或傳其神，而人之容色、氣味、姿態，無不一一襯托而出，此畫家圖雲狀水之法也。又曰：（玉釵頭上風）此『風』字實虚設，風之有無，非此句重點也。特以之烘托其人首飾顫動之貌與其款款行來婀娜之姿也。再深一層看，其首飾顫動之貌實亦狀其體態之婀娜有致也。彼抽象難描難畫之無限神韻，盡藉此一具體之『風』字呈現，此飛卿之所以爲高也。（《温庭筠詞舊説商榷》。《花間詞論集》十至二十頁）

【按】此首上片一二句寫室内，其人夢境旖旎纏綿，尚未醒來。三四句寫室外，江柳如煙，雁飛殘月。此既非夢境，亦非純粹之空鏡頭，而係其人清曉夢醒後所見。境界高遠空闊中略帶凄清寂寥，謂是寫離别之景固可，謂是寫懷人之情亦可，不妨視爲此女子心境之外化。下片寫其人之衣着、首飾、容鬢及舉步時玉釵顫動之態。作者之意，僅在表達對此女子容飾體態之美的一種印象與感受。至於其人之心緒則並未明示，不妨任人自領。此詞在結構上具有明顯跳躍性，全篇又始終無一直接抒情之筆，故表情更爲含蓄，意境亦呈撲朔迷離之致。較之前首，更能充分體現並發揮詞體本身之特點與優長。就詞境論，亦較前首更爲優美且具有更大想像空間。故就整體而言，此首之藝術水準實超越前首。前首可稱精美，此首則精美之中復有空靈跳宕與悠遠韻致。不但『江上』二句、『玉釵』句爲詞中逸品，其轉接過渡處亦一片神行也。按：庭筠有《詠春幡》詩云：『閒庭見早梅，花影爲誰裁？碧煙隨刃落，蟬鬢覺春來。代郡嘶金勒，河陽悲鏡臺。玉釵風不定，香步獨徘徊。』内容與此詞下片相近，尾聯與『玉釵頭上風』句尤可相參，拈出『獨』字，又有『代郡』二句點明征人遠戍、閨人獨居，或可證此詞所寫係閨人獨居之離愁也。然此首之意境格調已純然是詞的意境格調，與詩固迥然有別。

菩薩蠻

蕊黃無限當山額〔一〕，宿妝隱笑紗窗隔〔二〕。相見牡丹時，暫來還別離〔三〕。翠釵金作股，釵上蝶雙舞〔四〕。心事竟誰知，月明花滿枝〔五〕。

校注

〔一〕蕊黃，即額黃，六朝至唐，女妝常用黃粉撲額或塗額，因其色如黃色花蕊，故稱蕊黃。梁簡文帝《戲贈麗人詩》：『同安鬟裏撥，異作額間黃。』李商隱《酬崔八早梅有贈兼示之作》：『幾時塗額藉蜂黃。』《失題》：『壽陽公主嫁時妝，八字宮眉捧額黃。』温庭筠《照影曲》：『黃印額山輕爲塵。』《湘宮人歌》：『黃粉楚宮人。』《南歌子》詞：『撲蕊添黃子。』當，正值。山額，即額頭，因其隆起如山，故稱。無限，界限模糊，指額黃顔色由深而漸淺。

〔二〕宿妝，昨夜的妝飾。隱笑，猶斂笑，藏笑。句意蓋謂隔着紗窗，室内的女子殘妝猶在，笑容已斂。當因暫見旋別之故，參三四句。

〔三〕牡丹時，指暮春牡丹花開放時節。暫來，指女子所懷的情人剛剛來到。還，旋即。

〔四〕翠釵，翡翠鑲嵌的髮釵。金作股，指金釵以兩股鑄成。白居易《長恨歌》：『釵留一股合一扇，釵擘黃金合分鈿。』蝶雙，鄂本、湯本《花間集》作『雙蝶』。非。此雙舞之『蝶』係釵頭之飾。【張以仁曰】『金作股』與『蝶雙舞』皆寓成雙成對之意。（《花間詞論集》二十四頁）。【按】釵作兩股，蝶作雙舞，均反襯女子之孤獨無侶，具有象徵意味。

〔五〕【浦江清曰】知、枝爲諧音雙關語。《説苑·越人歌》：『山有木兮木有枝，心悦君兮君不知。』主要還是説『心事竟誰知』一句，而以『月明花滿枝』爲陪襯，在語音本身上的關聯更爲緊湊。在意境上，則對此明月庭花能不更增幽獨之感？是語音與意境雙方關聯，調融得一切不隔。（《詞的講解》）

箋評

【李漁曰】『結句述景最難』：有以淡語收濃詞者，別是一法……大約此種結法，用之憂怨處居多，如懷人、送客、寫憂、寄慨之詞，自首至終，皆訴凄怨，其結句獨不言情，而反述眼前所見者，皆自狀無可奈何之情，謂思之無益，留之不得，不若且顧目前。而目前無人，止有此物，如『心事竟誰知，月明花滿枝』、『曲終人不見，江上數峯青』之類是也。此等結法最難，非負雄才、具大力者不能，即前人亦偶一爲之，學填詞者慎勿輕效。（《窺詞管見》）

【張惠言曰】提起。以下三章，本入夢之情。（《詞選》卷一）

【李冰若曰】以一句或二句描寫一簡單之妝飾，而其下突接別意，使詞意不貫，浪費麗字，轉成贅疣，爲温詞之通病，如此詞『翠釵』二句是也。（《栩莊漫記》）

【浦江清曰】此章换筆法，極生動靈活。其中有描繪語，有敍述語，有託物起興語，有抒情語，隨韻轉折。『蕊黄』兩句是描繪語，『相見』兩句是敍述語，『翠釵』兩句託物起興，『心事』兩句抒情語也。又曰：《越人歌》古樸有味，飛卿的詞句（指末二句）更其新鮮出色，樂府中之好言語也。（《詞的講解》）

【張以仁曰】所謂『心事』者，實即卿卿我我雙宿雙飛之意願也。際此佳辰令夕，月白風輕，睹春花之盛放，末二句豈但言『別意』？實更涵觸景傷懷惜流光而怨幽獨之不盡感傷，正與此雙股雙蝶之意緊扣密接，乃栩莊譏其『詞意不貫』，何也？（《温飛卿詞舊説商榷》。《花間詞論集》二十四頁）

【按】三四一篇之主。暫來還別，故『紗窗隱笑』。下片寫別後女子之『心事』，翠釵雙股交纏，釵頭雙蝶飛舞，正興起下文『心事』，亦反托女子獨處之『心事』。結拍先揭出『心事竟誰知』之孤寂苦悶，自憐自嘆，自怨自艾，然後以『月明花滿枝』之即景描寫作結，兩句之間，似接非接，不即不離，若斷若續，而無限幽寂孤獨，感傷『如花美眷，似水流年』之意全蘊其中，特具雋永的韻味。飛卿詩詞中，此種以景結情之佳句最爲擅長，亦最稱高格。

菩薩蠻

翠翹金縷雙鸂鶒〔一〕，水紋細起春池碧〔二〕。池上海棠梨〔三〕，雨晴紅滿枝。繡衫遮笑靨，煙草粘飛蝶〔四〕。青瑣對芳菲〔五〕，玉關音信稀〔六〕。

校注

〔一〕翠翹，翠绿色的尾羽。金縷，金色的毛羽。翠翹金縷，指黄绿相間的毛羽。鸂鶒，水鳥，形大於鴛鴦，好並游。此句謂池中翠翹金縷的鸂鶒在成雙成對地游泳。『翠翹』『金縷』，均爲『鸂鶒』之修飾成分。或説，此句指女子頭上的首飾（詳箋評引俞平伯説），『翠翹』是翡翠翹，『金縷雙鸂鶒』是金絲編織成的鸂鶒。但細按上下文，如此句寫女子首飾，下句突然轉寫春池水碧，終嫌突兀；而解爲實寫池中之鸂鶒，則與下句『春池』『水紋』一意貫串。且末句云『青瑣對芳菲』，此歡游於春池中之雙鸂鶒亦『芳菲』之一景也。

〔二〕水紋細起，當因鸂鶒並游而漾起池面細紋。

〔三〕海棠梨，又名海紅、甘棠，二月開紅花，八月果實成熟。此句『海棠梨』指其花。韓偓《以庭前海棠花一枝寄李十九員外》：『二月春風澹蕩時，旅人虚對海棠梨。』俞平伯曰：『海棠梨即海棠也，昔人於外來之品物每加一「海」字，猶今日對於舶來品，多加一「洋」字也。』紅滿枝，謂海棠之紅花綴滿枝頭。

〔四〕靨，面頰上之酒窩，亦指女子之面飾。李賀《惱公》：『曉奩妝秀靨。』此云『笑靨』，或指酒窩。煙草，如煙的春草，形容草生長繁茂。粘飛蝶，形容蝴蝶在草叢上低飛流連，彷彿被『粘』住。或謂，指女子繡衫上有草及飛蝶的圖案。然以前説爲優。

〔五〕青瑣，《漢書·元后傳》：『赤墀青瑣。』孟康注：『以青畫户邊鏤中，天子制也。』顔師古曰：『孟説是。青瑣者，刻爲連瑣文，而以青塗之也。』此句『青瑣』泛指雕刻成連瑣花紋塗以青漆之窗户。《世説新語·惑溺》：『韓壽美姿容，賈充辟以爲掾。充每聚會，賈女於青璅中看，見壽，説之。』借指瑣窗中的女子。芳菲，指春天的花草樹木禽鳥。

〔六〕玉關，玉門關。此泛指邊塞。句意謂女子遠戍邊塞的丈夫音信稀疏。

箋評

【俞平伯曰】㶉鶒，鴛鴦之屬，金雀釵也……『水紋』以下三句，突轉入寫景，由假的水鳥，飛渡到春池春水，又説起池上春花的爛漫來。此種結構，正與作者之《更漏子》『驚塞雁，起城烏，畫屏金鷓鴣』同一奇絶。『水紋』句初聯上讀，頃乃知其誤。金翠首飾，不得云『春池碧』也。飛卿另一首《菩薩蠻》『寶函鈿雀金㶉鶒，沈香閣上吴山碧』，兩句相連而絶不相蒙，可以互證。下云『春池』，非僅屬聯想，亦寫美人遊春之景耳。於過片云『繡衫遮笑靨』，乃承上『翠翹』句；『煙草黏飛蝶』，乃承上『水紋』三句。『青瑣』以下點明春恨緣由，『芳菲』仍從上片『棠梨』生根，言良辰美景虚設也。其作風猶是盛唐佳句。瑣訓連環，古人門窗多刻鏤瑣文，故曰瑣窗。曰青瑣者，宫門也。此殆宫詞體耳，説見下（指『竹風輕動』首箋評）。（《讀詞偶得》）

【浦江清曰】此章賦美女遊園，而以春日園池之美起筆。首句託物起興。㶉鶒，鴛鴦之屬。翹，鳥尾長毛。吴融《詠鴛鴦》詩：『翠翹紅頸復金衣，灘上雙雙去又歸。』此言金縷，亦即金衣也……俞平伯釋此詞，以釵飾立説……殆誤。飛卿此處實寫㶉鶒，下句實寫春池，非由釵飾而聯想過渡也……今證之以吴融之詩，知飛卿原意所在，實指鴛鴦之類……上半闋寫景，乃是美人遊園所見……『繡衫』兩句，正筆寫人。寫美女遊園，情景如畫，讀此彷佛見《牡丹亭·驚夢》折前半主婢兩人遊園唱『原來姹紫嫣紅開遍』一曲時之身段。飛卿詞大開色相之門，後來《牡丹亭》曲《紅樓夢》小説皆承之而起，推爲詞曲之鼻祖宜也。作宫閨體詞，譬如畫仕女畫，須用輕細的筆致，描繪柔輭的輪廓。『繡衫遮笑靨』之『遮』字，『煙草黏飛蝶』之『黏』字……皆詞人鍊字處……此章言美女遊園，而以一人獨處玉關征戍作結，此爲唐人詩歌中陳套的説法，猶之『忽見陌頭楊柳色，悔教夫婿覓封侯』之類也。（《詞的

講解》）

【劉永濟曰】此首追敘昔日歡會時之情景也。上半闋描寫景物，極其鮮豔，襯出人情之歡欣，下半闋前二句補明歡欣之人情。後二句則以今日孤寂之情，與上六句作對比，以見芳菲之景物依然，而人則音信亦稀，故思之而怨也。（《唐五代兩宋詞簡析》）

【張以仁曰】此詞就其佈局結構言，從髮飾展開，所謂近取諸身也。由金縷之水禽而及水紋細起之春池，而及池上之海棠梨，海棠梨枝頭盛放之花朵。從物之聯想，到景之展佈，採遞進之法，層次分明。便如乘車遊覽，車行景變，應接不暇，而又連續不斷。然詞中女主角實未嘗移動，正所謂『平春遠緑窗中起』也。由下片『青瑣對芳菲』句可知……此女身坐窗前，而縱目馳騁，畫面因而逐一展開，由近而遠，由內而外，而神思飛越……情景激蕩，而情語出焉：『玉關音信稀。』一語鎮紙！又曰：詞中通篇多用顏色字：『金』者鸂鶒，『碧』者春池，『紅』者海棠梨之花；窗則曰『青瑣』，地則曰『玉關』；飛煙之草上著翩躚之蝴蝶，則一片生氣之新緑間，時見翔動之彩翼，是極盡色彩敷陳之能事，而又化静爲動，使此一片陽和春景，色彩鮮明且兼生動活潑……飛卿善以穠麗之字面，精巧之筆法，敷寫景物，實即加强物象之可感性，藉此物象以傳達其難以言狀之心曲，其辭之深密處即其情之細膩處也。（《温飛卿詞舊説商榷》《花間詞論集》二十八至二十九頁、三十一頁）

【按】『青瑣對芳菲，玉關音信稀』，二語爲全篇結穴，亦爲全篇主意。通首即寫一閨中少婦憑窗覽眺春日之『芳菲』，忽憶遠戍玉關之良人近來音信漸稀而有所棖觸也。舉凡翠翹金縷之春池鸂鶒，水紋細起之池塘碧水，池邊雨晴紅滿枝頭之海棠梨花，如煙碧草上流連徘徊之雙飛舞蝶，均包於『芳菲』二字之內，不獨煙草棠梨花而已。『芳菲』即春色之代名詞。以上所有景物，既充滿春天之活力與繁豔，使女主人公在覽眺之際深感青春與生命之歡欣，而有『繡衫遮笑靨』之輕快愉悦；又因其充滿愛情之聯想暗示而自然憶及遠戍之良人，故有『玉關音信稀』之棖觸遺憾。此詞之内容構思及女主人公之思緒變化確與王昌齡《閨怨》有相似處（與李商隱五律《即日》亦頗相類）。至於此女身份，視『玉關』句，自爲閨中少婦而非宮女，不得因『青瑣』一語而判定爲宮詞也。

菩薩蠻

杏花含露團香雪〔一〕，緑楊陌上多離別。燈在月朧明，覺來聞曉鶯〔二〕。　玉鈎搴翠幕，妝淺舊眉薄〔三〕。春夢正關情，鏡中蟬鬢輕〔四〕。

校注

〔一〕杏花二月開花。花蕾色純紅，開時色白微帶紅，至將落時則色純白。此言『團香雪』，當是盛開後將落之杏花。遠望成團成簇，故曰『團』。按：『香雪』既可指梅花，亦可泛指白色的花，如杏花、白菊。唐時尚無以香雪指梅花者。劉兼《春夜》：『杏花滿地堆香雪。』視下文『緑楊』、『曉鶯』，時令當在二月末三月初。『含露』點時在清晨。

〔二〕朧明，微明。元稹《嘉陵驛》之一：『仍對牆南滿山樹，野花撩亂月朦明。』朦明，即朧明，形容月色朦朧。黃進德曰：『「燈在」二句，倒敘初醒見聞……下句與金昌緒《春怨》：「打起黃鶯兒，莫教枝上啼。啼時驚妾夢，不得到遼西。」取意略同。』按：前此浦江清亦主倒敘之説，詳後箋評引。疑首二句係總敘時令背景。

〔三〕玉鈎，玉製的簾鈎。搴，撩起。翠幕，猶翠簾。此處宜仄，故用『幕』。幕，垂掛的窗帷、簾幔。江總《永陽王齋後山亭銘》：『樹影搖牕，池光動幕。』韓偓《春恨》：『平明未卷西樓幕，院静時聞響轆轤。』舊眉，浦江清曰：『昨日所畫之眉，晨起猶是宿妝，故曰薄。』

〔四〕關情，牽動情懷。蟬鬢，古代婦女的一種髮式，兩鬢薄如蟬翼，故稱。崔豹《古今注·雜注》：『魏文帝宫人絶所寵者，有莫瓊樹、薛夜來、田尚衣、段巧笑四人，日夕在側。瓊樹乃製蟬鬢，縹眇如蟬翼，故曰蟬鬢。』輕，薄。形容鬢髮之縹緲輕盈。

箋評

【湯顯祖曰】『碧紗如煙隔窗語』，得畫家三昧。此更覺微遠。（湯評《花間集》卷一）

【陳廷焯曰】夢境迷離。（《詞則·大雅集》卷一）又曰：『春夢正關情，鏡中蟬鬢輕。』凄涼哀怨，真有欲言難言之苦。（《白雨齋詞話》卷一）

【丁壽田、丁亦飛曰】此詞『杏花』二句，從遠處泛寫，關合本題於有意無意之間，與前『水精』一首中『江上柳如煙，雁飛殘月天』二句同一筆法。飛卿詞，每如織錦圖案，吾人但愛其詞調和之美可耳，不必泥於事實也。（《唐五代四大名家詞》甲篇）

【俞平伯曰】『杏花』二句亦似夢境，而吾友仍不謂然，舉『含露』爲證，其言殊諦。夫入夢固在中夜，而其夢境何妨白日哉？然在前章則曰『雁飛殘月天』，此章則曰『含露團香雪』，均取殘更清曉之景，又何説耶？故首二句只是從遠處泛寫，與前所謂『江上』二句忽然宕開同，其關合本題，均在有意無意之間。若以爲上文或下文有一『夢』字，即謂指此而言，未免黑漆了斷紋琴也……『燈在』，燈尚在也。『月朧明』，殘月也；此是在下半夜醒來，忽又朦朧睡去的光景。『覺來聞曉鶯』，方是真醒了。此二句連讀，即誤。『玉鈎』句晨起之象，『妝淺』句宿妝之象，即另一首所謂『卧時留薄妝』也。對鏡妝梳，關情斷夢，『輕』字無理得妙。（《讀詞偶得》）

【浦江清曰】此章亦寫美人曉起，惟變换章法，先説樓外陌上之景物。『杏花』、『緑楊』兩句，雖同爲寫景，而

『團香雪』給人以感覺，『多離別』給人以情緒。『團』字鍊……以層次而言，先是美人聞鶯而醒，殘燈猶在，曉月朧明，於是搴幙以觀，見陌上一片春景。看了半晌，方想到理妝，取鏡過來，自覺舊眉之薄，蟬鬢之輕，復惦念於昨宵的殘夢，心緒亦不甚佳。散文的層次，應是如此，詩詞原可參差錯落地說。以詩詞作法而論，則先以寫景起筆，而杏花、绿楊亦是託物起興，樂府之正當開始也。先說春天景物，容易喚起聽曲者之想像，至『燈在月朧明，覺來聞曉鶯』，則若有人焉，呼之欲出。至下半闋則少婦樓頭，全露色相，明鏡靚妝之際，略窺心事。章法是一致的由外及内。以觀點而論，亦在客觀主觀之間。如由『覺來聞曉鶯』句看，則主詞似是『我』，通首可看成是美人的自言自語。其實飛卿心中，無此成見，仍是描繪體貼的筆墨。作爲客觀地說一美人，亦可通得。此十四章均寫美人，主詞即是美人，無論作第三人稱的『她』，或第一人稱的『我』，均可省却，而又可兩面看，此樂府歌曲之特點也。（《詞的講解》）

【唐圭璋曰】此首抒懷人之情。起點杏花、绿楊，是芳春景色。此際景色雖美，而人多離別，亦黯然也。『燈在』二句，拍到己之因別而憶，因憶而夢，一夢醒來，簾内之殘燈尚在，簾外之殘月尚在，而又聞曉鶯惱人，其境既迷離惝怳，而其情猶可哀。換頭兩句，言曉來妝淺眉薄，百無聊賴，亦懶起畫眉弄妝也。『春夢』兩句倒裝，言偶一臨鏡，忽思及宵來好夢，又不禁自憐憔悴，空負此良辰美景矣。張皋文云：『温飛卿詞，深美閎約。』觀此詞可信。末兩句，十字皆陽聲字，可見温詞聲韻之響亮。（《唐宋詞簡釋》）

【張以仁曰】此詞首二句寫春夢，三、四兩句寫夢醒，五句下牀，六句對鏡，七句以『春夢』二字正面關應前文，末句自傷亦自憐，更呼應第六句……謂鏡中人青春若是，貌美如斯，何堪離別相思之苦！（《温飛卿詞舊說商榷》。《花間詞論集》第三十五頁）

【按】此首自『燈在』以下六句，敘次分明：由殘燈熒熒、殘月朦朧而覺來聞鶯，而玉鈎搴簾、覽鏡梳妝，而見鏡中蟬鬢，縹緲輕盈，均爲女子清晨起牀前後所見所聞所行，『春夢關情』亦清晨覽鏡時所憶所感。難點在首二句。夢境說、上片倒敘說均各有所據，亦均可通。然謂一二句爲夢境，而此二句之口吻似是泛言春色之美與離別之多，並無專狀女主人公與所愛者離別之跡象，且景物情事亦無夢境之朦朧特徵；謂上片係倒敘，一二句爲夢醒後所見，則杏花團香雪及陌上多離別之情景似亦非『燈在月朧明』之際所能見，須天明後『搴翠幕』時方可望見，而『搴翠幕』之行動至下片方發生，此時翠幕未搴，何由見簾外杏花團雪、陌上離別之情景？頗疑首二句並非覺後搴簾目擊之景，亦非夢中所見之景，而係概括點明時令景物及離別之事，作爲全詞抒情敘事之總背景者，其性質作用類似柳永《雨霖鈴》下片之開頭：『自古多情傷離別，更那堪冷落清秋節。』此二句則『更那堪明豔芳春節』而傷離別也。女主人公之『春夢』即因芳春傷離而生。

菩薩蠻

玉樓明月長相憶〔一〕，柳絲裊娜春無力〔二〕，門外草萋萋〔三〕，送君聞馬嘶。　畫羅金翡翠〔四〕，香燭銷成淚〔五〕。花落子規啼〔六〕，緑窗殘夢迷〔七〕。

校注

〔一〕玉樓，華美的樓，指女主人公所居。《十洲記·崑崙》：『天墉城，面方千里，城上金臺五所，玉樓十二所。』此『玉樓』係仙人所居。唐人多以指道觀或妓樓。前者，如李商隱《河陽詩》：『黄河摇溶天上來，玉樓影近中天臺。』後者，如白居易《聽崔七妓人箏》：『花臉雲鬟坐玉樓，十三絃裏一時愁。』浦江清曰：『舉玉可見樓中人之身份。玉樓本道家語，謂神仙所居，古人每以北里豔游，比之高唐洛水，不啻仙緣，故此所謂玉樓者即秦樓、青樓之比，詩人所用之詞藻也。』玉樓明月，似化用曹植《七哀詩》：『明月照高樓，流光正徘徊。上有愁思婦，悲嘆有餘哀。』此謂明月高照玉樓時，總是思念遠别的情郎。

〔二〕裊娜，此狀柳絲柔弱細長貌。春無力，形容在柔軟的春風吹拂下柳絲柔弱無力的情態，暗透相思的女子慵懶無憀、提不起精神的意緒情態。作者《郭處士擊甌歌》：『莫莣香夢緑楊絲，千里春風正無力。』浦江清曰：『「春」字見字法，若云「風無力」則質直無味。柳絲的裊娜，東風的柔軟，人的懶洋洋地失情失緒，諸般無力的情景，都是春（無力）的表現。』

〔三〕萋萋，草生長茂盛貌。《楚辭·招隱士》：『王孫遊兮不歸，春草生兮萋萋。』浦江清曰：『從草萋萋三字上可以聯想到王孫，加以驕馬之嘶，知此玉樓中人所送者爲公子貴人也。』此二句回憶當時與君離别之情景。

〔四〕畫羅金翡翠，指蠟燈的羅罩籠上畫有金色的翡翠鳥圖案。李商隱《無題四首》之一：『蠟照半籠金翡翠，麝熏微度繡芙蓉。』或解：羅，指羅幃，幃上繡有金色翡翠鳥圖案，亦通。

〔五〕蠟燭中摻有香料，故稱香燭。香燭銷成淚，謂夜深燭殘，蠟脂銷成燭淚。兼寓女子的相思之淚。

〔六〕子規，即杜鵑鳥。每於春末夏初時晝夜啼鳴，其聲凄苦。屈原《離騷》：『恐鶗鴂之先鳴兮，使夫百草爲之不芳。』鶗鴂即杜鵑鳥。花落子規啼，示青春將逝。

〔七〕緑窗，指女子居處。李紳《鶯鶯歌》：『緑窗嬌女字鶯鶯，金雀婭鬟年十七。』韋莊《菩薩蠻》：『勸我早歸家，緑窗人如花。』

箋評

【張惠言曰】『玉樓明月長相憶』，又提。柳絲嫋娜，送君之時，故『江上柳如煙』，夢中情境亦爾。七章『闌外垂絲柳』，八章『緑楊滿院』，九章『楊柳色依依』，十章『楊柳又如絲』，皆本此柳絲嫋娜言之，明相憶之久也。（《詞選》卷一）

【譚獻曰】『玉樓明月』句：提。『花落子規啼』句：小歇。（《譚評詞辨》卷一）

【陳廷焯曰】音節凄清，字字哀豔，讀之魂銷。（《雲韶集》卷一）低回欲絶。（《詞則·大雅集》卷一）『花落子規啼，緑窗殘夢迷』，又『鸞鏡與花枝，此情誰得知』，皆含深意。此種詞，第自寫性情，不必求勝人，已成絶響。後人刻意争奇，愈趨愈下。安得一二豪傑之士，與之挽回風氣哉！（《白雨齋詞話》卷一）

【況周頤曰】姚令威《憶王孫》云：『毵毵楊柳緑初低，淡淡梨花開未齊。樓上情人聽馬嘶，憶郎歸。細雨春風濕酒旗。』與温飛卿『送君聞馬嘶』，各有其妙，政可參看。（《蕙風詞話續編》卷一）

【李冰若曰】前數章時有佳句，而通體不稱，此較清綺有味。（《栩莊漫記》）

【丁壽田、丁亦飛曰】此詞蓋寫一深閨女子，思念離人，因回憶臨别時種種情景。『玉樓明月』，蓋離别之前夜也；『柳絲裊娜』、芳草萋萋，蓋分手時光景也。『畫羅』以下各句則係眼前空閨獨守之景况。（《唐五代四大名家詞》甲篇）

【浦江清曰】此章獨以抒情語開始，在聽者心弦上驟然觸撥一下。此句總提，下文敍惜别情事……云『長相憶』者，此章言美人晨起送客，曉月朧明，珍重惜别，居者憶行者，行者憶居者，雙方的感情均在其内……『柳絲』句見春色，又見别意……下片言送客歸來。『畫羅金翡翠』言幔帳之屬。金翡翠，興而比也。觸起離緒。燭淚滿盤，猶

長夜惜別之景象，而容[illegible]而斷，僅有斷片的回憶[illegible]的講解》）

【唐圭璋曰】此首[illegible]念[illegible]人不歸。今見柳絲，更添傷[illegible]可覺柳絲搖漾亦無力也。『門外』兩句，憶及當時分別之情景，宛然在目。換頭，又入今情。繡幃深掩，香燭成淚，較相憶無力，更深更苦。着末，以相憶難成夢作結。窗外殘春景象，不堪視聽；窗内殘夢迷離，尤難排遣。通體景真情真，渾厚流轉。（《唐宋詞簡釋》）

【張以仁曰】此（指首句）但直敘玉樓之上明月之夜之相思意也。『長相憶』者，謂思念無時或已也。二、三、四句即承此意而轉寫當日別離情景，如以舞台擬之，則另一場景耳……下片又回到現場，舞台在玉樓之上，香閨之中。夜深，故燃燭，與『明月』應；『香燭銷成淚』，思念之情與別離之情相應，不覺曙色已臨，眼中見辭樹之花，耳中聞思歸之鳥，花零落而春難駐，鳥思歸而人未回，而閨中之人猶迷離於往夢之中，夢而曰『殘』，可見希望日益渺茫矣。（《温飛卿詞舊説商榷》《花間詞論集》三十六至三十七頁）

【按】此首寫景，除『柳絲裊娜春無力，門外草萋萋，送君聞馬嘶』三句爲日間景象外，其他各句均爲夜間景象，視『玉樓明月』、『畫羅翡翠』、『香燭成淚』、『子規啼』、『殘夢迷』等語可知。謂上片寫美人晨起送客，下片寫送客歸來，恐非。首句『玉樓明月長相憶』乃全篇總冒，通首即寫此玉樓中女子每當月明之夜對所愛者之思憶。二、三、四句，即承『長相憶』而回憶昔年春天別離情景：柳絲裊娜，春風無力，芳草萋萋，門外馬嘶。過片兩句，由回憶往昔别時折回玉樓明月、空房獨守之現境：畫羅燈罩（或帷帳）上之翡翠雖成雙成對，而人則孤獨無侶，惟伴殘燭而相思流涕。末二句則因相思而入夢，夢醒時但聞子規哀鳴，而殘夢迷離，不可追尋矣。下片四句，時間由夜深而漸至破曉。蓋此『長相憶』之情，無日無夜、醒時睡時，無時或已也。點出『花落子規啼』，正遥應篇首『柳絲裊娜春無力』，别來已經年矣。

菩薩蠻

鳳凰相對盤金縷〔一〕，牡丹一夜經微雨〔二〕。明鏡照新妝，鬢輕雙臉長〔三〕。畫樓相望久，欄外垂絲柳。音信不歸來〔四〕，社前雙燕迴〔五〕。

校注

〔一〕鳳凰相對盤金縷，指金縷衣上鑲繡有一對鳳凰圖案。盤，用彩線鑲繡成花紋圖案。《宋史·外國傳一·夏國》：『便服則紫皂地繡盤毬子花旋襴，束帶。』金縷，金色絲線，此指女子華麗的服裝，即金縷衣。庭筠《南歌子》：『手裏金鸚鵡，胸前繡鳳凰。偷眼暗形相，不如從嫁與，作鴛鴦。』可證此句之『鳳凰』係繡於女子衣裳前胸者，亦可見此女子之身份。

〔二〕句意謂牡丹經一夜微雨滋潤，清晨開放，鮮豔奪目。此雖晨起所見庭院中實景，然亦具有象徵意味。着新裝之女子容顏之明豔可想。

〔三〕雙臉，指兩邊的臉頰。《集韻·琰韻》：『臉，頰也。』《正字通·肉部》：『臉，面臉，目下頰上也。』梁吴均《小垂手》：『蛾眉與曼臉，見此空愁人。』曼臉，即雙臉長。蓋鬢輕、臉長，爲女子美貌之標誌也。二句寫對鏡梳妝，有顧影自憐意。

〔四〕音信，指女子所思念的男子的音書。

〔五〕燕子春社時來，秋社時去，故有社燕之稱。此謂春社之前雙燕就已按時歸來，而所思之人則遲遲未歸，即『燕歸君不歸』之意。

箋評

【湯顯祖曰】『牡丹』句：眼前語，非會心人不知。（湯評《花間集》卷一）

【李冰若曰】飛卿慣用『金鷓鴣』、『金鸂鶒』、『金鳳凰』、『金翡翠』諸字以表富麗，其實無非繡金耳。十四首中既累見之，何才儉若此！本欲借以形容豔麗，乃徒彰其俗劣。正如小家碧玉初入綺羅叢中，只能識此數事，便矜羨不已也。此詞『雙臉長』之『長』字，尤爲醜惡。明鏡瑩然，一雙長臉，思之令人發笑。故此字點金成鐵，純爲湊韻而已。（《栩莊漫記》）

【浦江清曰】此章寫别後憶人。『鳳凰』句竟不易知其所指……或云：金縷指繡衣。鳳凰，衣上所繡……『牡丹』句接得疏遠……歌謡之發句及次句有此等但以韻脚爲關聯的句法……曰『雙燕迴』，見人之幽獨，比也。（《詞的講解》）

【張以仁曰】『音信不歸來』爲事，『相望久』爲情，二者乃此詞之關鍵，他則物焉景焉。鳳凰相對，牡丹經雨，前者寫衣著，後者狀容態……得情語點破，皆化物爲情矣。前者實亦暗示舊日之恩愛纏綿，後者則亦狀寫此際相思之長夜悲苦。故明鏡所照，其人消瘦也（按：張氏從華鍾彦《花間集注》，解『雙臉長』爲消瘦）。作者以穠麗之筆凸顯此二物，乃使一切相關情事，若隱若現於可感可觸之曖昧彷彿中，此飛卿慣技也。（《温飛卿詞舊説商榷》。《花間詞論集》四十四頁）

【按】此首上下片各有一主句。上片之主句爲『明鏡照新妝』，下片之主句爲『音信不歸來』。上片起句寫衣着之華豔，次句突接庭中『一夜經微雨』之牡丹，兩句之間似不相連屬，實則此一夜微雨霑潤後盛開之牡丹鮮豔奪目之容態，正是衣着華豔之女子的一種象徵性描寫。既是即目所見的實景，又寓含象徵意味，是寫實與象徵的巧妙融合。三四二句則女子對鏡照己之新妝，對鏡中人蟬鬢縹緲、雙臉修曼之倩影充滿自賞自憐的感情。『新妝』二字，既包含一二句，亦包含第四句所寫的内容。整個上片，情緒基調是歡欣愉悦的，而非哀愁凄苦的。關鍵在於一夜微雨浸潤之牡丹新豔奪目而非愁泣殘紅，『鬢輕臉長』乃是姿容新豔而非憔悴愁損，此之謂『新妝』。下片寫女子畫樓相望，盼所思之人歸來，但見楊柳又垂絲縷，雙燕又復歸來，而對方則音書不歸，天涯遠隔。如此似花美眷，豈堪在『相望久』中度此似水流年乎？上片寫女子明鏡新妝之美豔，正所以反襯下片音信不歸、畫樓相望之惆悵。

菩薩蠻

牡丹花謝鶯聲歇〔一〕，緑楊滿院中庭月。相憶夢難成，背窗燈半明〔二〕。　翠鈿金壓臉〔三〕，寂寞香閨掩。人遠淚闌干〔四〕，燕飛春又殘。

校注

〔一〕牡丹暮春開花，黄鶯春天鳴囀。牡丹花謝鶯聲歇，表明時令已值殘春。白居易《買花》：『帝城春欲暮，喧喧車馬度。共道牡丹時，相隨買花去。』可證。下句『緑楊滿院』亦暮春之景。

〔二〕【浦江清曰】飛卿《酒泉子》：『背蘭釭』，《更漏子》：『紅燭背，繡簾垂，夢長君不知』，顧敻《甘州子》：『山枕上，燈背臉波橫』，尹鶚《臨江仙》：『紅燭半條殘焰短，依稀暗背銀屏』，毛熙載《菩薩蠻》：『小窗燈影背』，顧敻《木蘭花》：『背帳猶殘紅蠟燭』，皆言燈燭之背，是唐時俗語。臨睡時燈燭未熄，移向屏帳之背，故曰背。或唐時之燈，有特殊裝置，睡時不使太明，可以扭轉，故曰背，今不可曉。【按】背燈確爲唐五代人俗語，但對此詞語之解釋至今仍存在問題。《漢語大詞典》謂燈盡或燭盡曰背，舉王渙《惆悵詩》『夢裏分明入漢宮，覺來燈背錦屏空』及顧敻《獻衷心》詞『銀釭背，銅漏永，阻佳期』，鹿虔扆詞《思越人》『翠屏欹，銀燭背，漏殘清夜迢遞』爲證；《漢語大字典》訓背爲『閉』，舉宋聞人武《菩薩蠻》『燈背欲眠時，曉鶯還又啼』爲證；《全唐詩大辭典》釋義同《漢語大詞典》，舉王渙詩爲證。以上四例，釋『背』爲『盡』或『閉』雖或可通，但浦氏所舉諸例中，如顧敻之『山枕上，燈背臉波橫』，『燈背』必不能解作『燈盡』，如燈已盡，又何由見眼波之橫？尹鶚之『紅燭半條殘焰短，依稀暗背銀屏』，更明言尚有『紅燭半條』，何能訓『背』爲『盡』？細揣『暗背銀屏』、『背帳猶殘紅蠟燭』、『燈背錦屏空』、『翠屏欹，銀燭背』等語，背燈當如浦氏之前一解，指臨睡時將燈燭移置屏、帳等物之背面，藉以掩暗燈燭之光。蓋『背』在身之後，故『背』有『後』義，物體之後面、反面均可曰背，『背燈』者，將燈置於某種遮蔽物之後，使不大亮而仍依稀可見也。然『背窗燈半明』之句則與『背燈』有別，當指將燈移至窗下，背對着窗，既可稍掩燈光，又不至被風吹滅，故曰『燈半明』，其非指燈盡亦灼然可見。至於特殊裝置可以扭轉使燈不大明，則油燈或有可能，燭則絕無可能。

〔三〕【浦江清曰】翠鈿即花鈿，唐代女子點於眉心。『金壓臉』疑即金靨子，點於兩頰者，孫光憲《浣溪沙》『膩粉半粘金靨子』是也。【按】翠鈿有兩義，一爲用翠玉製成之首飾。梁武帝《西洲曲》：『樹下郎門前，門中露翠鈿。』所指即頭飾。一指翠靨，係婦女面飾，用綠色『花子』粘在眉心，或製成小圓形貼在面頰上如同酒靨。顧敻《虞美人》詞：『遲遲少轉腰身裊，翠靨眉心小。』庭筠《南歌子》詞：『臉上金霞細，眉間翠鈿深。』此貼於眉心者。本篇之『翠鈿』，視『金壓臉』之語，或爲貼於面頰者。

〔四〕闌干，縱橫貌。

箋評

【張惠言曰】『相憶夢難成』，正是『殘夢迷』情事。（《詞選》卷一）

【陳廷焯曰】領略孤眠滋味。逐句逐字，凄凄惻惻，飛卿大是有心人。（《雲韶集》卷一）三章云：『相見牡丹時』，五章云：『覺來聞曉鶯』，此云：『牡丹花謝鶯聲歇』，良辰已過，故下云『燕飛春又殘』也。（《詞則·大雅集》卷一）

【浦江清曰】此章寫春光將盡、寂寞香閨之情事。（《詞的講解》）

【按】上片一二句點時令已是殘春季候。三四明點思念遠人，徹夜難眠，惟殘燈熒熒，背窗半明。下片一二句則殘妝猶在，香閨深掩，寂寞孤獨。三四句謂值此燕飛春又殘之季節，思念遠人而音書渺茫，惟有流淚縱橫而已。着一『又』字，暗示人之遠離已是經年。全篇均用殘春景物襯托獨處香閨之寂寞與青春消逝之感傷。

菩薩蠻

滿宮明月梨花白〔一〕，故人萬里關山隔〔二〕。金雁一雙飛〔三〕，淚痕霑繡衣。小園芳草緑〔四〕，家住越溪曲〔五〕。楊柳色依依，燕歸君不歸〔六〕。

〔一〕【華鍾彦注】《爾雅·釋宮》云：『宮謂之室，室謂之宮。』釋文：『古者貴賤同稱宮，秦、漢以來，惟王者所居稱宮焉。』此宮字當用古義，非王者所居之專稱。温庭筠《舞衣曲》云：『不逐秦王卷象牀，滿樓明月梨花白。』是其左證。此敍民間女子事，故下文云，故人遠隔也。【浦江清曰】古者宮、室通稱，不必指帝王所居，而梵宇道觀亦均可稱宮。飛卿另有《舞衣曲》，其結句云『滿樓明月梨花白』，與此僅差一字，今云『滿宮』，是文人變換詞藻，不可拘泥。此章如詠宮中美人，則不應有『故人萬里關山隔』之句，豈必如劉無雙、王仙客之故事乎？此不可通者也。又曰：頃細思其事，更進一解。蓋飛卿所製實爲教坊及北里之歌曲。教坊中之妓女常應節令入宮歌舞。崔令欽《教坊記》云：『妓女入宜春院謂之內人，亦曰前頭人，常在上前。』……知教坊人或兩院人與內妓或內人有別……今飛卿此章所寫之妓，其已入宜春院爲內妓，或僅爲教坊兩院中人，所不可知。要之均可有入宮歌舞之事。如此則所謂『滿宮』者或實指宮苑而言。【黃進德曰】滿宮，猶滿院。宮，此指一般民居。（《唐五代詞選集》）【按】先秦時代，宮、室固可互訓，但自秦漢以來，迄至唐代，『宮』之宮苑含義已經固定（梵宇道觀稱宮，亦從宮苑義而來）。且下片『家在越溪曲』，明用西施及浣紗女事，則此詞之女主人公即是西施，借指宮中嬪妃宮女。可證此句『滿宮』之『宮』定指宮苑。參下『越溪曲』注及箋評引俞平伯説。

〔二〕故人，當指以前與西施一起浣紗的女伴。王維《西施詠》：『豔色天下重，西施寧久微？朝仍越溪女，暮作吴宮妃……當時浣紗伴，莫得同車歸。』故人，即『當時浣紗伴』也。

〔三〕【華鍾彦注】劉貢父《中山詩話》云：『金雁，筝柱也。』謂離懷至深，彈筝以寫之也。或曰：金雁首飾也，楊萬里詩：『珠襦玉匣化爲土，金雁銀鳧亦飛去。』即其例。竊疑雁當指遠人書信，金，言其貴重。杜甫詩：

『家書抵萬金』是也。【俞平伯曰】（金雁句）指衣上的繡紋。（《唐宋詞選釋》）【浦江清曰】雁而曰金，豈非秋之季候于五行屬金，謂金雁者猶秋雁乎？曰：梨花非秋令之物，不應作如此解。或云：金雁即舞衣上所繡，猶之第一章之『新貼繡羅襦，雙雙金鷓鴣』。『金雁一雙飛』言舞袖之翩翩，亦猶鄭德輝詠舞之曲『鷓鴣飛起春羅袖』也。此可備一説。另解，金雁者箏上所設之柱，箏柱成雁行之形，故曰雁柱，亦有稱金雁者，温飛卿《詠彈箏人》詩云：『鈿蟬金雁今零落，一曲《伊州》淚萬行。』與此詞意略同，以此解爲最勝。【黄進德曰】金雁，此指遠人書信。司空曙《燈花三首》之一：『幾時金雁傳歸信，剪斷香魂一縷愁。』【按】諸説似均可通，亦各有所據。然此處『金雁』似解爲高空飛雁更爲直捷。『金』僅取其字面之華美，此飛卿摛藻之積習，自非指『秋』。如解爲秋雁，不但與『梨花白』直接衝突，亦與『芳草緑』、『楊柳色依依』等明寫春令景物者不符。雁爲候鳥，春天由南方飛向北方。舊有雁足傳書之説，今只見南雁雙雙北飛，而不見『故人』（浣紗女伴）的音訊，故思念故鄉舊伴，不禁淚霑繡衣。

〔四〕小園，指越中故鄉的小園，參下句注。

〔五〕【俞平伯曰】越溪即若耶溪，北流入鏡湖，在浙江紹興。相傳西施浣紗處……杜荀鶴《春宫怨》：『年年越溪女，相憶采芙蓉。』亦指若耶溪。（《唐宋詞選釋》）

〔六〕君，浣紗女伴稱居於吴宫的西施。詳箋評部分編著者按語。燕，雪豔亭本《花間集》作『雁』，非。燕歸，即第七首『社前雙燕迴』之意，指春天燕子按時歸來，而『君』（西施）則不歸。

箋評

【湯顯祖曰】興語似李賀，結語似李白，中間平調而已。（湯評《花間集》卷一）

【陳廷焯曰】凄豔是飛卿本色，從摩詰『春草年年緑』化出。（《雲韶集》卷二四）結句即七章『音信不歸來』

二語意，重言以申明之，音更促，意更婉。（《詞則·大雅集》卷一）

【浦江清曰】首句託物起興，見梨花而忽憶故人者，『梨』字借作離别之離，樂府中之諧音雙關語也。夫明月之下，若梅若杏，若桃若李，芳菲滿園，何必獨言梨花？此詞人之剪裁，從梨花而觸起離緒，乃由語言之本身引起聯想也。故人者即舊情人，教坊姊妹自有婚配，亦可有情人……『金雁』從『關山』帶出……此章上下兩片，隨意捏合，無甚關聯。『小園芳草緑』之『小園』，與『滿宮明月梨花白』之『滿宮』是否爲一地，抑兩地，不可究詰。由小園芳草之緑，憶及南國越溪之家，意亦疏遠……『家住越溪曲』暗用西施典故，用一歷世相傳美人之典故，見此妓容貌端麗，亦爲一美女子。『楊柳色依依，燕歸君不歸』，是敷衍陳套語。『君』……爲女子想念之對方，亦即上片中之故人也。（《詞的講解》）

【俞平伯曰】『越溪』即若耶溪……相傳西施浣紗處。本詞疑亦借用西施事……上片寫宮廷光景，下片寫若耶溪，女子的故鄉。結句即從故人的懷念中寫，猶前注所引杜荀鶴詩意。『君』蓋指宫女，從對面寫來，用字甚新。柳色如舊，而人遠天涯，活用經典語。（《唐宋詞選釋》）

【張以仁曰】俞氏謂此詞『越溪』即若耶溪，且係暗用西施事，皆有見地。惟謂『君』指宫女，則頗費解。依俞氏之説，謂『結句即從故人的懷念中寫』，則此詞上片之『故人』，與下片之『君』，其非同一人甚明。下片寫『故人』懷念此宮女，上片是否寫宮女懷念彼『故人』？上下兩片，各寫一方，類此結構雖非絶無僅有，亦殊不多見，此姑不論。然如暗用西施事，則彼『故人』應指夫差。吴越之戰，夫差兵敗自殺，西施與范蠡偕遊於五湖，俞氏之説，無論情事，皆與故典不合。此其一。且『君』字飛卿詞凡十一見，除此處不計，其他十見……其中『君』字，皆指男性，一望而知，無稱呼女性者……此其二也。竊謂此詞有自傷自惜而欲近無方之意：下片以越女爲况，自矜國色也；上片託宮怨爲之，示遭冷落也。待重拾舊歡乎？奈阻隔重重無能親近何？眼前與念中，場景變换。實外託男女眷戀之貌，内寄感士不遇之情。（《温飛卿詞舊説商榷》。《花間詞論集》五十四至五十五頁）

【按】俞説甚是。此首顯詠西施事，『宫』指宫苑（吴宫）。上片寫西施思念故人（浣紗女伴），下片寫浣紗女伴思念西施。上片之場景爲吴宫，下片之場景爲越溪爲小園。上片由眼前『滿宫明月梨花白』之虚寂景象引發對『萬里關山隔』的故里故人（浣紗女伴）之思念，又由『萬里關山隔』引發對鴻雁傳書的企盼。然鴻雁雖來而故人音書杳然，故『淚痕霑繡衣』。上片意藴，近似張祜《宫詞》：『故國三千里，深宫二十年。一聲《何滿子》，雙淚落君前。』惟彼所懷者側重『故國』，此則側重『故人』；彼因聽歌而淚下，此則因故人音書不至而淚霑繡衣。傳統宫詞多寫宫嬪之怨曠與處境之冷寂，此則主要寫宫嬪對故鄉故人（女伴）之思念。下片寫昔日浣紗女伴對西施的思念，亦從眼前景（小園芳草緑）寫起，次句明點『家在越溪曲』，此『家』既爲浣紗女伴（故人）之家，亦爲西施（君）之家。『小園』與『宫』，正相對映，説明上下片分寫兩地及居於兩地之人。俞氏謂『結句即從故人的懷念中寫……「君」蓋指宫女』，精切不移，然謂『從對面寫來』，似可商酌。蓋下片解爲西施想像越溪浣紗女伴如何思念自己，不如解爲越溪浣紗女伴（即西施之故人）思念關山遠隔之西施（即君）更爲直捷而了無窒礙也。小園之芳草年年返緑，溪邊之楊柳歲歲垂絲，營巢之燕子春又歸來，而昔日同在越溪浣紗之西施則至今不歸。從『故人』對西施的思念中進一步寫出一入深宫永無歸期的宫嬪生活命運。上下片雖分寫兩地（宫中與越溪）兩方（西施與浣紗女伴），而主旨則統一於宫嬪歸期無日之怨思。此種上下片平行並列相互對映的結構章法，是對上下分片的雙調詞形式的創造性運用。解此詞之關鍵，不僅須正確理解『宫』、『故人』、『君』、『小園』及『越溪曲』等詞語，更須打破對雙調詞結構章法及『君』、『故人』等詞語之慣性認識。雙調詞之結構章法多數情況下固爲綫型，即按時間順序敘事寫景抒情，偶有顛倒跳躍，亦不改變綫型結構之整體，而此詞則完全打破通常慣例，上下片平行並列對映。此種結構章法，雖較罕見，亦非絶無僅有。如歐陽修《踏莎行》：『候館梅殘，溪橋柳細。草薰風暖摇征轡。離愁漸遠漸無窮，迢迢不斷如春水。寸寸柔腸，盈盈粉淚。樓高莫近危欄倚。平蕪盡處是春山，行人更在春山外。』上片寫征人，下片寫思婦，上片是溪橋行旅圖，下片是高樓望遠圖。人物、場景不同，並列對映。與庭筠此首可稱此種結構章法之範例，庭筠得其先機，永叔後來居上。再如『君』與『故人』，多數情況下固指男性。然西施稱昔日之浣紗伴爲『故人』，可謂完全切合。稱女子爲『君』者，此詞亦非僅有之獨例，如韋莊《浣溪沙》：『夜夜相思更漏殘，傷心明月凭闌干。想君思我錦衾寒。咫尺畫堂深似海，憶來惟把舊書看。幾時攜手入長安？』其中之『君』即指男子所思念之深處畫堂之女子。此類詞語之習慣性用法，偶一打破，只須運用切當，亦自有新趣。庭筠詞多密麗，此詞除偶用『金』『繡』等麗字外，整體風貌疏淡明快，可稱温詞別調。

菩薩蠻

寶函鈿雀金鸂鶒〔一〕，沉香閣上吴山碧〔二〕。楊柳又如絲，驛橋春雨時〔三〕。　畫樓音信斷，芳草江南岸〔四〕。鸞鏡與花枝，此情誰得知〔五〕？

校注

〔一〕【華鍾彦曰】函，匣也，套也，故有劍函、鏡函、枕函諸名。此當作枕函解，韓偓詩：『羅帳四垂銀燭背，玉釵敲着枕函聲。』鈿雀，釵也。金鸂鶒，釵頭所飾也。枕函之旁，有墮釵，謂初起也。李義山詩：『水紋簟上琥珀枕，傍有墮釵雙翠翹。』是其例。【黄進德曰】：『鈿雀，似指枕函上飾有平磨螺鈿製成的孔雀形象的圖案。鈿，指用薄如蟬翼的貝殻製作的傳統工藝。【浦江清曰】寶函者，奩具，盛鏡、釵、耳環、脂粉之盒，嵌寶爲飾。鈿雀，釵也，鏤金以爲各樣花式曰鈿，鈿雀是金釵，上有鳥雀之形以爲飾。鸂鶒，鴛鴦之屬。上言鈿雀，下言金鸂鶒，實只一物，蓋『鈿雀』但説金釵之上有鳥飾者，至『金鸂鶒』方特説此鳥飾爲一對鴛鴦也。【按】兩説均可通，浦説較長。蓋此詞係寫女子晨起對鏡梳妝時所見所思。首句『寶函』指妝奩或鏡奩，因其内放置珍貴之首飾，故稱『寶函』。枕頭雖可稱『枕函』，但以『寶函』指稱枕頭者，尚未見其例。且首句如寫枕頭及枕傍墮釵，似只能暗示此女子尚嬌卧未起，不特與三四句寫望中景象不接，亦與末二句『鸞鏡與花枝』脱節。而解爲妝奩，則人已起牀，與三四句及末二句均相承接。此句實即寫女子晨起打開妝奩時看見匣中有鑲嵌精美之鸂鶒形金釵。動詞省略，此詩詞中常見，可以意會。鸂鶒鴛鴦之屬，取其成雙嬉游，以興起怨别懷遠之情。

〔二〕閣，晁刻本《花間集》原作『闕』，據雪豔亭本改正。沉香閣，用沉香木建造之樓閣，用以形容其華美。王仁裕《開元天寶遺事》卷下：『楊國忠又用沉香爲閣，檀香爲欄，以麝香、乳香篩土和爲泥飾壁……禁中沉香之閣，殆不侔此壯麗也。』此雖近小説家言，然李白《清平調辭》『沉香亭北倚闌干』，則興慶宮確有沉香亭。沉香，香木名。嵇含《南方草木狀》：『交趾有蜜香，樹幹似柜柳，其花白而繁，其葉如橘。欲取香，伐之，經年，其根幹枝節，各有别色也。木心與節堅黑，沉水者爲沉香。』《南史·夷貊傳上·林邑國》：『沉木香者，土人斫斷，積以歲年，朽爛而心節獨在，置水中則沉，故名曰沉香。』吴山，泛指江南吴地之山。又，今陝西隴縣西南之吴嶽（又作吴岳）亦稱吴山。然據下片『芳草江南岸』之語，此句之『吴山』當泛指江南吴地之山。《文選·謝朓〈和伏武昌登孫權故城〉》：『鵲起登吴山，鳳翔陵楚甸。』此爲三國吴故地之山。賈島《送朱可久歸越中》：『吴山侵越衆，隋柳入唐疏。』此爲春秋吴故地之山。然本篇之『吴山』又非實指江南吴地之山，而係指畫屏上之吴山。浦江清《詞的講解》引另説云：『吴山指屏風。飛卿《春日》詩：「一雙青瑣燕，千萬緑楊絲。屏上吴山遠，樓中朔管悲。」』句意蓋謂居住在華美樓閣上的女子清晨打開妝奩準備梳妝時瞥見畫屏上碧緑的吴山。古代屏風上常繪金碧山水，故云『吴山碧』。女子所懷的男子現居江南吴地，故見畫屏上之吴山碧不禁有所棖觸。

〔三〕驛橋，驛站旁的橋。驛，古代供傳遞文書、官員來往及運輸中途暫息、住宿之處，亦可泛指旅店。二句寫女子在樓閣上望見樓外楊柳又抽縷垂絲，驛站的橋邊正下着濛濛的春天絲雨。

〔四〕畫樓，當即女子所居的沉香閣。音信斷，指女子所思念的男子音信斷絶。芳草江南岸，係女子遥想中的男子所居的江南吴地的春天景象，暗用《楚辭·招隱士》：『王孫遊兮不歸，春草生兮萋萋。』二句意謂：畫樓中的女子接不到所懷男子的音信，此時芳草想又緑遍對方所在的江南岸了。

〔五〕鸞鏡，指妝鏡，背上鐫刻鸞鳳圖案，故稱。又《太平御覽》卷九一六引范泰《鸞鳥詩序》：『昔罽賓王結罝峻祈之山，獲一鸞鳥，王甚愛之，欲其鳴而不致也。乃飾以金樊，饗以珍羞，對之逾戚，三年不鳴。夫人曰：「聞鳥見其類而後鳴，何不懸鏡以映之？」王從其言。鸞覩影感契，慨焉悲鳴。哀響中宵，一奮而絶。』花枝，指女子梳妝插鬢的花。二句寫女子對鏡簪花時的心理活動：值此對鏡理妝、簪花插鬢之時，自己的滿腹思念之情與青春虚度之悲又有誰知道呢？二句亦化用《越人歌》『山有木兮木有枝，心説君兮君不知』之詞意。

箋評

【湯顯祖曰】『沉香』、『芳草』句，皆詩中畫。（湯評《花間集》卷一）

【張惠言曰】『鸞鏡』二句，結，與『心事竟誰知』相應。（《詞選》卷一）

【譚獻曰】『寶函鈿雀』句，追敘。『畫樓』句，指點今情。『鸞鏡』句，頓。（《譚評詞辨》卷一）

【陳廷焯曰】只一『又』字，多少眼淚，音節凄緩。凡作香奩詞，音節愈緩愈妙。（《雲韶集》卷一）『鸞鏡與花枝，此情誰得知？』皆含深意，此種詞第自寫性情，不必求勝人，已成絶響。（《白雨齋詞話》卷一）

【浦江清曰】首句……託物起興。鸂鶒，興而比也。下接『沉香閣上吴山碧』，意甚疏遠，亦韻的傳遞作用。以詞意言之，則首句言女子所用之奩具及釵飾，次句爲女子所居之樓及樓外之景……『吴山碧』是樓外所見之景，吴地諸山，概可稱爲吴山……另説，吴山指屏風……『楊柳又如絲，驛橋春雨時』，寫景如畫，句法開宕，與『江上柳如煙，雁飛殘月天』絶類，皆晚唐詩之格調也。上片言樓内樓外，下片接説人事。言畫樓以見樓中之人。此女子憑樓盼遠，但見江南芳草萋萋，興起王孫不歸之感嘆，故曰『音信斷』。單説『畫樓音信斷』可有兩義，一意是説畫樓中人久無音信到來，是男子想念女子的話。一意是説遠人的書信久不到畫樓，是女子想念男人的話。今詞中所説的是後面一層意思。鸞鏡亦寶函中之物，鏡背有鸞鳳之花紋，故曰鸞鏡。此句遠承第一句，脈絡可尋，知此女子晨起理妝，對鏡簪花插釵而憶念遠人，詩詞不照散文的層次説，因詩詞的語言要顧到語言本身的銜接，不照意義的承接也。知、枝同音雙關語，例見《詩經》及《説苑・越人歌》，飛卿於此《菩薩蠻》中兩用之，皆甚高妙，已見前『心事竟誰知？月明花滿枝』句之箋釋。飛卿熟悉民歌中之用語，樂府之意味特見濃厚。《白雨齋詞話》特稱賞此兩句，謂含有深意，初不知深意究竟何在，蓋陳氏但從直覺體味，尚未抉發語言中之祕奥耳。（《詞的講解》）

【唐圭璋曰】此首，起句寫人妝飾之美，次句寫人登臨所見春山之美，亦『春日凝妝上翠樓』之起法。『楊柳』兩句承上，寫春水之美，彷佛畫境。曉來登高騁望，觸目春山春水，又不能已於興感。一『又』字，傳驚嘆之神，且見相别之久。換頭，説明人去信斷。末兩句，自傷苦憶之情，無人得知。以美豔如花之人，而獨處凄寂，其幽怨深矣。『此情』句，千回百轉，哀思洋溢。（《唐宋詞簡釋》）

【按】浦解極精妙，惟次句『吴山碧』當從另説指屏風上所繪之『吴山』耳。花間詞中如『翠疊畫屏山隱隱』、『小屏香靄碧山重』、『畫屏閑展吴山翠』等句均可類證。飛卿詩句『屏上吴山遠』更可作的證。首二句貌似客觀描寫，實則『鈿雀金鸂鶒』與屏上『吴山碧』均爲觸發女子感情之物。前者引發對雙棲雙宿美好愛情生活之聯想，後者勾起對遠在江南吴地的所歡的懷念。三四由屏上吴山之『碧』聯想到時已芳春，遂倚樓而望，但見楊柳絲絲，驛橋春雨，韶光妍麗如許。這兩句不但寫景明麗鮮妍，如同畫圖，而且筆致疏宕流暢，音情摇曳，兼具詩情、畫意與音樂美。點眼處尤在一『又』字，彷佛疊印鏡頭，於當下目接之境上隱現往年曾歷的同樣境象，其中隱含春色依舊而人事已非的意藴。妙在只畫出麗景，而今昔情事均在一『又』字中透出。這種寓虚於實、寓昔於今而又以昔日之歡聚襯托今日之傷别的手法，運用得自然入妙，不露痕跡。過片從『又』字生發，點明『畫樓』與『江南』兩地相隔。『芳草』句與上片『吴山碧』、『楊柳如絲』、『春雨』相應，與『畫樓』句之間則若斷若續、若即若離。蓋此女子因對方音信斷絶而遥想心所繫念之男子身居之地江南，此時該又是芳草緑遍了。此『芳草江南岸』乃是心之所想而非目之所存。上下兩句頓宕開合之間，正透露出情思的流動。結拍二句，由心繫江南又回到眼前。『鸞鏡』、『花枝』，正與首句呼應。此女子晨起梳妝，面前不僅有妝奩鴛釵，且有鸞鏡花枝。鸞鏡本有象徵圓滿愛情之意味，花枝更是青春韶華之象徵。但信杳人遠，縱有鸞鏡花枝，映襯如花之容顔，又誰適爲容？縱有滿腹相思懷遠之情，又有誰能了解？兩句之間，不僅因化用『山有木兮木有枝，心説君兮君不知』構成聲韻上的聯繫，且在意藴上也具有啓示讀者多方面聯想的作用。鸞鏡雖能照映自己美好的倩影，却無法透視自己的『心事』；花枝雖能映襯自己姣好的面容，却同樣不理解自己的幽怨。全詞寫一位所歡遠隔的女子晨起梳妝的瞬間觸物興感的過程。先是由奩中鴛釵和屏上吴山觸發對愛情、春色和吴地的聯想，繼又由屏上春色引出對眼前春景的矚望和對往日曾歷之境的追憶，由此又生出信斷人杳的嘆息和對芳草江南的遥想。最後又由傷離懷遠回到眼前的鸞鏡花枝，歸結爲『此情誰知』的幽怨。像是繞了一個圓圈，實則其中已包含一系列的情思飛越。既有今昔之間的聯想對映，亦有畫樓與江南之間的空間懸隔與遥想。各句、各聯之間，看似隨意跳躍，細推則『物』與『情』輾轉相生，仍有跡可循，不過所循的是心靈的游動變化之跡而已。此詞雖有『寶函鈿雀金鸂鶒』這種穠麗而不免累贅晦澀之句，但就整體而言，却疏宕靈動，情韻悠長，充分發揮了詞體本身的優長。

菩薩蠻

南園滿地堆輕絮〔一〕，愁聞一霎清明雨〔二〕。雨後却斜陽，杏花零落香〔三〕。　無言匀睡臉，枕上屏山掩〔四〕。時節欲黄昏，無憀獨倚門〔五〕。

校注

〔一〕輕絮，指柳絮。楊花質輕，有風的晴日，漫天飛舞，是爲『飛絮』。此云柳絮滿地堆積。『南園』泛稱庭園。

〔二〕一霎，一陣，此處形容下雨時間之短。《荆楚歲時記》：『去冬節一百五日，即有疾風甚雨，謂之寒食，禁火三日。』清明在寒食節後一二日，『疾風甚雨』即指此種『一霎』時的陣雨、急雨，亦即此句所謂『一霎清明雨』。從此句寫『清明雨』之特點看，應是北方氣候特徵。如係江南一帶，當是『清明時節雨紛紛』。

〔三〕却，反。二句意謂：雨後反又轉晴，氣温升高，零落堆地的杏花在斜陽照射下發散出陣陣芳香。

〔四〕匀睡臉，指午睡後因脂粉模糊，起來後重新匀拭臉面。枕上屏山，指枕屏，放在枕前，用作遮蔽。屏風曲折如山，故曰屏山。

〔五〕無憀，無聊賴，精神無所依托之狀。

箋評

【沈際飛曰】雋逸之致，追步太白。（《草堂詩餘正集》卷一）

【張惠言曰】此下乃敍夢。此章言黄昏。（《詞選》卷一）

【譚獻曰】『雨後』句：餘韻。『無憀』句：收束。（《譚評詞辨》卷一）

【王國維曰】温飛卿《菩薩蠻》『雨後却斜陽，杏花零落香』，少游之『雨餘芳草斜陽，杏花零落燕泥香』雖自此

脱胎，而實有出藍之妙。（《人間詞話·附録》）

【俞陛雲曰】十四首中言及楊柳者凡七，皆託諸夢境。風詩比興，屢言楊柳，後之送客者，攀條贈別，輒離思黯然，故詞中言之，低徊不盡。其託於夢境者，寄其幽渺之思也。（《唐詞選釋》）

【浦江清曰】《菩薩蠻》律用仄平平仄起者爲工，此章用平平仄仄起，稍疏。一霎，當時俗語，馮延巳《蝶戀花》：『紅杏開時，一霎清明雨。』詞是唐五代之俗曲，比詩較能容納當時之俗語，且以運用若干俗語爲流動也。『清明雨』三字成爲一個詞藻……蓋當寒食清明之際，春光明媚之時，一陣小雨，密密濛濛，收去十丈軟塵，換來一片新鮮的空氣，然而柳絮沾泥，落紅成陣，使人感着春光將老，引起傷春的情緒。這『清明雨』三字就可帶來這些個想像。（《詞的講解》）

【按】此首抒寫女子由春殘日暮景象所觸發的芳華零落、孤寂無憀意緒。上片着重寫柳絮堆地、杏花零落的殘春景象，而情寓景中，『愁聞』二字，略透主觀情思。下片着重寫女子的情態，『無言』、『無憀』、『獨倚門』等語，透露孤寂空虛、惆悵失落的意緒。『雨後』二句寫出暮春時節乍雨旋晴的特徵性景象，其中既有對美的凋衰的惋惜，又有對凋衰之美的欣賞。這種複雜微妙的感情意緒，正曲折透露出女主人公對自身境遇命運的感觸，其象喻意藴可於言外領之，而不落言筌。此詞寫獨居女子的傷春情懷，其情境與歐陽修《蝶戀花》（一作馮延巳詞）下片『雨横風狂三月暮』數語有些相似，但歐詞感情比較强烈，表情也較顯露，而温詞則感情比較内斂，表情亦較含蓄。

菩薩蠻

夜來皓月纔當午〔一〕，重簾悄悄無人語〔二〕。深處麝煙長〔三〕，卧時留薄妝〔四〕。當年還自惜〔五〕，往事那堪憶。花露月明殘〔六〕，錦衾知曉寒〔七〕。

校注

〔一〕纔，恰，正。午，日月正當中天。纔當午，指月亮正高掛中天，時值午夜。

〔二〕重簾，重重簾幕。

〔三〕【俞平伯曰】『深處』承上『重簾』來，指簾帷的深處。【浦江清曰】重簾深處即是卧室。麝煙，焚麝香之煙縷。

〔四〕【浦江清曰】薄妝者與穠妝相對，謂穠妝既卸，猶稍留梳裹，脂粉匀面。古代婦女穠妝高髻，梳裹不易，睡時稍留薄妝，支枕以睡，使髻髮不致散亂。

〔五〕自惜，自憐，自我愛憐欣賞。

〔六〕露，鄂本、湯本《花間集》作『落』。【葉嘉瑩曰】自文法言之，似以作『花落』較爲通曉易明，『花露』則令人有晦澀不通之感。然私意以爲此詞寫夜，『月明殘』三字，自是破曉前月將沉光景。此情此景，似與花之落無甚相關。蓋花之落未必定在破曉時也。若云『花露』，則花上露濃，正是後半夜破曉前情事，如此方與『月明殘』三字密合無間。至『花露』二字之鄰於不通，則又飛卿但標舉名物以喚起人之意象而不加説明之特色也。【浦江清曰】這裏不必紀實，猶李存勗《憶仙姿》（《如夢令》）『殘月落花煙重』。或校『花落』作『花露』，恐非。【按】作『花露』或作『花落』均可通，亦均爲天將破曉時景象（第六首末二句云：『花落子規啼，緑窗殘夢迷。』寫破曉時景象亦云『花落』，可參證）。作『花露』雖似有語病，然『玉釵頭上風』之『風』字正是類似句法。『花露月明殘』，謂花上露濃，天邊月殘，亦凌晨之景。

〔七〕錦衾，錦被。

㊣箋評

【張惠言曰】此自卧時至曉，所謂「相憶夢難成」也。（《詞選》卷一）

【陳廷焯曰】「知」字凄警，與「愁人知夜長」同妙。（《詞則·大雅集》卷一）

【李冰若曰】《菩薩蠻》十四首中，全首無生硬字句復饒綺怨者，當推「南園滿地」、「夜來皓月」二闋，餘有佳句而無章，非全璧也。（《栩莊漫記》）

【浦江清曰】此章脈絡分明，寫美人春夜獨睡情事，自午夜至天明……皓月中天是半夜庭除之景。「重簾悄悄」言院落之幽深……流光似水，一年又是春殘，静夜獨卧，不禁追思往事，自惜當年青春美好，匆匆度過，有不堪回憶者。「花落月明殘」，賦而比也。花落月殘是庭中之景，此人既獨卧重簾之内，何由見此？此句亦只虚寫，取其比興之義，以喻往事難回，舊歡已墜，起美人遲暮之傷感。言錦衾，見衾中之人，一夜轉側，難以入睡，驟覺曉寒之重。「知」字有力。以仄平平仄平結句，《菩薩蠻》之正格。此第三字宜用平聲字，不同於五律中之句法也。（《詞的講解》）

【唐圭璋曰】《菩薩蠻》云「夜來皓月纔當午，重簾悄悄無人語」、「竹風輕動庭除冷，珠簾月上玲瓏影」、「楊柳又如絲，驛橋春雨時」、「雨後却斜陽，杏花零落香」、「牡丹花謝鶯聲歇，緑楊滿院中庭月」，皆寫景如畫，韻味雋永。（《温韋詞之比較》）

【葉嘉瑩曰】此詞前半闋，首三句皆爲寫景之辭，惟第四句乃寫人之辭，而此寫人之一句，實乃全詞之關鍵。前半闋三句是此人之所見；後半闋四句是此人之所感……首句「夜來皓月纔當午」……只此一「纔」字，夜來之漫長可想矣。長夜無聊，偶一環顧四周，則但見重簾悄悄，寂無人語，曲屏深處，尚有餘香，極寫長夜無眠之寂寞也。而此『深處麝煙長』之『長』字實極妙，大可與王摩詰詩『墟里上孤煙』（《輞川閒居贈裴秀才迪》）之『上』字及『大漠孤煙直』（《使至塞上》）之『直』字相比美……其爲近於繪畫式之客觀藝術之一點則頗爲相似，以『上』字、『直』字、『長』字形容静定空氣中之煙氣，皆極繪畫式之客觀藝術之妙。（《温庭筠詞概説》）

【張以仁曰】此詞上片云：『夜來皓月纔當午』，月上中天而著一『纔』字，可見輾轉難眠之狀；下片云：『當年還自惜，往事那堪憶』，傷今惜往，言其不眠之故也；又云：『花露月明殘』，月明而曰『殘』，自是曉月將沉之時；又云：『錦衾知曉寒』，則通宵失眠明矣。（《温飛卿詞舊説商榷》。《花間詞論集》六十頁）

【按】此章寫女子長夜不眠、幽寂孤冷的情景與青春不再、往事不堪回首的傷感。用筆較疏淡。『當年』二句，直抒情懷，而能含蓄，《菩薩蠻》十四首中罕見。『錦衾』句亦耐吟味。然『花露月明殘』實爲累句，即從别本作『花落月明殘』，『月明殘』三字亦不詞。而上片末句『卧時留薄妝』亦與全篇意旨脱節。

菩薩蠻

雨晴夜合玲瓏日〔一〕，萬枝香裊紅絲拂〔二〕。閑夢憶金堂〔三〕，滿庭萱草長〔四〕。　繡簾垂䍦䍦〔五〕，眉黛遠山緑〔六〕。春水渡溪橋，凭欄魂欲銷〔七〕。

〔一〕日，《金奩集》、朱本《尊前集》作『月』。【張以仁曰】『月』『拂』同在詞韻十八部，『日』則在十七部。就韻言，作『月』爲諧。然既謂『雨晴』，下文景物，亦非夜間；而《花間》各本並作『日』，則作『日』似爲原貌。且就《花間》言，十七部與十八部，亦有叶韻之同例：薛昭藴《離別難》：『未別心先咽，欲語情難説出。』『咽』在十八部，『出』在十七部，而亦相叶，則作『日』是矣。後人或由句中『夜合』之錯覺，更依一般韻例改爲『月』，不知『夜合』乃花名，而《花間》自有其韻例耳。【按】張説甚是。作『日』，則『玲瓏』係形容夜合花之精巧美好，作『月』則『玲瓏』係形容月之明澈瑩潔，孤立看似均可通。但聯繫全篇，則此首乃寫女子日間凭欄遠眺近觀時所見所感。『萬枝香裊紅絲拂』、『滿庭萱草長』、『春水渡溪橋』均非夜間所能望見之景象，故以作『日』爲是。『夜合玲瓏日』，夜合玲瓏之時也。此與下首『珠簾月上玲瓏影』所寫之對象有別，不必以彼例此。夜合，花名，即合歡花，又名馬櫻花。落葉喬木，羽狀複葉，小葉對生，夜間成對相合，故俗稱夜合花。夏季開花，頭狀花序，合瓣花冠，雄蕊多條，淡紅色。嵇康《養生論》：『合歡蠲忿，萱草忘憂。』

〔二〕紅絲，指夜合花的花蕊，其雄蕊垂散如絲，上半肉紅，故云。

〔三〕金堂，指華麗宏偉的堂屋。或即『鬱金堂』之省。《玉臺新詠》卷九梁武帝《河中之水歌》：『河中之水向東流，洛陽女兒名莫愁……十五嫁爲盧家婦，十六生兒字阿侯。盧家蘭室桂爲梁，中有鬱金蘇合香。』沈佺期《古意》有『盧家少婦鬱金堂』之句。此謂『閑夢憶金堂』，當指女子因離居獨處的空虚寂寞，白晝入夢，夢見昔日與情人共處此金堂的歡樂生活。

〔四〕萱草，俗稱黄花菜、金針菜，多年生宿根草本。花漏斗狀，橘黄色或橘紅色。古人以爲種植此草，可以使人忘憂，因稱忘憂草。《詩·衛風·伯兮》：『焉得諼草，言樹之背。』諼草，即萱草。在詩詞中，合歡與萱草常並提，因其常於五月同時盛開。此處或反襯女子之幽獨，或反襯其憂愁。

〔五〕麗䍦，下垂貌。馮延巳《鵲踏枝》：『楊柳千條垂麗䍦。』此則形容繡簾上的垂纓下垂之狀。

〔六〕《西京雜記》卷二：『文君姣好，眉色如望遠山。』

〔七〕二句寫女子凭欄遠眺時，見到緑水溪橋之景，觸動對往昔離别情景的追憶，不覺魂爲之消。

箋評

【張惠言曰】此章正寫夢。垂簾、凭闌，皆夢中情事，正應『人勝參差』三句。（《詞選》卷一）

【陳廷焯曰】『繡簾』四句婉雅。叔原『夢魂慣得無拘檢，又踏楊花過謝橋』，聰明語，然近於輕薄矣。（《詞則·大雅集》卷一）

【浦江清曰】詞人言夜合，言萱草，皆託物起興，閨怨之辭也。杜甫《佳人》詩：『合昏尚知時，鴛鴦不獨宿。』《詩經·伯兮》：『焉得諼草，言樹之背。願言思伯，使我心痗。』兩處皆敍婦人離索之感……『閒夢憶金堂』者，即金堂中人有所閒憶，亦即美人有所想念之意……憶者憶念遠人，夢者神思飛越……金堂是閒夢之地……非閒夢之對象。此句因押韻之故，作倒裝句法，意謂人在金堂中閒夢，非夢到一金堂也。而夜合之玲瓏與滿庭之萱草，皆此金堂中所有之實物……眉黛句接得疏遠，亦遞韻之法。『春水渡溪橋，凭欄魂欲銷』，情詞俱美，惟究與上文作如何之關聯乎？勉強説來，則『春水』從上句『遠山緑』三字中逗出，但遠山是比喻，從虚忽度到實，其猶『驚塞雁，起城烏，畫屏金鷓鴣』之從實忽度到虚之一樣奇絶乎？此皆可以聯想作用解釋之。但上片言盛夏之景，此處忽曰春水溪橋，究嫌抵觸。飛卿《菩薩蠻》於七八兩句結句有極工妙不可移易者，如『雙鬢隔香紅，玉釵頭上風』，

『花落子規啼，綠窗殘夢迷』之類；有敷衍陳套語，如『楊柳色依依，燕歸君不歸』，『時節欲黃昏，無憀獨倚門』之類；亦有語句雖工，但類似游離的句子，入此首固可，入另首亦無不可者，如『人遠淚闌干，燕飛春又殘』，『春水渡溪橋，凭欄魂欲銷』之類是也。（《詞的講解》）

【張以仁曰】所謂『繡簾垂麗𥮴』者，因人出簾動以相及，意脈不斷，非虛寫也。故下文以眉黛狀遠山，『眉黛遠山綠』即『遠山眉黛綠』，情景相合，純任自然，且與人以芳草羅裙之聯想。此種手法，宜會其神韻，不當呆看……下文接寫春水溪橋，憑欄魂銷，眼前景猶當年景，此時情即昔時情，二者交織纏綿，神承意協，筆勢不沾不滯，讀者不必強解而自能得其流利之暢美，會其心曲之深密矣。（《温飛卿詞舊説商榷》。《花間詞論集》六三至六四頁）

【按】此章蓋寫女子傷離懷遠之情，時令當在五月盛夏。起二句寫夜合花於雨後盛開，萬枝紅絲垂拂，香氣裊裊。夜合象徵情人合歡，此處反襯女子之獨居離索。三四句謂女子因離居獨處，心情鬱悶，難銷永日，故晝日憶念情人，繼而夢見往日於此金堂中與情人曾度過的歡樂生活。而今則離居，故雖面對滿庭萱草亦不能忘憂。『閑夢』一句點醒，豔麗的夜合、繁茂的萱草均成爲離情的反襯。過片二句，承上『閒夢』，寫女子居室繡簾垂地，閑夢方醒，對鏡理妝，眉若遠山。結拍則寫女子凭欄遠眺，但見溪水蜿蜒，橋橫綠波，不禁回憶起昔日與情人在春水溪橋之上離別之情景，而悵然魂銷。二句蓋化用江淹《別賦》『春草碧色，春水淥波。送君南浦，傷如之何』辭意，蓋目接綠水溪橋而憶昔年於此橋上別也。此章按實際生活中的次序，當是女子晝日思念情人而入夢，醒後重新理妝。凭欄近觀庭院，夜合垂絲，萱草繁茂，非特不能忘憂，反增離緒；遠眺綠水溪橋，憶及當年離別，益腸斷而魂銷矣。詞的章法靈動跳躍，遂拆散重組，以免平鋪直敘。

菩薩蠻

竹風輕動庭除冷〔一〕，珠簾月上玲瓏影〔二〕。山枕隱穠妝〔三〕，綠檀金鳳凰〔四〕。　兩蛾愁黛淺〔五〕，故國吴宫遠〔六〕。春恨正關情〔七〕，畫樓殘點聲〔八〕。

校注

〔一〕庭除，庭院的臺階。除，臺階。

〔二〕玲瓏，此狀珠簾明澈瑩潔貌。謝朓《玉階怨》：『夕殿下珠簾，流螢飛復息。長夜縫羅衣，思君此何極？』李白《玉階怨》：『玉階生白露，夜久侵羅襪。却下水晶簾，玲瓏望秋月。』首二句『庭除冷』、『珠簾』、『玲瓏』等語均從謝朓、李白詩句化出。次句即『月上玲瓏珠簾影』之意，因平仄而調换次序。

〔三〕山枕，枕頭。古代枕頭多用木、瓷等製作，中間微凹，兩端突起，其形如山，故稱。隱，憑、倚。《孟子·公孫丑》：『隱几而卧。』

〔四〕【俞平伯曰】『綠檀』承『山枕』言，檀枕也。『金鳳凰』承『穠妝』言，金鳳釵也。【浦江清曰】『綠檀金鳳凰』即承上山枕而言。檀木所製，綠漆，鳳凰花紋。【按】浦説較長。

〔五〕兩蛾，雙眉。愁黛，猶愁眉。黛，青黑色顔料，古代女子用以畫眉。愁黛淺，謂愁眉不展。

〔六〕故國，故里。吴宫，指館娃宫，春秋時吴王夫差爲西施所建，故址在今蘇州市西南靈巖山上。句意謂女子的故里離吴宫甚遠。西施故里在今浙江諸暨苧蘿村，離吴宫甚遠。

〔七〕恨，《金荃詞》作「夢」。

〔八〕殘點聲，古代以銅壺滴漏計時，一夜分爲五更，每更分爲五點。「殘點聲」指五更將盡時之更漏聲。

箋評

【張惠言曰】此言夢醒。「春恨正關情」與五章「春夢正關情」相對雙鎖。青瑣、金堂、故國、吴宫，略露寓意。（《詞選》卷一）

【陳廷焯曰】「春恨」二語是兩層，言春恨正自關情，况又獨居畫樓而聞殘點之聲乎！（《雲韶集》卷一）纏綿無盡。（《詞則·大雅集》卷一）

【俞平伯曰】「竹風」以下説入晚無憀，凭枕閒卧。「隱」當讀如「隱几而卧」之隱。「緑檀」承「山枕」言，檀枕也；「金鳳凰」承「穠妝」言，金鳳釵也。描寫明豔。「吴宫」明點是宫詞，昔人傅會立説，謬甚。其又一首「滿宫明月梨花白」可互證。歐陽炯之序《花間》曰：「自南朝之宫體，扇北里之倡風。」此兩語詮詞之本質至爲分明。温氏《菩薩蠻》諸篇本以呈進唐宣宗者，事見《樂府紀聞》，其述宫怨，更屬當然。末兩句不但結束本章，且爲十四首之總結束，韻味悠然無盡。畫樓殘點，天將明矣。（《讀詞偶得》）

【浦江清曰】「故國吴宫遠」用西施之典故，不必指實，猶上章之「家住越溪曲」也。「春恨正關情」較前章之「春夢正關情」僅换一字。此十數章本非接連敍一人一事，故亦不妨重複。前章言晨起，故曰「春夢」，此章尚未入睡，故曰春恨。春恨者，春閨遥怨也。畫樓殘點，天將明矣，見其心事翻騰，一夜未睡，故鄉既遠，彼人又遥，身世萍飄，一無着落，不勝凄凉之感。飛卿特以此章作結，不但畫樓殘點，結語悠遠，而且自首章言晨起理妝，中間

多少時日風物之美，歡笑離別之情，直至末章寫夜深入睡，是由動而返静也。（《詞的講解》）

【唐圭璋曰】飛卿寫景，多沉着凄涼，十四首《菩薩蠻》，有八首寫月夜境界。此外，寫落花、寫孤燈、寫暗雨、寫更漏之處亦多。（《温韋詞之比較》）

【按】此首上片寫女子於夜間竹風輕動，庭階生涼，月透珠簾之時，穠妝倚枕而卧。下片寫其身在吴宫，思縈故國，路遠難歸，愁眉不展。春恨（故國難歸之恨）牽情，長夜難眠。一夜輾轉，不覺已是殘更傳點之清晨矣。此章與『滿宫明月梨花白』一首均爲宫詞，詞中主角，亦均爲西施式之宫嬪。

更漏子〔一〕

柳絲長，春雨細，花外漏聲迢遞〔二〕。驚塞雁，起城烏，畫屏金鷓鴣〔三〕。香霧薄，透簾幕，惆悵謝家池閣〔四〕。紅燭背〔五〕，繡簾垂〔六〕，夢長君不知。

校注

〔一〕《更漏子》，詞調名。《花間集》録温庭筠《更漏子》詞六首，均借詠更漏或夜景，抒寫離情羈思。此調始見於温庭筠詞，當爲其新創。雙調，四十六字，上下片各二十三字。上片的第二、三句，下片的第一、二、三句押仄韻。上下片的第五、六句换押平韻。

〔二〕漏聲，指根據銅壺滴漏所計的時刻打更報點的聲音。迢遞，悠遠。

〔三〕謂傳更報點的聲音驚起了從北方邊塞飛來的大雁和城上的棲烏，而樓閣中卧聽更漏聲的女子則悄然面對畫屏上所繪的金色鷓鴣。

〔四〕謝家，即謝娘家。梁劉令嫻有《摘同心梔子贈謝娘因附此詩》，題内「謝娘」或爲歌妓一類人物。唐李德裕家有美姬謝秋娘爲名歌妓。晚唐五代詞中之「謝娘」亦多爲歌妓一類人物的代稱。韋莊《浣溪紗》：「小樓高閣謝娘家。」又張泌《寄人》詩：「别夢依依到謝家。」或謂「謝娘」指謝道藴，疑非。道藴高門才女，非詞中「謝娘」身份。

〔五〕背，用屏、帳、帷幕等遮蔽物掩暗燈燭之光。詳《菩薩蠻》（牡丹花謝鶯聲歇）「背窗燈半明」句注。

〔六〕簾，《尊前集》作「帷」。

箋評

【尤侗曰】飛卿《玉樓春》、《更漏子》爲詞擅場，而義山無之也。（《梅村詞序》）

【張惠言曰】此三首（指本篇及下「星斗稀」、「玉爐香」三首）亦《菩薩蠻》之意。「驚塞雁」三句，言懽戚不同，興下「夢長君不知」也。（《詞選》卷一）

【陳廷焯曰】思君之詞，託於棄婦，以自寫哀怨，品最上，味最厚。（《詞則·大雅集》卷一）飛卿《更漏子》三章，自是絶唱，而後人獨賞其末章「梧桐樹」數語。飛卿《更漏子》首章云：「驚塞雁，起城烏，畫屏金鷓鴣。」此言苦者自苦，樂者自樂。（《白雨齋詞話》卷一）明麗。（《雲韶集》卷二四）

【王國維曰】「畫屏金鷓鴣」，飛卿語也，其詞品似之。（《人間詞話》）

【俞陛雲曰】《更漏子》四首，與《菩薩蠻》詞同意。『夢長君不知』，即《菩薩蠻》之『心事竟誰知』、『此情誰得知』也。前半詞意以鳥爲喻，即引起後半之意。塞雁、城烏，俱爲驚起，而畫屏上之鷓鴣，仍漠然無知，猶簾垂燭背，耐盡凄涼，而君不知也。（《唐詞選釋》）

【李冰若曰】全詞意境尚佳，惜『畫屏金鷓鴣』一句強植其間，文理均因而扞格矣。（《栩莊漫記》）

【俞平伯曰】『塞雁』、『城烏』是真的鳥，屏上的『金鷓鴣』却是畫的，意想極妙……李賀《屏風曲》：『月風吹露屏外寒，城上烏啼楚女眠。』詞意本如此，畫屏中人，亦未必樂也。（《唐宋詞選釋》）

【錢鍾書曰】（驚塞雁三句）謂雁飛烏噪，騷離不安，而畫屏上之鷓鴣寧静悠閑，蕭然事外……陳廷焯《白雨齋詞話》卷一説温詞云：『此言苦者自苦，樂者自樂。』中肯破的。（《管錐編》第二冊一四七二頁）

【葉嘉瑩曰】起三句音節極佳，以其頗能以聲音表現意象也。首句『柳絲長』，『長』字寬宏而舒緩，正像春夜之静美。次句『春雨細』，『細』字纖細而幽微，漸有雨絲飄落矣。三句『花外漏聲迢遞』，連用『迢遞』二字，同屬舌頭音，恍若有滴答之雨聲入耳矣（按：葉氏以爲『漏聲』實指雨聲）……『驚塞雁，起城烏，畫屏金鷓鴣』三句……乃温詞純美之特色，原不必深求其用心及文理上之連貫。塞雁之驚，城烏之起，是耳之所聞，畫屏上之金鷓鴣，則目之所見，機緣凑泊，遂爾並現紛呈，直截了當，如是而已……後半闋六句，但視爲與前半闋『畫屏金鷓鴣』一句相承之辭，一氣而下，直寫此主人公所居之室内之情景而已……一結『君不知』三字，怨而不怒，無限低徊。（《温庭筠詞概説》）

【張以仁曰】此詞佈局，上片偏重聽覺，下片偏重視覺。彼雨聲也、漏聲也，初尚隱約，不甚清晰，故著『細』字、『迢遞』字，正狀甫醒神志尚帶模糊彷彿情況。繼聞塞雁驚飛，城烏羣起，或天將明，或雨漸急，乃音聲大作。妙在以『雁』『烏』引出『鷓鴣』（閨中之人，豈非畫屏之金鷓鴣哉），所謂以類相從，飛卿慣用此等手法……又妙在由耳聞轉爲目視，此過程之必然者。夢回之人張目所見，畫屏最近，故承之以『畫屏金鷓鴣』。（《温飛卿詞舊説商榷》。《花間詞論集》七十五頁）

【按】《更漏子》，即可視爲夜曲。本篇抒寫女子春夜聞更漏聲所觸發之相思與惆悵。上片均圍繞『漏聲』來寫。起三句以細長裊娜之柳絲、迷濛淅瀝之雨絲，烘托漏聲之悠遠，以表現女子長夜不寐、愁聽更漏時深長幽細而迷惘的情思。『驚塞雁，起城烏』二句，寫女子在夜聽更漏的過程中，聽到雁鳴、烏啼而想像其爲漏聲所驚起，透露出寂寥、凄清和騷屑不寧的心緒。下陡接『畫屏金鷓鴣』一語，由外而內，由聽而視，似是客觀展示女子室内陳設，却帶有對身居華美居室却不免孤寂的女子的象喻意味。過片承『畫屏』句，轉筆描寫女子的居處環境。『惆悵』二字輕點，而上片結句的含蘊可藉此約略窺見，上下片之間亦藉此勾連過渡。結拍三句寫女子在惆悵索寞中黯然入夢。『夢長君不知』不妨視爲女子的心理獨白。此首《尊前集》作李煜詞。曾昭岷等編著之《全唐五代詞》附考辨云：『《花間集》所録温詞中有此闋。《花間》成書於廣政三年夏四月，其時李煜年僅四歲，此詞非其所作甚明。』

更漏子

星斗稀，鐘鼓歇〔一〕，簾外曉鶯殘月〔二〕。蘭露重，柳風斜，滿庭堆落花〔三〕。　虛閣上〔四〕，倚闌望，還似去年惆悵〔五〕。春欲暮，思無窮，舊歡如夢中〔六〕。

校注

〔一〕鐘鼓歇，指城頭報更的鐘鼓聲已經停歇，天已曉。

〔二〕曉鶯，謂清晨鶯啼。
〔三〕蘭露重，蘭花上霑滿濃重的露水。柳風斜，拂曉的微風斜拂柳絲。二句點清晨。『滿庭堆落花』點春暮。
〔四〕虚閣，空寂的樓閣。女子所居。
〔五〕謂所見情景還像去年此時那様令人惆悵，暗示去年此時已與所歡離别。似，《金荃詞》作『是』。
〔六〕舊歡，舊時的歡情。

箋評

【湯顯祖曰】『簾外曉鶯殘月』，妙矣，而『楊柳岸，曉風殘月』更過之。宋詩遠不及唐，而詞多不讓，其故殆不可解。（湯評《花間集》卷一）
【張惠言曰】『蘭露重』三句，與『塞雁』、『城烏』義同。（《詞選》卷一）
【陳廷焯曰】飛卿《更漏子》首章云：『驚塞雁，起城烏，畫屏金鷓鴣。』此言苦者自苦，樂者自樂。次章云：『蘭露重，柳風斜，滿庭堆落花。』此又言盛者自盛，衰者自衰，亦即上章苦樂之意。顛倒言之，純是風人章法，特改换面目，人自不覺耳。（《白雨齋詞話》卷一）『堆』字妙，空庭無人可知，回首可憐。（《雲韶集》卷二四）思君之意，託於棄婦，以自寫哀怨，品最厚。『蘭露』三句，即上章意，略將歡戚顛倒爲變换。『還似去年惆悵』，欲語復咽，中含無限情事，是爲沉鬱。『舊歡』五字，結出不堪回首意。（《詞則·大雅集》卷一）
【俞陛雲曰】下闋追憶去年已在惆悵之時，則此日舊歡回首，更迢遥若夢矣。（《唐詞選釋》）
【施蟄存曰】次章上片言曉鶯殘月中，露重風斜，落花滿庭，此皆即景，以引起下片之抒情。下片即言在此景色中登樓望遠，倏已經年，舊歡如夢，愁思無窮。所謂『盛者自盛，衰者自衰』，此意又何從得之？此二詞（按：指上章與本章）皆賦閨情，念昔日之雙棲，怨今日之睽隔。第二首可言今昔之感，而非盛衰之感。陳氏於飛卿詞求之過深，適成穿鑿，此皆以比興説詞之失也。（《讀温飛卿詞札記》）

【胡國瑞曰】這首詞寫的是一個思婦晨起悵望之情。上闋純寫清曉時的景象……首二句從高處遠處寫起，『簾外』句落到近處。星斗、鐘鼓、曉鶯、殘月，一片清曉景象，俱是從人的耳目感受到的……『蘭露重』三句繼續描寫景物，不僅感到其中有人，而且隱約似見其活動，從室内寫到了庭院。這三句庭院景物的描寫，使人於寂静中還感到消沉的意味……『滿庭堆落花』除了進一步表明春已晚暮，也微逗出人的意興闌珊……下闋着重寫主人公的活動心情。『虚閣上』三句寫閣上眺望引起的感觸。『虚』字既表物象，也表人情……『倚闌望』是下闋的關節，一切内心活動俱由此句的『望』引出。『還似』句是『望』的最初感觸，『去年惆悵』包藴情事無限。『去年惆悵』的内容爲何？當是良人未歸、芳時虚度之類的情節。『還似』二字表情有力。『去年惆悵』的已是去年以前許多時日的種種，而今年『還似』，則其孤處時間當更漫長……這二字既有對過去的回顧，還有對當前的失望……『春欲盡』三句是惆悵之際的深入思索。（見《唐宋詞鑑賞辭典》）

【按】上片寫暮春清曉所見所聞之景，似一組空鏡頭，而星稀月殘、露重柳斜、鐘鼓聲歇、落花滿庭的景象中透露出凄清寂寞的氣氛與凋衰的氣息，正反映出女主人公的心緒。過片『虚閣上，倚闌望』二句爲全篇樞紐，既點醒上片所寫均係閣上倚闌所見所聞景象，又點明下片所寫係閣上倚闌望所引起的回憶與感觸。下片純粹抒情，不涉具體情事，全從虚處着筆，而『舊歡如夢』之慨自深。『虚閣上』三句，雖直抒而極富藴含，陳廷焯謂其『欲語復咽，中含無限情事，是爲沉鬱』，可稱善於體悟。於此可見温詞善於直抒與白描的一面。又，此詞調名之意僅於『鐘鼓歇』一語中虚點，全篇寫清曉情景，亦與他篇多寫夜景有别。

更漏子

金雀釵〔一〕，紅粉面〔二〕，花裏暫時相見。知我意，感君憐〔三〕，此情須問天〔四〕。香作穗〔五〕，蠟成淚〔六〕，還似兩人心意〔七〕。山枕膩，錦衾寒，覺來更漏殘〔八〕。

校注

〔一〕金雀釵，上端製成雀形的金釵，又作金爵釵。《文選·曹植〈美女篇〉》：『頭上金爵釵，腰佩翠琅玕。』

〔二〕紅粉，指婦女化妝用的胭脂和鉛粉。

〔三〕憐，愛。

〔四〕謂此情天可作證。

〔五〕香作穗，指綫香燒成下垂如穗的灰燼。或謂指下墜之燈芯。韓偓《生查子》：『時復見殘燈，和煙墜金穗。』

〔六〕蠟成淚，蠟燭燃盡，流脂如淚。李商隱《無題》：『蠟炬成灰淚始乾。』

〔七〕似，《尊前集》作『是』。句意謂兩人的心意似香銷成灰，蠟燃成淚，死而後已。

〔八〕覺，《尊前集》作『夜』。

箋評

【華鍾彦曰】（香作穗三句）此言契闊已久，君心如香穗，如死灰，不復念我，我心之憂，不可細言，只有流淚如燭耳。此以香穗比君，以蠟淚比我，故云還似兩人心意也。（《花間集注》卷一）

【黄進德曰】此詞以半茹半吐、乍隱乍現的筆調透露出『女也不爽，士忒其行』所造成的少女失戀的痛苦，在温詞中並不多見。（《唐五代詞選集》）

【按】此詞似寫一對青年男女，自『花裏暫時相見』之後，遂彼此相知相愛。無奈因別離而彼此相思，故只能獨卧錦衾，醒後已是殘漏將盡的清晨。全篇均從女子方面着筆，但表現的却是彼此相知相憐、死而後已的深摯感情。『知我意，感君憐，此情須問天』，『香作穗，蠟成淚，還似兩人心意』，或直抒，或設譬，都説明相愛是雙方的。通體明快直白，在温詞中別是一格。

更漏子

相見稀，相憶久，眉淺淡煙如柳〔一〕。垂翠幕〔二〕，結同心〔三〕，待郎熏繡衾〔四〕。　城上月，白如雪，蟬鬢美人愁絶。宫樹暗〔五〕，鵲橋横〔六〕，玉籤初報明〔七〕。

校注

〔一〕眉淺，畫眉輕淡。句意謂女子淡掃蛾眉，如同柳葉含煙。

〔二〕簾幕低垂，謂時已夜深。

〔三〕結同心，謂女子用錦帶編結連環回文樣式的同心結。梁武帝《有所思》：『腰中雙綺帶，夢爲同心結。』同心結象徵青年男女永結同心的願望。

〔四〕繡衾，錦被。

〔五〕宮樹，宮苑中的樹。宮樹暗，係破曉時景象。月圓之夜，破曉時月没天暗，故顯出宮樹的暗影。

〔六〕鵲橋橫，謂銀河西斜，亦天將曉時景象。唐韓鄂《歲華紀麗·七夕》：『七夕鵲橋已成，織女將渡。』原注引《風俗通》：『織女七夕當渡河，使鵲爲橋。』

〔七〕玉籤，對古代計時器漏壺中浮箭的美稱。籤以竹或木製，上有刻度以紀時。報明，報曉。或解：指宮中伺漏報更用的更籤。《陳書·世祖紀》：『每雞人伺漏，傳更籤於殿中，乃敕送者必投籤於階石之上，令鎗然有聲。』

箋評

【湯顯祖曰】口頭語，平衍不俗，亦是填詞當家。（湯評《花間集》卷一）

【王士禛曰】『蟬鬢美人愁絶』，果是妙語。飛卿《更漏子》、《河瀆神》，凡兩見之。李空同所謂『自家物終久還來』耶？（《花草蒙拾》）

【李冰若曰】飛卿詞中重句重意，屢見於《花間集》中，由於意境無多，造句過求妍麗，故有此弊，不僅『蟬鬢美人』一句已也。（《栩莊漫記》）

【華鍾彦曰】（城上三句）此言夢醒之時，不知郎處，但見皎潔之月，高掛嚴城，空使美人愁絶耳。（《花間集注》）

【按】此首寫女子徹夜不寐、待郎不至的愁緒。時間由夜深至天明，景物由『城上月，白如雪』到『宫樹暗，鵲橋横，玉籤初報明』，感情亦由等待期盼而到『愁絶』，到徹底的失望。

更漏子

背江樓，臨海月，城上角聲嗚咽〔一〕。堤柳動〔二〕，島煙昏〔三〕，兩行征雁分〔四〕。京口路〔五〕，歸帆渡〔六〕，正是芳菲欲度〔七〕。銀燭盡，玉繩低〔八〕，一聲村落雞。

校注

〔一〕三句謂征行之人（詞人自己）背對江城城樓，面向海上明月，耳聞城上號角之聲嗚咽。角，號角，形如竹筒，本細末大，以竹木或皮革等製成。古時軍中多用以警昏曉，振士氣，肅軍容，亦用以報警戒嚴。此爲曉角。城，當指唐潤州城（今鎮江市），視下『京口路』可知。唐李涉有《潤州聽暮角》七絶。

〔二〕清晨曉風拂柳，故曰『堤柳動』。

〔三〕江中的洲渚爲晨霧所籠罩，故曰『島煙昏』。

〔四〕征雁，征行的大雁。分，指雁行呈『人』字形排列。春天南雁北飛。

〔五〕京口，鄂本、湯本《花間集》作『西陵』。京口，指潤州，今江蘇鎮江市。建安十四年，孫權將首府自吴遷此，稱京城。十六年，遷治建業，改稱此爲京口鎮。京口路，泛指京口一帶的道路。

〔六〕歸帆，歸舟。渡，指渡越長江。自潤州北渡長江至揚州，有金陵渡。

〔七〕芳菲，指春天芬芳的花。度，過。句謂春光將盡。

〔八〕玉繩，星名。《文選·張衡〈西京賦〉》：『上飛闥而仰眺，正睹瑶光與玉繩。』李善注引《春秋元命苞》曰：『玉衡北兩星爲玉繩。』謝朓《暫使下都夜發新林至京邑寄西府同僚》：『秋河曙耿耿，玉繩低建章。』玉繩低，是天將曉時景象。故末句云『一聲村落雞』。

箋評

【湯顯祖曰】『兩行征雁分』句好。（湯評《花間集》卷一）

【丁壽田、丁亦飛曰】此詞寫舟行旅途中黎明之景。夜間泊舟於京口，則一面臨岸，一面與小島遥遥相對。由『背江樓』一句可知此人背岸而卧，故目臨海月而遥望島煙也。全詞從頭到尾寫舟中所見實景，條理井然，景色如畫。（《唐五代四大名家詞》甲篇）

【俞陛雲曰】就行役昏曉之景，由城内而堤邊，而渡口，而村落，次第寫來，不言愁而離愁自見。其『征雁』句寓分手之感。唐人七歲女子詩『所嗟人異雁，不作一行飛』，亦即此意。結句與飛卿《過潼關》詩『十里曉雞關樹

暗，一行寒雁隴雲愁』、清真詞『露寒人遠雞相應』，皆善寫曉行光景。（《唐詞選釋》）

【黄進德曰】此詞抒寫黎明時分游子在征途上的見聞與感受。遠近相映，意境恢宏，時地並舉，動靜互見。序次井然，色調清曠。煞尾寫凝重的歸思，周邦彦《蝶戀花》：『樓上闌干横斗柄，露寒人遠雞相應』，由此化出。（《唐五代詞選集》）

【按】詞有『歸帆渡』之句，當是飛卿自京口北渡長江歸家（長安鄠縣）途中作。飛卿會昌元年春，曾自長安赴吴中舊居，見卷六《書懷一百韻》『行役議秦吴』之句及卷四《春日將欲東歸寄新及第苗紳先輩》等詩。此詞有『正是芳菲欲度』之句，當是會昌三年暮春自吴中歸長安途中作。過片『京口路，歸帆渡』六字，一篇之主。通篇均寫早起征帆甫發時所見所聞。曉角嗚咽，征雁嘹唳，村雞曉唱，均傳出旅人之凄清感受與對旅途風物之新鮮感；而堤柳飄拂，島煙迷濛，江樓海月，又處處顯示『京口』之地理特點。上述所有景物，均統一於『曉發』這一特定時間背景。全篇境界開闊，格調清新，與其閨情詞之局限於閨閣庭院，風格偏於密豔迥然不同。觀此，可知飛卿詞雖絶大部分爲應歌之作，但亦偶有佚出此範圍以外者。此篇就性質而言，與其《商山早行》等行旅詩并無二致，風格亦近，純爲基於個人行旅生活體驗的自我抒情之作，而非類型化的代言體。文人行役詞，此當爲現存作品中時代最早者（前此劉長卿有《謫仙怨》，性質近似，係貶謫途中作，内容亦抒『謫去』之恨，或當視爲貶謫詞）。與《更漏子》調名之聯繫，亦益隱而不顯，僅於結拍三句中稍點，且易夜景爲曉景矣。此詞在庭筠詞中雖爲特例，但可説明，即使在爲應歌而作曲子詞的大時代氛圍下，文人一旦純熟掌握了這種新的體裁，偶亦會用它來自我抒情。

更漏子

玉鑪香，紅蠟淚，偏照畫堂秋思〔一〕。眉翠薄，鬢雲殘〔二〕，夜長衾枕寒。　梧桐樹，三更雨，不道離情正苦〔三〕。一葉葉，一聲聲，空階滴到明〔四〕。

校注

〔一〕玉爐，香爐的美稱。畫堂，泛指華麗的堂舍。崔顥《王家少婦》：「十五嫁王昌，盈盈出畫堂。」秋思，此指秋天懷念遠人的愁緒。「照」字承「紅蠟」言。「畫堂秋思」，指畫堂中懷着離愁别恨的女子。

〔二〕謂翠黛色的畫眉褪色，如雲的鬢髮散亂，暗示夜間輾轉反側，殘妝散亂。

〔三〕不道，不知，不理會。

〔四〕何遜《臨行與故游夜别》：「夜雨滴空階。」

箋評

【胡仔曰】庭筠工於造語，極爲綺靡，《花間集》可見矣。《更漏子》（玉爐香）一詞尤佳。（《苕溪漁隱叢話·唐

人雜記》下）

【楊慎曰】飛卿此詞亦佳，總不若張子野『深院鎖黄昏，陣陣芭蕉雨』更妙。（《評點草堂詩餘》卷一）

【徐士俊曰】『夜雨滴空階』五字不爲少，『梧桐樹』此二十三字不爲多。（卓人月《古今詞統》卷五引）

【李廷機曰】前以夜闌爲思，後以夜雨爲思，善能體出秋夜之思者。（《草堂詩餘評林》卷四）

【沈際飛曰】子野句『深院鎖黄昏，陣陣芭蕉雨』，似足該括此首。第觀此，始見其妙。（《草堂詩餘正集》卷一）

【許昂霄曰】《更漏子》（玉鑪香）已上三首，與後毛文錫作，皆言夜景，略及清晨，想亦緣調所賦耳。（《詞綜偶評》）

【譚獻曰】（『梧桐樹』以下）似直下語，正從『夜長』逗出，亦書家『無垂不縮』之法。（《譚評詞辨》卷一）

【謝章鋌曰】太白如姑射仙人，温尉是王謝子弟。温尉詞當看其清真，不當看其繁縟。胡元任（仔）謂庭筠工於造語，極爲奇麗（按：《漁隱叢話》作『綺靡』）。然如《更漏子》云：『梧桐樹，三更雨，不道離情正苦，一葉葉，一聲聲，空階滴到明』，語彌淡，情彌苦，非奇麗爲佳者矣。（《賭棋山莊詞話》卷八）

【陳廷焯曰】遣辭凄艷，是飛卿本色。結三句開北宋先聲。（《雲韶集》卷一）後半闋無一字不妙，沈鬱不如上二章，而凄警獨絶。（《詞則·大雅集》卷一）飛卿《更漏子》三章，自是絶唱，而後人獨賞其末章『梧桐樹』數語……不知『梧桐樹』數語，用筆較快，而意味無上二章之厚。（《白雨齋詞話》卷一）

【李冰若曰】飛卿此詞，自是集中之冠。尋常情事，寫來凄婉動人，全由秋思離情爲其骨幹。宋人『枕前淚共窗前雨，隔個窗兒滴到明』，本此而轉成淡薄。温詞如此凄麗有情致不爲設色所累者，寥寥可數也。温、韋並稱，賴有此耳。（《栩莊漫記》）

【俞陛雲曰】此首亦上半闋引起下文。惟其錦衾角枕，耐盡良宵，故桐葉雨聲，徹夜聞之。後人用其詞意入詩云：『枕邊淚共窗前雨，隔個窗兒滴到明。』加一『淚』字，彌見離情之苦。但語意説盡，不若此詞之含渾。（《唐

詞選釋》）

【俞平伯曰】後半首寫得很直，而一夜無眠却終未説破，依然含蓄。（《唐宋詞選釋》）

【唐圭璋曰】此首寫離情，濃淡相間。上片濃麗，下片疏淡。通篇自晝至夜，自夜至曉，其境彌幽，其情彌苦。上片，起三句寫境，次三句寫人。畫堂之内，惟有爐香、蠟淚相對，何等凄寂。迨至夜長衾寒之時，更愁損矣。眉薄鬢殘，可見展轉反側、思極無眠之況。下片，承夜長來，單寫梧桐夜雨，一氣直下，語淺情深。宋人句云：『枕前淚共窗前雨，隔個窗兒滴到明。』從此脱胎。然無上文之濃麗相配，故不如此詞之深厚。（《唐宋詞簡釋》）

【葉嘉瑩曰】飛卿之爲詞，似原不以主觀熱烈真率之抒寫見長……其直抒懷感之詞，則常不免於言淺而意盡矣。此詞『梧桐樹』數語，實非飛卿詞佳處所在。《栩莊漫記》以爲『温、韋並稱，賴有此耳』，既不足以知飛卿，更不足以知端已者也……即以同爲寫雨夜離情之作相較，端己《應天長》『緑槐陰裏』一首，結尾之『夜夜緑窗風雨，斷腸君知否』二句，其懇摯深厚，真乃直入人心，無可抗拒，且不僅直入人心而已，更且盤旋鬱結，久久而不去。以視飛卿此詞之『梧桐樹……』數句，則此數句不免辭浮於情，有欠沉鬱。（《温庭筠詞概説》）

【按】此詞寫秋夜離思，精彩處全在下半闋。蓋緣其於『夜長衾枕寒』，輾轉難眠之情況下，集中筆墨抒寫梧桐夜雨、葉葉聲聲所給予離人之凄清難堪感受，純用白描，一氣直下，既淋漓盡致，又復能含蓄。此數語實本何遜『夜雨滴空階』及白居易《長恨歌》『秋夜梧桐葉落時』二語加以發揮展衍，遂創造出富於典型性之詞境。王國維曰：『詞之爲體，要眇宜修，能言詩之所不能言，而不能盡言詩之所能言。詩之境闊，詞之言長。』（《人間詞話》）本篇下片即體現『詞之言長』特點之例證。下片雖以疏快盡致爲特色，但『不道離情正苦』一句，横插於前後兩個三字句中間，於清疏明快中略作頓挫，不致一瀉無餘，且始終不道破一夜無眠，故淋漓盡致中仍有含蓄頓挫。《更漏子》詞調本身，上下片四節，共有八個節短勢促的三字句，客觀上也提供了形成清疏明快詞風的條件。温氏六首《更漏子》詞，除首章（柳絲長）外，其餘五首均在不同程度上具有清疏明快之特色。故亦可視爲作者對《更漏子》詞調本身特點及優長的充分利用與發揮。温詞之主導風格誠非清疏明快一路，然具有清疏明快特點之詞作中確有佳篇名聯。就此詞論，亦非完美之作，上片雖穠麗，情却疏淡，除『偏照畫堂秋思』一語外，頗多套語；而下片則語雖清疏，情實濃烈。『梧桐夜雨』典型意境之創造，對後世詞、曲影響亦至爲深遠。

歸國遥〔一〕

香玉〔二〕，翠鳳寶釵垂麗𣯴〔三〕，鈿筐交勝金粟〔四〕。越羅春水淥〔五〕。　畫堂照簾殘燭，夢餘更漏促。謝娘無限心曲〔六〕，曉屏山斷續〔七〕。

校注

〔一〕《歸國遥》，唐教坊曲名，後用爲詞調。雙調四十二字，或四十三字。上下片各四仄韻。首句，温庭筠所作二首均爲二字，韋莊所作均爲三字。曲調名的本意可能是歌詠戍邊將士歸國路遥的感情。庭筠此二首所詠内容與調名本意已看不出有何關聯。

〔二〕香玉，此指女子芳香白潤的面頰。

〔三〕翠鳳寶釵，釵頭以翠鳳爲飾。麗𣯴，下垂貌。此指釵頭的垂飾。

〔四〕鈿筐，鑲嵌金、銀、玉、貝的小簪。筐，小簪。金粟，花蕊形的金首飾。交勝，猶争勝。或解，指彩勝。

〔五〕謂女子身着越州所産羅綢製成的舞衣，顏色如春水之綠。淥，同『綠』。越羅，越地所産絲織品，以輕柔精致著稱。劉禹錫《酬樂天衫酒見寄》：『酒法衆傳吴米好，舞衣偏尚越羅輕。』李商隱《燕臺詩四首·秋》：『瑶琴愔愔藏楚弄，越羅冷薄金泥重。』可見越羅是製作舞衣之上佳材料。

〔六〕謝娘，見前《更漏子》（柳絲長）『謝家』注。心曲，猶心事。

〔七〕屏風曲折連環如同山形，故曰『山斷續』。

箋評

【湯顯祖曰】『芙蓉脂膩緑雲鬟』，故覺釵頭玉亦香。（湯評《花間集》卷一）

【李冰若曰】此詞及下一首，除堆積麗字外，情境俱屬下劣。（《栩莊漫記》）

【按】上片寫女子面頰、首飾、衣衫，下片寫女子曉夢醒來，聞見殘燭照簾，更漏急促，畫屏曲折，而滿腹心事無可訴語。此女子當是舞伎一類人物。『越羅』、『謝娘』等語均透露其身份，下首更明點『舞衣』。或謂首句『香玉』指釵飾或玉佩一類飾物，恐非，下首『雙臉』即此首之『香玉』也，可參證。温詩《晚歸曲》『雀扇圓圓掩香玉』指女子以團扇掩面，更可作爲顯證。

歸國遥

雙臉〔一〕，小鳳戰篦金颭豔〔二〕。舞衣無力風斂〔三〕，藕絲秋色染〔四〕。　錦帳繡幃斜掩，露珠清曉簟〔五〕。粉心黃蕊花靨〔六〕，黛眉山兩點。

校注

〔一〕雙臉，指女子兩邊面頰。見《菩薩蠻》（鳳凰相對盤金縷）『鬢輕雙臉長』句注。

〔二〕篦，當即指插在女子髮髻上作爲裝飾用的金背小梳（詳《菩薩蠻》『小山重疊金明滅』句注引沈從文《中國古代服飾研究》）。颭豔，閃亮光豔貌。句意謂女子頭上插着鳳釵、篦梳，摇曳顫動，金光閃耀。或以『小鳳戰篦』連讀，指篦梳上飾以金鳳，行動時微微顫動。

〔三〕謂走動時，風斂束舞衣，似有弱不勝衣的嬌柔之態。

〔四〕指身上的舞衣呈藕白色，似爲素秋之色所染。參《菩薩蠻》（水精簾裏頗黎枕）『藕絲秋色染』句注。

〔五〕簟，竹席。句意謂清晨的竹席透出涼意，似有清露暗凝。

〔六〕黃蕊，即蕊黃，指額黃妝。蕊，狀其顏色。粉心，指額黃妝所用的黃粉。花靨，女子面頰上塗貼的妝飾，多以金、翠作成花形或星形，故又稱『金靨』、『翠靨』、『星靨』。唐五代時又稱『花子』。段成式《酉陽雜俎·黥》：『今婦人面飾用花子，起自昭容上官氏所製，以掩點跡。』而馬縞《中華古今注·花子》則云：『秦始皇好神僊，常令宮人梳僊髻，帖五色花子，畫爲雲鳳虎飛昇……至後周又詔宮人帖五色雲母花子，作碎妝以侍宴。』或解：『粉心黃蕊』係修飾『花靨』者，指花形面靨之顏色如花之紅心黃蕊。

箋評

【唐圭璋曰】全寫一美人顏色服飾之態，而情藴釀其中，却無一句寫出。（《温韋詞之比較》）

【袁行霈曰】以靜態的描繪代替人物的抒情，尤其着力於細部的渲染，因細部的膨脹而失去整體的均衡感也在所不惜……一首詞就像一幅工筆的毫髮畢見的仕女圖……詞中的女性大多是靜態的……上闋寫女子的首飾、衣服，下闋寫她的卧牀和她的妝扮，把她的外部特征描繪得極其細致。篦子、舞衣、花靨、黛眉，各個細部渲染得十分逼真。（《温詞藝術研究》。《中國詩歌藝術研究》三三七—三三八頁）

【按】上片寫女子面頰、首飾、舞衣，下片寫幃帳牀簟及面部、眉部妝飾。純爲客觀描繪。此二首不免堆砌繁碎，有詞乏情。只上首『越羅春水渌』，此首『舞衣無力風斂』二句稍有韻致。

酒泉子〔一〕

花映柳條，閑向緑萍池上〔二〕。凭欄干，窺細浪，雨蕭蕭〔三〕。近來音信兩疏索〔四〕，洞房空寂寞〔五〕。掩銀屏，垂翠箔〔六〕，度春宵。

校注

〔一〕《酒泉子》，唐教坊曲名，後用作詞調。以平韻爲主，間入仄韻。有多種體式，主要有二體：一見於敦煌曲子詞，雙調四十九字；一多見於《花間集》，雙調自四十字至四十五字。此曲當産於河西酒泉地區。唐五代曲子辭，存體最多者爲《酒泉子》。王昆吾謂「産生這麽多異體，字句增減分合是次要的，關鍵的問題，是修辭手法造成了衆多的變異。」（《隋唐五代燕樂雜言歌辭研究》一一一頁）

〔二〕閑，鄂本、湯本《花間集》作「吹」。

〔三〕蕭蕭，此狀雨聲。

〔四〕兩疎索，謂雙方均音信稀疎。

〔五〕洞房，此指女子所居的深幽房室。《楚辭·招魂》：「姱容修態，絙洞房些。」

〔六〕銀屏，鑲銀絲的屏風。白居易《長恨歌》：「攬衣推枕起徘徊，珠箔銀屏迤邐開。」箔，雪本《花間集》作「幕」。翠箔，翠簾。

箋評

【湯顯祖曰】《酒泉子》强半用三字句，最易。（湯評《花間集》卷一）

【李冰若曰】銀屏、翠箔，麗矣，奈洞房寂寞度春宵何！（《栩莊漫記》）

【華鍾彦曰】花映柳條，是花與柳相合也。吹落池上，則又與柳相離也。感離合之倏忽，而傷人事之錯午也。

（《花間集注》）

【按】上片寫女子凭欄覽眺，但見花映柳條，閑拂緑萍池上，春雨蕭蕭，池起細浪，景色明麗而境界空寂。下片寫與所思男子彼此遠隔，音信稀疏，洞房幽寂，惟掩屏垂簾，獨自度此春宵。上下片分寫日間、晚間情景，而以『近來音信兩疏索，洞房空寂寞』二句統領。

酒泉子

日映紗窗，金鴨小屏山碧〔一〕。故鄉春，煙靄隔〔二〕，背蘭釭〔三〕。宿妝惆悵倚高閣〔四〕，千里雲影薄。草初齊，花又落，燕雙雙〔五〕。

校注

〔一〕金鴨，一種鍍金的鴨形銅香爐。戴叔倫《春怨》：『金鴨香消欲斷魂，梨花春雨掩重門。』李商隱《促漏》：『舞鸞鏡匣收殘黛，睡鴨香爐换夕熏。』小屏山碧，指枕屏上繪青碧山水。

〔二〕煙靄，指香爐熏香所透出的煙氣。長孫佐輔《幽思》：『金爐煙靄散，銀釭殘影滅。』

〔三〕蘭釭，燃蘭膏的燈。背，掩暗。

〔四〕宿妝，昨日的舊妝、殘妝。句意謂女子晨起尚未梳妝，便倚高閣惆悵遠望。

〔五〕雙雙，王輯本《金荃詞》作『雙飛』。

箋評

【毛先舒曰】漢武帝置酒泉郡，城下有泉味如酒。郭弘好飲，嘗曰：『得封酒泉郡，實出望外。』調名取此，曰《酒泉子》。（《填詞名解》卷四）

【蕭滌非曰】這首詞，結構極分明，上半寫室内，下半寫室外，時間是一個清晨，地點是一間樓上，主人翁則是一個『單棲無伴侶』的異鄉女子……曰『背蘭釭』，無聊之情態可想……『背蘭釭』句略作一勒，言雖心念故鄉，而眼前所見者惟此經宵未滅之殘燈耳，正乃『情餘言外』。（《樂府詩詞論藪．一個老問題》）

【按】上片寫女子晨起前情景：日映紗窗，枕屏山碧，殘燈猶在，爐煙猶繞，而夢中故鄉春天之景色竟如煙靄之遥隔。下片寫其未曾梳洗即惆悵倚閣遠眺，但見千里雲淡，故鄉杳遠，極目不見。眼前草齊花落，燕子雙雙，又是一年春盡，益增對故鄉之思念。上片『故鄉春，煙靄隔』，當是女子因思念故鄉而積思成夢，夢中回到闊别已久之故鄉，夢醒之際，殘燈熒熒，爐煙裊裊，而故鄉已杳隔於千里之外矣。『煙靄隔』既透出夢境之迷茫，又透出醒後之茫然，且透出此意念即因眼前爐煙繚繞之景象引起。而下片『千里雲影薄』又正與『故鄉春，煙靄隔』相應。寫情含蓄精微。中國古代詩賦向有游子思歸之傳統主題，而無『游女』懷鄉者。此詞可能是表現此類主題之極少數作品之一，反映出隨着城市商業經濟的發展，城市中聚集了一大批離鄉背井，以歌舞技藝謀生的單身女性，她們的思想情緒，包括懷念故鄉的感情，已引起熟悉市井生活之詞人如温庭筠之注意，並在詞中加以表現。此詞與下篇『楚女不歸』均爲同一類型作品，在詞的題材、主題的擴大與創新方面值得注意。

酒泉子

楚女不歸〔一〕，樓枕小河春水。月孤明，風又起，杏花稀。　玉釵斜篸雲鬟髻〔二〕，裙上金縷鳳〔三〕。八行書〔四〕，千里夢，雁南飛〔五〕。

校注

〔一〕楚女，故鄉在楚地的女子。不歸，指難以回歸故鄉。宋玉《高唐賦序》：『昔者先王（懷王）嘗遊高唐，怠而晝寢，夢見一婦人，曰：「妾巫山之女也，爲高唐之客。聞君遊高唐，願薦枕席。」王因幸之。去而辭曰：「妾在巫山之陽，高丘之阻，旦爲朝雲，暮爲行雨，朝朝暮暮，陽臺之下。」』此處當用此典，暗示此『楚女』係歌妓一類神女式人物。

〔二〕篸，《陽春集》（此詞又見馮延巳《陽春集》）作『插』。篸，同『簪』。髻，《全詩》作『重』。

〔三〕金縷鳳，指裙上繡有用金綫織成的鳳凰圖案。

〔四〕八，《陽春集》作『一』。【按】當作『八』。八行，指書信。《後漢書·竇章傳》『更相推薦』李賢注引馬融《與竇伯向（章）書》曰：『孟陵奴來，賜書，見手跡……書雖兩紙，紙八行，行七字。』謂信紙一頁八行，故以『八行』代指書信。

〔五〕上片云『春水』、『杏花稀』，時值春令，雁當北飛。此云『雁南飛』，當是因表現楚女思歸之情，暗用鴻雁傳書的典故無意中與上片所寫時令相違。

箋評

【湯顯祖曰】坌四調中，纖詞麗語，轉折自如，能品也。（湯評《花間集》卷一）

【吴衡照曰】《酒泉子》云：『月孤明，風又起，杏花稀。』作小令不似此着色取致，便覺寡味。（《蓮子居詞話》卷一）

【陳廷焯曰】情詞悽楚。（《詞則·別調集》卷一）（月孤明）三句中有多少層折。（同上）

【按】此抒『楚女』懷鄉思歸之情。上片側重寫景，景中寓含身世孤寂之感，青春凋衰之情。下片前二句寫服飾，透露『楚女』身份。結拍三句抒懷鄉之情，謂欲凭南飛之雁寄書，以抒千里思歸之情也。詞風清新明麗，情味雋永。此首一作馮延巳詞，非。温氏四首《酒泉子》均寫客居異鄉之歌伎懷鄉念遠之情，内容、風格有其内在的統一性，可視爲組詞。

酒泉子

羅帶惹香，猶繫別時紅豆〔一〕。淚痕新，金縷舊，斷離腸〔二〕。一雙嬌燕語雕梁，還是去年時節。

緑陰濃，芳草歇，柳花狂〔三〕。

校注

〔一〕羅帶，絲織的衣帶。羅帶綰有同心結的稱同心帶，是男女間用以表達愛情的信物。紅豆，又名相思子，用以表達相思之情。王維《相思》：『紅豆生南國，春來發幾枝。願君多采擷，此物最相思。』二句謂女子的羅帶上猶需有往昔織時留下的舊香，還繫着去年別時對方相贈以表相思之情的紅豆。

〔二〕淚痕新，言離別相思之淚新舊相續，即新淚痕疊舊淚痕。金縷，即金縷衣，金絲線所繡的華美衣裳。金縷舊，謂離別已久，睹物傷感。斷離腸，謂因離別相思而腸斷。

〔三〕陰，吴本、毛本《花間集》作『楊』。歇，指芳草的香氣衰歇。狂，此處形容柳絮漫天飛舞。三句均寫暮春景象。

箋評

【李冰若曰】離情别恨，觸緒紛來。（《栩莊漫記》）

【華鍾彦曰】淚痕新，言别情之深也；金縷舊，言别日之久也；斷離腸，言相思之切也。温詞《酒泉子》四首，獨此首此句（指『一雙嬌燕語雕梁』句）『梁』字不與下句叶，而與前闋『香』『腸』，後闋『狂』字叶，與前三首均各不同。歇，泄也，謂香氣消歇也。《離騷》：『恐鶗鴂之先鳴兮，使夫百草爲之不芳。』謝靈運詩：『芳草亦未歇。』皆其例。末三句，意謂春殘花謝。

【按】上片起二句以羅帶猶惹昔時舊香，猶繫别時紅豆，抒寫對往昔愛情的追戀，對去年離别的傷感，暗示相思離別之情的深濃。『淚痕』三句，連貫而下，新舊對映，層層渲染。下片由當下景引起對去年别時情景的追憶。『一雙嬌燕語雕梁』，反襯昔日離别、今日獨處的傷感；『緑陰濃』三句，一氣直下，透露出青春消逝的强烈感喟。全篇以昔時物（羅帶、紅豆、金縷）、今時景（嬌燕、緑陰、芳草、柳花）溝通當下與往昔，寄情於物、寓情於景，新舊今昔對映，表現了相思離别之情的深濃。

定西番〔一〕

漢使昔年離别，攀弱柳，折寒梅〔二〕，上高臺〔三〕。　千里玉關春雪〔四〕，雁來人不來。羌笛一聲愁絶〔五〕，月徘徊〔六〕。

校注

〔一〕《定西番》，唐教坊曲名，後用作詞調。雙調三十五字。上下片首句及下片第三句叶仄韻；上片三、四句及下片二、四句叶平韻。又一體四十一字，單叶平韻。此首平仄韻異部間叶。《定西番》的曲調，最初當是反映唐朝與西北邊各族戰争的軍中謡。温庭筠三首《定西番》，第一、三兩首的内容仍與調名相關。

〔二〕漢使，西漢張騫曾奉命出使西域。《漢書·張騫傳》：『漢方欲事滅胡……乃募能使者。騫以郎應募，使月氏。』『拜騫爲中郎將……騫即分遣副使使大宛、康居、月氏、大夏……於是西北國始通於漢矣。』此泛指唐朝出使西北邊塞的使者。係詞中女主人公之丈夫。攀弱柳，指女子折柳送別丈夫。折寒梅，謂女子折梅花相贈，以表相思之情。《太平御覽》卷九七〇引《荆州記》：『陸凱與范曄相善，自江南寄梅花一枝，詣長安與曄，並贈范詩曰：「折花逢驛使，寄與隴頭人。江南無所有，聊贈一枝春。」』『折寒梅』化用其語意。

〔三〕上高臺，指丈夫啓程後，女子登上高臺遥望。

〔四〕玉關，即玉門關，漢武帝置，爲通往西域各國之門户。故址在今甘肅敦煌市西北小方盤城。

〔五〕羌笛，古代管樂器，因出於羌中，故名。王之渙《涼州詞》：『羌笛何須怨楊柳，春風不度玉門關。』此用其詞意。

〔六〕月徘徊，月光流動貌。曹植《七哀詩》：『明月照高樓，流光正徘徊。上有愁思婦，悲嘆有餘哀。』張若虚《春江花月夜》：『可憐樓上月徘徊，應照離人妝鏡臺。』

箋評

【湯顯祖曰】『月徘徊』是『香稻啄殘鸚鵡粒』句法。（湯評《花間集》卷一）

【董其昌曰】攀柳折梅，皆所以寫離別之思。末二句聞笛見月，傷之也。（《評注便讀草堂詩餘》卷七。轉引自張紅編著《温庭筠詞新釋輯評》）

【按】全篇均從閨中思婦角度着筆，以女子口吻寫。上片寫漢使（丈夫）昔年離別赴邊塞時自己折柳相送、折梅寄情，登高臺遥送之情景。下片寫月明之夜，見北雁南飛，而丈夫仍遠使未歸，想像此時千里之外的玉關，春雪未銷，戍樓之上，羌笛聲悲，月光徘徊，令人無限哀愁。上片從回憶中寫昔之傷別，下片從想像中寫今之傷離。意境開闊，風格清迥。文人之邊塞詞，中唐韋應物《調笑》（胡馬）外，此當爲時代較早者。

定西番

海燕欲飛調羽〔一〕，萱草緑，杏花紅，隔簾櫳〔二〕。　雙鬢翠霞金縷〔三〕，一枝春豔濃〔四〕。樓上月明三五，瑣窗中〔五〕。

校注

〔一〕海燕，燕子的别稱。古人認爲燕子産於南方，須渡海而至，故稱。沈佺期《古意呈喬補闕知之》：『盧家少婦鬱金堂，海燕雙棲玳瑁梁。』或云，海燕即越燕，燕之一種。《爾雅翼·釋鳥》：『越燕，小而多聲，頷下紫，巢於門楣上，謂之紫燕，亦謂之漢燕。』因其産於濱海百越地區，故又稱海燕或越燕。調羽，調弄羽翼，準備飛翔。

〔二〕萱草爲多年生宿根草本植物，春來抽葉返緑，故曰『萱草緑』。簾櫳，窗簾與窗格，此泛指窗户。三句倒置，謂隔簾望見庭院中萱草緑、杏花紅的春天景象。

〔三〕句意謂女子的雙鬢插着翠霞色的釵飾。華鍾彦曰：『翠霞，釵色；金縷，釵穗也。』

〔四〕此即李白《清平調辭》『一枝紅豔露凝香』之意，謂女子新妝甫就，如同一枝紅豔鮮濃的春花。也可連上句理解爲在鬢邊插一枝紅豔的春花。

〔五〕謂十五的圓月映入樓上刻有連環花紋的窗户中。

箋評

【湯顯祖曰】『樓上月明三五，瑣窗中。』不知秋思在誰家。（湯評《花間集》卷一）

【丁壽田、丁亦飛曰】如此良辰美景，而佳人幽居樓上，垂簾不卷，其情緒可想見矣。（《唐五代四大名家詞》甲篇）

【按】上片寫樓上女子隔簾望見庭院中燕子調羽、萱草泛緑、杏花吐豔的春天景象，下片寫其妝束之豔麗與月圓人未圓的惆悵。上片日間景物，下片夜間景物。而『隔簾櫳』、『瑣窗中』則爲所見景物的共同凭藉，其中暗透幽寂的意緒。語言爽利，而表情含蓄。此篇内容與調名的聯繫已不明顯。

定西番

細雨曉鶯春晚。人似玉，柳如眉，正相思。　羅幕翠簾初捲，鏡中花一枝。腸斷塞門消息〔一〕，雁來稀〔二〕。

校注

〔一〕塞門，猶邊關。《文選·顔延之〈赭白馬賦〉》：『簡偉塞門，獻狀絳闕。』李善注：『塞，紫塞也。有關，故曰門。』此指西北邊塞。作者《楊柳枝》之八：『塞門三月猶蕭索，縱有垂楊未覺春。』腸斷塞門消息，謂戍守塞門的征人久無音訊，閨中思婦爲之腸斷。參下句。

〔二〕雁來稀，謂音書稀少。傳説雁足能傳書，故以『雁來稀』指雁書之稀。

箋評

【按】上片寫暮春清曉女子的相思。下片前兩句寫其卷簾幕理曉妝，『鏡中花一枝』既寫其對鏡簪花，亦像喻鏡中人如鮮豔的春花。結拍點出相思之由。『塞門』句與詞調名關聯。

南歌子〔一〕

手裏金鸚鵡，胸前繡鳳皇〔二〕。偷眼暗形相〔三〕，不如從嫁與，作鴛鴦〔四〕。

校注

〔一〕《南歌子》，唐教坊曲名，後用爲詞調，有單調、雙調二體。單調二十三字或二十六字，平韻。雙調五十二字，有平韻、仄韻二體。唐人另有《南歌子詞》，單調二十字，平韻，實即五言絶句體，與此調有別。温庭筠《南歌子》現存七首，均爲單調二十三字，二、三、五句押三平韻。《南歌子》曲調，當産於江南吴越一帶地區。

〔二〕【華鍾彦曰】金鸚鵡，手裏所攜者；繡鳳凰，衣上之花也。此指貴介公子言。以真鳥與假鳥對舉，引起下文抽象之鳥。【俞平伯曰】這兩句，一指小針線，一指大針線。小件拿在手裏，所以説『手裏金鸚鵡』。大件繡在架子上，俗稱『綳子』，古言『繡牀』，人坐在前，約齊胸，所以説『胸前繡鳳凰』，和下面的『作鴛鴦』對照，結出本意。（《唐宋詞選釋》）【按】庭筠《南歌子》七首，其他六首一二句均寫女子之體態、妝飾、動作，此首似不應例外而寫眼中所見貴介公子。《菩薩蠻》之七有『鳳凰相對盤金縷』之句，係指女子繡衣上有用金線繡成的鳳凰圖案；張泌《南歌子》之三亦有『羅衣繡鳳凰』之句，則庭筠『胸前繡鳳皇』句當指女子繡衣的胸前位置有鳳凰圖案。然則『手裏金鸚鵡』亦可能實指手裏托着鸚鵡架（逗弄調教鸚鵡），或如俞説手裏持金鸚鵡圖案之繡件。

〔三〕形相，猶端詳、打量。

〔四〕任嫁與，隨自己的意願嫁給他。作鴛鴦，喻結爲恩愛伴侶。

箋評

【湯顯祖曰】短調中能尖新而轉換，自覺雋永。可思腐句腐字，一毫用不着。（湯評《花間集》卷一）

【徐士俊曰】『峨眉山月』四句五地名，此詞四句三鳥名。（卓人月《古今詞統》卷一）

【譚獻曰】盡頭語，單調中重筆，五代後絶響。（《復堂詞話》）

【陳廷焯曰】『偷眼暗形相』五字開後人多少香奩佳話。（《雲韶集》卷二四）五字摹神。『鴛鴦』二字與上『鸚鵡』、『鳳凰』映射成趣。（《詞則・閑情集》卷一）

【李冰若曰】飛卿《南歌子》七首，有《菩薩蠻》之綺豔而無其堆砌，天機雲錦，同其工麗，而人之盛推《菩薩蠻》爲集中之冠者，何耶？又曰：《花間集》詞多婉麗，然亦有以直快見長者，如『不如從嫁與，作鴛鴦』、『此時還恨薄情無』等詞，蓋有樂府遺風也。（《栩莊漫記》）

【唐圭璋曰】這兩首（指本篇及『懶拂鴛鴦枕』一篇）《南歌子》語意大膽直率，前一首表示决心嫁給自己所愛的對象，第二首説明相思之深。詞中女子的口吻，與民間詞的人物很相近，與温詞主要作品中含蓄委婉的特色不同，當是民間詞的仿作。兩首詞辭藻都很華麗，但其中使用了口語，爲的是能更形象地表達出人物的思想活動。（《唐宋詞選注》）

【袁行霈曰】象徵着美好姻緣的鴛鴦，是由巧舌傳情的鸚鵡和成雙成對的鳳凰引起的聯想。而這首詞的構思就是建立在這三種禽鳥的類比和聯想上。感情真率，語言巧妙，帶有濃厚的民間詞的氣息。（《温詞藝術研究》）

【按】《南歌子》七首，所寫均爲歌舞妓一類人物。在不少詞中這類人物往往被仕女化、閨情化、類型化，此首却頗具本色，寫其心理活動尤生動傳神，具有個性化色彩。抒情直率，風格明快，有濃鬱民歌風味，但仍具綺豔特色。

南歌子

似帶如絲柳，團酥握雪花〔一〕。簾捲玉鈎斜〔二〕。九衢塵欲暮〔三〕，逐香車〔四〕。

校注

〔一〕團酥，猶凝脂。李調元《雨村詞話》卷一：『温庭筠《南歌子》「團酥握雪花」，言花之白如團蘇也，與酥同義。』【華鍾彦曰】團酥，猶凝脂也。宋人詞多有用之者。稼軒詞《白牡丹》：『最愛弄玉團酥，就中一朵，曾入揚州詠。』曾覿詞：『玉人今夜，滴粉搓酥，應斂眉山。』一般指酥胸，此處指粉面。《詩經·碩人》：『膚如凝脂。』握雪，猶言撲粉。花，指面容。白居易詩：『雲鬢花顔金步摇。』【按】二句以似帶如絲之柳枝、似凝脂團雪的梅花喻女子體態之裊娜、膚色之白潤。柳與梅不同時，當非實指。

〔二〕簾，指車簾，視下文『香車』可知。玉鈎，指掛簾的簾鈎。

〔三〕九衢，縱横交叉的大道。此指京城繁華的大道。

〔四〕謂街道的暗塵隨女子的香車馳過而一路飛揚。蘇味道《正月十五夜》：『暗塵隨馬去，明月逐人來。遊妓皆穠李，行歌盡落梅。』此化用其意。

箋評

【譚獻曰】源出古樂府。（《譚評詞辨》）

【丁壽田、丁亦飛曰】此詞言暮春傍晚，卷帘眺望，則見柳絮成團，車塵漠漠，所謂城市之光也。前温飛卿《菩薩蠻》：『時節欲黄昏，無憀獨倚門』，情緒與此略似。（《唐五代四大名家詞》甲篇）

【華鍾彦曰】言卷簾所欲望者，歸人也。屬目九衢之中，車塵萬丈，自晨至昏，而不見歸人，空逐香車馳過而已。（《花間集注》）

【按】此首寫女子體態婀娜，肌膚白潤，晚乘香車奔馳於京城九衢之中，揚起一路暗塵。此即蘇味道詩所謂『遊妓皆穠李』者也。『簾捲玉鈎斜』之際，故得瞥見車上之女子。張泌《浣溪沙》：『晚逐香車入鳳城，東風斜揭繡簾輕，慢迴嬌眼笑盈盈。』情景與此略似，第温詞中作者係旁觀者，而張詞中作者則爲一逐香車佯醉隨行之『狂生』也。不必將其閨情化。

南歌子

鬟墮低梳髻〔一〕，連娟細掃眉〔二〕。終日兩相思，爲君憔悴盡，百花時〔三〕。

校注

〔一〕鬌墮，同『倭墮』，古代婦女髮髻的一種樣式。漢樂府《陌上桑》：『頭上倭墮髻，耳中明月珠。』晉崔豹《古今注·雜注》：『墮馬髻，今無復作者。倭墮髻，一云墮馬之餘形也。』段成式《髻鬟品》：『長安城中有盤桓髻、驚鵠髻……及倭墮髻。』唐許景先《折柳篇》：『寶釵新梳倭墮髻，錦帶交垂連理襦。』【黄進德曰】倭墮髻，即墮馬髻，中唐以後流行的髻式，即將頭髮自兩鬢梳向腦後，掠至頭頂挽成一髻，再向額角俯偃下垂，偏於一側，故曰低梳。白居易《代書詩一百韻寄微之》：『風流誇墮髻。』原注：『貞元末，城中復爲墮馬髻。』此髻式始自漢代。（《唐五代詞選集》）

〔二〕連娟，彎曲而纖細。《史記·司馬相如列傳》：『長眉連娟，微睇綿藐。』司馬貞索隱引郭璞曰：『連娟，眉曲細也。』【黄進德曰】蛾眉，有兩種。一、細長而彎曲若蠶蛾之觸鬚然，古已有之……流行至天寶末。白居易《上陽白髮人》：『小頭鞋履窄衣裳，青黛點眉眉細長。世人不見見應笑，天寶末年時世妝。』二、較濃，即所謂『蛾翅眉』，爲元和以後新眉式。張籍《倡女詞》：『輕鬢叢梳闊掃眉。』……文宗大和六年六月有詔『改革』『婦人高髻險妝，去眉開額』風俗，一仍貞元中舊制（參見《唐會要》卷三十一『輿服上·雜録』），眉式遂變。温庭筠《南歌子》：『倭墮低梳髻，連娟細掃眉』可參證。此當指前一種。（《唐五代詞選集》一一四至一一五頁）

〔三〕謂整個百花開放的春季都因相思而爲君憔悴。

箋評

【譚獻曰】『百花時』三字，加倍法，亦重筆也。（《譚評詞辨》卷一）

【陳廷焯曰】低徊欲絶。（《詞則·閑情集》卷一）

【唐圭璋曰】此首寫相思，純用拙重之筆。起兩句，寫貌。『終日』句，寫情。『爲君』句，承上『相思』，透過一層，低回欲絶。（《唐宋詞簡釋》）

【按】曰『終日』、曰『盡』，抒情直截而強烈，不復爲委婉含蓄之辭，與『不如從嫁與，作鴛鴦』同趣。

南歌子

臉上金霞細〔一〕，眉間翠鈿深〔二〕。欹枕覆鴛衾〔三〕。隔簾鶯百囀，感君心〔四〕。

校注

〔一〕金霞，蕊黄粉。詳《菩薩蠻》之三『蕊黄無限當山額』句注。金霞細，形容撲蕊黄之細粉如金霞之細。日本青山宏《唐宋詞研究》：『沈從文著的《中國古代服飾研究》第二八七頁（插圖一〇四），在所載的范文藻摹寫的

『榆林窟壁畫五代人供養人』圖中，描繪了在眉間施飾以花鈿的八位女性，其中四人在花形的紅色花鈿中心，加入了翠色的色彩。這四人特别在鬢髮和眼梢之間和太陽穴附近，施以與眉間同樣的化妝。還有在口的左右的面頰部，也好像化了妝。這八位女性，誰都在左右眼睛之下的面頰部的中心部，施有由濃而淡的黄色。這種由濃而淡的化妝，就是被歌詠爲『臉上金霞細』。（轉引自張红编著《温庭筠詞新釋輯評》）

〔二〕翠鈿，詳《菩薩蠻》之八『翠鈿金壓臉』句注。曰『眉間翠鈿』，則指用绿色『花子』粘於眉心。

〔三〕欹枕，斜倚枕頭。覆，蓋。鴛衾，繡有鴛鴦圖案的錦被。

〔四〕感君心，思念君之心。

箋評

【李冰若曰】婉孌纏綿。（《栩莊漫記》）

【華鍾彦曰】（末二句）聞鶯百囀，感春光將盡，思君之心，益怊悵而難平也。（《花間集注》）

【按】一二句，女子之妝飾。『低梳』、『細掃』，寫其着意修飾。三四五句則晨起因思念情人而欹枕擁衾，聽流鶯之百囀，嘆芳春而獨處也。

南歌子

撲蕊添黃子〔一〕，呵花滿翠鬟〔二〕。鴛枕映屏山〔三〕，月明三五夜，對芳顏〔四〕。

校注

〔一〕撲蕊，撲施蕊黃粉。蕊，蕊黃粉，婦女化額黃妝所用。詳《菩薩蠻》之三『蕊黃無限當山額』句注。温庭筠《懊惱曲》：『藕絲作線難勝針，蕊粉染黃那得深。』黃子，指額黃。李商隱《宫中曲》：『賺得羊車來，低扇遮黃子。』

〔二〕呵花，戴花之前用口吹一下花朵，使其舒展。毛熙震《酒泉子》：『曉花微斂輕呵展，裊釵金燕軟。』

〔三〕鴛枕，繡有鴛鴦的枕頭，象徵愛情的美滿。屏山，山形的枕屏。映，湯本《花間集》作『暗』。

〔四〕謂芳顏獨對三五之圓月。示情人别離，月圓而人未圓。

箋評

【湯顯祖曰】『撲蕊』、『呵花』四字，從未經人道過。（《湯評《花間集》卷一》）

【李冰若曰】此詞與上闋同一機杼，而更怊悵自憐。（《栩莊漫記》）

【按】雖精心妝扮，然鴛枕獨宿，月圓人離，惆悵之情何堪。此首只作客觀描寫，不直接抒情，較爲含蓄。

南歌子

轉眄如波眼〔一〕，娉婷似柳腰〔二〕。花裏暗相招〔三〕。憶君腸欲斷，恨春宵〔四〕。

校注

〔一〕眄，王輯本《金筌詞》、毛本《花間集》作『盼』。轉眄，目光流轉。

〔二〕娉婷，姿態美好貌。

〔三〕花叢中向對方暗暗招手相邀。此或是與情人初次私約相邀情景。

〔四〕春宵而獨處，思君而腸斷，故『恨春宵』之難度，亦『恨春宵』之愈增己之孤寂。

箋評

【陳廷焯曰】『恨春宵』三字，有多少宛折。（《雲韶集》卷二十四）

【李冰若曰】末二句率致無餘味。（《栩莊漫記》）

【張以仁曰】末二句情上落筆，幾許哀愁，無限相思，正賴此一會傾訴。二句正是全詞重點，否則便顯輕佻……此詞非追憶之作，實寫女方久别重逢心意情態，末二句乃傾訴相思之久，而恨春宵之短，其急切，其纏綿，得此二句，躍然欲出。又曰：此詞首句寫表情，知伊人已來，狀聞聲而喜也；次句描姿態，以狀字作動詞，蓋急切行來，不覺其花枝招展矣；三句述動作，連帶説明環境，謂私會也。一句一變，各有重點，各擅風情，而又一氣呵成，有如電影連續之特寫鏡頭。（《温飛卿詞舊説商榷》。《花間詞論集》九十六頁）

【按】此首前二句看似客觀描寫女子倩目流波，娉婷多姿，然與第三句連讀，則確帶有敘事意味，蓋女主人公回憶初次與情人私約會面時自已之媚姿逸態與花裏相招的急切情景。後二句以『憶』字點醒前三句乃回憶中情景，謂别來日久，值此春宵良夜，獨處思君，不禁腸斷，而恨春宵之長也。

南歌子

懶拂鴛鴦枕〔一〕，休縫翡翠裙〔二〕，羅帳罷爐熏〔三〕：近來心更切，爲思君。

校注

〔一〕拂，有拂拭、觸及、放置等義，均可通。鴛鴦枕，即鴛枕，繡有鴛鴦圖案的枕頭，象徵男女合歡。或指成雙成對的枕頭。

〔二〕翡翠裙，繡有翡翠鳥圖案的裙。《楚辭·招魂》：『翡翠珠被，爛齊光些。』王逸注：『雄曰翡，雌曰翠。』翡翠亦美好愛情之象徵。因離別相思，情思慵倦，意緒無聊，故『懶拂』『休縫』；亦可理解爲怕觸動離別相思之情，故『懶拂』、『休縫』。休，罷也。下句有『罷』字，故避複作『休』。

〔三〕因意中人不在，故羅帳亦不復熏香。

箋評

【陳廷焯曰】上三句三層，下接『近來』五字甚緊，真是一往情深。（《詞則·閑情集》卷一）

【李冰若曰】『懶』『休』『罷』三字，皆爲思君之故，用『近來』二字，更進一層。於此可悟用字之法。（《栩莊漫記》）

【唐圭璋曰】此首，起三句三層。『近來』句，又深一層。『爲思君』句總束，振起全詞，以上所謂『懶』、『休』、『罷』者，皆思君之故也。（《唐宋詞簡釋》）

【張以仁曰】首句寫晨起之慵懶，次句寫白日之無聊，三句寫入夜之意緒缺乏，一天情況如此。加『近來』一句，重之以『更』字，則天天如此且情況日益嚴重矣。白雨齋之所以作爲此評也。然白雨齋但識『近來』二字之妙，不知『更』字著力深厚處，猶一間未達也。（《温飛卿詞舊説商榷》。《花間詞論集》九十七頁）

【按】『近來心更切，爲思君』八字，全篇主意，亦上三句之總結。『懶拂』、『休縫』、『罷熏』，均『近來心更切，爲思君』之具體表現。第三句下加一承上總括之冒號，則意豁然矣。層層渲染，末二句結出主意。

河瀆神〔一〕

河上望叢祠〔二〕，廟前春雨來時。楚山無限鳥飛遲，蘭棹空傷別離〔三〕。　何處杜鵑啼不歇，豔紅開盡如血〔四〕。蟬鬢美人愁絶，百花芳草佳節。

校注

〔一〕《河瀆神》，唐教坊曲名。後用爲詞調。唐五代存詞均不離調名本意，詠及河邊祠廟。雙調四十九字。有兩體：一體上片平韻，下片換仄韻；一體通首押平韻。庭筠所作三首均爲前一體。

〔二〕叢祠，建在叢林中的祠廟。《史記·陳涉世家》：『又間令吴廣之次所旁叢祠中，夜篝火。』司馬貞索隱引《戰國策》高誘注：『叢祠，神祠也。叢，樹也。』

〔三〕蘭棹，蘭舟，木蘭樹製作的舟船。用作對舟船的美稱。

〔四〕杜鵑，鳥名。《埤雅》：『杜鵑一曰子規，苦啼，啼血不止。一名怨鳥，夜啼達旦，血漬草木。』此二句上句寫杜鵑鳥哀鳴不歇，下句寫杜鵑花盛開豔紅如血，似爲杜鵑鳥啼血所染。極言離別之哀愁。

箋評

【王士禛曰】『蟬鬢美人愁絶』，果是妙語。飛卿《更漏子》、《河瀆神》凡兩言之。李空同所謂自家物終究還來耶。（《花草蒙拾》）

【陳廷焯曰】《河瀆神》三章寄哀愁於迎神曲中，得《九歌》遺意。（《詞則·別調集》卷三）

【李冰若曰】飛卿詞中重句重意，屢見《花間集》中。由於意境無多，造句過求妍麗，故有此弊，不僅『蟬鬢美人』一句已也。（《栩莊漫記》）

【按】『蘭棹空傷別離』句束上起下，爲一篇之主。詞寫情人河畔傷别所見所聞所感。春雨如絲，楚山無限，杜鵑哀鳴不歇，杜鵑花盛開如血。風格哀豔，情感悱惻。『何處杜鵑啼不歇，豔紅開盡如血』二句，將杜鵑啼血與杜鵑花豔紅如血聯繫在一起，以暗示情人之泣血傷離，極富想像。

河瀆神

孤廟對寒潮，西陵風雨蕭蕭〔一〕。謝娘惆悵倚蘭橈〔二〕，淚流玉筯千條〔三〕。　暮天愁聽思歸樂〔四〕，早梅香滿山郭。迴首兩情蕭索〔五〕，離魂何處飄泊？

校注

〔一〕西陵，今浙江杭州市蕭山區西興鎮的古稱。李白《送友人尋越中山水》：『東海橫秦望，西陵遶越臺。』六朝時其地爲西陵戍。南朝樂府民歌《蘇小小歌》有『何處結同心？西陵松柏下』之句，西陵在錢塘江之西，又稱西陵渡。與李白詩之『西陵』在錢江之東者不同。五代吴越時改西陵爲西興。孤廟，即河邊之神祠。

〔二〕謝娘，見《更漏子》（柳絲長）『惆悵謝家池閣』句注。此借指傷别的女主人公。蘭，原作『欄』，據陸本《花間集》改。蘭橈，即上首『蘭棹』。

〔三〕玉筯，喻女子成行的珠淚。筯，筷子。

〔四〕【曾昭岷等《全唐五代詞》校】樂，鄂本、毛本《花間集》作『落』。毛本《花間集》注云：『一作「樂」。』李一氓《花間集校》云：『樂，讀如約。』施蟄存《讀温飛卿詞札記》云：『非也，此「思歸樂」乃是鳥名。』舉元稹《思歸樂》詩爲證，並引陶岳《零陵記》云：『狀如鳩而慘色，三月則鳴，其音云「不如歸去」。』蓋即杜鵑也。施氏所云甚是。【按】元稹《思歸樂》云：『山中思歸樂，盡作思歸鳴。』『山中思歸樂』即指山中杜鵑鳥。庭筠《河瀆神》第一首又有『何處杜鵑啼不歇』之句，似此首愁聽之『思歸樂』亦當指杜鵑鳥。然細審上下文，乃知此『思歸樂』必非指杜鵑鳥。蓋杜鵑鳥鳴於春末夏初，前首寫杜鵑啼，亦云『百花芳草佳節』、『春雨來時』。而此詞一則曰『寒潮』，再則曰『早梅香滿』，時令當在季冬或早春，此時豈復有杜鵑鳥之鳴？此『思歸樂』乃是當時樂曲名。王溥《唐會要》卷三十三《諸樂》：『太常梨園别教院，教法曲樂章等：《王昭君樂》一章，《思歸樂》一章，《傾杯樂》一章……』此從『思歸』二字着眼，蓋謂雖聽《思歸樂》之曲而漂泊不歸，故曰『愁聽』。李一氓謂『樂，讀如約』，是。

〔五〕蕭索，凄涼冷清。

箋評

【湯顯祖曰】二詞頗無深致，亦復千古並傳。《柏梁》《金谷》《蘭亭》帶挈中乘人不少。上駟之寃，亦下駟之幸耶？閣筆爲之一噱。（湯評《花間集》卷一）

【陳廷焯曰】起筆蒼茫中有神韻，音節凑合。（《雲韶集》卷一）

【按】此早春在西陵與情人離别之作，視『謝娘惆悵倚蘭橈』、『迴首兩情蕭索，離魂何處飄泊』等句可知。紀實色彩明顯，非一般應歌之作。調名本意只起處一點。此詞只起處意境闊遠，餘皆平平。疑會昌二年初春自吴中赴越中途經西陵時作。

河瀆神

銅鼓賽神來〔一〕，滿庭幡蓋徘徊〔二〕。水村江浦過風雷，楚山如畫煙開〔三〕。　離别櫓聲空蕭索，玉容惆悵妝薄。青麥燕飛落落〔四〕。捲簾愁對珠閣〔五〕。

校注

〔一〕銅鼓，古代西南少數民族所使用的樂器，節日及舉行宗教活動時每用之。《後漢書·馬援傳》：『援好騎，善别名馬，於交趾得駱越銅鼓，乃鑄爲馬式。』范成大《桂海虞衡志·志器》：『銅鼓，古蠻人所用。南邊土中時有掘得者，相傳爲馬伏波所遺，其制如坐墩而空其下，滿鼓皆細花紋，極工緻。四角有小蟾蜍。兩人舁行，以手拊之，全似鞞鼓。』賽神，設祭酬神。

〔二〕幡蓋，賽神時用以迎神的旗幡、華蓋等儀仗。徘徊，往返回旋貌。

〔三〕過風雷，或解爲迎神之車聲（見箋評引華鍾彦説），然連下句，當是實寫。煙，指籠罩在山間的雲霧。『楚山如畫煙開』，即『楚山煙開如畫』之意。上句寫江邊水村雷陣雨疾，下句寫雨過楚山雲開霧散，洗出山色如畫。

〔四〕落落，稀疏貌。漢杜篤《首陽山賦》：『長松落落，卉木蒙蒙。』

〔五〕珠，吴本《花間集》作『朱』。

箋評

【李冰若曰】上半闋頗有《楚辭·九歌》風味，『楚山』一語最妙。（《栩莊漫記》）

【施蟄存曰】飛卿亦有拙句，如『新歲清平思同輦，争奈長安路遠。』『青麥燕飛落落，卷簾愁對珠閣。』『樓上月明三五，瑣窗中。』『淚流玉箸千條』等句，皆俚俗。（《讀温飛卿詞札記》）

【華鍾彦曰】賽神，謂報祭神祇也。唐時賽神之始，建臺觀，設道場，具儀仗，簫鼓雜戲，迎神於河上……此言鳴銅鼓以迎神，故庭臺之前，幡蓋摇蕩也……雷，車聲也。此言神之來也，則迎神之車，行如風，聲如雷，馳驅於水村江浦之間。及其往也，煙開雲散，但見楚山歷歷如畫耳。以興神之去來易事也。奈何人之去而不返耶？麥青時節，約在三月，錢昭度《春陰詩》：『語燕初飛隴麥青，春雲將雨滯人行。』（《花間集注》）

【按】上片前兩句寫祠廟賽神之熱閙場景。三四轉寫江邊水村雷過雨歇，楚山雲開霧散，清景如畫。换頭點出情人河上傷離，『玉容惆悵。』係送者。末二句則别後女子珠閣捲簾所對清寂之景。此首雖亦寫情人傷别，但背景不局限於眼前狹小之庭院，而擴大至江邊神廟賽神、水村風雷過後楚山如畫之情景，爲閨情題材、傷别主題注入新鮮的生活氣息，可謂别開生面之作。飛卿《河瀆神》三首雖均詠男女河畔傷離，然時、地不同。第一、三首均言及『楚山』，又各有『春雨』、『杜鵑』、『青麥』等字，當同時同地之作。第二首則初春作於西陵。係會昌二年初春自吴中赴越中途經西陵時作。庭筠詩集七有《題蕭山廟》，卷九有《江上别友人》，中有『馬嘶秋廟空』，『地勢蕭陵歇』及『秋色滿葭菼』之句，係會昌二年秋自越中返吴中途經蕭山、錢塘江時作。此三首均不同程度具有紀實色彩。本調之意僅各於起手處稍點，其他各句均以詠男女傷離爲中心，不妨視爲以河邊神祠爲背景之男女傷别組詞。

女冠子〔一〕

含嬌含笑，宿翠殘紅窈窕〔二〕。鬢如蟬。寒玉簪秋水〔三〕，輕紗捲碧煙〔四〕。　雪胸鸞鏡裏，琪樹鳳樓前〔五〕。寄語青娥伴〔六〕，早求仙。

校注

〔一〕《女冠子》，唐教坊曲名，後用爲詞調。唐五代此調多詠調名本意（即詠女道士）。今存詞中，小令始於温庭筠。雙調四十一字。上片一、二句押仄韻，三、五句换押平韻。下片二、四句押平韻。宋代有《女冠子》長調，始於柳永，雙調一百十一字，仄韻。

〔二〕宿翠殘紅，謂眉間臉上還留有昨日的殘妝。翠，指眉黛；紅，指紅粉、臙脂。

〔三〕寒玉，指玉簪。玉色晶瑩透明，似泛寒意，故云。秋水，形容寒玉之色。句意謂插上寒碧若秋水之色的玉簪。

〔四〕此謂披着如同碧煙般的輕紗霧縠。【张紅曰】輕紗，指『披帛』、『畫帛』。唐宋時流行的一種女子服飾，類似今之圍巾。以輕薄紗羅裁成，上面印有花紋圖案，一般有兩米長。用時將它披在肩背上，兩端盤繞臂旁自然垂下，行走時，可隨手臂擺動而飄舞生姿，十分美觀。【按】張説甚詳，今存唐畫中上層社會婦女用披帛者甚多。女冠是否亦用披帛，未詳。韋莊《天仙子》：『金似衣裳玉似身，眼如秋水鬢如雲，霞裙月帔一羣羣。』所詠亦女冠，所謂『月帔』或即温詞之『輕紗捲碧煙』者也。捲，狀披肩之飄逸。

〔五〕琪樹，仙境中的玉樹。《文選·孫綽〈遊天台山賦〉》：『建木滅景於千尋，琪樹璀璨而垂珠。』呂延濟注：『琪樹，玉樹。』此借喻亭亭玉立的美人，即女冠。鹿虔扆《女冠子》：『鳳樓琪樹，惆悵劉郎一去，正春深。』用同温詞。鳳樓，用蕭史、弄玉事，見《列仙傳·蕭史》，此借指女冠居處，即道觀。江總《蕭史曲》：『來時兔月滿，去後鳳樓空。』

〔六〕青娥，美麗的少女。青娥伴，指昔日的女伴。

箋評

【湯顯祖曰】『宿翠殘紅窈窕』，新妝初試，當更嫵媚撩人，情語不當爲登徒子見也。（湯評《花間集》卷一）

【沈際飛曰】宿翠殘紅尚窈窕，新妝又當何如？『寒玉』二句，仙乎？幽閒之情，浪子風流，即於風流豔詞發之。（《草堂詩餘別集》卷一）

【陳廷焯曰】仙骨珊珊，知非凡豔。（《詞則·閑情集》卷一）綺語撩人，麗而秀，秀而清，故佳。清而能煉。（《雲韶集》卷二十四）

【按】上片寫女冠晨起殘妝猶在，風韻猶存，及重新梳妝、插簪穿衣。下片寫妝成之後對鏡自賞，並寄語青春女伴，望其早日入道求仙。『寒玉』一聯，造語新穎有韻致。詞則沈氏所謂『風流豔詞』也。

女冠子

霞帔雲髮〔一〕，鈿鏡仙容似雪〔二〕。畫愁眉〔三〕，遮語迴輕扇〔四〕，含羞下繡幃〔五〕。　玉樓相望久〔六〕，花洞恨來遲〔七〕。早晚乘鸞去，莫相遺〔八〕。

校注

〔一〕霞帔，以雲霞爲服。指道士服。《雲笈七籤》：『並頭戴寶冠，身披霞帔，手執玉簡。』《新唐書·隱逸傳·司馬承禎》：『帝錫寶琴，霞紋帔，還之。』【張紅曰】霞帔，古代婦女的一種服飾，類似披肩，以紗羅製成。其形狀如彩虹繞過頭頸，披掛在胸前，下垂一顆金玉墜子。因其有雲霞樣花紋，故名。道家常著此帔，故亦以『霞帔』稱道士服。

〔二〕鈿鏡，用金、銀、玉、貝鑲嵌的妝鏡。句意謂晨起對鏡，鏡中容顔似雪。仙，指女冠。

〔三〕愁眉，一種細而曲折的眉妝。《後漢書·梁冀傳》：『（孫）壽色美而善爲妖態，作愁眉、嗁妝、墮馬髻、折腰步、齲齒笑，以爲媚惑。』李賢注引《風俗通》：『愁眉者，細而曲折。』白居易《代書一百韻寄微之》：『風流誇墮髻，時勢鬭愁眉。』

〔四〕即『迴輕扇以遮語』之意，係形容其嬌媚之態。

〔五〕羞，王輯本《金荃詞》作『笑』。繡幃，彩繡的牀幃。

〔六〕玉樓，傳説中天帝或仙人的住所。《十洲記·崑崙》：『天墉城，面方千里，城上安金臺五所，玉樓十二所。』此指女道士所居。

〔七〕花洞，道教稱仙人或道士居處。貫休《送軒轅先生歸羅浮山》：『玉房花洞接三清。』又，傳説中仙女所居的桃源（或作桃溪）洞亦可稱『花洞』。劉義慶《幽明録》載，東漢永平間，劉晨、阮肇至天台山采藥迷路，遇二仙女，於桃源洞中結爲伴侶，留半年始歸。唐人常以『桃源洞』喻指女冠居處。

〔八〕早晚，多早晚，何時。乘鸞去，指登仙昇天而去。遺，《金奩集》作『違』。莫相遺，莫相棄，係作者的叮囑之詞。

箋評

【華鍾彦曰】『畫愁（眉）』三句，敘女冠在凡時女伴，終日含羞倚愁也。『玉樓』二句，言玉樓中之女伴，思念女冠，望其早歸，而花洞中之女冠，懷想女伴，恨其遲來也。『早晚』二句，女冠之願詞也。（《花間集注》）

【張以仁曰】她的生活奢華、姿容美豔、風情動人……這樣一個類似交際花的女道士，她所盼望的會不會是一個男伴一類情人呢？她們早訂舊約，而竟久候未來。她……珍視眼前短暫的歡聚，希望對方不要遺棄她……題旨應該是：『寫女冠之姿容與凡情。』（《温庭筠兩首〈女冠子〉的訓解與題旨的問題》。《花間詞論集》一八二至一八三頁）

【按】上片寫女冠晨起對鏡梳妝、畫眉、穿衣，以及迴扇遮語、含羞下幃等嬌媚之態，係作者往日與其歡會時所見之情景。下片作者抒情，謂對方居玉樓之上，花洞之中，别來相望已久，却始終未能再到其地重敘歡情。末二語則叮囑女冠，願與其攜手同登仙界，永爲仙侣，望其莫相棄也。此有所戀於女冠之詞。

玉蝴蝶〔一〕

秋風凄切傷離，行客未歸時〔二〕。塞外草先衰〔三〕，江南雁到遲〔四〕。　芙蓉凋嫩臉，楊柳墮新眉〔五〕。

搖落使人悲〔六〕，斷腸誰得知？

校注

〔一〕《玉胡蝶》，有小令、長調二體。小令始於温庭筠此首，雙調四十一字，上片四平韻，每句押韻。下片二、四句押二平韻。或四十二字。長調始於柳永，雙調九十九字。亦有九十八字體。平韻。庭筠此首已非詠調名本意。

〔二〕行客，征人，出門在外的人。此指女子所懷的男子。

〔三〕塞外，此指『行客』所在的邊塞之地。

〔四〕江南，此指女子所居之地。雁到遲，兼寓雁書到遲。

〔五〕二句含義雙關。既謂秋風凄切之時，荷花凋謝，柳葉隕落，亦借喻傷離之女子凋芙蓉之嫩臉，墮柳葉之新眉，容顔憔悴，無心畫眉匀臉。似從白居易《長恨歌》『芙蓉如面柳如眉』化出。

〔六〕宋玉《九辯》：『悲哉秋之爲氣也！蕭瑟兮草木搖落而變衰。』搖落，指草木樹葉枯黄凋零。

箋評

【陳廷焯曰】『塞外』十字，抵多少《秋聲賦》！飛卿詞『此情誰得知』，『夢長君不知』，『斷腸誰得知』，三押『知』字，皆妙。（《雲韶集》卷一）

【按】此女子清秋傷離之詞。首句『秋風凄切傷離』提挈全篇主意。『行客』居塞北，思婦在江南。『草先衰』係遥想，『雁到遲』是即景，兼寓音書到遲。過片寫女子因傷離而憔悴瘦損，巧合秋風凄切之景物。末結出『秋風』『傷離』之意，而嘆斷腸之情無人得知，倍感凄切。詞風清麗，境界亦較闊遠。

清平樂〔一〕

上陽春晚〔二〕，宮女愁蛾淺〔三〕。新歲清平思同輦〔四〕，争奈長安路遠〔五〕。　鳳帳鴛被徒燻〔六〕，寂寞花鎖千門〔七〕。競把黄金買賦，爲妾將上明君〔八〕。

校注

〔一〕《清平樂》，唐教坊曲名，後用爲詞調。班固《兩都賦序》：『海内清平，朝廷無事。』曲名或本此。雙調四十六字。上片押四仄韻，下片一、二、四句押平韻。亦有全首押仄韻者。庭筠此首，有『新歲清平思同輦』之句，與調名仍有關連。

〔二〕上陽，宫名，在唐東都洛陽。唐高宗時建。《新唐書·地理志》：『上陽宫在禁苑之東，東接皇城之西南隅，上元中置，高宗之季常居以聽政。』白居易《新樂府》有《上陽白髪人》，憫宫人之怨曠，其自序云：『天寶五載已後，楊貴妃專寵，後宫人無復進幸矣。六宫有美色者輒置别所，上陽是其一也。貞元中尚存焉。』庭筠此首，亦抒宫女之寂寞望幸心情。

〔三〕愁蛾，猶愁眉。眉淺，謂未畫眉。

〔四〕謂時值清平年代，又值新歲，思得君主恩幸，與君同輦而遊。

〔五〕争奈，怎奈、無奈。天子在長安，己在洛陽上陽宮，故云『争奈長安路遠』，此言望幸無緣。『長安路遠』隱用『日近長安遠』故典之字面。

〔六〕鳳帳鴛被，繡有鳳凰圖案的牀帳和鴛鴦圖案的錦被。鳳凰、鴛鴦均象徵愛情。望幸無緣，故曰『徒燻』。

〔七〕此句似從杜甫《哀江頭》『江頭宮殿鎖千門』及元稹《行宮》『寥落古行宮，宮花寂寞紅』化出。千門，指皇帝宮殿的千門萬户。《漢書·郊祀志》：『作建章宮，度爲千門萬户。』此指上陽宮。

〔八〕傳司馬相如有《長門賦》。其序云：『孝武皇帝陳皇后時得幸，頗妬。别在長門宮。愁悶悲思。聞蜀郡成都司馬相如工爲文，奉黃金百斤爲相如、文君取酒，因于（《太平御覽》作『求』）解悲愁之辭。而相如爲文以悟主人，陳皇后復得親幸。』『黃金買賦』出此。按：陳皇后復得親幸與史實不符，此序乃後人所加，非相如作。將上，猶獻上。《詩·小雅·楚茨》：『或剥或亨，或肆或將。』鄭玄箋：『有肆其骨體於俎者，或奉持而進之者。』

箋評

【湯顯祖曰】《清平樂》亦創自太白，見呂鵬《遏雲集》，凡四首。黃玉林以二首無清逸氣，韻促促，删去，殊惱人。此二詞（指温庭筠之二首《清平樂》）不知應作何去取。（湯評《花間集》）

【按】此宮怨詞。全篇既寫其寂寞怨曠，更抒其望幸情切。曰『競把黃金買賦』，則上陽宮中怨曠者自多。《菩薩蠻》十四首謂之感士不遇或嫌牽強，而此首謂其於抒宮女怨曠中微露感士不遇，或尚切合。

清平樂

洛陽愁絶，楊柳花飄雪〔一〕。終日行人恣攀折〔二〕，橋下流水嗚咽〔三〕。　上馬争勸離觴〔四〕，南浦鶯聲斷腸〔五〕。愁殺平原年少〔六〕，迴首揮淚千行。

校注

〔一〕二句暗點暮春洛陽送別。楊花飄蕩如雪，是暮春季候。范雲與何遜聯句，范作云：『洛陽城東西，却作經年別。昔去雪如花，今來花似雪。』二句化用范詩，暗寓離別使人愁絶。

〔二〕恣，王輯本《金荃詞》，鄂本、吴本、毛本《花間集》作『争』。【按】下片有『争勸離觴』語，此處不應重出『争』字。古有折柳送別習俗，見《三輔黄圖·橋》。此句寫行人恣意折柳，正點離別之多。

〔三〕橋，疑指洛陽之天津橋，係古浮橋。隋煬帝大業間遷都，以洛水貫都，有天漢津梁氣象，因建此橋，名曰天津。故址在今洛陽市西南。

〔四〕離觴，餞行的酒。

〔五〕《楚辭·九歌·河伯》：『子交手兮東行，送美人兮南浦。』江淹《别賦》：『春草碧色，春水渌波。送君南浦，傷如之何？』南浦，送别之地。

〔六〕平原，指平原侯曹植。《三國志·魏志·陳思王傳》：『植字子建……建安十六年封平原侯。』植有《名都篇》云：『名都多妖女，京洛出少年。』『平原年少』用此，借指貴游子弟。或云：平原，戰國時趙邑。燕趙古多慷慨悲歌之士，故常揮淚惜別。（華鍾彦《花間集注》）

箋評

【陳廷焯曰】『橋下』句從離人眼中看得，耳中聽得。（《詞則·放歌集》卷一）上半闋最見風骨，下半闋微遜。上三句説楊柳，下忽接『橋下流水嗚咽』六字，正以襯出折柳之悲，水亦爲之嗚咽。如此着墨，有一片神光，自離自合。（《雲韶集》卷一）

【丁壽田、丁亦飛曰】此詞悲壯而有風骨，不類兒女惜別之作，其作於被貶之時乎？（《唐五代四大名家詞》甲篇）

【俞陛雲曰】通首寫離人情事，結句尤佳。臨歧忍淚，恐益其悲，至別後回頭，料無人見，始痛洒千行之淚，洵情至語也。後人有出門詩云：『欲泣恐傷慈母意，出門方洒淚千行。』此意欲別母時賦之，彌見天性之篤。（《唐詞選釋》）

【按】視詞中用范雲、何遜離別及曹植『平原年少』典，所寫當非男女情人之傷別，而係丈夫之壯別。故遣詞用語無脂粉氣，聲情亦遒壯瀏亮。陳、丁二評均有見。然丁謂作於被貶時，則於詞無徵。此首似亦非爲應歌而作。

遐方怨〔一〕

憑繡檻〔二〕，解羅幃〔三〕。未得君書，斷腸瀟湘春雁飛〔四〕。不知征馬幾時歸。海棠花謝也〔五〕，雨霏霏。

校注

〔一〕《遐方怨》，唐教坊曲名，後用作詞調。有單調、雙調二體。單調始於温庭筠，二、四、五、七句押平韻。雙調見於顧夐、孫光憲詞。王昆吾《隋唐五代燕樂雜言歌辭研究》：『《遐方怨》，温庭筠辭二首皆「七五三」結，孫光憲兩疊體兩片作「六七」結，各減一、二字，各減一句。』此曲原當爲反映邊地戰争征戍造成夫婦分離的謡歌，庭筠此首猶詠調名本意。

〔二〕繡檻，雕刻精美的欄杆。此指牀邊欄杆。

〔三〕羅幃，羅帳。

〔四〕斷腸，雪本《花間集》作『腸斷』。

〔五〕海棠花二月開放，花謝已是暮春。

箋評

【陳廷焯曰】神致宛然。（《雲韶集》卷一）

【華鍾彦曰】瀟湘，水名，湘水合瀟水之總稱。其會合處，在今湖南零陵縣北。此言見瀟湘歸雁，而不見征人歸信也。（《花間集注》）

【唐圭璋曰】詞中有以情語結者，有以景語結者。景語含蓄，較情語尤有意味。唐五代詞中，温飛卿多用景語結，韋端己多用情語結。温詞如《遐方怨》結云：『不知征馬幾時歸，海棠花謝也，雨霏霏。』韋詞如《女冠子》結云：『覺來知是夢，不勝悲。』雖各極其妙，然温更有餘韻。（《論詞之作法》）

【按】詳詞意，女主人公當居南方瀟湘之地，『君』則遠戍北邊。春來南雁北飛，而『君』則雁信不至，故云『斷腸』『不知征馬幾時歸』。一結風韻悠然，洵爲詞中佳境。

遐方怨

花半坼〔一〕，雨初晴。未捲珠簾，夢殘惆悵聞曉鶯〔二〕。宿妝眉淺粉山横〔三〕，約鬟鸞鏡裏〔四〕，綉羅輕〔五〕。

校注

〔一〕坼，開。

〔二〕謂殘夢爲曉鶯啼鳴聲打斷，醒後倍感惆悵。可與金昌緒《春怨》『打起黄鶯兒，莫叫枝上啼。啼時驚妾夢，不得到遼西』互參。

〔三〕粉山，指眉妝褪色後顯露的粉底如山之形。

〔四〕約鬟，梳弄頭髮，將頭髮挽成環形的髮髻。

〔五〕彩繡的絲羅衣裙輕薄飄逸。

箋評

【徐士俊曰】（二首）『斷腸』、『夢殘』二語，音節殊妙。（卓人月《古今詞統》卷三引）

【李冰若曰】『夢殘』句妙，『宿妝』句又太雕矣。『粉山横』意指額上粉，而字句甚生硬。（《栩莊漫記》）

【按】前四句寫女子春曉殘夢初醒的惆悵。後三句寫晨起對鏡，梳妝穿衣。『夢殘』句精煉含蓄，抵得一首金昌緒的《春怨》，《遐方怨》之調名本意亦於此微透。

訴衷情〔一〕

鶯語，花舞。春晝午。雨霏微〔二〕。金帶枕〔三〕，宫錦，鳳皇帷〔四〕。柳弱蝶交飛〔五〕，依依〔六〕。遼陽音信稀〔七〕，夢中歸〔八〕。

校注

〔一〕《訴衷情》，唐教坊曲名，後用作詞調。有單調、雙調兩體。單調三十三字，句句押韻。仄韻、平韻互用。雙調有四十一、四十四、四十五字三體，平韻。庭筠此作係單調。

〔二〕春晝午，春日白天正午時分。霏微，雨細小迷濛貌。

〔三〕金帶枕，以金色綬帶爲飾的枕頭。曹植《洛神賦》李善注引《感甄記》，謂甄后死後，魏文帝曹丕曾以甄后遺物玉鏤金帶枕贈與曹植。

〔四〕宫錦，爲宫廷特製的高级錦緞。鳳皇帷，織有鳳凰圖案的帷帳。帷帳用宫錦製成。

〔五〕蝶，陸本、茅本、湯本《花間集》作『燕』。曾校《全唐五代詞》作『燕』。

〔六〕依依，形容柳絲輕柔披拂之狀。《詩·小雅·采薇》：『昔我往矣，楊柳依依。』

〔七〕遼陽，漢代遼東郡有遼陽縣。沈佺期《古意呈補闕喬知之》：『九月寒砧催木葉，十年征戍憶遼陽。白狼河北音書斷，丹鳳城南秋夜長。』遼陽縣古治在今遼寧遼陽市西北。唐代這一帶是與東北邊少數民族發生戰争的地方。『遼陽音信稀』即『白狼河北音書斷』之意。

〔八〕夢中歸，指征戍的丈夫在夢中歸來。

箋評

【陳廷焯曰】哀感頑艷，琢句遣字無不工妙。結三字凄艷。（《雲韶集》卷二十四）節愈促，詞愈婉。結三字凄絕。（《詞則·别調集》卷一）

【胡國瑞曰】温庭筠還有些曲調節拍短促而韻律轉换頻數的作品，如《訴衷情》、《荷葉杯》（第二首）。這類詞調形式，與五、七言詩大異其趣，確足令人一新耳目。但由於句短、韻繁而變换多，很易犯辭藻堆疊而氣勢壅塞不暢的毛病，必須句斷而意思輾轉相連，乃能通首融成一片，既有完美的意象，而又具有活潑的節奏之美。如《訴衷情》開始平列四種景物，接着又平列三種飾物，彼此間没有承接的關係，又没有感情的融注，令人只覺是麗辭的堆積。（《論温庭筠詞的藝術風格》）

【按】詞寫閨中少婦因征戍遼陽的丈夫音信稀少而春晝積思成夢，夢見丈夫歸來的情景，情節略似京劇《春閨夢》。前九句全寫物象，以之作層層烘托渲染，而女子獨居寂寥、意緒無憀之况可想。『春晝午，雨霏微』逗下『夢』字。末二語點醒全篇主意。陳評『節愈促，詞愈婉』，固切合此詞特點，然細碎堆砌之弊亦較明顯。

思帝鄉〔一〕

花花，滿枝紅似霞。羅袖畫簾腸斷〔二〕，卓香車〔三〕。迴面共人閑語〔四〕，戰篦金鳳斜〔五〕。唯有阮郎春盡、不歸家〔六〕。

校注

〔一〕《思帝鄉》，唐教坊曲名，後用爲詞調，創自温庭筠。單調三十六字，平韻。又有三十三、三十四字等體。

〔二〕羅袖女子卷起香車上的畫簾，面對滿枝紅似霞的春花，有感於紅顏易衰，不禁爲之腸斷。

〔三〕卓，停。徐士俊云：『卓』字又見薛昭藴詞『延秋門外卓金輪』。（卓人月《古今詞統》卷三引）【按】卓香車，謂出遊賞春之香車停駐路旁。

〔四〕閑，王輯本《金荃詞》作『言』。

〔五〕篦，指插在女子髮髻上的金背小梳。戰，顫動。金鳳，指金鳳釵。句意謂女子回頭與人閑語時，梳篦顫動，金鳳釵斜。《歸國遥》有『小鳳戰篦金颭豔』之句，可參。

〔六〕歸，《金奩集》作『還』。阮郎，指阮肇。用劉晨、阮肇入天台山採藥，遇二麗質仙女，被邀至仙洞，共居半年之事。見劉義慶《幽明録》。後常以劉、阮借指與麗人（多爲女冠）結緣之男子。劉長卿《過白鶴觀尋岑秀才不遇》：『應向桃源裏，教他喚阮郎。』此泛指情郎。

箋評

【按】此女子春日乘車出遊，見春花似錦，有感於紅顔易衰、青春將盡，而怨情郎春盡不歸。結二句點明全篇主意。

夢江南〔一〕

千萬恨，恨極在天涯〔二〕。山月不知心裏事，水風空落眼前花〔三〕。摇曳碧雲斜〔四〕。

校注

〔一〕《夢江南》，原名《望江南》，唐教坊曲名。又名《憶江南》。《樂府雜録》謂《望江南》本名《謝秋娘》，係李德裕爲亡姬謝秋娘作。後改此名。但玄宗時教坊已有此曲。白居易依其曲調作《憶江南》三首，自注云：『此曲亦名《謝秋娘》，每首五句。』劉禹錫亦有《憶江南》，自注云：『和樂天春詞，依《憶江南》曲拍爲句。』單調二十七字，平韻。又有南唐馮延巳所作，五十九字，爲變體。平仄韻换叶。

〔二〕句意謂最恨的是遠在天涯的所思的男子久久不歸。

〔三〕水風，水上之風。

〔四〕摇曳，摇蕩、飄動。江淹《雜體·擬休上人怨别》：『日暮碧雲合，佳人殊未來。』碧雲，碧空的雲彩。此處『摇曳碧雲斜』亦暗含『佳人殊未來』之意。

箋評

【湯顯祖曰】風華情致，六朝人之長短句也。（湯評《花間集》卷一）

【徐士俊曰】幽凉殆似鬼作。（卓人月《古今詞統》卷一引）

【沈際飛曰】（山月二句）慘境何可言！（《草堂詩餘别集》卷二）

【陳廷焯曰】低徊深婉，情韻無窮。（《雲韶集》卷二十四）低回宛轉。（《詞則·别調集》）

【李冰若曰】『摇曳』一句，情景交融。（《栩莊漫記》）

【唐圭璋曰】此首敍飄泊之苦，開口即説出作意。『山月』以下三句，即從『天涯』兩字上，寫出天涯景色，在在堪恨，在在堪傷。而遠韻悠然，令人誦讀不厭。（《唐宋詞簡釋》）

【張以仁曰】此詞主題爲傷春傷别，詞中主角係一懷遠傷春之思婦，傷春實緣傷别而起。首陳懷遠之恨，所謂『千萬恨』者，謂恨有千絲萬縷也……乃此恨山月不知，猶照清景如畫……眼前但見風吹花落，花逐水流，所謂『空落』者，花開欣賞無人，花落更無人惜之謂。以花擬人，『眼前』之『花』，豈非即此眼前之人乎？以月擬人，遥天之月，豈非即彼遠在天涯之人乎？則所謂『空落』者，實亦寓『虚度』之意……飛卿移景就情，使『眼前』之景與『心裏』之事相結合：『山月』謂其『不知』，『落』上著一『空』字，皆化景爲情之關鍵字也。於是身外景物盡化心中情境。觸緒生愁，彼山月、彼水風、彼花樹，其照耀、其吹拂、其摇曳、其流、其斜，皆化作有情之象矣。哀絶萬端而不失其嫻雅之態……『摇曳碧雲斜』，謂花樹摇曳於碧空之下也。（《試釋温飛卿〈夢江南詞〉一首》。《花間詞論集》一八六至一九〇頁）

【按】此詞以重筆直抒起，以下三句，却以摇曳空靈之筆調，借山月、水風、落花、碧雲等景物作側面烘染，女主人公之感情意緒，則主要借『不知』『空落』等詞語透露，寫得極宛轉而富韻味。末句尤悠然神遠，可作爲此詞風格之絶妙形容。此小令之極詣，詞中之化境。可見温氏所長並不專在密麗綺豔一路。

夢江南

梳洗罷，獨倚望江樓。過盡千帆皆不是〔一〕，斜暉脈脈水悠悠〔二〕。腸斷白蘋洲〔三〕。

校注

〔一〕皆不是，謂均非自己所盼男子乘坐的歸舟。謝朓《之宣城出新林浦向板橋》：『天際識歸舟，雲中辨江樹。』此句反其意而用之。

〔二〕脈脈，含情相視貌。《古詩十九首·迢迢牽牛星》：『盈盈一水間，脈脈不得語。』字本作『眽眽』。

〔三〕白蘋洲，生長着白蘋花的芳洲。柳惲《江南春》：『汀洲采白蘋，日暮江南春。』湖州霅溪之東南有白蘋洲，即因梁吴興太守柳惲之《江南曲》詩句而得名。此詞之『白蘋洲』係泛指。俞平伯《唐宋詞選釋》引中唐趙微明《思歸》詩中間兩聯：『猶疑望可見，日日上高樓。惟見分手處，白蘋滿芳洲。』認爲『合於本詞全章之意，當有些淵源。』則『白蘋洲』或是昔日與男子分手之處，故望之而『腸斷』。劉長卿《餞別王十一南游》尾聯：『誰見汀洲上，相思愁白蘋。』亦可參證。

箋評

【湯顯祖曰】『朝朝江上望，錯認幾人船。』同一結想。（湯評《花間集》卷一）

【沈際飛曰】癡迷、摇蕩、驚悸、惑溺，盡此二十餘字。（《草堂詩餘別集》卷一）

【譚獻曰】猶是盛唐絶句。（《復堂詞話》）

【陳廷焯曰】絶不着力，而款款深深，低徊不盡，是亦謫仙才也。吾安得不服古人。（《雲韶集》卷一）

【李冰若曰】《楚辭》：『望夫君兮未來，吹參差兮誰思？』『裊裊兮秋風，洞庭波兮木葉下。』幽情遠韻，令人至不可聊。飛卿此詞：『過盡千帆皆不是，斜暉脈脈水悠悠。』意境酷似《楚辭》，而聲情綿渺，亦使人徒唤奈何也。柳詞：『想佳人倚樓長望（按：柳詞作『妝樓顒望』），誤幾回、天際識歸舟。』從此化出，却露勾勒痕跡矣。又：柳子厚『漁翁夜傍西巖宿，曉汲清湘燃楚竹』一首，論者謂删却末二句尤佳，然如飛卿此詞末句，真爲畫蛇添足，大可重改也。『過盡』二語，既極怊悵之情，『腸斷白蘋洲』一語點實，便無餘韻。惜哉，惜哉！（《栩莊漫記》）

【俞陛雲曰】『千帆』二句窈窕善懷，如江文通之『黯然消魂』也。（《唐詞選釋》）

【俞平伯曰】《西洲曲》：『樓高望不見，盡日闌干頭。』意境相同。詩簡遠，詞宛轉，風格不同。（《唐宋詞選釋》）

【胡國瑞曰】這兩首詞似清淡的水墨畫，避去其所習用的一切濃麗詞藻，只輕輕勾畫幾筆，而人物的神情狀態宛然紙上，在作者整個詞的作風上是極特殊的。如『梳洗罷』一首，所寫爲思婦終日盼望歸人的情態，她獨自倚樓盼望着，從早起到傍晚，從急切希望到惘然絶望，她的神態，她的心情，一切都在作者的素描手法下，鮮明地構成一幅完整的藝術形象。這幅形象極爲明切易感，而又令人體味不盡。這類作品在他的創作中是最爲可貴的，但可惜太少了。（《論温庭筠詞的藝術風格》）

【夏承燾曰】這首詞『斜暉脈脈』是寫黄昏景物，夕陽欲落不落，似乎依依不舍。這裏點出時間，聯繫開頭的『梳洗罷』，説明她已望了整整一天了。但這不是單純的寫景，主要還是表情。用『斜暉脈脈』比喻女的對男的脈脈含情，依依不舍。『水悠悠』可能指無情的男子像悠悠江水一去不返……這樣兩個對比，才逼出末句『腸斷白蘋洲』來。這句若僅作景語看，『腸斷』二字便無來源。温庭筠詞深密，應如此體會。（《唐宋詞欣賞》）

【施蟄存曰】此女獨倚江樓，自晨至暮，無乃癡絶？竊謂此詞乃狀其午睡起來之光景。飛卿《菩薩蠻》云：『無言勻睡臉，枕上屏山掩。時節欲黄昏，無聊獨閉門。』其上片云：『雨後却斜陽，杏花零落香。』情態正同，皆寫其午睡醒時孤寂之感，一則倚樓凝望，一則無聊閉門耳。（《讀温飛卿詞札記》）

【唐圭璋曰】此首記倚樓望歸舟，極盡惆悵之情。起兩句，記午睡起倚樓。『過盡』兩句，寓情於景。千帆過盡，不見歸舟，可見凝望之久，凝恨之深。眼前但有脈脈斜暉，悠悠江水，江天極目，情何能已。末句，揭出腸斷之意，餘味雋永。温詞大抵綺麗濃鬱，而此兩首則空靈疏蕩，别具丰神。（《唐宋詞簡釋》）又曰：有以敘事直起者，如李中主之『手卷珠簾上玉鉤』，飛卿之『梳洗罷，獨倚望江樓』皆是。（《論詞之作法》）

【按】此首集中筆墨，抒寫女子江樓終日凝望歸舟不至的惆悵。次句『獨』字，第三句『盡』字、『千』字、『皆』字均用重筆，寫來却一氣呵成，了無用力之跡，直接敘事而又高度凝煉概括，重筆抒慨而又蕴蓄豐厚。尤妙在『過盡』句下突接『斜暉脈脈水悠悠』一句空靈摇蕩之境，似不經意書即目所見江上景物，却構成極富遠韻之境界，能引發讀者多方面的聯想。江上之空寂，女子心中之空虚失落；斜暉之脈脈含情，流水之悠悠無情；乃至凝望中的女子脈脈含情而惆悵的眼神與悠悠不盡的哀愁，均可於言外領之。可謂一時興到而又堪稱神來之筆。末句亦『過盡千帆皆不是』後凝望所及。回憶昔日於白蘋洲上遊衍與分手，不禁腸斷。雖直抒，仍有蘊蓄。温詞頗多密麗綺豔之作，其中亦有佳篇。然其最出色之佳篇名句，却往往爲疏朗空靈、清新有致之格。不但此二首可稱典型，即《菩薩蠻》、《更漏子》諸闋，其佳處亦多爲疏朗清新之句，如：『照花前後鏡，花面交相映』，『江上柳如煙，雁飛殘月天』，『心事竟誰知？月明花滿枝』，『池上海棠梨，雨晴紅滿枝』，『花落子規啼，緑窗殘夢迷』，『人遠淚闌干，燕飛春又殘』，『楊柳又如絲，驛橋春雨時』，『畫樓音信斷，芳草江南岸』，『鸞鏡與花枝，此情誰得知』，『雨後却斜陽，杏花零落香』，『春水渡溪橋，凭欄魂欲銷』，『春恨正關情，畫樓殘點聲』，『柳絲長，春雨細，花外漏聲迢遞』，『簾外曉鶯殘月』，『城上月，白如雪，蟬鬢美人愁絶』，『京口路，歸帆渡，正是芳菲欲度』，『梧桐樹，三更雨，不道離情正苦。一葉葉，一聲聲，空階滴到明』，均其顯例。可見，被視爲代表温詞密麗綺豔風格之《菩薩蠻》、《更漏子》諸章，其佳處亦往往在疏處也。詞家之所好，並不等於即其所長。

河傳〔一〕

江畔，相喚，曉妝鮮〔二〕。仙景箇女採蓮〔三〕。請君莫向那岸邊。少年，好花新滿舡〔四〕。　紅袖摇曳逐風暖〔五〕，垂玉腕，腸向柳絲斷〔六〕。浦南歸，浦北歸，莫知。晚來人已稀。

校注

〔一〕《河傳》，隋代曲名。《碧雞漫志》引《脞説》云：「《水調·河傳》，煬帝將幸江都時所製，聲韻悲切。」楊慎《詞品》則云是「隋開汴河時辭人所作勞歌」。現存詞中以温庭筠所作三首最早，然已非詠調名本意。有多種格體。《花間集》所收録各詞，均爲雙調，自五十一字至五十五字不等，句式頗不一致，叶韻亦有參差。温庭筠此三首均五十五字，上下片各七句，平仄韻互叶。

〔二〕此指採蓮女曉妝鮮豔。

〔三〕箇女，那女子。

〔四〕舡，同「船」。

〔五〕暖，王輯本《金荃詞》作「軟」。

〔六〕柳絲摇曳，牽繫人腸，故曰「腸向柳絲斷」。

箋評

【陳廷焯曰】《河傳》一調，最難合拍，飛卿振其蒙，五代而後，便成絶響。（《白雨齋詞話》卷七）猶有古意，逐字逐句神理俱合。（《雲韶集》卷二十四）

【萬樹曰】此調體製最多，通篇用一韻而字少者，惟此詞。又曰：《詞譜》列此詞爲第一首，以此調創自飛卿也。（《詞律》卷六）

【蔡嵩雲曰】《河傳》調，創自飛卿，其後變體甚繁。《花間集》所載數家，圓轉宛折，均遜温體。此調句法長短參差相間，温體配合最爲適宜。又换韻極難自然，温體平仄互叶，凡四轉韻，毫無一牽強之病，非深通音律者，未易臻此。又温體韻密多短句，填時須一韻一境，一句一境。换叶必須换意，轉一韻，即增一境。勿令閑字閑句佔據篇幅，方合。（《柯亭詞論》）

【劉毓盤曰】其真能破詩爲詞者，始於李白之《憶秦娥》（《詞略》），極於温庭筠之《河傳》詞。（《詞史》第二章）

【華鍾彦曰】『江畔』二句，言採蓮女子江畔相呼也。仙景，謂風景幽秀如仙境也。『請君』三句，舟人之語。柳絲，指少年所在地也。（末四句）此言傍晚之時，少年歸去，蓮女不見少年，乃猜想之：『其自浦南歸去乎？抑自浦北歸去乎？』莫知其處，而遊人已稀，無從詢問焉。（《花間集注》）

【按】此首寫江畔女子曉妝鮮妍，紅袖摇曳，垂腕採蓮，而岸邊少年則情牽腸斷。末四句採蓮人歸，晚來人稀之空寂景象。王昌齡《採蓮曲》之一：『吴姬越豔楚王妃，争弄蓮舟水濕衣。來時浦口花迎入，採罷江頭月送歸。』可證『浦南歸，浦北歸』者乃採蓮女子也。

河傳

湖上，閑望，雨蕭蕭〔一〕。煙浦花橋路遥〔二〕。謝娘翠蛾愁不銷〔三〕，終朝，夢魂迷晚潮〔四〕。　蕩子天涯歸棹遠〔五〕，春已晚，鶯語空腸斷〔六〕。若耶溪〔七〕，溪水西，柳堤，不聞郎馬嘶。

校注

〔一〕閑望，無目的地遊眺。「閑望」者爲謝娘，即詞中女主人公。蕭蕭，雨細密貌。

〔二〕煙浦，煙霧籠罩的水邊。

〔三〕翠蛾，指女子的黛眉。

〔四〕迷晚潮，凝望晚潮，神情癡迷。

〔五〕蕩子，游子。《古詩十九首·青青河畔草》：「昔爲倡家女，今爲蕩子婦。蕩子行不歸，空牀難獨守。」

〔六〕空腸，湯本《花間集》作「腸空」。

〔七〕若耶溪，即越溪，傳爲西施浣紗處。在今浙江紹興市南若耶山下。此指女子所居之地。

箋評

【徐士俊曰】或兩字斷，或三字斷，而筆致寬舒，語氣聯屬，斯爲妙手。（《古今詞統》卷七）

【陳廷焯曰】「夢魂迷晚潮」五字警絶。用蟬聯法更妙，直是化境。（《雲韶集》卷一）淒怨而深厚，最是高境。此調最不易合拍，五代而後幾成絶響。（《詞則·大雅集》卷一）

【俞陛雲曰】此調音節特妙處，在以兩字爲一句，如「終朝」、「柳堤」，與下句同韻，句斷而意仍聯貫。飛卿更以風華掩映之筆出之，洵《金荃》能手。（《唐詞選釋》）

【華鍾彦曰】謝娘，指遊春女言……此言遊春之女，有所懷念，故晝則眉鎖春恨，夜則夢渡晚潮也……此舉若耶

者，以西子之美自況也。美而不偶，人最傷之。溪水西邊之柳堤，郎馬經行處也。郎去之後，不復聞馬嘶矣。（《花間集注》）

【唐圭璋曰】此首二、三、四、五、七字句，錯雜用之，故聲情曲折宛轉，或斂或放，真似『大珠小珠落玉盤』也。『湖上』點明地方，『閑望』兩字，一篇之主。煙雨模糊，是望中景色。眉鎖夢迷，是望中愁情。换頭，寫水上望歸，而歸棹不見。着末，寫堤上望歸，而郎馬不嘶。寫來層次極明，情致極纏綿。白雨齋謂『直是化境』，非虚譽也。（《唐宋詞簡釋》）

【廖仲安曰】此詞句式短促，换韻頻繁，給人以繁音促節之感。故明人王世貞在《藝苑卮言》中把温詞特點概括爲『豔而促』，並云：『《花間》猶傷促碎。』清人沈曾植在《菌閣瑣談》中曾從詞與音樂的關係上對這種現象做出了解釋，他説：『《卮言》謂《花間》猶傷促碎，至南唐李主父子而妙。殊不知「促碎」正是唐餘本色，所謂詞之境界，有非詩之所能至者，此亦一端也。五代之詞促數，北宋盛時嘽緩，皆緣燕樂音節蜕變而然。即其詞可想其纏拍。』故『促碎』恰恰是早期文人詞『倚聲填詞』的結果，是詞的音樂性的表現，它所反映出的聲律方面的變化，體現了詞這種新的文學形式與音樂結下的不解之緣。（廖仲安主編《花間詞派選集》。轉引自張紅《温庭筠詞新釋輯評》）

【按】全詞以『湖上，閑望』四字爲中心，抒寫蕩子天涯不歸，謝娘魂牽夢繞之愁緒。上片以煙雨迷離之景烘托迷離惝怳之情，下片以晚春韶麗之景反托腸斷之離緒，筆法變化。

河傳

同伴，相唤，杏花稀。夢裏每愁依違〔一〕。仙客一去燕已飛〔二〕，不歸，淚痕空滿衣。　天際雲鳥引情遠〔三〕，春已晚，煙靄渡南苑〔四〕。雪梅香，柳帶長〔五〕。小娘〔六〕，轉令人意傷。

校注

〔一〕依違，猶合離。《文選·曹植〈七啓〉》：『飛聲激塵，依違厲響。』劉良注：『依違，乍合乍離也。』夢裏每愁依違，謂夢中每愁與情人乍合旋離。

〔二〕仙客，仙人，借指所懷的男子。或解：仙客，鶴之別名，喻指情郎。

〔三〕情，鄂本《花間集》作『晴』。李一氓《花間集校》、曾昭岷等《全唐五代詞》作『晴』。李一氓云：『義雙關。』句意謂天邊的雲鳥將女子的思念之情引向遠處。如作『晴』，意則謂天邊的雲鳥將女子的視綫引向晴空遠處，也將女子的思念之情引向遠處。

〔四〕煙靄，指春天的輕煙霧靄。

〔五〕雪梅，梅花色白，故稱。『雪梅香』與『柳帶長』不同時，與上『杏花稀』、『春已晚』時間亦不合。

〔六〕小娘，年輕女子。

【箋評】

【湯顯祖曰】凡屬《河傳》題，高華秀美，良不易得。此三調真絶唱也。以俟羊、何。張舍人、孫少監之外，指不三屈。（《湯顯祖集》卷五十）三詞俱少輕倩，似不宜於十七八女孩兒之紅牙拍歌，又無關西大漢執鐵板氣概。（湯評《花間集》卷一）

【華鍾彦曰】依違，猶聚散也。仙客，鶴之别名也。《談苑》：『李昉畜五禽，白鷴曰閑客，鷺曰雪客，鶴曰仙客，孔雀曰南客，鸚鵡曰西客。爲五客圖，自爲詩五章。』此言郎之遠行，如鶴之去，燕之飛也。……梅，早春開花；柳帶長，暮春時也。此言自早春，盼到暮春也。（《花間集注》）

【按】此首寫年輕女子相思懷遠之情。『仙客一去燕已飛，淚痕空滿衣』二句揭出全篇主意。上片於『同伴，相唤』出遊賞春的歡樂中轉憶夢中傷離，引出昔日情郎之離去。下片借暮春景物渲染懷想遠人的感傷。三首中，此首意稍晦，轉折處意脈不甚清晰，寫景時令亦有矛盾。

蕃女怨〔一〕

萬枝香雪開已遍〔二〕，細雨雙燕。鈿蟬箏〔三〕，金雀扇〔四〕，畫梁相見〔五〕。雁門消息不歸來〔六〕，又飛迴〔七〕。

校注

〔一〕《蕃女怨》，單調三十一字，仄韻轉平韻。蕃，一作『番』。此係温庭筠之創調。調名本意，當是詠番女之怨思。然此二首均詠思婦懷念征人之情，主角非番女。

〔二〕香雪，指盛開的杏花。温庭筠《菩薩蠻》之五：『杏花含露團香雪。』蘇軾《月夜與客飲杏花下》：『花間置酒清香發，争挽長條落香雪。』均可證。

〔三〕鈿蟬箏，用薄如蟬翼的螺鈿作爲裝飾的箏。

〔四〕金雀扇，畫着金雀的團扇。

〔五〕連上二句，謂懷箏執扇的女子見到畫梁上春天歸來的燕子。

〔六〕雁門，山名，在今山西代州西北。唐於雁門山頂置關，稱雁門關。此指女子所懷男子征戍之地。句謂久戍雁門的征人杳無音信。

〔七〕謂燕子又飛回畫梁的巢中。温庭筠《菩薩蠻》之七：『音信不歸來，社前雙燕迴。』《定西番》之三：『腸斷塞門消息，雁來稀。』

箋評

【徐士俊曰】字字古豔。（《古今詞統》卷三徐評）

【萬樹曰】『已』字『雨』字，俱必用仄聲。觀其次篇，用『磧南沙上驚雁起，飛雪千里』可見。乃舊譜中岸然竟注作可平。不知詞中此等拗句，乃故爲抑揚之聲，入於歌喉，自合音律。由今讀之，似爲拗而實不拗也。若改之，似順而實拗矣。且此詞起於温八叉，餘鮮作者。試問作譜之人，從何處訂其爲可平乎？（《詞律》卷二）

【陳廷焯曰】『又飛迴』三字，凄惋特絶。（《詞則·別調集》卷一）『又飛迴』三字更進一層，令人叫絶，開兩宋先聲。（《雲韶集》卷一）

【俞陛雲曰】唐人每作征人、思婦之詩，此調意亦猶人，其擅勝處在節奏之哀以促，如聞急管么絃。此調借燕雁以寄懷。集中尚有《遐方怨》二首，有『斷腸瀟湘春雁飛』、『夢殘惆悵聞曉鶯』句，《定西番》三首有『雁來人不來』、『腸斷塞門消息，雁來稀』句，其意境與《蕃女怨》詞相類。（《唐詞選釋》）

【按】此首寫杏花盛開、雙燕歸來的時節，懷箏執扇的思婦對遠戍雁門、音信不歸的征人的思念。全篇以燕之歸反托人之不歸。

蕃女怨

磧南沙上驚雁起〔一〕，飛雪千里〔二〕。玉連環〔三〕，金鏃箭〔四〕，年年征戰。畫樓離恨錦屏空〔五〕，杏花紅。

校注

〔一〕磧南，蒙古高原大沙漠以南地區。《北史·魏紀一·道武帝》：『冬十月戊戌，北征蠕蠕，追破之於大磧南商山下。』此泛指北方邊塞荒漠之地。

〔二〕鮑照《學劉公幹體五首》之三：『胡風吹朔雪，千里度龍山。』

〔三〕玉連環，此處與『金鏃箭』對舉，言邊塞征戰之事，當指刀環。刀環以玉爲之，呈連環狀，故云。柳中庸《征人怨》：『歲歲金河復玉關，朝朝馬策與刀環。』以刀環與馬策並提，似可類證。或謂指征人服飾之物，似太泛。

〔四〕金鏃箭，飾以金箭頭的箭。常用爲信契。《周書·異域傳下·突厥》：『其徵發兵馬，料稅雜畜，輒刻木爲數，並一金鏃箭，蠟封印之，以爲信契。』此處泛指用金屬作箭頭的箭。

〔五〕錦屏，本指錦繡的屏風，此借指婦女居室、閨閣。顧敻《酒泉子》：『錦屏寂寞思無窮，還是不知消息。』

箋評

【陳廷焯曰】起二句，有力如虎。（《詞則·別調集》卷一）

【廖仲安曰】此調爲飛卿首創。前一首寫思婦一方的孤獨與相思，末句關合邊塞征人未歸；這一首寫邊塞征人的艱苦征戰生活，末句關合閨中思婦的離恨，合起來是一個整體，即表現征人思婦的別離之苦，兩篇一唱一和，且句式短促，韻脚多變，由文字韻律上即可想見演唱時調促弦急，聲聲哀怨的藝術效果。（廖仲安主編《花間詞派選集》。轉引自張紅《温庭筠詞新釋輯評》）

【按】此首起二句寫北方邊塞之嚴寒。次三句寫征戰之無已。末二句抒思婦之離恨。層次清晰，意境開闊，音節悲壯。内容意藴類似作者之樂府《塞寒行》。與上首相比，内容之側重點雖有寫閨中思婦與邊塞征人之别，但均歸結到思婦之離恨，與調名本意仍相關。

荷葉杯〔一〕

一點露珠凝冷，波影〔二〕，滿池塘。緑莖紅豔兩相亂〔三〕，腸斷。水風涼。

校注

〔一〕《荷葉杯》，唐教坊曲名，後用爲詞調。有單調、雙調二體。單調二十三字或二十六字，雙調五十字，皆平韻仄韻互用。庭筠三首均爲單調二十三字，一二四五句押仄韻，三六句押平韻。荷葉杯本唐代酒器。趙璘《因話録》：『靖安李少師……善飲酒。暑月臨水，以荷爲杯，滿酌密繫，持近人口，以筋刺之，不盡則重飲。』白居易《酒熟憶皇甫十》：『疎索柳花盌，寂寥荷葉杯。』或説，隋殷英童《采蓮曲》有『荷葉捧成杯』之句，調名或本此。此三首詠荷葉荷花及女子采蓮，均與調名相關。

〔二〕波影，指荷葉荷花在水中的倒影。

〔三〕緑莖紅豔，指緑色的荷莖荷葉與紅豔的荷花。

箋評

【湯顯祖曰】唐人多緣題起詞，如《荷葉杯》，佳題也。此公按題矣，詞短而無深味。韋相儘多佳句，而又與題茫然，令人不無遺恨。（湯評《花間集》卷一）

【毛先舒曰】《荷葉杯》取隋英童《采蓮曲》『蓮葉捧成杯』，因以名調。（《填詞名解》卷一）

【李冰若曰】全詞實寫處多，而以『腸斷』二字融景入情，是以俱化空靈。（《栩莊漫記》）

【華鍾彦曰】按此破曉時景也，故云『緑莖紅豔相亂』。若於月下，則不應辨色矣。緑莖：荷莖。紅豔：荷花也。（《花間集注》）

【張以仁曰】這一粒荷珠，一點凝聚的『冷』，因風摇蕩（末句『水風涼』），滴落水面，泛起重重波影。凝聚的『冷』擴散了，佈滿了全池……『風』字是全詞脈動的『能』。因爲『風』，所以露珠下滴，水面不再平静；因爲『風』，所以緑莖紅豔兩相亂，池上一片騷然……故『風』字繫乎血脈，『冷』字關合精神。至於『亂』字，則豐富姿態，其句實有如全詞的肌膚……荷池當時景色，實即斷腸人當時心境。景即是情，情即是景。滿池塘的繚亂，即是滿心湖的紛擾！（《試論温庭筠的一首〈荷葉杯〉詞》。《花間詞論集》一六四至一六五頁）

【按】晨間荷塘，荷葉上露珠凝冷，荷花荷莖之倒影，佈滿池塘。水面涼風起處，緑莖紅花滿池摇曳相亂。獨對此景，不禁腸斷。詞意如此，至於『腸斷』之因，則詞人未加暗示，可任讀者自領。

荷葉杯

鏡水夜來秋月〔一〕，如雪。採蓮時。小娘紅粉對寒浪〔二〕。惆悵，正相思〔三〕。

校注

〔一〕鏡水，即鏡湖，在今浙江紹興市會稽山北麓。賀知章《采蓮》：『鏡水無風也自波。』李白《越女詞》之五：『鏡湖水如月，耶溪女勝雪。』

〔二〕紅粉，猶紅妝。寒浪，秋夜水寒，故云。

〔三〕相思，曾校：原作『思想』，據吴本《花間集》、《金奩集》改。陸本《花間集》、《花間集校》作『思惟』。

箋評

【按】此首寫越女秋夜月下鏡湖採蓮。月光如雪，紅妝寒水，相映成趣。末微逗惆悵相思之情，採蓮每與男女愛情相關也。庭筠會昌二年春至越州，秋仍在越，此或其時作。

荷葉杯

楚女欲歸南浦，朝雨，濕愁紅〔一〕。小舡摇漾入花裏〔二〕，波起，隔西風。

校注

〔一〕愁紅，指爲雨所浥濕的荷花。

〔二〕舡，同『船』。摇漾，摇蕩。

箋評

【陳廷焯曰】飛卿『鏡水夜來秋月』一作，押韻嫌苦。此作節奏天然，故録此遺彼。（《雲韶集》卷一）節短韻長。（《詞則·别調集》卷一）

【李冰若曰】飛卿所爲詞，正如《唐書》所謂側辭豔曲，别無寄託之可言。其淫思古豔在此，詞之初體亦如此也。如此詞若依皋文之解《菩薩蠻》例，又何嘗不可以『波起隔西風』作『玉釵頭上風』同意？然此詞實極宛轉可愛。（《栩莊漫記》）

【丁壽田、丁亦飛曰】此細雨中送别美人之詞也。（《唐五代四大名家詞》甲篇）

【華鍾彦曰】此言雨濕花愁，風吹波起，小船摇蕩之間，人已遠隔矣。（《花間集注》）

【袁行霈曰】前三句寫楚女欲歸未歸之際，朝雨打濕了紅色的荷花，這荷花也爲情人的離别而憂愁。後三句寫她乘着小船摇入花叢，在她身後留下一片細細的波紋。『隔西風』是被西風阻隔……一種恨别與悵惘相交織的感情顯而易見。（《温詞藝術研究》）

【按】此首寫採蓮之楚女欲歸南浦與風吹波起、船行漸遠的情景。『朝雨，濕愁紅』的景物烘染，『小船摇漾入花裏』的目送情景，均啓人聯想與想像。雖短章而情味雋永

菩薩蠻〔一〕

玉纖彈處真珠落〔二〕，流多暗濕鉛華薄〔三〕。春露浥朝華〔四〕，秋波浸晚霞〔五〕。　風流心上物，本爲風流出〔六〕。看取薄情人，羅衣無此痕〔七〕。

校注

〔一〕曾昭岷等《全唐五代詞》考辨：『此首始見《尊前集》，題温庭筠作。吴本、朱本《尊前集》注云：「一作袁國傳。」案歷代詞籍未見有作袁國傳詞者。然此詞頗鄙俗，與前録温庭筠十四首《菩薩蠻》不類，且爲《花間

集》所遺，是否確爲温作，不無可疑。而《全唐詩》卷八九一，《歷代詩餘》卷九、劉輯本、王輯本《金荃詞》俱作温詞。姑録存，俟考。」【按】此詞似詠物詞。現存唐五代詞，似尚乏同類之作。

〔二〕玉纖，指美人纖細潔白的手指。真珠，喻美人的淚珠。

〔三〕鉛華，婦女化妝用的鉛粉。

〔四〕浥，濕潤、霑濕。謝靈運《入彭蠡湖口》：『乘月聽哀狖，浥露馥芳蓀。』此句形容流淚的美人如同春天的朝露所霑潤的早晨開放的鮮花。猶李白《清平調》『一枝紅豔露凝香』、白居易《長恨歌》『梨花一枝春帶雨』之謂。

〔五〕此句似形容美人哭紅的雙眼似秋波浸着（倒映着）晚霞。

〔六〕風流，此指多情。

〔七〕此痕，指淚痕。

箋評

【按】此詠美人多情之淚。『春露』二句巧於形容。後四句則不免俚俗。

以上録温詞五十九首。《楊柳枝詞八首》《新添聲楊柳枝二首》已入於詩集卷九。又《木蘭花》（家臨長信往來道）即詩集卷三《春曉曲》，非詞。詞集中均不再録。

再生檜賦〔一〕

檜有再生之瑞，天符聖運之興〔二〕。挺松身而鱗皴迴出〔三〕，布柏葉而杳藹相承〔四〕。隨道既窮，則没身於亂土〔五〕；唐朝將建，故發德於休徵〔六〕。原夫日將興而幽暗皆明，君應期而纖微必表〔七〕。生於枯朽，證受命於敗德之時〔八〕；長則繁華，示賓祚於延慶之兆〔九〕。想夫拔陳根而已茂，聳修幹以方妍〔一〇〕。凌朝而還宜宿露〔一一〕，向晚而尤稱新煙。以狀而方〔一二〕，生荑之枯楊若此〔一三〕；以理而喻，易葉之僵柳昭然〔一四〕。效殊祥以示後〔一五〕，願衆瑞而居先。嘉其擢本旁榮，抽條迴秀〔一六〕。歷朱夏而彌盛〔一七〕，冒霜雪而不朽〔一八〕。應昌業於龍潛之際〔一九〕，豈曰無心；彰聖德於虎視之前〔二〇〕，孰云虚受！徒觀夫載光紫府〔二一〕，效祉皇家〔二二〕，竦亭亭之柯葉〔二三〕，擢鬱鬱之輝華〔二四〕。可以播之於萬古，可以流之於四遐〔二五〕。是知歷數歸唐〔二六〕，禎祥啓聖。何厚地之朽木，報上天之明命〔二七〕。殘陽未落，宫廷之林藪忽生〔二八〕；明月初懸，玉砌之桂華復盛〔二九〕。矧夫貞節獨異，高標自持〔三〇〕，散芳氣而微風乍動，入重陰而宿鳥猶疑。蓋天所贊也，亦神以化之〔三一〕。客有生遇明時，身蒙至德〔三二〕，窮勝負於朕兆，慕休祥於邦國〔三三〕。敢獻賦以揚榮〔三四〕，遂布之於翰墨。

校注

〔一〕本篇載《英華》卷八十七賦八十七符瑞四，署名温岐，即温庭筠。又載《全文》卷七八六。係頌祥瑞之詠物賦。再生檜，已枯而再生之檜樹。檜，常緑喬木，莖直立，幼樹葉似針，大樹葉似鱗，雌雄異株，春天開花。木材桃紅色，有香味，細緻堅實，樹齡可長達數百年。《新唐書·五行志一》：『武德四年，亳州老子祠枯樹復生枝葉。老子，唐祖也。占曰：「枯木復生，權臣執政。」睦孟以爲有受命者。』又馮浩《樊南文集詳注》卷四《上兵部相公啓》『依於檜井』注云：『《太清記》：亳州太清宫有八檜，老子手植，枝幹皆左紐。《雲笈七籤》言九井三檜，宛然長在。武德中，枯檜再生。』此即庭筠所詠之再生檜，而以其爲隋亡唐興之祥瑞。《舊唐書·文苑傳·温庭筠》：『温庭筠者，太原人，本名岐，字飛卿。』《北夢瑣言》卷四：『吴興沈徽云：「温舅曾於江淮爲親表檟楚，由是改名焉。」』本篇署名温岐，當是庭筠遊江淮爲親表檟楚前所作（顧學頡《温庭筠交游考》謂姚勗笞逐庭筠事在開成四年之前）。賦末云：『客有生遇明時，身蒙至德，窮勝負於朕兆，慕休祥於邦國。敢獻賦以揚榮，遂布之於翰墨。』似此賦爲早年參加科舉考試前呈獻顯貴之行卷之作。《唐摭言》卷二《等第罷舉》條載温岐開成四年罷舉，則此時尚未改名。具體寫作年月未詳。

〔二〕聖運，聖朝的運數，指唐朝興起的運數。

〔三〕挺松身，《爾雅·釋木》：『檜，柏葉松身。』鱗皴，指檜樹身呈鱗狀皺紋。迥出，高聳貌。

〔四〕布柏葉，檜葉似柏葉，故云。參注〔三〕。杳藹，茂盛貌。《文選·張衡〈南都賦〉》：『杳藹蓊鬱於谷底，森尊尊而刺天。』李善注：『皆茂盛貌也。』相承，指檜樹枝葉上下相承接之狀。

〔五〕隨，《英華》作『隋』，同。句意謂隋代末年，此檜樹寄身於亂土，衰敗枯朽。

〔六〕發德，顯揚德性。休徵，吉祥之徵兆。句意謂唐朝將建，則顯揚其德性而呈現吉祥之徵兆。

〔七〕應期，順應期運。任昉《爲范尚書讓吏部封侯第一表》：『陛下應期萬世，接統千祀。』纖微必表，任何微小的事物也有所表現，指檜樹枯而再生。

〔八〕謂檜樹再生於枯朽之株，印證唐朝受天命於隋煬帝敗德之時。

〔九〕寶祚，聖朝之國統。延慶，延續福祚。句謂檜樹再生，枝葉繁茂，標示唐朝之國統天長地久，福祚永繼。

〔一〇〕拔，除。修幹，挺直修長的樹幹。

〔一一〕淩朝，清晨。宿露，夜凝的露水。

〔一二〕方，比方、形容。

〔一三〕荑，茅之嫩芽，此泛指嫩枝、嫩芽。《易·大過》：『九二，枯楊生稊，老夫得其女妻。』稊、荑通。二句謂若以形狀來作比方，則類似枯死的楊樹重新長出嫩枝。

〔一四〕謂以理而喻，則枯死的柳樹長出新葉與此顯然同理。《漢書·叙傳下》：『枯楊生華，曷惟其舊。』

〔一五〕效，顯示、呈現。願，傾羡。

〔一六〕擢本，提升樹幹。旁榮，布葉繁茂。抽條，抽引枝條。迥秀，高聳挺拔。

〔一七〕朱夏，夏季。《爾雅·釋天》：『夏爲朱明。』

〔一八〕《莊子·讓王》：『臨難而不失其德，天寒既至，霜雪既降，君是以知松柏之茂也。』檜亦常緑喬木，松身柏葉，故云。

〔一九〕昌業，昌盛的帝業。龍潛，喻帝王未即位。語本《易·乾》：『潛龍勿用，陽氣潛藏。』

〔二〇〕虎視，虎之雄視。此喻指唐朝攫取天下。

〔二一〕紫府，道教稱仙人所居。《抱朴子·祛惑》：『及至天上，先過紫府，金牀玉几，晃晃昱昱，真貴處也。』此借指老子祠。

〔二二〕效祉，呈獻福祉祥瑞。

〔二三〕竦，通『聳』。亭亭，高聳直立貌。

〔二四〕鬱鬱，茂盛貌。輝華，指檜樹繁茂光潤的枝葉。

〔二五〕播，傳。流，布。四遐，四方邊遠之地，外國。

〔二六〕歷，《英華》作『曆』，通。歷數，指帝王繼承之次序，古以爲帝位相承與天象運行次序相應。《論語·堯曰》：『堯曰：「咨！爾舜，天之歷數在爾躬。」』

〔二七〕明命，聖明的命令。《禮記·大學》：『《太甲》，顧諟天之明命。』

〔二八〕殘陽未落，喻隋運已衰但尚未滅亡。林藪忽生，指枯檜忽生嫩枝。宮廷，指老子祠之庭院。道教稱老子祠爲太清宮。

〔二九〕句意謂明月初懸，階前的月光復盛。桂華，指月光。傳月中有桂樹，故稱月光爲桂華。喻唐朝初建，往日的枯檜光華復盛。

〔三〇〕高標，本指高聳的樹幹，此借指檜樹高尚的標格。

〔三一〕贊，助；化，化育。《禮記·中庸》：『能盡物之性，則可以贊天地之化育；可以贊天地之化育，則可以與天地參矣。』

〔三二〕至德，盛德。《論語·泰伯》：『泰伯其可謂至德而已矣。』此指當朝皇帝之盛德。

〔三三〕休祥，美好的祥瑞，指枯檜再生。

〔三四〕揚榮，顯揚榮耀。

箋評

【李調元曰】唐温岐《再生檜賦》云：『以狀而方，生荑之枯楊若此；以理而喻，易葉之僵柳昭然。』以史對經，銖兩悉稱。飛卿此賦，作於未更名之時，蓋其少作也。史稱其才思豔麗，工於小賦，每入試，押官韻作賦，凡八叉手而八韻成，多爲鄰鋪假手，而律賦流傳者僅此一篇，想散擲不復收拾耶？天骨開張，刊落浮豔，使作儷體，當不減玉谿生。（《賦話》卷三）

錦鞵賦〔一〕

闌裏花春〔二〕，雲邊月新〔三〕。耀粲織女之束足〔四〕，嬿婉嫦娥之結璘〔五〕。碧繶緗鉤〔六〕，鸞尾鳳頭〔七〕。鞻稱『雅舞』〔八〕，履號『遠遊』〔九〕。若乃金蓮東昏之潘妃〔一〇〕，寶屧臨川之江姬〔一一〕。匍匐非壽陵之步〔一二〕，妖蠱實苧蘿之施〔一三〕。羅韈紅蕖之豔〔一四〕，豐跗皜錦之奇〔一五〕。凌波微步瞥陳王〔一六〕，既蹀躞而容與〔一七〕；花塵香跡逢石氏〔一八〕，倏窈窕而呈姿〔一九〕。擎箱回津，驚蕭郎之始見〔二〇〕；李文明練，恨漢后之未持〔二一〕。重爲系曰〔二二〕：瑶池仙子董雙成〔二三〕，夜明簾額懸曲瓊〔二四〕。將上雲而垂手〔二五〕，顧轉盼而遺情〔二六〕。願綢繆於芳趾〔二七〕，附周旋於綺楹〔二八〕。莫悲更衣牀前棄〔二九〕，側聽東晞珮玉聲〔三〇〕。

校注

〔一〕《全文》卷七八六温庭筠下載本篇。賈晉華《唐代集會總集與詩人羣研究·〈漢上題襟集〉與襄陽詩人羣研究》據段成式《嘲飛卿七首》之二『知君欲作《閑情賦》，應願將身作錦鞋』之句，謂温之《錦鞋賦》中有『願綢繆於芳趾，附周旋於綺楹』之句，即回應段詩，當亦同時戲作。並將此賦收入所輯校之《漢上題襟集》中。可從。則此賦當作於大中十二年至咸通元年段成式閑居襄陽及温庭筠仍居襄陽幕期間。錦鞵，女子的錦鞋。

〔二〕闌，花欄。春，鮮妍。此句以花欄喻指錦鞋，以花喻指女子之足。

〔三〕雲邊月新，雲彩之旁有一鉤新月。此以『雲』指錦鞋上之雲形圖案。唐王涯《宫詞》之二：『春來新插翠雲釵，尚著雲頭踏殿鞋。』蓋鞋頭以雲形爲飾。以一鉤新月喻女子之纖足。

〔四〕耀粲，光耀鮮明貌。束足，猶纖足。

〔五〕嬿婉，美好貌。沈約《麗人賦》：『亭亭似月，嬿婉如春。』結璘，同『結鱗』。《黄庭内景經·高奔章》：『鬱儀、結璘善相保。』梁丘子注：『鬱儀，奔日之仙；結璘，奔月之仙。』《太平御覽》卷三引《七聖記》：『鬱華赤文，與日同居；結鱗黄文，與月同居，鬱華，日精，結鱗，月精也。』

〔六〕繶，圓絲帶，古代用以飾履。《周禮·天官·屨人》：『屨人掌王及后之服屨，爲赤舃黄舃，赤繶黄繶。』鄭玄注：『赤繶黄繶，以赤黄之絲爲下緣。』王力謂繶爲飾履縫之絲繩。碧繶，緑絲繩。緗鉤，疑當作『緗絇』。緗，淺黄色。絇，古時鞋頭上之裝飾，有孔，可以繫鞋帶。《儀禮·士喪禮》：『乃屨，綦結於跗，連絇。』鄭玄注：『絇，屨飾如刀衣鼻，在屨頭上，以餘組連之，止足坼也。』

〔七〕鸞尾，鸞鳥之尾，借指錦鞋。鳳頭，鞋頭繡有鳳凰圖飾之花鞋。蘇軾《謝人惠雲中方舃》：『妙手不勞盤作鳳。』自注：『晉永嘉中有鳳頭鞋。』五代馬縞《中華古今注·冠子朵子扇子》：『（秦始皇）令三妃九嬪……靸蹲鳳頭履。』

〔八〕鞻，即鞮屨，古代少數民族之舞鞋。《周禮·春官·序官》『鞮鞻氏』鄭玄注：『鞻讀爲屨。鞮屨，四夷舞者所扉也。今時倡蹋鼓沓行者，自有扉。』孫詒讓正義：『蓋凡舞屨皆用革，而四夷舞扉尤殊異，所以名官也。』雅舞，古代帝王用以祭祀天地、祖先及朝賀、宴享的舞蹈，分文、武兩大類。曹丕《於譙作》：『獻酬紛交錯，雅舞何鏘鏘。』此泛指宴會上雅麗之舞蹈。稱，適宜。

〔九〕遠遊，古代履名。李白《江上送女道士褚三清游南岳》：『足下遠遊履，凌波生素塵。』胡應麟《少室山房筆叢·丹鉛新録八》：『曹子建賦：踐遠遊之文履。又繁欽詩：足下雙遠遊。蓋魏、晉間履名遠遊也。』

〔一〇〕潘妃，指南朝齊廢帝東昏侯蕭寶卷之寵妃潘玉兒。《南史·齊本紀·廢帝東昏侯》：『又鑿金爲蓮花以帖地，令潘妃行其上，曰：「此步步生蓮花也。」』

〔一一〕寶屧，用珠寶裝飾的鞋。《南史·梁臨川王宏傳》：『所幸江無畏，服玩侔於齊東昏潘妃，寶屧直千萬。』江姬，即臨川王之寵姬江無畏。

〔一二〕壽陵，戰國燕邑。《莊子·秋水》：『且子獨不聞壽陵餘子之學行於邯鄲與？未得國能，又失其故行矣，直匍匐而歸耳。』此反其意而用之，謂非如壽陵女子學步邯鄲。

〔一三〕妖蠱，豔麗。《文選·張衡〈西京賦〉》：『妖蠱豔夫夏姬，美聲暢於虞氏。』劉良注：『妖蠱，豔美也。』苧蘿之施，指西施。苧蘿，山名，相傳西施原爲此山鬻薪之女。趙曄《吴越春秋·勾踐陰謀外傳》：『乃使相者國中，得苧蘿山鬻薪之女曰西施、鄭旦。』注：『《會稽志》：苧蘿山在諸暨縣南五里。』

〔一四〕曹植《洛神賦》：『迫而察之，灼若芙蓉出渌波。』又：『陵波微步，羅襪生塵。』红蕖，红蓮，即『芙蓉』。

〔一五〕跗，姜本作『趺』。豐跗，豐潤的脚面。漢無名氏《雜事秘辛》：『踁跗豐妍，底平指斂。約縑迫　，收束微如。』縞錦，白色的錦襪。

〔一六〕陳王，指陳思王曹植。凌波微步，見注〔一四〕。《洛神賦》：『轉眄流精，光潤玉顔。含辭未吐，氣若幽蘭。』『轉眄流精』，即所謂『瞥陳王』也。

〔一七〕蹀躞，小步行走貌。容與，從容閑舒貌。

〔一八〕石氏，指西晉石崇。花塵香跡，指女子步履而起之塵。晉王嘉《拾遺記·晉時事》：『（石崇）又屑沉水之香如塵末，布象牀上，使所愛者踐之。』《晉書·石崇傳》：『崇有妓曰緑珠，美而豔。』

〔一九〕倏，倏忽。窈窕，姿態美好貌。

〔二〇〕蕭郎，指梁武帝蕭衍。《梁書·武帝紀》：『（王）儉一見（蕭衍）深相器異，謂廬江何憲曰：「此蕭郎三十内當作侍中，出此則貴不可言。」』梁武帝《河中之水歌》：『河中之水向東流，洛陽女兒名莫愁。莫愁十三能織綺，十四采桑南陌頭。十五嫁爲盧家婦，十六生兒字阿侯。盧家蘭室桂爲梁，中有鬱金蘇合香。頭上金釵十二行，足下絲履五文章。珊瑚掛鏡爛生光，平頭奴子擎履箱。人生富貴何所望，恨不早嫁東家王。』擎箱，即《河中之水歌》之『擎履箱』。回津，未詳。

〔二一〕《飛燕外傳》：『合德新沐，膏九曲沉水香，爲卷髮，號新髻；爲薄眉，號遠山黛；施小朱，號慵來粧；衣故短繡裙小袖李文襪。』漢后，漢帝，指漢成帝。句意謂趙合德所著之李文襪，透明潔白，恨漢成帝未能握持。

〔二二〕系，猶『亂』。辭賦等文體末尾部分結束全文之辭。《文選·張衡〈思舊賦〉》『系曰』舊注：『系，繫也，言繫一賦之前意也。』

〔二三〕瑶池，傳説中崑崙山上地名，西王母所居。《穆天子傳》卷三：『乙丑，天子觴西王母於瑶池之上。』《漢武帝内傳》：『西王母命玉女董雙成吹雲和之笙。』董雙成，傳説中西王母之侍女。

〔二四〕簾額，簾子的上端。《楚辭·招魂》：『砥室翠翹，挂曲瓊些。』王逸注：『曲瓊，玉鉤。』

〔二五〕上雲，上翔入雲，指舞者之舞姿。垂手，《樂府解題》曰：『大垂手，小垂手，皆言舞而垂其手也。』

〔二六〕轉盼，眼波流轉。遺情，猶留下情思。曹植《洛神賦》：『於是背下陵高，足往神留。遺情想像，顧望懷愁。』

〔二七〕綢繆，緊密束縛貌。《詩·唐風·綢繆》：『綢繆束薪，三星在天。』毛傳：『綢繆，猶纏綿也。』孔疏：『毛以爲綢繆猶纏綿束薪之貌，言薪在田野之中，必纏綿束之，乃得成爲家用。』綢繆於芳趾，謂緊緊貼附在美人的足趾上。猶陶淵明《閑情賦》『願在絲而爲履，附素足以周旋』之意。

〔二八〕綺楹，華美的廊柱。周旋，指步履的移動。陶淵明《閑情賦》：『願在夜而爲燭，照玉容於兩楹。』餘參注〔二七〕。

〔二九〕《史記·外戚世家》：『衛皇后子夫，生微矣……爲平陽主謳者……武帝……過平陽主，主見所侍美人，上弗説……獨説衛子夫。是日，武帝起更衣，子夫侍尚衣軒中，得幸……入宫歲餘，竟不復幸……後大幸，有寵……廢陳皇后，而立衛子夫爲皇后……及衛后色衰，趙之王夫人有幸。』更衣牀前棄，指衛子夫色衰愛弛事。

〔三〇〕東晞，東方天明。《詩·齊風·東方未明》：『東方未晞，顛倒裳衣。』

答段柯古贈葫蘆管筆狀〔一〕

庭筠累日來洛水寒疝〔二〕，荆州夜嗽〔三〕，筋骸莫攝〔四〕，邪蠱相攻〔五〕。蝸睆傷明〔六〕，對蘭缸而不寢〔七〕；牛腸治嗽，嗟藥録而難求〔八〕。前者，伏蒙雅賜葫蘆筆管一莖，久欲含詞〔九〕，聊申拜貺〔一〇〕。而上池未效〔一一〕，下筆無聊。惝怳沈吟〔一二〕，幽懷未敍。然則産於何地？得自誰人？而能絜以裁筠〔一三〕，輕同舉羽。豈伊蓍草〔一四〕，空操九寸之長；何必靈芝，獨號三株之秀〔一五〕？但曾藏戢册省〔一六〕，永貯仙居〔一七〕。却笑遺民，遷兹佳種〔一八〕；惟應仲履，忽壓頌聲〔一九〕。豈常見已墮遺犀〔二〇〕，仍抽直幹。青松所築，漆竹藏珍〔二一〕。足使玳瑁慚華，琉璃掩耀〔二二〕。一枚爲貴，豈異陸生〔二三〕；三寸見珍，遂兼揚子〔二四〕。謹當刊於巖竹〔二五〕，寘以郊翰〔二六〕。隨纖管而爲牀〔二七〕，擬凌雲而作屋〔二八〕。所恨書裙寡媚〔二九〕，釘帳無功〔三〇〕。實靦凡姿〔三一〕，空塵異貺〔三二〕。庭筠狀。

校注

〔一〕《全文》卷七八六載本篇。段柯古，段成式字柯古。詳見卷七《和段少常柯古》注〔一〕。《全文》卷七八七段成式有《寄温飛卿葫蘆管筆往復書》，文云：『桐鄉往還，見遺葫蘆筆管，輒分一枚寄上。下走困於守拙，不能大用。濩落之實，有同於惠施；平原之種，本慚於屈轂。然雨思茶器，寒想酒杯。嫌苦菜而不吟，持長柄而爲贈。未曾安筆，却省歲書。八月斷來，固是佳者。方知緑沈赤管，過於淺俗。求大白麥穗，獲臨賀石班，蓋可爲副也。飛卿窮素緗之業，擅雄伯之名，沿泝九流，訂銓百氏。筆洒瀝而轉潤，紙襞績而不供。或助操彈，且非玩好。便望審安承墨，細度覆毫，勿令仲宣等閒中詠也。成式狀。』此係成式贈温葫蘆筆管時所附上之書信。庭筠此篇即對段贈筆管及附書之回復。賈晉華《唐代集會總集與詩人羣研究》所輯校之《漢上題襟集》收入段、温此二狀，蓋以此二狀係段、温在襄陽時往返唱和之書牘。然温此狀有『庭筠累日來洛水寒疝，荆州夜嗽』之語，當是咸通二年與段成式同在江陵荆南節度使幕爲從事期間所作，考詳本卷《謝紇干相公啓》注〔五〕。葫蘆管筆，筆管呈葫蘆狀之筆。漢上、漢南向指襄陽，《漢上題襟集》是否收入段、温二人在江陵幕之往返唱和書牘，待考。

〔二〕寒疝，中醫病名。症見腹中拘攣，繞臍疼痛，惡寒肢冷而汗出。多爲寒邪凝滯腹内而致。《東觀漢記·鄧訓傳》：『太醫皮巡從獵上林還，暮宿殿門下，寒疝病發。』洛水，切東漢都城洛陽。皮巡東漢時人，故云『洛水寒疝』。

〔三〕荆州夜嗽：宋玉《風賦》：『楚襄王游于蘭臺之宫，宋玉、景差侍。有風颯然而至……宋玉對曰：「此獨大王之風耳，庶人安得而共之？……夫庶人之風，塕然起於窮巷之間，堀堁揚塵，勃鬱煩冤，衝孔襲門。動沙堁，吹死灰，駭溷濁，揚腐餘。邪薄入甕牖，至於室廬。故其風中人，狀直憞溷鬱邑，毆温致濕。中心慘怛，生病造熱，中脣爲胗，得目爲蔑，啗齰嗽獲，死生不卒。此所謂庶人之雌風也。」』楚昭襄王都郢，即唐之江陵。『荆州夜嗽』，即《風賦》所稱受雌風侵襲後『啗齰嗽獲』之症狀。宋玉爲楚襄王侍從小臣，唐代詩文常用宋玉事楚襄王指稱文士供職幕府，如李商隱《席上作》，題下注云：『予爲桂州從事，故府鄭公出家妓令賦高唐詩。』詩云：『淡雲輕雨拂高唐，玉殿秋來夜正長。料得也應憐宋玉，一生惟事楚襄王。』故『荆州夜嗽』既標示作此狀之地點，亦點明庭筠其時之幕僚身份。

〔四〕筋骸，猶筋骨，指身體。攝，保養。沈約《神不滅論》：『虚用損年，善攝增壽。』

〔五〕邪，中醫指一切致病因素，如風寒暑溼之氣。《急就篇》顔師古注：『凡人正氣不足則邪氣入體而病生焉。』蟲，此指腹内寄生蟲。

〔六〕睆，《全文》作『睕』，此從《温飛卿詩集箋注》附王國安輯本。蝸睆，一種眼疾。《淮南子·俶真訓》：『夫梣木色青翳而羸瘉蝸睆，此皆治目之藥也。』高誘注：『蝸睆，目疾也。』庭筠詩文中屢言其『病眼』。

〔七〕缸，王國安輯本作『釭』，通。蘭缸（釭），燃蘭膏的燈。

〔八〕藥録，録存藥方之典籍，亦指現存之藥方，句謂牛腸可以治咳嗽，但具體的藥方（指配伍之藥物及劑量、服法等）却難以尋求。

〔九〕含詞，指銜詞寫信。

〔一〇〕拜貺，拜受饋贈。

〔一一〕上池，指凌空承取或取之於竹木上之雨露。《史記·扁鵲倉公列傳》：『（長桑君）乃出其懷中藥予扁鵲：「飲是以上池之水，三十日當知物矣。」』司馬貞索隱：『舊説云上池水謂水未至地，蓋承取露及竹木上水，取之以和藥。』上池未效，猶言服上池水所和之藥尚未見效。

〔一二〕慚怳，慚愧恍忽。沈吟，遲疑，猶豫。

〔一三〕絜，通『潔』，清潔。裁筠，剪裁竹子。

〔一四〕蓍草，草名，古代常用蓍草之莖占卜吉凶。

〔一五〕《楚辭·九歌·山鬼》：『采三秀兮于山間，石磊磊兮葛蔓蔓。』三秀，靈芝草之别名，一年開花三次，故名。此言『三株』，未知何據。

〔一六〕戢，藏。册省，猶册府。古代帝王藏書之所，借指祕書省。《山海經·西山經》：『玉山，是西王母所居也。』《穆天子傳》卷二：『天子北征，東還，乃循黑水，癸巳，至于羣玉之山……先王之所謂册府。』郭璞注：『言往古帝王以爲藏書册之府，所謂藏之名山者也。』

〔一七〕仙居，此指玉山，西王母所居。參上注。

〔一八〕遺民，指段成式。成式父文昌，西河人，世居荆州（江陵），成式亦居荆州，故稱其爲『（荆州）遺民』。庭筠有《寄渚宫遺民弘里生》詩，即寄荆州遺民段成式之意，詳詩集卷八該詩注〔一〕。

〔一九〕《水經注》卷十三《涿水》：『郡人王次仲，少有異志，年及弱冠，變蒼頡舊文爲今隸書。秦始皇時，官務煩多，以次仲所易文簡便于事要，奇而召之，三徵而輒不至。次仲履真懷道，窮數術之美。』『仲履』二句，疑用此。然與『葫蘆管筆』似無關。俟查。

〔二〇〕遺犀，剩餘的葫蘆内瓤。直幹，指葫蘆管上的筆杆。

〔二一〕漆竹藏珍，似指葫蘆管筆珍藏於塗漆之竹器中。

〔二二〕徐陵《玉臺新詠序》：『周王璧臺之上，漢帝金屋之中，玉樹以珊瑚作枝，珠簾以玳瑁爲押……琉璃硯匣，終日隨身；翡翠筆牀，無時離手。』此二句中之『玳瑁』，當指玳瑁裝飾之卷軸，『琉璃』則指琉璃（一種有色半透明之玉石）硯匣。如此方與『葫蘆管筆』相稱。慚華、掩耀，謂玳瑁卷軸、琉璃硯匣不如葫蘆管筆之華美珍奇，在它面前不免失色。

〔二三〕陸生，指陸績。《三國志・吴志・陸績傳》：『績年六歲，於九江見袁術。術出橘，績懷三枚，去，拜辭墮地，術謂曰：「陸郎作賓客而懷橘乎？」績跪答曰：「欲歸遺母。」術大奇之。』此謂葫蘆管筆得一已足，非標異於陸績之懷橘三枚。

〔二四〕三寸，指毛筆。揚子，指揚雄。揚雄《答劉歆書》：『雄常把三寸弱翰，賫油素四尺，以問其異語。』《廣雅・釋詁四》：『兼，同也。』句意謂己珍愛此筆，同於揚雄。

〔二五〕刊於巖竹，謂用葫蘆管筆寫字刊刻於竹簡之上。

〔二六〕郊，疑『狡』之誤。《北堂書鈔》卷一百四引曹植《長歌行》（一作樂府）：『墨出青松煙，筆出狡兔翰。』然林和靖《清河茂才以良筆并詩爲惠次韻奉答》云：『郊翰秋勁愈於錐，筠管温温上玉輝。』已作『郊翰』，則温詩作『郊翰』亦有可能，然實指兔毫。

〔二七〕纖管，指葫蘆管筆上端之細管。

〔二八〕凌雲，指竹，翠竹凌雲直上，故云。句意謂以竹製筆筒作屋。上句『牀』指卧置毛筆之器具。徐陵《玉臺新詠序》：『翡翠筆牀，無時離手。』

〔二九〕《南史・羊欣傳》載，羊欣父爲烏程令，欣年十二，時王獻之爲吴興太守，甚知愛之。欣嘗著新絹裙書寢，獻之入縣，見之，『書裙數幅而去』。王獻之善書，與父羲之合稱『二王』。論者以爲骨力不及其父而逸氣媚趣過之。句意謂己之書法不如王獻之有姿媚。

〔三〇〕《三國志・魏志・武帝紀》『引用荆州名士韓嵩、鄧義等』裴注引晋衛恒《四體書勢序》：『（梁鵠）以勒書自效。公嘗懸著帳中，及以釘壁玩之。』句意謂己雖釘帳玩賞書法名家之作而無功效。或解：己之書法拙劣，無供人玩賞之價值。

〔三一〕靦，慚愧。凡姿，謙稱自己資質平庸。

〔三二〕塵，污、辱。異貺，珍貴之饋贈。

答段成式書七首〔一〕

一

庭筠白：即日僮幹至〔二〕，奉披榮誨〔三〕，蒙賚易州墨一挺〔四〕。竹山奇製〔五〕，上蔡輕煙〔六〕。色奪紫帷，香含漆簡〔七〕。雖復三臺故物〔八〕，貴重相傳；五兩新膠，乾輕入用〔九〕。猶恐於潛曠遠〔一〇〕，建業尫羸〔一一〕。韋曜名方，即求雞木〔一二〕；傅玄佳致，別染《龜銘》〔一三〕。恩加於蘭省郎官〔一四〕，禮備於松櫺介婦〔一五〕。汲妻衡弟〔一六〕，所未窺觀；《廣記》《漢儀》〔一七〕，何嘗著列。矧又玄洲（闕）上苑〔一八〕，青瑣西垣〔一九〕，雠字猶新〔二〇〕，疑籤尚整〔二一〕。帳中女史，猶襲青香〔二二〕；架上仙人，常持縹袟〔二三〕。得於華近，辱在庸虛〔二四〕。豈知夜鶴頻驚，殊慚志業〔二五〕；秋蟲屢綰，不稱精研〔二六〕。惟憂痗物虛投〔二七〕，蠟盤空設〔二八〕。晉陵雖壞，正握銅兵〔二九〕；王詔徒深，誰磨石硯〔三〇〕？捧受榮荷〔三一〕，不任下情。庭筠再拜。

校注

〔一〕《英華》卷六五五啓五謝賜賚載此七首之第一首，題爲《謝所知賚集賢墨啓》，所知，即段成式。《全文》卷七八六載此七首。五代南唐劉崇遠《金華子雜編》卷上：『段郎中成式，博學精敏，文章冠於一時。著書甚衆，《酉陽雜俎》最傳於世。牧廬陵日……爲廬陵頑民妄訴，逾年方明其清白。乃退隱於峴山。時温博士庭筠，方謫尉隨縣，廉帥徐太師商留爲從事，與成式甚相善，以其古學相遇，常送墨一鋌與飛卿，往復致謝，遞搜故事者九函，在禁集中。爲其子安節娶飛卿女。』按：段成式大中二年至七年任吉州刺史（即『牧廬陵』）。大中九年至十一年任處州刺史。而其《觀山燈獻徐尚書并序》云：『尚書東莞公鎮襄之三年，四維具舉，而仍歲穀熟。』可證最遲在大中十二年正月，成式已寓居襄陽。其《塑像記》又稱：『（大中）十三年秋，予閑居漢上。』而盧知猷《盧鴻草堂圖後跋》（《唐文拾遺》卷三十三）云：『相國鄒平段公家藏圖書，并用所歷方鎮印記。咸通初，余爲荆州從事，與柯古（成式字）同在蘭陵公（蕭鄴）幕下，閱此軸。』知咸通初（約二年）成式在荆南節度使蕭鄴幕爲從事。《全文》載段成式《與温飛卿書八首》，即贈墨於温庭筠往復唱酬之書牘。從上述段成式寓居襄陽之時間看，段、温往復唱酬之十五首書信應作於大中十二年至大中十四年（即咸通元年）徐商罷鎮襄陽及段成式離襄陽之前。成式《與温飛卿書八首》之一云：『近集仙舊吏獻墨二挺，謹分一挺送上。雖名殊九子，狀異二螺。如虎掌者非佳，似兔支者差勝。不思吴興道士，忽遇因取上章；越王神女，得之遂能注易。但所恨雞山松節，絶已多時；上谷檞頭，求之未獲也。成式述作中躓，草隸非工，惟兹白事，足以驅策。詎可供成塚之硯，奪如椽之筆乎？』庭筠七首之一，即答段之書信。

〔二〕即，《全文》誤作『節』，據《英華》改。僮幹，《英華》作『門幹』。僮幹，原指奴僕和卑官，南北朝時多指服雜役之低級胥吏。《宋書·張暢傳》：『若諸佐不可遣，亦可使僮幹來。』門幹，守門之吏役。似作『僮幹』是。

〔三〕披，翻閱。榮誨，對對方書信之敬稱。誨，教誨、誨示。『誨』字《英華》作『示』。

〔四〕蒙，《英華》作『垂』。易州，《英華》作『集賢』。按：段書謂『近集仙舊吏獻墨二挺，謹分一挺送上』，似作『集賢』是。易州，唐河北道州名。《新唐書·地理志三》：『易州上谷郡，上。土貢：紬、綿、墨。』挺，量詞，多用於條狀物或長形物。《儀禮·鄉飲酒禮》：『薦脯五挺。』今稱『錠』。

〔五〕《新唐書·地理志四》：房州房陵郡有竹山縣。房州土貢有蠟、蒼礬、麝香、雷丸、石膏、竹鼺，其中麝香爲製墨之原料。

〔六〕《新唐書·地理志二》：蔡州有上蔡縣。輕煙，指松煙。以松煙調膠搗捶製墨。松木燃燒後所凝之墨灰，是製松煙墨之原料。唐安鴻漸《題楊少卿書後》：『端溪石硯宣城管，王屋松煙紫兔毫。』或上蔡亦産松煙。

〔七〕奪，《英華》作『掩』。紫，《英華》作『緇』。按：『緇』係黑色，似作『緇』是。香含漆簡，謂墨香長留在書寫文字的漆簡上。漆簡本指用漆書寫之竹木簡，此指墨寫的書簡。

〔八〕三臺，漢因秦制，以尚書爲中臺，御史爲憲臺，謁者爲外臺，合称三臺。唐中書省有集賢殿書院，此云『三臺故物』，或即指集賢殿書院之故物，參段成式書。

〔九〕晉衛鑠《筆陣圖》：『其墨取廬山之松煙，代郡之鹿膠十年以上强如石者爲之。』

〔一〇〕於潛，唐縣名，屬江南西道杭州餘杭郡。倪濤《六藝之一録》卷三十二《石刻文字八》：『於潛縣刊字，秦皇所刊「於潛縣石杵山石杵」十數字。廖瑜《杭州府志》碑碣目。』

〔一一〕《宣和書譜》卷十七草書五梁沈約、蕭子雲：『蕭子雲字景喬，晉陵人，官至侍中，善正隸行草小篆飛白，而正隸飛白尤工意趣，飄然有騫舉之狀……嘗以飛白作一「蕭」字於建業壁間，後人取其壁入南徐海榴堂中以爲奇觀。至唐有李約復載歸洛陽仁風里，構大厦以覆之，目曰「蕭齋」，張諗特爲記而序其事。』尫羸，瘦弱，此形容其書體勁俊。《梁書·蕭子雲傳》：『其書迹雅爲高祖所重，嘗論子雲書曰：「筆力勁俊，心手相應，巧逾杜度，美過崔寔，當與元常並驅爭先。」』

〔一二〕《齊民要術》卷九筆墨法載韋仲將《筆方》，其下『合墨法』（後人以為即韋仲將《墨方》），其中云『用樊雞木皮』。《初學記》《墨經》等書均引韋仲將《墨方》。疑此『名方』即『樊雞木皮』為材料之墨方，故云『韋曜名方，即求雞木』。唯韋仲將為韋誕之字，此曰『韋曜』，或為温氏誤記，或因後世傳抄時誤改。

〔一三〕傅玄，魏、晉間詩人、學者，著有《傅子》。《太平御覽》卷六百六引其《水龜銘》云：『鑄其靈龜，體象自然，含出原水，有似清泉。潤彼玄墨，染此弱翰。申情寫意，經緯群言。』佳致，好的情致。

〔一四〕蘭省，指尚書省。應劭《漢官儀》卷上：『尚書郎……握蘭含香，趨走丹墀奏事。』又：『尚書令僕丞郎，月賜渝麋大墨一枚，小墨一枚。』

〔一五〕松櫺，猶松窗。介婦，非嫡長子之妻。古代喪服之禮制服喪時穿黑色喪服，稱『墨衰経』或『墨経』、『墨衰』。此句似謂按禮制，雖介婦亦須墨衰。

〔一六〕《北户録》卷二『墨為螺』句下注云：『《婦人集》：汲太子妻季與夫書云：「致尚書墨十螺。」』文中『汲妻』當即指汲太子妻。《隋書・經籍志》總集類著録殷淳《婦人集》，當即此書。衡弟，陸士衡弟陸雲。《北户録》卷二同上注引陸雲《與兄書》，雲兄陸機，字子衡。

〔一七〕《廣記》，《隋書・經籍志》雜家類著録義恭撰《廣記》三卷。《漢儀》，漢應劭撰《漢官儀》十卷。

〔一八〕玄洲，神話中十洲之一。《海内十洲記・玄洲》：『玄洲，在北海之中，戌亥之地，方七千二百里，去南岸三十六萬里，上有太玄都，仙伯真公所治……饒金芝玉草。』《全文》於『玄洲』下注：闕。《英華》及《文房四譜》無。上苑，上林苑。

〔一九〕青瑣，指門下省。西垣，中書省之別稱，即西掖。應劭《漢官儀》卷上：『左右曹受尚書事，前世文士，以中書在右，因謂中書爲右曹，又稱西掖。』

〔二〇〕讎字，校讎書籍所增删改乙的字。《文選・左思〈魏都賦〉》：『讎校篆籀，篇章畢覯。』張載注引《風俗通》：『案劉向《别録》：「一人讀書，校其上下，得繆誤，爲校。一人持本，一人讀書，若怨家相對，故曰讎也。」』

〔二一〕疑籤，校書或讀書時對書中文字疑有訛誤所貼的標籤。整，完整、完好。

〔二二〕應劭《漢官儀》卷上：『尚書郎給青縑白綾被，以錦被帷帳氈褥通中枕……給尚書史二人，女侍史二人，皆選端正。從直女侍執香爐燒從入臺護衣。』青，疑作『清』，與下句『縹』字係諧音借對。清香，指墨之清香。

〔二三〕架上仙人，疑指書架上有關仙道之書籍，如《淮南枕中鴻寶苑祕書》之類。縹袟，淡青色之書衣。

〔二四〕華近，顯貴而親近帝王之官職，即段書所稱『集仙舊吏』。庸虛，謙稱自己才能平庸，學識淺薄。

〔二五〕《藝文類聚》卷九十引周處《風土記》：『鳴鶴戒露，此鳥性警，至八月白露降，流於草上，滴滴有聲，因即高鳴相警，移徙所宿處。』

〔二六〕秋蟲，疑指促織。綰，繫結。此指紡織。不稱精研，稱不上精讀細研。『精研』之『研』切研墨。

〔二七〕痾物，病物，指藥物。

〔二八〕蠟盤，蠟燭臺。因『蝸睆傷明』，不能夜讀，故云『虛設』。

〔二九〕《晉書》卷五十一《束皙傳》：『初，太康二年，汲郡人不準盜發魏襄王墓，或言安釐王冢，得竹書數十車……大凡七十五篇，七篇簡書折壞，不識名題。冢中又得銅劍一枚，長二尺五寸。漆書皆科斗字。』晉陵，指晉人所發魏襄王墓。銅兵，即銅劍。

〔三〇〕《江文通集》卷三《爲建平王謝賜石硯等啓》：『臣言：奉勑賜石硯及法書五卷，天旨又以臣書小進，更使勤習，敬閲籀篆，側觀硯功……方停煙墨，永砥學玩。』王，指建平王。誰磨石硯，謂無貴重之墨可磨硯。

〔三一〕榮荷，謂受恩承惠。荷，《英華》作『佩』。

二

昨夜安東聽倡〔一〕，牖北追凉〔二〕。枏枕才欹〔三〕，蘭缸未艾〔四〕。縹繩初解〔五〕，紫簡仍傳〔六〕。麗事珍繁〔七〕，擒華益贍〔八〕。雖則竟山充貢〔九〕，握槧堪書〔一〇〕。五丸二兩之精英〔一一〕，三輔九江之清潤〔一二〕。葛龔受賜，稱下士難求〔一三〕；王粲著銘，想遐風易遠〔一四〕。俱苞輪囷，盡入淙池〔一五〕。遺逸皆存，纖微悉舉。鷃覩鵬運，豈識逍遥〔一六〕；鯢入鮒居，應嗟坎窞〔一七〕。願承謦欬〔一八〕，以啓愚蒙。庭筠狀。

校注

〔一〕段成式答温書第二首云：『昨獻小墨，殆不任用。藉棖之力，殊未堅剛；和𦼮之餘，固非精好。既非懷化所得，豈是筑陽可求。况某從來政能，慚伯祖之市果；自少學業，愧稚川之伐薪。飛卿掣肘功深，焠掌（闕）倦。齊奮五筆，捷發百函。愁中復解玄嘲，病裏猶屠墨守。煙所不附，抑有神乎哉！闕禮承訊。忻懌兼襟。莫測詖辭，難知古訓。行當祗謁，條訪闕疑。』庭筠此首係對段成式第二首之回答。安東，唐代六都護府之一。此借指山南東道節度使府。聽倡，聽樂妓奏樂唱歌。

〔二〕牖北，北窗。陶淵明《與子儼等疏》：『常言：五六月中，北窗下卧。遇凉風暫至，自謂是羲皇上人。』

〔三〕枏枕，楠木枕。欹，斜靠。

〔四〕缸，通『釭』。艾，盡。

〔五〕縹繩，繫書卷的淡青色絲帶。

〔六〕紫簡，指對方的書信，詳注〔一〕引段書。

〔七〕麗事，以華麗之詞藻形容美好事物。《太平廣記》卷一七三引宋龐元英《談藪·王儉》：『儉嘗集才學之士，累物而麗之，謂之麗事。麗事自此始也。』也可理解爲『儷事』，指駢文寫作中屬對爲文之事。珍繁，珍奇繁富。

〔八〕摛華，鋪陳辭藻。段之書簡係用駢文書寫，故有『麗事』二句。

〔九〕梁王僧孺謝啓：『航海梯山，獻琛奉貢。』竟山充貢，將整座山的礦藏都拿來充當貢品。

〔一〇〕握槧，即握鉛抱槧。槧，木簡。《西京雜記》卷三：『揚子雲好事，常懷鉛提槧，從諸計吏，訪殊方絶域四方之語。』

〔一一〕五丸，五丸墨，古墨形狀如圓丸，故以『丸』爲量詞。二兩，指一丸墨之重量。

〔一二〕三輔，初指西漢治理京畿地區的三個職官（左右内史、主爵中尉）之合稱，後泛稱京城附近地區爲三輔。《太平御覽》卷一六四引《三輔黄圖》：『武帝太初元年改内史爲京兆尹，以渭城以西屬右扶風，長安以東屬京兆尹，長陵以北屬左馮翊。』九江，長江於荆州界，分而爲九，見《書·禹貢》『九江孔殷』傳。又，《文選·郭璞〈江賦〉》：『源二分於崌、崍，流九派乎潯陽。』九派指今江西九江市北的一段長江，江水有九條支流。

〔一三〕葛龔，東漢文人，字元甫，梁國寧陵人，以善文記知名，曾任太官丞、蕩陰令、臨汾令，著文賦碑誄書記十二篇。《後漢書·文苑傳》有傳。《初學記》卷二十一録葛龔《與梁相書》云：『復惠善墨，下士所無，摧骸骨，碎肝膽，不足明報。』受賜，即指梁相惠墨事。

〔一四〕王粲著銘，指王粲所著《硯銘》。《藝文類聚》卷五十八引王粲《硯銘》云：『昔在皇頡，爰初書契，已代結繩。民察官理，庶績誕興。在世季末，華藻流淫。文不寫行，書不盡心。淳樸澆散，俗已崩沉。墨運翰染，榮辱是若。念兹在兹，惟玄是宅。』遐風，即《硯銘》中所述上古淳樸之風。

〔一五〕《全文》『俱苞』下、『盡入』下有闕文。《文房四譜》此二句作『俱苞輪囷，盡入淙池』，兹據補。

〔一六〕《莊子·逍遥遊》：『有鳥焉，其名爲鵬。背若泰山，翼若垂天之雲，摶扶摇羊角而上者九萬里，絶雲氣，負青天，然後圖南，且適南冥也。斥鷃笑之曰：「彼且奚適也？我騰躍而上，不過數仞而下，翱翔蓬蒿之間，此亦飛之至也；而彼且奚適也？」此小大之辨也。』斥鷃，即鷃雀，一種小鳥。此以自喻。大鵬喻段。

〔一七〕鯢，雌鯨。《文選·左思〈吴都賦〉》：『長鯨吞航，修鯢吐浪。』劉逵注引楊孚《異物志》：『鯨鱼長者數十里，小者數十丈，雄曰鯨，雌曰鯢。』鮒，蝦蟆。《莊子·秋水》：『子獨不聞埳井之鼃乎？謂東海之鼈曰：「吾樂與！出跳梁於井幹之上……」』桓寬《鹽鐵論·復古》：『坎井之鼃，不知江海之大。』坎窞，坑穴。此以『鯢』喻段，以坎窞之蛙自喻。

〔一八〕《莊子·徐無鬼》：『夫逃空虛者……聞人足音跫然而喜矣，又况乎昆弟親戚之謦欬其側者乎？』謦欬，咳嗽。此借指對方之言談，係表敬之辭。

三

伏蒙又抒冲襟〔一〕，詳徵故事〔二〕。蒼然之氣〔三〕，仰則彌高〔四〕。毖彼之泉〔五〕，汲而增廣。方且驚神褫魄〔六〕，寧惟衿甲投戈〔七〕？素洛呈祥〔八〕，翠嫣垂貺〔九〕。龜字著象〔一〇〕，鳥英含華〔一一〕。至於漢省五丸〔一二〕，武都三善〔一三〕。仲宣佳藻，既詠浮光〔一四〕；張永研工，常稱點漆〔一五〕。逸少每停質滑〔一六〕，長康常務色輕〔一七〕。（闕）乃韋書〔一八〕，知爲宋畫〔一九〕。苟濟提兵之檄，磨盾而成〔二〇〕；息躬覆族之言，削門而顯〔二一〕。敢恃蛙井，猶望鯤池〔二二〕。不任慚伏宗仰之至。庭筠狀。

校注

〔一〕段成式《與温飛卿書八首》之三云：『昨更拾從土黑聲（上四字《全文》闕，據《文房四譜補》）之餘，自謂無遺策矣。但愧井蛙尚猶自恃，醯雞未知大全。忽奉毫白，復新耳目。重耳誤（《全文》原闕，據《文房四譜》補）徹，謬設（《全文》闕，據《文房四譜》補）生甦。張奂致渝（《全文》原闕，據《文房四譜》補），研味難盡。詎同王遠術士，題字入木；班孟仙人，噴墨竟紙？雖趙壹非草，數丸志徵；汲媛餉夫，十螺未説（以上十二字《全文》原闕，據《文房四譜》補）。肝膽將破，翰答已疲。有力負之，更遲承問。』温此首係答段之辭。『又抒沖襟』即指段之第三首。沖襟，謙和曠淡的胸襟。

〔二〕故事，此指典故。

〔三〕蒼然之氣，形容文章的蒼莽高遠風貌。

〔四〕《詩·小雅·車舝》：『高山仰止，景行行止。』《論語·子罕》：『顔淵喟然嘆曰：「仰之彌高，鑽之彌堅。」』二句稱贊段之文如高天蒼遠之氣，仰之彌高。

〔五〕《詩·邶風·泉水》：『毖彼泉水，亦流于淇。』毛傳：『泉水始出，毖然流也。』高亨注：『毖通泌，水流貌。』二句謂段文如汩然湧出之泉水，汲而更增廣。

〔六〕褫，奪。

〔七〕《左傳·襄公十八年》：『（齊殖綽、郭最）皆衿甲面縛，坐于中軍之鼓下。』杜預注：『衿甲，不解甲。』投戈，放下武器。衿甲投戈，謂投降認輸。

〔八〕《書·洪範》：『天乃錫禹洪範九疇，彝倫攸敘。』孔傳：『天與禹，洛出書，神龜負文而出，列於背，有數至於九。禹遂因而第之以成九類常道。』《易·繫辭上》：『河出圖，洛出書，聖人則之。』古代認爲出現河圖洛書爲帝王聖君受命之祥瑞，故云『素洛呈祥』。

〔九〕翠嬀，緑色的嬀水。《書·堯典》：『釐降二女於嬀汭，嬪於虞。』孔傳：『舜爲匹夫，能以義理下帝女之心於所居嬀水之汭，使行婦道於虞氏。』垂貺，下贈。

〔一〇〕見注〔八〕引《書·洪範》孔傳。

〔一一〕鳥英含華，疑指鳥篆，篆體古文字，形如鳥之爪跡。《後漢書·酷吏傳·陽球》：『或鳥篆楹簡。』李賢注：『八體書有鳥篆，象形以爲字也。』

〔一二〕漢省，指尚書省。五丸，五丸墨。參上首注〔一一〕。

〔一三〕唐韋續纂《墨藪》卷二《晉衛恒等書勢》：『韋誕師淳而不及也。太和中誕爲武都太守，以能書留補侍中，魏氏寶器銘題皆誕書也。』按：此本《三國志·魏志·王粲傳》『光禄大夫京兆韋誕』裴松之注引《文章敘録》云：『誕之仲將，太僕端之子。有文才，善屬辭章……初，邯鄲淳、衛覬及誕並善書，有名。』誕又善製筆，撰《筆經》。武都，指韋誕。三善，指其善辭章、善書、善製筆。

〔一四〕仲宣，王粲字，著有《硯銘》一文。『浮光』，指硯中之墨色。《文苑英華》卷一〇六黎逢《石硯銘》云：『水隨暈而環周，墨浮光而黛起。』

〔一五〕張永，南朝宋代大臣、詩人，字景雲。研工，研磨精工。古代之墨呈粒狀，用時納入硯中加水，用研石研磨。點漆，指墨色烏黑光亮。《宋書·張永傳》謂其『涉獵書史，能爲文章，善隸書，曉音律，騎射雜藝，觸類兼善。又有巧思，益爲太祖所知。紙及墨皆自造，輒執玩咨嗟，自嘆供御者了不及也』。其自造墨精良，故稱『研工』、『點漆』。

〔一六〕逸少，王羲之字。質滑，質樸滑易。羲之真書得力於鍾繇，但能去其樸質；行書結體靈妙，章法氣韻純任自然，風流蘊藉。『每停質滑』當指其書法之妍美流便。

〔一七〕長康，畫家顧愷之字。色輕，用的筆墨輕淡。《晉書·文苑傳·顧愷之》：『尤善丹青，圖寫特妙……每畫人成，或數年不點目睛。人問其故，答曰：「四體妍蚩，本無闕少於妙處，傳神寫照，正在阿堵中……嘗圖裴楷象，頰上加三毛，觀者覺神明殊勝。」』顧愷之畫筆勢如春蠶吐絲，纖細連綿，此或即『常務色輕』。

〔一八〕句首有闕文，《文房四譜》作『搗』。韋書，指韋誕之書法。《三國志·魏志》卷十一《胡昭傳》：『初，昭善史書，與鍾繇、邯鄲淳、衛顗、韋誕並有名。尺牘之跡，動見模楷焉。』餘參見注〔一三〕。

〔一九〕宋畫，疑即指顧愷之之畫。愷之晉安帝義熙六年（公元四一〇）後方卒，下距劉裕建立宋朝僅十年。

〔二〇〕《北史·文苑傳·荀濟》：「荀濟字子通，其先潁川人，世居江左。濟初與梁武帝布衣交，知梁武當王，然負氣不服，謂人曰：「會楯上磨墨作檄文。」」

〔二一〕息躬，息夫躬，西漢末人，哀帝時爲光禄大夫。後因日食，爲董賢所譖，帝惡之，遣就國。乃禱祠祝詛，爲人所告發，下洛陽獄，咽絶而死。初，躬待詔，數危言高論，自恐遭害，曾作《絶命辭》。《漢書》本傳載：「黨友謀議相連數百人。躬母聖，坐祠灶祝詛上，大逆不道，聖棄市，妻充漢與家屬徙合浦。」此即所謂「覆族」，即全家族滅。削門，一門被誅。顯，應驗。「覆族之言」，即指其所作《絶命辭》。傳謂其作《絶命辭》「後數年乃死，如其文」，故云「削門而顯」。

〔二二〕蛙井，見第二首注〔一七〕。鯤池，《莊子·逍遥遊》：「北冥有魚，其名爲鯤。鯤之大，不知其幾千里也。怒而飛，其翼若垂天之雲。是鳥也，海運則將徙於南冥。南冥者，天池也。」此以「蛙井」喻己之文見識淺陋、格局狹小，以「鯤池」喻段文氣勢恢宏，格局宏大。段來書稱「但愧井蛙尚猶自恃」，温答書則以井蛙自喻。

四

竊以童山不秀，非鄒衍可吹〔一〕；眢井無泉，豈耿恭不拜〔二〕。墨尤之事，謂之獲麟〔三〕；筆聖之言，翻同倚馬〔四〕。静思神運，不測冥搜〔五〕。亦有自相里而分，豈公輸所削〔六〕。流輝精絹〔七〕，假潤清泉〔八〕。銘著李尤〔九〕，書投蘇竟〔一〇〕。字憂素敗〔一一〕，不長飛揚。傳相見貽，守宫斯王〔一二〕。研蚌胎而合美〔一三〕，配馬滴以成章〔一四〕。更率荒蕪〔一五〕，益慚疎略。庭筠狀。

校注

〔一〕段第四首云：『赫日初昇，白汗四匝。愁議墨陽之地，嬾窺兼愛之書。次復八行，盈襞交互。訪伏牛之夜骨，豈望登真；迷艮獸之沈脂，虚成委任。更得四供晉寢，五入漢陵。隱侯辭著於麝膠，葛玄術成於魚吐。寧知千松政染，三丸可和。僧虔獨擅之才，周顗自謂無愧而已。支策長望，梯几熟觀。方困九攻，徒榮十部。齊師其遁，詎知脱扃。』温此首係答段之第四書。童山，不長草木的山。秀，禾類植物開花抽穗，草類植物結實。不秀，不長草木。或解：秀，秀麗。《世説新語・言語》：『顧長康從會稽還，人問山川之美，顧云：「千巖競秀，萬壑争流，草木蒙籠其上，若雲興霞蔚。」』劉向《七略別録・諸子略》：『鄒衍在燕，有谷地美而寒，不生五穀，鄒子居之，吹律而温至黍生，至今名黍谷。』

〔二〕眢井，廢井、無水的井。《左傳・宣公十二年》：『目於眢井而極之。』眼枯不明謂之眢，井枯無水謂之『眢井』。《後漢書・耿恭傳》：『恭以疏勒城傍有澗水可固，五月，乃引兵據之。七月，匈奴復來攻恭，恭募先登數千人直馳之，胡騎散走。匈奴遂於城下擁絶澗水。恭於城中穿井十五丈不得水，吏士渴乏，笮馬糞汁而飲之。恭仰嘆曰：「聞昔貳帥將軍拔佩刀刺山，飛泉湧出；今漢德神明，豈有窮哉！」乃整衣服向井再拜，爲吏士禱。有頃，水泉奔出，衆皆稱萬歲。乃令吏士揚水以示虜，虜出不意，以爲神明，遂引去。』

〔三〕墨允之事，書寫奇異之事。《春秋・哀公十四年》：『春，西狩獲麟。』杜預注：『麟者仁獸，聖王之嘉瑞也。時無明主出而遇獲，仲尼傷周道之不興，感嘉瑞之無應，故因《魯春秋》而脩中興之教，絶筆於「獲麟」之一句，所感而作，固所以爲終也。』

〔四〕筆聖之言，書寫記録聖人之言。倚馬，形容作文才思敏捷。《世説新語・文學》：『桓宣武北征，袁虎時從，被責免官。會須露布文，唤袁倚馬前令作。手不輟筆，俄得七紙，絶可觀。』按：『墨尤』二句，當指段成式撰《酉陽雜俎》、注《春秋》之事。《酉陽雜俎》『多詭怪不經之談，荒渺無稽之物，而遺文秘籍，亦往往錯出其中』（《四庫全書總目提要》），其自序亦稱『固役而不耻者，抑志怪小説之書也』，此即所謂『墨尤之事』；而庭筠《和太常段少卿東都修竹里有嘉蓮》有『《春秋》罷注直銅龍』之句，則成式曾注《春秋》，此殆即所謂『筆聖之言』。

〔五〕冥搜，高遠之探求。孫綽《遊天台山賦序》：『非夫遠寄冥搜，篤信通神者，何肯遥想而存之？』杜甫《同諸公登慈恩寺塔》：『方知象教力，足可追冥搜。』亦可指冥思苦想作詩文。

〔六〕《莊子·天下》：『相里勤之弟子五侯之徒，南方之墨者苦獲、已齒、鄧陵子之屬，俱誦《墨經》而倍譎不同，相謂别墨。』司馬彪曰：『姓相里，名勤，墨師也。』自相里而分，謂墨家自相里勤以後分門别派。此處借墨家之墨爲筆墨之墨。公輸，公輸盤（般），春秋魯人，又稱魯班，曾創雲梯及刨、鑽，爲古代著名工匠。木匠用墨斗畫直綫以刨削木料，故云『公輸所削』。亦切『墨』字。

〔七〕指在白色的絹帛上用墨寫字，流輝後世。

〔八〕指在墨池中洗筆硯。著名書法家張芝、王羲之均有墨池傳説著稱後世。

〔九〕李尤，字伯仁，東漢辭賦家，拜蘭臺令史。順帝初遷樂安相。有集五卷，今佚。《初學記》卷二十一引其《硯銘》、《墨硯銘》，文云：『書契既造，研墨乃陳。煙石相附，筆疏巳申。篇籍永垂，紀志功勳。』

〔一〇〕蘇竟，字伯況，扶風平陵人。西漢平帝時，以明《易》爲博士，善圖讖，通百家言。光武立，爲代郡太守。《後漢書·蘇竟傳》載其《與劉龔書》，以圖讖明光武之必取天下，書中有『仲尼棲棲，墨子遑遑，憂人之甚也』之語。班固曰：『棲棲遑遑，孔席不暖，墨突不黔也』。

〔一一〕素，指寫字用的白色絹帛。敗，壞。

〔一二〕傅相見貽，守宫斯王，此八字《全文》闕，據《文房四譜》補。古稱輔導國君、諸侯王之官爲傅相。《史記·梁孝王世家》：『故諸侯王當爲置良師傅相忠言之士。』貽，贈。二句所用之事及義未詳。

〔一三〕蚌，《全文》作『蛀』，據《文房四譜》改。蚌胎，指珍珠。古人以爲蚌孕珠如人懷孕，與月之盈虧有關。《文選·揚雄〈羽獵賦〉》：『方椎夜光之流離，剖明月之珠胎。』李善注：『明月珠，蚌子珠，爲蚌所懷，故曰胎。』左思《吴都賦》：『蚌蛤珠胎，與月虧全。』

〔一四〕馬滴，疑指儲水供磨墨用之馬形水滴盂。《西京雜記》卷六：『唯玉蟾蜍一枚，大如拳，腹空，容五合水，光潤如新，王取以爲書滴。』此係玉製蟾蜍形書滴。『馬滴』則馬形書滴耳。又名硯滴。

〔一五〕率，直陳。晉王謐《答桓太尉》：『高旨既臻，不敢默已。輒復率其短見，妄酬來誨。』荒蕪，謙稱自己學識淺陋拙劣。

五

驛書方來，言泉更涌。高同泰畤〔一〕，富類敖倉〔二〕。怯蒙叟之大匪〔三〕，駭王郎之小賊〔四〕。尤有剛中巧製〔五〕，廟裏奇香〔六〕。徵上黨之松心〔七〕，識長安之石炭〔八〕。馬黔靡用〔九〕，龜食難知〔一〇〕。窺虞器以成奢〔一一〕，然梁刑而嚴罪〔一二〕。便當北面〔一三〕，不獨棲毫〔一四〕。庭筠狀。

校注

〔一〕段成式第五書云：『藍染未青，玄嘲轉白。責羝羊以求乳，耨石田而望苗。殆將壯（《全文》闕，據《文房四譜》補）腸，豈止憎貌。猶記煙磨青石，黛漬幕（《全文》闕，據《文房四譜》補）書。施根易思，號介難曉。蘇秦同志傭力，有而可題；王隱南遊著書，無而誰給。今則色（《全文》作石，據《文房四譜》改）流琅硯，光滴彩毫。腹笥未緘，初不停綴。疲兵怯戰，惟願豎降。』温此首係答書。『驛書方來，言泉更涌』，即指段之來書而言。泰畤，《史記·孝文本紀》：『神靈之休，祐福兆祥，宜因此地光域立泰畤壇以明應。』泰畤，亦稱甘泉泰畤。泰指泰一（太一），神話傳説中天帝之别名；畤爲古代天子祭祀天地五帝之處。武帝元鼎五年十一月在甘泉（今陝西淳化縣西北甘泉山）立泰一祠，係武帝至成帝建始元年西漢帝王舉行祭天活動之主要場所。《三輔黄圖》卷五：『漢圜丘，在昆明故渠南，有漢故圜丘，高二丈，周迴百二十步。』此爲長安南郊之圜丘壇，泰畤壇之高度或亦類此。

〔二〕敖倉，亦稱敖庾，秦所建倉，在河南鄭州西北邙山上。山上有城，秦於其中置谷倉，曰敖倉。《史記·項羽本紀》：『漢軍滎陽，築甬道屬之河，以取敖倉粟。』裴駰集解引臣瓚曰：『敖，地名，在滎陽西北山，臨河有大倉。』至隋、唐時仍存，見《新唐書·李密傳》及《藩鎮傳·李師道》。

〔三〕蒙叟，指莊周。《史記·老子韓非列傳》：『莊子者，蒙人也，名周。周嘗爲蒙漆園吏。』岑參《河南太守杜公挽歌》之一：『蒙叟悲藏壑，殷宗借濟川。』《莊子·胠篋》：『將爲胠篋探囊發匱之盜而爲守備，則必攝緘縢，此世俗之所謂知也。然而巨盜至，則負匱揭篋擔囊而趨，唯恐緘縢扃鐍之不固也。』大匪，即『巨盜』，謔指段成式。

〔四〕《世説新語·尤悔》：『王大將軍起事，丞相兄弟詣闕謝，周侯深憂。諸王始入，甚有憂色，丞相呼周侯曰：「百口委卿。」周直過不應。既入，苦相存活。既釋，大説，飲酒。及出，諸王故在門，周曰：「明年殺諸賊奴，當取金印如斗大，繫肘後。」』此以『王郎小賊』謔稱自己。

〔五〕剛，《全文》闕，據《文房四譜》補。

〔六〕奇香，當指墨香，蓋墨中常用麝香。本事待考。

〔七〕上黨，郡名。《新唐書·地理志三》：河東道有潞州上黨郡。土貢有墨。松心，松木的内心。係製松煙墨之材料。

〔八〕石炭，即煤。

〔九〕馬黚，馬黑色。靡用，不用（墨）。

〔一〇〕 龜食難知，古人認爲龜吸氣而生，不食一物，故云。
〔一一〕 虞器，虞舜的器物。《墨子·節用中》：『飯於土塯，啜於土形。』《韓詩外傳》卷三：『昔者舜甑盆無膻，而下不以餘獲罪。飯乎土簋，啜乎土型，而工不以巧獲罪。』
〔一二〕 然，《全文》闕，據《文房四譜》補。《十萬卷樓叢書》本『然』作『默』，於義為長。梁刑，指戰國時魏國李悝所編撰之《法經》。李悝爲魏文侯相，廢世卿世禄，提倡耕作，獎勵開荒，使魏國（又稱梁）富強。並整理諸國刑法，成《法經》六篇。又，刑法五刑之中有墨刑，在被刑者額上刺字，染上黑色。
〔一三〕 北面，北面（面向北）稱臣。
〔一四〕 棲毫，停筆。《史通·直書》：『陳壽、王隱咸杜口而無言，陸機、虞預各棲毫而無述。』

六

庭筠閲市無功〔一〕，持撾寡效〔二〕。大魂陣聽〔三〕，蝸睆傷明〔四〕。庸敢撫翼鵷鵬〔五〕，追蹤驥騄〔六〕。每承函素〔七〕，若涉滄溟。亦有叢幓尚存〔八〕，箋餘可記〔九〕。至於縗從墨制〔一〇〕，既禦秦兵〔一一〕；綬匪舊儀，仍傳漢制〔一二〕。張池造寫〔一三〕，蔡碣舍舒〔一四〕。荷新滏之恩，空霑子野〔一五〕；發治城之沼，獨避元規〔一六〕。窘類頡羹〔一七〕，辭同格飯〔一八〕。其爲愧怍，豈可勝言。庭筠狀。

校注

〔一〕 段成式第六書云：『飛卿博窮奥典，敏給芳詞。吐水千瓶，有才一石。成式寸紙寒暑，素所不嫻（《全文》作『閑』，據《文房四譜》改）；一卷篇題，從來蓋寡。竊以墨事故有（《文房四譜》作『實』），巾箱先無。可謂附騏驥而雖疲，遵繩墨而不跌者。忽記鄴西古井，更欲探尋；虢略鏤盤，誰當倣效？况又劇間可答，但愧於子安；一見之賜，敢同於到惲乎？陣崩鶴唳，歌怯鷄鳴。復將晨壓我軍，望之如墨也？豈勝懋（《全文》闕，據《文房四譜》補）居，懾處之至。』温此首係答書。閱市，《後漢書·王充傳》：『家貧無書，常游洛陽市肆，閱所賣書，一見輒能誦憶。』此言『無功』，則謂己雖閱讀書籍而不能記誦。

〔二〕撾，擊鼓之杖，此泛指杖。《梁書·儒林傳·沈峻》：『峻好學，與舅太史叔明師事宗人沈驎士，在門下積年，晝夜自課，時或睡寐，輒以杖自擊，其篤志如此。』句意謂雖篤志苦讀而收效甚少。

〔三〕此四字《全文》闕，據《文房四譜》補。義未詳。

〔四〕蝸睆，一種眼疾。見《答段柯古贈葫蘆管筆狀》注〔六〕。

〔五〕撫翼，拍擊翅膀。鵷，鵷雛，鳳凰一類的鳥。見《莊子·秋水》。鵬，大鵬，見《莊子·逍遥遊》。鵷鵬喻段。下句『騏騄』同。二句謂己不敢與段比翼奮飛，並駕齊驅。

〔六〕騏騄，良馬。葛洪《抱朴子·喻蔽》：『騏騄追風，不能近其迹。』

〔七〕函素，書信。素，指寫信用的絹。

〔八〕叢幓，雜繒帛裂成的絲縷。

〔九〕箋餘，箋紙的邊角。

〔一〇〕縗，喪服。墨，黑色。縗從墨制，服喪期間，按禮制喪服用白色，如有戰爭須任軍職者，穿黑色喪服。參注〔一一〕。

〔一一〕《左傳·僖公三十三年》：『遂發命，遽興姜戎，子墨衰絰。』杜預注：『晉文公未葬，故襄公稱子；以凶服从戎，故墨之。』

〔一二〕《漢書·百官公卿表》：『縣令、長，皆秦官，掌治其縣……皆銅印黑綬。』《後漢書·蔡邕傳》：『墨綬長吏，職典理人。』墨綬，結在印紐上的黑色絲帶。

〔一三〕張池，東漢書法家張芝與其弟均善草書，相傳其臨池學書，池水盡黑。魏韋誕稱之爲草聖。事見《後漢書·張奂傳》李賢注引王愔《文字志》。造寫，造就書法。

〔一四〕蔡碣，東漢文學家、書法家蔡邕書寫的碑碣。《後漢書·蔡邕傳》：「召拜郎中，校書東觀，遷議郎。邕以經籍去聖久遠，文字多謬，俗儒穿鑿，疑誤後學。熹平四年，乃……奏求正定六經文字，靈帝許之。邕乃自書册於碑，使工鐫刻，立於太學門外，於是後儒晚學咸取正焉。」後人習稱「熹平石經」。

〔一五〕子野，晉桓伊小字，事見《晉書·桓宣傳》附族子伊傳，又見《世説新語·方正》、《品藻》、《任誕》等篇。新淦之恩，事未詳。

〔一六〕元規，晉庾亮字。冶城，故址在今南京市朝天宫附近，相傳三國吴（一説春秋吴王夫差）冶鐵於此。《世説新語·輕詆》：「庾公權重，足傾王公。庾在石頭，王在冶城坐，大風揚塵，王以扇拂塵曰：『元規塵汙人。』」

〔一七〕《史記·楚元王世家》：「始高祖微時，嘗辟事，時時與賓客過巨嫂食。嫂厭叔，叔與客來，嫂詳（佯）爲羹盡，櫟釜，賓客以故去。已而視釜中尚有羹，高祖由此怨其嫂。及高祖爲帝，封昆弟，而伯子獨不得封。太上皇以爲言，高祖曰：『某非忘封之也，爲其母不長者耳。』於是乃封其子信爲羹頡侯。」頡，刮。窘類頡羹，謂困窘有類刮釜底羹爲食。

〔一八〕格飯，義未詳。或解：即乞飯。《左傳·僖公二十三年》：「晉公子重耳之及於難也……出於五鹿，乞食於野人，野人與之塊。公子怒，欲鞭之，子犯曰：『大賜也。』稽首受而載之。」

七

昨日浴籤時〔一〕，光風亭小宴〔二〕。三鼓方歸〔三〕，臨出捧緘，在醒忘答〔四〕。亦以蚳蝝久罄〔五〕，川瀆皆隕〔六〕。豈知元化之杯，莫能窮竭〔七〕；季倫之寶，益更扶踈〔八〕。雖有瀚海疊石〔九〕，須陽水號〔一〇〕。煙城倥詠〔一一〕，剩出青松；惡道遺蹤，空留白石〔一二〕。扇裏止餘烏犉〔一三〕，屏間正作蒼蠅〔一四〕。豈敢猶彎楚野之弓〔一五〕，尚索神亭之戟〔一六〕。謹當焚筆，不復操觚矣〔一七〕。庭筠狀。

校注

〔一〕段成式第七書云：『韞櫝遍尋，緘筠窮索。思安世篋内，搜伯喈帳中。更覩沈家令之謝箋，思生松黛；楊師道之佳句，才煥熲華。抑又時方得賢，地不愛寶，定知災祥不兩，誰識穹昊所無。還介方酬，鬱儀未晛，羽驛沓集，筆路載馳。豈知石室之書，能迷中散；麻繻之語，獨辨（《文房四譜》作『只辦』）光和。底滞之時，徵引多誤。殫筆搦紙，慚怯倍增。』温此首係答書。浴籤，沐浴報更。籤，古代夜間計時報更用的竹籤。梁元帝《秋興賦》：『聽夜籤之響殿，聞懸魚之扣扉。』《陳書·世祖紀》：『每雞人伺漏，傳更籤於殿中，乃勑送者必投籤於階石之上，令鎗然有聲。』

〔二〕光風亭，襄陽節度使府内亭名。參見詩集卷九《光風亭夜宴妓有醉毆者》注〔一〕。

〔三〕三鼓，三更。

〔四〕在酲，在醉酒中。

〔五〕蚳蝝，螞蟻卵與蝗蟲子。《國語·魯語上》：『鳥翼鷇卵，蟲含蚳蝝。』韋昭注：『蚳子也，可以爲醢；蝝，蝠陶也，可以食。』此喻微細之物。罄，盡。

〔六〕川瀆皆隕，大小河流均毀壞斷流。二句喻己才盡。

〔七〕元化之杯，未詳。《後漢書·孔融傳》：『性寬容少忌，好士，喜誘益後進。及退閒職，賓客日盈其門。常歎曰：「坐上客恒滿，尊中酒不空，吾無憂矣。」』融有『化』義，『元化』或指孔融歟？又，陶潛字元亮，性嗜酒，『元化』或『元亮』之訛。蕭統《陶淵明傳》：『性嗜酒，家貧不能恒得，親舊知其如此，或置酒招之。造飲輒盡，期在必醉……爲彭澤令……公田悉令種秫，曰：「吾得常醉於酒，足矣。」』俟進一步查考。

〔八〕季倫，石崇字。《世説新語·汰侈》：『石崇與王愷争豪，並窮綺麗以飾輿服。武帝，愷之甥也，每助愷。嘗以珊瑚樹高二尺許賜愷，枝柯扶疏，世罕其比。愷以示崇，崇視訖，以鐵如意擊之，應手而碎。愷既惋惜，又以爲疾己之寶，聲色甚厲。崇曰：「不足恨，今還卿。」乃命左右悉取珊瑚樹，有三尺、四尺，條幹絶世，光彩溢目者六七枚，如愷許比甚衆。愷惘然自失。』扶疎，枝葉繁茂紛披貌。

〔九〕壘石，疑指硯。《硯箋》卷二載：『龍尾山……開元中獵人葉氏……見壘石瑩潔，攜歸，刊成硯。』卷三太湖石硯條：『皮日休序曰：處士魏不琢買黿頭山疊石硯。』卷四載莊南傑、劉禹錫有關疊石硯之歌詩。

〔一〇〕《隋書·地理志下》：南海郡，統縣十五。『曲江，舊置興平郡，平陳廢，十六年又廢須陽縣入焉。』須，當作『湞』（《宋書·州郡志一》作『湞』）。須陽水號，事未詳。

〔一一〕倥詠，蒙昧無知的歌詠。南朝樂府《神絃歌·白石郎曲》：『積石如玉，列松如翠。郎豔獨絶，世無其二。』二句似含製墨之松煙。

〔一二〕《太平御覽》卷九四二録謝靈運《與弟書》：『聞惡谿道中九十九里有五十九灘，王右軍遊此惡道，歎其奇絶，遂書突星瀨於石。』

〔一三〕烏犉，黑母牛。事未詳。

〔一四〕《三國志·吴志·趙達傳》注引《吴録》曰：『曹不興善畫，權使畫屏風，誤落筆點素，因就以作蠅。既進御，權以爲生蠅，舉手彈之。』二句『烏』『蒼』均切墨之黑。『屏』，《文房四譜》作『笄』，誤。

〔一五〕《公孫龍子·迹府》：『龍聞楚王張繁弱之弓，載忘歸之矢，以射蛟、兕於雲夢之圃，而喪其弓，左右請求之，王曰：「止。楚王遺弓，楚人得之，又何求乎？」』事又見《孔子家語·好生》、《説苑·至公》。

〔一六〕神亭之戟，《三國志·吴志·太史慈傳》：『時獨與一騎遇策。策從騎十三，皆韓當、宋謙、黄蓋輩也。慈便前鬬，正與策對。策刺慈馬，而擥得慈項上手戟，慈亦得策兜鍪。會兩家兵騎并各來赴，於是解散。』後慈爲孫策所執，『策即解縛，捉其手曰：「寧識神亭時邪？若卿爾時得我云何？」慈曰：「未可量也。」』神亭，地名，在今江蘇丹陽縣。二句謂己不敢與段再戰。

〔一七〕操觚，執簡寫作。觚，木之方者，古人用以書寫。陸機《文賦》：『或操觚以率而。』按：温謂『焚筆』、『不復操觚』，答書至此首止，而段猶有第八書云：『問義不休，攬筆即作，何啻懸鼓得槌也。小生方更陪鰓，尚自舉尾。更搜屋犬，得復刀圭。因記風人辭中，將書烏皂；長歌行裏，謂出松煙。供椒掖量用百丸，給蘭臺率以六石。棠梨所染，滋潤多方。黎勒共和，周遮無法。傅玄稱爲正色，豈虛言歟？飛卿筆陣堂堂，舌端衮衮。一盟城下，甘作附庸。』

謝襄州李尚書啓〔一〕

某啓：某櫟社凡材〔二〕，蕪鄉散質〔三〕。殊無績效，堪奉恩明。曷當紫極牽裾〔四〕，丹墀載筆〔五〕。顧循虛淺〔六〕，實過津涯〔七〕。豈知畫舸方遊，俄昇於桂苑〔八〕；蘭扃未染〔九〕，已捧於芝泥〔一〇〕。此皆寵自昇堂〔一一〕，榮因著録〔一二〕。勵鴻毛之眇質〔一三〕，託羊角之高風〔一四〕。日用無窮，常仰生成之德〔一五〕；時來有自，寧知進取之規〔一六〕？兢惕彷徨，莫知所喻。末由陳謝〔一七〕，攀戀空深。

校注

〔一〕《英華》卷六五三啓三謝官、《全文》卷七八六載本篇。襄州李尚書，指李翺。自文宗大和至懿宗咸通年間，李姓任襄州刺史、山南東道節度使帶尚書銜者有二人。一爲大和九年至開成元年七月以户部侍郎『檢校禮部尚書，充山南東道節度使』之李翺；一爲大中六年至十年任山南東道節度使之李景讓。景讓鎮襄期間，曾帶檢校户部尚書、兵部尚書銜。顧學頡《温庭筠交游考》因谓此『襄陽李尚書』爲李景讓，並謂『此文爲感謝景讓之推薦得官而作』，『似庭筠曾參景讓幕府，因景讓奏請而得檢校某官，故以此啓謝之』。郁賢皓《唐刺史考全編》亦謂此『襄陽李尚書』爲景讓。【按】啓内明確提到自己因襄州李尚書之薦而『俄昇於桂苑（指太子宫）』之事，此與庭筠開成三年十月莊恪太子李永卒後所作《莊恪太子輓歌詞二首》自稱『鄴客』及『西園寄夢思』之語吻合，而大中六至十年庭筠並無『昇於桂苑』之事。故此『襄州李尚書』當是李翺而非景讓。至於入李景讓幕得檢校官之推測，更與啓文不合。篇末云『末由陳謝』，作啓時庭筠顯然不在襄州。陳尚君《温庭筠早年事迹考辨》謂：『此啓謝李蔿已「升於桂苑」、「丹墀載筆」，核以庭筠生平，如此榮耀事，只有隨太子游相稱。』『丹墀載筆』並非庭筠現任之職，前有『曷當』語可知；『昇於桂苑』則確指從太子游。《舊唐書・文宗紀下》：『大和九年……八月甲戌朔，以户部侍郎李翺檢校禮部尚書，充山南東道節度使，代王起。』『開成元年……七月辛卯，刑部尚書殷侑檢校右僕射，充山南東道節度使。』此啓當作於大和九年八月至開成元年七月這段時間内。並可推知，至遲在開成元年七月，庭筠已『昇於桂苑』，從太子李永游。

〔二〕櫟社凡材，喻凡庸無用之材。《莊子・人間世》：『匠石之齊，至於曲轅，見櫟社樹。其下蔽數千牛，絜之百圍。其高臨山，十仞而後有枝，其可以爲舟者傍十數，觀者如市，匠石不顧，遂行不輟。弟子厭觀之，走及匠石，曰：「自吾執斧斤以隨夫子，未嘗見材如此之美也，先生不肯視，行不輟，何邪？」曰：「已矣，勿言之矣，散木也。以爲舟則沉，以爲棺槨則速腐，以爲器則速毁，以爲門户則液樠，以爲柱則蠹。是不材之木也，無所可用，故能若是之壽。」』

〔三〕蕪鄉，荒蕪僻遠之鄉。散質，無用之材質。參注〔二〕。

〔四〕曷當，何當，何時能够。紫極，星名，借指帝王宫殿。《文選・潘岳〈西征賦〉》：『厭紫極之閑敞，甘微行以遊盤。』李善注：『紫極，星名，王者爲宫以象之。曹植上表曰：「情注于皇居，心在乎紫極。」』牽裾，臣下拉帝王衣裾直諫。《三國志・魏志・辛毗傳》載：魏文帝曹丕欲從冀州遷十萬户至河南，羣臣諫，不聽。辛毗再諫，文帝不答而入内，毗牽其裾，終減十萬户。

〔五〕丹墀，宫殿之赤色臺階或地面。載筆，攜帶文具以記録王事。《禮記・曲禮上》：『史載筆，士載言。』鄭注：『筆，謂書具之屬。』孔疏：『史，謂國史，書録王事者。』二句蓋謂：何時得能爲皇帝近臣，牽裾直諫，彤庭載筆，書録王言王事。指自己之從政理想，非指具體官職如左右拾遺、補闕及起居舍人之類。『曷當』之語，説明『紫極牽裾，丹墀載筆』係想望之情况，非已任之官職。如係實任之官職，則與庭筠生平宦歴不符。

〔六〕顧循，眷顧安撫。虛淺，自謙空疏淺薄。

〔七〕津涯，邊際。二句謂李翱對自己的眷顧之恩浩無邊際。

〔八〕畫舸，畫船。畫舸方遊，謂方陪奉遊宴。桂苑，指桂宫。漢長安宫名。武帝太初四年建，位於未央宫北，周圍十餘里。係武帝時后妃之宫。漢成帝爲太子時，曾居此宫。此處即借指太子宫。《漢書·成帝紀》：『孝成皇帝，元帝太子也……元帝即位，帝爲太子。壯好經書，寬博謹慎。初居桂宫，上嘗急召，太子出龍樓門。』句意謂己因李翱之薦，陪奉太子遊宴，得昇任東宫之職事。

〔九〕蘭扃，疑指蘭臺，即祕書省。

〔一〇〕芝泥，封泥。上蓋印章，如後世之火漆印。《新唐書·百官志四》：東宫官有内直局，郎二人，丞二人。掌符璽、衣服、繖扇、几案、筆硯、垣牆。『捧芝泥』，似指『掌符璽』之事。或借指執筆硯爲文字之役。

〔一一〕《論語·先進》：『由也升堂矣，未入於室也。』升堂，猶入門弟子。句意謂李翱視己如升堂弟子，恩寵有加。

〔一二〕著録，指列名於私人講學之經師門下，即所謂著録弟子。《東觀漢記·牟長傳》：『牟長字君高，少篤學，治《歐陽尚書》，諸子著録前後萬人。』《後漢書·儒林傳上》：『既而聲稱著聞，弟子自遠至者，著録且萬人。』句意爲己之榮耀，皆因列名於翱之著録弟子。李翱爲中唐著名儒家學者，從『昇堂』『著録』語看，庭筠或曾受學於翱，執弟子禮。

〔一三〕鴻毛，鴻雁之細毛，喻輕微不足道。眇質，眇小之形體。

〔一四〕羊角，旋風、龍卷風。《莊子·逍遥遊》：『摶扶摇羊角而上者九萬里。』成玄英疏：『旋風曲戾，猶如羊角。』

〔一五〕日用，每日應用。《易·繫辭上》：『百姓日用而不知，故君子之道鮮矣。』孔疏：『言百姓恒日月賴用此道而得生，而不知道之功也。』生成，養育。

〔一六〕時來，時運之來。進取，立志有所作爲。《論語·子路》：『狂者進取，狷者有所不爲也。』

〔一七〕未，《英華》作『末』，誤。未由，無由。《論語·子罕》：『雖欲從之，末由也已。』

謝紇干相公啓〔一〕

某啓：某材謝楩柟〔二〕，文非綺組〔三〕。間關千里，僅爲蠻國參軍〔四〕；荏苒百齡，甘作荆州從事〔五〕。寧思羽翼，可勵風雲〔六〕？豈知持彼庸疎〔七〕，栖於有密〔八〕？迴顧而漸離緇垢〔九〕，冥昇而欲近煙霄〔一〇〕。榮非始圖，事過初願。此皆揚芳甄藻〔一一〕，發跡門牆〔一二〕。丘門用賦之年，相如入室〔一三〕；楚國命官之日，宋玉登臺〔一四〕。一日光陰，百生輝映〔一五〕。未由陳謝，伏用兢惶。

校注

〔一〕《文苑英華》卷六五三啓三謝官、《全文》卷七八六載此篇。紇干相公，未詳。顧學頡《温庭筠交游考》云：『此亦謝紇干之力而得官之文，且用「丘門」「入室」等典，似與紇干有師生之誼。按：晚唐時有紇干臮，嘗官中書舍人、江西觀察使，拜相，頗有名。此啓或即其人。啓稱「相公」，但《新書》宰相表無其人，兩《唐書》亦無傳，當因唐末喪亂，記載散失甚多所致。又，文中「蠻國參軍」、「荆州從事」，與《上令狐相公啓》中用語全同，寫兩啓時間，相距相近，所指係一事。』【按】通檢《新唐書·宰相表》及《宰相世系表》，唐代宰相無紇干姓者。自大和至咸通年間，紇干姓任高官者僅紇干㚟一人。然史籍未載其曾任宰相或使相。大中元年，㚟由中書舍人出任江西觀察使，見《全唐文》卷七二六崔嘏《授紇干㚟江西觀察使制》。大中五年，由行尚書工部侍郎出爲嶺南節度使，見《全唐文》卷七六三沈詢《授紇干㚟嶺南節度使制》。後因「以貪猥聞，貶慶王府長史，分司東都」（《東觀奏記》卷中）。約大中八至十年，任河陽節度使（《唐故李氏夫人河南紇干氏墓誌并序》）。約大中末咸通初任華州刺史。其卒後贈官亦僅爲吏部尚書（同上墓誌）。清勞格、趙鉞《唐尚書省郎官石柱題名考》卷七司勳郎中載紇干㚟自大和三年至大中八年之宦歷甚詳，亦無其曾任宰相或使相之記載。故此「紇干相公」當非紇干㚟。或「相公」字有誤。然此啓爲庭筠所作，則無可疑，蓋啓内「間關千里，僅爲蠻國參軍；荏苒百齡，甘作荆州從事」二語，與庭筠之《上令狐相公啓》「敢言蠻國參軍，纔得荆州從事」二語相合故也。據「甘作荆州從事」語，啓當上於咸通二年庭筠居江陵荆南節度使蕭鄴幕期間。詳參注〔五〕。

〔二〕梗，《全文》作「梗」，誤，此據《英華》改。梗爲刺榆，非良材；梗爲南方大木，即黄梗樹，質地堅密，爲建築良材。柟，即楠木，亦著名良材。故梗、柟連稱。《淮南子·齊俗訓》：「伐梗柟豫章而剖梨之，或爲棺槨，或爲柱梁。」謝，遜、不如。

〔三〕綺組，華美的絲織品和絲綢綬帶，此喻華美的文辭。

〔四〕間關，輾轉。《世説新語·排調》：「郝隆爲桓公南蠻參軍，三月三日會作詩，不能者罰酒三升，隆初以不能受罰，既飲，攬筆便作一句云：「娵隅躍清池。」桓問：「娵隅是何物？」答曰：「千里投公，始得蠻府參軍，那得不作蠻語也。」」古稱長江流域中部荆州一帶地區及當地人爲蠻荆。《詩·小雅·采芑》：「蠢爾蠻荆，大邦爲讎。」朱熹集傳：「蠻荆，荆州之蠻也。」

〔五〕荏苒百齡，謂人之一生時間易逝。荆州從事，與上句「蠻國參軍」意同，均指在荆州任幕職。此句用王粲依荆州劉表典。《三國志·魏志·王粲傳》：「詔除黄門侍郎，以西京擾亂，皆不就，乃至荆州依劉表。」顧學頡《新舊唐書温庭筠傳訂補》引《上令狐相公啓》「敢言蠻國參軍，才得荆州從事」等語及本篇「間關千里，僅爲蠻國參軍，荏苒百齡，甘作荆州從事』之語，謂『似庭筠居江陵，頗歷時日，其是否以「荆州從事」代署襄陽巡官之事，殊不可知。若謂實指荆州，又无他書佐驗。意者，自襄陽解職，即暫寄寓江陵耶？』按：顧氏謂庭筠自襄陽解職，即至江陵，甚是，然『以荆州從事代署襄陽巡官』則不合情理。山南東道節度使府在襄陽，荆南節度使府在江陵（即荆州），二鎮雖鄰接，然謂以荆州從事代署襄陽巡官，則不但别無佐證，且不符用典慣例。蓋『蠻國參軍』、『荆州從事』均用古人在荆州爲從事之典，庭筠以工於用典著稱於時，二啓中兩用此二典，借指己在荆州爲從事，可謂精切不移。若謂借指爲襄陽巡官，則泛而不切，且隔一層。庭筠當於咸通元年徐商罷鎮襄陽後不久（約在歲杪）赴江陵（參《上首座相公啓》注〔一〕），即在荆州爲從事。時荆南節度使爲蕭鄴（鄴爲中書舍人、翰林學士時，庭筠有《投翰林蕭舍人》詩，見卷四）。同幕有段成式、盧知猷、沈參軍。《唐文拾遺》卷三十三盧知猷《盧鴻草堂圖後跋》云：『咸通初，余爲荆州從事，與柯古（段成式字）同在蘭陵公（指蕭鄴）幕下。』庭筠有《答段柯古贈葫蘆管筆狀》，段成式有《寄温飛卿葫蘆管筆往復書》。今人或繫此二書於温居襄陽幕時，然庭筠狀有『庭筠累日來……荆州夜嗽』之語，則此二書實爲温、段荆南幕唱酬之作。温又有《寄渚宫遺民弘里生》詩，渚宫爲江陵之别稱，弘里生即指段成式，段文昌、段成式父子世居江陵，弘里，謂其弘顯故里。又有《和沈參軍招友生觀芙蓉池》詩，其中有『楚澤』字，當爲江陵作，沈參軍亦荆州從事。凡此，均庭筠曾在荆南節度使幕爲從事之跡。將庭筠『甘作荆州從事』、『纔得荆州從事』之語與上引盧知猷《盧鴻草堂圖後跋》『余爲荆州從事』之語相對照，益可證『荆州從事』係實指在荆州爲從事，惜所任之具體幕職未詳。餘參見《上令狐相公啓》注。

〔六〕勵，奮。句意謂豈望羽翼奮飛於風雲之上。

〔七〕庸疎，謙稱自己才能平庸，學問空疎。

〔八〕宥密，深密、機密。元稹《追封宋若華制》：『若華等伯姊季妹，三英粲兮，皆在選中，參掌宥密。』按：據此二語，似紇干相公曾薦引庭筠爲『棲於宥密』之職，從下文看，且已就任。而兩《唐書》本傳及其他有關庭筠生平仕歷之文獻材料（包括庭筠自己之詩文）均不載。疑不能明，姑書此以俟進一步考證。或承上文即指其在荆南幕所擔任之幕職有關機密。

〔九〕緇，《英華》校：『集作「淄」，非。』緇垢，污垢。緇，黑色。

〔一〇〕冥昇，不斷向上攀昇。《易·升》：『上六，冥升，利于不息之貞。』孔疏：『冥猶暗也。處升之上，進而不已，則是雖冥猶升也。』煙霄，雲霄，喻顯位。二句『漸離緇垢』、『欲近煙霄』與『棲於宥密』相參，益見其所任者爲參與機密之職。

〔一一〕甄藻，指鑒別人才。《後漢書·郭泰符融等傳贊》：『林宗懷寶，識深甄藻。』

〔一二〕發跡，提拔舉薦。門牆，指栽培的後輩。《論語·子張》：『夫子之牆數仞，不得其門而入，不見宗廟之美，百官之富，得其門者或寡矣。』

〔一三〕丘門，孔門。《論語·先進》：『由也升堂矣，未入於室也。』揚雄《法言·吾子》：『詩人之賦麗以則，辭人之賦麗以淫。如孔門之用賦也，則賈誼升堂，相如入室矣。』

〔一四〕傳爲宋玉所作之《小言賦》云：楚襄王登陽雲之臺，諸大夫景差、唐勒、宋玉等陪侍。王令曰：『賢人有能爲小言賦者，賜以雲夢之田。』宋玉賦曰：『無内之中，微物潛生，比之無象，言之無名……。』王稱善，因賜玉雲夢之田。又宋玉《風賦》云：『楚襄王游于蘭臺之宫，宋玉、景差侍。』《高唐賦序》云：『昔者楚襄王與宋玉游于雲夢之臺。』

〔一五〕句意謂一日之光照所披，百生得以輝映。形容受恩之深。光陰，猶光芒、光輝。

上蔣侍郎啓二首〔一〕

某聞有以疎賤而間至貴者〔二〕，古人之所譏笑；有以單外而蕲末契者，君子之所兢戒〔三〕。何者？無因而至，豈庸辨其妍媸〔四〕；有爲而然，曾不計於能否。有談嘲異狀〔五〕，詭激常姿〔六〕；希彼顧瞻〔七〕，斯爲衒造〔八〕。則亦受嗤於識者，見詆於通人矣。抑又聞三月而行，士人之常準〔九〕；十年乃字，女子之常期〔一〇〕。永爲千世之心，厥有後時之嘆〔一一〕。某尋常爵里〔一二〕，謬嗣盤盂〔一三〕。離方遁圓〔一四〕，因陋成寡。亦嘗研窮簡籀〔一五〕，耽味聲詩〔一六〕。頗識前修之懿圖〔一七〕，蓋聞長者之餘論〔一八〕。顓愚自任〔一九〕，并介相忘〔二〇〕。質文異變之方〔二一〕，驪翰殊風之旨〔二二〕。粗承師法〔二三〕，敢墜緹緗〔二四〕。伏以侍郎弘繼濟之機謀〔二五〕，運搜羅之默識〔二六〕。思將菲質〔二七〕，來挂平衡〔二八〕。遂揚南紀之清源〔二九〕，謹効東皋之素謁〔三〇〕。越石父彼何人也，夙佩遺文〔三一〕；趙臺卿敢欺我哉，敬承餘烈〔三二〕。輒以常所爲文若干首上獻〔三三〕。

校注

〔一〕《英華》卷六五七啓七上文章啓下、《全文》卷七八六載此二首。【顧學頡曰】以時考之，疑蔣侍郎爲蔣伸。第一首末云：『以常所爲文若干首上獻。』上詩文自介之意。第二首云：『頃嘗撰刺門人，投書齊師，蒙垂眄飾，致在褒稱。』獻文後，兩人當已晤面，并獲得蔣之稱許。第二首爲晤面之後某時所上，其中謂蔣『言成訓謨』。按，此係唐人習用語，指官翰林學士或知制誥、中書舍人者，爲皇帝撰制誥，其言成爲訓謨，蓋稱譽之詞。考《舊．紀》大中十一年十二月，以翰林學士承旨、守户部侍郎、知制誥蔣伸爲兵部侍郎充職。十三年四月，以蔣伸本官同平章事（《舊．傳》所敍蔣伸仕歷，同，並稱伸有文才）。啓中只稱侍郎，不稱相公，知作於伸未拜相之前，約在大中十一、二年間。（《温庭筠交游考》）【按】蔣侍郎，當爲蔣係。《舊唐書．蔣乂傳》：『子係、伸、偕、仙、佶。係大和初授昭應尉、直史館。二年拜右拾遺、史館修撰……武宗朝，李德裕用事，惡李漢，以係與漢僚壻，出爲桂管都防禦觀察使。宣宗即位，徵拜給事中、集賢殿學士、判院事，轉吏部侍郎，改左丞，出爲興元節度使，入爲刑部尚書。』『伸登進士第，歷佐使府。大中初入朝，右補闕、史館修撰，轉中書舍人，召入翰林爲學士，自員外、郎中至户部侍郎、學士承旨，轉兵部侍郎。大中末，中書侍郎平章事。』是係、伸皆曾任侍郎。係之出爲山南西道節度使，在大中八年至十一年（參《舊唐書．宣宗紀》及李商隱《劍州重陽亭銘并序》），故其『轉吏部侍郎，改左丞』，當在大中八年之前的數年内。又據丁居晦《重修承旨學士壁記》，蔣伸大中十一年八月二十六日自權知户部侍郎充，十月二日加承旨，十二月二十九日轉兵部侍郎，依前充。而據啓内『既而文圃求知，神州就選，遂得生芻表意，腐帚生姿。永言棲託之懷，不在翾飛之後。今者商飇已扇，高壤蕭衰。楚貢將來，津塗悵望』及『謹以常所爲文若干首上獻』、『謹以新詩若干首上獻』等語，二啓均爲參加進士試前向顯宦行卷以求延譽的書信。而大中九年，庭筠應舉時有『潛救八人』之事（見《唐摭言》卷十三）；三月試宏詞，又有試題漏泄，庭筠代京兆尹之子柳翰爲文之事（《東觀奏記》卷下）。其後不久，『執政間復有惡奏庭筠攪擾場屋，黜隨州縣尉。』（《唐摭言》卷十一）故自大中九年以後，庭筠已不可能參加進士試。大中十年，即已貶隋縣尉，旋爲徐商留署襄陽節度使巡官。故此二啓所上之蔣侍郎，只可能是蔣係。『言成訓謨』云云，不過美其能文而已，如《新唐書．蔣係傳》開首即云『係善屬文，得父典實』。非必指爲中書舍人、翰林學士也。此二啓當是大中八年以前蔣係爲吏部侍郎期間所上。參《上封尚書啓》，此二啓约大中六年所作，其中第二啓作於秋天。

〔二〕間，《英華》作『聞』，涉上文『聞』字而誤。《左傳·隱公三年》：『且夫賤犯貴、少陵長、遠間親、小加大、淫破義，所謂六逆也……去順效逆，所以速禍也。』間，干犯，非議。
〔三〕單外，孤單疏遠。蘄，祈求、希望。末契，地位高者對地位低者之交誼。兢戒，警惕戒懼。
〔四〕庸，用。妍媸，美醜。
〔五〕談，《英華》作『詼』。談嘲，談笑。《世說新語·賞譽下》『卞望之峯距』劉孝標注引晉鄧粲《晉紀》：『初，咸和中，貴遊子弟能談嘲者，慕王平子、謝幼輿等爲達。』異狀，情態怪異。
〔六〕詭激，怪異偏激，異於常情。《新唐書·劉棲楚傳》：『然其性詭激，敢爲怪行。』《舊唐書·文苑傳·李商隱》：『文思清麗，庭筠過之，而均無持操，恃才詭激，爲當塗者所薄。』
〔七〕顧瞻，眷顧、注意。
〔八〕衒造，炫耀造作。
〔九〕《孟子·滕文公下》：『周霄問曰：「古之君子仕乎？」孟子曰：「仕。傳曰：孔子三月無君，則皇皇如也。出疆必載質。」公明儀曰：「古之人三月無君則弔。」三月無君則弔，不以急乎？」曰：「士之失位也，猶諸侯之失國家也。」』常準，通常的準則。
〔一〇〕《易·屯》：『六二，屯如邅如，乘馬斑如，匪寇婚媾。女子貞，不字，十年乃字。』字，懷孕。
〔一一〕後時，失時，指不遇於時。
〔一二〕爵里，官爵鄉里。尋常爵里，謂非高門世族。
〔一三〕盤盂，盛物之圓盤與方盂。古代亦於其上刻文紀功。《韓非子·大體》：『豪傑不著名於圖書，不録功於盤盂，記年之牒空虛。』嗣盤盂，謂繼承先世之功烈。此指己爲唐初功臣宰相温彦博之後裔。
〔一四〕離方遁圓，超越規矩法度。《文選·陸機〈文賦〉》：『雖離方而遁圓，期窮形而盡相。』李善注：『方圓，謂規矩也。』

〔一五〕簡籀，竹簡上的籀文（即大篆）。泛指古文奇字。

〔一六〕聲詩，樂歌，配樂的詩。《禮記・樂記》：『樂詩辨乎聲詩，故北面而弦。』

〔一七〕懿圖，美好的意圖。

〔一八〕餘論，識見廣博之論、宏論。司馬相如《子虛賦》：『願聞大國之風烈，先生之餘論也。』

〔一九〕顓愚，愚昧笨拙。

〔二〇〕并介，兼善天下而又耿介自守。《文選・嵇康〈與山巨源絶交書〉》：『吾昔讀書，得并介之人，或謂無之，今乃信其真有耳。』劉良注：『并，謂兼利天下；介，謂孤介自守。』

〔二一〕《論語・雍也》：『子曰：質勝文則野，文勝質則史，文質彬彬，然後君子。」』《論語・爲政》：『子曰：「殷因於夏禮，所損益，可知也；周因於殷禮，所損益可知也。其或繼周者，雖百世可知也。」』何晏集解引馬融曰：『所因，謂三綱五常；所損益，曰文質三統。』《禮記・表記》載孔子云：『虞夏之質，殷周之文，至矣。』《尚書大傳》：『王者一質一文，據天地之道。』董仲舒《春秋繁露・三代改制質文》對夏商周三代質文迭變有進一步闡述。《文心雕龍・通變》：『推而論之，則黄唐淳而質，虞夏質而辨，商周麗而雅，楚漢侈而艷，魏晉淺而綺，宋初訛而新。從質及訛，彌近彌澹。』則專論文學之質文代變。

〔二二〕《禮記・檀弓上》：『夏后氏尚黑，戎事乘驪，牲用玄；殷人尚白，大事斂用日中，戎事乘翰，牲用白。』鄭玄注：『馬黑色曰驪。翰，白色馬也。』殊風，不同風俗。

〔二三〕師法，師所傳授之學問與治學方法。

〔二四〕緹緗，赤黄色和淺黄色之絲織物，古時常用作書衣或書套。借指書籍。此指家學淵源。

〔二五〕繼濟，繼往開來，濟世匡時。

〔二六〕搜羅，訪求羅致。此指訪求搜羅人材。默識，暗中記住。《論語・述而》：『默而識之。』

〔二七〕菲質，菲薄庸劣的材質。

〔二八〕平衡，謂權衡國政使得其平。指蔣侍郎。來挂平衡，謂欲依附於門下。《唐摭言·自負》：『今君坐青雲之中，平衡天下，天下之士，皆欲附矣。』

〔二九〕《詩·小雅·四月》：『滔滔江漢，南國之紀。』鄭玄箋：『江也，漢也，南國之大水，紀理衆川，使不壅滯。』

〔三〇〕阮籍《辭蔣太尉辟命奏記》：『方將耕於東皋之陽，輸黍稷之税，以避當塗者之路。負薪疲病，足力不彊，補吏之召，非所克堪。』東皋，東邊向陽高地，泛指田園。《文選·孔稚珪〈北山移文〉》：『騁西山之逸議，馳東皋之素謁。』李善注：『素謁，貧素之謁也。』

〔三一〕越石父，《姓解》卷一：『越，姒姓也。史有越石父，其先夏少齊之後，封於會稽，自號越。』《史記·管晏列傳》：『越石父賢，在縲絏中，晏子出，遭之塗，解左驂贖之。』參《爲人上裴相公啓》注〔六〕。

〔三二〕趙臺卿，指趙岐，詳《爲人上裴相公啓》注〔五〕。

〔三三〕此所獻之文即行卷之文。唐時習尚，應舉士子於考試前將所作詩文寫成卷軸，投送朝中顯貴以求延譽，稱行卷。李商隱《與陶進士書》：『文尚不復作，况復能學人行卷耶？』蔣係『善屬文』，又官吏部侍郎，位居顯職，故庭筠向其行卷而求延譽，第二首啓末亦云『謹以新詩若干首上獻』，則殆所謂『温卷』也。宋趙彦衛《雲麓漫鈔》卷八：『唐之舉人，先藉當世顯人，以姓名達之主司，然後以所業投獻。逾數日又投，謂之温卷。』

某聞朔禽違雪〔一〕，海鳥知風。苟曰含靈〔二〕，咸思擇地。况乎謬窺墳素〔三〕，常秉盤盂〔四〕。從師於洙泗之間〔五〕，擢跡於湘江之表〔六〕。能不成周問道，先詣伯陽〔七〕；故絳侍言，惟從叔向〔八〕。伏惟侍郎稟生成之秀〔九〕，窮先哲之姿〔一〇〕。言成訓謨〔一一〕，信比暄燠〔一二〕。某率兹孤植〔一三〕，勔彼單家〔一四〕。持擊缶之凡音〔一五〕，嗣操琴之舊事〔一六〕。於是持撝自警〔一七〕，割席相徵〔一八〕。味謝氏之膏腴〔一九〕，弄顏生之組繡〔二〇〕。勞神焦慮，消日忘年。雖天分不多，尚慚於風雅；而人功斯極，劣近於謳歌〔二一〕。頃常撰刺門人〔二二〕，投書齊師〔二三〕。蒙垂盼飾〔二四〕，致在褒稱。既而文圃求知〔二五〕，神州就選〔二六〕，遂得生芻表意〔二七〕，腐帚生姿〔二八〕。永言棲託之懷〔二九〕，不在翾飛之後〔三〇〕。今則商飈已扇〔三一〕，高壤蕭衰〔三二〕，楚貢將來〔三三〕，津塗悵望；高堂有念，末路增悲。願持款啓之心〔三四〕，先偵生成之施〔三五〕。倘或洛陽种暠，猶記姓名〔三六〕；建業張逵，方弘採拾〔三七〕。則百靈斯畢〔三八〕，一顧爲榮。謹以新詩若干首上獻。《延露》蚩聲〔三九〕，《皇華》下調〔四〇〕。有慚狂瞽，不稱仁私〔四一〕。無任依投之至〔四二〕。

校注

〔一〕違，避開。

〔二〕含靈，具有靈性的人和動物。

〔三〕墳素，泛指古代典籍。『墳』指『三墳』。

〔四〕見第一首注〔一三〕。

〔五〕洙泗，洙水與泗水，春秋時屬魯國之地的河流。孔子曾在洙、泗之地聚徒講學。《禮記·檀弓上》：『吾與女事夫子於洙泗之間。』此謂已從師於儒者，習儒家之道。

〔六〕擢跡，提昇身份。表，邊。此句事未詳。可能與庭筠在湖南的一段經歷有關。

〔七〕成周，即西周之東都洛邑。《書·洛誥》：『召公既相宅，周公往營成周。』問道，請教道理。伯陽，老子字。《史記·老子韓非列傳》：『老子者……周守藏室之史也。孔子適周，將問禮於老子。老子曰：「子所言者，其人與骨皆已朽矣，獨其言在耳。且君子得其時則駕，不得其時則蓬累而行。吾聞之，良賈深藏若虛，君子盛德，容貌若愚。去子之驕氣與多欲，態色與淫志，是皆無益於子之身。吾所以告子，若是而已。」孔子去，謂弟子曰：「……吾今日見老子，其猶龍邪！」』此以老子喻指蔣係。

〔八〕故絳，春秋時晉國之舊都，故址在今山西翼城東南。晉穆侯自曲沃遷都於此，孝公時改名爲翼。及景公遷新田，稱新絳，遂稱此爲故絳。叔向，晉大夫羊舌肸，字叔向。侍言，侍從君主，適時進言。《左傳》載叔向之言數十則，分見於襄、昭之時。此以叔向喻指蔣係，謂其侍君進言，言聽計從。

〔九〕生成，自然形成、天生。

〔一〇〕先哲，前賢。

〔一一〕訓謨，《尚書》六體中訓與謨之合稱，泛指訓誨謀畫之詞。

〔一二〕暄燠，暖熱。謂如季候之定時回暖轉熱而不失信。

〔一三〕孤植，孤立之植物。喻自己家世之孤立無援。

〔一四〕劻，勉力。單家，猶寒門。《三國志·蜀志·諸葛亮傳》『亮與徐庶並從』裴注引魚豢《魏略》：『庶先名福，本單家子。』

〔一五〕擊缶，敲擊瓦缶。古人以缶爲樂器，用以打拍子。《詩·陳風·宛丘》：『坎其擊缶，宛丘之道。』此謙稱自己的鄙俗之音。

〔一六〕操琴之舊事，指求知音之賞識。《呂氏春秋·本味》：『伯牙鼓琴，鍾子期聽之。方鼓琴而志在太山，鍾子期曰：「善哉乎鼓琴，巍巍乎若太山。」少選之間，而志在流水，鍾子期又曰：「善哉乎鼓琴，湯湯乎若流水。」鍾子期死，伯牙破琴絶弦，終身不復鼓琴，以爲舉世無足復爲鼓琴者。』

〔一七〕持撾自警，撾，擊鼓之杖，此泛指杖。《梁書·儒林傳·沈峻》：『峻好學，與舅太史叔明師事宗人沈驎士，在門下積年，晝夜自課，時或睡寐，輒以杖自擊，其篤志如此。』警，警戒。

〔一八〕《世説新語·德行》：『管寧、華歆共園中鋤菜，見地有片金，管揮鋤與瓦石不異，華捉而擲去之。又嘗同席讀書，有乘軒冕過門者，寧讀如故，歆廢書出看。寧割席分坐，曰：「子非吾友也！」』相徵，相求。此言已擇友之嚴。

〔一九〕謝氏，指謝靈運。膏腴，喻文辭華美。葛洪《抱朴子·辭義》：『衆書無限，非英才不能收膏腴。』《文心雕龍·正緯》：『事豐奇偉，辭富膏腴。』

〔二〇〕弄，玩味。顏生，指顏延之。《南史·顏延之傳》：『延之嘗問鮑照己與靈運優劣，照曰：「謝五言如初發芙蓉，自然可愛；君詩若鋪錦列繡，亦雕繢滿眼。」』組繡，華麗之絲繡服飾。

〔二一〕謳歌，指民間之歌謠。謙稱自己的詩粗鄙不登大雅之堂，故曰『劣近於謳歌』。

〔二二〕刺，古代的名片。行卷前先將名片投呈顯貴，再將著作詩文送上。

〔二三〕《史記·齊悼惠王世家》：『魏勃少時，欲求見齊相曹參，家貧無以自通，乃常獨早夜掃齊相舍人門外。相舍人怪之，以爲物而伺之，得勃，勃曰：「願見相君，無因，故爲子掃，欲以求見。」於是舍人見勃，曹參因以爲舍人。』齊師，即齊相。借指蔣係。『投書』當即指所上之第一首啓。

〔二四〕盼，《英華》作『眄』。盼飾，眷顧獎飾。

〔二五〕文圃，猶文苑。

〔二六〕神州，指京都。《文選·左思〈詠史詩〉》：『皓天舒白日，靈景曜神州。』吕向注：『神州，京都也。』就選，指參加選拔貢士的州縣考試。神州就選，指參加京兆府試。

〔二七〕《詩·小雅·白駒》：『生芻一束，其人如玉。』生芻，鮮草，可餵養白駒。陳奂《毛詩傳疏》：『芻所以萎白駒，託言禮所以養賢人。』生芻表意，謂表達禮敬賢人之意。

〔二八〕腐帚，猶敝帚。謙稱自己詩文拙劣。曹丕《典論·論文》、『夫人善於自見，而文非一體，鮮能備善，是以各以所長，相輕所短。里語曰：「家有敝帚，享之千金。」斯不自見之患也。』

〔二九〕棲託，寄託、安身。

〔三〇〕翾飛，飛翔。

〔三一〕商飈，秋風。

〔三二〕高壤，猶高處的原野。

〔三三〕《左傳·僖公四年》載，齊伐楚，管仲責楚不向周室貢苞茅，曰：『爾貢苞茅不入，王祭不共，無以縮酒，寡人是徵。』此以『楚貢』借指鄉貢。《唐摭言》卷一《統序科第》：唐高祖武德四年四月一日敕：諸州有『明於理體，爲鄉里所稱者，委本縣考試，州長重覆，取其合格，每年十月隨物入貢。』貢士啓程赴京之期，通常在秋季，故云。

〔三四〕款啓，見識少。《莊子·達生》：『今休，款啓寡聞之民也。』陸德明釋文引李頤曰：『款，空也；啓，開也。如空之開，所見小也。』

〔三五〕生成，養育。

〔三六〕《後漢書·种暠傳》：『种暠，字景伯，河南洛陽人……始爲縣門下史。河南尹田歆外甥王諶名知人，歆謂之曰：「今當舉六孝廉……欲自用一名士，以報國家，爾助我求之。」明日，諶送客於大陽郭，遥見暠，異之，還白歆曰：「爲尹得孝廉矣，近洛陽門下史也。」』句意謂猶記洛陽种暠之姓名。蓋以田歆喻蔣係，以种暠自喻，希其薦引。

〔三七〕《晉書·陶侃傳》：『侃早孤貧，爲縣吏。鄱陽孝廉范逵嘗過侃，時倉卒無以待賓，其母乃截髪得雙髲，以易酒肴，樂飲極歡，雖僕從亦過所望。及逵去，侃追送百餘里。逵曰：「卿欲仕郡乎？」侃曰：「欲之，困於無津耳！」逵過廬江太守張夔，稱美之。夔召爲督郵，領樅陽令。』此云『建業張逵』，或『范逵』之誤。《晉起居注》載武帝詔曰：『郎中張逵，忠篤履素，爲江表士大夫所稱，宜在中朝，以逵爲給事中。』則晉武帝時實有張逵其人，『爲江表士大夫所稱』，亦與『建業』合。然《初學記》卷十二、《太平御覽》卷二二一引此並作『張建』。且其事不詳。當闕疑待考。

〔三八〕百靈，各種有靈性的動物。
〔三九〕《延露》亦作《延路》，古俚曲名。《淮南子·人間訓》：『夫歌《采菱》、《陽阿》，鄙人聽之，不若此《延路》、《陽局》。』高誘注：『《延路》、《陽局》，鄙歌曲也。』蚩聲，粗野鄙陋之聲。
〔四〇〕《皇華》，即《皇荂》，古代通俗歌曲名。《莊子·天地》：『大聲不入於里耳，《折楊》、《皇荂》，則嗑然而笑。』陸德明釋文：『（荂）本又作華。李頤曰：《折楊》、《皇華》，皆古歌曲也。』
〔四一〕仁私，仁者的偏愛。
〔四二〕依投，依戀投靠。

上裴相公啓〔一〕

某啓：聞効珍者先詣隋、和〔二〕，蠲養者必求倉、扁〔三〕。苟無懸解〔四〕，難語奇功。至於有道之年〔五〕，猶抱無辜之恨〔六〕。斯則没爲癘氣〔七〕，來撓至平〔八〕，敷作寃聲，將垂不極〔九〕。此亦王公大人之所慷慨〔一〇〕，義夫志士之所歔欷。某性實顓蒙〔一一〕，器惟頑固〔一二〕。纂修祖業，遠愧孔琳〔一三〕；承襲門風，近慚張岱〔一四〕。自頃爰田錫寵〔一五〕，鏤鼎傳芳〔一六〕。占數遼西〔一七〕，横經稷下〔一八〕，因得仰窮師法，竊弄篇題〔一九〕。思欲紐儒門之絶帷〔二〇〕，恢常典之休烈〔二一〕。俄屬羈孤牽軫〔二二〕，藜藿難虞〔二三〕。處默無衾〔二四〕，徒然夜歎；修齡絶米〔二五〕，安事晨炊！既而羈齒侯門〔二六〕，旅游淮上〔二七〕，投書自達〔二八〕，懷刺求知〔二九〕。豈期杜摯相傾〔三〇〕，臧倉見嫉〔三一〕。守土者以忘情積惡〔三二〕，當權者以承意中傷〔三三〕。直視孤危〔三四〕，横相陵阻〔三五〕。絶飛馳之路，塞飲啄之塗〔三六〕。射血有冤〔三七〕，叫天無路。此乃通人見愍，多士具聞〔三八〕。徒共興嗟，靡能昭雪。竊見玄宗皇帝初融景命〔三九〕，遽惻宸襟。收拭瑕疵，申明枉結〔四〇〕。劉丞相導揚優詔〔四一〕，蘇許公潤色昌蓍〔四二〕。五十年間〔四三〕，風俗敦厚。逮及翔泳未安其所〔四四〕，雨暘不得其和〔四五〕，匹夫匹婦之吁嗟，一聚一鄉之幽鬱〔四六〕，欲期昭泰〔四七〕，必仰陶鈞〔四八〕。某進抱疑危，退無依據。暗處囚拘之列，不霑涣汗之私〔四九〕。與煨燼而俱捐〔五〇〕，比昆蟲而絶望。則是康莊並軌〔五一〕，偏哭於窮途〔五二〕；日月懸空，獨鄣於豐蔀〔五三〕。伏以相公致堯業裕〔五四〕，佐禹功高，百姓咸被其仁，一物不違於性。倘或在途興歎，解彼右驂〔五五〕；彈劍有聞，遷於代舍〔五六〕。瞻風自卜〔五七〕，與古爲徒〔五八〕。此道不誣〔五九〕，貞明未遠〔六〇〕。謹以文、賦、詩各一卷率以抱獻。縑緗儉陋〔六一〕，造寫繁蕪〔六二〕。干冒尊高，無任惶灼。

校注

〔一〕《英華》卷六五七啓七上文章啓下、《全文》卷七八六載此首。【顧學頡曰】以時間考之，裴相公當即裴休。《舊·紀》：『大中六年四月，以禮部尚書諸道鹽鐵轉運等使裴休可本官同平章事。』啓中略云：『既而羈齒侯門，旅游淮上，投書自達，懷刺求知。豈期杜摯相傾，臧倉見嫉，守土者以忘情積惡，當權者以承意中傷。直視孤危，横相陵阻。絶飛馳之路，塞飲啄之塗。射血有冤，叫天無路。此乃通人見愍，多士具聞，徒共興嗟，靡能昭雪』等語，蓋即本傳所謂『庭筠自至京師，致書公卿間雪冤』之事。【按】顧箋謂裴相公指裴休，是。牟懷川《温庭筠生年新證》（載《上海師範學院學報》一九八四年第一期）謂此啓係開成四年首春求愬裴度之作，並謂啓中『至於有道之年，猶抱無辜之恨』二句的『有道之年』即郭有道（郭泰，字林宗）的享年四十二歲，並由此逆推出温庭筠生於唐德宗貞元十四年（公元七九八年）。然牟説頗多疑點。其一，裴度爲四朝元老，憲宗元和十二年即以平蔡首功封晉國公。大和八年加中書令。庭筠詩題或稱其爲裴晉公（《題裴晉公林亭》），或稱其爲中書令裴公（《中書令裴公輓歌詞二首》），不應直到開成四年首春所上之啓仍只稱『裴相公』。其二，據《新唐書·裴度傳》，開成三年，度『以病丐還東都，真拜中書令，卧家未克謝，有詔先給俸料。（四年）上巳宴羣臣曲江，度不赴，帝賜詩曰：「注想待元老，識君恨不早。我家柱石衰，憂來學丘禱。」別詔曰：「方春慎疾爲難，勉醫藥自持……」使者及門而度薨。』可見自開成三年以來，度已衰病，且又年高（七十四歲）。揆之情理，庭筠也不大可能於度衰病時上啓求助，且『以文、賦、詩各一卷投獻』，請其覽閲揄揚。其三，『有道之年』非用郭泰卒年四十二歲之典（且以人之卒年借指己之現年，亦屬不倫），而是泛稱政治清明之年代。《論語·衛靈公》『邦有道，則仕』即『有道』二字所本。『至於有道之年，猶抱無辜之恨』，與此啓下文『康莊並軌，偏哭於窮途』意近。此裴相公當如顧箋所考指裴休。啓末云：『謹以文、賦、詩各一卷率以抱獻。』此啓當是參加進士試前行卷的書信。參前《上蔣侍郎啓二首》及後《上封尚書啓》、《上杜舍人啓》之寫作時間及内容，此啓當上於大中六年八月裴休任相後不久。據《新唐書·宰相表》：大中六年『八月，禮部尚書、諸道鹽鐵轉運使裴休本官同中書門下平章事，使如故。』大中十年『十月戊子，休爲檢校户部尚書、同平章事、宣武節度使』。《舊·傳》、《通鑑》同。《舊·紀》謂休拜相在大中六年四月，誤。庭筠另有《爲人上裴相公啓》、《上鹽鐵侍郎啓》，均係上裴休之啓。裴休與華嚴宗主宗密有較密切交往，曾撰《華嚴宗人論序》、《釋宗密禪源諸詮序》、《圭峯禪師碑銘并序》，而庭筠亦曾從圭峯宗密受學，二人之結識或始於其時。

〔二〕効珍，進獻珍寶。隋、和，隋侯與卞和。《淮南子·覽冥訓》：『譬如隋侯之珠，和氏之璧，得之者富，失之者貧。』曹植《與楊德祖書》『人人自謂握靈蛇之珠』李善注：『隋侯見大蛇傷斷，以藥傅而塗之。後蛇於大江中銜珠以報之，因曰隋侯之珠。』和，即卞和，春秋楚人。卞和三獻玉璞於三世楚王事，見《韓非子·和氏》。

〔三〕蠲養，祛除疾病，調養身體。倉，《英華》作『俞』，非。倉指倉公，姓淳于，名意，齊臨淄人，曾爲太倉長，故稱倉公。扁，扁鵲，姓秦，名越人，勃海鄭人。二人均爲古代名醫。事詳《史記・倉公扁鵲列傳》。

〔四〕懸解，了悟。《太平廣記》卷七十二引張讀《宣室志・袁隱居》：「校其年月日，亦符九十三之數，豈非懸解之妙乎？」《舊唐書・方伎傳・神秀》：「吾度人多矣，至於懸解圓照，無先汝者。」此指對奇珍、醫道的了悟。

〔五〕有道，指政治清明。《論語・衛靈公》：「邦有道，則仕；邦無道，則可卷而懷之。」有道之年，指政治清明的年代，猶下文所謂「康莊並軌」、「至平」。

〔六〕無辜之恨，謂無罪而遭謗毀，猶下文所謂「偏哭於窮途」。

〔七〕没，同「殁」。癘氣，能致疫病的惡氣。

〔八〕撓，擾亂。至平，治世，亦即上文所謂「有道之年」。《荀子・榮辱》：「故仁人在上，則農以力盡田，賈以察盡財，百工以巧盡械器，士大夫以上至於公侯，莫不以仁厚知能盡官職，夫是之謂至平。」

〔九〕敷，散佈，垂，覆蓋。不極，無窮極、無限。

〔一〇〕慷慨，感歎。《古詩十九首・西北有高樓》：「一彈再三歎，慷慨有餘哀。」

〔一一〕顓蒙，愚昧。

〔一二〕頑固，愚妄固陋，不知變通。

〔一三〕纂修，整治。孔琳，指南朝劉宋之孔琳之（字彦琳）。《宋書・孔琳之傳》：「不治産業，家尤貧素。」此謂己在整治祖業方面甚至遠愧於孔琳之。

〔一四〕《南齊書・張岱傳》：「張岱字景山，吴郡吴人也。祖敞，晉度支尚書。父茂度，宋金紫光禄大夫。岱少與兄太子中舍人寅、新安太守鏡、征北將軍永、弟廣州刺史辨俱知名，謂之張氏五龍……兄子瓌、弟恕，誅吴郡太守劉遐。太祖欲以恕爲晉陵郡，岱曰：「恕未閑從政，美錦不宜濫裁。」太祖曰：「恕爲人，我所悉，且又與瓌同勳，自應有賞。」岱曰：「若以家貧賜禄，此所不論，語功推事，臣門之恥。」」此當即張岱「承襲門風」之具體表現，而謂己愧不如岱之有盛名清操也。按：庭筠舊鄉吴中。此云「承襲門風，近慚張岱」，岱爲吴郡吴人，似亦暗透其舊鄉在吴中也。

〔一五〕《左傳・僖公十五年》：『晉於是乎作爰田。』孔疏：『服虔、孔晁皆云：爰，易也。賞衆以田，易其疆畔。』此指以田地賞賜功臣，故曰『錫寵』。庭筠之遠祖彦博及彦博兄大雅，均唐初功臣，大雅封黎國公，彦博封虞國公。《書懷一百韻》『采地荒遺野，爰田失故都』自注：『予先祖國朝公相，晉陽佐命，食采於并、汾也。』

〔一六〕鏤鼎，在鼎上刻鏤銘文，紀録功勳。

〔一七〕占數，上報家中人數，入籍定居。《漢書・敘傳上》：『昌陵後罷，大臣名家皆占數於長安。』顔師古注：『占，度也。自隱度家之口數而著名籍也。』遼西，郡名。《史記・匈奴列傳》：『燕亦築長城，自造陽至襄平。置上谷、漁陽、右北平、遼西、遼東郡以拒胡。』遼西，遼河以西地區。《晉書・趙至傳》：『年十六游鄴……詣魏興見太守張嗣宗，甚被優遇。嗣宗遷江夏相，隨到溳川，欲因入吴。而嗣宗卒，乃向遼西而占户焉。』占數遼西當用此。

〔一八〕横經，横陳經籍。指受業或讀書。何遜《七召・儒學》：『横經者比肩，擁篲者繼足。』稷下，戰國時齊威王、宣王曾在都城臨淄西門稷門附近建學宫，廣招文學游説之士講學議論。事詳《史記・孟子荀卿列傳》、應劭《風俗通・窮通・孫况》。此指學宫。

〔一九〕篇題，此指篇章、文章。

〔二〇〕紐，繫。《漢書・董仲舒傳》：『下帷講誦，弟子傳以久次相授業，或莫見其面，蓋三年不窺園，其精如此。』絶帷，謂儒學傳授之道久絶。

〔二一〕恢，弘揚。常，《英華》校：一作『帝』。常典，指五經一類儒家典籍。《文選・孫綽〈遊天台山賦序〉》：『所以不列於五嶽，闕載於常典者，豈不以所列冥奧，其路幽迥。』李善注：『常典，五經之流也。』休烈，美好輝煌。

〔二二〕羈孤，羈旅孤獨。軫，隱痛。

〔二三〕難，《英華》作『艱』。藜藿，灰菜和豆葉。泛指粗劣的飯食。虞，準備。《孫子·謀攻》：『以虞待不虞者，勝。』

〔二四〕處默，指隱居不仕。

〔二五〕修齡，長年。

〔二六〕齒，列。

〔二七〕《玉泉子》：『温庭筠有詞賦盛名。初從鄉里舉，客遊江淮間，揚子留後姚勗厚遺之。庭筠少年，其所得錢帛，多爲狹邪所費，勗大怒，笞而逐之，以故庭筠不中第。其姊趙顓之妻也，每以庭筠下第，輒切齒於勗。』《北夢瑣言》卷四亦謂庭筠『少曾於江淮爲親表檟楚』。顧學頡《温庭筠交游考》云：『按：《通鑑》開成四年五月，「上以鹽鐵推官禮部員外郎姚勗，能鞫疑獄，命權知職方員外郎。右丞韋温不聽，上奏稱：郎官，朝廷清選，不宜以賞能吏。上乃以勗檢校禮部郎中，依前鹽鐵推官。」據此，知姚勗確曾爲鹽鐵官（揚子留後，即鹽鐵轉運在揚州之分設機構）。姚勗笞逐庭筠事，當在開成四年之前。』而夏承燾《温飛卿繫年》引顧肇倉（即顧學頡）《温飛卿傳論》謂『定游江淮在大和末』。

〔二八〕自達，自我推薦。達，推薦。

〔二九〕懷刺，懷藏名刺，準備謁見長官。《後漢書·禰衡傳》：『建安初，來遊許下，始達潁川，乃陰懷一刺，既而無所之適，至於刺字漫滅。』

〔三〇〕《史記·秦本紀》：『孝公三年，衛鞅説孝公變法修刑……孝公善之。甘龍、杜摯等弗然，相與爭之。』又《商君列傳》：『孝公既用衛鞅，鞅欲變法……杜摯曰：「利不百，不變法；功不十，不易器。法古無過，循禮無邪。」』此以杜摯指傾軋之小人。

〔三一〕臧倉，戰國時魯平公之寵臣。平公將見孟子，爲倉所阻。後因以臧倉爲進讒害賢之小人。《孟子·梁惠王下》：『魯平公將出，嬖人臧倉者請曰：「他日君出，則必命有司所之，今乘輿已駕矣，有司未知所之，敢請。」

公曰：「將見孟子。」曰：「何哉！君所爲輕身以先於匹夫者，以爲賢乎？禮義由賢者出，而孟子之後喪踰前喪，君無見焉。」公曰：「諾。」』句意謂已遭到臧倉一類小人的嫉妒。

〔三二〕守土者，指地方長官，如節度使、刺史等。《書·舜典》『歲二月，東巡守』孔傳：『諸侯爲天下守土，故稱守。』按：大和末任淮南節度使者爲牛僧孺。

〔三三〕承意，秉承意旨。此句『承意』之『當權者』或指與牛僧孺爲一黨之宰相李宗閔。宗閔，大和八年十月至九年六月期間爲相。

〔三四〕孤危，孤立危急之身，作者自指。《戰國策·秦策三》：『大者宗廟滅覆，小者身以孤危。』

〔三五〕陵阻，欺凌阻難。

〔三六〕飲啄，飲水啄食。《莊子·養生主》：『澤雉十步一啄，百步一飲，不蘄畜乎樊中。』塞飲啄之塗，謂堵塞生活出路。與上句『絶飛馳之路』合參，當指斷絶其仕進之路（科舉考試不令其登第），故生活來源無着。

〔三七〕射血，《史記·宋微子世家》：『君偃十一年，自立爲王……乃與齊、魏爲敵國。盛血以韋囊，縣而射之，命曰「射天」。』此用其事，而意則重在『冤』字。

〔三八〕通人，學識淵博通達之人。多士，衆多賢士。《詩·大雅·文王》：『濟濟多士，文王以寧。』

〔三九〕景命，大命，指授予帝王之位的天命。《詩·大雅·既醉》：『君子萬年，景命有僕。』鄭玄箋：『天之大命。』

〔四〇〕瑕疵，有缺點錯誤的官吏。申明，辯明。枉結，冤屈、冤結。《後漢書·馮異傳》：『懷來百姓，申理枉結。』《舊唐書·玄宗紀》：先天二年七月，下制曰：『可大赦天下，大辟罪已下咸赦除之……内外官人被諸道按察使及御史所摘伏，咸宜洗滌，選日依次敍用。』

〔四一〕劉丞相，指劉幽求。景雲二年十月爲侍中，先天元年八月戊午流於封州。翌年召復舊官。導，《英華》作『尋』，非。導揚，導達顯揚。優詔，褒美嘉獎之詔書。《新唐書·劉幽求傳》：『臨淄王入誅韋庶人，預參大策，是夜號令詔敕，一出其手。以功授中書舍人，參知機務……先天元年，爲尚書右僕射、同中書門下三品，監修國史。幽求自謂有勞于國，在諸臣右，意望未滿，而竇懷貞爲左僕射，崔湜爲中書令，殊不平，見於言面。已而湜等附太平公主，有逆計。幽求與右羽林將軍張暐定計，使暐説玄宗……帝許之。未發也，而暐漏言侍御史鄧光賓，帝懼，即列其狀。睿宗以幽求等屬吏，劾奏以疎間親，罪應死。帝密申右之，乃流幽求於封州……明年，太平公主誅，即日召復舊官，知軍國事，還封户，賜錦衣一襲。』

〔四二〕蘇許公，指蘇頲。襲封許國公。潤色，修飾文字，使有文采。昌謩，善美的謀略。《新唐書·蘇頲傳》：『自景龍後，與張説以文章顯，稱望略等，故時號「燕、許大手筆」。』《舊唐書·蘇頲傳》：『景雲中，璟薨……服闋就職，襲父爵許國公……玄宗曰：「蘇頲可中書侍郎，仍供政事食。」明日，加知制誥……時李乂爲紫薇侍郎，與頲對掌文誥。上謂頲曰：「前朝有李嶠、蘇味道，謂之蘇、李；今有卿及李乂，亦不讓之……」……十三年，從駕東封，玄宗令頲撰朝覲碑文。』此所謂『潤色昌謩』。

〔四三〕五十年間，指玄宗在位之年的約數。玄宗實際在位之年共四十四年。

〔四四〕翔泳，飛翔天空的鳥與游泳水中的魚。泛指生物。

〔四五〕雨暘，晴雨。《書·洪範》：『曰雨曰暘。』孔傳：『雨以潤物，暘以乾物。』不得其和，謂霪雨或亢旱。

〔四六〕聚，村落。《史記·五帝本紀》：『一年而所居成聚，二年成邑，三年成都。』幽鬱，猶憂鬱。

〔四七〕昭泰，清明安泰。

〔四八〕陶鈞，製作陶器所用的轉輪，比喻宰相治國。

〔四九〕列，《英華》作『例』，誤。渙汗，喻帝王的聖旨、號令。《易·渙》：『九五，渙汗之大號。』謂帝王之號令，如人之汗，一出則不復收。私，恩。

〔五〇〕煨燼，猶灰燼，捐，棄。

〔五一〕康莊並軌，可容兩輛車並行的大道。

〔五二〕《晉書・阮籍傳》：『時率意獨駕，不由徑路，車跡所窮，輒慟哭而返。』

〔五三〕鄣，同『障』，《英華》作『彰』，誤。《易・豐》：『六二，豐其蔀，日中見斗。』王弼注：『蔀，覆曖障光明之物也。』後因以『豐蔀』指遮蔽之物。

〔五四〕裕，豐裕。裴休自大中四年起以户部侍郎領諸道鹽鐵轉運使，六年八月任宰相後仍領鹽鐵使，八年方罷使，前後領使五年。善理財，立新法整治漕運，又立税茶十二法，人以爲便。『居三年（指大中四至六年），粟至渭倉者百二十萬斛，無留壅。』（《新唐書》本傳）此即所謂『致堯業裕，佐禹功高』。

〔五五〕《史記・管晏列傳》：『越石父賢，在縲紲中，晏子出，遭之塗，解左驂贖之。』解驂，解下驂馬（邊馬）贈人，謂以財物救人困急。此作『右驂』，或偶記誤，或形近而誤。《英華》校：一作『左』。

〔五六〕彈劍，即彈鋏，彈擊劍把。《戰國策・齊策四》：『齊人有馮諼者，貧乏不能自存，使人屬孟嘗君，願寄食於門下……孟嘗君笑而受之曰：「諾。」左右以君賤之也，食以草具。居有頃，倚柱彈其劍，歌曰：「長鋏歸來乎，食無魚。」左右以告……後有頃，復彈其劍鋏，歌曰：「長鋏歸來乎，無以爲家。」……孟嘗君問：「馮公有親乎？」對曰：「有老母。」孟嘗君使人給其食用，無使乏。於是馮諼不復歌。』《史記・孟嘗君列傳》：『五日，（孟嘗君）又問傳舍長，答曰：「客復彈劍而歌曰：長鋏歸來乎，出無輿。」孟嘗君遷之代舍，出入乘輿車矣。』代舍，上等館舍。『倘或』四句，祈望得到裴休之救助與厚遇，願依附於門下。

〔五七〕自卜，自己預卜。

〔五八〕與古爲徒，與古人爲同道。

〔五九〕不誣，不妄。

〔六〇〕貞明，日月能固守其運行規律而常明。《易・繫辭下》：『日月之道，貞明者也。』此指日月之光輝。

〔六一〕縑緗，供書寫用的淺黄色細絹。

〔六二〕造寫，此謂著述書寫。繁蕪，繁多蕪雜。

上令狐相公啓〔一〕

某聞丘明作傳，必受宣尼〔二〕；王隱著書，先依庾亮〔三〕。或情憂國士〔四〕，或義重門人〔五〕。咸託光陰〔六〕，方成志業，抑又聞棄茵微物，尚軫晉君〔七〕；壞刷小姿，每干齊相〔八〕。豈繫効珍之飾〔九〕，蓋牽求舊之情〔一〇〕。某邴第持囊〔一一〕，嬰車執轡〔一二〕。旁徵義故〔一三〕，最歷星霜。三千子之聲塵，預聞《詩》《禮》〔一四〕；十七年之鉛槧，尚委泥沙〔一五〕。敢言蠻國參軍，纔得荆州從事〔一六〕。自頃藩牀撫鏡〔一七〕，校府招弓〔一八〕。《戴經》稱女子十年，留於外族〔一九〕；稽氏則男兒八歲，保在故人〔二〇〕。藐是流離〔二一〕，自然飄蕩。叫非獨鶴，欲近商陵〔二二〕；嘯類斷猿，況鄰巴峽〔二三〕。光陰詎幾，天道如何！豈知蕞陋之姿〔二四〕，獨隔休明之運〔二五〕。今者野氏辭任〔二六〕，宣武求才〔二七〕。倘令孫盛緹油〔二八〕，無慚素尚〔二九〕。蔡邕編録，偶獲貞期〔三〇〕。微迴謦欬之榮〔三一〕，便在陶鈞之列〔三二〕。不任覙冒彷徨之至〔三三〕。

校注

〔一〕《英華》卷六六二啓十二投知五、《全文》卷七八六載此首。【顧學頡曰】温詩集中與綯無唱酬之作，惟《文苑英華》卷六六二有《上令狐相公啓》，有『敢言蠻國參軍，才得荆州從事』及『微回謦欬之榮，便在陶鈞之列』等語，求其援引。《舊唐書》本傳亦載：『咸通中，失意歸江東，心怨令狐綯在位時不爲成名。既至（廣陵），與新進少年狂遊狹邪，久不刺謁。又乞索于揚子院，醉而犯夜，爲虞侯所擊，敗而折齒，方還揚州訴之。令狐綯捕虞侯治之，極言庭筠狹邪醜迹，乃兩釋之。自是汙行聞於京師。庭筠自至長安，致書公卿間雪寃。』又據《唐詩紀事》卷五十四、《南部新書》庚等書所載庭筠譏傲令狐綯諸事……庭筠與綯不僅相識，且有不少糾葛，其科名及仕途失意，頗與綯有關，則又非一般關係矣。綯承其父（楚）蔭，大中時秉政當權，煊赫一時，而李商隱既爲所扼，温庭筠又遭其辱，反不如其父之尊重文士矣。（《温庭筠交游考》）又曰：《上令狐相公啓》：『……敢言蠻國參軍，才得荆州從事……』又有《謝紇干相公啓》：『間關千里，僅爲蠻國參軍；荏苒百齡，甘作荆州從事。』其在江陵所作詩亦有數首。似庭筠居江陵，頗歷時日。其是否以『荆州從事』代署襄陽巡官之事，殊不可知。若謂實指荆州，又無他書佐驗。意者，自襄陽解職，即暫寄寓江陵耶？觀上列啓狀，知其貧病交侵，慘愁殊甚。當即《舊書》所云『失意』，《新書》所云『不得志』也。庭筠自襄陽解幕職，即暫寓江陵。其歸江東，約在咸通三、四年之時，尤以四年爲近似……庭筠由江陵起行，約在四年春、夏之交，適令狐綯鎮淮南，遂罹斯辱……《上裴相公啓》……明言守土者以忘情積惡，當權者以承意中傷，當即在淮南令狐綯指使虞侯折辱之事。裴相公當係裴休……《舊書》一七七《裴休傳》：『咸通初，入爲户部尚書，累遷吏部尚書，太子少師，卒。』蓋此啓即《舊書》所謂『自至長安，致書公卿間雪寃』之事也。（《新舊〈唐書〉温庭筠傳訂補》）【按】令狐相公，令狐綯。《新唐書·宰相表》：大中四年『十月辛未，翰林學士承旨、兵部侍郎令狐綯守本官、同中書門下平章事。』十年十月戊子，『綯爲尚書右僕射』；十二年『十一月己未，綯爲尚書左僕射』；十三年十二月丁酉，『綯爲檢校司徒、同平章事、河中節度使』。居相位首尾十年。《舊唐書·令狐綯傳》：『咸通二年，改汴州刺史、宣武軍節度使。三年冬，遷揚州大都督府長史、淮南節度副大使、知節度事。』此啓有『敢言蠻國參軍，纔得荆州從事』之語，顧氏謂『其是否以「荆州從事」代署襄陽巡官之事，殊不可知。若謂實指荆州，又無他書佐驗』，實則，『纔得荆州從事』當實指其在荆南節度使幕爲從事。此已詳《謝紇干相公啓》『荏苒百齡，甘作荆州從事』二句注。庭筠當於大中十四年（即咸通元年）徐商罷鎮襄陽內徵後罷襄陽幕，約元年歲杪離襄陽赴江陵，咸通二年春已在荆南節度使蕭鄴幕爲從事。啓又有『嘯類斷猿，況鄰巴峽』

之語，係用《水經注·江水·三峽》『高猿長嘯，屬引凄異』、『朝發白帝，暮到江陵』之典，更可證作啓時庭筠居於鄰近巴峽之江陵。令狐綯約在咸通二年冬暮由河中節度使調任宣武節度使（繼令狐綯任河中節度使者爲蔣伸，《新唐書·宰相表》：咸通三年『正月己酉，（蔣）伸檢校兵部尚書、同平章事、河中節度使』。啓有『野氏辭任，宣武求才』之語，當指令狐綯由河中節度使調任宣武節度使。『宣武求才』，既借桓宣武（温）開府廣求人材以喻令狐綯，又切宣武節度使幕府。故此啓當上於咸通二年冬令狐綯移鎮宣武時。

〔二〕《史記·十二諸侯年表序》：『是以孔子明王道，干七十餘君，莫能用，故西觀周室，論史記舊聞，興於魯而次《春秋》，上記隱，下之哀之獲麟，約其辭文，去其煩重，以製義法，王道備，人事浹。七十子之徒口受其傳指，爲有所刺譏褒諱挹損之文辭不可以書見也。魯君子左丘明懼弟子人人異端，各安其意，失其真，故因孔子史記具論其語，成《左氏春秋》。』作傳，指作《春秋左氏傳》，即《左氏春秋》、《左傳》。受，《英華》作『授』，非。受，受之於。宣尼，指孔子。漢平帝元始元年追謚孔子爲褒成宣尼公。左思《詠史》之四：『言論準宣尼，辭賦擬相如。』

〔三〕《晉書·王隱傳》：『太興初，典章稍備，乃召隱及郭璞俱爲著作郎，令撰晉史……時著作郎虞預私撰《晉書》，而生長東南，不知中朝事，數訪於隱，並借隱所著書竊寫之，所聞漸廣。是後更疾隱，形於言色。預既豪族，交結權貴，共爲朋黨以斥隱，竟以謗免，黜歸於家。貧無資用，書遂不就，乃依征西將軍庾亮於武昌。亮供其紙筆，書乃得成，詣闕上之。』

〔四〕憂，《英華》作『優』。國士，一國中才能最優秀的人物。情憂國士，承上指庾亮善待王隱。憂，憂念。

〔五〕《論語·公冶長》：『子曰：巧言、令色、足恭，左丘明恥之，丘亦恥之。匿怨而友其人，左丘明恥之，丘亦恥之。』或據此謂左丘明爲孔子門人。義重門人，承上指孔子重視門人左丘明。

〔六〕光陰，光芒、光亮。王度《古鏡記》：『見龍駒持一月來相照，光陰所及，如冰著體，冰徹腑臟。』

〔七〕棄茵，即棄席。《淮南子·説山訓》：『（晉）文公棄荏席，後黴黑，咎犯辭歸。』《韓非子·外儲説左上》：『（晉）文公反國，至河，令籩豆捐之，席蓐捐之，面目黧黑者後之，咎犯聞之而夜哭……再拜而辭，文公止之……解左驂而盟于河。』軫，隱痛。

〔八〕壞刷，猶敝帚。齊相，指曹參。此句用《史記·齊悼惠王世家》魏勃欲求見齊相曹參，無以自通，乃掃齊相舍人之門事。詳《上蔣侍郎啓二首》之二注〔一三〕。

〔九〕繫，牽掛、繫念。効珍，呈獻珍寶。

〔一〇〕《書·盤庚上》：『人惟求舊，器非求舊，惟新。』

〔一一〕邴，邴吉，又作丙吉。《漢書·丙吉傳》：『於官屬掾史，務掩過揚善。吉馭吏耆酒，數逋蕩，嘗從吉出，醉歐丞相車上，西曹主吏白欲斥之，吉曰：「以醉飽之失去士，使此人將復何所容？西曹地忍之，此不過汚丞相車茵耳。」遂不去也。此馭吏邊郡人，習知邊塞發犇命警備事，嘗出，適見驛騎持赤白囊，邊郡發犇命書馳來至，馭吏因隨驛騎至公車刺取，知虜入雲中、代郡，遽歸府見吉白狀……未已，詔召丞相、御史，問以虜所入郡吏，吉具對，御史大夫卒遽不能詳知，以得譴讓。而吉見謂憂邊思職，馭吏力也。吉乃歎曰：「士亡不可容，能各有所長。向使丞相不先聞馭吏言，何見勞勉之有？」掾史繇是益賢吉。』此以邴吉喻令狐綯，以馭吏自喻，謂綯如能似邴吉之善待門客下吏，掩過揚善，必有以報。

〔一二〕嬰，指齊相晏嬰。《史記·管晏列傳》：『晏子爲齊相，出，其御之妻從門閒而窺其夫。其夫爲相御，擁大蓋，策駟馬，意氣揚揚，甚自得也。既而歸，其妻請去。夫問其故，妻曰：「晏子長不滿六尺，身相齊國，名顯諸侯……今子長八尺，乃爲僕御，然子之意自以爲足，妾以是求去也。」其後夫自抑損。晏子怪而問之，御以實對。晏子薦以爲大夫。』此以晏嬰指綯，以馭吏自指。據『邴第』二句，庭筠當嘗依令狐綯爲門下客。

〔一三〕義故，以恩義相結合的故舊。《世説新語·德行》：『渾薨，所歷九郡，義故懷其德惠，相率致賻數百金。』《北齊書·盧潛傳》：『琳部曲義故，多在揚州。』

〔一四〕三千子，傳孔子有弟子三千人。《史記·孔子世家》：『孔子以《詩》、《書》、《禮》、《樂》教，弟子蓋三千焉。』聲塵，名聲。

〔一五〕鉛，鉛粉筆。槧，木板片。古代書寫文字的工具。《西京雜記》卷三：『揚子雲好事，常懷鉛提槧，從諸計吏，訪殊方絶域四方之語。』此以『鉛槧』指自己的文章著作。揚雄《答劉歆書》：『雄常抱三寸弱翰，齎油素四尺，以問其異語，歸即以鉛摘次之於槧，二十七年于今矣。』此言『十七年』，或記誤。委泥沙，謂湮没不聞於世。

〔一六〕詳《謝紇干相公啓》注〔四〕〔五〕及本篇注〔一〕編著者按語。二句謂己在荆南節度使幕爲從事。

〔一七〕藩，《英華》作『潘』，誤。撫，《英華》作『無』，誤。藩，指節度使或節度使府。撫鏡，持鏡（照影）。謝靈運《晚出西射堂》詩：『撫鏡華緇鬢，攬帶緩促衿。』此處『撫鏡』即含有持鏡照影而歎年衰之意。

〔一八〕校，《英華》作『儉』。招，《英華》作『佋』，旁注：疑。校府，軍營。招弓，舉弓。句意謂在軍幕任職。

〔一九〕《戴經》，指戴聖（小戴）《禮記》。外族，母家或妻家的親族。《史記·樗里子甘茂列傳》：『向壽者，宣太后外族也。』《資治通鑑·梁簡文帝大寶元年》：『又禁人偶語，犯者刑及外族。』胡三省注：『男子謂舅家爲外家，婦人謂父母之家爲外家。外族，外家之族。』《禮記·内則》：『女子十年不出，姆教婉娩聽從，執麻枲，治絲繭，織紝組，學女事，以供衣服……十有五年而笄。』此謂自己因在藩鎮幕府供職，故女兒雖已十歲，仍留在外祖父母家養育。

〔二〇〕嵇康《與山巨源絶交書》：『吾新失母兄之歡，意常凄切。女年十三，男年八歲，未及成人，况復多病，顧此悢悢，如何可言！』康子嵇紹，十歲時康被殺。武帝咸寧五年，康之故人山濤領吏部，乃言於武帝，授祕書丞。《晉書·嵇紹傳》：紹字延祖，康之子，以父得罪，靖居私門。山濤領選，啓武帝，請爲祕書郎。武帝詔徵之，起家爲祕書丞。此即所謂『保在故人』。稽、嵇通。此句蓋謂自己的男孩寄養在朋友家。作此啓時庭筠已六十一歲，仍有如此幼小之子女，當非原配所生。會昌元年春庭筠作《感舊陳情五十韻獻淮南李僕射》已云：『宦無毛義檄，婚乏阮修錢。』其時庭筠年四十一，原配已卒，尚未續娶。此處提到的『留於外族』的『女子』及『保在故人』的『男兒』當爲續絃所育。或解，此指庭筠自幼喪父，寄養在父之『故人』家。

〔二一一〕藐，通『邈』。流離，流轉離散。庾信《哀江南賦序》：『信年始二毛，即逢喪亂。藐是流離，至於暮齒。』

〔二一二〕晉崔豹《古今注》卷中：『《別鶴操》，商陵牧子所作也。娶妻五年而無子，父兄將爲之改娶。妻聞之，中夜起，倚戶而悲嘯。牧子聞之，愴然而悲，乃歌曰：「將乖比翼隔天端，山川悠遠路漫漫，攬衣不寢食忘餐。」後人因爲樂章焉。』

〔二一三〕《水經注·江水·三峽》：『每至晴初霜旦，林寒澗肅，常有高猿長嘯，屬引凄異，空谷傳響，哀轉久絶。故漁者歌曰：「巴東三峽巫峽長，猿鳴三聲淚霑裳。」』又：『自三峽七百里中，兩岸連山，略無闕處。重巖疊嶂，隱天蔽日，自非亭午夜分，不見曦月。至於夏水襄陵，沿溯阻絶。或王命急宣，有時朝發白帝，暮到江陵，其間千二百里，雖乘奔御風，不以疾也。』《世説新語·黜免》：『桓公入蜀，至三峽中，部伍中有得猨子者，其母緣岸哀號，行百餘里不去，遂跳上船，至便即絶。破視其腹中，腸皆寸寸斷。』以上四句謂己如離羣之孤鶴，哀嘯之斷猿，思念子女妻室，所居之地則在鄰近巴峽之江陵。按：大中十一年正月至十三年十二月，白敏中任荆南節度使。大中十三年十一月至咸通三年，蕭鄴任荆南節度使。咸通元年徐商罷鎮襄陽徵赴闕，庭筠於是年歲杪離襄陽赴江陵。聯繫上文『纔得荆州從事』、『自頃藩牀撫鏡，校府招弓』及『叫非獨鶴，欲近商陵；嘯類斷猿，况鄰巴峽』四句，庭筠當於咸通二年在荆南節度使蕭鄴幕爲從事。

〔二一四〕蕞陋，醜陋。

〔二一五〕休明，美好清明的時代。

〔二一六〕野氏，未詳。從下文『宣武求才』看，此句當指前任宣武節度使。據《唐刺史考全編》，大中十三年至咸通元年，畢諴爲宣武節度使。『野氏辭任』，謂前任宣武節度使畢諴辭任。

〔二七〕宣武，指桓温，謚宣武。又兼指宣武節度使。《世説新語·文學》：『習鑿齒史才不常，宣武甚器之。未三十，便用爲荆州治中。鑿齒謝牋亦云：「不遇明公，荆州老從事耳。」』又，『桓宣武北征，袁虎時從，被責免官。會須露布文，唤袁倚馬前令作。手不輟筆，俄得七紙，殊可觀。』又《寵禮》：『王珣、郗超並有奇才，爲大司馬（桓温）所眷拔。珣爲主簿，超爲記室參軍。超爲人多髯，珣狀短小，於時荆州爲之語曰：「髯參軍，短主簿，能令公喜，能令公怒。」』劉孝標注引《續晉陽秋》曰：『超有才能，珣有器望，並爲温所暱。』桓温於晉穆帝永和元年自徐州遷荆州刺史。《晉書·桓温傳》：『時李勢微弱，温志在立勳於蜀，永和二年，率衆西伐……（勢）乃面縛輿櫬請命……温停蜀三日，舉賢旌善。僞尚書僕射王誓、中書監王瑜、鎮東將軍鄧定、散騎常侍常璩等，皆蜀之良也，並以爲參軍，百姓感悦。』以上所引事例，均『宣武（桓温）求才』之具體表現。此以桓温求才喻令狐綯汴幕新開，廣招人才。

〔二八〕《晉書·孫盛傳》：『會桓温代（庾）翼，留盛爲參軍，與俱伐蜀……蜀平，賜爵安懷縣侯，累遷温從事中郎。』緹油，古代車軾前屏泥的紅色油布。《漢書·循吏傳·黄霸》：『居官賜車蓋，特高一丈，别駕、主簿車，緹油屏泥於軾前，以章有德。』後因以『緹油』爲殊遇的標誌。

〔二九〕素尚，平素的志向。用孫盛事，蓋祈入令狐綯汴州幕，得其厚遇。

〔三〇〕蔡邕編録，指蔡邕編撰《後漢紀》之事。初平三年，董卓被誅，邕以受卓厚恩，有傷歎之意，爲王允收付廷尉。邕謝罪，乞黥首刖足，續成漢史。士大夫亦多方救援，允不聽。邕終死於獄中。事詳《後漢書·蔡邕傳》。貞期，貞明之年代、清平之世。此以蔡邕自比，希望能遇上貞明之世，得以完成著述。據上『王隱著書，先依庾亮』及『十七年之鉛槧，尚委泥沙』之語，庭筠似有重要著述尚未完成，希望依託有顯位如令狐綯者，得以完成。

〔三一〕謦欬，本指咳嗽，借指談笑。《莊子·徐無鬼》：『夫逃空虚者……聞人足音跫然而喜矣，又況乎昆弟親戚之謦欬其側者乎？』此以『謦欬』指令狐之一言薦譽。

〔三二〕陶鈞，此指陶冶、造就。

〔三三〕靦冒，羞慚冒昧。

上崔相公啓〔一〕

某聞石苞羈賤，早遇何曾〔二〕；魏武尊高，猥知徐晃〔三〕。其後咸成間氣〔四〕，訖立鴻勳。簡册增輝，尊彝動彩〔五〕。則道惟熙載〔六〕，皆資甄藻之時〔七〕；德邁賡歌〔八〕，必用搜羅之道〔九〕。是以皇綱克序〔一〇〕，茂範咸凝〔一一〕。某荆氏凡材〔一二〕，雕陵散質〔一三〕。謬傳清白〔一四〕，實守幽貞〔一五〕。矍圃彎弓，何能中鵠〔一六〕；丘門用賦，尋恥雕蟲〔一七〕。常慮荒蕪，殊非挺拔〔一八〕。依劉薦禰〔一九〕，素乏梯航〔二〇〕；慕吕攀嵇〔二一〕，全無等級〔二二〕。分甘終老〔二三〕，莫有良期。既而竊仰洪鈞〔二四〕，來窺皎鏡〔二五〕。墳壚下土，敢望頒形〔二六〕；甕盎頑姿，寧希鑒貌〔二七〕？豈謂不遺孤拙，曲假生成〔二八〕。拔於泥滓之中，致在煙霄之上。遂使龍門奮發，不作窮鱗〔二九〕；鶯谷翩翻，終陪逸翰〔三〇〕。此則在三恩重〔三一〕，吹萬功深〔三二〕。空乘變律之機〔三三〕，未得捐軀之兆〔三四〕。豈可猶希鼓鑄〔三五〕，更露情誠？伏念良馬嘶風，非堪伏皂〔三六〕；饑鷹刷羽〔三七〕，終恥棲籠。誠知豢養之恩，頗有飛翔之志。而又專門有暇，曾習政經〔三八〕；閉户無營，因窺吏事〔三九〕。既辨張湯之鼠〔四〇〕，深知子産之魚〔四一〕。書劍彷徨，年光倏忽。徒思效用，無以爲資〔四二〕。倘蒙再扇薰風〔四三〕，仍宣厚澤。庶使晏嬰精鑒，獲脱於在途〔四四〕；酇蔑微班，得昇於收器〔四五〕。纔聞謦欬，便是扶摇〔四六〕。

校注

〔一〕《英華》卷六六二啓十二投知五、《全文》卷七八六載此首。崔相公，疑指崔鉉。庭筠上時相諸啓（包括代人擬者），多作於大中年間。據《新唐書·宰相表》，大中十年庭筠貶隋縣尉前，崔姓爲相者共三人，即崔元式（大中元年至二年）、崔龜從（大中四年至五年）、崔鉉（大中三年至九年），據啓文提及此崔相公前已對上啓者予以垂顧，使其得以進士登第，此次又祈其再施厚澤，似以指大中朝任相長達七年之崔鉉可能性較大（會昌年間，崔鉉亦曾爲相）。然此啓當非庭筠自己上崔相公，而係代人所擬。啓云：『竊仰洪鈞，來窺皎鏡……豈謂不遺孤拙，曲假生成。拔于泥滓之中，致在煙霄之上。遂使龍門奮發，不作窮鱗；鶯谷翩翻，終陪逸翰。』説明上啓者此前在崔相公的薦拔下，已登進士第。此與庭筠終身未登第不合。又啓内提及家世時，僅言『謬傳清白，實守幽貞』，與庭筠上他人之啓每自稱『爰田錫寵，鏤鼎傳芳』、『謬嗣盤盂』者不合。如崔相公爲崔鉉，則此啓當作於大中九年前崔仍居相位期間。

〔二〕《晉書·石苞傳》：『販鐵於鄴市，市長沛國趙元儒名知人，見苞，異之，因與結交。嘆苞遠量，當至公輔，由是知名。見吏部郎許允，求爲小縣。允謂苞曰：「卿是我輩人，當相引在朝廷，何欲小縣乎？」苞還嘆息，不意允之知己乃如此也。』羈賤，漂泊貧賤。石苞羈賤時遇何曾之事，《晉書·石苞傳》及《何曾傳》均未載，疑別有據。何曾，三國魏時官至司徒，曾參預司馬懿與曹爽争權及司馬炎代魏建晉的活動。西晉初任丞相、太傅。石苞，微時曾爲御隸，魏末爲大將軍司馬師中護軍司馬，後進位征東大將軍、驃騎將軍。司馬炎稱帝，遷大司馬。《晉書》本傳記其微時事又云：『縣召爲吏，給農司馬。會謁者陽翟郭玄信奉使，求人爲御，司馬以苞及鄧艾給之。行十餘里，玄信謂二人曰：「子後並當至卿相。」苞曰：「御隸也，何卿相乎？」』是石苞微賤時，郭玄信、趙元儒、許允均預言其當至卿相公輔。此言『早遇何曾』，似是何曾對石苞曾加薦引提拔。

〔三〕《三國志·魏志·徐晃傳》：『徐晃字公明，河東揚人也。爲郡吏，從車騎將軍楊奉討賊有功，拜騎都尉……晃説奉令歸太祖，奉欲從之後悔，太祖討奉於梁，晃遂歸太祖。』後屢建戰功，『太祖嘆曰：「徐將軍可謂有周亞夫之風矣！」』

〔四〕間氣，謂英雄偉傑，上應天象，稟天地特殊之氣，間世而出，故稱。《太平御覽》卷三六〇引《春秋孔演圖》：『正氣爲帝，間氣爲臣，宮商爲姓，秀氣爲人。』

〔五〕《英華》『簡册』上有『能令』二字，『册』一作『素』。『尊彝』上有『亦俾』二字。簡册，此指史册、史籍。尊、彝均爲古代酒器，因祭祀、朝聘、宴享之禮多用之，故亦泛指禮器。其上常鏤刻紀功之銘文。此謂石苞、徐晃因遇恩知、明主，故能名垂史册、銘功尊彝，使之增輝添彩。

〔六〕熙載，弘揚功業。《書·舜典》：『咨四岳，有能奮庸熙帝之載。』孔傳：『載，事也。訪羣臣有能起發其功，廣堯之事者。』

〔七〕甄藻，指甄選鑒拔人材。

〔八〕《書·益稷》：『皋陶拜手稽首，颺言曰：「念哉！率作興事，慎乃憲欽哉，屢省乃成欽哉。」乃賡載歌曰：「元首明哉，股肱良哉，庶事康哉。」孔傳：『賡，續；載，成也。』德邁賡歌，謂君主之德行超越古代被歌頌的明君。

〔九〕用，由。搜羅，指訪求羅致人材。

〔一〇〕克序，能夠有條不紊。

〔一一〕茂範，儀刑、典範。凝，牢固。

〔一二〕荆氏凡材，非荆楚之良材。《左傳·襄公二十六年》：『聲子通使於晉，還如楚。令尹子木與之語，問晉故焉，且曰：「晉大夫與楚孰賢？」對曰：「晉卿不如楚，其大夫則賢，皆卿材也。如杞梓、皮革，自楚往也。雖楚有材，晉實用之。」』《晉書·陸機陸雲傳論》：『觀夫陸機、陸雲，實荆、衡之杞梓。』杞、梓皆良材。此謙稱己非楚之良材。

〔一三〕《莊子·山木》：『莊子游乎雕陵之樊。』成玄英疏：『雕陵，栗園名也。』一説山陵名。王先謙集解引司馬彪曰：『雕陵，陵名。』散質，猶散木，無用之材。詳《謝襄州李尚書啓》『某櫟社凡材』句注。

〔一四〕謂己清白傳家。『謬』者自謙之詞。

〔一五〕《易·履》：『履道坦坦，幽人貞吉。』後多以『幽貞』指隱士，亦指高潔堅貞之操守，此取後一義。

〔一六〕矍圃，即矍相，古地名，故址在今山東曲阜市城内闕里西。後借指學宫中習射之場所。《禮記·射義》：『孔子射於矍相之圃，蓋觀者如堵牆。』矍圃字本此。中鵠，中的，射中箭靶的中心。此以射箭不中的喻科舉考試失利。

〔一七〕丘門用賦，見《謝紇干相公啓》注〔一三〕。雕蟲，指從事不足道的小技藝。揚雄《法言·吾子》：『或問：「吾子少而好賦？」曰：「然。童子雕蟲篆刻。」俄而曰：「壯夫不爲也。」』蟲，指蟲書；刻，指刻符，各爲一種書體。雕蟲，指詞章末技。唐代進士試試詩賦，士人爲參加考試，例習詩賦。

〔一八〕謂己常憂如草木之荒蕪零落，没世無聞，殊非如松柏之挺拔堅剛之材。

〔一九〕依劉，指入幕府爲僚屬。《三國志·魏志·王粲傳》：『以西京擾亂，……乃之荆州依劉表。』薦禰，孔融曾上疏薦禰衡。《後漢書·文苑傳·禰衡》：『唯善魯國孔融及弘農楊修，常稱曰：「大兒孔文舉，小兒楊德祖，餘子碌碌，莫足數也。」融亦深愛其才。衡始弱冠，而融年四十，遂爲文友。上疏薦之曰：「……處士平原禰衡……性與道合，思若有神……忠果正直，志懷霜雪，見善若驚，疾惡如讎……使衡立朝，必有可觀。」』此謂如王粲之依劉、禰衡之被薦。

〔二〇〕梯航，梯與船爲登山涉水的工具，此借喻引薦者。

〔二一〕吕，吕安；嵇，嵇康。《晉書·嵇康傳》：『東平吕安，服康高致，每一相思，輒千里命駕。康友而善之。』

〔二二〕等級，猶階級、臺階，與上『梯航』意近。謂思慕攀附嵇、吕一類高士，而無引進之人。

〔二三〕分，甘願。

〔二四〕洪鈞，喻執掌國家政權，指宰相。

〔二五〕皎鏡，明鏡，喻衡鑒人材的顯宦。二句謂己仰慕崔相，希求其衡鑒品藻。

〔二六〕墳壚下土，高起的黑色硬土。《書·禹貢》：『厥土惟壤，下土墳壚。』孔疏：『壚，音盧。《説文》：黑剛土也。』此喻才能凡庸，地位低下。頒形，公佈形貌。

〔二七〕甕盎，陶製容器，此喻才能凡庸粗劣者。頑姿，愚妄的姿質。鑒貌，照形。

〔二八〕遺，棄。孤拙，孤陋迂拙。生成，養育。

〔二九〕《藝文類聚》卷九六引《辛氏三秦記》：『河津一名龍門，大魚集龍門下數千，不得上，上者爲龍，不上者□，故云曝腮龍門。』又一本云：『河津一名龍門，禹鑿山開門，闊一里餘，黄河自中流下，而岸不通車馬。每莫春之際，有黄鯉魚逆流而上，得過者便化爲龍。』窮鱗，指困於龍門之下不得上的鯉魚。

〔三〇〕《詩·小雅·伐木》：『伐木丁丁，鳥鳴嚶嚶。出自幽谷，遷於喬木。嚶其鳴矣，求其友聲。』嚶嚶爲鳥鳴聲。唐以來常以出谷嚶鳴之鳥爲鶯，故以鶯出谷、鶯遷指登第或昇遷。『遂使』四句，謂己因崔相之衡鑒薦引，得以參加科舉考試登第，如鯉魚奮發，躍上龍門；如早鶯出谷，與鶯友齊飛。翻，《英華》一作『翾』。

〔三一〕《國語·晉語一》：『「民生於三，事之如一。」父生之，師教之，君食之。非父不生，非食不長，非教不知，生之族也，故壹事之，唯其所在，則致死焉。』韋昭注：『三，君、父、師也。』在三，指敬禮君、父、師。此指師恩。

〔三二〕《莊子·齊物論》：『夫吹萬不同，而使其自已也。』成玄英疏：『風唯一體，竅則萬殊。』吹，指風。萬，指萬竅。風吹萬竅，發出各種聲音。此喻恩澤廣被。

〔三三〕變律，古以十二律副十二月，變律指氣候變化。古以律管（琯）定音，亦用之測候季節變化。晉司馬彪《續漢書》：『候氣之法，於密室中，以木爲案，置十二律琯，各如其方，實以葭灰，覆以緹縠，氣至則一律飛去。』

〔三四〕捐軀，爲國、爲正義而犧牲。《越絶書·外傳紀策考》：『子胥至直，不同邪曲，捐軀切諫，虧命爲邦。』『空乘變律之機』，謂已雖科舉登第，如氣候之轉暖，『未得捐軀之兆』，謂尚未入仕，得到報效國家的機會。

〔三五〕鼓鑄，鼓風扇火，冶煉金屬，猶陶冶。

〔三六〕嘶風，迎風嘶鳴。伏皂，伏於槽櫪，受人豢養。謂良馬迎風嘶鳴，意在馳騁千里。

〔三七〕刷羽，以喙整刷毛羽，以便奮飛。

〔三八〕專門，專從事某事或研究某門學問。即所謂『術業有專攻』。《舊唐書·賈躭傳》：『間以衆務，不遂專門，績用尚虧，憂愧彌切。』有暇，謂有時間從事專門之學。政經，政治的常法。《左傳·宣公十二年》：『今茲入鄭，民不罷勞，君無怨讟，政有經矣。』杜預注：『經，常也。』

〔三九〕吏事，政事、官務。《新唐書·封倫傳》：『虞世基得幸煬帝，然不悉吏事，處可失宜。』

〔四〇〕《史記·酷吏列傳》：『張湯者，杜人也。其父爲長安丞，出，湯爲兒守舍，還而鼠盜肉，其父怒，笞湯。湯掘窟得盜鼠及餘肉，劾鼠掠治，傳爰書，訊鞫論報，並取鼠與肉，具獄磔堂下。其父見之，見其文辭如老獄吏，大驚，遂使書獄。』

〔四一〕《孟子·萬章上》：『昔者有饋生魚於鄭子產，子產使校人畜之池，校人烹之，反命曰：「始舍之，圉圉焉，少則洋洋焉，悠然而逝。」子產曰：「得其所哉！得其所哉！」』知子產之魚，謂善於識破如子產校人之謊言。二句謂已精於吏事，長於判獄，善識欺僞。

〔四二〕資，憑藉、依靠。效用，效勞，貢獻才能。

〔四三〕薰風，初夏時和暖的東南風。句意謂倘蒙再賜恩惠。

〔四四〕見《上令狐相公啓》注〔一二〕。獲脱於在途，謂得以免爲在途奔波之御者而升任官職。精鑒，精明的識人之鑒。

〔四五〕詳後《上蕭舍人啓》『畯蔑之逢叔向』句注。事見《左傳·昭公二十八年》。微班，微賤的班列。收器，收酒器。

〔四六〕謦欬，見《上令狐相公啓》『微迴謦欬之榮』句注。扶摇，本指盤旋而上的暴風，語本《莊子·逍遥遊》：『鵬之徙於南冥也，水擊三千里，摶扶摇而上者九萬里。』此借指騰飛、扶摇直上。

上首座相公啓〔一〕

某聞舉不違宗，得於王濟〔二〕；近因其族，聞自謝玄〔三〕。雖通人與善之規，亦前哲睦親之道〔四〕。某謬參華緒〔五〕，得庇餘陰。固已鯉庭蒙翼長之恩〔六〕，阮巷辱心期之許〔七〕。遂得遷肌改骨，擁本揚英〔八〕。則窮鳥入懷，靡求他所；羈禽繞樹，更託何枝〔九〕。昨者膏壤五秋〔一〇〕，川途萬里。遠違慈訓〔一一〕，就此窮棲。將卜良期，行當杪歲〔一二〕。通津加歎，旅舍傷懷。相公河潤餘津，雲行廣施。調羹之味〔一三〕，未及宗親；育物之餘，希霑幼弱。倘或假一言之甄發〔一四〕，隨百蟄之昭蘇〔一五〕。庶令葛藟之陰〔一六〕，均其煦育；椒聊之實，遂彼扶疎〔一七〕。成鍾儀操樂之規〔一八〕，寬顧悌拜書之戀〔一九〕。下情無任。

校注

〔一〕《英華》卷六六二啓十二投知五、《全文》卷七八六載本篇。首座相公，宰相中居首位者，又稱首相。《通鑑·後唐莊宗同光二年》：『孔謙復言於郭崇韜曰：「首座相公萬機事繁，居第且遠，租庸簿書多留滯，宜更圖之。」』胡注：『豆盧革時爲首相。』《春明退朝録》：『唐制宰相四人，首相爲太清宫使，次三相皆帶館職：弘文館大學士、監修國史、集賢殿大學士。以此爲序。』此首座相公所指，牟懷川《關於温庭筠生平的若干考證和説明》（《上海師大學報》一九八五年二月）認爲係温造。一、啓云『某謬參華緒，得庇餘陰。固已鯉庭蒙翼長之恩，阮巷辱心期之許，遂得遷肌改骨，擁本揚英』，説明『首座相公』乃同姓父輩，收温庭筠爲養子。而此遠房叔伯又爲顯宦，非温造莫屬。二、啓云：『相公河潤餘津，雲行廣施。調羹之味，未及宗親；育物之餘，希霑幼弱。』恰合兩《唐書》所載：造爲朗州刺史時『開後鄉渠百里，灌田兩千餘頃，民獲其利』，任河陽節度使時『奏復懷州古秦渠枋口堰，以灌……四縣田五千頃。』（此前詹安泰《讀夏承燾先生的〈温飛卿繫年〉》已據啓中語斷定此啓係上温造），謂『温造雖未任過宰相，大和五年七月「檢校户部尚書、東都留守、判東都尚書事」（《新·傳》），其爵品即已幾與宰相相侔』。胡耀震《關於温庭筠〈上首座相公啓〉的繫年問題》（《山西師大學報》一九九五年十月）亦贊同首座相公爲温造之説，並補引《新唐書·温造傳》中『召爲御史大夫，方倚以相，會疾，不能朝，改禮部尚書。卒，年七十，贈尚書右僕射』等語，謂此『言温造曾幾得相位不久，因病改官……可知啓作於温造爲相時』，進而推斷温造爲相當在大和八年或九年間，上啓時將近年末，啓必作於大和八年秋冬之際。【按】啓内『舉不違宗』、『近因其族』、『睦親』、『鯉庭』、『阮巷』、『宗親』、『幼弱』等語，確實給人以此『首座相公』係庭筠同姓父輩宗親之印象。然遍檢《新唐書·宰相表》、《宰相世系表》，唐代温氏爲宰相者僅一人，即庭筠之遠祖温彦博。至於温造，據兩《唐書·温造傳》，根本未擔任過宰相。胡引《新·傳》『方倚以相』之語，僅表明文宗方欲倚之爲相，並非已經正式任命爲宰相，適遇其有疾，遂改禮部尚書。唐人詩文中稱對方爲相公者，必爲實際上擔任過宰相職務者（包括正在相位者或已罷相擔任他職如節度使者），或方鎮帶檢校同平章事銜者。現存唐代文獻中，未見此兩種情況以外稱相公之例。至於『首座相公』之稱，則更爲嚴格，其一，必爲現任宰相；其二，必爲現任四位宰相中居首位者，即帶太清宫使者。絶不可能稱非現任宰相或雖爲現任宰相但非居首位者爲首座相公。明確此點，即可知此啓之『首座相公』絶非温造。而據《新唐書·宰相表》及《宰相世系表》，温氏宰相僅彦博一人，故此『首座相公』亦必非庭筠之同姓宗親。而應從庭筠所歷諸朝中曾爲『首座相公』即帶太清宫使之宰相中查找。此首座相公之具體情況，啓内雖未提供，但言及自身行蹤時，則有『膏壤五秋，川途萬里，遠違慈訓，就此窮棲。將卜良期，行當杪歲』等語，可資考證作啓之時間與地點，進而亦可考知此首座相公所指。庭筠大中十年因『攪擾科場』謫隋縣尉，旋爲山南東道節度使徐商留署巡官。咸通元年，徐商詔徵赴闕，庭筠罷幕，自大中十年至咸通元年，首尾正五年，故云『膏壤五秋，川途萬里，遠違慈訓，就此窮棲。』『窮棲』二字説明此『五秋』中庭筠係在一地困居依人。作啓時正值歲末，庭筠將離此『五秋』『窮棲』之地另謀他就，故云『將卜良期，行當杪歲』。故可考定此啓當作於咸通元年歲末，時庭筠正欲離襄陽他往（所往之地爲江陵，詳《上令狐相公啓》注〔一〕及《謝紇干相公啓》注〔五〕）。其時宰相有白敏中、杜審權、蔣伸、畢諴四人。其中，蔣伸大中十二年十二月拜相，杜審權大中十三年十二月拜相，畢諴咸通元年十月拜相，三相之年資位望均遠低於會昌六年五月即已拜相，在相位長達六年，大中十三年十二月再次入相，咸通元年任中書令之白敏中。《全唐文》卷八十三懿宗《授白敏中弘文館大學士等制》云：『敏中可兼充太清宫使、弘文館大學士。』是爲白敏中爲『首座相公』之的證。至於啓内『相公河潤餘津，雲行廣施』二語，不過設喻贊頌其恩德廣被百姓，如河潤九里，澤及三族；如雲行雨施，遍及各地而已，非指修建水利工程之實事也。而前舉『舉不違宗』、『近因其族』、『睦親』、『鯉庭』、『阮巷』、『宗親』、『幼弱』等語，則意在强調自己作爲後輩，曾受過白敏中的恩惠、教誨與贊許，與其有親密關係。白敏中年長庭筠近十歲（白七九二—八六一；温八〇一—八六六），位又尊高，庭筠如此措詞，亦合乎情理。在排除同姓宗親爲首座相公之可能性後，也只能如此理解。

〔二〕舉不違宗，推薦人材不避宗親。《左傳·襄公三年》：「祁奚於是能舉善矣。稱其讎，不爲諂；立其子，不爲比；舉其偏，不爲黨。」《晉書·王濟傳》：「少有逸才，風姿英爽，氣蓋一時……文詞俊茂，伎藝過人……尚常山公主……起爲驍騎將軍，累遷侍中……仕進雖速，論者不以主婿之故，咸謂才能致之……帝嘗謂和嶠曰：『我將罵濟而後官爵之，何如？』嶠曰：『濟俊爽，恐不可屈。』帝因召濟，切讓之，既而曰：『知愧不？』濟答曰：『尺布斗粟之謡，常爲陛下恥之。他人能令親疏，臣不能使親親，以此愧陛下耳。』帝默然。」此謂舉拔人材，不避宗親，在王濟身上可以得到驗證。

〔三〕《晉書·謝玄傳》：「玄字幼度，少穎悟，與從兄朗俱爲叔父安所重……及長，有經國才略……於時苻堅强盛，邊境數被侵寇，朝廷求文武良將可以鎮御北方者，安乃以玄應舉。中書郎郗超雖素與玄不善，聞而歎之，曰：『安違衆舉親，明也；玄必不負舉，才也。』」後玄果大敗苻堅之衆數十萬於淝水。玄係安之姪，故曰「近因其族」。

〔四〕與，通「舉」。與善，推舉賢才。《禮記·禮運》：「大道之行也，天下爲公。選賢與（舉）能。」睦親，和睦宗族。

〔五〕華緒，顯貴者之後裔。句意謂己爲唐代開國功臣温彦博之後裔。

〔六〕《論語·季氏》：「陳元問於伯魚曰：『子亦有異聞乎？』對曰：『未也。嘗獨立，鯉趨而過庭，曰：「學《詩》乎？」對曰：「未也。」「不學《詩》，無以言。」鯉退而學《詩》。他日又獨立，鯉趨而過庭，曰：「學《禮》乎？」對曰：「未也。」「不學《禮》，無以立。」鯉退而學《禮》。聞斯二者。』」孔鯉，字伯魚，孔子之子。「鯉庭」謂子受父訓，幼學詩禮。翼長，撫育長成。此借指自己早蒙教導訓育之恩。

〔七〕《世説新語·任誕》：「阮仲容（阮咸）、步兵（阮籍）居道南，諸阮居道北。北阮富，南阮貧。七月七日，北阮盛曬衣，皆紗羅錦綺。仲容以竿掛大布犢鼻褌於中庭，人或怪之，答曰：『未能免俗，聊復爾耳。』」阮巷，指賢士所居之窮巷。心期，深交。《世説新語·賞譽》：「山公（山濤）舉阮咸爲吏部郎，目曰：『清真寡欲，萬物不能移也。」』此以阮咸受到山濤的賞譽推薦喻己曾受白敏中之延譽稱許。

〔八〕擁本揚英，根深固而花繁茂。

〔九〕曹操《短歌行》：『月明星稀，烏鵲南飛。繞樹三匝，何枝可依？』此反用之。羈禽，離羣的鳥。

〔一〇〕膏壤，肥沃之土地。《史記·貨殖列傳》：『關中自汧、雍以東至河華，膏壤沃野千里。』此蓋以『膏壤』指襄陽一帶地區。或解，膏壤，同『皐壤』。《南齊書·謝朓傳》：『子隆在荆州，好辭賦，數集僚友，朓以文才，尤被賞愛……遷新安王中軍記室，朓箋辭子隆曰：「……皐壤搖落，對之惆悵；歧路東西，或以嗚悒。」』膏壤五秋，指在膏壤之地的襄陽徐商幕首尾五秋，參注〔一〕按語。

〔一一〕慈訓，本指父母的教誨，此泛指長輩或顯貴者的教誨。

〔一二〕良期，好的期遇。杪歲，歲末。

〔一三〕調羹，喻宰相治理國家政事。《書·説命》：『若作和羹，爾惟鹽梅。』二句謂首座相公治理國家政事之餘，從未將恩惠私賜宗親。

〔一四〕甄發，甄拔表揚。

〔一五〕百蟄，各種蟄伏冬眠的蟲。昭蘇，蘇醒。

〔一六〕葛藟，植物名，又稱千歲藟，落葉木質藤本。《詩·周南·樛木》：『南有樛木，葛藟纍之。』《左傳·文公七年》：『葛藟猶能庇其本根，故君子以爲比。』

〔一七〕椒聊，椒。聊爲語助詞。《詩·唐風·椒聊》：『椒聊之實，蕃衍盈升。』扶疎，枝葉繁茂紛披貌。二句以葛藟蔭庇本根，椒聊繁茂紛披爲喻，希望得到首座相公之蔭庇帮助。

〔一八〕鍾儀，春秋楚人，曾被鄭人俘獲，獻於晉。晉侯見之，問曰：『南冠而縶者誰也？』有司對曰：『鄭人所獻楚囚也。』釋而慰問之，問其族。對曰：『伶人也。』晉侯曰：『能樂乎？』對曰：『先人之職也，敢有二事？』與之琴，操楚音。晉侯語于范文子。文子曰：『楚囚，君子也。言稱其先職，不背本也；樂操土風，不忘舊也。』事見《左傳·成公九年》。此取不忘本舊之義。

〔一九〕《三國志》卷五十二裴松之注引《吴書》曰：『（顧）雍族人悌，字子通，以孝悌廉政聞於鄉黨。年十五爲郡吏，除郎中，稍遷偏將軍。權末年，嫡庶不分，悌數與驃騎將軍朱據共陳禍福，言辭切直，朝廷憚之。……悌父向歷四縣令，年老致仕，悌每得父書，常灑掃，整衣服，更設幾筵，舒書其上，拜跑讀之，每句應諾，畢，復再拜。若父有疾耗之問至，則臨書垂涕，聲語哽咽。……』

上宰相啓二首〔一〕

某聞日麗於天，洪纖必及〔二〕；月離於畢〔三〕，枯槁皆蘇。斯則推彼無私，彰於大信〔四〕。苟關於宰匠，咸仰以生成〔五〕。其或潤接西郊，流金未已〔六〕；光承北陸〔七〕，豐蔀猶深〔八〕。則亦分作窮人，甘爲棄物〔九〕。歲華超越〔一〇〕，京洛風塵〔一一〕。忽爾號咷，非同阮籍〔一二〕；泫然霑灑，不爲楊朱〔一三〕。略忘覬冒之辜〔一四〕，惟以哀矜爲主〔一五〕。伏念三餘簡墜〔一六〕，六尺伶俜〔一七〕。臨濟輝華，昔懸陳榻〔一八〕；洛陽羈旅，今造膺門〔一九〕。已驚於自葉流根〔二〇〕，敢望於裒多益寡〔二一〕。但以謝家故墅，事屬臨川〔二二〕；陸氏先疇，名遷好時〔二三〕。同氣雖均於昭泰〔二四〕，連枝或累於榮枯〔二五〕。是以更就洪鈞，來呈瑣質〔二六〕。雖戴逵之弟，志向無聞〔二七〕；而何準之兄，恩輝已遍〔二八〕。豈苟希河潤〔二九〕，更望餘波？投驥尾以容身〔三〇〕，執豚蹄而望歲〔三一〕。然則迹同袁子〔三二〕，質異山郎〔三三〕。梓柱雲楣〔三四〕，獨居蝸舍；綺襦紈袴，已卧牛衣〔三五〕。若乃清旦問安，長筵稱壽，貂璫畢集〔三六〕，少長俱來。膏沐之餘，則飛蓬作鬢〔三七〕；銀黃之末，則青草爲袍〔三八〕。莫不顧影包羞，填膺茹歎〔三九〕。倘或王庭辨貴，許厠九疑〔四〇〕；京縣坐曹，令懸五色〔四一〕。校於同列，未越彝章〔四二〕。則衛館遺孤，常聞出涕〔四三〕；山陽舊曲，不獨傷心〔四四〕。誓將居必在勤，行惟鞭後〔四五〕。潛知寄託，所望於江州〔四六〕；必效忠貞，得酬於吏部〔四七〕。無任惶懼之至。

校注

〔一〕《英華》卷六六二啓十二投知五、《全文》卷七八六載此二首。二啓所上之宰相，疑爲夏侯孜或杜審權。第二啓有『既而放跡戎軒，遺榮畫室。劉尹秣陵之柳，尚有清風；召公陝服之棠，空留美蔭。竊聞謡詠，即付樞衡』等語，其人曾任陝虢觀察使，並於其後入相。檢《新唐書·宰相表》及《唐刺史考全編》，夏侯孜曾於大中五年至七年任陝虢觀察使。大中十二年四月，諸道鹽鐵轉運使夏侯孜本官同中書門下平章事，咸通元年十月己亥，孜爲檢校尚書右僕射、同平章事、劍南西川節度使。《英華》卷四四九《玉堂遺範·夏侯孜拜相制》：『洎甘棠政成，會府徵命，兼領臺轄之任，再居邦憲之尊……可尚書左僕射同中書門下平章事。』吴廷燮《唐方鎮年表考證》卷上：『（大中）十一年兼御史中丞，兼領臺轄也；遷右丞，再居邦憲也……唐人謂棠下、某棠，皆陝虢。』故此二啓當上於大中十二年四月至咸通元年十月夏侯孜任宰相期間。又據啓一『銀黄之末，則青草爲袍』之語，知其時庭筠已爲着青袍之八、九品官，則必在大中十年貶隋縣尉、徐商留署襄陽幕巡官之後。啓二又有『加以旅途勞止，末路蕭條』之語，知其時庭筠已罷襄陽幕，故此二啓當上於咸通元年十月夏侯孜罷相之前，徐商已罷襄陽任之後的一段時間内。上啓求懇，祈孜能汲引其任職王廷或爲京縣縣尉也。又，崔鉉在會昌五年至六年間曾任陝虢觀察使，其前、其後均曾爲相，但崔鉉係罷相後出爲陝虢觀察使，與啓二『召公陝服之棠，空留美蔭。竊聞謡詠，即付樞衡』之語未合；且崔鉉大中三年再度拜相，九年罷相，此時庭筠尚未貶隋縣尉署巡官，啓有『青草爲袍』語，故時間上亦不合。

另，杜審權大中十三年十二月拜相，咸通四年罷相，拜相前（大中十一年至十三年）亦曾任陜虢觀察使，與上引『召公陜服』之語似更切合，與『青草爲袍』之語亦合，故此二啓亦有可能係上杜審權之啓。參第二啓注〔二七〕。

〔二〕麗，附着、依附。《易·離》：『象曰：離，麗也。日月麗乎天，百穀草木麗乎土。』洪纖，大小。

〔三〕《詩·小雅·漸漸之石》：『月離於畢，俾滂沱矣。』謂月亮行近天畢星，則預示大雨滂沱將至。故下句云『枯槁皆蘇』。離，麗也，附着。《易·説卦》：『離，麗也。』畢，星名，二十八宿之一，西方白虎七宿之第五宿，有星八顆，以其形狀象畢網（田獵用的長柄網）而得名。

〔四〕彼，《英華》作『披』，校：疑作『彼』。無私，指日月之光照無偏私，大小必及。《書·仲虺之誥》：『彰信兆民。』

〔五〕宰匠，宰相。生成，養育。

〔六〕《易·説卦》：『風以散之，雨以潤之。』《楚辭·招魂》：『十日代出，流金鑠石些。』流金，謂日之高温熔化金屬。

〔七〕北陸，即二十八宿中之虚宿，位於北方。《左傳·昭公四年》：『古者日在北陸而藏冰。』孔疏：『日在北陸，爲夏之十二月也。十二月，日在玄枵之次……於是之時，寒極冰厚，故取而藏之也。』《爾雅·釋天》：『玄枵，虚也。……北陸，虚也。』《漢書·律曆志》：『是故日行北陸謂之冬。』

〔八〕豐蔀，遮蔽。《易·豐》：『六二，豐其蔀，日中見斗。』王弼注：『蔀，覆曖障光明之物也。』『其或』四句，謂大雨潤物，遍及西郊，而太陽流金鑠石之勢未已；日在北陸，時已嚴冬，遮蔽陽光猶深。

〔九〕分，甘願。窮人，不得志之人。《莊子·秋水》：『當堯、舜而天下無窮人。』《老子》：『是以聖人常善救人，故無棄人；常善救物，故無棄物。』

〔一〇〕超越，迅疾。謝靈運《遊赤石進帆海》『虚舟自超越』李周翰注：『超越，輕疾貌。』此言歲月迅疾，年光倏忽。

〔一一〕陸機《爲顧彦先贈婦》詩之一：『京洛多風塵，素衣化爲緇。』

〔一二〕非同，《全文》原作『固非』，據《英華》改，與下『不爲』對文。《晉書·阮籍傳》：『時率意獨駕，不由徑路，車跡所窮，輒痛哭而返。』

〔一三〕《淮南子·説林訓》：『楊子見逵路而哭之，爲其可以南，可以北。』阮籍《詠懷》之二十三：『楊子泣岐路，墨子悲染絲。』泫然，出涕貌。霑灑，淚霑衣灑襟。

〔一四〕忘，《全文》原作『亡』，據《英華》改。覥冒，羞愧冒昧。

〔一五〕庾信《哀江南賦序》：『不無危苦之辭，惟以悲哀爲主。』二句謂己上啓求懇，已忘却羞慚冒昧之罪，惟以祈求哀憐爲主。

〔一六〕《三國志·魏志·王肅傳》：『明帝時大司農弘農、董遇等，亦歷注經傳，頗傳於世。』裴注引魚豢《魏略》：『遇言：「（讀書）當以三餘。」或問三餘之意，遇言「冬者歲之餘，夜者日之餘，陰雨者時之餘也。」』簡墜，謂久讀而書籍脱落損壞。

〔一七〕《論語·泰伯》：『可以託六尺之孤。』此句『六尺』指成年男子之身軀。李山甫《下第獻所知》之一：『虚教六尺受辛苦，枉把一身憂是非。』伶俜，孤單貌。

〔一八〕臨濟輝華，用郭泰與李膺同舟而渡事。《後漢書·郭泰傳》：『（泰）遊於洛，始見河南尹李膺，膺大奇之，遂相友善，於是名震京師。後歸鄉里，衣冠諸儒送之河上，車數千兩，林宗（泰字）唯與李膺同舟而濟，衆賓望之，以爲神仙焉。』臨濟，即臨流同舟而濟。輝華，即光耀、榮耀。指膺厚待泰，衆賓望之以爲神仙之事，《後漢書·徐穉傳》載，陳蕃爲太守，在郡不接賓客，惟徐穉來則特設一榻，去則懸之。《陳蕃傳》則載：『蕃爲樂安太守……郡人周璆，高潔之士，前後郡守招命，莫肯至，惟蕃能致焉……爲置一榻，去則縣之。』二句謂夏侯孜昔曾厚待賢士，如李膺之同舟而濟，陳蕃之懸榻以待，蓋合用二事以表一意。

〔一九〕洛陽羈旅，見注〔一一〕，指己羈旅長安。膺門，李膺之門。《後漢書·黨錮傳·李膺》：『膺獨持風裁，以聲名自高。士有被其容接者，名爲登龍門。』李賢注：『以魚（登龍門）爲喻也。』

〔二〇〕自葉流根，謂宰相之恩澤已使自己從枝葉到本根都得到滋養。

〔二一〕裒多益寡，削減有餘以補不足。《易·謙》：『君子以裒多益寡，稱物平施。』

〔二二〕《宋書·謝靈運傳》：『太祖知其見誣，不罪也。不欲使東歸，以爲臨川内史，加秩中二千石，在郡游放，不異永嘉。』又，『靈運父祖並葬始寧縣，並有故宅及墅，遂移籍會稽，修營别業，傍山帶江，盡幽居之美。與隱士王弘之、孔淳之等縱橫爲娱，有終焉之志。每有一詩至都邑，貴賤莫不競寫，宿昔之間，士庶皆遍。遠近欽慕，名動京師。』

〔二三〕先疇，先人所遺之田地。《文選·班固〈西都賦〉》：『士食舊德之名氏，農服先疇之畎畝。』《漢書·陸賈傳》：『孝惠時，吕太后用事，欲王諸吕，畏大臣及有口者。賈自度不能争之，乃病免。以好畤田地善，往家焉。』顔注：『好畤即今雍州好畤縣。』按：『但以謝家故墅』四句，似敍庭筠之吴中舊鄉與移居長安鄠郊。

〔二四〕同氣，有血統關係之親屬，指兄弟。昭泰，清明安泰（的時代）。

〔二五〕連枝，喻同胞兄弟。《洛陽伽藍記·永寧寺》：『朕之與卿，兄弟非遠，連枝分葉，興滅相依。』同氣、連枝，當指庭筠、庭皓兄弟。二句謂兄弟雖同處於清明安泰之時，而榮枯不齊之命運或有所牽累。大中十年至咸通元年，庭筠、庭皓兄弟同在襄陽徐商幕。

〔二六〕就，《全文》原作『求』，據《英華》改。洪鈞，喻指執掌國家政權的宰相。瑣質，卑微的資質，謙稱自己。

〔二七〕《晉書·戴逵傳》：『戴逵字安道……性不樂當世，常以琴書自娱……太宰、武陵王晞聞其善鼓琴，使人召之，逵對使者破琴曰：「戴安道不爲王門伶人！」晞怒，乃更引其兄述，述聞命欣然，擁琴而往。』據此，似當作『雖戴逵之兄，志尚無聞』，此作『弟』，或記憶之誤。此句當以『戴逵之弟（兄）』自喻。

〔二八〕《晉書·何準傳》：『何準字幼道，穆章皇后父也。高尚寡欲，弱冠知名。州府交辟，並不就。兄充爲驃騎將軍，勸其令仕，準曰：「第五之名何減驃騎？」準兄弟中第五，故有此言。充居宰輔之重，權傾一時，而準散帶衡門，不及人事。惟誦佛經，修營塔廟而已。』此似以『何準之兄』喻夏侯孜，謂其霑沐皇帝之恩輝已遍。

〔二九〕河潤，謂恩澤及人，如河水之滋潤土地。《莊子·列禦寇》：『河潤九里，澤及三族。』

〔三〇〕投，投靠。《史記·伯夷列傳》：『顏淵雖篤學，附驥尾而行益顯。』司馬貞索隱：『按：蒼蠅附驥尾而致千里，以譬顏回因孔子而名彰也。』

〔三一〕《史記·滑稽列傳》：『今者臣從東方來，見道傍有禳田者，操一豚蹄，酒一盂，祝曰：「甌窶滿篝，污邪滿車，五穀蕃熟，穰穰滿家。」臣見其所持者狹而所欲者奢，故笑之。』禳田之祝辭，即所謂『望歲』，望歲之豐登也。此取『所持者狹而所望者奢』之意。

〔三二〕袁，《英華》作『永』，校：疑作『水』。袁子，疑指袁安。《後漢書·袁安傳》注引《汝南先賢傳》曰：『時大雪，積地丈餘，洛陽令自出按行……至袁安門，無有行路，謂安已死，令人除雪入户，見安僵卧，問何以不出，安曰：「大雪人皆餓，不宜干人。」令以爲賢，舉爲孝廉。』此句謂己貧困之情況如同袁安。

〔三三〕山郎，漢代宿衛郎。《漢書·楊惲傳》：『郎官故事，令郎出錢市財用，給文書，乃得出，名曰「山郎」。』顏注引張晏曰：『山，財用之所出，故取名焉。』王先謙補注曰：『此郎非尚書郎，是宿衛郎。』山郎能出錢供宫中財用，已則貧困，故曰『質異山郎』。

〔三四〕梓柱，用梓木做的柱子。陸佃《埤雅》謂：梓爲百木長，故呼梓爲木王，蓋木莫良於梓。雲楣，有雲狀紋飾之横梁。

〔三五〕綺襦紈袴，綾綢襖褲。貴顯富有者所服。牛衣，供牛禦寒用之披蓋物。如蓑衣之類。《漢書·王章傳》：『章疾病，無被，卧牛衣中。』顏注：『牛衣，編亂麻爲之。』程大昌《演繁露·牛衣》：『牛衣者，編草使暖，以被牛體，蓋蓑衣之類也。』

〔三六〕貂璫，貂尾和金、銀璫。漢代侍中、常侍之冠飾。應劭《漢官儀》卷上：『中常侍，秦官也。』漢興，或用士人，銀璫左貂。光武以後，專任宦者，右貂金璫。』《後漢書·朱穆傳》：『貂璫之飾』李賢注：『璫以金爲之，當冠前，附以金蟬也。』此以『貂璫』指貴官。

〔三七〕《詩·衛風·伯兮》：『自伯之東，首如飛蓬。豈無膏沐，誰適爲容？』膏沐，潤髮之油脂。此言貴顯者膏沐鮮潤，己則形容憔悴，鬢如飛蓬。

〔三八〕銀黄，銀印和金印，或銀印黄綬。借指高官顯爵。《漢書·酷吏傳·楊僕》：『懷銀黄，垂三組，夸鄉里。』顔注：『銀，銀印也；黄，金印也。』《文選·劉孝標〈廣絶交論〉》：『海内髦傑，早綰銀黄。』李周翰注：『銀黄，謂銀印黄綬。』青草爲袍，謂已獨着青袍。《古詩》：『青袍似春草，長條隨風舒。』唐貞觀三年，規定八品、九品官服青色。顯慶元年，規定深青爲八品之服，淺青爲九品之服。此言已着青袍，居於銀印黄綬的高官之末。庭筠大中十年貶隋縣尉，始爲九品官，後爲徐商留署襄陽節度使巡官，均當服青袍。李商隱爲天平節度使巡官時有《春游》詩，尾聯云：『庾郎年最少，春草妒青袍。』可參證。

〔三九〕包，《英華》作『苞』。茹歎，吞咽歎息、含恨。

〔四〇〕王庭，朝庭。《易·夬》：『揚于王庭。』辨貴，分辨貴賤，指按官品排列班序。九疑，未詳。《楚辭·離騷》：『百神翳其備降兮，九疑繽其並迎。』九疑指九疑山之神。此句或以『九疑』之神借指朝廷上之百官。句意蓋謂倘得在朝官之班列中厠身充職。

〔四一〕京縣，京城所轄的縣。《三國志·魏志·武帝紀》『（曹操）除洛陽北部尉』裴注引《曹瞞傳》：『太祖初入尉廨，繕治四門，造五色棒，懸門左右各十餘枚，有犯禁者，不避豪强，皆棒殺之。』句意謂或能在京縣作尉辦公。坐曹，官吏在衙門辦公。《漢書·薛宣傳》：『及日至休吏，賊曹掾張扶獨不肯休，坐曹治事。』

〔四二〕校，較。彝章，常典。

〔四三〕遺孤，《英華》作『孤遺』，誤倒。《文選·沈約〈齊故安陸昭王碑文〉》『衛魚之心，身亡而意結』李善注引《韓詩外傳》：『昔衛大夫史魚病且死，謂其子曰：「我數言蘧伯玉之賢而不能進，死不能居喪正堂，殯我於室足矣。」衛君問其故，子以父言聞。君召伯玉而貴之，彌子瑕退之，徙殯於正堂。』

〔四四〕晉向秀經山陽（縣名，今河南焦作市東南）舊居，聽到鄰人吹笛，不禁思念亡友嵇康、吕安，因作《思舊賦》，其序云：『余與嵇康、吕安居止接近，其人並有不羈之才。然嵇志遠而疏，吕心曠而放，其後各以事見法。嵇博綜技藝，於絲竹特妙，臨當就命，顧視日影，索琴而彈之。余逝將西邁，經其舊廬。於時日薄虞淵，寒冰凄然。鄰人有吹笛者，發聲寥亮，追思曩昔游宴之好，感意而歎，故作賦云。』後嵇康之子嵇紹，因康故人山濤之薦，任祕書丞。事見《晉書·忠義傳·嵇紹》。『衛館』四句，互文見義，蓋以史魚之子、嵇康之子自比，謂己如能得夏侯孜之引薦入仕，則已當感激出涕，夏侯亦當有慰於舊交。視此二句，似庭筠早孤，曾得到夏侯家照顧。

〔四五〕居必在勤，居官必勤於政務。行惟鞭後，行爲必受督促鞭策。

〔四六〕寄託，依靠。江州，指晉謝尚。尚曾督豫州四郡，領江州刺史。此用謝尚賞識提拔袁宏事。詳第二首注〔一〕。

〔四七〕吏部，指山濤。《晉書·忠義傳·嵇紹》：『紹字延祖，魏中散大夫康之子也。十歲而孤……山濤領選，啓武帝曰：「《康誥》有言：父子罪不相及。嵇紹賢侔郤缺，宜加旌命，請爲祕書郎。」帝謂濤曰：「如卿所言，乃堪爲丞，何但郎也。」乃發詔徵之，起家爲祕書丞。』山濤曾任吏部尚書，主選事，故稱『吏部』。嵇紹後以忠義殉國。《嵇紹傳》云：『紹以天子蒙塵，承詔馳詣行在所。值王師敗績於蕩陰，百官及侍衛莫不散潰，惟紹儼然端冕，以身捍衛，兵交御輦，飛箭雨集，紹遂被害於帝側，血濺御服，天子深哀歎之。及事定，左右欲浣衣，帝曰：「此嵇侍中血，勿去。」』故云『必效忠貞』，以酬山濤之賞薦。

某聞仁祖乘流，先知彦伯〔一〕；張憑植棹，正值劉惔〔二〕。豈惟俄頃遭逢，抑亦初終汲引。當其羈游臨汝，旅泊丹徒〔三〕。遐思謦欬之音，杳絶煙雲之路〔四〕。苟無直道，將委窮途〔五〕。何異於懸水揚音，九弄有潺湲之曲〔六〕；嚴霜戒節，兩欒含清越之儀〔七〕。某融襟蟻術〔八〕，造跡龍門〔九〕。三千子之聲塵，曾參講席〔一〇〕；十七年之鉛槧，夙預玄圖〔一一〕。而性禀半癡〔一二〕，機無兩可〔一三〕。牧堯牴而寡術〔一四〕，舉舜鳳以無緣〔一五〕。使何準之兄，皆爲杞梓〔一六〕；戴逵之弟，獨守蓬茅〔一七〕。至於詞藻辛勤，儒林積習。自期燕笥〔一八〕，不愧秦臺〔一九〕。伏以相公周輅輪轅〔二〇〕，虞琴節奏〔二一〕。早振經邦之業，果敷華國之姿〔二二〕。伊尹安危，本同於兆庶〔二三〕；深源行止，必繫於興衰〔二四〕。既而放跡戎軒〔二五〕，遺榮畫室〔二六〕。劉尹秣陵之柳，尚有清風〔二七〕；召公陜服之棠，空留美廕〔二八〕。竊聞謡詠，即付樞衡〔二九〕。是以負笈趨塵〔三〇〕，贏糧載路〔三一〕。願奏書於臺席〔三二〕，思撰履於侯門〔三三〕。倘張禹尊高，猶爲戴崇説《禮》〔三四〕；鄭玄嚴毅，便令服慎聞《詩》〔三五〕。敢嘆朝飢，誠甘夕死〔三六〕。加以旅途勞止，末路蕭條。不無悽惻之懷，豈只羈離爲主。仰瞻旌棨〔三七〕，如望蓬瀛〔三八〕。不勝懇迫之至。

校注

〔一〕仁祖，東晉謝尚字。彦伯，東晉袁宏字。《世説新語·文學》：『袁虎（袁宏小字）少貧，嘗爲人傭載運租。謝鎮西（尚）經船行，其夜清風朗月，聞江渚間估客船上有詠詩聲，甚有情致；所誦五言，又其所未嘗聞，嘆美不能已。即遣委曲訊問，乃是袁自詠其所作《詠史》詩，因此相要，大相賞得。』劉孝標注引《續晉陽秋》曰：『虎少有逸才，文章絶麗，曾爲《詠史》詩，是其風情所寄。少孤而貧，以運租爲業。鎮西謝尚時鎮牛渚，乘秋佳風月，率爾與左右微服泛江，會虎在運租船中諷詠，聲既清會，辭又藻拔，非尚所曾聞，遂往聽之。乃遣問訊，答曰：「是袁臨汝郎（宏父勖，官臨汝令）誦詩即其《詠史》之作也。」尚佳其率有勝致，即遣要迎，談話申旦。自此名譽日茂。』事又見《晉書·文苑傳·袁宏》。後謝尚爲安西將軍、豫州刺史，引宏參其軍事，累遷大司馬桓温府記室。乘流，即泛江。

〔二〕《晉書·張憑傳》：『初，欲詣（劉惔），鄉里及同舉者共笑之。既至，惔處之下坐，神意不接，憑欲自發而無端，會王濛就惔清言，有所不通，憑於末座判之，言旨深遠，足暢彼我之懷，一坐皆驚。惔延之上坐，清言彌日，留宿至旦遣之。憑既還船，須臾，惔遣傳教覓張孝廉船，便召與同載，遂言之於簡文帝。帝召與語，嘆曰：「張憑勃窣爲理窟。」官至吏部郎、御史中丞。』事又見《世説新語·文學》。又《晉書·劉惔傳》：『惔少清遠，有標奇，與母任氏寓居京口，家貧，織芒屩以爲養，雖蓽門陋巷，晏如也……累遷丹楊尹，爲政清整……嘗薦吴郡張憑，憑卒爲美士，衆以此服其知人。』植棹，停舟。

〔三〕羈游臨汝，指袁宏，宏父曾爲臨汝令；旅泊丹徒，指張憑。見注〔一〕〔二〕。

〔四〕謦欬之音，談笑之言，指尊貴者與自己的交談。屢見前注。煙雲之路，猶青雲之路。二句謂當袁、張二人微賤時，遥想尊貴者與己交談，予以垂顧，如同青雲之路杳不可即。

〔五〕直道，按正道行事者。《論語·衛靈公》：『斯民也，三代之所以直道而行也。』朱熹集注：『直道，無私曲也。』窮途，用阮籍哭窮途事，見第一首注〔一二〕。

〔六〕懸水，指瀑布。《孔子家語·致思》：『有懸水三十仞，圜流九十里。』九弄，猶奏。二句疑用伯牙鼓琴，志在高山流水，鍾子期賞而知音事。謂獲得知音之賞。

〔七〕戒節，告知節令，猶當令。兩欒，古代樂器鍾口的兩角。《周禮·考工記·鳧氏》：『鳧氏爲鍾，兩欒謂之銑。』賈公彦疏：『欒、銑一物，俱謂鍾兩角。』清越，清亮悠揚。儀，儀式、儀態。《山海經·中山經》：『（豐山）有九鍾焉，是知霜鳴。』郭璞注：『霜降則鍾鳴，故言知也。』此以鍾知霜降而戒節，喻知音之相通。

〔八〕融襟，猶通襟、滿胸。《禮記·學記》：『蛾子時術之。』陳澔集説：『蛾，蚍蜉也。蚍蜉之子，微蟲耳，時術蚍蜉之所爲，其功乃復成大垤。』後因以『蛾術』喻勤學。蛾，古『蟻』字。

〔九〕造跡龍門，用李膺接士爲登龍門事，見上首注〔一九〕。此謂己造訪貴顯有名望者之門，希求延接。即上首『洛陽羈旅，今造膺門』之意。造，《英華》作『篴』，通。

〔一〇〕見《上令狐相公啓》注〔二四〕。曾參講席，謂已曾參預對方授徒講學之席，忝列門牆。

〔一一〕見《上令狐相公啓》注〔二五〕。

〔一二〕半癡，用顧愷之事。《晉書·顧愷之傳》：『初，愷之在桓温府，常云：「愷之體中癡黠各半，合而論之，正得平耳。」故俗傳愷之有三絶：才絶、畫絶、癡絶。』

〔一三〕機無兩可，缺乏模棱兩可的機巧。

〔一四〕《史記·五帝本紀》：『（黄帝）舉風后、力牧、常先、大鴻以治民。』張守節正義：『《帝王世紀》云：黄帝夢大風吹天下之塵垢皆去，又夢人執千鈞之弩，驅羊萬羣。帝寤而嘆曰：「風爲號令，執政者也；垢去土，后在也。天下豈有姓風名后者哉？夫千鈞之弩，異力者也；驅羊數萬羣，能牧民爲善者也。天下豈有姓力名牧者哉？」於是依二占而求之，得風后於海隅，登以爲相；得力牧於大澤，進以爲將。』力牧本黄帝之將，此云『牧堯瓶』，似誤記。牧，《全文》原作『收』，據《英華》改。

〔一五〕《史記·五帝本紀》：『于是禹乃興《九招》之樂，致異物，鳳皇來翔，天下明德皆自虞帝始。』二句謂己牧民寡術，舉用無緣。

〔一六〕見第一啓注〔二八〕。杞梓，喻棟樑之材。

〔一七〕見第一啓注〔二七〕。獨守蓬茅，謂窮困不仕。

〔一八〕燕笥，未詳。《後漢書·邊韶傳》：『以文章知名，教授數百人，韶口辯，曾晝日假卧，弟子私嘲之曰：「邊孝先，腹便便，懶讀書，但欲眠。」韶潛聞之，應時對曰：「邊爲姓，孝爲字。腹便便，五經笥。但欲眠，思經事。寐與周公通夢，静與孔子同意。師而可嘲，出何典記？」』然邊韶爲陳留浚儀人，與『燕笥』未合。聯繫下句，『燕笥』之意當指學問。

〔一九〕秦臺，指秦鏡。臺指鏡臺。《西京雜記》卷三：『高祖初入咸陽宫，周行庫府……有方鏡，廣四尺，高五尺九寸。表裏有明。人直來照之，影則倒見，以手捫心而來，則見腸胃五臟，歷然無硋；人有疾病在内，掩心而照之，則知病之所在。』此以『秦臺』喻衡鑒。李商隱《破鏡》：『玉匣清光不復持，菱花散亂月輪虧。秦臺一照山雞後，便是孤鸞罷舞時。』『秦臺』亦指鏡，可參證。二句蓋謂自料己之學問，無愧於衡鑒者（指科舉考試之主試者）之評鑒。

〔二〇〕輅，輅車，天子之乘車。周輅，周天子之乘輿。輪轅，車輪與車轅。

〔二一〕《禮記·樂記》：『昔者舜作五絃之琴，以歌《南風》。』《孔子家語·辨樂解》：『昔者舜彈五弦之琴，造《南風》之詩。其詩曰：「南風之薰兮，可以解吾民之愠兮；南風之時兮，可以阜吾民之財兮。」』虞琴，喻皇帝恤民求治之意。節奏，調勻音樂節奏的强弱長短，喻輔佐皇帝治國安民。上句『周輅輪轅』猶国之棟樑意。

〔二二〕華國，光耀國家。

〔二三〕伊尹，商湯大臣，助湯滅夏桀，被尊爲阿衡。湯去世後歷佐卜丙、仲壬二王。後太甲即位，荒淫失度，被伊尹逐至桐宫，三年後迎之復位。此謂伊尹以一人繫天下百姓之安危。

〔二四〕深源，《英華》作『淵源』，注云：『晉殷浩字淵源，唐人避諱，以深字代淵，此猶存舊字。』《晉書·殷浩傳》：『三府辟，皆不就……於時擬之管、葛。王濛、謝尚猶伺其出處，以卜江左興亡，因相與省之，知浩有確然之志，既反，相謂曰：「深源不起，當如蒼生何！」』

〔二五〕戎軒，兵車。放跡戎軒，指外任節度使、觀察使。夏侯孜在大中十二年任宰相前曾任陝虢觀察使。見前啓注〔一〕按語。

〔二六〕遺榮，遺留榮耀。畫室，漢代殿前西閣之室，因雕畫堯、舜、禹、湯、桀、紂等古帝王像，故稱。然此『畫室』疑即『畫省』之别稱。漢代尚書省以胡粉塗壁，紫素界之，畫古烈士像，故稱『畫省』或『粉省』、『粉署』。此指夏侯孜在尚書省供職。《舊唐書·夏侯孜傳》：『入爲諫議大夫，轉給事中。十年，改刑部侍郎。十一年，兼御史中丞，遷尚書右丞……十一年二月，遷朝議大夫，守户部侍郎，判户部事。再加兵部侍郎，充諸道鹽鐵轉運等使。』其中，刑部侍郎、尚書右丞、户部侍郎、兵部侍郎均所謂『遺榮畫室』。

〔二七〕《南齊書·劉瓛傳》：『劉瓛，沛國相人，晉丹楊尹惔六世孫也。祖弘之，給事中。父惠，治書御史。瓛初辟祭酒主簿。宋大明四年，舉秀才，兄璲亦有名，先應州舉。至是别駕東海王元曾與瓛父惠書曰：「比歲賢子充秀，州閭可謂得人。」除奉朝請，不就。少篤學，博通五經。聚徒教授，常有數十人。丹楊尹袁粲於後堂夜集，瓛在座，粲指庭中柳樹謂瓛曰：「人謂此是劉尹時樹，每想高風，今復見卿清德，可謂不衰矣。」』按：此句蓋謂對方仍傳承祖上之高風亮節。按：在夏侯孜與杜審權二人中，此句所言似更切合杜審權之情况。杜審權係唐太宗時名相杜如晦之六代孫，既切劉瓛爲劉惔六世孫之典，又曾在大中十三年十二月拜相前任陝虢觀察使。大中十一年，曾拜禮部侍郎，與『放跡戎軒，遺榮畫室』之語亦合。《南齊書·州郡志上》：『丹陽郡：建康、秣陵、丹陽、溧陽、永世、湖熟、江寧、句容。』故稱丹陽尹劉惔時所植之柳爲『劉尹秣陵之柳』。

〔二八〕《公羊傳·隱公五年》：『自陝而東者，周公主之；自陝而西者，召公主之。』服，古指王畿以外的地方，自内而外，每五百里爲一服。陜服，此指陝虢觀察使所管轄之地區。棠，甘棠。《詩·召南·甘棠序》：『《甘棠》，美召伯也。召伯之教，明於南國。』孔疏、朱熹集傳並謂召伯巡行南土，布文王之政，曾舍於甘棠之下，因愛結於民心，故人愛其樹而不忍傷。美蔭，指甘棠樹枝葉繁茂，亦象徵其惠政蔭民，爲百姓所懷念。此句謂其曾任陝虢觀察使，有惠政遺愛。

〔二九〕謡詠，指其任陝虢觀察使期間因有惠政，故民間謡諺歌詠其事。付樞衡，指委以宰相之重任。『即』字似更切杜審權罷陝虢觀察使後即拜相之情况。

〔三〇〕負笈，背着書箱，指游學外地。趨塵，趨走車塵。

〔三一〕贏糧，擔負糧食。《莊子·庚桑楚》：『南榮趎贏糧七日七夜，至老子所。』

〔三二〕《文心雕龍·書記》：『戰國以前，君臣同書；秦漢立儀，始有表奏。王公國内，亦稱奏書。』此泛指向顯貴者上書。臺席，指宰相。宰相之位，取象三臺（星名），故稱『臺席』。

〔三三〕履，《英華》作『屨』。撰履，持履，謂侍奉長者。《禮記・曲禮上》：『侍坐於君子，君子欠伸，撰杖履，視日蚤莫，侍坐者請出矣。』

〔三四〕《漢書・張禹傳》：『河平四年，代王商爲丞相，封安昌侯……禹成就弟子尤著者，淮陽彭宣至大司空，沛郡戴崇至少府九卿。宣爲人恭儉有法度，而崇愷悌多智，二人異行。禹心親愛崇，敬宣而疏之。崇每候禹，常責師宜置酒設樂與弟子相娱。禹將崇入後堂飲食，婦女相對，優人筦絃，鏗鏘極樂，昏夜乃罷。而宣之來也，禹見之於便坐，講論經義，日晏賜食，不過一肉卮酒相對。宣未嘗得至後堂。及兩人聞知，各自得也。』戴榮，疑『戴崇』之誤。『説《禮》』，則爲見彭宣於便坐，『講論經義』之誤植爲『戴榮（崇）』。

〔三五〕鄭玄，東漢經學家。嚴毅，嚴正剛毅。《漢書・王嘉傳》：『嘉爲人剛直嚴毅，有威重，上甚敬之。』服慎，當指服虔。《後漢書・儒林列傳・服虔》：『服虔字子慎，初名重，又名祇，後改爲虔。』虔爲東漢經學家，善《左傳》，作《春秋左氏傳解誼》。《世説新語・文學》：『鄭玄欲注《春秋傳》，尚未成，時行與服子慎遇，宿客舍。先未相識。服在外車上與人説已注《傳》意，玄聽之良久，多與己同。玄就車與語曰：「吾久欲注，尚未了。聽君向言，多與吾同，今當盡以所注與君。」遂爲《服氏注》。』又：『鄭玄家奴婢皆讀書，嘗使一婢，不稱旨，將撻之，方自陳説，玄怒，使人曳著泥中。須臾，復有一婢來，問曰：「胡爲乎泥中？」答曰：「薄言往愬，逢彼之怒。」』服慎聞《詩》，係以上二事之拼接改造。

〔三六〕《詩・周南・汝墳》：「惄如調飢。」鄭箋：『惄，思也。未見君子之時，如朝飢之思食。』此取『未見君子之時』之意。《論語・里仁》：『朝聞道，則夕死可矣。』

〔三七〕旌棨，旌旗與棨戟，係高官之儀仗。《文選・謝朓〈始出尚書省〉》：『趨事辭宮闕，載筆陪旌棨。』李善注引司馬彪《續漢書》：『公以下至二千石，騎吏四人皆帶劍棨戟爲前行。』

〔三八〕蓬瀛，蓬萊、瀛洲、方丈爲傳説中之海上三神山，泛指仙境。如望蓬瀛，言其可望而不可即，極狀企望之意。

爲人上裴相公啓〔一〕

某聞瘦馬依風，悲皆感土〔二〕；秋鷹厲吻，飢即投人〔三〕。能知豢養之恩，頗識歸飛之兆〔四〕。是以臺卿瀝懇，先告孫賓〔五〕；越石棲身，惟親晏子〔六〕。觀賢達始終之趣〔七〕，察古今行止之規，必有良知〔八〕，願諧依託。某伶俜弱植〔九〕，憔悴孤根。詞林無渙水之文〔一〇〕，官路乏甘林之黨〔一一〕。每持疎拙，久謝紛華〔一二〕。既而曳履侯門〔一三〕，經時不遇；牽裾憲府〔一四〕，越月而昇。九衢獨愧於迷津〔一五〕，五省纔霑於掌庾〔一六〕。相公初締鄭棟〔一七〕，甫潤殷林〔一八〕。寧知蕞陋之姿，首在陶甄之列〔一九〕。拔於郎吏〔二〇〕，委在絃歌〔二一〕。元日縱囚〔二二〕，殊無異政；清晨探賊，未報殊恩〔二三〕。豈期遽露精誠〔二四〕，猶煩鼓鑄。近者私門集釁，同氣貽災〔二五〕。孀幼流離〔二六〕，關河綿邈。淚變萇弘之血〔二七〕，髮同園客之絲〔二八〕。萬里銷魂〔二九〕，孤燈弔影。蓋生人之大痛，行路之同悲。泉壤長辭，何緣取決〔三〇〕？人琴併絶〔三一〕，不得申哀。端居則有愧簪纓〔三二〕，乞告而曾無事例〔三三〕。又以孔懷酷遠〔三四〕，先塋非遥。永言龜告之期〔三五〕，遂在蠅鳴之月〔三六〕。倘解其所任，契彼私心〔三七〕。絶緬冒於官曹〔三八〕，獲優游於教義〔三九〕。孤誠所願，九死如歸〔四〇〕。其或念以艱虞，難以罷免，亦有虛閒散秩〔四一〕，不漏於幽微〔四二〕；終鮮之悲〔四三〕，無慚於顯晦。伏增哀迫懇款之至。

校注

〔一〕《英華》卷六六二啓十二投知五、《全文》卷七八六載此首。啓係代人上裴相公，請求罷其所任縣令之職，或改任虚閒之散秩，以處理兄弟遭難、孀幼流離之家庭變故。裴相公，當爲裴休。《新唐書·宰相表》：大中六年『八月，禮部尚書、諸道鹽鐵轉運使裴休本官同中書門下平章事，使如故。』大中十年『十月戊子，休爲檢校户部尚書、同平章事、宣武節度使。』啓内未及裴休罷相出鎮宣武之事，又有求懇其『解其所任』或安排『虚閒散秩』之語，當是裴休任宰相期間所上。又據啓内提及『相公初締鄭棟，甫潤殷林……拔於郎吏，委在絃歌』之事，以及上啓者在任縣令期間之政事，説明此人在大中六年八月裴休拜相後不久即被任命爲縣令，至上此啓當已歷數年，故啓當上於裴休爲相之後期，約大中九年的『蟈鳴之月』（四月）。

〔二〕瘦，《英華》作『疲』。《古詩十九首》之一：『胡馬依北風，越鳥巢南枝。』杜甫《瘦馬行》：『東郊瘦馬使我傷，骨骼硉兀如堵牆。』感土，懷念故土。

〔三〕厲吻，磨礪喙角。投人，投向豢養它的主人。

〔四〕歸飛，往回飛。《詩·小雅·小弁》：『弁彼鷽斯，歸飛提提。』鄭玄注：『樂乎彼雅烏，出食在野，甚飽，羣飛而歸提提然。』

〔五〕臺卿，指趙岐。孫賓，指孫賓碩。《三國志·魏志·閻温傳》裴松之注引《魏略·勇俠傳·孫賓碩》載：漢桓帝時宦官常侍唐衡權侔人主，京兆郡功曹趙息因得罪唐衡弟，其從父仲台及諸趙尺兒以上皆殺之。息從父岐爲皮氏長，從官舍逃，走之河間，變姓字，又轉詣北海，著絮巾布褲，常於市中販胡餅。賓碩時年二十餘，乘犢車，將騎入市，見岐，疑其非常人，謂之曰：『視處士狀貌，既非販餅者，加今面色變動，即不有重怨，則當亡命。我北海孫賓碩也，闔門百口，又有百歲老母在堂，勢能相度者也，終不相負，必語我以實。』岐乃具告之。賓碩乃載岐驅歸，載著别田舍，藏置複壁中。後數歲，唐衡及弟皆死，岐乃得出，還本郡。三府并辟，輾轉仕進，至郡守、刺史、太僕，而賓碩亦從此顯名於東國，仕至青州刺史。按：古稱中央政府官員爲臺宦、臺官。《宋書·百官志上》：『漢制：公卿御史中丞以下，遇尚書令、僕、丞、郎，皆辟車豫相迴避，臺官過，乃得去。』趙岐後官太僕，故尊稱其爲『臺卿』。瀝懇，披露誠心、竭誠相告。

〔六〕《史記·管晏列傳》：『越石父賢，在縲紲中，晏子出，遭之涂，解左驂贖之，載歸。弗謝，入閨。久之，越石父請絶。晏子戄然，攝衣冠謝曰：「嬰雖不仁，免子于厄，何子求絶之速也？」石父曰：「不然。吾聞君詘于不知己而信于知己者。方吾在縲紲中，彼不知我也。夫子既已感寤而贖我，是知己；知己而無禮，固不如在縲紲之中。」晏子於是延入爲上客。』以上連用遭家難、陷縲紲典，正與下文『私門集釁』數語相應。

〔七〕始終，自始至終、一貫。

〔八〕良知，知己。羅隱《秋日寄狄補闕》：『不爲良知在，驅車已出關。』

〔九〕弱植，喻身世寒微，勢孤力單。

〔一〇〕涣水之文，自然流暢、有文采的文章。《易·涣》：『象曰：風行水上，涣。』即風行水上，涣然成文之意。

〔一一〕《後漢書·黨錮傳序》：『初，桓帝爲蠡吾侯，受學於甘陵周福。及即帝位，擢福爲尚書。時同郡河南尹房植有名當朝，鄉人爲之謡曰：「天下規矩房伯武，因師獲印周仲進。」二家賓客，互相譏揣，遂各樹朋徒，漸成尤隙。由是甘陵有南北部，黨人之議，自此始矣。』甘陵之黨，此指仕進上可作奥援的朋黨。

〔一二〕紛華，繁華，指官場上的榮華富貴。

〔一三〕《漢書·鄒陽傳》：『飾固陋之心，則何王之門不可曳長裾乎？』曳裾王門，指在王侯權貴之門作食客。此言『曳履』，義同，因避複（下句有『牽裾』字），故改『裾』爲『履』。

（一四）《三國志·魏志·辛毗傳》載，曹丕欲自冀州遷十萬户至河南，羣臣上諫，不聽。辛毗再諫，曹丕不答而入内。毗牽其衣裾切諫，後終減去五萬户。「牽裾憲府」，似指在御史臺爲官犯顔直諫。

（一五）謂雖置身九衢大道，已則獨愧於迷失道路。

（一六）五省，晉及南朝（宋、齊、梁、陳）、北魏中央政府設五官署，即尚書省、中書省、門下省、祕書省、集書省，合稱「五省」。掌庾，掌管穀倉。唐太倉署有令三人，從七品下；丞二人，從八品下；監事八人，掌廩藏之事。此言已纔霑掌倉庾之事之微禄。

（一七）初締鄭棟，指春秋時鄭國子産始執掌鄭國政權。締，造。鄭棟，鄭國大厦之棟梁。公孫僑，字子産，鄭簡公二十三年起爲卿執政，歷定、獻、聲公三朝。時晉、楚争霸，鄭國弱小，處兩强之間，賴子産周旋得宜，保持無事。事詳《左傳》、《史記·鄭世家》。

（一八）甫潤殷林，謂傅説剛爲武丁（殷高宗）之相。《書·説命上》：「説築傅巖之野，惟肖，爰立作相。王置諸其左右，命之曰：『朝夕訥誨，以輔臺德。若金，用汝作礪；若濟巨川，用汝作舟楫；若歲大旱，用汝作霖雨。』」潤殷林，即取霖雨潤澤萬物之意。二句謂裴休初拜相。

（一九）蕞陋，渺小鄙陋。陶甄，陶冶培植。陶人作陶器謂之甄。二句謂已首先得到宰相的陶冶培植。

（二〇）郎吏，郎署的屬吏。或謂指郎官，恐非。唐代尚書省六部諸曹郎中，正五品上，係清要之職。此上啓者「委在絃歌」，僅爲縣令，其前似不可能已任郎中之職。拔於郎吏，謂在郎署屬吏中提拔出來。

（二一）委在絃歌，謂委以縣令之職。宓子賤，春秋魯人，孔子弟子，曾爲單父宰，彈琴而治。事詳《呂氏春秋·察賢》。參詩集卷八《送淮陰孫令之官》「先知虙子賢」句注。虙、宓同。

（二二）元日，元旦。縱囚，暫時釋放在獄罪囚還家與親人團聚，限期還獄。《後漢書·獨行傳·戴封》：「遷中山相，時諸縣縣囚四百餘人，辭狀已定，當行刑。封哀之，皆遣歸家，與剋期日皆無違者，詔書策美焉。」《新唐書·刑法志》：「六年，親録囚徒，閔死罪者三百九十人，縱之還家，期以明年秋即刑；及期，囚皆詣朝堂，無後者，太宗嘉其誠信，悉原之。』此類縱囚之事，歷代常有，故謙稱『殊無異政』，而意在表明己爲縣令，爲政寬仁。

〔二三〕《後漢書·百官志五》：『凡縣……尉大縣二人，小縣一人。本注曰：丞署文書，典知倉獄。尉主盜賊。凡有賊發，主名不立，則推索行尋，案察奸宄，以起端緒。』《後漢書·循吏傳·王涣》：『州舉茂才，除温令。縣多奸猾，積爲人患。涣以方略討擊，悉誅之。境内清夷，商人露宿於道。』清晨探賊事未詳。二句意蓋謂己爲縣令，雖亦探捕盜賊，然未收成效，故云『未報殊恩』。

〔二四〕精，《英華》作『情』。

〔二五〕私門，猶家門。集釁，禍患叢生。同氣，指兄弟。《易·乾》：『同聲相應，同氣相求。』貽災，招致災禍。

〔二六〕孀幼流離，指兄弟之孀妻幼子流離失所。據下文『泉壤長辭，何緣取决？人琴併絶，不得申哀』等語，其兄弟當因事獲罪，含冤被殺。

〔二七〕《左傳·哀公三年》：『劉氏、范氏世爲婚姻，萇弘事劉文公，故周與范氏、趙鞅以爲探。六月，癸卯，周人殺萇弘。』《莊子·外物》：『人主莫不欲其臣之忠，而忠未必信。故伍員流于江，萇弘死于蜀，藏其血三年，而化爲碧。』萇弘爲春秋時周敬王大夫，事王卿士劉文公卷。孔子曾就其問樂。晉公族内鬨，弘助晉大夫范吉射、中行寅，晉卿趙鞅以責周，周爲之殺弘。事詳《國語·周語下》。《拾遺記》則謂弘爲周靈王時人，爲周人所殺，既死，流血成石，或言成碧，不見其尸。

〔二八〕園客，指商山四皓之一東園公。秦末東園公、綺里季、夏黄公、甪里先生避秦亂，隱商山，年皆八十有餘，鬚眉皓白，稱商山四皓。事載《史記·留侯世家》。句意謂因憂愁悲痛，頭髮變得像東園公一樣白。

〔二九〕銷魂，《英華》作『魂銷』。

〔三〇〕取决，得到訣别的機會。句意謂兄弟已長歸泉下，連訣别的機會也没有。

〔三一〕人琴併絶，用嵇康被殺事。《晉書·嵇康傳》：『康將刑東市，太學生三千人，請以爲師，弗許。康顧視日影，索琴彈之曰：「昔袁孝尼嘗從吾學《廣陵散》，吾每靳固之，《廣陵散》於今絕矣！」時年四十，海內之士，莫不痛之。』視『人琴併絕』二句及『泉壤長辭』二句，上啓者之兄弟當因獲罪被殺。

〔三二〕端居，平常居處。簪纓，古代官員的冠飾簪笄與帽帶。

〔三三〕事例，成例，可以作爲依據的前例。

〔三四〕孔懷，甚相思念。《詩·小雅·常棣》：『死喪之威，兄弟孔懷。』鄭玄箋：『維兄弟之親，甚相思念。』酷，甚。

〔三五〕龜告，龜卜，灼龜甲視裂痕占吉凶所得的兆告。《左傳·昭公五年》：『龜兆告吉，曰：克可知也。』此指卜占的喪葬之期。

〔三六〕蟈鳴，蛙鳴。《周禮·秋官·序官》：『蟈氏，下士一人，徒二人。』鄭玄注：『蟈，今御所食蛙也。』《淮南子·時則訓》：『螻蟈鳴，丘螾出。』高誘注：『蟈，蝦蟇也』《禮記·月令》：『（孟夏之月）螻蟈鳴。』蟈鳴之月，指四月。

〔三七〕解其所任，解除其現任的縣令之職。契，合。

〔三八〕緬冒，同『靦冒』，厚顏蒙受。《周書·文帝紀上》：『靦冒恩私，遂階榮寵。』

〔三九〕優游，悠閒自得。《詩·大雅·卷阿》：『伴奐爾游矣，優游爾休矣。』教義，禮教、名教的要義。

〔四〇〕《楚辭·離騷》：『亦余心之所善兮，雖九死其猶未悔。』《管子·小匡》：『平原廣牧，車不結轍，士不旋踵，鼓之而三軍之士視死如歸。』

〔四一〕虛閒散秩，不擔任繁劇實務的閑散官職。《新唐書·李適之傳》：『適之懼不自安，乃上宰執求散職，以太子少保罷，欣然自以爲免禍。』

〔四二〕幽微，謙稱自己地位低微不顯。

〔四三〕《詩·大雅·蕩》：『靡不有初，鮮克有終。』

上鹽鐵侍郎啓〔一〕

某聞珠履三千，猶憐墜屨〔二〕；金釵十二，不替遺簪〔三〕。苟興求舊之懷〔四〕，不顧窮奢之飾。亦有河南撰刺，徵彼通家〔五〕；虢略移書，期於倒屣〔六〕。志亦求於義合，理難俟於言全〔七〕。某菅蒯凡姿〔八〕，邾滕陋族〔九〕。釋耕耘於下邑，觀禮樂於中都〔一〇〕。然素勵顓蒙〔一一〕，常耽比興〔一二〕。未逢仁祖，誰知風月之情〔一三〕；因夢惠連，或得池塘之句〔一四〕。莫不冥搜刻骨〔一五〕，默想勞神。未嫌彭澤之車〔一六〕，不嘆萊蕪之甑〔一七〕。其或嚴霜墜葉，孤月離雲。片席飄然，方思獨往〔一八〕；空亭悄爾，不廢閑吟。強將麋鹿之情〔一九〕，欲學鴛鸞之性〔二〇〕。遂使幽蘭九畹，傷謡諑之情多〔二一〕；丹桂一枝，竟攀折之路斷〔二二〕。豈直牛衣有淚〔二三〕，蝸舍無煙〔二四〕。此生而分作窮人，他日而惟稱餓隸〔二五〕。頃者萍蓬旅寄，江海羈遊。達姓字於李膺〔二六〕，獻篇章於沈約〔二七〕。特蒙俯開嚴重〔二八〕，不陋幽遐〔二九〕。至於遠泛仙舟〔三〇〕，高張妓席，識桓温之酒味〔三一〕，見羊祜之襟情〔三二〕。既而哲匠司文，至公當柄〔三三〕。猶困龍門之浪，不逢鶯谷之春〔三四〕。今者俯及陶鎔〔三五〕，將裁品物〔三六〕。輒申丹慊〔三七〕，更竊清陰〔三八〕。倘一顧之榮，將迴於咳唾〔三九〕；則陸沈之質，庶望於騫翔〔四〇〕。永言進退之塗，便決榮枯之分。如翩翻賀燕，巢幙何依〔四一〕；觳觫齊牛，釁鐘將遠〔四二〕。苟難窺於數仞〔四三〕，則永墜於重泉。空持擁篲之情〔四四〕，不識叫閽之路〔四五〕。不任懇迫之至。

校注

〔一〕《英華》卷六六二啓十二投知五、《全文》卷七八六載此首。鹽鐵侍郎，指裴休。據啓文，此鹽鐵侍郎先歷節鎮，後知貢舉，繼以侍郎司鹽鐵，上此啓時又將爲相。檢《新唐書·宰相表》、孟二冬《登科記考補正》，庭筠所歷諸朝知貢舉者及宰相中，宦歷與此完全相符者惟裴休一人。據郁賢皓《唐刺史考全編》，會昌元年至三年，裴休任江西觀察使；會昌三年至大中元年，任湖南觀察使；大中二年至三年，任宣歙觀察使。又據《唐才子傳·曹鄴》，大中四年，裴休以禮部侍郎知貢舉。此後，『累官户部侍郎，充諸道鹽鐵轉運使；轉兵部侍郎，領使如故』（《舊唐書·裴休傳》）。題稱『鹽鐵侍郎』，啓内又提及其『俯及陶甄，將裁品物』，啓當是大中六年八月稍前，即裴休以兵部侍郎領鹽鐵轉運使行將拜相之時所上。此啓所透露的庭筠行跡有三點：一、裴休外任節鎮時，庭筠曾往拜謁並獻詩文，受到裴休款待。據庭筠現存詩文，在裴休任觀察使的江西、湖南、宣歙三地中，庭筠行蹤所及者惟有湖南一地。庭筠《次洞庭南》佚句云：『自有晚風推楚浪，不勞春色染湘煙。』亦可證其年春庭筠曾至洞庭湖南。其《湘東宴曲》云：『湘東夜宴金貂人，楚女含情嬌翠嚬……重城漏斷孤帆去，惟恐瓊籤報天曙。』湖南觀察使治所潭州在湘水之東，故稱『湘東』。詩中描寫的湘東夜宴情景，當即啓内所敘『頃者萍蓬旅寄，江海羈遊。達姓字於李膺，獻篇章於沈約。特蒙俯開嚴重，不陋幽遐。至於遠泛仙舟，高張妓席。識桓温之酒味，見羊祜之性情』的情景。詩文互證，知會昌三年至大中元年裴休觀察湖南期間，庭筠曾謁見獻詩文並受款待。而會昌四年及六年，庭筠均在長安，有《車駕西遊因而有作》、《會昌丙寅豐歲歌》可證。大中元年春庭筠曾兩次寄詩給岳州刺史李遠，其中《春日寄岳州李員外二首》透露出二人新近曾有晤別。可以推知其謁見裴休當在大中元年春。這從啓述此事後緊接『既而哲匠司文』也可看出兩件事之間相隔的時間不會太久。二、裴休大中四年以禮部侍郎知貢舉時，庭筠曾應進士試未第，此即啓文所謂『既而哲匠司文，至公當柄。猶困龍門之浪，不逢鶯谷之春。』三、此次上啓，是祈望裴休再予垂顧薦譽，『倘一顧之榮，將迴於咳唾；則陸沈之質，庶望於騫翔』，當與明春（大中七年春）應進士試有關，此點還可從《上封尚書啓》、《上杜舍人啓》等啓中得到印證，詳有關諸啓箋證。

〔二〕《史記·春申君列傳》：『春申君客三千餘人，其上客皆躡珠履。』墜屨，丟失的鞋。賈誼《新書·諭誠》：『昔楚昭王與吴人戰，楚軍敗，昭王走，屨决，背而行，失之。行三十步，復旋取屨。及至於隋，左右問曰：「王何曾惜一踦屨乎？」昭王曰：「楚國雖貧，豈愛一踦屨哉！思與偕反也。」自是之後，楚國之俗無相棄者。』此以惜墜失之舊屨喻憐惜舊人。

〔三〕梁武帝《河中之水歌》：『河中之水向東流，洛陽女兒名莫愁……頭上金釵十二行，足下絲履五文章。』遺簪，喻舊物或故交。《韓詩外傳》卷九載：孔子出游，遇婦人遺失髮簪而哀哭，孔子弟子勸慰之，婦人曰：『非傷亡簪也，吾所以悲者，蓋不忘故也。』

〔四〕《書·盤庚上》：『人惟求舊，器非求舊，惟新。』替，廢棄。

〔五〕《後漢書·孔融傳》：『融幼有異才，年十歲，隨父詣京師。時河南尹李膺以簡重自居，不妄接士、賓客，勑外：自非當世名人及與通家，皆不得白。融欲觀其人，故造膺門，語門者曰：「我是李君通家子弟。」門者言之。膺請融，問曰：「高明祖、父嘗與僕有恩舊乎？」融曰：「然。先君孔子與君先人李老君，同德比義而相師友，則融與君累世通家。」衆坐莫不嘆息。』

〔六〕《三國志·魏志·王粲傳》：『獻帝西遷，粲徙長安，左中郎將蔡邕見而奇之。時邕才學顯著，貴重朝廷，常車騎填巷，賓客盈坐。聞粲在門，倒屣迎之。粲至，年既幼弱，容狀短小，一坐盡驚。邕曰：「此王公孫也，有異才，吾不如也。吾家書籍文章，盡當與之。」』虢略，未詳。周文王弟虢叔（一説虢仲）封地稱東虢，地在今河南滎陽，蔡邕係陳留圉（今河南杞縣南）人，二地相距較近。倒屣，反穿鞋。移書，即傳所謂『吾家書籍文章，盡當與之』。

〔七〕言全，語言周密全面。

〔八〕菅蒯，茅草之類。《左傳·成公九年》：『雖有絲麻，無棄菅蒯。』此以『菅蒯』喻己資質凡庸。

〔九〕郲，春秋時小國，地在今山東郯縣境。滕，春秋時小國，地在今山東滕縣境。《孟子·梁惠王下》：『滕，小國也，間於齊、楚。』

〔一〇〕《左傳·襄公二十九年》：『吴公子札來聘……請觀於周樂。使公爲之歌《周南》《召南》，曰：「美哉！始基之矣，猶未也，然勤而不怨矣……爲之歌《頌》，曰：「至矣哉……盛德之所同也。」……見舞《象箾》、《南籥》者，曰：「德至矣哉！大矣，如天之無不幬也，如地之無不載也。雖甚盛德，其蔑以加於此矣，觀止矣。若有他樂，吾不敢請已。」』中都，指京都。

〔一一〕顓蒙，愚昧。勵顓蒙，以愚昧而自勵。

〔一二〕躭比興，謂酷愛作詩，躭玩比興之義。

〔一三〕仁祖，東晉謝尚字。事詳《上宰相啓二首》之二注〔一〕。此以謝尚比裴休，以袁宏自喻。風月之情，指袁宏月夜吟詩之風情。

〔一四〕鍾嶸《詩品》中引《謝氏家録》云：『康樂（謝靈運襲封康樂公）每對惠連（靈運族弟），輒得佳語。後在永嘉西堂，思詩竟日不就。寤寐間，忽見惠連，即成「池塘生春草」，故嘗云：「此語有神助，非吾語也。」』此或以『惠連』喻指其弟温庭皓。《唐摭言》卷十《韋莊奏請追贈不及第人近代者》：『温庭皓，庭筠之弟，辭藻亞於兄，不第而卒。』

〔一五〕冥搜，深思苦想，此指作詩。

〔一六〕彭澤，指陶淵明。晉安帝義熙元年八月，淵明曾爲彭澤令八十餘日。十一月，程氏妹喪於武昌，自免去識，作《歸去來兮辭》。其序云：『余家貧，耕植不足以自給，幼稚盈室，缾無儲粟。』想像歸家後情景有云：『農人告余以春及，將有事於西疇。或命巾車，或棹孤舟，既窈窕以尋壑，亦崎嶇而經丘。』巾車，有幃幕之車。

〔一七〕《後漢書·獨行傳·范冉》，范冉字史雲，爲萊蕪長，後遭黨人禁錮，生活清貧，然窮居自若，言貌無改，時有民謡曰：『甑中生塵范史雲，釜中生魚范萊蕪。』二句謂己不以生活貧困爲懷。

〔一八〕片席，指帆席、船帆。獨往，猶孤獨往來，謂超脱萬物，獨行己志。《文選·江淹〈雜體詩·效許詢自序〉》：『遣此弱喪情，資神任獨往。』李善注：『淮南王《莊子略要》曰：「江海之士，山谷之人，輕天下，細萬物，而獨往者也。」司馬彪曰：「獨往，任自然，不復顧世。」』

〔一九〕麋鹿之情，指隱居山林，與麋鹿爲伍之草野優游性情。

〔二〇〕鴛鸞，《全文》原作『鴛鴦』，非，據《英華》改。鴛鸞，同『鵷鸞』，喻朝官。朝官班行整肅有序，備受拘束，與『麋鹿之情』正相反。

〔二一〕詠，《英華》作『詠』，誤。屈原《離騷》：『余既滋蘭之九畹兮，又樹蕙之百畝。』『衆女嫉余之蛾眉兮，謡諑謂余以善淫。』謡諑，造謡毁謗。

〔二二〕《晉書·郤詵傳》：『（武帝）問詵曰：「卿自以爲何如？」詵對曰：「臣舉賢良對策，爲天下第一，猶桂林之一枝，崑山之片玉。」』折桂路斷，喻科舉登第入仕之路斷絶。

〔二三〕《漢書·王章傳》：『初，章爲諸生，學長安，獨與妻居。章疾病，無被，卧牛衣中，與妻决，涕泣。』餘詳《上宰相啓二首》之一注〔三四〕。

〔二四〕崔豹《古今注·魚蟲》：『蝸牛……殼如小螺，熱則自懸於葉下。野人結圓舍，如蝸牛之殼，故曰蝸舍。』蝸舍，簡陋的房舍。

〔二五〕分，命定。餓隸，飢餓之徒隸。《漢書·敍傳下》：『（韓）信惟餓隸，（黥）布實黥徒。』

〔二六〕用孔融謁見李膺事，見注〔五〕。達姓字，投名刺也。

〔二七〕《南史·劉勰傳》：『初勰撰《文心雕龍》五十篇……既成，未爲時流所稱。勰欲取定於沈約，無由自達，乃負書候約於車前，狀若貨鬻者，約取讀，大重之，謂深得文理，常陳諸几案。』又，沈約曾稱賞王筠、何遜、謝舉、何思澄之詩文。《南史·何遜傳》：『沈約嘗謂遜曰：「吾每讀卿詩，一日三復，猶不能已。」』其爲名流所稱如此。』其時獻篇章於沈約者當不止劉勰一人。二句以李膺、沈約比裴休，擬之爲當世名流文宗。

〔二八〕嚴重，地位高威勢重之顯宦。俯開嚴重，謂其垂加延納。

〔二九〕幽遐，僻遠。謙稱自己居於僻遠，見識鄙陋。

〔三〇〕仙舟，用李膺與郭泰同舟而濟，衆賓望之若神仙事，見《上宰相啓二首》之一注〔一八〕。此連下句，當指裴休邀庭筠泛舟遊宴。

〔三一〕《晉書·孟嘉傳》：『後爲征西桓温參軍，温甚重之。九月九日，温燕龍山，僚佐畢集。時佐吏併著戎服，有風至，吹嘉帽墮落，嘉不之覺……嘉好飲，愈多不亂。』此以桓温喻裴休，以孟嘉自喻，謂曾受休設宴款待。

〔三二〕《晉書·羊祜傳》：『祜樂山水，每風景，必造峴山……嘗慨然嘆息，顧謂從事中郎鄒湛等曰：「自有宇宙，便有此山。由來賢達勝士，登此遠望，如我與卿者多矣，皆湮没無聞，使人悲傷。如百歲後有知，魂魄猶應登此也。」』又，『嘗與從弟琇曰：「既定邊事，當角巾東路，歸故里，爲容棺之墟。以白士而居重位，何能不以盛滿受責乎？疎廣是吾師也。」』凡此，皆『羊祜之襟情』也。此以羊祜喻裴休，贊其襟懷高遠。李商隱《爲滎陽公上宣州裴尚書（休）啓》云：『以公美（裴休字）之才之望，固合早還廊廟，速泰寰區，而辜負明時，優游外地，豈是徐公多風亭月觀之好，爲復孟守專天生成佛之求？』亦贊其襟懷性情之高遠冲淡。

〔三三〕哲匠，指明達而富於才能之大臣。司文，主持文柄，即主持科舉考試。大中四年，裴休以禮部侍郎知貢舉。《唐才子傳·曹鄴》：『曹鄴字業之，桂林人，累舉不第，爲《四怨三愁五情詩》，時爲舍人韋慤所知，力薦於禮部侍郎裴休，大中四年張温琪榜中第。』至公，科舉時代對主考官之敬稱。唐劉虚白《獻主文》：『不知歲月能多少，又著麻衣待至公。』當柄，主持文柄，與上『司文』義同。

〔三四〕龍門，見《上崔相公啓》『遂使龍門奮發，不作窮鱗』句注。猶困龍門之浪，謂鯉魚未登龍門化龍，喻進士試未登第。下句『不逢鶯谷之春』義同。鶯谷，見《上崔相公啓》『鶯谷翩翻，終陪逸翰』句注。據『既而』四句，大中四年春裴休以禮部侍郎知貢舉時，庭筠曾參加進士試未第。

〔三五〕俯及，低首而可及，言其近。陶鎔，陶鑄鎔煉，喻培育造就人才。此借指宰相之位。

〔三六〕品物，猶萬物。《易·乾》：『雲行雨施，品物流形。』將裁品物，亦喻即將爲相。

〔三七〕丹慊，赤誠。

〔三八〕句意謂更祈蒙其蔭庇。

〔三九〕《戰國策·燕策二》有經伯樂一顧而馬價十倍之説，後遂以『一顧』喻受人引舉稱揚或提攜知遇。謝朓《和王主簿怨情》：『生平一顧重，宿昔千金賤。』咳唾，稱美對方之言語，此指對自己的揄揚之語。

〔四〇〕陸沈，本指隱居者猶陸地無水而沉，此指沈埋不爲人知。王維《送從弟蕃遊淮南》：『高義難自隱，明時寧陸沈。』騫，通『騫』，騫翔，高舉飛翔。喻仕進得意。黄滔《代鄭郎中上令狐相啓》：『相公憐其拙滯，忽此騫翔，疊降恩輝，薦留手筆。』

〔四一〕《淮南子·説林訓》：『大厦成而燕雀相賀。』謂燕雀因大厦落成棲身有所而互相慶賀。『賀燕』用此。巢幙，同『巢幕』。《左傳·襄公二十九年》：『夫子之在此也，猶燕之巢于幕上。』杜預注：『言至危。』此句『巢幕』取棲託之義，不取『至危』之義。句意謂己如飛翔盤旋之燕，無所依託。

〔四二〕《孟子·梁惠王上》：『王（指齊宣王）坐於堂上，有牽牛而過堂下者，王見之，曰：「牛何之？」曰：「將以釁鐘。」王曰：「舍之，吾不忍見其觳觫，若無罪而就死也。」』觳觫，恐懼戰慄貌。釁鐘，古代殺牲口以血塗鐘行祭。此句謂己如恐懼戰慄之齊牛，得以遠離被殺以釁鐘之命運。

〔四三〕《論語·子張》：『夫子之牆數仞，不得其門而入，不見宗廟之美，百官之富。得其門者或寡矣。』難窺於數仞，謂不得列於門牆。

〔四四〕擁篲，持掃帚掃顯貴者之門，以期汲引。《史記·齊悼惠王世家》：『魏勃少時，欲求見齊相曹參，家貧無以自通，乃常早夜掃齊相舍人門外，相舍人怪之，以爲物，而伺之，得勃，勃曰：「願見相君，無因，故爲子掃，欲以求見。」於是舍人見勃，曹參因以爲舍人。』

〔四五〕叫閽，謂因途窮而向朝廷申訴。屈原《離騷》：『吾令帝閽開關兮，倚閶闔而望予。』『叫閽』語本此。揚雄《甘泉賦》：『選巫咸兮叫帝閽。』劉良注：『帝閽，天門也。』杜甫《奉留贈集賢院崔于二學士》：『昭代將垂老，途窮乃叫閽。』

上封尚書啓〔一〕

某跡在泥塗〔二〕，居無紹介〔三〕。常思激勵〔四〕，以發湮沉〔五〕。素秉顓愚，夙躭比興。因得誅茅絶頂，薙草荒田〔六〕。默想勞神，冥搜刻骨。遂使崇朝覽鏡〔七〕，壯齒成衰；暇日欹冠，玄鬢變白〔八〕。望將蕪菲〔九〕，來貢文明〔一〇〕。伏遇尚書秉甄藻之權〔一一〕，盡搜羅之道〔一二〕。誰言凡拙，獲預恩知〔一三〕。華省崇嚴，廣庭稱獎〔一四〕。自此鄉閭改觀〔一五〕，瓦礫生姿。雖楚國求才，難陪足跡〔一六〕；而丘門託質，不負心期〔一七〕。一旦推轂貞師〔一八〕，渠門錫社〔一九〕。顧惟孤拙，頻有依投〔二〇〕。今者正在窮途，將臨獻歲〔二一〕。曾無勺水，以化窮鱗〔二二〕。俯念歸荑，猶憐棄席〔二三〕。假劉公之一紙〔二四〕，達彼春卿〔二五〕；成季布之千金〔二六〕，霑於下士。微迴咳唾，即變昇沉。羈旅多虞，窮愁少暇。不獲親承師席，躬拜行臺〔二七〕。輕冒尊嚴〔二八〕，伏增惶懼。

校注

〔一〕《英華》卷六六二啓十二投知五、《全文》卷七八六載此首。【顧學頡曰】從啓中所言情狀考之，封尚書當即封敖。《舊唐書・封敖傳》云：『封敖字碩夫……元和十年登進士第，累辟諸侯府。大和中，入朝爲右拾遺。會昌初，以員外郎知制誥，召入翰林爲學士，拜中書舍人。敖構思敏速，語近而理勝，不務奇澀……宣宗即位，遷禮部侍郎。大中二年，典貢部，多擢文士……四年，出爲興元尹、御史大夫、山南西道節度使，歷左散騎常侍。十一年，拜太常卿。出爲淄青節度使。入爲户部尚書，卒。』敖于大中二年典貢部，多擢文士。兩《唐書》庭筠傳均云大中初，庭筠數試進士，不第。此啓云（略）。知封敖典貢舉時，庭筠曾得其稱奬，但何以未被録取，原因不得而知。此稱『尚書』，又云『不獲躬拜行臺』。唐初，置行臺尚書令、行臺大總管等。行臺，指在京師之外開府治事之意。因知此啓必作於封敖任節度使時。『尚書』蓋其檢校官；『行臺』，指其節度使所在地。此時庭筠羈旅窮途，向之乞援，亦可憫矣！據《唐會要》、《通鑑》等書所載，大中四至八年，封敖任山南西道節度使，故此啓約作於此數年内。（《温庭筠交游考》）【按】顧考封尚書爲封敖甚是，惟未考出其爲檢校某部尚書之年月，並聯繫啓内『假劉公之一紙，達彼春卿』等語，故對上啓之具體年月及上啓之目的尚未細考。檢《新唐書・封敖傳》：『大中中，歷平盧、興元節度使。初，鄭涯開新路，水壞其棧，敖更治斜谷道，行者告便。蓬、果賊依雞山，寇三川，敖遣副使王贄（弘）捕平之，加檢校吏部尚書。』《資治通鑑・宣宗大中五年》：十月，『蓬、果羣盜依阻雞山，寇掠三川。以果州刺史王贄弘充三川行營都知兵馬使以討之。』《通鑑・大中六年》：二月，『王贄弘討雞山賊，平之。』知王贄弘討平雞山事在大中六年二月，封敖之加檢校吏部尚書當在此後。李商隱《爲興元裴從事賀封尚書加官啓》有『伏以蓬、果兇徒，遂爲逋寇……一舉而張角師殲，再戰而孫恩黨盡』及『伏承天恩，榮加寵秩』之語，所指即因平雞山加檢校吏部尚書之事。故此啓當上於大中六年二月以後。啓又有『今者正在窮途，將臨獻歲。曾無勺水，以化窮鱗。俯念歸荑，猶憐棄席。假劉公之一紙，達彼春卿；成季布之千金，霑於下士。微迴咳唾，即變昇沉』等語，知其時正當歲暮，明春禮部進士試在即，祈求封敖寫信致主持禮部試之『春卿』，『微迴咳唾』，片語薦譽，使自己得以登第。聯繫大中六年庭筠又有《上鹽鐵侍郎啓》、《上杜舍人啓》等，均爲應明春禮部進士試而作，而大中八年春庭筠無應進士試之跡，可以推斷此啓當上於大中六年歲暮。又，啓內有『伏遇尚書秉甄藻之權，盡搜羅之道。誰言凡拙，獲預恩知。華省崇嚴，廣庭稱獎』之語，知大中二年封敖以禮部侍郎主貢舉之前，庭筠曾獲敖之公開獎譽，其後『雖楚國求才，難陪足跡』，參加考試而未登第，然座主門生之誼自存，故稱己爲『丘門託質』，稱敖爲『師席』。此與大中四年應進士試未第，而此前曾蒙裴休延接款待之情形頗爲相似。説明大中二年、四年兩次進士試失利，似與主考官封敖、裴休對庭筠之個人態度關係不大，或因其時士林輿論及當權者對庭筠之看法有關。

〔二〕塗，《全文》原作『途』，此從《英華》。塗、途二字通用，然『泥塗』字例作『塗』。《左傳·襄公三十年》：『武不才，任君之大事，以晉國之多虞，使吾子辱在泥塗久矣，武之罪也。』泥塗，污泥，喻卑下的地位。

〔三〕紹介，介紹。古代賓主之間傳話人稱『介』。古禮，賓至，須介傳話。介不止一人，相繼傳話，故稱紹介。引申爲引進之義。《戰國策·趙策三》：『東國有魯連先生，其人在此，勝（平原君趙勝）請爲紹介而見之於將軍。』此謂己平居而無引進之人。

〔四〕激勵，指自我激發鼓勵。

〔五〕發，起。湮沉，埋没沉淪。

〔六〕誅茅，芟除茅草。庾信《哀江南賦》：『誅茅宋玉之宅，穿徑臨江之府。』沈約《郊居賦》：『或誅茅而剪棘，或既西而復東。』薙，除草。《舊唐書·李元諒傳》：『芟林薙草，斬荆棘，俟乾，盡焚之。方數十里，皆爲美田。』按：庭筠《書懷一百韻》詩敍其鄠郊居所時亦有『築室連中野，誅茅接上腴』之語，所指當爲一事。

〔七〕崇朝，終朝，整個清早。崇，通『終』。《詩·鄘風·蝃蝀》：『朝隮于西，崇朝其雨。』毛傳：『崇，終也。從旦至食時爲終朝。』

〔八〕攲，歪斜、傾斜。髫，《英華》校：一作『髻』。髫，兒童下垂之髮。玄髫，猶黑髮。

〔九〕望，《英華》作『妄』。蕪菲，叢生的雜草和蔓菁。謙稱自己才識淺陋。

〔一〇〕文明，文采光明。《易·乾》：『見龍在田，天下文明。』孔疏：『天下文明者，陽氣在田，始生萬物，故天下有文章而光明也。』此指文明之時代。

〔一一〕甄藻，謂鑑别人材。秉甄藻之權，謂掌握鑑拔人材之權，指封敖以禮部侍郎知貢舉。

〔一二〕搜羅，指搜尋羅致人材。

〔一三〕恩知，恩遇。

〔一四〕華省，清貴者之省署，此指尚書省。廣庭，猶大庭廣衆。

〔一五〕謂自蒙封敖知遇獎譽，本鄉里的人頓時改變對自己的看法。

〔一六〕楚材晉用，見《左傳·襄公二十六年》，此反用其事。喻己雖參加科舉考試，却未能陪奉追隨登第諸才士的足跡。蓋指大中二年應進士試落第。

〔一七〕丘門，孔丘門下，指師門。《論語·先進》：『子曰：從我於陳、蔡者，皆不及門也。』《論衡·問孔》：『論者皆云：孔門之徒，七十子之才，勝今之儒。』《列子·仲尼》：『乃反丘門，絃歌誦書，終身不輟。』庭筠在封敖主持禮部試時應舉，故以『丘門』自居。託質，猶託身。心期，心之期望。二句謂能託身封敖門下，已不負自己的期望。

〔一八〕推轂，推車前進。帝王任命將帥的隆重禮遇。《史記·張釋之馮唐列傳》：『臣聞上古王者之遣將也，跪而推轂，曰：閫以内者，寡人制之；閫以外者，將軍制之。』《易·師》：『師貞，丈人吉，無咎。』貞師，以嚴明的紀律統率軍隊。推轂貞師，謂被皇帝委以統率軍隊的重任。指外任山南西道節度使。

〔一九〕渠門，兩旗相交以爲軍門。一説旗名。《國語·齊語》：『渠門赤旗，諸侯稱順焉。』韋昭注：『賈侍中云：「……渠門，亦旗名。」昭謂……渠門，兩旗所建，以爲軍門，若今牙門也。」錫社，猶錫土，賜土封國。唐之節度使相當於古之諸侯國，故云。

〔二〇〕頻，《英華》作『頓』。

〔二一〕窮途，用阮籍泣途窮事。《晉書·阮籍傳》：『時率意獨駕，不由徑路，車跡所窮，輒慟哭而返。』獻歲，進入新的一年，歲首正月。《楚辭·招魂》：『獻歲發春兮，汨吾南征。』王逸注：『獻，進；征，行也。言歲始來進，春氣奮揚，萬物皆感氣而生。』梁元帝《纂要》：『正月孟春……亦曰獻歲。』（《初學記》卷三引）

〔二二〕窮鱗，失水之魚，喻處於困境者。化窮鱗，兼用魚化龍事。《辛氏三秦記》：『河津一名龍門……每莫春之際，有黄鯉魚逆流而上，得過者便化爲龍。』此切己正準備參加明春進士試，祈望一登龍門。二句慨嘆自己處於困絶之境，無人援助。

〔二三〕《詩·邶風·静女》：『自牧歸荑，洵美且異。』歸，通『饋』，贈送。荑，茅之始生。鄭箋：『洵，信也。茅，絜白之物也。自牧田歸荑，其信美而異者，可以供祭祀。猶貞女在窈窕之處，媒氏達之，可以配人君。』《淮南子·説山訓》：『文公棄荏席，咎犯辭歸。』此以『歸荑』喻己之『信美而異』『可以配人君』，以『棄席』喻己曾受封敖之知遇。

〔二四〕《晉書·劉弘傳》：『弘每有興廢，手書守相，丁寧款密，所以人皆感悦，争赴之，咸曰：「得劉公一紙書，賢于十部從事。」』

〔二五〕春卿，指禮部長官。周代春官爲六卿之一，掌邦禮，後因稱禮部爲春官。唐代自開元二十四年起，以禮部侍郎主持科舉考試，因稱禮部侍郎主貢舉者爲春卿。李賀《送沈亞之歌》：『雄才實礦獻春卿，煙底驀波乘一葉。春卿拾才白日下，擲置黄金解龍馬。』大中七年知貢舉者爲崔瑶，見《登科記考》。

〔二六〕《史記·季布欒布列傳》：『得黄金百斤，不如得季布一諾。』『假劉公之一紙』四句，謂祈求憑藉封敖的一紙書信，薦己於主持考試的禮部長官之前，以實現封敖曾許過的千金之諾，使自己得以霑溉。

〔二七〕行臺，臺省在外者稱行臺。魏、晋時行臺爲出征時隨其所駐之地設立的代表中央政府的政務機構。此指節度使府署。

〔二八〕嚴，《全文》原作「顔」，音誤，據《英華》改。

投憲丞啓〔一〕

某聞古者窮士求知，孤臣薦拔，或三歲未嘗交語〔二〕，或一言便許忘年〔三〕。奇偶之間〔四〕，彼何相遠？則運租船上，便獲甄才〔五〕；避雨林中，俄聞託契〔六〕。此又無由自致，不介而親者也。某洛水諸生〔七〕，甘陵下黨〔八〕。曾遊太學，不識承宫〔九〕；偶到離庭，始逢种暠〔一〇〕。懸蘆照字〔一一〕，編葦爲資〔一二〕。遂竊科名〔一三〕，纔霑禄賜。常恐澗中孤石，終無得地之期〔一四〕；風末微姿〔一五〕，未卜棲身之所。侍郎議合機象〔一六〕，望逼台衡〔一七〕。每敍羣才〔一八〕，常推直道。昨日攝齊丘里〔一九〕，撰刺膺門〔二〇〕。伏蒙清誨垂私〔二一〕，温言假煦〔二二〕。内惟孤賤，急被輝華。覺短羽之陵飈〔二三〕，似窮鱗之得水。今者方祗下邑〔二四〕，又隔嚴扃〔二五〕。誰謂避秦〔二六〕，翻同去魯〔二七〕。佇見漢朝朱博，由憲長以登庸〔二八〕；願同晉室徐寧，因縣僚而遷次〔二九〕。下情無任。

校注

〔一〕《英華》卷六六二啓十二投知五、《全文》卷七八六載此首。憲丞，指唐代御史臺副長官御史中丞，姓名未詳。按：此啓疑點頗多。題稱『投憲丞』，而啓文既稱『憲長』，又稱『侍郎』，稱謂不一，疑『侍郎』之稱有誤。否則，以侍郎而兼御史中丞，尚罕其例。此其一。啓言自己『遂竊科名，纔霑禄賜』，不但已科舉考試登第，且已霑禄爲官，此與庭筠終身未登第絶不相合。此其二。啓云『今者方祗下邑』、『因縣僚而遷次』，似可解爲大中十年貶隋州隨縣尉之事，然此前庭筠並未『竊科名』、『霑禄賜』。此其三。因疑此啓非庭筠自己投獻憲丞之作，而係代人所擬。其人曾得到某憲丞之垂顧，並已登科第，霑禄爲官。此啓係其人任某縣縣僚，赴任前所上。

〔二〕三歲未嘗交語，用嵇康、孫登事。《世説新語·棲逸》劉孝標注引《文士傳》云：『（康）從（登）遊三年，問其所圖，終不答，然神謀所存良妙。』詳參《上蕭舍人啓》『某聞孫登之奬嵇康』句注。

〔三〕一言便許忘年，《初學記》卷十八引晋張隱《文士傳》：『禰衡有逸才，少與孔融交。時衡未滿二十，而融已五十，敬衡才秀，忘年殷勤。』《北史·序傳》：『寬當時位望，又與大師年事不侔。初見，言未及終，便改容加敬……每於私室接遇，恒盡忘年之歡。』此皆『忘年』事，而於『一言』未盡切，當用《左傳·昭公二十八年》所載鬷蔑事。詳《上蕭舍人啓》『鬷蔑之逢叔向』句注。

〔四〕奇偶，指遭遇的坎坷或順利。

〔五〕用袁宏在運租船上詠詩受到謝尚賞識事，詳《上宰相啓二首》之二注〔一〕。

〔六〕《後漢書·郭泰傳》：『茅容字季偉，陳留人也。年四十餘，耕于野，時與等輩避雨樹下，衆皆夷踞相對，容獨危坐愈恭。林宗（郭泰字）行見之而奇其異，遂與共言，因請寓宿。旦日，容殺雞爲饌，林宗謂爲已設，既而以供其母，自以草蔬與客同飯。林宗起拜之曰：「卿賢乎哉！」因勸令學，卒以成德。』託契，託交，彼此信賴投合。

〔七〕洛水諸生，指東漢都城洛陽所設太學之學生。東漢順帝時太學有二百四十房，一千八百五十室。質帝時太學生達三萬人。

〔八〕詳《爲人上裴相公啓》『官路乏甘陵之黨』句注。

〔九〕《三輔黄圖》：『漢太學在長安西北七里。』《長安志》引《關中記》：『漢太學、明堂，皆在長安南安門之東，杜門之西。』《東觀漢記》卷十四《承宫傳》：『承宫，字少子，琅邪姑幕人。少孤，年八歲，人令牧豕。鄉里徐子盛明《春秋》經，授諸生數百人。宫過其廬下，見諸生講誦，好之，因棄而聽經。主怪不還，行索，見宫，欲笞之。門下生共禁止，因留精舍門下拾薪，執苦數年，遂通經。』

〔一〇〕詳《上蔣侍郎啓二首》之二『倘或洛陽种暠，猶記姓名』句注。

〔一一〕晉王嘉《拾遺記·後漢》：『劉向於成帝之末，校書天禄閣，專精覃思。夜，有老人着黄衣，植青藜杖，登閣而進，見向黑暗中獨坐誦書。老父乃吹杖端，煙然，因以見向，説開闢以前。』後因以『燃藜』指夜讀或勤學。此言『燃蘆照字』則是燃蘆荻夜讀。《顔氏家訓·勉學》：『梁世彭城劉綺，交州刺史勃之孫，早孤，家貧，燈燭難辦，常買荻尺寸照之，燃明夜讀。』

〔一二〕《莊子·列禦寇》：『河上有家貧恃葦蕭而食者。』陸德明釋文：『緯，織也；蕭，荻蒿也。織蕭以爲畚而賣之。本或作「葦」。』編葦爲資，編織蘆葦爲器以維持生計。資，賴以生活的來源。

〔一三〕科名，科舉功名。韓愈《答陳生書》：『子之汲汲於科名，以不得進爲親之羞者，惑也。』此言應科舉考試登第成名。

〔一四〕左思《詠史》之二：『鬱鬱澗底松，離離山上苗。以彼徑寸莖，蔭此百尺條。世胄躡高位，英俊沉下僚。地勢使之然，由來非一朝。』此用其意，而易『松』爲『石』。得地，得地勢。

〔一五〕風末，陣風之末。風末微姿，似指弱羽、弱小的鳥。

〔一六〕議，《英華》校：一作『義』。機，事物之關鍵、樞紐。象爲《周易》中斷卦之辭。機象，事物之關鍵與對它的判斷。

〔一七〕台衡，指宰相之位。台，三台星；衡，玉衡，北斗杓三星。皆位於紫微宫帝座前。

〔一八〕敍，按規定的等級次第授官。敍羣才，對衆多才士量才授官。按：據此句，似受啓者係任吏部侍郎之職。然『敍羣才』亦可泛解，不必定指敍才授官。

〔一九〕攝齊（zī），亦作『攝齋』，提起衣襬，表示恭敬。《論語·鄉黨》：『攝齊升堂，鞠躬如也。』朱熹集注：『攝，摳也；齊，衣下縫也。禮，將升堂，兩手摳衣，使去地尺，恐躡之而傾跌失容也。』丘里，孔丘的里居。與下『膺門』均指憲丞之門。

〔二〇〕膺門，李膺之門。《後漢書·黨錮傳·李膺》：『膺獨持風裁，以聲名自高。士有被其容接者，名爲登龍門。』撰刺膺門，用孔融事，詳《上鹽鐵侍郎啓》『亦有河南撰刺』句注。

〔二一〕清誨，對人教誨的敬辭。垂私，垂愛。

〔二二〕煦，温暖。

〔二三〕短羽，形容自己如鳥之翅短力微，不能奮飛遠舉。陵飈，乘迅疾的狂風直上。

〔二四〕衹，用同『祇』，適。下邑，猶小縣。陸雲《吴故丞相陸公誄》：『和羹未飪，宰茲下邑。』此指自己將去任縣僚的小縣。

〔二五〕嚴扃，森嚴高大的門户，指憲丞府邸。

〔二六〕避秦，陶潛《桃花源記》：『自言先世避秦時亂，率妻子邑人來此絶境，不復出焉。』此句承『方衹下邑』，謂己赴小縣任職非同於避秦。『避秦』兼切避離秦地（長安）。

〔二七〕《孟子·孟章下》：『孔子之去齊，接淅而行。去魯，曰：「遲遲吾行也，去父母國之道也。」』此承

『又隔嚴扃』，以『去魯』表達對憲丞的依戀。

〔一八〕朱博，西漢成、哀時人。《漢書·薛宣朱博傳》：『哀帝……拜博爲御史大夫……以博代（孔）光爲丞相，封陽鄉侯，食邑二千户。』憲長，指御史大夫。《書·堯典》：『帝曰：疇咨若時登庸。』登庸，本爲選拔任用之意，後多指登相位。此言憲丞亦將如漢之朱博，由憲長而登庸爲相。蓋祝頌之詞。

〔一九〕《世説新語·賞譽》『桓後遇見徐寧而知之』劉孝標注引《徐江州本事》曰：『徐寧字安期，東海剡人。通朗有德素，少知名。初爲輿縣令。譙國桓彝有人倫鑒識，嘗去職無事，至廣陵尋親舊……見一空宇，有似廨署，彝訪之，云：「輿縣廨也，令姓徐名寧。」……聊造之，寧清惠博涉，相遇怡然。遂停宿，與寧結交而别。至都，謂庾亮曰：「吾爲卿得一佳吏部郎。」亮問所在，彝即敍之。累遷吏部郎、左將軍、江州刺史。』此言已亦望能如晉代徐寧之得遇知己，由縣僚而遷升。遷次，謂依次提升官職。

上裴舍人啓〔一〕

某自東道無依〔二〕，南風不競〔三〕，如擠井谷，若泛滄溟〔四〕。莫知投足之方〔五〕，不識棲身之所。孫嵩百口，繫以存亡〔六〕；王尊一身，困於賢佞〔七〕。伏念濟絶氣者，命爲神藥；起僵屍者，號曰良醫〔八〕。自頃常奉緒言，每行中慮〔九〕。猥將瑣質，貯在宏襟〔一〇〕。今則阮路興悲〔一一〕，商歌結恨〔一二〕，牛衣夜哭〔一三〕，馬柱晨吟〔一四〕。一笈徘徊〔一五〕，九門深阻〔一六〕。敢持幽款〔一七〕，上訴隆私〔一八〕。伏以舍人十一兄〔一九〕，法上聖之規，行古人之道。俯敦中外〔二〇〕，不陋幽沈。跡在層霄，足有排虛之計〔二一〕；身居大牖，寧無濟溺之方〔二二〕？伏在庭除〔二三〕，希聞謦欬。下情無任。

校注

〔一〕《英華》卷六六二啓十二投知五、《全文》卷七八六載此首。【顧學頡曰】裴舍人疑爲裴坦……據此啓所云『如擠井谷，若泛滄溟』、『濟絶氣』、『起僵屍』，及『一笈徘徊、九門深阻』等語，似即與大中末庭筠以擾亂科場被貶事有關。庭筠稱裴爲十一兄，平時且有交往；及科場事發，裴可能因避嫌，温無法與之相見，只得上此啓求救。按：大中十一年四月，裴坦以職方郎中知制誥，授中書舍人，故稱裴舍人。（《温庭筠交游考》）【按】裴舍人指裴坦無疑。啓稱『舍人十一兄』，《太平廣記》卷四九八引《玉泉子》，裴勛稱其父坦爲『十一郎』，可證此裴舍人即裴坦。坦大和八年登進士第，『令狐綯當國，薦爲職方郎中、知制誥，而裴休持不可，不能奪』（《新唐書·裴坦傳》），事當在大中十年十月裴休罷相之前。按照唐人習慣稱謂，他官知制誥者亦可稱『舍人』，裴坦大中十年十月之前已爲職方郎中知制誥，自亦可稱『裴舍人』。此啓有『阮路興悲，商歌結恨。牛衣夜哭，馬柱晨吟。一笈徘徊，九門深阻』及『伏在庭除』等語，説明其時庭筠仍困居長安。而『如擠井谷』、『濟絶氣，起僵屍』、『濟溺』等形容自己處於困絶之境的用語，亦透露其時『攪擾場屋』事發，已臨極艱危的局面。啓内未及貶尉事，當作於大中十年貶尉前夕。

〔二〕《左傳·僖公三十年》載，晉、秦合兵圍鄭，鄭文公使燭之武説秦穆公，曰：『君舍鄭以爲東道主，行李之往來，共其乏困，君亦無所害。』鄭國在秦國之東，接待秦國出使東方諸國的使臣，故稱東道主。此言已無可依託的主人。

〔三〕《左傳·襄公十八年》：『吾驟歌北風，又歌南風。南風不競，多死聲。楚必無功。』南風不競，謂南風聲音微弱不振。自喻力量微弱，處境艱危。

〔四〕如擠井谷，謂被推而墜於深井深谷，永不得上。若泛滄溟，謂如在大海上飄蕩，無所棲止。

〔五〕投足之方，猶置身之處。唐滕倪《留别吉州太守宗人邁》：『千里未知投足處，前程便是聽猿時。』方，地，處。

〔六〕《後漢書·趙岐傳》：『岐遂逃難四方……自匿姓名，賣餅北海市中。時安丘孫嵩年二十餘，遊市，見岐，察非常人，停車呼與共載……曰：「視子非賣餅者，又相問而色動，不有重怨，即亡命乎？我北海孫賓石，闔門百户，埶能相濟。」岐素聞嵩名，即以實告，遂以俱歸。』參見《爲人上裴相公啓》『是以臺卿涯愬，先告孫賓』二句注引《魏略·勇俠傳·孫賓碩》。孫嵩、孫賓石、孫賓碩，實爲一人。

〔七〕《漢書·王尊傳》載，尊擢安定太守，捕誅豪强張輔，『盡得其狡猾不道，百萬奸臧。威震郡中，盜賊分散，入傍郡界。豪强多誅傷伏辜者，坐殘賊免。』『遷益州刺史……居部二歲，懷來徼外，蠻夷歸附其威信。博士鄭寬中使行風俗，舉奏尊治狀……遂爲東平相……（東平王）太后奏尊爲相倨慢不臣……尊竟坐免爲庶人。』後又因劾奏丞相匡衡、御史大夫張譚阿附宦官石顯，下御史丞問狀，劾奏尊『涂污宰相，摧辱公卿』，左遷爲高陵令，數月，以病免。後爲京兆尹，御史大夫奏尊暴虐不改，不宜備位九卿，『尊坐免，吏民多稱惜之。』湖縣三老公乘興等上書訟尊治京兆功效日著，謂『臣等竊痛傷尊修身絜己，砥節首公，刺譏不憚將相，誅惡不避豪强……賊亂既除，豪猾伏辜，即以佞巧廢黜。一尊之身，三朝之間，乍賢乍佞，豈不甚哉！』書奏，天子復以尊爲徐州刺史，遷東郡太守。『孫嵩』四句，祈望能有孫嵩這樣的義俠之士，以一家百口之存亡拯救自己於困絶之境，慨歎自己如王尊之屢遭誣毁黜退。

〔八〕《史記·扁鵲倉公列傳》載其治愈『五日不知人』之趙簡子疾，死未半日之虢太子，均所謂『濟絶氣』『起僵屍』之神藥良醫。

〔九〕緒言，已發而未盡之言論。《莊子·漁父》：『曩昔先生有緒言而去。』成玄英疏：『緒言，餘論也。』中慮，中心所思慮。

〔一〇〕襟，《英華》作『衿』，通。
〔一一〕用阮籍哭窮途事，見《上封尚書啓》『正在窮途』句注。
〔一二〕商歌，悲涼的歌。商聲悲切凄涼，故稱。《淮南子·道應訓》：『甯戚飲牛車下，望見桓公而悲，擊牛角而疾商歌。桓公聞之，撫其僕之手曰：「異哉！歌者非常人也。」命後車載之。』《史記·魯仲連鄒陽列傳》『甯戚飯牛車下，而桓公任之以國』裴駰集解引應劭曰：『齊桓公夜出迎客，而甯戚疾擊其牛角而商歌曰：「南山矸，白石爛，生不遭堯與舜禪。短布單衣適至骭，從昏飯牛至夜半，長夜漫漫何時旦？」公召與語，説之，以爲大夫。』此以處境窮困凄涼之甯戚自況。
〔一三〕牛衣夜哭，用王章困厄事。《漢書·王章傳》：『初，章爲諸生學長安，獨與妻居。章疾病，無被，卧牛衣中。與妻決，對泣。其妻呵怒之曰：「仲卿！京師尊貴在朝廷人誰逾仲卿者？今疾病困厄，不自激卬，乃反涕泣，何鄙也！」』
〔一四〕馬柱晨吟，事未詳。《晉書·王尼傳》：『王尼……本兵家子，寓居洛陽，卓犖不羈。初爲護軍府軍士，胡母輔之與琅邪王澄、北地傅暢、中山劉輿、潁川荀邃、河南裴遐迭屬河南功曹及洛陽令曹攄請解之，攄等以制旨所及，不敢。輔之等齎羊酒詣護軍門，門吏疏名呈護軍，護軍嘆曰：「諸名士持羊酒來，將有以也。」尼時以給府養馬，輔之等入，遂坐馬廄下，與尼炙羊飲酒，醉飽而去，竟不見護軍。護軍大驚，即與尼長假，因免爲兵。』與『柱』『晨吟』未切。俟查考。
〔一五〕笈，書箱。一笈徘徊，謂已負笈游學，徘徊於京城貴顯之門而無所遇合。
〔一六〕九門，猶宫禁。古代宫室制度，天子設九門。九門深阻，謂皇帝高居深宫，門禁森嚴，欲訴無由。
〔一七〕幽款，衷腸，内心深處的誠意。
〔一八〕隆私，大恩、厚誼。此指裴坦。
〔一九〕一，《全文》原作『六』，據《英華》改。參注〔一〕按語引《玉泉子》裴勛稱其父坦爲『十一郎』。十一係裴坦之行第。

〔二〇〕中外，家庭内外，指家人與外人。班昭《女誡》：『戰戰兢兢，常懼黜辱，以增父母之羞，以益中外之累。』敦，厚待。

〔二一〕排虛，推開虛空的雲氣。

〔二二〕艑，大船。服虔《通俗文》：『吴船曰艑，晉船曰舶，長二十丈，載六七百人者是也。』（玄應《一切經音義》引）濟溺，拯救溺水者。

〔二三〕庭除，庭階。

上蕭舍人啓〔一〕

某啓：某聞孫登之獎嵇康〔二〕，鬷蔑之逢叔向〔三〕，蓋亦仙凡自隔，豈惟流品相懸〔四〕。雖三秀鮮華〔五〕，終難苟得；而一言輝發〔六〕，因此相期。曷嘗不仰企前修，追懷逸躅〔七〕。豈期陋質，偶竊貞規〔八〕。某器等缾筲〔九〕，居惟嶺嶠〔一〇〕。徒然折簡〔一一〕，非孔門之詞〔一二〕；率爾中科，忝劉蕡之第〔一三〕。殷硎協律〔一四〕。（闕）。頃因同籍，遂及論交。竊示裏言〔一五〕，奉揚嚴旨〔一六〕。張司空汲引，先及陸機〔一七〕；楊丞相銓衡，竟遺劉炫〔一八〕。實亦義同得禄，榮甚登門〔一九〕。伏以舍人川瀆降靈〔二〇〕，星辰効祉〔二一〕。所冀陶鈞之日，不忘簪屨之餘〔二二〕。報不先期，竊比齊門座客〔二三〕；情非自外，欲爲顧氏家丞〔二四〕。徒自捐軀，安能報德。下情伏增依託。

校注

〔一〕《英華》卷六六二啓十二投知五、《全文》卷七八六載此首。【顧學頡曰】大中五、六年，蕭姓爲舍人者有蕭鄴、蕭寘；其時庭筠正在長安，則以投鄴或寘爲較合。杜牧《樊川集》卷二有《早春閣下寓直蕭九舍人亦直內署因寄書懷四韻》，岑仲勉謂杜詩作於大中六年，蕭九以蕭鄴爲近是，岑説是。則温詩所投，或亦即其人。（《温庭筠交游考》）【按】據丁居晦《重修承旨學士壁記》，蕭鄴大中元年二月至二年九月，大中五年正月至八年十二月，曾兩入翰林。第二次於五年七月至六年七月期間，曾任中書舍人。又，蕭寘大中四年七月至十年八月在翰林，其間六年五月至八年五月任中書舍人。故單從庭筠在長安之時間及二蕭任舍人之時間考慮，則蕭鄴、蕭寘均有可能。若進一步聯繫日後咸通二年庭筠曾居蕭鄴荆南節度使幕及《投翰林蕭舍人》七律，則此啓或以上蕭鄴爲近是。然細審啓文，此啓實非庭筠自上蕭舍人，而係代人所擬。其一，啓有『率爾中科，忝劉蕡之第』之語，上啓者顯已科舉登第，與庭筠終身未第之情況不合（貶隋縣尉時，其身份仍爲『鄉貢進士』，以後未再應試）。其二，啓又云『楊丞相銓衡，竟遺劉炫』，則是登第後銓選官職時落選，故云『義同得禄』，庭筠既未登第，自亦無吏部銓選落選之經歷。其三，啓謂自己『居惟嶺嶠』，尤與庭筠之郡望籍貫里居無一相合。庭筠郡望太原，舊居吴中，在長安鄠郊長期居住。詩文中從未透露有居嶺南之跡。綜上數端，殆可定此啓係代人所擬。啓又云『頃因同籍，遂及論交』，則上啓者與鄴均爲嶺南人。此節《新唐書·蕭鄴傳》未載。蕭鄴曾撰《嶺南節度使韋公（正貫）神道碑》，爲正貫之外姪。

〔二〕《世説新語·棲逸》：『嵇康遊於汲郡山中，遇道士孫登，遂與之遊。康臨去，登曰：「君才則高矣，保身之道不足。」』劉孝標注引《文士傳》云：『康從登三年，將別，登曰：「君才多識寡，難乎免於今之世矣。子無多求。」康不能用。』《晉書·嵇康傳》：『至汲郡山中，見孫登，康遂從之遊。登沈默自守，無所言説。康臨去，登曰：「君性烈而才雋，其能免乎！」』此曰『獎嵇康』，只取孫登稱其才高一端。

〔三〕《左傳·昭公二十八年》：『賈辛將適其縣，見於魏子，魏子曰：「辛來！昔叔向適鄭，鬷蔑惡，欲觀叔向，從使之收器者，而往立於堂下，一言而善。叔向將飲酒，聞之曰：必鬷明也。下執其手以上曰：昔賈大夫惡，娶妻而美，三年不言不笑。御以如皋，射雉獲之，其妻始笑而言。賈大夫曰：才之不可以已。我不能射，女遂不言不笑。夫今子少不颺，子若無言，吾幾失子矣。言不可以已也如是！遂如故知。今女有力於王室，吾以是舉女，行乎敬之哉！毋墮乃力。」仲尼聞魏子之舉也，以爲義。』二句以孫登、叔向喻蕭舍人，以嵇康、鬷蔑自指。

〔四〕流品相懸，官階的等級品類相去甚遠。此承上『鬷蔑之逢叔向』。叔向爲晉之大夫，鬷蔑則爲『微班』。上句『仙凡自隔』承『孫登之獎嵇康』。

〔五〕鮮，《英華》作『靈』，校：一作『鮮』。三秀，靈芝草的別名。靈芝草一年開花三次，故稱『三秀』。《楚辭·九歌·山鬼》：『采三秀兮於山間，石磊磊兮葛蔓蔓。』王逸注：『三秀，謂芝草也。』此句又承『仙凡自隔』，靈芝爲仙品，故云『終難苟得』。

〔六〕一言，即注〔三〕所引《左傳·昭公二十八年》中之『一言而善』。輝發，光輝發揚。

〔七〕逸躅，高逸的足跡（喻言行事跡）。

〔八〕貞規，貞正的規範。

〔九〕《左傳·昭公七年》：『人有言曰：雖有挈缾之智，守不假器，禮也。』《論語·子路》：『噫！斗筲之人，何足算也！』挈瓶之智、斗筲之器，喻才智短淺，器量狹窄。挈缾，汲水用的小瓶。筲，竹製容器，盛一斗二升。

〔一〇〕嶺嶠，指嶺南地區。嶺，特指五嶺。《史記·南越列傳》：『會暑溼，士卒大疫，兵不能逾嶺。』韓愈《送鄭尚書序》：『嶺之南，其州七十。其二十二，隸嶺南節度府。』嶠，亦可特指五嶺。《後漢書·馬援傳》：『援將樓船二千餘艘，戰士二萬餘人，進擊……斬獲五千餘人，嶠南悉平。』嶺嶠連文，即泛指嶺南。

〔一一〕折簡，折半之簡。《通鑑·嘉平三年》引魚豢《魏略》：『卿直以折簡召我，我當敢不至邪！』胡三省

注：『漢制：簡長二尺，短者半之。蓋單執一札謂之簡。折簡者，折半之簡，言其禮輕也。』然此句之『折簡』似非『折半之簡』之義，疑指『斷簡』。《宋書·禮志三》：『夫《禮記》殘缺之書，本無備體，折簡敗字，多所闕略。』徒然折簡，言已讀書徒然勤苦，至於簡册殘損斷折，猶『韋編三絶』之意。

〔一二〕《漢書·藝文志》：『詩人之賦麗以則，辭人之賦麗以淫，如孔氏之門人用賦也，則賈誼登堂，相如入室矣。』句意謂己之詩賦文章，尚未達到孔氏門人的標準。

〔一三〕率爾，急遽突然貌，有出乎意料之義。中科，科舉考試中選登第。韓愈《贈張童子序》：『始自縣考試，定其可舉者，然後升於州若府。其不能中科者，不與是數焉。』此句『中科』指禮部試中第。《後漢書·劉寵傳》：『弟方……有二子。岱字公山，繇字正禮，兄弟齊名稱。』李賢注引《吴志》曰：『平原陶丘洪薦繇，欲令舉茂才，刺史曰：「前年舉公山，奈何復舉正禮？」洪曰：「若明使君用公山於前，擢正禮於後，所謂御二龍於長塗，騁騏驥以千里，不亦可乎？」』《三國志·吴志·劉繇傳》略同。

〔一四〕《韓詩外傳》卷三：『昔者舜甑盤無膻，而下不以餘獲罪。飯乎土簋，啜乎土型，而工不以巧獲罪。』型、硎通，古代盛湯羹之瓦器。此言『殷硎』，當指商代之硎，未詳出處。協律，符合樂律。此句下有闕文。

〔一五〕裏，《英華》作『衷』，校：一作『裏』。《左傳·莊公十四年》：『且寡人出，伯父無裏言。』無裏言，不通内言於外。此句『裏言』似指宫廷内之言。

〔一六〕嚴旨，指聖旨。

〔一七〕《晉書·陸機傳》：『至太康末，與弟雲俱入洛，造太常張華。華素重其名，如舊相識，曰：「伐吴之役，利獲二俊。」……張華薦之諸公。』張華元康六年進司空，故稱張司空。華位望崇高，爲晉初文壇領袖，喜奬掖文士。其所稱引交接者如陸機兄弟、左思、成公綏等均一時之選。此句言己受到蕭舍人的汲引推薦。

〔一八〕楊丞相，指隋代楊素。隋文帝代周，加素上柱國。後代蘇威爲尚書右僕射，與高熲共掌朝政。事詳《隋書·楊素傳》。銓衡，考核選拔人才。《隋書·高祖紀上》『公水鏡人倫，銓衡庶職。能官流詠，遺賢必舉。』劉炫，隋代學者。《隋書·劉炫傳》：『炫雖遍直三省，竟不得官，爲縣司責其賦役。兹自陳于内史，内史送詣吏部，吏部尚書韋世康問其所能，炫自爲狀曰……吏部竟不詳試……炫性躁競，頗俳偕，多自矜伐，好輕侮當世，爲執政所醜，由是官涂不遂。』

〔一九〕登門，『登龍門』之省，詳《投憲丞啓》『投刺膺門』句注。

〔二〇〕謂舍人爲川瀆之神靈降生而爲人。

〔二一〕効祉，呈祥。謂舍人爲天上星辰下世呈祥。

〔二二〕簪屨之餘，遺簪棄履，喻故舊。事見《韓詩外傳》卷九、賈誼《新書·諭誡》。詳《上鹽鐵侍郎啓》注〔二〕、注〔三〕。

〔二三〕齊門座客，指稷下學士。《史記·田敬仲完世家》：『（齊）宣王喜文學游説之士，自如騶衍、淳于髡、田駢、接子、慎到、環淵之徒七十六人，皆賜列第，爲上大夫，不治而議論。是以齊稷下學士復盛，且數百千人。』裴駰集解引劉向《别録》：『齊有稷門，城門也。談説之士期會於稷下也。』

〔二四〕《英華》卷六七二徐陵《與顧記室書》：『伏覬謁帝承明，緒言多次，服矜遺老，曲賜湔濯。則殿下前時妄澤，匪復偏私。遂吴良延薦之恩，無王丹所舉之謬。吾得方辭武騎，永附梁賓，雖愧家丞，庶呈秋實。緣弟深眷，故此敬憑。干謁非宜，益懷悚慨。徐陵白。』『竊比』四句，謂己欲依蕭之門下爲座客家丞也。家丞，主管家事者。

上學士舍人啓二首〔一〕

某聞七桂希聲，契冥符於淥水〔二〕；兩欒孤響，接玄暵於清霜〔三〕。感達真知，誠參神妙〔四〕。其有不待奔傾之狀〔五〕，寧聞擊考之功〔六〕。亦有芝砌流芳〔七〕，蘭扃襲馥〔八〕。已困雕陵之彈〔九〕，猶驚衛國之弦〔一〇〕。而暗達明心，潛申讜議〔一一〕。重言七十，俄變於榮枯〔一二〕；曲禮三千〔一三〕，非由於造詣〔一四〕。始知時難自意，道不常艱。某苟鐸摇車〔一五〕，邕琴入爨〔一六〕。委悴倌人之末〔一七〕，摧殘膳宰之前〔一八〕。不遇知音，信爲棄物。伏以學士舍人陽葩搴秀〔一九〕，夏采含章〔二〇〕。静觀行止之規〔二一〕，已作陶鈞之業。遂使枯魚被澤〔二二〕，病驥追風。永辭平坂之勞〔二三〕，免作窮途之慟〔二四〕。恩如可報，雖九死而奚施？軀若堪捐，豈三思而後審？下情無任。

校注

〔一〕《英華》卷六六二啓十二投知五、《全文》卷七八六載此二首。學士舍人，指官中書舍人而充翰林學士者。此學士舍人未標姓氏，從二啓所述庭筠自身境遇有『已困雕陵之彈，猶驚衛國之弦』、『苟鐸摇車，邕琴入爨，委悴倌人之末，摧殘膳宰之前』、『免作窮途之慟』、『潛虞末路，未有良期』等語推斷，當在晚年處境艱困時。又有『今乃受薦神州，争雄墨客，空持硯席，莫識津塗』之語，説明其時庭筠已被京兆府推薦參加明春禮部進士試，作此啓乃祈望學士舍人予以薦引，則啓當上於大中十年貶隋縣尉之前。再聯繫《上蕭舍人啓》及庭筠咸通二年在蕭鄴荆南節度使幕爲從事等情況，此學士舍人可能即大中五年七月至六年七月任中書舍人仍充翰林學士之蕭鄴。考庭筠大中六年、七年均曾應禮部進士試（見《上鹽鐵侍郎啓》、《上封尚書啓》注〔一〕），此啓作於五年七月以後或六年七月以前均有可能，而以上於六年之可能性較大。

〔二〕七柱，指琴。柱，指柱琴（桂木製作的琴）。孟郊《答晝上人止讒作》：「俗侶唱《桃葉》，隱士鳴桂琴。」琴上古五絃，至周增爲七絃，「七柱」蓋即七絃桂琴之省稱。古以琴爲雅樂，故云「希聲」。《老子》：「大音希聲，大象無形。」王弼注：「聽之不聞名曰希，不可得聞之音也。」冥符，默契、暗合。《淥水》，古曲名。《文選·馬融〈長笛賦〉》：「中取度於《白雪》、《淥水》。」李周翰注：「《白雪》、《淥水》，雅曲名。」

〔三〕兩欒，古代樂器鍾口的兩角。《周禮·考工記·梟氏》：「梟氏爲鍾，兩欒謂之銑。」賈公彦疏：「欒、銑一物，俱謂鍾兩角。古之樂器應律之鍾，狀如今之鈴不圓，故有兩角也。」玄暎，《英華》作「玄映」，即玄英，指冬天。《爾雅·釋天》：「冬爲玄英。」邢昺疏：「言冬之氣和則黑而清英也。」孤響，猶清越的聲響。《山海經·中山經》：「（豐山）有九鍾焉，是知霜鳴。」郭璞注：「霜降則鍾鳴，故言知也。」以上四句，謂琴聲與《淥水》之曲暗合，鍾聲與冬霜之降相應。

〔四〕謂心之所感能自然達於真知，心之赤誠能入於神妙感應。

〔五〕奔傾，奔瀉，形容琴聲。

〔六〕擊考，撞擊敲打（鍾）。

〔七〕《晉書·謝安傳》：「（謝玄）少穎悟，與從兄朗俱爲叔父安所器重。安嘗戒約子姪，因曰：『子弟亦何豫人事，而正欲使其佳？』諸人莫有言者。玄答曰：『譬如芝蘭玉樹，欲使其生於庭階耳。』」砌，階。事又見《世説新語·言語》。

〔八〕蘭扃襲馥，疑用「夢蘭」之典。《左傳·宣公三年》：「初，鄭文公有賤妾曰燕姞，夢天使與己蘭，曰：

「余爲伯儵。余，而祖也；以是爲而子。」……生穆公，名之曰蘭。』蘭扃，蘭户。襲馥，猶傳芳。以上二句形容自己清貴的家世出身。

〔九〕《莊子·山木》：『莊周遊乎雕陵之樊，覩一異鵲自南方來者，翼廣七尺，目大運寸，感周之顙而集於栗林。莊周曰：「此何鳥哉？翼殷不逝，目大不覩。」褰裳躩步，執彈而留之。覩一蟬方得美蔭而忘其身，螳蜋執翳而搏之，見得而忘其形；異鵲從而利之，見利而忘其真。莊周怵然曰：「噫！物固相累，二類相召也。」捐彈而反走。』此句只取鵲困於彈之意，喻己遭人彈擊，處於困境。

〔一〇〕《戰國策·楚策》：『更羸與魏王處京臺之下，仰見飛鳥。更羸謂魏王曰：「臣爲王引弓虛發而下鳥。」……有間，雁從東方來，更羸以虛發而下之……曰：「其飛徐而鳴悲。飛徐者，故創痛也；鳴悲者，久失羣也。聞弦聲引而高飛，故瘡未息，而驚心未去也。聞弦聲引而高飛，故瘡裂而隕也。」』此謂己如驚弓之雁，故創未愈，驚心未去。『衛』當作『魏』，音同致誤。

〔一一〕讜議，正直的言論。二句謂己之困境已暗達於學士舍人明察之心，暗中申明公道正論。

〔一二〕《莊子·寓言》：『寓言十九，重言十七。』成玄英疏：『重言，長老鄉閭尊重者也。』陸德明釋文：『重言，謂爲人所重者之言也。』王先謙集解：『其託爲神農、黄帝、堯、舜、孔、顔之類，言足爲世重者，又十有其七。』此句似用陸解之意，謂學士舍人爲人所重之言，可頃刻之間使人由枯變榮。『七十』似當作『十七』，或因與下句『三千』對文而倒文。

〔一三〕《曲禮》，《儀禮》之别名。《儀禮·士昏冠禮》『儀禮』賈公彦疏：『且《儀禮》亦名《曲禮》，故《禮器》云：「經禮三百，曲禮三千。」鄭注云：「曲猶事也。」事禮謂今禮也。其中事儀三千，言儀者見行事有威儀，言曲者見行事有屈曲，故有二名也。』

〔一四〕詣，《英華》作「請」。造詣，拜訪。《晉書·陶潛傳》：『未嘗有所造詣，所之唯至田舍及廬山游觀而已。』任華《與京兆杜中丞書》：『亦嘗造詣門館，公相待甚厚，談笑怡如。』造請，登門晉見。《史記·酷吏列傳》：

『公卿相造請禹，禹終不報謝，務在絶知友賓客之請，孤立行一意而已。』作『造詣』或『造請』均可通。二句似謂學士舍人禮遇甚殷，並非由於我登門拜謁的結果。

〔一五〕《晉書·荀勗傳》：『勗於路逢趙賈人牛鐸，識其聲。及掌樂，音韻未調，乃曰：「得趙人之牛鐸則諧矣。」遂下郡國，悉送牛鐸，果得諧者。』鐸，古代樂器，狀似鈴鐺。此用其事而稍加變化，謂己如珍貴的鐸鈴被用作牛車上摇晃作響的鈴鐺，喻才非所用。

〔一六〕晉干寶《搜神記》卷十三：『吴人有燒桐而爨者，（蔡）邕聞火烈聲，曰：「此良材也。」因請之，削之爲琴，果有美音。』宋范曄《後漢書·蔡邕傳》：『乃亡命江海，遠跡吴、會，往來依太山羊氏，積十二年。在吴。吴人有燒桐以爨者，邕聞火烈之聲，知其良木，因請裁而爲琴，果有美音，而其尾猶焦，故時人名曰焦尾琴焉。』此喻良材遭殘。

〔一七〕委悴，委頓憔悴。倌，《英華》作『信』，旁注：疑。倌人，古代主管駕馬車的小臣。《詩·鄘風·定之方中》：『命彼倌人，星言夙駕。』毛傳：『倌人，主駕者。』此承『荀鐸』句，言珍貴鐸鈴委頓憔悴於駕車的人之前。

〔一八〕膳宰，膳夫，掌宰割牲畜及膳食之事。《儀禮·燕禮》：『膳宰具官饌于寢東。』此承『邕琴』句，謂桐木良材被膳夫白白摧殘。

〔一九〕陽葩摹秀，春天鮮豔的花卉中最爲特出者。庾闡《弔賈誼文》：『陽葩熙冰。』

〔二〇〕《周禮·天官·序官》：『夏采下士四人。』鄭玄注：『夏采，夏翟羽色。《禹貢》徐州貢夏翟之羽，有虞氏以爲緌。後世或無，故染鳥羽，象而用之，謂之夏采。』夏采含章，夏天雄性山雞羽毛具有五色斑斕的花紋。

〔二一〕行止，猶行爲舉動。二句謂學士舍人之行爲舉動，已經顯現出行將爲相之業蹟。

〔二二〕《莊子·外物》：『周昨來，有中道而呼者。周顧視車轍中，有鮒魚焉……曰：「我東海之波臣也，君豈有升斗之水而活我哉！」周曰：「諾。我且南游吴越之王，激西江之水而迎子，可乎？」鮒魚忿然作色曰：「吾失我常與，我無所處，吾得斗升之水然活耳。君乃言此，曾不如早索我於枯魚之肆！」』枯魚被澤，喻己困境受恩遇救。

〔二三〕《戰國策·楚策四》：『夫驥之齒至矣，服鹽車而上太行，蹄申膝折，尾湛胕潰，漉汁灑地，白汗交流，中阪遷延，負轅不能上。伯樂遭之，下車攀而哭之，解紵衣以冪之。驥於是俛而噴，仰而鳴，聲達於天，若出金石者，何也？欣見伯樂之知己也。』平坂，指登上坂頂。句謂學士舍人如伯樂之知千里馬，解己鹽車負重之困。

〔二四〕用阮籍哭窮途事，屢見前注。

某步類壽陵〔一〕，文慚渙水〔二〕。登高能賦，本乏材華〔三〕；獨立聞《詩》〔四〕，空尊詣道〔五〕。在蜀郡而惟希狗監〔六〕，泝河流而未及龍門〔七〕。常嘆美玉在山，但揚異彩〔八〕；更恐崇蘭被徑，每隔殊榛〔九〕。徒自沉埋〔一〇〕，誰能攀擷〔一一〕？一旦雕於敏手〔一二〕，佩以幽襟〔一三〕，免使琳慚〔一四〕，寧貽蕙嘆〔一五〕。潛虞末路〔一六〕，未有良期。今乃受薦神州〔一七〕，爭雄墨客。空持硯席，莫識津塗。既而臨汝運租，先逢謝尚〔一八〕；丹陽傳教，取覓張憑〔一九〕。輝華居何準之前〔二〇〕，名第在冉耕之列〔二一〕。俄生藻繡〔二二〕，便出泥沙〔二三〕。誰言獻輅車軨，先期畢命〔二四〕；猶懼吹竽樂府，未稱知音〔二五〕。倘更念毛轓〔二六〕，終思翼長〔二七〕。贖彼在途之厄〔二八〕，仍遺生芻〔二九〕；脱於鳴坂之勞〔三〇〕，兼貽半菽〔三一〕。平生企望，終始依投。不任感恩干冒之至。

校注

〔一〕《莊子·秋水》：『且子獨不聞夫壽陵餘子之學行於邯鄲與？未得國能，又失其故步，直匍匐而歸耳。』李白《古風》之三十五：『壽陵失故步，笑殺邯鄲人。』此謙稱自己的詩文單純模仿，缺乏創造。

〔二〕文慚渙水，見《爲人上裴相公啓》『詞林無渙水之文』句注，謂自己的文章無風行水上，渙然成文的自然流暢風格。又，《文選·陳琳〈爲曹洪與魏文帝書〉》：『游睢、渙者，學藻繢之綵。』李善注：『《陳留記》曰：襄邑，渙水出其南，睢水經其北。傳云睢、渙之間出文章，故其黼黻絺繡日月華蟲，以奉宗廟御服焉。』

〔三〕材，《英華》作『才』。《韓詩外傳》卷七：『孔子遊於景山之上，子路、子貢、顔淵從。孔子曰：「君子登高必賦，小子願者何？」』《漢書·藝文志》：『傳曰：不歌而誦謂之賦，登高能賦可以爲大夫。』句意謂己本乏登高能賦之資質才華。

〔四〕《論語·季氏》：『陳亢問於伯魚曰：「子亦有異聞乎？」對曰：「未也。嘗獨立，鯉趨而過庭，曰：學《詩》乎？對曰：未也。（曰）不學《詩》，無以言。鯉退而學《詩》。」』

〔五〕尊，《英華》作『遵』。詣道，猶聞道。《論語·里仁》：『朝聞道，夕死可矣。』詣，到達。

〔六〕《史記·司馬相如傳》：『居久之，蜀人楊得意爲狗監，侍上。上讀《子虛賦》而善之曰：「朕獨不得與此人同時哉！」得意曰：「臣邑人司馬相如自言爲此賦。」上驚，乃召問相如，相如曰：「有是。然此乃諸侯之事，未足觀也。請爲天子遊獵賦，賦成奏之。」上許，令尚書給筆札……奏之天子，天子大悦。』此言望有人薦引。

〔七〕《辛氏三秦記》：『河津一名龍門，禹鑿山開門，闊一里餘，黄河自中流下，而岸不通車馬。每莫春之際，有黄鯉魚逆流而上，得過者便化爲龍。』此言己參加科舉考試未登第。泝，逆流而上。此非用登李膺之門事。

〔八〕《荀子·勸學》：『玉在山而草木潤，淵生珠而岸不枯。』陸機《文賦》：『石韞玉而山輝，水懷珠而川媚。』此喻己空有才華文彩，却如美玉沉埋，不得自見。

〔九〕崇蘭，叢蘭。《楚辭·離騷》：『余既滋蘭之九畹兮，又樹蕙之百畝。』又《招魂》：『光風轉蕙，氾崇蘭些。』殊，異。榛，叢木。謂己品格高潔如幽蘭披徑，却恐被叢生之荆棘所阻隔，無人採擷。

〔一〇〕沈埋，承上『美玉在山』，言無人發現。

〔一一〕攀擷，采摘，承上『崇蘭被徑。』
〔一二〕雕於敏手，謂美玉被巧手的玉工精雕細琢。
〔一三〕佩以幽襟，謂將蘭花佩戴在幽潔的衣襟上。
〔一四〕琳，美玉。
〔一五〕蕙，蕙蘭。葉似草蘭而稍瘦長，暮春開花，一莖可發八九朵。『琳』、『蕙』即上之『美玉』、『崇蘭』。
〔一六〕潛虞，暗自担憂。
〔一七〕受薦神州，謂作爲京兆府解送的鄉貢進士準備參加明春的禮部進士試。庭筠自開成四年以來，曾多次爲京兆府作爲鄉貢進士薦送應進士試。
〔一八〕詳《上宰相啓二首》之二注〔一〕。
〔一九〕詳《上宰相啓二首》之二注〔二〕。
〔二〇〕詳《上宰相啓二首》之一『何準之兄，恩輝已遍』句注。
〔二一〕《史記·仲尼弟子列傳》：『冉耕字伯牛，孔子以爲有德行。』《論語·先進》：『子曰：「從我於陳、蔡者，皆不及門也。」德行：顔淵、閔子騫、冉伯牛、仲弓。言語：宰我、子貢。政事：冉有、子路。文學：子游、子夏。』又《雍也》：『伯牛有疾，子問之，自牖執其手，曰：「亡之，命矣夫！斯人也而有斯疾也！斯人也而有斯疾也！」』此謂已居于門下弟子之列。
〔二二〕藻繡，指華美的文章。
〔二三〕出泥沙，謂脱離困境。
〔二四〕《後漢書·文苑傳下·趙壹》：『恃才倨傲，爲鄉黨所擯，乃作《解擯》。後屢抵罪，幾至死，友人救得免。壹乃移書謝恩曰：「昔原大夫（指趙盾）贖桑下絶氣，傳稱其仁；秦越人還號太子結脈，世著其神。設曩之二人不遭仁遇神，則結絶之氣竭矣。然而精脯出乎車軨，鍼石運乎手爪，今所賴者，非直車軨之精脯，手爪之鍼石也。乃收之於斗極，還之於司命，使乾皮復含血，枯骨復被肉，允所謂遭仁遇神，真所宜傳而著之。」』軛，車轅上用來挽車的横木。車軨，車上的欄木。此謂自己遇到趙盾這樣的仁人，免得在對方車子未到之前便先結束生命。蓋感激學士舍人之救援及時。

〔二五〕《韓非子·内儲説上》：『齊宣王使人吹竽，必三百人。南郭處士請爲王吹竽，宣王説之，廪食以數百人。宣王死，湣王立，好一一聽之，處士逃。』句意謂担心自己濫竽充數，無真才實學。未稱知音，算不上懂音樂、會樂器，以喻無真才實學。

〔二六〕毛輶，喻己之輕微。《詩·大雅·烝民》：『人亦有言，德輶如毛，民鮮克舉之。』鄭箋：『輶，輕。』

〔二七〕翼長，翼之使長。

〔二八〕在途之厄，指千里馬服鹽車上太行的困厄處境。詳第一首注〔二三〕。

〔二九〕生芻，鮮草。《詩·小雅·白駒》：『生芻一束，其人如玉。』陳奂傳疏：『芻所以萎白駒，託言禮所以養賢人。』

〔三〇〕嗚坂之勞，詳第一首注〔二三〕。

〔三一〕半菽，半菜半糧，指粗劣的飯食。《漢書·項籍傳》：『今歲飢民貧，卒食半菽。』

上杜舍人啓〔一〕

某聞物乘其勢，則篳氾畫塗〔二〕；才戾於時，則荷戈入棘〔三〕。必由賢達之門，乃是坦夷之逕。是以陸機行止，惟繫張華〔四〕；孔闓文章，先投謝朓〔五〕。遂得名高洛下，價重江南〔六〕。惟彼歸荑〔七〕，同於拾芥〔八〕。某弱齡有志，中歲多虞。模孝綽之辭，方成牋奏〔九〕；竊仲任之論，始解言談〔一〇〕。猶恨日用殊多，天機素少〔一一〕。揆牛涔於巨浸〔一二〕，持蟻垤於維嵩〔一三〕。曾是自強，雅非知量〔一四〕。李郢秀奉揚仁旨，竊味昌言〔一五〕。豈知沈約扇中，猶題拙句〔一六〕；孫賓車上，欲引凡姿〔一七〕。進不自期，榮非始望。今者末塗惆悵，羈宦蕭條。陋容須託於媒揚〔一八〕，沈痼宜蠲於醫緩〔一九〕。亦曾臨鉛信史，鼓篋遺文〔二〇〕。頗知甄藻之規〔二一〕，粗達顯微之趣〔二二〕。倘使閣中撰述，試傳名臣〔二三〕；樓上妍媸，暫陪諸隸〔二四〕。微迴木鐸〔二五〕，便是雲梯。敢露誠情，輒干牆仞〔二六〕。

校注

〔一〕《英華》卷六六二啓十二投知五、《全文》卷七八六載此首。【顧學頡曰】温集卷九有《華清宮和杜舍人》詩（編著者按：此張祜詩）。杜舍人即杜牧。牧，大中五年考功郎中知制誥。六年，授中書舍人……據啓，知李郢（杜牧亦有贈李詩）從中作介，使温上啓於杜，求入史館任職，約作於大中六、七年。（《温庭筠交游考》）【按】杜舍人係杜牧。裴延翰《樊川文集序》：『上（宣宗大中）五年冬，仲舅（杜牧）自吴興守拜考功郎中、知制誥……明年冬，遷中書舍人。』張祜有《華清宮和杜舍人》，杜舍人亦指杜牧。杜牧卒於大中六年十二月，故此啓即有可能作於大中六年冬。如按唐人稱他官知制誥者亦可稱『舍人』的習慣，也有可能作於六年冬稍前，即官考功郎中知制誥時。啓云：『是以陸機行止，惟繫張華；孔闓文章，先投謝朓。遂得名高洛下，價重江南。惟彼歸荑，同於拾芥。』以張華、謝朓擬杜舍人，亦可證此杜舍人爲文壇領袖人物，非杜牧不足以當之。上此啓之目的，蓋祈杜牧藉其在文壇之聲望地位爲己延譽，以求應試登第。此啓亦爲大中七年春應進士試而作。

〔二〕《文選·王褒〈聖主得賢臣頌〉》：『水斷蛟龍，陸剸犀革，忽若篲氾畫塗。』篲氾畫塗，謂用掃帚掃灑水之地，用刀劃開泥路，極言其易。《英華》「篳汜」誤作「嘒紀」。

〔三〕戾，違。荷戈入棘，喻行進艱難。

〔四〕詳《上蕭舍人啓》「張司空汲引，先及陸機」二句注。行止，猶行藏，指出與處。《論語·述而》：「用之則行，舍之則藏。」二句謂陸機之行藏出處，取決於張華之贊譽。

〔五〕《南史·謝朓傳》：「朓字玄暉，少好學，有美名，文章清麗……長五言詩，沈約常云『二百年來無此詩也』……朓好獎人才，會稽孔覬粗有才筆，未爲時知，孔珪嘗令草讓表以示朓。朓嗟吟良久，手自折簡寫之，謂珪曰：『士子聲名未立，應共獎成，無惜齒牙餘論。』其好善如此。」孔覬，或誤作「孔覬」，《南史》本傳作「孔覬」。庭筠此啓作「孔闓」，實即「孔覬」。

〔六〕名高洛下，指陸機；價重江南，指孔覬。

〔七〕《詩·邶風·静女》：「自牧歸荑，洵美且異。匪女之爲美，美人之貽。」孔穎達疏：「言始爲荑，終爲茅，可以供祭祀，以喻始爲女能貞靜，終爲婦有法則，可以配人君。」此以「歸荑」喻科舉登第。

〔八〕《漢書·夏侯勝傳》：「勝每講授，常謂諸生曰：『士病不明經術，經術苟明，其取青紫如俛拾地芥耳。』」拾芥，拾取地上的草芥，極言其輕而易取。

〔九〕《梁書·劉孝綽傳》：「父繪……齊世掌詔誥。孝綽年未志學，繪常使代草之。父黨沈約、任昉、范雲等聞其名，並命駕先造焉，昉尤相賞好……孝綽辭藻爲後進所宗，世重其文，每作一篇，朝成暮遍，好事者每諷誦傳寫，流聞絶域。」

〔一〇〕仲任，漢王充字。《後漢書·王充王符仲長統列傳》：「充好論説，始若詭異，終有理實。以爲俗儒爲文，多失其真，乃閉門潛思，絶慶弔之禮，户牖牆壁各置刀筆，著《論衡》八十五篇，二十餘萬言。釋物類同異，正時俗嫌疑。」李賢注引袁山松書曰：「充所作《論衡》，中土未有傳者，蔡邕入吴始得之，恒祕玩以爲談助。其後王朗爲會稽太守，又得其書，及還許下，時人稱其才進。或曰：不見異人，當得異書。問之，果《論衡》之益，由是遂見傳焉。』又引《抱朴子》曰：『時人嫌蔡邕得異書，或搜求其帳中隱處，果得《論衡》，抱數卷持去。邕丁寧之曰：「唯我與爾共之，勿廣也。」』此言『竊仲任之論，始解言談』，當指蔡邕得《論衡》，『恒祕玩以爲談助』之事。二句均謙稱自己爲文多事模仿，缺乏獨創。

〔一二〕日用，日常應用。《易·繫辭上》：『百姓日用而不知，故君子之道鮮矣。』孔穎達疏：『言萬方百姓恒日日賴用此道而得生，而不知道之功力也。』天機，猶靈性。《莊子·大宗師》：『其耆欲深者，其天機淺。』

〔一三〕牛涔，牛足印中的水。《淮南子·氾論訓》：『夫牛蹄之涔，不能生鱣鮪。』高誘注：『涔，雨水也。』巨浸，大湖。句謂以牛蹄印中的淺水去度量大湖。

〔一三〕蟻垤，蟻穴上堆起的浮土。《詩·大雅·崧高》：『崧高維嶽，駿極于天。』維嵩，此指嵩山。嵩，崧通。句謂拿蟻穴上的浮土跟嵩山相比。

〔一四〕《易·乾》：『天行健，君子以自強不息。』知量，知道自己的器量。

〔一五〕【顧學頡曰】『秀』字下疑脱『才』字。【按】此處疑有脱誤。杜牧大中四年有《湖南正初招李郢秀才》詩，顧氏謂『秀』字下疑脱『才』字，近是。仁旨，皇帝的仁愛旨意。昌言，善言，正當的言論。《書·皋陶謨》：『禹拜昌言曰：「俞！」』孔穎達疏：『禹乃拜受其當理之言。』

〔一六〕疑誤記王融見賞柳惲詩因書扇之事爲沈約。《南史·柳惲傳》：『天監元年，除長兼侍中，與僕射沈約等共定新律。惲立性貞素，以貴公子早有令名，少工篇什，爲詩云：「亭皐木葉下，隴首秋雲飛。」琅邪王融見而嗟賞，因書齋壁及所執白團扇。』當因前有『與僕射沈約等共定新律』之事而將惲詩爲王融所賞書扇誤爲沈約也。《南史·謝舉傳》載舉『年十四，嘗贈沈約詩，爲約所賞』，然無書扇之事。此謂杜牧稱賞己之詩句。

〔一七〕孫賓，指孫賓碩。詳《爲人上裴相公啓》『是以臺卿瀝懇，先告孫賓』二句注。凡姿，指趙岐，此借指自己。

〔一八〕謂醜陋的容顏須依託媒人的褒揚。

〔一九〕謂久治不愈的痼疾當靠醫緩這樣的良醫來消除。《左傳·成公十年》：「公（晉侯）疾病，求醫於秦。秦伯使醫緩爲之。未至，公夢疾爲二竪子，曰：『彼，良醫也，懼傷我，焉逃之？』其一曰：『居肓之上，膏之下，若我何？』醫至，曰：『疾不可爲也，在肓之上，膏之下，攻之不可，達之不及，藥不至焉，不可爲也。』公曰：『良醫也。』厚爲之禮而歸之。」

〔二〇〕臨鉛信史，用鉛粉摹寫信史。鼓篋，擊鼓開篋，古時入學的一種儀式。《禮記·學記》：「入學鼓篋，孫其業也。」鄭玄注：「鼓篋，擊鼓警衆，乃發篋出所治經業也。」遺文，前人遺留下來的文章。

〔二一〕甄藻，鑑别人才或文章。此指評鑑文章。

〔二二〕顯微，顯微闡幽之省。顯示深微之事理。《易·繫辭下》：「夫《易》彰往而察來，而微顯闡幽。」

〔二三〕謂讓自己在館閣中試爲名臣撰寫傳記。按：杜牧開成、大中年間，曾兩爲史館修撰，大中三年曾奉詔爲循吏韋丹撰碑。

〔二四〕妍媸，美醜。諸隸，諸隸役侍從。事未詳。

〔二五〕木鐸，以木爲舌之銅質大鈴，古代宣佈政教法令時鳴鐸以引起注意。《論語·八佾》：「天將以夫子爲木鐸。」此以「木鐸」指稱杜牧，因其職司草擬制誥，正所以宣明政教。

〔二六〕《論語·子張》：「夫子之牆數仞，不得其門而入，不見宗廟之美，百官之富。」牆仞，指杜牧之門牆。

上吏部韓郎中啓〔一〕

某識異旁通，才無上技〔二〕。幸傳丕訓，免墜清芬〔三〕。衡軛相逢，方悲下路〔四〕；弦弧未審，可異前朝〔五〕。郭翻無建業先疇〔六〕，稽紹有滎陽舊宅〔七〕。故人爲累，僅得豬肝〔八〕；薄技所存，殆成雞肋〔九〕。分陰屢轉，尺涕難收。仲宣之爲客不休〔一〇〕，諸葛之娶妻怕早〔一一〕。居惟數畝，不足棲遲〔一二〕；智效一官〔一三〕，靡能霑沃。荒涼散社〔一四〕，流寓窮途。高堂之甕社難充〔一五〕，下澤之津蹊可見〔一六〕。竊以棄茵懷舊，尚動深仁〔一七〕；投釣言情，猶牽末契〔一八〕。敢將幽懇，來問平衡〔一九〕。昇平相公〔二〇〕，簡翰爲榮，巾箱永祕〔二一〕。頗垂敦獎，未至陵夷〔二二〕。倘蒙一話姓名，試令區處〔二三〕。分鐵官之瑣吏，厠鹽醬之常僚〔二四〕。則亦不犯脂膏〔二五〕，免藏縑素〔二六〕。豈惟窮猿得木，涸鮒投泉〔二七〕。然後幽獨有歸，永託山濤之分〔二八〕；赫曦無恥，免干程曉之門〔二九〕。進退彷徨，不知所喻。

校注

〔一〕《英華》卷六六二啓十二投知五、《全文》卷七八六載此首。吏部韓郎中，疑爲韓琮。琮長慶四年登進士第。曾爲王茂元涇原節度使府幕僚、陳許節度使府節度判官。後任司封員外郎。約大中五年，擢爲户部郎中。李商隱有《爲舉人獻韓郎中啓》。大中八年，琮任中書舍人。《東觀奏記》卷中：『廣州節度使紇干臮貶慶王府長史分司東都制，舍人韓琮之詞。』事在大中八年。大中十二年，任湖南觀察使。現存郎官石柱題名吏部郎中無韓琮，但其中既有殘缺，柳仲郢（會昌四至五年任吏部郎中）以下六行又漫漶不能辨識，則琮或於户部郎中之後（大中五年之後）、中書舍人之前（大中八年之前）曾任吏部郎中之職。啓有『昇平相公，簡翰爲榮，巾箱永祕。頗垂敦獎，未至陵夷。倘蒙一話姓名，試令區處，分鐵官之瑣吏，厠鹽醬之常僚』，蓋祈望吏部韓郎中於某丞相前『一話姓名』，得以一霑微禄，任鹽鐵轉運使下屬之常僚。此相公必兼任鹽鐵轉運使者。合之『昇平相公』之稱謂，必指裴休。休居長安昇平坊，故《劇談録》、《唐語林》稱其爲『昇平裴相國』、『昇平裴相公』。又休有休平、休明之義，指天下太平。不敢稱『休』之名，故以『昇平相公』代指之。據《新唐書·宰相表》，大中六年八月，以禮部尚[illegible]、諸道鹽鐵轉運使裴休本官同中書門下平章事，使如故；大中八年十一月罷使。則此啓當上於大中六年八月到八[illegible]十一月休以宰相兼領鹽鐵轉運使期間，與前面推斷的琮於大中五年任户部郎中後曾任吏部郎中，時間上正相吻合[illegible]可進一步證明此吏部韓郎中即韓琮。琮大中五年任户部郎中，其時休任户部侍郎、充諸道鹽鐵轉運使，琮係休之[illegible]屬，故庭筠上啓祈其於休前『一話姓名』，予以薦引。大中六年八月休任相之前，庭筠已有《上鹽鐵侍郎啓》，祈[illegible]援助，啓當爲七年春參加進士試而上。此啓當是七年進士試不第後，復求韓琮在休前薦引自己爲『鐵官之瑣[illegible]』、『鹽醬之常僚』。

〔二〕旁通，遍通，廣泛通曉。《易·乾》：『六爻發揮，旁通情也。』孔穎達疏：『言六爻發越揮[illegible]旁通萬物之情也。』元稹《李拭授宗正卿等制》：『僉以虔度文學儒素，旁通政經。』才，《英華》作『材』。

〔三〕《書·君陳》：『爾惟弘周公丕訓。』孔傳：『當闡大周公之大訓。』此指先人之重大訓導。陸[illegible]《文賦》：『詠世德之駿烈，誦先人之清芬。』清芬，喻高潔之德行。

〔四〕《文選·曹冏〈六代論〉》：『今之用賢，或超爲名都之主，或爲偏師之帥。而宗室有文者，必[illegible]以小縣之宰；有武者，必置於百人之上。使夫廉高之士，畢志於衡軛之內；才能之人，恥與非類爲伍。』李善注：『[illegible]衡軛，車之衡軛也。言王者之御羣臣，猶人之御牛馬，故以衡軛喻焉。畢志其內，未得騁其駿足也。』衡，車轅[illegible]的横木；軛，架在馬頸上用以拉車的曲木。此言駿馬被束縛於衡軛之內，路上相逢，方悲自己未能騁其逸足而徒困[illegible]末路。

〔五〕弦弧，在曲木上張弦成弓，喻製作弓箭。《易·繫辭下》：『弦木爲弧，剡木爲矢。』庾信《賀平[illegible]都表》：『至於文離武落，剡木弦弧，席卷天下之心，包含八荒之志，其揆一矣。』

〔六〕《晉書·郭翻傳》：『郭翻字長翔，武昌人也……居貧無業，欲墾荒田，先立表題，經年無主，[illegible]後乃作稻。將熟，有認之者，悉推與之。』建業，晉都城，即建康，今南京市。先疇，先人留下的田地。此言京城[illegible]先人留下的田産。

〔七〕《晉書·嵇紹傳》：『嵇紹字延祖，魏中散大夫康之子。十歲而孤，事母孝謹。以父得罪，靖居私門……（齊王）冏被誅。初，兵交，紹奔散赴宮，有持弩在東閣下者，將射之，遇有殿中將兵蕭隆，見[illegible]姿容長者，疑非凡人，趣前拔箭，於是得免。遂還滎陽舊宅。』稽、嵇同。此言故居有舊宅。即《寄盧生》『遺業[illegible]涼近故都』

〔八〕《後漢書·周黄徐姜申徒列傳序》：『太原閔仲叔者，世稱節士……客居安邑，老病家貧，不能得肉，日買猪肝一片，屠者或不肯與。安邑令聞，勅吏常給焉。仲叔怪而問之，知乃嘆曰：「閔仲叔豈以口腹累安邑邪！」遂去。』此謂僅得故人微薄資助。

〔九〕薄技，指詩文創作。《三國志·魏志·武帝紀》『備因險拒守』裴注引司馬彪《九州春秋》：『時王欲還，出令曰「雞肋」，官屬不知所謂。主簿楊脩……曰：「夫雞肋，棄之如可惜，食之無所得，以比漢中，知王欲還也。」』

〔一〇〕《三國志·魏志·王粲傳》：『王粲字仲宣，山陽高平人也……獻帝西遷，粲徙長安……以西京擾亂，乃之荆州依劉表。』

〔一一〕《三國志·蜀志·諸葛亮傳》『亮子瞻，嗣爵』裴注引《襄陽記》曰：『黄承彦者，高爽開列，爲沔南名士，謂諸葛孔明曰：「聞君擇婦，身有醜女，黄頭黑色，而才堪相配。」孔明許，即載送之。時人以爲笑樂，鄉里爲之諺曰：「莫作孔明擇婦，正得阿承醜女。」』亮成婚當在躬耕隴畝之時，故云『娶妻怕早』。此句似謔言己早娶且妻醜。

〔一二〕棲遲，游息。《詩·陳風·衡門》：『衡門之下，可以棲遲。』

〔一三〕《莊子·逍遥遊》：『故夫知效一官，行比一鄉，德合一君而徵一國者，其自視也亦若此矣。』此二句謂自己之才智僅能擔當一官，不能使家人霑溉受益。

〔一四〕社，《英華》作『杜』，形近致誤。《莊子·人間世》：『匠石之齊，至於曲轅，見櫟社樹……曰：「已矣，勿言之矣！是散木也……是不材之木，無所可用。」』句意謂己如無所可用之散木，處於荒涼之地。

〔一五〕『甕社』之『社』與上『散社』之『社』重複，疑有誤。或當作『甕盎』，指藏糧食的容器。句意蓋謂家無擔石之儲。

〔一六〕下澤，即下澤車，一種宜於在沼澤地上行駛的短轂輕便車。《後漢書·馬援傳》：『吾從弟少游常哀吾慷慨多大志，曰：「士生一世，但取衣食足，乘下澤車，御款段馬，爲郡掾吏，守墳墓，鄉里稱善人，斯可矣。」』津蹊，渡口蹊徑，猶道路。此謂己一生平庸的道路已可見。

〔一七〕棄茵，即棄席。詳《上令狐相公啓》『棄茵微物，尚軫晉君』二句注。深仁，深厚的仁愛之心。

〔一八〕投釣，猶垂釣。末契，指地位高者對地位低者的交誼。事未詳。或疑用東漢郅惲事。詳《文選·應璩〈與從弟君苗君胄書〉》『郅惲投竿』注引《東觀漢記》。投竿指出仕。然於『猶牽末契』未切。

〔一九〕平衡，權衡國政使得其平，指宰相之職。劉禹錫《上中書李相公啓》：『六轡在手，平衡在心。』

〔二〇〕昇平相公，指裴休。休居長安昇平坊，故稱。又『休』有休平、休明之義，指天下太平，故稱休爲『昇平相公』。

〔二一〕簡翰，指書信。巾箱，本指放置頭巾之小箱，後亦用以存放書卷、信件、文件等物。此謂裴休曾賜信件，自己深感榮幸，祕藏巾箱。庭筠有《上鹽鐵侍郎啓》，係裴休任宰相前所上，此『簡翰』可能是裴休的復信。

〔二二〕敦獎，厚獎。陵夷，衰頹没落。二句謂裴休在回信中頗加獎譽，使自己的處境不至於衰頹没落。

〔二三〕區處，處理，籌畫安排。《漢書·循吏傳·黄霸》：『鰥寡孤獨有死無以葬者，鄉部書言，霸具爲區處。』

〔二四〕鐵官、鹽醬，均指鹽鐵轉運使。唐代中葉後特置，以管理食鹽專賣爲主，兼掌銀銅鐵錫之采冶，爲握國家財權之重要官職。裴休自大中四年至六年，先後以户部侍郎充諸道鹽鐵轉運使，轉兵部侍郎領使如故。大中六年八月至八年十一月，又以宰相領使，担任此職長達五年，頗著治績，爲唐代後期著名理財重臣。事具詳兩《唐書》

本傳。

〔二五〕不犯脂膏，即脂膏不潤，不曾侵佔百姓的財富。《東觀奏記·孔奮傳》：『奮在姑臧四年，財物不增，惟老母極膳，妻子但菜食。或嘲奮曰：「直脂膏中，亦不能自潤。」而奮不改其操。』

〔二六〕縑素，細絹。此句似隱用『胡威絹』之典。《三國志·魏志·胡威傳》裴注引《晉陽秋》載，胡威少有志向，厲操清白。父質爲荆州刺史，威往省。告歸，質賜絹一匹，威跪曰：『大人清白，不審於何得此絹？』質曰：『是俸禄之餘，故以爲汝道路糧耳。』威始受之。『免藏縑素』，蓋謂不傷廉潔，不必藏匿縑素也。或用《漢書·成帝紀》：『時國中少繒帛，代之許謙盗絹二匹，守者以告，帝匿之。』蓋謂無盗絹之事，可免匿其情事也。

〔二七〕涸鮒投泉，乾涸車轍中之鮒魚得以投身於泉水，喻困境遇救。『涸轍之鮒』，事出《莊子·外物》。詳《上學士舍人啓》之二『遂使枯魚被澤』句注。

〔二八〕《晉書·山濤傳》：『與嵇康、吕安善，後遇阮籍，便爲竹林之交，著忘言之契。康後坐事，臨誅，謂子紹曰：「巨源在，汝不孤矣。」』又《嵇紹傳》：『山濤領選，啓武帝曰：「《康誥》有言：父子罪不相及。嵇紹賢侔郤缺，宜加旌命，請爲祕書郎。」帝謂濤曰：「如卿所言，乃堪爲丞，何但郎也。」乃發詔徵之，起家爲祕書丞。』幽獨，指微弱孤獨之嵇紹。此借以自指。歸，依靠。分，情。

〔二九〕《三國志·魏志·程昱（孫曉傳）》：『曉嘉平中爲黄門侍郎，時校事放横，曉上疏……於是遂罷校事官。』有《嘲熱客詩》，譏誚好交游馳逐之輩。『赫曦』，炎暑熾盛貌。《嘲熱客詩》云：『今世褦襶子，觸熱到人家……傳語諸高明，熱行宜見訶。』此即所謂『赫曦無恥，免干程曉之門』也。意謂如能得鹽鐵之瑣吏，己亦可免於蒙恥干權貴之門矣。

上蕭舍人啓〔一〕

某啓：某聞周公當國，東伐淮夷〔二〕；陸抗持權，北臨江漢〔三〕。或陳師鞠旅〔四〕，或築室反耕〔五〕。然後王府圖功〔六〕，台庭陟恪〔七〕。猶垂壯烈，尚播雄圖。屬者邊塞失和，羌豪俶擾〔八〕。煙塵驟起，烽燧相連〔九〕。犬牙秦雍之疆〔一〇〕，蠆尾河汾之地〔一一〕。雖登壇授鉞〔一二〕，屢選中權〔一三〕；而禁暴安人，殊無上策。相公手捐相印，腰佩兵符，威不搴旗，信惟盈缶〔一四〕。莫不周勤體物〔一五〕，煦嫗垂仁〔一六〕。足食足兵，俄成於富庶〔一七〕；惟風及雨，立致於生成〔一八〕。今者再振萬機，重宣五教〔一九〕。方從易簡〔二〇〕，及表優崇〔二一〕。凡列陶鎔，咸增抃賀。從此鏄彝著德〔二二〕，鐘鼎流芳〔二三〕。四海遐瞻，共卜歸還之兆〔二四〕；一陽初建，便當霖雨之期〔二五〕。某忝預恩知，實踰倫等〔二六〕。

校注

〔一〕《英華》卷六六六啓十六雜啓下，《全文》卷七八六載此首。【按】題曰『上蕭舍人』，文中却無一語涉及舍人之職事，而是稱『相公』，且屢用『周公當國』、『台庭』、『相印』、『陶鎔』、『霖雨』等指稱宰相之詞語。啓先云『相公手捐相印，腰佩兵符』，後云『今者再振萬機，重宣五教』，顯係先已爲相，出鎮邊地，後又重登相位者。庭筠另有《上蕭舍人啓》，係大中五至六年間代人上蕭鄴之啓，此啓之題或涉前題而誤。細審啓文，所上之對象當爲大中朝兩任宰相之白敏中。據兩《唐書》紀、傳、表及《通鑑》，白敏中於會昌六年宣宗即位後不久即拜相，至大中五年三月，出爲邠寧節度使。《新唐書·白敏中傳》：『會党項數寇邊，（崔）鉉言宜得大臣鎮撫，天子向其言，故敏中以司空、平章事兼邠寧節度、招撫、制置使。』《宰相表》：大中五年『三月，敏中爲特進、守司空兼門下侍郎、同平章事，招討南山、平夏党項行營兵馬都統制置使，并南北路供軍使兼邠寧慶等州節度使。』《通鑑·大中五年》：『上以南山、平夏党項久未平，頗厭用兵。崔鉉建議，宜遣大臣鎮撫。三月，以敏中爲司空、同平章事，充招討党項行營都統制置等使，南北兩路供軍使兼邠寧節度使。』此即啓文所謂『羌豪俶擾』『相公手捐相印，腰佩兵符』，亦即篇首『周公當國，東伐淮夷；陸抗持權』所喻指。《新·傳》又云：『次寧州，諸將已破羌賊。敏中即説諭其衆，皆願棄兵爲業。』此即啓所謂『威不搴旗，信惟盈缶』。大中六年四月，徙劍南西川節度使。十一年正月，徙荆南節度使。懿宗即位，敏中又於大中十三年十二月丁酉守司徒兼門下侍郎、同中書門下平章事，再度入相。咸通二年卒。啓文『今者再振萬機，重宣五教』，即指其事。啓又云『四海遐瞻，共卜歸還之兆；一陽初建，便當霖雨之期』。啓必上於大中十三年十二月聞敏中重新入相消息，而敏中尚未啓程歸京之時，離冬至不久。時庭筠尚在襄陽徐商幕。題或當作《上司徒白相公啓》或《賀司徒白相公啓》。

〔二〕《書·大誥序》：『武王崩，三監及淮夷叛，周公相成王，將黜殷，作《大誥》。』《史記·魯周公世家》：『其後武王既崩，成王少……管、蔡、武庚等果率淮夷而反。周公乃奉成王命，興師東伐，作《大誥》，遂誅管叔，殺武庚，放蔡叔。』《史記·周本紀》：『召公爲保，周公爲師，東伐淮夷、殘奄，遷其君薄姑。』淮夷，古代居於淮河流域之部族。此以周公伐淮夷喻指白敏中征討党項。

〔三〕《三國志·吴志·陸抗傳》：『鳳皇元年，西陵督步闡據城以叛，遣使降晉……諸將咸欲攻闡，抗每不許……晉車騎將軍羊祜率師向江陵……荆州刺史楊肇至西陵。抗令張咸固守其城……身率三軍，凭圍對肇……肇衆凶懼，悉解甲挺走。抗使輕兵躡之，肇大破敗，祜等皆引軍還。抗遂陷西陵城，誅夷闡族及其大將吏，自此以下，所請赦者數萬口。修治城圍，東還樂鄉，貌無矜色，謙冲如常，故得將士歡心，加拜都護。』裴注引《漢晉春秋》曰：

『羊祜既歸，增修德信，以懷吳人。陸抗每告其邊戍曰：「彼專爲德，我專爲暴，是不戰而自敗也。各保分界，無求細益而已。」於是吳、晉之間，餘糧棲畝而不犯，牛馬逸而入境，可宣告而取也。沔上獵，吳獲晉人先傷者，皆送而相還。』此即所謂『北臨江漢』，指既能有效制止晉軍南侵，又能保持邊境之和平安寧局面。此亦以陸抗掌握兵權、制晉入侵喻白敏中制置邠寧防止党項入侵之有方。《通鑑·大中五年》：『上頗知党項之反，由邊帥利其羊馬，數欺奪之，或妄誅殺，党項不勝憤怨，故反。乃以右諫議大夫李福爲夏綏節度使。自是繼選儒臣以代邊帥之貪暴者，行日復面加戒勵，党項於是遂安。』此平夏党項之情况。遣白敏中鎮撫平夏、南山党項，亦選儒臣代邊帥之貪暴者之政策措施。用陸抗事，甚爲切合。

〔四〕《詩·小雅·采芑》：『鉦人伐鼓，陳師鞠旅。』鄭箋：『此言將戰之日，陳列其師旅，誓告之也。』鞠，告戒。鞠旅，猶誓師。此句上承『東伐淮夷』。《新唐書·西域傳上·党項羌》：『宣宗四年，内掠邠、寧，詔鳳翔李業、河東李拭合節度兵討之，宰相白敏中爲都統。帝出近苑，或以竹一箇植舍外，見纔尺許，遠且百步，帝屬二矢曰：「党羌窮寇，仍歲暴吾鄙，今我約，射竹中則彼當自亡，不中，我且索天下兵翦之，終不以此賊遺子孫。」左右注目。帝一發竹分，矢徹諸外，左右呼萬歲。不閲月，羌果破殄，餘種竄南山。』

〔五〕《左傳·宣公十五年》：『築室反耕者，宋必聽命。』杜預注：『築室於宋，分兵歸田，示無去志。』此句上承『陸抗持權，北臨江漢』。《三國志·吳志·陸抗傳》：『赤烏九年，遷立節中郎將，與諸葛恪换屯柴桑。抗臨去，皆更繕完城圍，葺其牆屋，居廬桑果，不得妄敗。而恪柴桑故屯，頗有毀壞，深爲慚。』又載其上疏，力主『富國强兵，力農畜穀』，『暫息進取小規，以畜士民之力，觀衅伺隙』。餘參見注〔三〕。凡此均所謂『築室反耕』，作長期拒守之計。《新唐書·白敏中傳》於『諸將已破羌賊，敏中即説諭其衆，皆願棄兵爲業』下接云：『乃自南山並河按屯保，迴繞千里。又規蕭關通靈、威路，使爲耕戰具』，此亦『築室反耕』之事也。

〔六〕王府，指帝王收藏財物或文書之府庫。張説《郭代公元振》詩：『大勲書王府，窄命淪江路。』

〔七〕台庭，宰相的門庭。陟恪，登敬。《左傳·昭公七年》：『王使郕簡公如衛弔，且追命襄公曰：「叔父陟恪，在我先王之左右，以佐事上帝。」』杜注：『陟，登也；恪，敬也；帝，天也；叔父，謂襄公。命，如今之哀册。』孔疏：『如今之哀册者，漢、魏以來，賢臣既卒，或贈以本官印綬，近世或更贈以高官，褒德敍哀，載之於策。』二句謂然後方能於王府書勳，卒後褒贈。

〔八〕《通鑑·大中四年》：九月，『党項爲邊患，發諸道兵討之，連年無功，戍饋不已。』此即所謂『邊塞失和，羌豪俶擾。』羌，指党項。《新唐書·西域傳上·党項》：『党項，漢西羌别種。』豪，酋，首領。俶擾，開始擾亂。《書·胤征》：『惟時羲和，顛覆厥德。沈亂于酒，畔官離次。俶擾天紀，遐棄厥司。』孔傳：『俶，始；擾，亂。』按：党項擾邊非自此時方開始，此句『俶擾』義同擾亂。

〔九〕烽燧，古代邊防報警信號，白日放煙爲烽，夜間舉火爲燧。

〔一〇〕犬牙，謂地界相接如犬牙交錯。秦雍，指關中地區。唐代關中地區，《禹貢》爲雍州之域，舊爲秦地。

〔一一〕蠆尾，蝎子尾巴。此用作動詞，猶言荼毒、殘害。河汾，指今山西西南一帶地區。

〔一二〕登壇受鉞，指設壇拜將，授予統軍之權。《史記·淮陰侯列傳》：『何曰：「王素慢無禮，今拜大將如呼小兒耳，此乃信所以去也。王必欲拜之，擇良日，齋戒，設壇場，具禮，乃可耳。」王許之。』古代大將出征，君主授以斧鉞，表示授以兵權，稱授鉞。張衡《東京賦》：『授鉞四七，共工是除。』

〔一三〕中權，本指中軍製定謀略。《左傳·宣公十二年》：『前茅慮無，中權，後勁。』杜注：『中軍製謀，後以精兵爲殿。』亦指中軍，此指中軍統帥。庾信《周車騎大將軍賀婁公神道碑》：『以君智略，入主中權。』《新唐書·西域傳上·党項》：『至開成末，種落愈繁，富賈人齎繒寶鬻羊馬，藩鎮乘其利，彊市之，或不得直，部人怨，相率爲亂，至靈、鹽道不通。武宗以侍御史爲使招定，分三印，以邠、寧、延屬崔彦曾，鹽、夏、長澤屬李鄠，靈武、麟、勝屬鄭賀，皆緋衣銀魚，而功不克。』

〔一四〕謂威不在舉旗征討殺戮，而惟以誠信服人。《新唐書·白敏中傳》：『次寧州，諸將已破羌賊，敏中即説諭其衆，皆願棄兵爲業。』《通鑑·大中五年》：『敏中軍於寧州。壬子，定遠城使史元破党項九千餘帳於三交谷。敏中奏党項平。辛未，詔：「平夏党項，已就安帖。南山党項，聞出山者迫於飢寒，猶行鈔掠。平夏不容，窮無所歸；宜委李福存諭，於銀、夏境内授以閒田……鄜由邊將貪鄙，致其怨叛，自今當更擇廉良撫之。若復致侵叛，當先罪邊將，後討寇虜。」……八月，白敏中奏南山党項亦請降。時用兵歲久，國用頗乏，詔並赦南山党項，使之安業。」此當即所謂「威不褰旗，信惟盈缶。」

〔一五〕體物，生成萬物。《禮記·中庸》：「體物而不可遺。」鄭玄注：「體，猶生也。」或解：體物，體察物情。

〔一六〕煦嫗（yù），《英華》作「嘔喻」。《禮記·樂記》：「天地訢合，陰陽相得，煦嫗覆育萬物。」煦嫗，撫育，長養。

〔一七〕《論語·顔淵》：「子貢問政。子曰：「足食、足兵，民信之矣。」」又：《子路》：「冉有曰：「既庶矣，又何加焉？」曰：「富之。」曰：「既富矣，又何加焉？」曰：「教之。」」

〔一八〕生成，長成。句意謂如好風時雨，立即導致萬物的成長。

〔一九〕萬機，指紛繁的政務。《書·皋陶謨》：「兢兢業業，一日二日萬幾。」後多作「萬機」。五教，五常之教，指父義、母慈、兄友、弟恭、子孝五種倫理道德教育。《書·舜典》：「汝作司徒，敬敷五教。」振萬機、宣五教，均指宰相之職。「再」、「重」，指再任宰相。《新唐書·懿宗紀》：大中十三年十二月「丁酉，令狐綯罷，荆南節度使白敏中爲司徒，兼門下侍郎、同中書門下平章事」。

〔二〇〕《易·繫辭上》：「易則易知，簡則易從……易簡則天下之理得矣。」易簡，此指爲政平易簡約。

〔二一〕優崇，優待而尊崇之。《三國志·魏志·王肅傳》：「公之奉魏，不敢不盡節；魏之待公，優崇而不臣。」此指白敏中再度入相時受到皇帝的優禮尊崇，如加「守司徒」。

〔二二〕罇，同「尊」。尊、彝均爲古代酒器，亦泛指禮器。尊、彝上銘刻紀功德的文字，故云「著德」。

〔二三〕鐘、鼎等青銅器上多銘刻紀事銘功的文字，以流傳後世，故云「鐘鼎流芳」。《文選·劉孝標〈廣絶交論〉》：『聖賢以此鏤金版而鐫盤盂，書玉牒而刻鐘鼎。』李善注引《墨子》：『琢之盤盂，銘於鐘鼎，傳於後世。』

〔二四〕歸還，指回到朝廷（重登相位）。曰『遐瞻』，曰『卜』，説明上啓時敏中尚未歸京。

〔二五〕《易·復》『後不省方』孔疏：『冬至一陽生，是陽動而陰復歸於静也。』冬至日陰氣盡而陽氣開始復生，故云『一陽初建』。此謂其時正當冬至節氣之時，亦頌稱白敏中重新入相將給政局帶來新的生機。霖雨，喻給百姓以恩惠。《書·説命上》：『爰立（傅説）作相。命之曰：若歲大旱，用汝作霖雨。』

〔二六〕語意未完，此下疑有脱文。『忝預恩知，實踰倫等』，謂過去曾受白敏中的恩惠知遇，超越常倫。按理以下應有今日之祝賀祈望語，否則不合書啓常規。

爲前邕府段大夫上宰相啓〔一〕

某聞樂氏垂恩，延於十世〔二〕；屈生罹譴，不過三年〔三〕。雖行一切之科，宜聽九刑之訴〔四〕。某謬因門蔭〔五〕，獲忝朝私〔六〕。雖位以恩遷，而官由政舉〔七〕。累經重事，皆立微勞。頃年初忝邕南〔八〕，頗常蠹弊〔九〕。事皆條奏，不敢曠官〔一〇〕。冰蘗自居〔一一〕，膏腴不染〔一二〕。南蠻俶擾〔一三〕，邊徼先聞〔一四〕。始事詳覼，飛章備述。黄伯選根基深固〔一五〕，溪洞酋豪〔一六〕。準詔懷來〔一七〕，署之軍職。李蒙妄因非罪〔一八〕，忽使誅鋤。某離任之初，濫稱遺愛〔一九〕。伍營校隊〔二〇〕，千里農商〔二一〕，叫噪盈途，牽留截鐙〔二二〕。爰從初任，以至罷還，不戮一夫，聞於衆聽。其後既經焚蕩，又遣統臨〔二三〕。糠粃不充，菅蓬自覆〔二四〕。曾無禄賜，惟抱憂危。至無尺絹貫緡〔二五〕，以爲歸費。及蒙罪狀，煥在絲綸〔二六〕。以爲徒忝官常，曾無制置〔二七〕。且經營甫爾，物力未周，拜疏將行，替人俄至〔二八〕。仰恩波而不浹〔二九〕，駐官局以何由〔三〇〕？懦怯請兵，才非將帥。今者九州徵發〔三一〕，萬里喧騰，憑賊請鋒〔三二〕，已至城下。則以三千土著，衆寡何如〔三三〕？兩任經年，曾無掩襲〔三四〕。雖有煙塵之候，不踰朝貢之州。無勞北軍，已自抽退〔三五〕。伏念至德、建中之際〔三六〕，長蛇大豕之間〔三七〕，願報國恩，盡糜家族〔三八〕。松楸未拱〔三九〕，帶礪猶存〔四〇〕。顧慚無用之軀，旋漏不私之貸〔四一〕。僑居乞食〔四二〕，蓬轉萍飄。生作窮人，死爲醜鬼〔四三〕。伏惟相公，業開伊、呂〔四四〕，朗鏡臨人；運值堯、湯，平衡宰物〔四五〕。伏乞録其勳舊，假以生成。免令家廟豐碑〔四六〕，尚垂蟲篆〔四七〕；私庭陋巷，長設雀羅〔四八〕。戀闕傷魂，臨途結欷〔四九〕。無任懇迫。

校注

〔一〕《英華》卷六六六啓十六雜啓下、《全文》卷七八六載此首。前邕府段大夫，指前邕管經略使段文楚。《新唐書·方鎮表六》：「天寶十四載，置邕州管内經略使，領邕、貴、横、欽、澄、賓、嚴、羅、淳、瀼、山、田、籠十三州，治邕州。」按：段文楚爲段秀實之孫，曾先後兩任邕管經略使。第一次約大中九年至十二年二月。《舊唐書·宣宗紀》：大中十二年「二月，以前邕管經略招討處置使、朝議郎、邕州刺史、御史中丞、賜紫金魚袋段文楚爲昭武校尉、左金吾衛將軍」。《唐刺史考全編》謂其始任之年約大中九年。第二次爲咸通二年七月至三年二月。《通鑑·咸通二年》：七月，「（李）弘源坐貶建州司户。（段）文楚時爲殿中監，復以爲邕管經略使。」又，《咸通三年》：二月，「邕管經略段文楚坐變更舊制，左遷威衛將軍、分司。」《新唐書·南蠻傳中·南詔傳下》：「詔殿中監段文楚爲（邕管）經略使，數改條約，衆不悦，以胡懷玉代之。」大夫，御史大夫，段文楚第二次任邕管經略使時所帶憲銜（第一次爲御史中丞）。段文楚大中十二年二月離邕管任後，繼任者爲李蒙（大中十二年至咸通二年）、李弘源（咸通二年）。啓内敍及段初任邕管、離任及繼任者李蒙妄誅當地豪酋之事，及再臨邕管、被罷與其後『僑居乞食，蓬轉萍飄』之困窘處境，祈求宰相『録其勳舊，假以生成』。啓内又提及『今者九州徵發，萬里喧騰，憑賊請鋒，已至城下』，指咸通五年，『康承訓至邕州，蠻寇（指南詔侵擾）益熾，詔發許、滑、青、汴、兖、鄆、宣、潤八道兵以授之』（見《通鑑·咸通五年三月》）。故此啓之寫作時間，當在咸通五年三月以後。關於此啓所涉及之段文楚第二次任邕管經略使之情況，《通鑑·咸通二年》有較具體記載：『秋，七月，南詔攻邕州，陷之。先是，廣、桂、容三道共發兵三千人戍邕州，三年一代。經略使段文楚請以三道衣糧自募土軍以代之，朝廷許之。所募纔得五百許人。文楚入爲金吾將軍，經略使李蒙利其闕額衣糧以自入，悉罷遣三道戍卒，止以所募兵守左、右江，比舊什減七八，故蠻人乘虚入寇。時蒙已卒，經略使李弘源至鎮纔十日，無兵以禦之。城陷，弘源與監軍脱身奔巒州。二十餘日，蠻去，乃還。弘源坐貶建州司户。文楚時爲殿中監，復以爲邕管經略使。至鎮，城邑居人什不存一。文楚，秀實之孫也。』餘詳下文各有關諸句注。

〔二〕欒氏垂恩，延於十世：欒氏，指欒書，即欒武子，春秋晉大夫。初領下軍，後代郤克爲中軍元帥。晉厲公六年，率師伐鄭，楚兵救鄭，大敗楚師於鄢陵。晉由此威震諸侯，卒謚武子。事詳《左傳·宣公十二年》、《成公十八年》。垂恩十世之事未詳。《左傳·襄公二十一年》載，晉范宣子殺叔向之弟羊舌虎等而囚叔向。祁奚見宣子，曰：『夫謀而鮮過，惠訓不倦者，叔向有焉，社稷之固也，猶將十世宥之，以勸能者。今壹不免其身，以棄社稷，不亦惑乎！』後因以『十世宥』謂功臣後裔即使有罪，也應予寬恕。與『垂恩』、『延於十世』之意切合。疑兼用叔向之事。按：段文楚爲唐德宗時著名忠臣段秀實之孫。《文苑英華》卷八七一載唐德宗《贈太尉段秀實紀功碑》，柳宗元有《段太尉逸事狀》，兩《唐書》有傳。段秀實以笏擊叛臣朱泚遇害後，德宗『乃詔有司册贈太尉，謚曰忠烈，賜實封五百户，莊宅各一所，嗣子授三品正員官，諸子各授五品正員官』（《紀功碑》）。此句隱含朝廷當垂恩及於十世，寬宥段文楚之過之意。

〔三〕《史記·屈原賈生列傳》：『於是天子議以爲賈生任公卿之任，絳、灌、東陽侯、馮敬之屬盡害之，乃短賈生曰：「雒陽之人，年少初學，專欲擅權，紛亂諸事。」於是天子亦疏之，不用其議，乃以賈生爲長沙王太傅……賈生爲長沙王太傅三年，有鴞飛入賈生舍……乃爲賦以自廣……後歲餘，賈生徵見。』賈誼長沙三年之貶，爲文人耳熟能詳之典，屈原雖亦有被疏及爲頃襄王怒遷之事，然史籍並無『罹譴三年』之記載，此句『屈生』疑『賈生』之誤，蓋緣屈、賈二人合傳連稱又均有遭貶之事而誤記。此句亦隱寓段文楚左遷威衛將軍分司爲時已歷三年。

〔四〕科，法規。九刑，古代的九種刑罰。《漢書·刑法志》：『周有亂政而作九刑。』顔師古注引韋昭曰：『謂正刑五（按：即墨、劓、剕、宫、大辟），及流、贖、鞭、扑也。』《周禮·秋官·司刑》『掌五刑之灋』賈公彦疏：『九刑者，鄭注《堯典》云：正刑五，加之流、宥、鞭扑、贖刑。』此似用後解，以其有『宥』刑也。

〔五〕門蔭，指因祖父段秀實之功得蔭其門而爲官。《新唐書·段秀實傳》：『興元元年，詔贈太尉，謚曰忠烈……長子三品，諸子五品，並正員官。』文楚爲其孫，當亦襲其祖蔭。

〔六〕朝私，朝廷的恩典。

〔七〕舉，成功。

〔八〕指初任邕管經略使，詳注〔一〕。

〔九〕釐弊，改革舊弊。其中當包括以三道衣糧自募土軍以代三道發兵戍守邕管之事，詳注〔一〕。

〔一〇〕條奏，逐條上奏。曠官，空居官位。

〔一一〕冰蘗，亦作『冰蘗』。蘗，即黄蘗、黄柏，性寒味苦。冰蘗自居，喻居官寒苦而有操守。劉言史《初下東周贈孟郊》：『素堅冰蘗心，潔持保賢貞。』

〔一二〕即『脂膏不潤』之意，詳《上吏部韓郎中啓》『則亦不犯脂膏』句注。

〔一三〕南蠻，指南詔。俶擾，《全文》原作『俶優』，『優』字當涉『俶』字偏旁而誤，據《英華》改。俶擾，擾亂。《新唐書·南蠻傳中·南詔下》：『安南都護李鄠屯武州，咸通元年，爲蠻所攻，棄州走。……明年，攻邕管，經略使李弘源兵少不能拒，奔巒州。』又，宣宗大中十三年，南詔酋龍自稱皇帝，國號大禮，改元建極，遣兵陷播州。見《通鑑》。此雖大中十二年二月段文楚初鎮邕管離任後發生之事，亦可窺見大中末年南詔勢盛，邊徼遭受『俶擾』之情形。

〔一四〕邊徼，邊境。《史記·司馬相如列傳》：『南至牂柯爲徼。』司馬貞索隱引張揖曰：『徼，塞也。以木柵水爲蠻夷界。』

〔一五〕黄伯選，邕管當道土著豪酋。

〔一六〕溪洞，古代稱西南少數民族（包括今稱苗族、侗族、壯族）及其聚居地區。《隋書·煬帝紀下》：『高涼通守洗珤舉兵作亂，嶺南溪洞多應之。』

〔一七〕準詔，依照詔書爲準繩，遵照詔旨。懷來，招來。陸賈《新語·道基》：『附遠寧近，懷來萬邦。』字亦作『懷徠』。

〔一八〕李蒙，繼段文楚任邕管經略使者，詳注〔一〕。

〔一九〕遺愛，指爲政有恩惠功德於當地百姓。

〔二〇〕伍營，指軍營。古代軍隊編制，士兵五人爲伍。亦泛指部伍、軍隊。校，古代軍隊建制，亦泛指部隊。

〔二一〕商，《全文》原作『桑』，據《英華》改。千里農商，謂管内地方千里的農夫商人。

〔二二〕牽留，挽留。截鐙，攔截馬鐙表示挽留。馮贄《雲仙雜記·截鐙留鞭》：『姚崇牧荆州，受代日，闔境民泣，撫馬首截鐙留鞭，以表瞻戀。』

〔二三〕既經焚蕩，指咸通二年七月南詔攻陷邕州後焚掠一空之事，即《通鑑》所謂『城邑居人什不存一』。統臨，統領管轄。又遣統臨，指咸通二年七月段文楚第二次被任命爲邕管經略使。

〔二四〕粃，米麥的粗屑。糠粃，泛指粗劣的糧食。菅蓬，茅草蓬草。

〔二五〕尺絹貫緡，一尺絹一貫錢。緡，本指穿錢的繩索，亦指成串的銅錢。

〔二六〕焕，明白、昭然。絲綸，指皇帝的詔書。《禮記·緇衣》：『王言如絲，其出如綸。』蒙罪狀，當指李蒙『利闕額衣糧以自入』之貪污罪狀，詳注〔一〕引《通鑑·咸通二年》。

〔二七〕官常，官之常職。《周禮·天官·大宰》：『以八灋治官府……四曰官常，以聽官治。』制置，規劃、處理。『徒忝官常，曾無制置』，當是詔書中所稱李蒙失職瀆職之罪。

〔二八〕替人，接人，接替的官吏。

〔二九〕浹，遍及。

〔三〇〕官局，官署。

〔三一〕徵發，徵調軍隊。《通鑑·咸通四年》：三月，『南蠻寇左、右江，浸逼邕州。鄭愚懼，自言儒臣無將略，請任武臣。朝廷召義武節度使康承訓詣闕，欲使之代愚……四月……康承訓至京師，以爲嶺南西道節度使，發荆、襄、洪、鄂四道兵萬人與之俱。』又《咸通五年》：三月，『康承訓至邕州，蠻寇益熾。詔發許、滑、青、汴、兖、鄆、宣、潤八道兵以授之。』此當指咸通五年徵發八道兵之事。九州，猶全中國。

〔三二〕憑，憤怒。

〔三三〕何如，《全文》原作『如何』，據《英華》乙改。

〔三四〕兩任，指自己前後兩次担任邕管經略使。掩襲，指南詔突然襲擊邕州之事。

〔三五〕謂已兩鎮邕管期間，從未勞朝廷從北面（指中原各地）徵調軍隊，而南詔已自抽軍而退。

〔三六〕至德、建中之際，指肅宗至德安史之亂、德宗建中朱泚之亂期間。

〔三七〕長蛇大豕，猶長蛇封豕。《左傳·定公四年》：『吴爲封豕長蛇，以薦食上國，虐始於楚。』杜預注：『言吴貪害如蛇豕。』此喻反叛的藩鎮。

〔三八〕縻，本指牛轠繩，此指牽繫。《新唐書·段秀實傳》：『肅宗在靈武……署秀實兼懷州長史，知州事，兼留後。時師老財乏，秀實督餽係道，募士市馬以助軍……朱泚反……語至僭位，勃然起，執休腕，奪其象笏，奮而前，唾泚面大罵曰：「狂賊，可磔萬段，我豈從汝反邪！」遂擊之。泚舉臂捍笏，中顙，流血轣面，匍匐走……遂遇害。』盡縻家族，謂將全家族人的性命均繫於國家命運。

〔三九〕謂秀實墓上的松楸尚未大到兩手合圍。

〔四〇〕《史記·高祖功臣侯者年表》：『封爵之誓曰：「使黄河如帶，泰山若厲。國以永寧，爰及苗裔。」』裴駰集解引應劭曰：『封爵之誓，國家欲使功臣傳祚無窮。帶，衣帶也；厲，砥石也。河當何時如衣帶，山當何時如厲石。言如帶厲，國乃絶耳。』此言當年皇帝褒獎功臣的誓言猶存。

〔四一〕無用之軀，段文楚自指。貸，赦免。二句謂雖爲功臣之後，却已得不到皇帝毫無偏私的寬赦。

〔四二〕僑居，寄居他鄉。

〔四三〕醜，《英華》作『羞』，校：一作『醜』。

〔四四〕伊、呂，伊尹，商之開國功臣；呂望，周之開國功臣。

〔四五〕平衡，權衡國政使得其平，指宰相之職。

〔四六〕古代有顯爵高位者方能建家廟。《新唐書·段秀實傳》：『大和中，子伯倫始立廟。有詔給鹵簿，賜度支綾絹五百，以少牢致祭。』豐碑，紀功頌德的高大石碑。

〔四七〕蟲篆，本指蟲書。成公綏《隸書體》：『蟲篆既繁，草藁近譌。適之中庸，莫尚于隸。』此指蟲子垂絲如同篆字。蓋謂家廟中豐碑爲蟲絲所纏繞。

〔四八〕私，《全文》原作『秋』，據《英華》改。作『秋庭』意泛，且與上句『家』字對未工。私庭，猶私家之庭院。長設雀羅，謂私居荒涼冷落，門無賓客。《史記·汲鄭列傳論》：『始翟公爲廷尉，賓客闐門；及廢，門外可設雀羅。』

〔四九〕結欷，鬱結憂嘆。

上崔大夫啓〔一〕

伏承已踐埋輪〔二〕，光膺弄印〔三〕。夙承知遇，欣賀伏深。大夫二十三兄，銑社光輝〔四〕，珠庭宅慶〔五〕。居方可裕〔六〕，秉直無徒〔七〕。誠宜便捨珪符〔八〕，來調鼎鼐〔九〕。而乃芝田挺秀，不許於三農〔一〇〕；蕙畝流芳〔一一〕，寧同於百卉？伏想嵇山靈爽，鏡水澄明〔一二〕，仰止尊高〔一三〕，居然勝絶。隱貧居而坐聞絲管，謂仙家而行有旌旗〔一四〕。竊料已飾廉車〔一五〕，行離郡界。高風在律，爽氣盈軒〔一六〕。未窮皋壤之秋〔一七〕，已領江山之秀。瞻望恩顧，攀結倍深。

校注

〔一〕《英華》卷六六六啓十六雜啓下、《全文》卷七八六載此首。崔大夫，名未詳。據啓内『已踐埋輪，光膺弄印』、『誠宜便捨珪符，來調鼎鼐』、『嵇山靈爽，鏡水澄明』、『竊料已飾廉車，行離郡界』等語，其人蓋任浙東觀察使，已内徵爲御史大夫，將離郡回京者。又據『大夫二十三兄』之語，其人排行爲二十三。然檢《唐刺史考全編》，自開成四年至咸通八年，歷任浙東觀察使者爲蕭俶（開成四年至會昌二年）、李師稷（會昌二年至四年）、元晦（會昌五年至大中元年）、楊漢公（大中元年至二年）、李拭（大中二年）、李褒（大中三年至六年）、李訥（大中六年至九年）、沈詢（大中九年至十二年）、鄭處晦（大中十三年至咸通元年）、王式（咸通元年至三年）、鄭裔綽（咸通三年至四年）、楊嚴（咸通五年至八年）。其間起訖替代基本承接，然無一爲崔姓者，亦無自浙東觀察使内徵爲御史大夫者。再由開成四年上溯至元和初，歷任浙東觀察使亦班班可考，任期承接，無一崔姓者。頗疑題有誤，或他人之作誤植於庭筠名下者。然明刊配殘宋本《英華》卷六六六載温庭筠雜啓三首，此爲第三首，可見如屬他人之作誤植，則自北宋時已然（或即《英華》在編録時誤植）。岑仲勉《唐人行第録》云：『《全文七八六温庭筠《上崔大夫啓》稱二十三兄，節度浙東，名待考。』復由元和初上溯，惟大曆十一年七月至十四年，崔昭爲浙東觀察使。《全文》卷五二三崔元翰《判曹食堂壁記》：『越中號爲中府，連帥治所……故太子少師皇甫公（温）來臨是邦……後二歲而御史大夫崔公（昭）爲之。』卷四四三李舟《爲崔大夫請入奏表》：『移鎮浙東。臣自至越州，旋經歲序。』又《爲崔大夫請入奏表》：『臣一昨初承國喪（指代宗逝世）……請赴山陵，伏承批答，上遵遺旨，不許奔會。』似與崔姓爲浙東觀察使、御史大夫者合。然其『大夫』之稱，當是任浙東觀察使時所帶憲銜，非徵入任御史大夫之實職，則終與此啓首二句不合。故據現有資料，對此啓之作者及寫作時間只能存疑。

〔二〕《後漢書·張綱傳》：『綱常感激，慨然嘆曰：「穢惡滿朝，不能奮身出命，掃國家之難，雖生，吾不願也。」……漢安元年，選遣八使，徇行風俗，皆耆儒知名，多歷顯位，惟綱年少，官次最微，餘人受命之部，而綱獨埋其車輪於洛陽都亭，曰「豺狼當路，安問狐狸！」遂奏曰：「大將軍冀（梁冀）、河南尹不疑（直不疑），蒙外戚之援，荷國厚恩，以芻蕘之資，居阿衡之位……專爲封豕長蛇，肆其貪叨，甘心好貨，縱恣無底，多樹諂諛，以害忠良。誠天威所不赦，大辟所宜加也。謹條其無君之心十五事，斯皆臣子所切齒者也。」書御，京師震竦。時冀妹爲皇后，内寵方盛，諸梁姻族滿朝，帝雖知綱言直，終不忍用。』後以『埋輪』爲不畏權貴、直言敢諫之典。沈約《奏彈王源》：『雖埋輪之志，無屈權右。』已踐埋輪，已實踐埋輪之志，指其廉察浙東期間，敢於打擊豪强。

〔三〕《史記·張丞相列傳》：『高祖持御史大夫印弄之，曰：「誰可爲御史大夫者？」孰視趙堯曰：「無以易堯。」遂拜趙堯爲御史大夫。』光膺弄印，謂崔榮膺御史大夫之任命。蓋由浙東觀察使徵入爲御史大夫。

〔四〕二十三，係崔大夫之排行。銑社，未詳。銑，最有光澤之金屬。《爾雅·釋器》：『絶澤謂之銑。』《説文》：『銑，金之澤者。』社或取其衆多聚集之義。

〔五〕珠庭，飽滿的天庭，星相家以爲主貴之相。庾信《周大將軍趙公墓誌銘》：『凝脂點漆，日角珠庭。』《新唐書·李珏傳》：『日角珠庭，非庸人相。』宅，含。

〔六〕居方，猶居正，謂遵循正道。裕，寬大、寬容。《易·繫辭下》：『益，德之裕也。』韓康伯注：『能益物者，其德寬大也。』

〔七〕徒，《全文》原作『從』。此從《英華》。秉直，猶持正，依直道而行。無徒，無徒衆黨羽。

〔八〕珪符，《全文》作『圭符』。珪、圭本可通用，然字本作『珪符』，此從《英華》。珪符，古代封爵授土時，授珪以爲信。《左傳·哀公十四年》：『司馬牛致其邑與珪焉，而適齊。』杜預注：『珪，守邑符信。』《史記·晉世家》：『成王與叔虞戲，削桐葉爲珪以與叔虞，曰：「以此封若。」』此以『珪符』指浙東觀察使之符信印綬。

〔九〕調鼎鼐，謂調和五味於鼎鼐，喻宰相治理天下。此祝頌之辭，非謂其徵入爲相。

〔一〇〕芝田，傳説中神仙種靈芝之田。曹植《洛神賦》：『爾迺税駕乎蘅皋，秣駟乎芝田。』三農，古稱居住於平地、山區、水澤三類地區的農民，此泛稱農夫。許，期望。此謂崔如仙家之靈芝挺秀開花，非農夫可種。蓋贊其非凡品。

〔一一〕屈原《離騷》：『余既滋蘭之九畹兮，又樹蕙之百畝。』此謂百畝蕙草傳芳，豈同於普通的花卉。喻意同上。

〔一二〕嵇山，指會稽山，在今浙江紹興市東南，傳爲夏禹大會諸侯計功之所，故名。《越絶書·外傳記越地傳》：『（禹）更名茅山曰會稽。』靈爽，神靈明爽。鏡水，即鏡湖，在今浙江紹興市會稽山北麓，東漢會稽太守馬臻主持修建之大型水利工程，以水平如鏡，故名。

〔一三〕《詩·小雅·車舝》：『高山仰止，景行行止。』此以稽（嵇）山之高，喻崔之尊高，表己之敬仰。下句『居然勝絶』承『鏡水澄明』而言，謂鏡湖風景絶佳。

〔一四〕謂，《全文》作『調』，據《英華》改。二句蓋謂崔在越州，既如隱於貧居而又能坐聞絲竹管絃之樂，謂是仙家生活而又行有旌旗儀仗之榮耀。亦即既有隱逸仙家之樂趣，又充分享受富貴榮華的生活。行有旌旗，指觀察使出行時的旌旗儀仗。

〔一五〕廉車，觀察使所乘的車。唐代稱觀察使爲『廉察』。廉，通『覝』，考察、查訪。郡界，指越州會稽郡的郡界。

〔一六〕時值秋天，故曰『高風』、『爽氣』。律，節氣、時令。古以樂律與曆附會，用十二律對應十二月。在律，謂正合乎其所對應的月份。軒，車。

〔一七〕《莊子·知北游》：『山林與，皋壤與，使我欣欣然而樂與！』謝朓《拜中書記室辭隨王箋》：『皋壤搖落，對之惆悵。』二句謂崔在越州雖未歷窮秋，却已盡領江山之秀麗。

牓國子監〔一〕

右前件進士所納詩篇等，識略精微〔二〕，堪裨教化；聲詞激切〔三〕，曲備風謠〔四〕。標題命篇〔五〕，時所難著。燈燭之下，雄詞卓然。誠宜牓示衆人，不敢獨專華藻〔六〕。並仰牓出，以明無私。仍請申堂，並牓禮部〔七〕。咸通七年十月六日，試官温庭筠牓。

校注

〔一〕《唐才子傳》卷八邵謁傳、《全文》卷七八六載此首。牓，張掛榜文或告示。國子監，唐代最高學府，共分六學，即國子學、太學、四門學、律學、書學、算學。國子學、太學、四門學與弘文、崇文兩館之主要生徒，爲通向科舉入仕之主要學館。《唐摭言》卷一謂：『開元以前，進士不由兩監（指長安、洛陽的國子監）者，深以爲恥。』又《會昌五年舉格節文》云：『公卿百寮子弟及京畿内士人寄客外州府舉士人等修明經進士業者，並隸名所在監及官學，仍精加考試。所選人數，其國子監明經，舊格每年送三百五十人，今請送三百人；進士，依舊格送三十人。』《通典·選舉三·歷代制下》：『每歲仲冬，郡、縣、館、監課試其成者。』（傅璇琮《唐代科舉與文學》認爲『仲冬』應從《唐摭言》作『十月』，參以此牓文，是）。庭筠此牓文，係咸通七年任國子助教期間作爲該年國子監的試官，將經過考試報送到禮部，準備參加來年春天進士考試者所作的詩篇張榜公示，而寫的榜文告示。兩《唐書·温庭筠傳》均未載其曾爲國子助教事。然胡賓王《邵謁詩序》云：『（謁）尋抵京師隸國子，時温庭筠主試，乃榜三十餘篇以振公道。』《唐詩紀事》卷六十七李濤下亦載：『温庭筠在太學博士，主秋試，濤與衛丹、張郃等詩賦，皆榜於都堂。』庭筠弟庭皓有《唐國子助教温庭筠墓誌》（誌文今佚）署咸通七年。均可證庭筠咸通七年曾任國子助教，主秋試。本篇爲庭筠所作詩文可編年者之最後一篇。此後不久，即貶方城尉，旋即去世。

〔二〕進士，指國子監經過考試選拔出來準備參加來春禮部進士試的生徒。即鄉貢進士。識略精微，識見才略，精深微妙。

〔三〕聲詞，聲韻言詞。激切，激烈直率。《漢書·賈山傳》：『其言多激切，善指事意，然終不加罰，所以廣諫諍之路也。』

〔四〕曲備風謡，完全具備了《詩經》中十五國風反映民情的品質。【顧學頡曰】觀榜文有『聲詞激切』及『時所難著』之語，或是邵謁詩篇諷刺時政，而庭筠榜之，遂觸忌而遭廢耶？（《新舊唐書温庭筠傳訂補》）陳尚君《温庭筠早年事迹考辨》、梁超然《温庭筠考略》（載《漳州師院學報》一九九四年第三期）亦從其説並多有補證。【陳尚君曰】《唐才子傳》卷九『温憲』條謂：『詞人李巨川草薦表，盛述憲先人之屈，辭略曰：「蛾眉先妬，明妃爲出國之人；猿臂自傷，李廣乃不侯之將。」上讀表惻然稱美。時宰相亦有知者，曰：「父以竄死，今孽子宜稍振之，以厭公議，庶幾少雪讒之恨。」上頷之。』李巨川草表事，本於《唐摭言》卷十，後段不詳所出，辛文房當別有據。此處明言庭筠爲負寃竄死。據《寶刻叢編》著録，庭筠墓誌撰於咸通七年，是庭筠之卒距榜詩都堂不超過兩個月。其貶死的最明顯原因，當即爲榜詩觸及時諱。可能與楊收有關。温憲及第在龍紀元年，上距庭筠死已二十年，公議尚且難厭，可見這件寃案當時頗令人注目。惜事實久湮，只能推知其大概。【梁超然曰】從邵謁今存的作品可知他們作品情況的一斑。如《歲豐》一詩……對豪强的抨擊，沉痛而激烈，語氣尖刻……《論政》一詩則對時政進行了深刻的譏刺……温庭筠把這一類『聲詞激切』的作品榜之於堂，自然會招執政者的忌恨。宰相楊收是被當時民謡譏諷爲『錢財總被「收」』的有劣跡的貪官豪富……『楊收怒之，貶爲方城尉』，這是很自然的。【按】聯繫邵謁等人反映現實、抨擊時政之作，對照榜文中『聲詞激切，曲備風謡。標題命篇，時所難著』之評語，推斷庭筠之貶死與榜國子監生徒之詩一事有關，洵爲近乎情理之推測。牓文中所稱『前件進士所納詩篇』，係指考試合格之士子所納的省卷，爲禮部規定只舉進士者必須交納的詩文，時間一般爲考試前一年冬天。所納者爲『舊文』，即作者從自己擅長的文體中選出一部分佳作納獻於禮部，故須張榜公佈，以示國子監秋試選拔之公平。

〔五〕標題命篇，從設置題目到寫作成文。

〔六〕專，獨自佔有。

〔七〕中堂，中報尚書省。唐尚書省署居中，東有吏、户、禮三部，西有兵、刑、工三部。左、右僕射總轄各部，稱都省，其總辦公處稱都堂。牓禮部，在禮部張榜公佈。

温庭筠全集校注卷十二 乾𦠆子

陳義郎〔一〕

陳義郎，父彝爽，與周茂方皆東洛福昌人，同於三鄉習業。彝爽擢第，歸娶郭愔女。茂方名竟不就，唯與彝爽交結相誓。唐天寶中，彝爽調集，授蓬州儀隴令。其母戀舊居，不從子之官。行李有日，郭氏以自織染縑一匹裁衣，欲上其姑，誤爲交刀傷指，血霑衣上。啓姑曰：『新婦七八年温清晨昏，今將隨夫之官，遠違左右，不勝咽戀。然手自成此衫子，上有剪刀誤傷血痕，不能澣去。大家見之，即不忘息婦。』其姑亦哭。彝爽固請茂方同行。其子義郎纔二歲，茂方見之，甚於骨肉。及去儀隴五百餘里，磴石臨險，巴江浩渺。攀蘿遊覽，茂方忽生異志，命僕夫等先行：『爲吾郵亭具饌。』二人徐步自牽馬行。忽於山路斗拔之所，抽金鎚擊彝爽，碎顙，擠之於浚湍之中，佯號哭云：『某内逼，北迴，見馬驚踐長官殂矣，今將何之？』一夜會喪，爽妻及僕御致酒感慟。茂方曰：『事既如此，如之何？況天下四方人一無知者，吾便權與夫人乘名之官，且利一政俸禄，逮可歸北，即與發哀。』僕御等皆懸厚利，妻不知本末，乃從其計。到任，安帖其僕。一年已後，謂郭曰：『吾志已成，誓無相背。』郭氏藏恨，未有所施。茂方防虞甚切。秩滿移官，家於遂州長江。又一選，授遂州曹掾。居無何，已十七年，子長十九歲矣。茂方謂必無人知，教子經業，既而欲成。遂州秩滿，挈其子應舉。是年東都舉選，茂方取北路，令子取南路，茂方意令覘故園之存没。途次三鄉，有鬻飯媪留食，再三瞻矚。食訖，將酬其直。媪曰：『不然，吾憐子似吾孫姿狀。』因啓衣篋，出郭氏所留血污衫子以遺，泣而送之。其子秘於囊，亦不知其由與父之本末。明年下第，歸長江。其母忽見血迹衫子，驚問其故，子具以三鄉媪所對。及問年狀，即其姑也。因大泣，引子於静室，具言之：『此非汝父，汝父爲此人所害。吾久欲言，慮汝之幼，吾婦人，謀有不臧，則汝亡父之寃無復雪矣，非惜死也。今此吾手留血襦還，乃天意乎！』其子密礪霜刃，候茂方寢，乃斷吭，仍挈其首詣官。連帥義之，免罪。即侍母東歸。其姑尚存，且敍契闊。取衫子驗之，嘘欷對泣。郭氏養姑三年而終。

校注

〔一〕録自《太平廣記》卷一二二引《乾𦠆子》。

陽城〔一〕

陽城，貞元中與三弟隱居陝州夏陽山中。相誓不婚，啜菽飲水，莞簟布衾，熙熙怡怡，同於一室。後遇歲荒，屏迹不與同里往來，懼於求也。或採桑榆之皮，屑以爲粥，講論詩書，未嘗暫輟。有蒼頭曰都兒，與主協心，蓋管寧之比也。里人敬以哀，饋食稍豐，則閉户不納，散於餓禽。後里人竊令於中户致糠覈十數杯，乃就地食焉。他日，山東諸侯聞其高義，發使致五百縑，城固拒却。使者受命不令返，城乃標於屋隅，未嘗啓緘。無何，有節士鄭俶者，迫於營舉，投人不應，因途經其門，往謁之。俶戚容瘵貌，城留食旬時。問俶所之，及其瘠瘁之端，俶具以情告。城曰：『感足下之操，城有諸侯近貺物，無所用，輒助足下人子終身之道。』俶固讓，城曰：『子苟非妄，又何讓焉？』俶對曰：『君子既施不次之恩，某願終志後爲奴僕償之。』遂去。俶東洛塋事罷，杖歸城，以副前約。城曰：『子奚如是，苟無他俶〔二〕？同志爲學可也，何必云役己以相依？』俶泣涕曰：『若然者，微軀何幸。』俶於記覽苦不長，月餘，城令諷《毛詩》，雖不輟，尋讀，及與之討論，如水投石也。俶大慚。城曰：『子之學，與吾弟相昵不能舍，有以致是邪？今所止阜北，有高顯茅齋，子可自玩習也。』俶甚喜，遽遷之。復經月餘，城訪之，與論《國風》，俶雖加功，竟不能往復一辭。城方出，未三二十步，俶縊於梁下。供饘童窺之，驚以告城，城慟哭若裂支體，乃命都兒將酒奠之。乃作文親致祭，自咎不敏：『我雖不殺俶，俶因我而死。』自脱衣，令僕夫負之，都兒行櫝楚十五。仍服緦麻，厚瘞之。由是爲縉紳之所推重。後居諫議大夫時，極諫裴延齡不合爲國相，其言至懇。《唐史》書之。及出守江華都，日炊米兩斛，魚羹一大鬵，自天使及草衣村野之夫，肆其食之。並置瓦甌樿杓，有類中衢罇也。

校注

〔一〕録自《太平廣記》卷一六七引《乾𦠆子》。

〔二〕俶，乾隆十八年黄晟槐蔭草堂刻本作『繫』。

李丹〔一〕

郎中李丹典濠州，蕭復處士寄家楚州白田，聞丹之義，來謁之。且無傭保，棹小舟，唯領一丱歲女僮。時方寒，衣復單弊，女僮尤甚，坐於客次。女僮門外求火燎手，且持其靴去，客吏忽云：『郎中屈處士！』復即芒屩而入。丹揖之坐，略話平素。復忽悟足禮之闕，矍然乃起謝曰〔二〕：『某爲饑凍所迫，高堂慈母處分，令入關投親知。無奴僕，有一小女僮，便令將隨參謁。朝至此，僮騃恐懼公衙，失所在。客吏已通，取靴不得，去就疏脱，惟惶悚而已。』丹曰：『靴與履皆一時之禮。古者解襪登席，即徒跣以爲禮。靴，胡服也，始自趙武靈王，又有何典據？此不足介君子懷，但請述所求意。』遂留從容，復頤旨趨，乃云：『足下相才，他日必領重事。』於是遣使於白田，饋遺復母甚厚，又餞復以匹馬束帛。復後竟爲相。

校注

〔一〕録自《太平廣記》卷一七〇引《乾𦠆子》。

〔二〕謝，原作『丹』，據四庫本《廣記》改。起謝，乾隆十八年黄晟刻本作『啓丹』。

武元衡〔一〕

武黄門之西川，大宴。從事楊嗣復狂酒，逼元衡大觥，不飲，遂以酒沐之。元衡拱手不動。沐訖，徐起更衣，終不令散宴。

校注

〔一〕録自《太平廣記》卷一七七引《乾䉉子》。

閻濟美〔一〕

閻濟美，前朝分司卿許與定分，一志不爲。某三舉及第。初舉，劉單侍郎下雜文落第。二舉，坐王侍郎雜文落第。某當是時，年已蹭蹬，常於江徼往徑山欽大師處問法。是春，某既下第，又將出關，因獻座主六韻律詩曰：『謇諤王臣直，文明雅量全。望爐金自躍，應物鏡何偏？南國幽沈盡，東堂禮樂宣。轉令遊藝士〔二〕，更惜至公年。芳樹歡新景，青雲泣暮天。唯愁鳳池拜，孤賤更誰憐？』座主覽焉，問某：『今年何者退落？』具以實告，先榜落第。座主赧然變色，深有遺才之嘆。乃曰：『所投六韻，必展後效。足下南去，幸無疑將來之事。』某遂出關。秋月，江東求薦，名到省後，兩都置舉，座主已在洛下。比某到洛，更無相知。便投迹清化里店。屬時物翔貴，囊中但有五縑，策蹇驢而已。有舉公盧景莊已爲東府首薦，亦同處焉，僕馬甚豪，與某相揖，未交一言。久乃問某曰：『閻子自何至止？』對曰：『從江東來。』敬奉不敢怠。景莊一旦際暮醉歸，忽蒙問某行第，乃曰：『閻二十。』『消息絶好，景莊大險。』某對曰：『不然。必先大府首薦，聲價已振京洛。如某遠地一送，豈敢望有成哉！』景莊曰：『足下定矣。』十一月下旬，遂試雜文。十二月三日，天津橋放雜文榜，景莊與某俱過。其日苦寒。是月四日，天津橋作鋪帖經，景莊尋被絀落。某具前白主司曰：『某早留心章句，不工帖書，必恐不及格。』主司曰：『可不知禮闈故事，亦許詩贖。』某致詞後，紛紛去留。某又遽前白主司曰：『侍郎開獎勸之路，許作詩贖帖，未見題出。』主司曰：『賦天津橋望洛城殘雪詩。』某只作得二十字。某詩曰：『新霽洛城端，千家積雪寒。未收清禁色，偏向上陽殘。』已聞主司催約詩甚急，日勢又晚，某告主司：『天寒水凍，書不成字。』便聞主司處分，得句見在將來。』主司一覽所納，稱賞再三，遂唱過。其夕，景莊相賀云：『前與足下並鋪，試《蜡日祈天宗賦》，竊見足下用魯丘對衛賜。據義，衛賜則子貢也。足下書「衛賜」作「駟」馬字，唯以此奉憂耳。』某聞是説，反思之，實作『駟』馬字，意甚惶駭。此榜出，某濫忝第。與狀頭同參座主，座主曰：『諸公試日，天寒急景，寫札雜文，或有不如法。今恐文書到西京，須呈宰相，請先輩等各買好紙，重來請印，如法寫净送納，抽其退本。』諸公大喜。及某撰本却請出，『駟』字上朱點極大。座主還闕之日，獨揖前曰：『春間遺才〔三〕，所投六韻，不敢暫忘，聊副素約耳。』

校注

〔一〕録自《太平廣記》卷一七九引《乾𦠆子》。

〔二〕轉，原作『輪』，據《唐詩紀事》卷三十六所引閻獻座主張謂詩六韻及黄氏刻本《廣記》改。

〔三〕遺，原作『遣』，據《唐詩紀事》卷三十六所引及黄氏刻本《廣記》改。

鮮于叔明〔一〕

劍南東川節度鮮于叔明，好食臭蟲，時人謂之蟠蟲。每散令人採拾得三五升，即浮之微熱水中，以抽其氣盡。以酥及五味熬之，卷餅而啖，其味實佳。

校注

〔一〕録自《太平廣記》卷二百一引《乾𦠆子》。

權長孺〔一〕

長慶末，前知福建縣權長孺，犯事流貶。後以故禮部相國德輿之近宗，遇恩復資，留滯廣陵多日。賓府相見皆鄙之。將詣闕求官，臨行，羣公飲餞於禪智精舍。狂士蔣傳知長孺有嗜人爪癖，乃於步健及諸傭保處薄給酬直，得數兩削下爪。或洗濯未清，以紙裹，候其酒酣，進曰：『侍御遠行，無以餞送。今有少佳味敢獻。』遂進長孺。長孺視之，忻然有喜色，如獲千金之惠。涎流于吻，連撮噉之。神色自得，合坐驚異。

校注

〔一〕録自《太平廣記》卷二百一引《乾膜子》。

裴弘泰〔一〕

唐裴均之鎮襄州，裴弘泰爲鄭滑館驛巡官，充聘于漢南。遇大宴，爲賓司所漏。及設會，均令走屈鄭滑裴巡官。弘泰奔至，均不悦，責曰：『君何來之後？大涉不敬。酌後至，酒已投糾籌。』弘泰謝曰：『都不見客司報宴，非敢慢也。叔父捨罪，請在座銀器，盡斟酒滿之，器隨飲以賜弘泰，可乎？』合座壯之，均亦許焉。弘泰次第揭座上小爵，以至觥船，凡飲皆竭，隨飲訖，即置於懷，須臾盈滿。筵中有銀海，受一斗以上，其内酒亦滿。弘泰以手捧而飲，飲訖，目吏人，將海覆地，以足踏之，捲抱而出，即索馬歸驛。均以弘泰納飲器稍多，色不懌。午後宴散，均又思弘泰之飲，必爲酒過度所傷，憂之。迨暮，令人視飲後所爲。使者見弘泰戴紗帽，於漢陰驛廳，箕踞而坐，召匠秤得器物，計二百餘兩。均不覺大笑，明日再飲。回車日，贈遺甚厚。

校注

〔一〕録自《太平廣記》卷二三三引《乾膞子》。

蕭俛〔一〕

唐貞元中，蕭俛新及第。時國醫王彦伯住太平里，與給事鄭雲逵比舍住。忽患寒熱，早詣彦伯求診候，誤入雲逵第。會門人他適，雲逵立於中門。俛前趨曰：『某前及第，有期集之役，忽患。』具説其狀。逵命僕人延坐，爲診其臂曰：『據脈候是心家熱風。雲逵姓鄭，若覓國醫王彦伯，東鄰是也。』俛赧然而去。

校注

〔一〕録自《太平廣記》卷二四二引《乾䉠子》。

苑訥〔一〕

唐尚書裴胄鎮江陵，常與苑論有舊〔二〕。論及第後更不相見，但書札通問而已。論弟訥方應舉〔三〕，過江陵，行謁地主之禮。客因見訥名，曰：『秀才之名，雖字不同，且難於尚書前爲禮，如何？』會訥懷中有論舊名紙，便謂客將曰：『某自別有名。』客將見日晚，倉皇遽將名入。胄喜曰：『苑大來矣。』屈入訕半庭〔四〕，胄見貌異。及坐，揖曰：『足下第幾？』訕對曰：『第四。』胄曰：『與苑大遠近？』訕曰：『家兄。』又問曰：『足下正名何？』對曰：『名論。』又曰：『賢兄改名乎？』訕曰：『家兄也，名論。』公庭將吏，於是皆笑。及引坐，乃陳本名名訕。既逡巡於便院，俄而遠近悉知。

校注

〔一〕録自《太平廣記》卷二四二引《乾饌子》。

〔二〕論，原作『訕』，涉題内『訕』字而誤，據下文及黄刻本《廣記改》。

〔三〕弟，原作『第』，涉上文『第』字而誤，據黄刻本《廣記》改。

〔四〕半，黄刻本《廣記》作『至中』。

竇乂〔一〕

扶風竇乂，年十三，諸姑累朝國戚，其伯檢校工部尚書交，閑廄使宫苑使，於嘉會坊有廟院。又親識張敬立任安州長史，得替歸城。安州土出絲履，敬立齎十數輛散甥姪。競取之，唯乂獨不取。俄而所餘之一輛，又稍大，諸甥姪之剩者，乂再拜而受之。敬立問其故，乂不對。殊不知殖貨有端木之遠志。遂於市鬻之，得錢半千，密貯之，潛於鍛爐作二枝小鍤，利其刃。五月初，長安盛飛榆莢，乂掃聚得斛餘。遂往詣伯所，借廟院習業，伯父從之。乂夜則潛寄褒義寺法安上人院止，晝則往廟中，以二鍤開隙地，廣五寸，深五寸，密布四千餘條，皆長二十餘步，汲水漬之，布榆莢於其中。尋遇夏雨，盡皆滋長。比及秋，森然已及尺餘。千萬餘枝矣。及明年，榆栽已長三尺餘，乂遂持斧伐其併者，相去各三寸，又選其條枝稠直者，悉留之。所間下者，二尺作圍束之，得百餘束。遇秋陰霖，每束鬻值十餘錢。又明年，汲水於舊榆溝中。至秋，榆已有大者如雞卵。更選其稠直者，以斧去之，又得二百餘束，此時鬻利數倍矣。後五年，遂取大者作屋椽，僅千餘莖，鬻之，得三四萬餘錢。其端大之材，在廟院者，不啻千餘，皆堪作車乘之用。此時生涯已有百餘，自此弊帛布裘百結，日歉食而已。遂買蜀青麻布，百錢箇疋，四尺而裁之，雇人作小袋子。又買内鄉新麻鞋數百輛，不離廟中。長安諸坊小兒及金吾家小兒等，日給餅三枚，錢十五文，付與袋子一口，至冬，拾槐子實其内，納焉。月餘，槐子已積兩車矣。又令小兒拾破麻鞋，每三輛，以新麻鞋一輛换之。遠近知之，送破麻鞋者雲集，數日，獲千餘量。然後鬻榆材中車輪者，此時又得百餘千。雇日傭人，於崇賢西門水澗，從水洗其破麻鞋，曝乾，貯廟院中，又坊門外買諸堆棄碎瓦子，令功人於流水澗洗其泥滓，車載積於廟中。然後置石嘴碓五具，剉碓三具，西市買油靛數石，雇庖人執爨，廣召日傭人，令剉其破麻鞋，粉其碎瓦，以疎布篩之，合槐子油靛，令役人日夜加功爛擣，候相乳尺，悉看堪爲挺，從臼中熟出，令工人併手團握，例長三尺已下，圓徑三寸，埰之得萬餘條，號爲法燭。建中初，六月，京城大雨。尺燼重桂，巷無車輪，乂乃取此法燭鬻之，每條百文。將燃炊爨，與薪功倍，又獲無窮之利。先是西市秤行之南，有十餘畝坳下潛汚之地，目曰『小海地』，爲亭旗之内衆穢所聚，乂遂求買之，其主不測，乂酬錢三萬。既獲之，於其中立標懸幡子，於逵池設六七鋪，製造煎餅及糰子，召小兒擲瓦礫擊其幡標，中者以煎餅糰子啗。不逾月，兩街小兒競往，計萬萬，所擲瓦已滿池矣。遂經度，造店二十間，當其要害，日收利數千，甚獲其要。店今存焉，號爲竇家店。又嘗有胡人米亮，因饑寒，乂見，輒與錢帛，凡七年不之問。異日又見亮，哀其饑寒，又與錢五千文。亮因感激而謂乂曰：『亮終有所報大郎。』乂方閒居，無何，亮且至，謂乂曰：『崇賢里有小宅出賣，直二百千文，大郎速買之。』乂西市櫃坊，鏁錢盈餘，即依直出錢市之。書契日，亮語乂曰：『亮攻於覽玉，嘗見宅内有異石，人罕知之。是搗衣砧，真于闐玉，大郎且立致富矣。』乂未之信，亮曰：『延壽坊召玉工觀之。』玉工大驚曰：『此奇貨也，攻之當得腰帶銙二十副，每副直錢三千貫文。』遂令琢成，果得數百千價。又得合子、執帶、頭尾諸色雜類，鬻之，又計獲錢數十萬貫。其宅并元契，乂遂與米亮，使居之以酬焉。又李晟太尉宅前有一小宅，相傳凶甚，直二百十千，乂買之，築園打牆，拆其瓦木，各垛一處。就耕之術〔二〕，太尉宅中傍其地，有小樓常下瞰焉。晟欲併之爲擊毬之所。他日，乃使人向乂欲買之。乂確然不納，云：『某自有所要。』候晟休沐日，遂具宅契書請見晟，語晟曰：『某本置此宅，欲與親戚居之，恐俯逼太尉甲第，貧賤之人，固難安矣。某所見此地寬閒，其中可以爲戲馬，今獻元契，伏惟俯賜照納。』晟大悦，私謂乂：『不要某微力乎？』乂曰：『無敢望。猶恐後有緩急，再來投告令公。』晟益知重。乂遂搬移瓦木，平治其地如砥，獻晟。晟戲馬，荷乂之所惠。乂乃於兩市選大商産巨萬者，得五六人，遂問之：『君豈不有子弟要諸道及在京職事否？』賈客因〔三〕語乂曰：『大郎忽與某等致得子弟庇身之策〔四〕，某等其率草粟之直二萬貫文。』乂因懷諸賓客子弟名謁晟，皆認爲親故，晟忻然覽之，各置諸道膏腴之地重職，乂又獲錢數萬。崇賢里有中郎將曹遂興，堂下生一大樹，遂興每患其經年枝葉有礙庭宇，伐之又恐損堂室，乂因訪遂興，指其樹曰：『中郎何不去之？』遂興答曰：『誠有礙耳，因慮根深本固，恐損所居室宇。』乂遂請買之：

『仍與中郎除之，不令有損，當令樹自去。』中郎大喜。乃出錢五千文以納中郎。與斧釿匠人議伐其樹，自梢及根，令各長二尺餘斷之，厚與其直，因選就衆材及陸博局數百，鬻於木行，又計利百餘倍。其精幹率是類也。後乂年老無子，分其見在財等與諸熟識親友。至其餘千産業，街西諸大市各千餘貫，與常住法安上人經管，不揀時日供擬，其錢亦不計利。乂卒時年八旬餘，京城和會里有邸，弟姪宗親居焉，諸孫尚在。

校注

〔一〕録自乾隆十八年黄晟槐蔭草堂刻本《太平廣記》卷二四三引《乾𦠆子》。
〔二〕術，談刻本、四庫本作『後』。
〔三〕因，四庫本作『共』。
〔四〕策，四庫本作『地』。

裴樞〔一〕

河東裴樞，字環中。季父耀卿，唐玄宗朝位至丞相，開元二十一年奏開河漕以贍國用〔二〕，上深嘉納之。親姨夫中書舍人薛邕，時有知貢舉之耗，元日因來謁樞親，乃曰：『幾姊有處分親故中舉人否〔三〕？』

其親指樞。邕整容端手板對曰：『三十六郎自是公共積選之才，不待處分矣。伏恐别有子弟。』樞即應聲曰：『娭子失言。』因舉酒瀝地誓曰：『薛姨夫知舉，樞當絶迹匿形，不履人世。』其親決責，令拜謝邕，樞竟不屈。永泰二年，賈至侍郎知舉，樞一舉而登選。後大曆二年，薛邕方知舉。樞及第後歸丹陽里，不與雜流交通。及韋元甫除此州，計到郡之明日，合來拜其親。元甫至丹陽之明日，專使送衣服書狀信物，樞怒言不納。後三日，元甫親擁騎到樞别業，樞戒其僕不令報，久停元甫車徒不得進。元甫不怒，但云：『裴君太褊，某乍到須與軍吏監軍相識，遽此深責，未敢當也。』親乃遣女奴傳語，延元甫就廳事置酒，元甫陳以公事，樞方出歡話。

校注

〔一〕録自《太平廣記》卷二四四引《乾𦠆子》。

〔二〕奏，原作『春』，據黄氏刻本《廣記》改。

〔三〕處，原爲闕文，據黄氏刻本《廣記》補。

張登〔一〕

唐南陽張登，制舉登科。形貌枯瘦，氣高傲物。裴樞與爲師友。樞爲司勳員外，舉公羣至投文，樞才詆訶瑕謫。登自知江陵鹽鐵會計，到城直入司勳廳，冷笑曰：『裴三十六大有可笑事。』樞因問登可笑之由。登曰：『笑公驢牙郎搏馬價，此成笑耳。』

校注

〔一〕録自《太平廣記》卷二五七引《乾膞子》。

劉義方〔一〕

唐劉義方，東府解送試《貂蟬冠賦》，韻脚以『審之厚薄』。義方賦成，云：『某於「厚」字韻，有一聯破的。』乃吟曰：『懸之有壁，有類乎兜鍪；戴之無頭，又同乎席帽莫后反。』無不以爲歡笑。

校注

〔一〕録自《太平廣記》卷二六一引《乾膞子》。

鄭羣玉〔一〕

唐東市鐵行有范生，卜舉人連中成敗，每卦一縑。秀才鄭羣玉短於呈試〔二〕，家寄海濱，頗有生涯，獻賦之來，下視同輩〔三〕，意在必取。僕馬鮮華，遂賫緡三千，並江南所出，詣范生。范喜於異禮，卦成乃曰：『秀才萬全矣。』羣玉之氣益高。比入試，又多賫珍品，烹之坐享，以至繼燭。見諸會賦，多有寫净者，乃步於庭曰：『吾今下筆，一字不得生，鐵行范生，須一打二十〔四〕。』突明，竟掣白而去。

校注

〔一〕録自《太平廣記》卷二六一引《乾䐆子》。

〔二〕秀才，原闕文，據黄刻本《廣記》補。

〔三〕同輩，原闕文，據黄刻本《廣記》補。

〔四〕打，原闕文，據黄刻本《廣記》補。

梅權衡〔一〕

唐梅權衡，吳人也，入試不持書策，人皆謂奇才。及府題出《青玉案賦》，以『油然易直子諒之心』爲韻，場中兢講論如何押『諒』字。權衡於庭樹下，以短箠畫地起草。日晡，權衡詩賦成。張季遐前趨，請權衡所納賦押『諒』字，以爲師模。權衡乃大言曰：『押字須商量，争應進士舉？』季遐且謙以薄劣，乃率數十人請益。權衡曰：『此韻難押。諸公且廳上坐，聽某押處解否。』遂朗吟曰：『恍兮惚兮，其中有物；惚兮恍兮，其中有諒。犬蹲其傍，鴟拂其上。』權衡又講：『青玉案者，是食案。所以言犬蹲其傍，鴟拂其上也。』衆大笑。

校注

〔一〕録自《太平廣記》卷二六一引《乾𦠆子》。

王諸〔一〕

大曆中，邛州刺史崔勵親外甥王諸，家寄綿州，往來秦蜀，頗諳京中事。因至京，與倉部令史趙盈相得，每籌左綿等事〔二〕。盈並爲主之。諸欲還，盈固留之。中夜，盈謂諸曰：『某長姊適陳氏，唯有一笄女。前年，長姊喪逝，外甥女子，某留撫養。所惜聰惠，不欲托他人。知君子秉心，可保歲寒。非求於伉儷，所貴得侍巾櫛。如君他日禮娶，此子但安存，不失所，即某之望也。成此親者，結他年之好耳。』諸對曰：『感君厚意，敢不從命。固當期於偕老耳。』諸遂備纁幣迎之。後二年，遂挈陳氏歸于左綿。是時，勵方典邛商，諸往覲焉。勵遂責諸浪迹，又恐年長不婚，諸具以情白舅。勵曰：『吾小女寬柔，欲與汝重親，必容汝舊納者。』陳氏亦曰：『豈敢他心哉！但得衣食粗充，夫人不至怪怒，是某本意。』諸遂就表妹之親。既成姻，崔氏女便令取陳氏，同居相得，更無分毫失所。勵令其子鏗與諸江陵卜居，兼將金帛下峽而去。三月諸發。五月，勵受替，遂盡室江陵而行。諸與鏗方買一宅修葺，停午，諸忽夢陳氏被髮來，哀告諸曰：『某，他鄉一賤人。崔氏夫人本許終始，奈何三峽舟中沐髮，使人聳某，令於崩湍中而卒，永葬魚鼈腹中。』哀泣霑襟。俄而鏗於東厢寐，亦夢陳氏訴寃：『崔夫人不仁，致我性命三峽。』鏗與諸偶坐，方訝其事，其夜，二人夢復如前。鏗甚慚，謂諸曰：『某娘情性不當如是，何有此寃！且今日江頭望信，若聞陳氏不平安，此則必矣。』後數日，果有信，説陳氏溺三峽。及勵到諸家，諸泣説前事。崔氏爲其兄所責，不能自明，遂斷髮喑嗚而卒，諸亦蕩遊他處。數年間，忽於夏口，見水軍營之中門東廂，見一女人，姿狀即陳氏也。諸流眄久之。其婦又殷勤瞻矚，問僮僕云：『郎君豈不姓王？』僮走告諸，及白姨弟，令詢其本末。陳氏曰：『實不爲崔氏所擠，某失足墜於三峽，經再宿，泊屍於磧，遇鄂州迴易小將梁璨，初欲收葬，後因吐無限水，忽然而蘇。某感梁之厚恩，遂妻梁璨，今已誕二子矣。』諸由是疑負崔氏之冤，入羅浮山而爲頭陀僧矣。

校注

〔一〕録自《太平廣記》卷二八〇引《乾𦠆子》。

〔二〕『籌左』，原作『霽在』，據黄氏刻本《廣記》改。

道政坊宅〔一〕

道政里十字街東，貞元中有小宅，怪異日見，人居者必遭大凶禍。時進士房次卿假西院住，累月無患，乃衆誇之云：『僕前程事可以自得矣。咸謂此宅凶，於次卿無何有。』李直方聞而答曰：『是先輩凶於宅。』人皆大笑。後爲東平節度李師古買爲進奏院。是時東平軍每賀冬正〔二〕，常五六十人，鷹犬隨之。武將軍吏烹炰屠宰，悉以爲常。進士李章武初及第，亦負壯氣，詰朝訪太史丞徐澤，遇早出，遂憩馬於其院。此日東平軍士悉歸，忽見堂上有傴背衣黲緋老人，目且赤而有淚，臨階曝陽。西軒有一衣暗黄裙白褡襠老母，荷擔二籠，皆盛亡人碎骸及驢馬等骨，又插六七枚人肋骨於其髻爲釵，似欲移徙。老人呼曰：

『四娘子何爲至此？』老母應曰：『高八丈萬福。』遽云：『且辭八丈移去，近來此宅大蹀跕，求住不得也。』章武知音親説此宅本凶。或云章武因此玥粉黛耳〔三〕。

校注

〔一〕録自《太平廣記》卷三四一引《乾膭子》。

〔二〕軍，原作『君』，據黄氏刻本《廣記》改。

〔三〕玥，沈氏鈔本《廣記》作『而』，四庫本《廣記》作『瑁』，均非，疑當作『鈅』，鎖也。『鈅粉黛』，藏嬌之謂。

華州參軍〔一〕

華州柳參軍，名族之子。寡慾，早孤，無兄弟。罷官於長安閑遊。上巳日，曲江見一車子，飾以金碧，半立淺水之中。後簾徐褰，見摻手如玉，指畫令摘芙蕖。女之容色絶代，斜睨柳生良久。柳生鞭馬從之，即見車子入永崇里。柳生訪其姓〔二〕，崔氏，女亦有母。有青衣，字輕紅。柳生不甚貧，多方賂輕紅，竟不之受。他日，崔氏女有疾，其舅執金吾王因候其妹，且告之：『請爲子納焉。』崔氏不樂，其母不敢違兄之命。女曰：『願嫁得前時柳生足矣。必不允，某與外兄終恐不生全。』其母念女之深，乃命輕紅於薦福寺僧道省院達意。柳生爲輕紅所誘，又悦輕紅。輕紅大怒曰：『君性正粗，奈何小娘子如此待於君，某一微賤，便忘前好，欲保歲寒其可得乎？某且以足下事白小娘子。』柳生再拜，謝不敏然。始曰：『夫人惜小娘子情切，今小娘子不樂適王家，夫人是以偷成婚約，君可兩三日内就禮事。』柳生極喜，自備數百千財禮，期内結婚。後五日，柳挈妻與輕紅於金城里居。及旬月外，金吾到永崇，其母王氏泣云：『某夫亡，子女孤弱〔三〕，被侄不待禮會，强竊女去矣。兄豈無教訓之道？』金吾大怒，歸笞其子數十。密令捕訪，彌年無獲。無何，王氏殂，柳生挈其妻與輕紅自金城里赴喪。金吾之子既見，遂告父，父擒柳生。生云：『某於外姑王氏處納采娶妻，非越禮私誘也，家人大小皆熟知之。』王氏既殁，無所明，遂訟於官。公斷王家先下財禮，合歸王家。金吾子常悦慕表妹，亦不怨前横也。經數年，輕紅竟潔己處焉。金吾又亡，移其宅於崇義里。崔氏不樂事外兄，乃使輕紅訪柳生所在，時柳生尚居金城里。崔氏又使輕紅與柳生爲期，兼賫看圃竪，令積糞堆與宅垣齊，崔氏女遂與輕紅躡之，同詣柳生。柳生驚喜，又不出城，只遷羣賢里。後本夫終尋崔氏女，知羣賢里住，復興訟奪之。王生情深，崔氏萬途求免，託以體孕，又不責而納焉。柳生長流江陵，二年，崔氏女與輕紅相繼而殁。王生送喪，哀慟之禮至矣。輕紅亦葬於崔氏墳側。柳生江陵閑居，春二月，繁花滿庭，追念崔氏女，凝想形影，且不知存亡。忽聞扣門甚急，俄見輕紅抱妝奩而進，乃曰：『小娘子且至。』聞似車馬之聲，比崔氏女入門，更無他見。柳生與崔氏女敍契闊，悲歡之甚。問其由，則曰：『某已與王生訣，自此可以同穴矣。人生意專，必果夙願。』因言曰：『某少習樂，箜篌中頗有功。』柳生即時買箜篌，調弄絶妙。二年間，可謂盡平生矣。無何，王生舊使蒼頭過柳生之門，見輕紅，驚，不知其然。又疑人有相似者，未敢遽言。問閭里，又云流人柳參軍，彌怪，更伺之。輕紅亦知是王生家人，因具言於柳生，匿之。王氏蒼頭却還城，具以其事言於王生。王生聞之，命駕千里而來。既至柳生之門，於隙窺之，正見柳生坦腹於臨軒榻上，崔氏女新妝，輕紅捧鏡於其側。崔氏勻鉛黄未竟，王生門外極叫，輕紅鏡墜地，有聲如磬。崔氏與王生無憾，遂入。柳生驚，亦待如賓禮。俄又失崔氏所在。柳生與王生從容言事，二人相看不喻，大異之。相與造長安，發崔氏所葬驗之，即江陵所施鉛黄如新，衣服肌肉，且無損敗，輕紅亦然。柳與王相誓，却葬之，二人入終南山訪道，遂不返焉。

校注

〔一〕録自《太平廣記》卷三四二引《乾𦠆子》。

〔二〕『訪其姓』，原作『知其大姓』，據沈氏鈔本《廣記》改。

〔三〕弱，原闕文，據黄刻《廣記》補。沈氏鈔本作『獨』。

李僖伯〔一〕

隴西李僖伯，元和九年任温縣，常爲予説：元和初調選時，上都興道里假居。早往崇仁里訪同選人，忽於興道東門北下曲，馬前見一短女人，服孝衣，約長三尺以來，言語聲音，若大婦人。咄咄似有所尤。即云：『千忍萬忍，終須决一場，我終不放伊。』彈指數下云：『大奇，大奇。』僖伯鼓動後出，心思異之，亦不敢問。日旰，及廣衢，車馬已鬧，此婦女爲行路所怪，不知其由。如此兩日，稍稍人多，只在崇仁北街居。無何，僖伯自省門東出，及景風門，見廣衢中人鬧已萬萬，如東西隅之戲場，大圍之。其間無數小兒環坐，短女人凖前，布羃其首，言詞轉無次第，羣小兒大共嗤笑。有人欲近之，則來拏攫，小兒又退。如是日中，看者轉衆。短女人方坐，有一小兒突前牽其羃首，布遂落，見三尺小青竹挂一髑髏髐然。金吾以其事上聞。

校注

〔一〕録自《太平廣記》卷三四三引《乾𦠆子》。

張弘讓〔一〕

元和十二年，壽州小將張弘讓，娶兵馬使王暹女。淮西用兵方急，令狐通爲刺史。弘讓妻重疾累月，每思食，弘讓與具。後不食，如此自夏及秋，乍進乍退，弘讓心終不怠。冬十月，其妻忽思湯餅。弘讓與具之，工未竟，遇軍中給冬衣，弘讓遂請同志王士徵妻爲饌。弘讓乃去。士徵妻饌熟，就牀欲進。忽見弘讓妻自額鼻中分半，一手一股在牀，流血殷席。士徵妻驚呼，告營中。軍人妻諸鄰來共觀之，競問莫知其由。俄而吏報通，使人檢視。其日又非昏暝，二婦素無嫌怨，遂爲吏所録。弘讓奔歸，及喪所。忽聞空中婦悲泣云：『某被大家喚將看兒去，煩君多時。某不得已，君終不見棄。大家索君懇求耳。』先是弘讓營居後小圃中有一李樹，婦云：『君今速爲某造四分食，置李樹下，君則向樹下哀祈，某必得再履人世也。』弘讓依其言陳饌，懇祈拜之。忽聞空中云：『還汝新婦！』便聞王氏云：『接我以力。』弘讓如其言接之，俄覺赫然半屍簿下，弘讓抱之。遽聞王氏云：『速合牀上半屍。』比弘讓拳曲持半屍到牀，王氏聲云：『勘其剖處，無所參差。』弘讓盡力與合之，令等其舊。王氏云：『覆之以衾，無我問三日。』弘讓如其教。三日後，聞呻吟，乃云：『思少饘粥。』弘讓以飲灌其喉，盡一杯。又云：『具無相問。』七日則泯如舊，但自項及脊徹尻，有痕如刀傷。前額及鼻，貫胸腹亦然。一年平復如故。生數子。此故友龐子肅親見其事。

校注

〔一〕録自《太平廣記》卷三四四引《乾𦠆子》。

寇鄘〔一〕

元和十二年，上都永平里西南隅有一小宅，懸榜云：『但有人敢居，即傳元契奉贈，及奉其初價。』大曆年，安太清始用二百千買得，後賣與王姁，傳受凡十七主，皆喪長。布施與羅漢寺，寺家賃之，悉無人敢入。有日者寇鄘，出入於公卿門，詣寺求買。因送四十千與寺家，寺家極喜，乃傳契付之。有堂屋三間，甚庫，東西厢共五間，地約三畝，榆楮數百株。門有崇屏，高八尺，基厚一尺，皆炭灰泥焉。鄘又與崇賢里法明寺僧普照爲門徒。其夜，掃堂獨止，一宿無事。月明，至四更，微雨。鄘忽身體拘急，毛髮如磔，心恐不安。聞一人哭聲，如出九泉。乃畢聽之〔二〕，又若在中天。其乍東乍西，無所定。欲至曙，聲遂絶。鄘乃告照曰：『宅既如此，應可居焉。』命照公與作道場。至三更，又聞哭聲。滿七日，鄘乃作齋設僧。方欲衆僧行食次，照忽起，於庭如有所見。遽厲聲逐之，喝云：『這賊殺如許人！』繞庭一轉，復坐曰：『見矣見矣！』遂命鄘求七家粉水解穢。俄至門崇屏，灑水一杯，以柳枝撲焉。屏之下四尺，開土忽頹圮，中有一女人，衣青羅裙，紅褌、錦履、緋衫子，其衣皆是紙灰，風拂盡飛於庭，即枯骨籍焉。乃命織一竹籠子，又命鄘作三兩事女衣盛之，送葬渭水之沙洲。仍命勿回頭，亦與設酒饌。自後小大更無恐懼。初，郭汾陽有堂妹，出家永平里宣化寺。汾陽王夫人之頂謁其姑，從人頗多，後買此宅，往來安置。或聞有青衣不謹，遂失青衣，夫人令高築崇屏，此宅因有是焉。亦云，青衣不謹洩漏遊處，由是生葬此地焉。

校注

〔一〕録自《太平廣記》卷三四四引《乾𦠆子》。

〔二〕畢，黄氏刻本作『卑』。

梁仲朋〔一〕

葉縣人梁仲朋，家住汝州西郭之街南。渠西有小莊，常朝往夕歸。大曆初，八月十五日，天地無氛埃。去十五六里，有豪族大墓林，皆植白楊。是時，秋影落木，仲朋跨馬及此。二更，聞林間槭槭之聲，忽有一物自林飛出。仲朋初謂是驚棲鳥，俄便入仲朋懷，鞍橋上坐。月照若五斗栲栳大，毛黑色，頭便似人，眼睒如珠。便呼仲朋为弟，謂仲朋曰：『弟莫懼〔二〕。』頗有羶羯之氣，言語一如人。直至汝州郭門外，見人家未寐，有燈火光，其怪欻飛東南上去，不知所在。如此仲朋至家多日，不敢向家中説。忽一夜更深月上，又好天色，仲朋遂召弟妹於庭命酌，或嘯或吟，因語前夕之事。其怪忽從屋脊上飛下，來謂仲朋曰：『弟説老兄何事也？』於是小大走散，獨留仲朋，云：『爲兄作主人。』索酒不已。仲朋細視之，頸下有癭子，如生瓜大，飛翅是雙耳，又是翅，鼻烏毛斗輵，大如鵝卵。飲數斗酒，醉於杯筵上，如睡着。仲朋潛起，礪闊刃，當其項而刺之，血流迸灑，便起云：『大哥，大哥，弟莫悔。』却映屋脊不復見，庭中血滿。三年内，仲朋一家三十口蕩盡。

校注

〔一〕録自《太平廣記》卷三六二引《乾𦠆子》。

〔二〕『莫』字原無，據黄氏刻本《廣記》補。

王愬〔一〕

建中三年，前楊府功曹王愬，自冬調選，至四月，寂無音書。其妻扶風竇氏憂甚。有二女，皆國色。忽聞門有賣卜女巫包九娘者過其巷，人皆推占事中，遂召卜焉。九娘設香水訖，俄聞空中有一人下，九娘曰：『三郎來，與夫人看功曹有何事，更無音書？早晚合歸？』言訖而去。經數刻，忽空中宛轉而下，至九娘喉中曰：『娘子酬答何物？阿郎歸甚平安。今日在西市絹行舉錢，共四人長行，緣選場用策子，被人告，所以不得見官。』作行李次，密書之。五月二十三日初明，愬奄至宅。竇氏甚喜，坐訖，便問：『君何故用策子，令選事不成？又於某月日西市舉錢，共四人長行？』愬自以不附書，愕然驚異。妻遂話及女巫之事，即令召巫來，曰：『勿憂〔二〕。來年必得好官。今日西北上有人牽二水牛，患脚，可勿争價買取，旬月間應得數倍利。』至時，果有人牽跛牛過，即以四千買之〔三〕，經六七日，甚肥壯，足亦無損。同曲磨家，二牛暴死，卒不可市，遂以十五千求買。初，愬宅在慶雲寺西，巫忽曰：『可速賣此宅。』如言貨之，得錢十五萬。又令於河東月僦一宅，貯一年已來儲。然後買竹作粗籠子，可盛五六斗者，積之不知其數。明年初，連帥陳少遊議築廣陵城，取愬舊居，給以半價。又運土築籠，每籠三十文，計資七八萬。始於河東買宅，神巫不從包九娘而自至，曰：『某姓孫，名思兒，寄住巴陵，欠包九娘錢，今已償足，與之别歸，故來辭耳。』吁嗟久之，不見其形。竇氏感其所謀，謂曰：『汝何不且住？不然，吾養汝爲兒，可乎？』思兒曰：『娘子既許，某更何愁？可爲作一小紙屋，安於堂檐，每食時，與少食即足矣。』月餘，遇秋風飄雨，中夜長嘆。竇氏乃曰：『今與汝爲母子，何所中外？不然，向吾牀頭櫃上安居，可乎？』思兒又喜。是夕移入，便問拜兩娣。不見形，但聞其言。愬長女好戲，因謂曰：『娣與爾索一新婦。』於是紙畫一女，及布綵績，思兒曰：『請如小娣裝索。』其女亦戲曰：『依爾意。』其夜言笑，如有所對，即云：『新婦參二姑姑。』愬堂妹事韓家，住南堰，新有分娩，二女作綉鞋，欲遺之。方命青衣裝，思兒笑。二女問笑何事，答曰：『孫兒一足腫，難著綉鞋。』竇氏始惡之，思兒已知。更數日，乃告辭。云：『且歸巴陵。蒙二娣與娶新婦，便欲將去。望與令造一船子〔四〕，長二尺已來，令娣監將香火，送至楊子江，爲幸足矣。』竇氏從其請，二女又與一幅絹，畫其夫妻相對。思兒着緑秉板，具小船上拜別。自其去也，二女皆若神不足者。二年，長女家外兄，親禮夜卒於帳門。以燭照之，其形若黄葉爾。小女適張初，初嫁亦如其娣。愬終山陽郡司馬。

校注

〔一〕録自《太平廣記》卷三六三引《乾䐶子》。

〔二〕勿，原作『忽』，據黄刻本《廣記》改。

〔三〕之，原作『買』，屬下句，據黄刻本改。

〔四〕望，原作『愬』，據沈氏鈔本《廣記》改。

曹朗〔一〕

進士曹朗，文宗時任松江華亭令。秩將滿，於吴郡置一宅。又買小青衣，名曰花紅云。其價八萬，貌甚美，其家皆憐之。至秋受代，朗乃將其家人入吴郡宅〔二〕。後逼冬至，朗緣新堂修理未畢，堂内西間，貯炭二百斤。東間窗下有一榻，新設茵席。其上有修車細蘆蓆十領。東行南厦，西廊之北一房充庫；一房即花紅及乳母；一間充厨。至除前一日，朗姊妹乃親皆辦奠祝之用。鐺中及煎三升許油，旁堆炭火十餘斤。姊妹作餅，家人並在左右，獨花紅不至。朗親意其惰寢，遂召之至，又無所執作。朗怒笞之，便云頭痛。忽有大磚飛下，幾中朗親。俄又一大磚擊油鐺，於是驚散，厨中食器亂在階下。日已晚，俱入西舍，遂移入堂，並將小兒。及扃堂門，子母相依而坐，汗流如水，不諭其怪。朗取炭數斤燃火，俄又空中轟榻之聲，火又空中上下。忽見東窗下牀上，有一女子，可年十四五，作兩髻，衣短黄襦褲，跪於牀，以效人碾茶。朗走起擒之，繞屋不及。逡巡，匿蘆蓆積中。朗又踏之，啾然有聲，遂失所在。坐以至旦〔三〕，雞鳴，方敢開門。乳母，花紅熟寢於西室，朗召玉芝觀顧道士作法。數日，有人長吁曰：『吾是梁苑客枚皋，前因節日，求食於此。君家不知云何見捕？』朗具茶酒，引之與坐〔四〕。皋謂朗曰〔五〕：『吾元和初遊上元瓦棺閣，第二層西隅壁上題詩一首。』朗苦請。皋曰：『方心事無悰，幸相悉，他日到金陵可自録之。足下之祟，非吾所爲。其人不遠，但問他人，當自知。』朗遂白顧道士，捨之。里中有女巫朱二娘，又召令占。巫悉召家人出，唯花紅頭痛未起，巫强呼之出，責曰：『何故如此，娘子不知，汝何不言？』遂拽其臂，近肘有青脈寸餘隆起，曰：『賢聖宅於此，夫人何故驚之？』花红拜，唯稱不由己。朗懼，減價賣之，歷三家，皆如此，遂放之，無所容身，常於諸寺紉針以食。後有包山道士申屠千齡過，説花紅本是洞庭山人户共買人家一女，令守洞庭山廟。後爲洞庭觀拓北境二百餘步，其廟遂除，人户賣與曹時用。廟中山魅無所依，遂與其類巢於其臂。東吴人盡知其事。

校注

〔一〕録自《太平廣記》卷三六六引《乾𦠆子》。
〔二〕朗乃，原作『令朗』，據沈氏鈔本《廣記》改。
〔三〕『坐以』二字原闕，據黄刻補。
〔四〕坐，原作『求』，據沈氏鈔本《廣記》改。
〔五〕謂朗，原作『近文』，據沈氏鈔本及黄刻本《廣記》改。

孟媪〔一〕

彭城劉頗常謂子婿進士王勝話：三原縣南董店，店東壁，貞元末有孟媪，年一百餘而卒。店人悉曰『張大夫店』。頗自渭北入城，止於媪店。見有一媪，年只可六十已來，衣黄紬大裘，烏幘，跨門而坐焉。左衛李冑曹，名士廣，其媪問廣何官，廣具答之。其媪曰：『此四衛耳，大好官。』廣即問媪曰：『何以言之？』媪曰：『吾年二十六，嫁與張督爲妻。督爲人多力善騎射，郭汾陽之總朔方，此皆部制之郡：靈、夏、邠、涇、岐、蒲是焉。吾夫張督爲汾陽所任，請重衣賜，常在汾陽左右。督之貌酷相類吾。督卒，汾陽傷之，吾遂僞衣丈夫衣冠，投名爲督弟，請事汾陽。汾陽大喜，令替闕，如是又寡居一十五年。自汾陽之薨，吾已年七十二，軍中屢奏兼御史大夫。忽思煢獨，遂嫁此店潘老爲婦。邇來復誕二子，曰滔，曰渠。』滔五十有四，渠年五十有二。是二兒也，頗每心記之。與子婿王勝話人間之異者。

校注

〔一〕録自《太平廣記》卷三六七引《乾䐍子》。

薛弘機〔一〕

東都渭橋銅駝坊，有隱士薛弘機，營蝸舍渭河之隈〔二〕。閉户自處，又無妻僕。每秋時，鄰樹飛葉入庭，亦掃而聚焉，盛以紙囊，逐其强而歸之。常於座隅題其詞曰：『夫人之計，將徇前非且不可，執我見不從於衆亦不可。人生實難，唯在處中行道耳。』居一日，殘陽西頹，霜風入户。披褐獨坐，仰張邴之餘芳。忽有一客造門，儀狀瓌古，隆準龐眉，方口廣顙，嶷然四皓之比。衣早霞裘，長揖薛弘機曰：『足下性尚幽遁〔三〕，道著嘉肥。僕所居不遥，向慕足下操履，特相詣。』弘機一見相得，切磋今古，遂問姓氏。

其人曰：『藏經姓柳。』即便歌吟。清夜將艾，云：『漢興，叔孫爲禮，何得以死喪婚姻而行二載制度？吾所感焉。』歌曰：『寒水停圓沼，秋池滿敗荷。杜門窮典籍，所得事今多。』弘機好《易》，因問。藏經則曰『《易》道深微，未敢學也。且劉氏《六説》，只明《詩》《書》《禮》《樂》及《春秋》，而亡於《易》，其實五説，是道之難。』弘機甚喜此論，言訖辭去，窣颯有聲。弘機望之，隱隱然丈餘而没。後問諸鄰，悉無此色。弘機苦思藏經，又不知所。尋月餘，又詣弘機。弘機每欲相近，藏經輒退。弘機逼之，微聞朽薪之氣。藏經隱，至明年五月又來，乃謂弘機曰：『知音難逢，日月易失。心親道曠，室邇人遐。吾有一絶相贈，請君記焉。詩曰：「誰謂三才貴，余觀萬化同。心虚嫌蠹食，年老怯狂風。」』吟訖，情意搔然，不復從容。出門而西，遂失其踪。是夜惡風發屋拔樹。明日，魏王池畔有大枯柳，爲烈風所拉折，其内不知誰人藏經百餘卷，盡爛壞。弘機往收之，多爲雨漬斷，皆失次第。内唯無《周易》。弘機嘆曰：『藏經之謂乎！』建中年事。

校注

〔一〕録自《太平廣記》卷四一五引《乾𦠆子》。
〔二〕東都無渭水、渭橋，此似有意露虚構之跡。
〔三〕遁，原作『道』，據黄氏刻本《廣記》改。

何讓之〔一〕

唐神龍中，盧江何讓之赴洛。遇上巳日，將陟老君廟，瞰洛中遊春冠蓋。廟之東北二百餘步，有大丘三四，時亦號後漢諸陵，故張孟陽《七哀詩》云：『恭文遥相望，原陵鬱膴膴。』原陵即光武陵。一陵上獨有枯柏三四枝，其下盤石，可容數十人坐。見一翁，姿貌有異常輩，眉鬢皓然，著賓幪巾襦褲，幘烏紗，抱膝南望，吟曰：『野田荆棘春，閨閣綺羅新。出没頭上日，生死眼前人。欲知我家在何處，北邙松柏正爲鄰。』俄有一貴戚，金翠車輿，如花之婢數十，連袂笑樂而出徽安門，抵榆林店。又睇中橋之南北，垂楊拂于天津，繁花明于上苑，紫禁綺陌，軋亂香塵。讓之方嘆棲遲，獨行踽踽，已訝前吟翁非人。翁忽又吟曰：『洛陽女兒多，無乃孤翁老去何！』讓之遽欲前執，翁倏然躍入丘中。讓之從焉。初入丘，嘌黑不辨，其逐翁已復本形矣。遂見一狐跳出，尾有火焰如流星。讓之却出玄堂之外，門東有一筵已空。讓之見一几案，上有硃盞筆硯之類。有一帖文書，紙盡慘灰色，文字則不可曉解。略記可辨者，其一云：『正色鴻燾，神思化代。穷施后乘，光負玄設。嘔淪吐萌，垠倪散截。迷腸郄曲，霿零霾曀〔二〕。雀毁龜冰，健馳御屈。拿尾研動，袾袾哳哳。溜用秘功，以嶺以穴。柂薪伐藥，莽櫟萬茁。嘔律則祥，佛倫惟薩。牡虚無有，頤咽蕊屑。肇素未來，晦明興滅。』其二辭曰：『五行七曜，成此閏餘。上帝降靈，歲旦涒徐。蛇蜕其皮，吾亦神攄。九九六六，束身天除。何以充喉，吐納太虚。何以蔽踝，霞袂雲袽。哀爾浮生，櫛比荒墟。吾復麗氣，還形之初。在帝左右，道濟忽諸。』題云《應天狐超異科策八道》。後文甚繁，難以詳載。讓之獲此書帖，喜而懷之，遂躍出丘穴。後數日，水北同德寺僧志静來訪讓之，説云：『前日所獲丘中文書，非郎君所用，留之不祥。其人近捷上界之科，可以禍福中國，郎君必能却歸此，他亦酬謝不薄。其人謂志静曰：「吾已備三百縑，欲贖購此書。」如何？』讓之許諾。志静明日挈三百縑送讓之，讓之領訖，遂詒志静，言其書以爲往還所借，更一兩日當徵之，便可歸本。讓之復爲朋友所説云：『此僧亦是妖魅，奈何欲還之？所納絹但諱之可也。』後志静來，讓之悉諱云：『殊無此事，兼不曾有此文書。』志静無言而退。經月餘，讓之先有弟在東吴，别已逾年，一旦其弟至焉，與讓之話家私中外，甚有道。長夜則兄弟聯牀。經五六日，忽問讓之：『某聞此地多狐作怪，誠有之乎？』讓之遂話其事，而誇云：『吾一月前曾獲野狐之書文一帖，今見存焉。』其弟固不信寧有此事，讓之至遲旦揭篋，取此文書帖示弟，弟捧而驚嘆，即擲于讓之前，化爲一狐矣。俄見一美少年，若新官之狀，跨白馬南馳疾去。適有西域胡僧賀云：『善哉！常在天帝左右矣。』少年嘆讓之相紿，讓之嗟異。未幾遂有敕捕，内庫被人盗貢絹三百匹，尋踪及此。俄有吏掩至，直挈讓之囊檢焉，果獲其縑，已費數十匹。執讓之赴法〔三〕。讓之不能雪，卒弊枯木。

校注

〔一〕録自《太平廣記》卷四四八引《乾䐈子》。

〔二〕原注：霿，音朦。零，音乙林反。噎，入聲。

〔三〕赴，原作『越』，據黄氏刻本《廣記》改。

哥舒翰〔一〕

天寶中，哥舒翰爲安西節度，控地數千里，甚著威令。故西鄙人歌之曰：『北斗七星高，哥舒夜帶刀。吐蕃總殺盡，更築兩重濠。』時都知兵馬使張擢上都奏事，值楊國忠專權黷貨，擢逗遛不返，因納賄交結。翰續入朝奏，擢知翰至，懼，求國忠拔用。國忠乃除擢兼御史大夫、充劍南西川節度使。敕下，就第辭翰。翰命部下捽於庭，數其事，杖而殺之，然後奏聞。帝却賜擢尸，更令翰決尸一百。

校注

〔一〕録自《太平廣記》卷四九五引《乾𦠆子》。

趙存〔一〕

馮翊之東窟谷，有隱士趙存者。元和十四年，壽逾九十，服精术之藥，體甚輕健。自云：父諱君乘，亦享遐壽。嘗事兖公陸象先，言兖公之量，固非凡可以測度。兖公崇信内典，弟景融竊非曰：『家兄溺此教，何利乎？』象先曰：『若果無冥道津梁，百歲之後，吾固當與汝等，萬一有罪福，吾則分數勝汝。』及爲馮翊太守，參軍等多名族子弟，以象先性仁厚，於是與府寮共約戲賭。一人曰：『我能旋笏於廳前，硬努眼眶，衡揖使君，唱喏而出，可乎？』衆皆曰：『誠如是，甘輸酒食一席。』其人便爲之，象先視之如不見。又一參軍曰：『爾所爲全易，吾能於使君廳前，墨涂其面，着碧衫子，作神舞一曲，慢趨而出。』羣寮皆曰：『不可！誠敢如此，吾輩當斂俸錢五千，爲所輸之費。』其二參軍便爲之，象先亦如不見。皆賽所賭以爲戲笑。其第三參軍又曰：『爾之所爲絶易，吾能於使君廳前，作女人梳妝，學新嫁女拜舅姑四拜，則如之何？』衆曰：『如此不可。仁者一怒，必遭叱辱。倘敢爲之，吾輩願出俸錢十千，充所輸之費。』其第三參軍遂施粉黛，高髻笄釵，女人衣，疾入，深拜四拜。象先又不以爲怪。景融大怒曰：『家兄爲三輔刺史，今乃成天下笑具。』象先徐語景融曰：『是渠參軍兒等笑具，我豈爲笑哉！』初，房琯嘗尉馮翊。象先下孔目官党芬，於廣衢相遇，避馬遲，琯拽芬下，決脊數十下。芬訴之，象先曰：『汝何處人？』芬曰：『馮翊人。』又問：『房琯何處官人？』芬曰：『馮翊尉。』象先曰：『馮翊尉決馮翊百姓，告我何也？』琯又入見，訴其事，請去官。象先曰：『如党芬所犯，打亦得，不打亦得；官人打了〔二〕，去亦得，不去亦得。』後數年，琯爲弘農湖城令，移攝閿鄉。值象先自江東徵入，次閿鄉。日中遇琯，留迨至天黑，琯不敢言。忽謂琯曰：『攜衾裯來，可以宵話〔三〕。』琯從之，竟不交一言。到闕日，薦琯爲監察御史。景融又曰：『比年房琯在馮翊，兄全不知之。今别四五年，因途次會，不交一詞，到闕薦爲監察御史，何哉？』公曰：『汝不自解。房琯爲人，百事不欠，只欠不言。今則不言矣，是以爲用之。』班行間大伏其量矣。

校注

〔一〕録自《太平廣記》卷四九六引《乾𦠆子》。

〔二〕打，原作『官』，據黄氏刻本《廣記》改。

〔三〕宵，原作『賓』，據黄氏刻本《廣記》改。

嚴震〔一〕

嚴震鎮山南，有一人乞錢三百千去就過傲，震召子公弼等問之。公弼曰：『此誠不可。旨輒如此乃患風耳，大人不足應之。』震怒曰：『爾必墜吾門，只可勸吾力行善事，奈何勸吾吝惜金帛？且此人不辦向吾乞三百千，的非凡也。』命左右准數與之。於是三川之士歸心恐後，亦無造次過求者。

校注

〔一〕録自《太平廣記》卷四百九十六引《乾𦠆子》。

邢君牙〔一〕

貞元初，邢君牙爲隴右臨洮節度，進士劉師老、許堯佐往謁焉。二客方坐，一人儀形甚異，頭大足短，衣麻衣而入。都不待賓司引報，直入見君牙，拱手於額曰：『進士張汾不敢拜。』君牙從戎多年，殊不以爲怪。乃揖汾坐〔二〕，曾不顧堯佐、師老〔三〕。俄而有吏過，按宴設司欠失錢物。君牙閲歷簿書，有五十餘千散落，爲所由隱漏。君牙大怒，方令分拆去處。汾乃拂衣而起曰：『且奉辭。』牙謝曰：『某適有公事，略須決遣〔四〕，未有所失於君子〔五〕，不知遽告辭，何也？』汾對曰：『汾在京之日，每聞京西有邢君，上柱天，下柱地，今日於汾前，與設吏論三五十千錢〔六〕，此漢争中？』君牙甚怪，便放設吏，與汾相親。汾謂君牙曰：『某在京應舉，每年常用二千貫文，皆出往還。劍南韋二十三，徐州張十三〔七〕，一日之内，客有數等。上至給舍，即須法味；中至補遺，即須煮雞豚或生或鱠〔八〕。』既而指師老、堯佐云：『如舉子此公之徒，遠相訪，即膳胡而已。何不如此耶？』堯佐矍然。逡巡，二客告辭而退，君牙各贈五縑。張汾，灑掃内廳安置，留連月餘，贈五百縑。汾却至武功，堯佐方卧病在館，汾都不相揖。後二年及第，又不肯選，遂患腰脚疾。武元衡鎮西川〔九〕，哀其龍鍾，奏充安撫巡官，仍攝廣都縣令，一年而殂。

校注

〔一〕録自《太平廣記》卷四九六引《乾𦠆子》。
〔二〕坐，原無此字，據黄氏刻本《廣記》補。
〔三〕『堯佐』下原有『汾會』二字，據沈氏鈔本《廣記》及上下文義删。
〔四〕决，原作『次』，據黄氏鈔本《廣記》改。
〔五〕未，原作『來』，據黄氏刻本《廣記》改。
〔六〕『論』下原有『牙』字，據四庫本《廣記》删。
〔七〕『張』字原爲闕文，據黄刻本《廣記》補。
〔八〕『雞豚』原爲闕文，據黄刻本《廣記》補。
〔九〕『西』，原作『四』，據黄氏刻本《廣記》改。

韋乾度〔一〕

韋乾度爲殿中侍御史，分司東都。牛僧孺以制科敕首〔二〕，除伊闕尉。臺參，乾度不知僧孺授官之本，問何色出身。僧孺對曰：『進士。』又曰：『安得入畿？』僧孺對曰：『某制策連捷，忝爲敕頭〔三〕。』僧孺心甚有所訝，歸以告韓愈，愈曰：『公誠小生，韋殿中固當不知；愈及第十有餘年，猖狂之名，已滿天下，韋殿中尚不知之。子何怪焉！』

校注

〔一〕録自《太平廣記》卷四九七引《乾𦠆子》。

〔二〕敕，原作『剌』，顯爲形誤兼聲誤，徑改。

〔三〕敕，原作『剌』，顯誤，徑改。

新輯《乾𦠆子》佚文二十一則

臺北『國家圖書館』藏明嘉靖抄本《類説》卷二十三所節録之《乾𦠆子》

唐温庭筠序云

不爵不觥，非炰非炙，能説諸心，聊甘衆口，庶乎『乾𦠆』之義。

二負臣

漢宣帝上郡山崩，石室得二物，有反縛械，長數尺，髮長丈餘，彷佛狀人，蠢蠢而動。劉向云：出《山海經》。此二負臣有罪，殺猰貐，帝梏於疏屬之山。有胎息之術，帝梏其右足。

長孫歐陽相嘲

長孫無忌嘲歐陽詢曰：『聳膊成山字，埋肩不出頭。誰教麟閣上，畫此一獼猴？』詢應聲曰：『索頭連背暖，猥襠畏肚寒〔一〕。只緣心溷溷，所以面團團。』

校注

〔一〕猥襠，清抄宋本作『襠綄』。《隋唐嘉話》卷中作『綄襠』，一作『俒襠』，《大唐新語》作『漫襠』。似當從《大唐新話》作『漫襠』。

半臂

房太尉家法，不著半臂。

可笑事

則天問張元一外有何可笑事。元一曰：『朱前疑著緑，逯仁傑著朱。閻知微乘馬，馬吉甫騎驢。將名作姓李千里，將姓作名吴肩吾。左臺胡御史，右臺御史鬍。』胡即胡元禮也〔一〕。天后大笑。

校注

〔一〕此句明抄無，據清抄補。

阿瞞查〔一〕

明皇自稱阿瞞〔二〕，呼人爲查。岐、薛諸王不諭。或曰：查者，士大夫混殺之稱。以其不居清顯，不慎行藏，鮮衣美食，傲誕少文，好色遠賢，奉身而已〔三〕。黄幡綽曰：『不然。查本仙查，無圭角，乘流順便，升天入地，浮雲漢而泛淇河，犯斗牛而同仙客，能處清濁，有似賢人。』上曰：『正合朕意。』

【校注】

〔一〕瞞，明抄本作『𥈭』，據清抄本改。

〔二〕皇，明抄本作『王』，據清抄本改。

〔三〕身，明抄本作『色』，據清抄本改。

五臟神

《南史》：江淹夢神人授五色筆，識者謂五臟神。

兄弟雙與

張越石、張楚金同舉，有司以兄弟不可兩收。李勣曰：『貢舉本求才，何妨雙與。』

分無堂食

張文瓘分無堂食，飲食則腸痛。

大郎罷相二郎拜相

韋承慶除禮書，韋嗣立作平章事，時謂大郎罷相，二郎拜相。

班行取奉上司

張去惑爲淮南轉運使，鬼撓其家。一監當使臣自贊能禁術，即語鬼曰：『運使尊官，朝廷重任，爾何小鬼，輒敢無禮！』鬼大笑云：『唤做似你班行，取奉上司，求舉薦耶！』

太乙在圃田店

圃田陳鸞，生子不慧，名智奴。楊易游梁，遇一道士曰：『吾奉天帝往圃田店者〔一〕，有太一在焉。』遂詢之父老，曰：『陳智奴年十三矣，未嘗言。適道士來謁甚恭，既而殂。』

校注

〔一〕帝，明抄本作『地』，據清抄本改。

紙婦

有幻術者，以紙畫新婦，叱起使令。

歎班文章不入選

張由古無學〔一〕，對衆歎班固文章不入《選》。衆對以《兩都賦》，由古曰〔二〕：『此是班孟堅，非固也。』

校注

〔一〕由，明抄本作『曰』，據清抄本及《大唐新語》卷十一改。

〔二〕由，明抄本作『曰』，據清抄本及《大唐新語》卷十一改。

河瀆親家翁

郭汾陽鎮蒲，欲造浮橋，而急流毁墠。公酹酒，許以小女妻之〔一〕。其夕水回，木生墠上，遂成橋，而女尋卒。因塑像廟中〔二〕。人因立公祠，號河瀆親家翁。

【校注】

〔一〕『以』字明抄本無，據清抄本補。

〔二〕『像』字明抄本無，據清抄本補。

臺北臺灣商務印書館影印明天順刻本《紺珠集》卷七所節録之《乾𦠆子》：

快語

蠲蕩昏蒙，使之快語。

國爺

竇懷正聘韋后乳母，時號曰國爺，懷正欣然。

著毛蘿蔔

蕭嵩欲注《文選》，見馮光進釋『蹲鴟』云：『是著毛蘿蔔。』嵩大笑。

奚毒

附子也，堇，烏頭也。

編撰者按：《類説》《紺珠集》二書所節録之《乾𦠆子》，《太平廣記》已録全文者，不再録；所節録之篇目相重者，取《類説》。《類説》録十五則，《紺珠集》録四則，共計十九則。

《説郛》卷三宋馬永易《實賓録》所引《乾𦠆子》：

石祭酒

唐烈士珂赴選東徽安門，日晚，店家皆滿。有一店甚静，一人倚劍立門，覩士珂，因留宿。既入，少選，傳云：『祭酒屈郎君食。』引士珂擁爐飲酒。入夜共被，即婦人也。祝士珂不可語他人。後訊其所由，功臣李抱玉主課之青衣石祭酒也。因亂時，抱玉挾名奏授國子監祭酒。

《説郛》卷十八宋顧文薦《負暄雜録》所引《乾𦠆子》：

性嗜

宋劉雍嗜瘡痂。雍往詣吴興太守盧休，休脱襪，粘痂落地，雍俯取而食之。宋明帝嗜蜜鯳，一食數斤。〔一〕

校注

〔一〕此下又載鮮于叔明好食臭蟲及權長孺嗜人爪之癖，已見《太平廣記》所録。

附録

傳記資料

舊唐書·文苑傳下·温庭筠

温庭筠者，太原人，本名岐，字飛卿。大中初，應進士。苦心硯席，尤長於詩賦。初至京師，人士翕然推重。然士行塵雜，不修邊幅，能逐絃吹之音，爲側豔之詞。公卿家無賴子弟裴誠、令狐縞之徒，相與蒱飲，酣醉終日，由是累年不第。徐商鎮襄陽，往依之，署爲巡官。咸通中，失意歸江東，路由廣陵，心怨令狐綯在位時不爲成名。既至，與新進少年狂遊狹邪，久不刺謁。又乞索於楊子院，醉而犯夜，爲虞候所擊，敗面折齒，方還揚州訴之。令狐綯捕虞候治之，極言庭筠狹邪醜跡，乃兩釋之。自是汙行聞於京師。庭筠自至長安，致書公卿間雪寃。屬徐商知政事，頗爲言之。無何，商罷相出鎮，楊收怒之，貶爲方城尉。再遷隋縣尉，卒。子憲，以進士擢第。弟庭皓，咸通中爲徐州從事。節度使崔彦曾爲龐勛所殺，庭皓亦被害。庭筠著述頗多，而詩賦韻格清拔，文士稱之。

新唐書・温廷筠傳

彦博裔孫廷筠，少敏悟，工爲辭章，與李商隱皆有名，號『温李』。然薄於行，無檢幅。又多作側辭豔曲，與貴胄裴誠、令狐滈等蒲飲狎昵。數舉進士不中第。思神速，多爲人作文。大中末，試有司，廉視尤謹，廷筠不樂，上書千餘言，然私占授者已八人。執政鄙其爲，授方山尉。徐商鎮襄陽，署巡官。不得志，去歸江東。令狐綯方鎮淮南，廷筠怨居中時不爲助力，過府不肯謁。丐錢揚子院，夜醉，爲邏卒擊折其齒。訴於綯。綯爲劾吏，吏具道其汙行，綯兩置之。事聞京師，廷筠徧見公卿，言爲吏誣染。俄而徐商執政，頗右之，欲白用。會商罷，楊收疾之，遂廢卒。本名岐，字飛卿。弟廷皓，咸通中，署徐州觀察使崔彦曾幕府。龐勛反，以刃脅廷皓，使爲表求節度使。廷皓紿曰：『表聞天子，當爲公信宿思之。』勛喜。歸與妻子决。明日復見。勛索表，倨答曰：『我豈以筆硯事汝邪？其速殺我。』勛熟視笑曰：『儒生有膽耶！吾動衆百萬，無一人操檄乎？』囚之，更使周重草表。彦曾遇害，廷皓亦死，詔贈兵部郎中。

庭筠字飛卿，舊名岐，并州人。宰相彦博之孫也。少敏悟，天才雄贍，能走筆成萬言。善鼓琴吹笛，云：『有絃即彈，有孔即吹，何必爨桐與柯亭也。』側詞豔曲，與李商隱齊名，時號『温李』。才情綺麗，尤工律賦。每試，押官韻，燭下未嘗起草，但籠袖凴几，每一韻一吟而已，場中曰『温八吟』，又謂八叉手成八韻，名『温八叉』。多爲鄰鋪假手。然薄行無檢幅，與貴冑裴諴、令狐滈等飲博。後夜嘗醉詬狹邪間，爲邏卒折齒，訴不得理。舉進士，數上又不第。出入令狐相國書館中，待遇甚優。時宣宗喜歌《菩薩蠻》，綯假其新撰進之，戒令勿泄，而遽言於人。綯又嘗問『玉條脱』事，對以出《南華經》，且曰：『非僻書，相公燮理之暇，亦宜覽古。』又有言曰：『中書省内坐將軍。』譏綯無學。由是漸疏之。自傷云：『因知此恨人多積，悔讀《南華》第二篇。』徐商鎮襄陽，辟巡官。不得志，遊江東。大中末，北山沈侍郎主文，特召庭筠試於簾下，恐其潛救。是日不樂，逼暮，先請出，仍獻啓千餘言。詢之，已占授八人矣。執政鄙其爲，留長安中待除。宣宗微行，遇於傳舍。庭筠不識，傲然詰之曰：『公非司馬、長史流乎？』又曰：『得非六參簿尉之類？』帝曰：『非也。』後謫方城尉。中書舍人裴坦當制，忸怩含毫久之，詞曰：『孔門以德行居先，文章爲末。爾既早隨計吏，宿負雄名，徒誇不羈之才，罕有適時之用。放騷人於湘浦，移賈誼於長沙。尚有前席之期，未爽抽毫之思。』庭筠之官，文士詩人争賦詩祖餞，惟紀唐夫擅場，曰：『鳳凰詔下雖霑命，《鸚鵡》才高却累身。』唐夫舉進士，有詞名。庭筠仕終國子助教，竟流落而死。今有《漢南真稿》十卷，《握蘭集》三卷，《金荃集》十卷，《詩集》五卷，及《學海》三十卷。

又《採茶録》一卷，及著《乾膜子》三卷，序云『不爵不觥，非炰非炙，能説諸心，庶乎乾膜之義』等，并傳於世。

舊唐書·文苑傳下·李商隱

與太原温庭筠、南郡段成式齊名，時號『三十六』。文思清麗，庭筠過之。而俱無持操，恃才詭激，爲當涂者所薄，名宦不進，坎壈終身。

雲谿友議

《雲谿友議》卷中《白馬吟》：平曾以憑人傲物，多犯諱忌，竟没於縣曹，知己嘆其運蹇也……後温庭筠爲賦，亦警刺，少類於平曾，而謫方城，乃詩曰：『侯印不能封李廣，别人丘隴似天山。』舉子紀唐夫有詩送之。時，温庭筠作尉，紀唐夫得名，蓋因文而致也，詩曰：『何事明時泣玉頻，長安不見杏園春。鳳凰詔下雖霑命，《鸚鵡》才高却累身。且飲淥醑消積恨，莫言黄綬拂行塵。方城若比長沙遠，猶隔千山與萬津。』

唐摭言

《唐摭言》卷十一《無官受黜》：開成中，温庭筠才名籍甚，然罕拘細行，以文爲貨，識者鄙之。無何，執政間復有惡奏庭筠攪擾場屋，黜隨州縣尉。時中書舍人裴坦當制，忸怩含毫久之。時有老吏在側，因訊之昇黜，對曰：『舍人合爲責辭，何者？入策進士，與望州長馬一齊資。』坦釋然，故有『澤畔』、『長沙』之比。庭筠之任，文士詩人争爲辭送，唯紀唐夫得其尤。詩曰：『何事明時泣玉頻，長安不見杏園春。鳳凰詔下雖霑命，《鸚鵡》才高却累身。且飲緑醑銷積恨，莫辭黄綬拂行塵。方城若比長沙遠，猶隔千山與萬津。』又卷十三《敏捷》：温庭筠燭下未嘗起草，但籠袖凭几，每賦一韻，一吟而已。故場中號爲温八吟。又：山北沈侍郎主文年，特召温飛卿於簾前試之。爲飛卿愛救人故也。適屬翌日飛卿不樂，其日晚請開門先出，仍獻千餘字。或曰潛救八人矣。

玉泉子

《玉泉子》：温庭筠有詞賦盛名，初從鄉里舉，客游江淮間，楊子留後姚勖厚遺之。庭筠少年，其所得錢帛，多爲狹邪所費。勖大怒，笞而逐之，以故庭筠不中第。其姊趙顓之妻也，每以庭筠下第，常切齒於勖。一日廳有客，温氏偶問：『誰氏？』左右以勖對之。温氏遽出廳事，執勖袖大哭。勖殊驚異，且持袖牢固不可脱，不知所爲。移時，温氏方曰：『我弟年少宴游，人之常情，奈何笞之？迄今遂無有成，安得不由汝致之？』遂大哭。久之，方得解脱。勖歸憤訝，竟因此得疾而卒。

金華子

《金華子》卷上：段郎中成式……牧廬陵日……爲廬陵頑民妄訴，逾年方明其清白，乃退隱於峴山。時温博士庭筠，方謫尉隨縣，廉帥徐太師商留爲從事，與成式甚相善，以其古學相遇。常送墨一鋌與飛卿，往復致謝。遞搜故事者九函，在禁集中。爲其子安節娶飛卿女。安節仕至吏部郎中、沂王傅，善音律，著《樂府》行於世。

北夢瑣言

《北夢瑣言》卷二《宰相怙權》：宣宗時，相國令狐綯最受恩遇而怙權，尤忌勝己……或云曾以故事訪於温岐，對以其事出《南華》，且曰：『非僻書也。或冀相公燮理之暇，時宜覽古。』綯益怒之，乃奏岐有才無行，不宜與第。會宣宗私行，爲温岐所忤，乃授方城尉。所以岐詩云：『固知此恨人多積，悔讀《南華》第二篇。』又卷四《温李齊名》：温庭雲字飛卿，或云作『筠』字，舊名岐，與李商隱齊名，時號曰『温李』。才思豔麗，工於小賦。每入試，押官韻作賦，凡八叉手而八韻成。多爲鄰鋪假手，號曰『救數人』也。而士行有缺，縉紳薄之。李義山謂曰：『近得一聯句云：「遠比召公，三十六年宰輔。」未得偶句。』温曰：『何不云：「近同郭令，二十四考中書。」』宣宗嘗賦詩，上句有『金步摇』，未能對；遣未第進士對之，庭雲乃以『玉條脱』續焉。宣宗賞焉。又藥名有『白頭翁』，温以『蒼耳子』爲對，他皆此類也。宣宗愛唱《菩薩蠻》詞。令狐相國假其新撰密進之，戒令勿他泄，而遽言於人，由是疏之。温亦有言云：『中書堂内坐將軍。』譏相國無學也。宣宗好微行，遇於逆旅。温不識龍顔，傲然而詰之曰：『公非司馬、長史之流？』帝曰：『非也。』又謂曰：『得非大參、簿、尉之類？』帝曰：『非也。』謫爲方城縣尉，其制詞曰：『孔門以德行爲先，文章爲末。爾既德行無取，文章何以補焉！徒負不羈之才，罕有適時之用。』云云。竟流落而死也。杜豳公自西川除淮海，温庭雲詣韋曲杜氏林亭，留詩云：『卓氏壚前金綫柳，隋家堤畔錦帆風。貪爲兩地行霖雨，不見池蓮照水紅。』豳公聞之，遺絹一千匹。吴興沈徽云：『温舅曾於江淮爲親表檟楚，由是改名焉。』庭雲又每歲舉場，多借舉人爲其假手（一作『多爲舉人假手』）。沈詢侍郎知舉，别施鋪席授庭雲，不與諸公鄰比。翌日，簾前謂庭雲曰：『向來策名者，皆是文賦託於學士，某今歲場中並無假託學士，勉旃！』因遣之，由是不得意也。

東觀奏記

《東觀奏記》卷下：勅：『鄉貢進士温庭筠，早隨計吏，夙著雄名。徒負不羈之才，罕有適時之用。放騷人於湘浦，移賈誼於長沙。尚有前席之期，未爽抽毫之思。可隋州隋縣尉。』舍人裴坦之詞也。庭筠，字飛卿，彦博之裔孫也。詞賦詩篇，冠絶一時。與李商隱齊名，時號『温李』。連舉進士，竟不中第，至是謫爲九品吏。進士紀唐夫唤庭筠之寃，贈之詩曰：『鳳凰詔下雖承命，《鸚鵡》才高却累身。』人多諷誦。上，明主也，而庭筠反以才廢。制中自引騷人、長沙之事，君子譏之。前一年，商隱以鹽鐵推官死。商隱字義山，文學宏博，牋表尤著於人間。自開成二年昇進士第，至上（指宣宗）十二年，竟不昇於王庭。而庭筠亦恓恓不涉第□□□□者。豈以文學爲極致，已靳於此，遂於禄位有所愛邪？不可得而問矣。

南部新書

《南部新書》庚：令狐相綯，以姓氏少，族人有投者，不悋其力，繇是遠近皆趨之，至有姓胡冒令狐者。進士温庭筠戲爲詞曰：『自從元老登庸後，天下諸「胡」悉帶「令」。』

太平廣記

《太平廣記》卷一七四引《尚書故實》：會昌毁寺時，分遣御史檢天下所廢寺，及收録金銀佛像。有蘇監察者（不記名），巡檢兩街諸寺，見銀佛一尺以下者，多袖之而歸，人謂之『蘇扛佛』。或問温庭筠，將何對好。遽曰：『無以過「密陀僧」也。』

南楚新聞

《南楚新聞》卷二：太常卿段成式，相國文昌子也。與舉子温庭筠親善。咸通四年六月卒，庭筠閒居輦下。

胡賓王《鄠謁集序》

胡賓王《鄠謁集序》：（謁）尋抵京師隸國子，時温庭筠主試，乃榜三十餘篇以振公道。

唐詩紀事・李濤

《唐詩紀事》卷六十七《李濤》：温庭筠任太學博士，主秋試。（李）濤與衛丹、張郃等詩賦，皆榜於都堂。

同時人寄贈詩

張祜《送温飛卿赴方城》

張祜《送温飛卿赴方城》（一作《贈李修源》）：方城新尉曉銜参，却是傍人意未甘。昨（一作盡）夜與君思賈誼，長沙（一作瀟湘）猶在洞庭南。（《全唐詩》卷五一一）按：温貶方城尉在咸通七年，時張祜已卒。

紀唐夫《送温庭筠尉方城》

紀唐夫《送温庭筠尉方城》：何事明時泣玉頻，長安不見杏園春。鳳皇詔下雖霑命，《鸚鵡》才高却累身。且盡（一作飲）緑醽銷積恨，莫辭黄綬拂行塵。方城若比長沙路，猶隔（一作有）千山與萬津。（《全唐詩》卷五四二）

魚玄機《冬夜寄飛卿》《寄飛卿》

魚玄機《冬夜寄温飛卿》：苦思（一作憶）搜詩（一作思）燈下吟，不眠長夜怕寒衾。滿庭木葉愁風起，透幌紗窗惜月沈。疏散未閑終遂願，盛衰空見本來心。幽棲莫定梧桐處，暮雀啾啾空繞（一作繞竹）林。（《全唐詩》卷八〇四）

又《寄飛卿》：階砌亂蛩鳴，庭柯煙露清。月中鄰樂響，樓上遠山明。珍簟涼風著，瑶琴寄恨生。嵇君懶書札，底物慰秋情？（《全唐詩》卷八〇四）

李商隱《聞著明凶問哭寄飛卿》《有懷在蒙飛卿》

李商隱《聞著明凶問哭寄飛卿》：昔嘆讒銷骨，今傷淚滿膺。空餘雙玉劍，無復一壺冰。江勢翻銀漢（一作礫），天文露玉繩。何因攜庾信，同去哭徐陵？（《全唐詩》卷五三九）

又《有懷在蒙飛卿》：薄宦頻移疾，當年久索居。哀同庾開府，瘦極沈尚書。城緑新陰遠，江清返照虚。所思惟翰墨，從古待雙魚。

段成式《寄温飛卿箋紙》《嘲飛卿七首》、《柔卿解籍戲呈飛卿三首》

段成式《寄温飛卿箋紙》：予在九江造雲藍紙，既乏左伯之法，全無張永之功，輒送五十板。三十六鱗充使時，數番猶得裹相思。待將袍襖重鈔了，盡寫襄陽播掿（一作掘拓）詞。（《全唐詩》卷五八四）

又《嘲飛卿七首》：（其一）曾見當壚一箇人，入時裝束好腰身。少年花蒂多芳思，只向詩中寫取真。（其二）醉袂幾侵魚子纈，飄纓長罥凰皇釵。知君欲作《閒情賦》，應願將身作錦鞋。（其三）翠蝶密偎金叉（一作匕）首，青蟲危泊玉釵梁。愁生半額不開靨，只爲多情團扇郎。（其四）柳煙梅雪隱青樓，殘日黄鸝語未休。見説自能裁袙複，不知誰更著帩頭？（其五）愁機懶織同心苣，悶繡先描連理枝。多少風流詞句裏，愁中空詠早環詩。（其六）燕支山色重能輕，南陽水澤鬭分明。不須射雉先張翳，自有琴中威鳳聲。（其七）半歲愁中鏡似荷，牽環撩鬢却須磨。花前不復抱瓶渴，月底還應琢刺歌。

又《柔卿解籍戲呈飛卿三首》：（其一）長擔犢車初入門，金牙新醞盈新罇。良人爲漬木瓜粉，遮却紅腮交午痕。（其二）最宜全幅碧鮫綃，自襞春羅等舞腰。未有長錢求鄴錦，且令裁取一團嬌。（其三）出意挑鬟一尺長，金爲鈿鳥簇釵梁。鬱金種得花茸細，添入春衫領裏香。

史志書目著録及各本序跋提要

崇文書目

《崇文書目》卷三：《乾膜子》三卷，温庭筠撰。又卷五：《握蘭集》三卷，温庭筠撰。《金荃集》十卷，温庭筠撰。

新唐書・藝文志

《新唐書・藝文志三・小説類》：温庭筠《乾膜子》三卷。又《採茶録》一卷。《藝文志四・别集類》：温庭筠《握蘭集》三卷。又《金筌集》十卷。《詩集》五卷。《漢南真稾》十卷。又有《漢上題襟集》十卷，段成式、温庭筠、余知古。

通志·藝文略

《通志·藝文略六》：《乾膦子》一卷，温庭筠撰。《藝文略八》：温庭筠《握蘭集》三卷。《金荃集》十卷。《漢南真藁》十卷，詩五卷。

陸游《跋温庭筠詩集》

陸游《跋温庭筠詩集》：先君舊藏此集，以《華清宫詩》冠篇首，其中有《早行》詩，所謂『雞聲茅店月，人跡板橋霜』者，久已墜失。得此集於蜀中，則不復見《早行》詩矣。感嘆不能自已。淳熙丙申重陽日，某識。（《渭南文集》卷二十六）

遂初堂書目

《遂初堂書目》《乾膦子》。《温飛卿集》。

郡齋讀書志

《郡齋讀書志》卷三下：《乾巽子》三卷。序謂：『語怪以悦賓，無異饌味之適口，故以乾巽命篇。』卷四下下：《金荃集》七卷，外集一卷。解題云：右唐温庭筠也。庭筠，本名岐，字飛卿，宰相彦博之裔。詩賦清麗，與李商隱齊名，時號『温李』。然薄於行，多作側辭豔曲。累舉不第，終國子助教。宣宗嘗作詩賜宫人，句有『金步摇』，遣塲中對之，庭筠對以『玉跳脱』。上喜其敏，欲用之。以嘗作詩忤時相令狐綯，終廢斥云。

直齋書録解題

《直齋書録解題·小説類》：《乾巽子》三卷，唐温庭筠飛卿撰。序言：『不爵不觥，非炰非炙，能悦諸心，聊甘衆口，庶乎乾巽之義。』『巽』與『饌』同字，從肉，見古禮經。又《詩集類上》：《温飛卿集》七卷，唐方城尉温庭筠飛卿撰。

宋史·藝文志

《宋史·藝文志七》：温庭筠《漢南真稿》十卷，又《集》十四卷，《握蘭集》三卷，《記室備要》三卷，《詩集》五卷，又《温庭筠集》七卷。

世善堂藏書目録

《世善堂藏書目録》卷上：《乾𦠆子》一卷，温庭筠。又卷下：《温飛卿集》八卷，庭筠。

高鐘《温庭筠詩集序》

高鐘《温庭筠詩集序》：唐八百年以上之詩，遇知八百年以下之人，注且解焉。或謂某句用古人某事，出某處，載某書。是雖閎覽博物者之能，亦必其人之精神，至今日而當一出，非草草分文析字，煩言碎辭者比。晦菴之于《毛詩》，邵庵之于杜律，豈不注，豈不解，人尚議其咯咯然，鏡考指明，未極洞心潭思。後數十年，有會稽曾謙氏出，浮英華，湛道德，闔户三年，注昌谷一集。其立長吉于旁，推心代口，一一詁之，而一一通之。後悠閒年餘，再闔户而竝注八叉一集。更立飛卿于前，雕瑑訓故，機駭蠭軼，俾昒爽乂耀光明焉。我儀圖之苟微，其人比良遷、董，兼麗卿、雲，包書林，鼓俶儻，結典籍而爲罟，敺儒墨而爲禽，烏能獵其大荒而歸尺幅。語有之：『讀萬卷書，行盡天下山水。』方囚捉幽異，拗弄光彩，抉奥于此書之中。霅然陽開，豁天下後世眼子一亮，事何容易？良以所注者古人之書，畢竟自成一書。是則注者有功于作者。子雲之後，自有子雲。果能以叔敖爲長吉者，亦能以侯芭解長吉；以叔敖爲飛卿者，更能以侯芭解飛卿也。譚子曰：『作詩者，一情獨往，萬象俱開。口忽能吟，手忽能書，即手口原聽我胸中之所流。手口不能測，即胸中原聽我手口之所止。胸中不可強，而因以候於造化之毫釐，而或相遇于風水之來去，詩安往哉？』予則曰：詩焉往哉？有曾謙氏之注，而飛卿之詩不往，飛卿之詩益靈。一字靈，則一句皆靈；一句靈，並一篇皆靈；一篇靈，並全卷皆靈。至所爲，昇降於樂府古詩之先，周旋於律絶填詞之下，壯采高搴，奇音寡和。其詩其品，有元集，有本傳，可流覽而盡，不復贅也。迺有松交先生，風流彼美，儒雅人歸，力能挽兵燹罷効之區，比于一同。且恣其公餘，賞飛卿之詩於浮膏俗談外，鑒曾謙氏之解於窮愁著述中。予知天下有心人如先生者定不多也。（明曾益《温八叉集注》卷首）

沈潤《温庭筠詩集序》

沈潤《温庭筠詩集序》：詩盛於唐。唐自開元後，峭稱孟、賈，豔稱温、李。分家各擅，俱極詩宗。後之論者，乃謂孟、賈寒、瘦，温、李之詞，復過靡曼，或乖大雅。因以有中、晚之限。是誠不然。詩自《三百》外，《白雲謡》西母，《大風歌》沛帝，雖篇章簡鮮，已俱挾動宕之辭，爲豔郁之祖矣。嗣是平子繹譎衍之思，景純發縹緲之論，顔、謝建鑣於前，任、沈揚鈴於後。益莫不藻體蕤蔚，麗韻繽熚，豔詎自飛卿始哉！況詩以賦情比物，苟非緬大塊之浩瀁，縱川原之幽黝，合今古之寥邈，攬雲嵐之曤變，以及秘房名榭，雜卉珍華，禽昆詭異，神鬼玄冥，怪輯廣垓，博淹羣誌，夫何以洩吾詩人纏綿抑頓之情，使後之讀者淫，淫而感，感而思，思而得夫昔日沉吟蕩軼之懷、牢騷寄託之致者乎？豔曷足病詩？詩之豔，又曷足爲温、李病也？然固有辨。世多不知學詩，而好學豔。比音赴節，掇拾膚末，侈矜奇麗，訕者至比之浮瓜斷梗。是豔之弊。殆學豔者之能累温、李，猶學寒瘦者之能累孟、賈，而竝非温、李之以晚唐而降也。温、李雖當時竝稱，然温尤落楮煙霏，觸毫露濡。春髻秋蟾，供其妍媚；漢彝秦碣，溱其嶔嵌。韻有八叉之捷，才逾擊鉢之敏。夫豔極難，豔而敏尤難。敏矣豔矣，俱咳吐典墳，經緯風雅。羅盈萬之書於胸中，縱鍾獨之慧於紙上，飛卿可易望項背哉！近會稽曾子益憫詩學之廢墜，傳賦心之攻苦。先注長吉集，掖啓末學；復詳注飛卿全詩，極其該覈。匪第爲飛卿功，竝將進學豔者溯源星宿，不終誤於浮瓜斷梗，爲功於詩學大矣。余故於其注之行也，深嘉焉而爲之弁。（同上）

顧予咸《温庭筠詩解序》

顧予咸《温庭筠詩解序》：詩詞何昉乎？始《風》繼《騷》也。讀『懷春』『贈芍』之章，香豔撩人；披『墜露』『落英』之句，駘宕奪目。洎文園鬻金之賦，彭澤《閒情》之篇，樹幟千古。迨李唐則青蓮神駿，少陵沉鬱，長吉孤峭，摩詰嘯詠輞川，香山豪哈池上，尚矣。若飛卿温先生，性跅跳，氣遒上，才華邁奮，骯髒不遇，或遇矣終軻。是則文人之才高乃窮，窮乃工，工乃傳；傳矣，久乃益新。雞彝龍勺，器古彌珍焉。《八叉集》胸貯萬斛，筆吐千葩，檀心屑肌，蘭芬襲裾，妖冶如楚姝酣舞，嫵媚如宓妃凌波，藻贍如金谷名花。而綺辭壯采，如洞庭張樂，翠屏列釵；又如鹿園莊嚴，菩薩寶髻，鬘鬘珠璣，纓組纍纍也。至歌謡諸作，直追古樂府，可以挾閬仙，泣山鬼，邀明月，遏行雲，即遊魚秣駟聽之，色飛矣。子雲曰：『詩人之賦麗以則，詞人之賦麗以淫。』飛卿唐晚格律，不無稍降乎？夫受才如卉木，或爲亭亭松，或爲娟娟竹。即絶代傾城，何必昭陽飛燕？若太真海棠睡足，文君芙蓉臉際，至今豔稱之。飛卿名齊商隱，時號『温李』，詞壇傑也。雖唐晚，奚多讓初、中哉！説者曰：『飛卿落魄疏縱，爲虞侯所辱，文人無行若此。』不知入宫見妬，才色盡然。如青蓮負謗於永璘，少陵被擯於嚴武，長吉受錮於父名。才奇則傲，傲則忤。李、杜不因傲且忤不傳，何獨苛於飛卿哉！會稽曾益，南豐嫡裔，注其集。閲之，博而核，詳而有體，表章力居多。昔朱晦菴欲注杜集而未果，曾子以史學僥爲之。三十年前注長吉集，行海内。李、温俱以詩雄於唐，兹集出，益不朽云。（同上）

顧嗣立《温飛卿詩集箋注後記》

顧嗣立《温飛卿詩集箋注後記》：昔先考公令山陰時，邑人曾君，名益，字謙，注温庭筠詩四卷，曰《八叉集》。先考功謂其用心良苦，特鳩工剞劂，流傳一時。後歷銓曹歸里，葺治雅園，寄情詩酒。間嘗繙閲曾注，惜其闕佚頗多，援引亦不免穿鑿，重爲箋注，廣搜博考，援筆記纂。凡夫割剝支離，舛錯附會之説，輒復隨手删削。未畢事，而先考功殁世。時嗣立甫五歲耳。荏苒迄今，年過三十，濩落一無成就，惴惴焉惟以隕越先業是懼。去年秋，從長安歸，檢校篋中，得先考功遺筆。傷前緒之未竟，撫卷不勝泫然。

用是鍵户校勘，會稡經史百家，以至稗官小説，釋典道藏諸書，無不檃括采拾，所增者復得十之三四，而曾注中如《漢皇迎春詞》之誤釋高祖，《邯鄲郭公詞》之誤釋令公，譌謬不一，痛爲芟汰，又約計十之五六。凡此一皆本先考功之意，不敢妄生臆見。因自傷少遭孤露，不獲親承庭訓，縱竭區區固陋，未能發明萬一，顧猶藉是編得以時誦先考功之清芬，非獨欲訂正曾注之失也。纘輯既成，依宋本分爲《詩集》七卷，《别集》一卷，復采《英華》、《絶句》中定爲《集外詩》一卷，而續注焉。案《唐·藝文志》載庭筠有《握蘭集》三卷，又《金筌集》十卷，《詩集》五卷，《漢南真稿》十卷。明焦竑《經籍志》亦同。今所見宋刻止《金筌集》七卷，《别集》一卷，《金筌詞》一卷，并無《八叉》之目，更題之曰《飛卿詩集》，從其字也。時康熙三十六年歲在丁丑春正月，長洲顧嗣立謹書於閭丘小圃之秀野草堂。（《温飛卿詩集》卷末）

四庫全書總目·温飛卿集箋注九卷

《四庫全書總目·别集類四·温飛卿集箋注九卷》：明曾益撰，顧予咸補輯，其子嗣立又重訂之。凡注中不署名者，益原注；署『補』字者，予咸注；署『嗣立案』者，則所續注也。益字予謙，山陰人。其書成於天啓中。予咸字小阮，長洲人，順治丁亥進士，官至吏部考功司員外郎。嗣立字俠君，康熙壬辰進士，由庶吉士改補中書舍人。曾注謬譌頗多，如《漢皇迎春詞》乃詠漢成帝時事，而以漢皇爲高祖；《邯鄲郭公詞》爲北齊樂府舊題，郭公者，傀儡戲也。舊本譌『詞』爲『祠』，遂引東京郭子儀祠，以附會『祠』字之譌。嗣立悉爲是正。考據頗爲詳核，然多引白居易、李賀、李商隱詩爲注，雖李善注《洛神賦》『遠遊履』字，引繁欽《定情詩》爲證，古人本有此例。然必謂《夜宴謡》『裂管』字『翕然聲作如管裂』句，《曉仙謡》『下視九州』字，用賀『遥望齊州九點煙』句；《生禖屏風歌》『銀鴨』字，用商隱『睡鴨香鑪换夕薰』句，似乎不然，是亦一短也。《唐·藝文志》載庭筠《握蘭集》三卷、《金荃集》十卷、《詩集》五卷，《漢南真稿》十卷。《宋志》亦同。陳振孫《書録解題》作《飛卿集》七卷。又陸游《渭南集》有《温庭筠集跋》，稱其父所藏舊本，以《華清宫》詩爲首，中有《早行》詩。後得蜀本，則《早行》詩已佚。《文獻通考》則云：温庭筠《金荃集》七卷、《别集》一卷。是宋刻已非一本矣。曾本合爲四卷，名曰《八叉集》，以作賦之事名其詩，頗爲杜撰。嗣立此注，稱從所見宋刻，分《詩集》七卷、《别集》一卷，以還其舊。疑即《通考》所載之本。又稱采《文苑英華》《萬首絶句》所録爲《集外詩》一卷。較曾本差爲完備，然總非唐本之舊也。

四庫全書簡明目録·温飛卿集箋注九卷

《四庫全書簡明目録·别集類一·温飛卿集箋注九卷》：唐温庭筠撰，明曾益注，國朝顧予咸補，其子嗣立又重訂之。凡益之原注，不署名；予咸注，署『補』字；嗣立所加者，則自題名。庭筠詩亞於李商隱，而隸事博奥，則相近。三人踵成此注，亦十得六七。

鐵琴銅劍樓藏書題跋集録·温飛卿集七卷别集一卷（校宋本）、又温庭筠詩集七卷别集一卷（明刊本）

《鐵琴銅劍樓藏書題跋集録·温飛卿集七卷别集一卷》（校宋本）：唐温庭筠撰，陳南浦校過，有題記云：『庚寅春花朝，假錢遵王鈔宋本重勘。錢本舊有題記云：「乙酉小春，從錢子健校本對過一次。子健□□□處，取宋本校正者。」又記云：「馮定遠云：何慈公家有北宋本，爲何士龍取去，散爲輕煙矣。」』案：宋本名《温庭筠詩集》，一卷至七卷目録連列不分。卷一《湘宫人歌》下即次《黄曇子歌》，不在别集之末。

又《温庭筠詩集》七卷《别集》一卷（明刊本）：此亦馮氏藏本，有竇伯（馮武字竇伯，號簡緣）題記云：『太歲戊子季冬之月望後一日，校練一過。此本不甚精好。先君子曾獲宋刻本，爲友人借去，不復得歸。今更存一鈔本，頗勝此也。』卷首有簡緣、馮氏藏本二朱記。

善本書室藏書志·温庭筠詩集七卷别集一卷（錢遵王精鈔宋本）

《善本書室藏書志》卷二十五《温庭筠詩集》七卷《别集》一卷（錢遵王精鈔宋本）：庭筠字飛卿，舊名岐，并州人，宰相彦博之孫。舉進士，數上不第，仕終國子助教。有《漢南真稿》十卷、《握蘭集》三卷、《金荃集》十卷、《詩集》五卷、《學海》三十卷、《採茶録》一卷、《乾𦠆子》一卷。《文獻通考》載温庭筠《金荃集》七卷、《别集》一卷，與此合。常熟瞿鏞《田裕齋書目》云：『宋本名《温庭筠詩集》，卷一《湘宫人歌》下即次《黄曇子歌》，不在《别集》末。』與此又合。舊爲述古堂寫本，每半葉十二行，行二十一字，詩題低五格。遵王題曰：『世傳温、李爲側豔之詞，今誦其「雞聲茅店月，人迹板橋霜」及「魚鹽橋上市，燈火雨中船」諸句，豈獨以六朝金粉爲能事者？解對「金跳脱」，正不必讀《南華》第二篇矣。』

文禄堂訪書記·金荃集七卷别集一卷

《文禄堂訪書記》卷四《金荃》七卷《别集》一卷：唐温庭筠撰。清毛文光校汲古閣刻本，有張紹仁學安執經堂印。毛氏手跋曰：『宋本《温庭筠詩集》，照馮定遠先生閲本燈下對畢。前庚子春二十有一日，觀庵先生與先季父省庵同校訂於汲古閣下。今康熙庚子仲秋，予從俟思弟處假歸，再勘一過。先季父校於六十年之前，余校六十年之後，年庚相符，春秋略異，真奇事也。文光識於道東軒雙桂花下。』

皕宋樓藏書志·温庭筠詩集五卷（明鈔本）

《皕宋樓藏書志》卷七十：《温庭筠詩集》五卷，明鈔本，毛豹孫舊藏。

明弘治己未李熙刻本《温庭筠詩集序》

明弘治己未（十二年）李熙刻本《温庭筠詩集》序：唐宋名家詩梓行者多矣，李、杜、韓、柳、歐、王、黄、蘇之作，載諸文集中，故已遍行於天下。近歲《韋蘇州集》刻於陜，許郢州《丁卯集》刻於潤，陸放翁《澗谷詩選》刻於杭，陳履常詩刻於漢中郡，其他未暇盡舉。然播誦人口而流傳四方，欣動騷人詞客之志，模效體裁，屬辭比賦，以鳴國家太平風教民物之盛者，亦豈小補之哉！唐温飛卿詩，説者病其風花綺麗，或有累其正氣，與李商隱、李長吉輩時號西崑體，詩至此爲文章之一厄，故不齒列於開元、天寶盛唐諸集中，是豈作者之罪哉！文章與時高下，亦氣運使然耳。諸君子亦所謂同工而異曲者矣。今讀飛卿之集，清遠柔婉，雖曰綺麗，而畔於理者蓋寡。比之長吉之詭、商隱之僻，則又庭筠之所無也。是惡可以弗傳邪？集凡七卷，别集一卷，共詩若干首。予得之同年進士顧君華玉，顧得之羅君子文，羅得之江西右族。華玉與予言子文，嘗道其人，輯有魏、晉以下名人詩七十餘家，皆鈔本，求盡録之，若有靳容者。予聞而隘之，用是鋟梓，以與韋、許諸集並行於世，使其人見之，蓋將翻然有感於是集之行，且不以藏於私家之爲貴，而以遠諸天下爲功矣。異時俾諸詩散佈而傳四方，謂非温集爲之倡也乎！姑書以俟。（以下闕）

按：李熙刻本每半頁九行，行十八字。黑口，上下黑魚尾。傅增湘《藏園羣書經眼録》卷十二集部《温庭筠詩集》七卷條：『前有弘治己未建業李熙序。』此本現藏國家圖書館。卷末有馮長武跋，已見前録。

明毛氏汲古閣刻五唐人集本《金荃集》毛晉題識

明毛氏汲古閣刻五唐人集本《金荃集》七卷《别集》一卷毛晉題識：飛卿本名岐，并州祈人，宰相彦博之裔，與李義山、段柯古等號西崐三十六體，而温、李尤著。相傳有《方城令詩集》五卷、《漢南真稿》十卷、《握蘭》、《金荃》等集，今不盡傳。僅見宋刻《金荃集》七卷《别集》一卷，參之邇來分體本子，略有不同。其小詞亦名《金荃集》，尚容嗣鐫。湖南毛晉識。

按：汲古閣刻《金荃集》每半葉九行，行十九字。國家圖書館藏毛文光校並跋本，跋文已見前録。

明姜道生刻《唐方城令温庭筠詩集序》

明姜道生刻《唐方城令温飛卿詩集》十卷：序云：温庭筠，本名岐，字飛卿，并州人……今有詩集五卷、《漢南真藁》十卷、《握蘭》、《金荃》等集並傳。

按：姜道生刻本每半頁九行，行十九字，係分體本，次第爲五言古、七言古、雜言、五言律、五言排律、六言排律、七言律、七言排律、五言絶、七言絶。雖未標卷數，而實以體裁分爲十卷。詩之前有《錦鞵賦》一首。有五言律補遺二十三首、五言排律補遺四首、七言絶補遺一首、七言律補遺十六首。合計補遺四十四首。卷末題：雲陽姜道生重生父校刊，金沙王鏞叔聞父仝校，晉陵董遇明良甫父訂補。書藏北大圖書館。此本與明刻本温庭筠詩集十卷、補遺一卷（補遺配清鈔）卷數、行款、文字相同（藏國家圖書館）。分爲五言古（十四題）、七言古（四十五題）、雜言（五題）、五言律（八十五題）、五言排律（十三題）、六言律（一題）、七言律（七十題）、七言排律（一題）、五言絶（五題）、七言絶（二十八題）。補遺亦包括五言律、五言排律、七言絶、七言律四體。

明馮彦淵家鈔本《温庭筠詩集》馮武跋

明馮彦淵家鈔本《温庭筠詩集》七卷《别集》一卷：馮武跋：『此是照宋刻繕寫，點畫無二，取較時本，迥不相同。虞山馮武識。』

按：此本每半頁十行，行十八字，黑口，上黑魚尾。卷首目録頁右方書：『海虞馮武校訖。』此本藏國家圖書館。

清席啓寓刻《唐人百家詩·温庭筠詩集》傅增湘校後記

清康熙席啓寓刻唐人百家詩《温庭筠詩集》七卷《别集》一卷《集外詩》一卷：傅增湘校後記：『馮鈔本行格與此同，中縫作「温詩几」及「温别集」，歸安姚氏藏。宣統□□入京師圖書館。癸丑六月沅叔……記。』

按：此本現藏國家圖書館。目録前有宋本指圓朱文：海虞馮武校訖（避朱由校諱）。其集外詩一卷，共收詩五十一題，六十三首，題下分别注明『以下見《文苑英華》』『以下七首見《歲時雜詠》』『見郭茂倩《樂府詩集》』『見《雲溪友議》』。

温庭筠繫年

唐德宗貞元十七年辛巳（八〇一） 一歲。生於吴中。

庭筠爲唐初開國功臣温彦博之裔孫（夏承燾《温飛卿繫年》謂是彦博六世孫，黄震雲《温庭筠雜考三題》謂是彦博七世孫，似以黄説爲是）。彦博貞觀四年遷中書令，封虞國公。十年，遷尚書右僕射。故庭筠《書懷百韻》詩自注云：『予先祖國朝公相，晉陽佐命，食采於并、汾也。』其世系約爲彦博—振—翁歸—續—曦—西華—瑒—庭筠。

庭筠之籍貫，《舊唐書·文苑傳·温庭筠》謂太原人，《新唐書·温大雅傳》附廷筠傳則謂并州祁人。此當是庭筠的祖籍與郡望。庭筠之實際出生地當爲吴中。顧學頡《新舊唐書温庭筠傳訂補》云：『唐無名氏《玉泉子》：「温庭筠有詩賦盛名。初將從鄉里舉，客游江淮間。」按庭筠詩中，言其故鄉太原者絶少，而言江南者反甚多。恐幼時已隨家客游江淮，爲時且必甚長。兹録其詩於下：「淮南游客馬連嘶，碧草迷人歸不得」（《錢唐曲》）；「江南戍客心」（《邊笳曲》）；「却笑江南客，梅落不歸家」（《勑勒歌塞北》）；「丹陽布衣客」（《裴公挽歌詞》）；「飄然蓬頂東歸客」（《南湖》）；「吴客捲簾閑不語」（《偶題》）；「輕橈便是東歸路」（《渭上題》）；「鄉思巢枝鳥」（開成五年呈友人詩。按用「越鳥巢南枝」事）；「羡君東去見殘梅，唯有王孫獨未回」（《送盧處士游吴越》）；又詩題有《春日將欲東歸……》及《東歸有懷》。據以上諸詩，自稱曰「江南客」，至江南曰「歸」曰「回」，兩《唐書》本傳亦曰「歸江東」。飛卿在江南日久，儼以江南爲故鄉矣。（在吴、越所作詩甚多，亦可證其在江南之久。）」所舉詩例，除少數（如「丹陽布衣客」、「吴客捲簾閑不語」）屬誤解外，其他均意思明白。然顧氏泥於舊史太原人之記載，僅言「在江南日久，儼以江南爲故鄉矣」，未能遽指江南即爲温之故鄉。陳尚君《温庭筠早年事跡考辨》乃據《感舊陳情五十韻獻淮南李僕射》「稽紹垂髫日，山濤筮仕年。琴尊陳座上，紈綺拜牀前。鄰里纔三徙，雲霄已九遷」數聯，謂李紳元和三年歸無錫縣家居，庭筠時年八歲，其家居與李紳爲比鄰，認爲庭筠占籍應在無錫附近。此説雖對「鄰里纔三徙」一句有誤解（此句用孟母三遷典故，乃贊頌李紳從小得到其母的良好教育。《新唐書·李紳傳》：「紳六歲而孤，哀等成人，母盧，躬授之學。」），但謂庭筠家居無錫，較顧氏之「儼以江南爲故鄉」，不但肯定其家居江南，地點亦更爲具體。然「其家與李紳爲比鄰」之説既因誤解詩句而致，則當更求具體確切之地。

從庭筠所作詩歌看，其舊鄉當在吴中松江附近，太湖之濱。先言吴中之大範圍。《書懷百韻》詩云：「是非迷覺夢，行役議秦吴。」秦指長安，吴指吴地。《春日將欲東歸寄新及第苗紳先輩》，「東歸」即歸吴地。然吴地範圍甚大，無錫亦可包括在内。故家居吴地何處，仍需進一步考證。按詩集八有《送盧處士（一作生）游吴越》云：「羡君東去見殘梅，唯有王孫獨未回。吴苑夕陽明古堞，越宫春草上高臺。」詩一作張籍詩。佟培基《全唐詩重出誤收考》云：「張籍祖居吴地，有其舊宅，其《送陸暢》詩有「共踏長安街裏塵，吴州獨作未歸身。昔年舊宅今誰住，君過西塘與問人。」此重出詩有客游在外未能東歸之嘆，非庭筠口吻。』張籍有舊宅在吴地，不能因此否定庭筠舊鄉亦在吴中。庭筠詩集卷七有《處士盧岵山居》、卷八有《寄盧生》，與《送盧處士（一作生）游吴越》之盧處士（或盧生）應同爲一人。《寄盧生》云：『遺業荒涼近故都，門前堤路枕平湖。緑楊陰裏千家月，紅藕香中萬點珠。此地别來雙鬢改，幾時歸去片帆孤。他年猶擬金貂换，寄語黄公舊酒壚。』盧某游吴越，庭筠有詩送之；既至吴越，又有詩寄之。而《寄盧生》首聯寫景，又與卷八《東歸有懷》『晴川通野陂，此地昔傷離。一去跡常在，獨來心自知』數句相合。所謂『遺業』，即『門前』，亦即舊居；而『野陂』，亦即『平湖』；『東歸』，即東歸吴中舊鄉。『遺業荒涼近故都』，此『故都』即春秋時吴國之舊都，唐之蘇州。故知庭筠之舊居當在蘇州附近。庭筠舊鄉在吴中，《溪上行》一詩亦可得到證明：『緑塘漾漾煙濛濛，張翰此來情不窮。雪羽褵褷立倒影，金鱗撥剌跳晴空。風翻荷葉一向白，雨濕蓼花千穗紅。心羨夕陽波上客，片時歸夢釣船中。』晉張翰爲吴郡吴人，因秋風起而憶吴中菰菜、蓴羹、鱸魚膾，遂命駕東歸。此詩作於會昌元年秋東歸行將抵達吴中舊鄉時。以張翰自況，不但切東歸舊鄉，且説明其舊鄉亦在吴中也。其具體所在雖難確考，但從下列詩中亦可知其大概。卷七《盧氏池上遇雨贈同遊者》後幅云：『寂寞閑望久，飄灑獨歸遲。無限松江恨，煩君解釣絲。』松江恨，即思故鄉鱸魚不得之恨，亦即欲歸故鄉而不得之恨。卷四有《寄湘陰閻少府乞釣輪子》：『篷聲夜滴松江雨，菱葉秋傳鏡水風。』卷五《寄裴生乞釣鉤》：『今日太湖風色好，却將詩句乞漁鉤。』二詩均會昌初東歸吴中期間作，其中提到『松江』（即吴淞江）、『太湖』，可推知庭筠之舊居當在蘇州附近，濱太湖、傍吴淞江之處。

庭筠在吴中有『遺業』，自是父輩時已居此。然則其何時離開吴中，亦當作一大體推測。《寄盧生》前二聯想像故居門前堤路平湖、緑楊明月、紅藕飄香之景象，對故鄉景物之記憶極爲清晰，且提到故鄉之舊酒家，此自非童幼時即離家所能有之記憶。《東歸有懷》亦清楚憶及昔日在晴川通野陂之處告别故鄉之『傷離』情景，其離鄉當不在幼年時。尤可注意者，庭筠青年時代（約在大和初）出塞之作中，猶自稱『江南客』、『江南戍客』（見前引《邊笳曲》《敕勒歌塞北》），似其時庭筠仍家居江南吴中之地。然則其離吴中長期寓居長安，或在出塞之後。庭筠之出生地及青少年時代雖在吴中，但最遲在開成五年，即已寓居長安鄠郊。《書懷百韻》詩題稱『開成五年秋以抱疾郊野』，詩云『窮郊獨向隅』、『事迫離幽墅』，所指均其在長安西南鄠郊之别墅，詩對鄠郊别墅之整個環境景物且有相當具體之描寫。其他詩凡題稱『郊居』、『鄠杜郊居』、『有邑』者亦均指鄠郊别墅。其始居鄠郊之年代可能更早（約大和中）。而直到咸通二年居荆南蕭鄴幕時所作之《渚宫晚春寄秦地友人》寫思歸之情時依然透露出其時家仍居鄠郊。由荆南歸長安後，直至貶方城之前，當亦仍居於此。故庭筠一生，青少年時代居於出生之吴中；壯歲以後，除出塞、游蜀、東歸吴中、游越及其他羈游、寄幕外，大部分時間寓居鄠郊。

庭筠之生年，有多種異説。歧説之産生，又多緣於對其《感舊陳情五十韻獻淮南李僕射》之『淮南李僕射』所指有不同的考證結論所致。兹簡述如下：

一、淮南李僕射爲李蔚説。此説爲顧嗣立所持。王達津亦主其説，並謂李蔚係書法家，故有『書迹臨湯鼎』之句；『閑宵陪雍畤，清暑在甘泉』，指李蔚官太常卿，陪同皇帝祭祀之事，庭筠約生於長慶四年（八二四）。此説與庭筠弟庭皓撰《唐國子助教温庭筠墓誌》署咸通七年直接矛盾。李蔚始任淮南節度使在咸通十一年，時庭筠已去世四年。

二、淮南李僕射爲李德裕説。此説爲顧學頡、夏承燾所持。顧謂《舊紀》開成五年九月以淮南節度使檢校尚書左僕射爲吏部尚書、同中書門下平章事，詩即德裕自淮南入朝時飛卿獻德裕之作，與詩之題官正合，故詩有『既矯排虚翅，將持造物權。萬倫（當作靈）思鼓鑄，羣品待陶甄』之語，言其即將入相。德裕曾三官西浙觀察使，《漢書·地理志》注：『自交趾至會稽七八千里，百粤雜處。』則西浙固可稱百粤，而與『冰清臨百粤』之語合。曾分司東都，即所謂『風靡化三川』。又曾爲滑州刺史及淮南節度使，即詩所謂『梁園』『淮水』也。與德裕宦蹟正合。（《温庭筠感舊陳情五十韻獻淮南李僕射舊注辨誤》）夏謂『視草絲綸出，持綱雨露懸』，『白麻紅燭夜，清漏紫微天』一段，乃指其穆宗初召充翰林學士；『冰清臨百粤，風靡化三川。委寄崇推轂，威儀壓控弦』一段，則指其爲鄭滑節度使、雲南招撫使，在蜀『西拒吐蕃，南平蠻蜑』。與書懷百韻詩同爲開成五年作，而此詩在後。《百韻》詩有『收迹異桑榆』句，謂未逮老境，然至少必已三十左右。自開成五年逆數三十年，當生於元和間。元和共十五年，姑折中爲七年。（《温飛卿繫年》）此説各種文學史頗采之，今之研究者亦多有從其説者，然『淮南李僕射』實非李德裕，生年更出於估算，非有實據。陳尚君《温庭筠早年事跡考辨》指出：『以李德裕爲贈詩對象……明顯不合者，至少有三：德裕分司東都，爲時僅十餘天，旋遭貶去，不能説「風靡化三川」，此其一。德裕兼雲南招撫使，官廨駐成都，是爲蜀地；三鎮浙西，乃越地，漢以前自交趾至會稽一帶，百粤雜處，確有其事，而唐人所謂百粤，例指嶺南……罕有稱越、蜀爲百粤之例。德裕會昌前，未涉足嶺南，「冰清臨百粤」句，無從着落。此其二。詩中「梁園提彀騎，淮水换戎旃」，謂李自梁、宋一帶調鎮淮南。鄭滑節度轄地與梁、宋相接，只是很少用梁園指代。姑謂此處可代，而德裕自鄭滑任到移鎮淮南，相隔八年之久，用一「换」字，似嫌唐突。此其三。德裕時負盛名，庭筠如贈詩給他，不應錯舛如此。』又云：『尤應確定的，是《感舊》詩的投贈時間。詩中自注：「余嘗忝京兆薦，名居其副。」即《書懷》自注：「予去秋試京兆，薦名居其副」一事，在開成四年秋。《感舊》另一自注：「二年抱疾，不赴鄉薦試有司」，指受薦名的當年和次年均未赴選……後段復云：「旅食逢春盡，羈游爲事牽」，當爲暮春客游淮南時作。開成五年春（八四〇）庭筠無法預卜是年秋能否赴試，故此詩至早也應作於次年會昌元年（八四一）春末。據《舊唐書·武宗紀》，開成五年九月，李德裕自淮南節度使入京爲相，此時，庭筠卧疾郊野。及至贈詩時，德裕已離淮南逾半年。唐人重官稱，尤重官職，干謁詩絶不會用較低的舊銜稱謂。』辨『淮南李僕射』之非李德裕，理由證據極爲周詳，可視爲定論。李德裕説最不可通者爲對『冰清臨百粤，風靡化三川』之解釋。自交趾至會稽七八千里，百粤雜處，則嶺南、浙東固可稱百粤（陳謂百粤罕有稱越者稍疏），然浙西則從未有稱百粤之例。且二句曰『臨』曰『化』，顯指其爲臨民治民之地方最高長官，非閑職如太子賓客分司東都者可稱『風靡化三川』也。又，鄭滑亦不可以梁園指代，宣武、鄭滑，唐代爲兩節度使，界限分明。且元和七年之生年亦因推其大約生於元和年間折半而得，非有任何實據。此説因影響較大，爲諸多文學史及研究者所採用，故詳引其説并陳尚君辨正之説。

三、淮南李僕射爲李珏説。此説爲黄震雲所持，見其《温庭筠的籍貫及生卒年》一文，略云：『「閑宵陪雍畤，清暑在甘泉」，李珏當過太常卿，管祭祀宗廟山川。陪雍畤，當指此。「冰清臨百粤，風靡化三川」，李珏在八四〇年出爲桂州刺史、桂管經略使，再貶昭州刺史，地在嶺南道……古百粤地。」「梁園提轂騎，淮水换戎旃」，梁園……漢屬司隸部河南郡……李珏由河南尹、河陽節度使除授檢校尚書右僕射還鎮淮南……根據「嵇紹垂髫日，山濤筮仕年。琴尊陳座上，紈綺拜牀前」的詩意，庭筠八歲拜謁年已四十的李僕射。檢《唐方鎮年表》李珏八四九年鎮淮南。《舊唐書·李珏傳》載録時年六十五歲。由此回推，庭筠生於八一七年（照《宣宗本紀》説，李珏死於六年七月，從享年六十九歲來算，得提前到八一六年）。』

此說無論是對詩句的解釋或對生年的推算，均有明顯錯誤。如以李珏任河南尹、河陽節度使釋『梁園提彀騎』，就是明顯的牽合迂曲之解。梁園例指汴州，唐爲宣武節度使府所在，與河南府或河陽節度使均風馬牛不相及。對生年的推算是以李珏鎮淮南時年六十五回推三十二年（二人初見時相差的歲數），得出庭筠生於八一七年，更嫌迂曲牽强。而其視爲確證的『閑宵陪雍畤』二句指李珏爲太常卿，他人則無此仕歷之說，實爲對詩意之誤解，此二句非謂任太常安排祭祀，而係指以詞臣身份陪奉皇帝出游。故此說亦可排除。

四、淮南李僕射爲李紳說。此說爲陳尚君所創，見其《温庭筠早年事跡考辨》一文。略云：『檢《舊唐書·武宗紀》，德裕淮南卸職後，「以宣武軍節度使、檢校吏部尚書，汴州刺史李紳代德裕鎮淮南。」會昌二年（八四二）二月，李紳自淮南入相。同書一七三《李紳傳》，「武宗即位，加檢校尚書右僕射、揚州大都督府長史、知淮南節度大使事。」是李紳也可稱爲「淮南李僕射」，其任職起訖時間，與庭筠贈詩時間也可吻合。以李紳仕歷與《感舊》中的敍述相參，確鑿無疑地表明李紳爲受贈詩者。試以新、舊《唐書·李紳傳》有關記載與《感舊》詩作一比證。《舊·傳》：「能爲歌詩，鄉賦之年，諷誦多在人口。」《新·傳》：「於詩最有名，時號短李。」正是《感舊》「賦成攢筆寫，歌出滿城傳」的注脚。《舊·傳》：「元和初（八〇六），登進士第，釋褐國子助教。穆宗召爲翰林學士，與李德裕、元稹均在禁署，時號三俊。」「長慶元年（八二一）三月，改司勳員外郎、知制誥。二年二月，超拜中書舍人。」《感舊》自「既矯排虛翅」以下，即指這段經歷。《舊·傳》載，李紳在朝與李逢吉對立，逢吉勾結宦官王守澄，利用敬宗年幼，「言紳在禁署時嘗不利於陛下」，敬宗「不能自執，乃貶紳端州司馬。」《感舊》「耿介非持禄，優游是養賢。冰清臨百粤」，謂紳立朝耿直持正，遭權奸排擠而遠貶。「冰清」喻潔身無過。《新·傳》：「開成初，鄭覃以紳爲河南尹。河南多惡少，或危帽散衣，擊大毬，户官道，車馬不敢前。紳治剛嚴，皆望風遁去。」「風靡化三川」即謂此。唐河南府治洛陽，爲秦三川郡故地。《舊·傳》：「開成元年，檢校户部尚書、汴州刺史、宣武節度、宋亳汴潁觀察等使。」至武宗即位，徙淮南節度，兩地均帶軍職。《感舊》云：「梁園提轂騎，淮水換戎旃」，地點職銜均吻合無差。梁園，西漢梁孝王所築兔園，在汴州附近，時歸宣武軍轄。參照兩《唐書·李紳傳》及卞孝萱先生《李紳年譜》，李紳初仕情况是：元和元年（八〇六）登第後，旋即東歸。途經潤州，鎮海軍節度使李錡留爲掌書記。次年十月，李錡謀反被殺，李紳以不附錡而免罪，歸無錫縣家居，直到元和四年，受詔爲校書郎入京。此後任國子助教等職，均在長安。庭筠家居江南，冲年拜謁李紳，不會遠離鄉土。李紳初仕數年間，在江浙一帶留住甚久。從「琴書陳上座」看，時正賦閑。今姑定庭筠見李紳在元和三年（八〇八），李紳時年三十七歲，辭掌書記職家居（李紳《龍宫寺碑》：「元和三年，余罷金陵從事，河東薛公苹招游越中。」其子李浚《慧山寺家山記》載李錡敗，「遂退歸慧山寺僧房」）。嵇康《與山巨源絶交書》：「男（指嵇紹）年八歲，未及成人。」庭筠《上令狐相公啓》：「嵇氏則男兒八歲，保在故人。」庭筠以嵇紹自比，時年約八歲，比李紳年幼近三十歲。嵇紹、山濤之比，言年歲懸殊，甚爲恰當。以此逆推庭筠生年，約在德宗貞元十七年，即公元八〇一年。」陳説在諸説之中，詩、史互證，完全符合，最具説服力。傅璇琮主編之《唐五代文學編年史》、《唐才子傳校箋》即采陳説。唯陳文中有幾點顯屬誤解，需作修正。其一，『鄰里竉三徙』句，非謂庭筠家居與李紳爲比鄰，而係用孟母三徙之典，贊頌李紳之母教育有方，不能因此得出庭筠舊居在無錫的結論。吴中離無錫不遠，李紳元和三年離潤州幕家居時，庭筠自可趨前拜訪。其二，『冰清臨百粤』，非指其無罪而貶端州司馬，乃指其任浙東觀察使，官聲清廉。詩之敍事，至『耿介非持禄，優游是養賢』二句已作一小收束，以下所敍乃李紳重新得到朝廷信任，爲一方臨民長官之仕歷。陳文所引《漢書·地理志》『自交阯至會稽七八千里，百粤雜居之地』之語，正可證浙東會稽之地可稱百粤。『臨百粤』與『化三川』對文，所任皆地方長官，兩任之間僅隔一『太子賓客分司東都』之短期宦歷，故緊相承接。若以『冰清』句指貶端州司馬，則其間横隔自長慶四年（八二四）至開成元年（八三六）之十二年宦歷，了不相屬矣。其三，『優游是養賢』句，當包括貶端州司馬後量移江州刺史、遷滁、壽二州刺史、初授太子賓客分司東都等一系列經歷。

又，庭筠生於貞元十七年，尚可從詩中『婚乏阮修錢』之句得到證明。《晉書·阮籍附子脩傳》：『脩居貧，年四十餘，未有室。』作此詩時爲會昌元年（八四一），以生於貞元十七年（八〇一）順推，時年四十一，正符阮修『年四十餘』之數。

五、牟懷川《温庭筠生年新證》一文雖亦認爲《感舊陳情五十韻獻淮南李僕射》係呈獻李紳之作，但考庭筠之生年則據其《上裴相公啓》中『至於有道之年，猶抱無辜之恨』之語爲證。認爲此裴相公爲裴度，啓上於開成四年首春。『有道之年』指生而不舉有道科死而始稱郭有道之郭泰死時年四十二，借指作啓時庭筠自己的年歲。自開成四年（八三九）上推四十二年，庭筠當生於貞元十四年（七九八）。然《上裴相公啓》非開成四年首春上裴度之啓，而係大中六年八月以後上裴休之啓。辨詳拙文《温庭筠文箋證暨庭筠晚年事跡考辨》。故牟説亦不能成立。

唐德宗貞元十八年壬午（八〇二）　二歲，在吴中。

唐德宗貞元十九年癸未（八〇三）　三歲，在吴中。　杜牧生。

唐德宗貞元二十年甲申（八〇四）　四歲。在吴中。

唐德宗貞元二十一年乙酉（八〇五） 五歲。在吴中。

唐順宗永貞元年乙酉（八〇五） 五歲。在吴中。

唐憲宗元和元年丙戌（八〇六） 六歲，在吴中。

唐憲宗元和二年丁亥（八〇七） 七歲。在吴中。

唐憲宗元和三年戊子（八〇八） 八歲。在吴中。初謁李紳於無錫。

唐憲宗元和四年己丑（八〇九） 九歲。在吴中。

唐憲宗元和五年庚寅（八一〇） 十歲。在吴中。

唐憲宗元和六年辛卯（八一一） 十一歲。在吴中。

唐憲宗元和七年壬辰（八一二） 十二歲。在吴中。李商隱生。

唐憲宗元和八年癸巳（八一三） 十三歲。在吴中。

唐憲宗元和九年甲午（八一四）　十四歲。在吴中。
唐憲宗元和十年乙未（八一五）　十五歲。在吴中。
唐憲宗元和十一年丙申（八一六）　十六歲。在吴中。
唐憲宗元和十二年丁酉（八一七）　十七歲。在吴中。
唐憲宗元和十三年戊戌（八一八）　十八歲。在吴中。
唐憲宗元和十四年己亥（八一九）　十九歲。在吴中。
唐憲宗元和十五年庚子（八二〇）　二十歲。在吴中。
唐穆宗長慶元年辛丑（八二一）　二十一歲。在吴中。
唐穆宗長慶二年壬寅（八二二）　二十二歲。在吴中。
唐穆宗長慶三年癸卯（八二三）　二十三歲。在吴中。

唐穆宗長慶四年甲辰（八二四） 二十四歲。在吴中。

唐敬宗寶曆元年乙巳（八二五） 二十五歲。在吴中。

唐敬宗寶曆二年丙午（八二六） 二十六歲。在吴中。

唐文宗大和元年丁未（八二七） 二十七歲。在吴中。

唐文宗大和二年戊申（八二八） 二十八歲。

庭筠出塞之游至遲當在本年及明年。陳尚君《温庭筠早年事跡考辨》云：『庭筠出塞是由長安出發，沿渭川西行，取回中道出蕭關，到隴首後折向東北，在綏州一帶停留較久。估計在邊塞時間，在一年以上。』所作詩有《西游書懷》《回中作》《過西堡塞北》《勅勒歌塞北》《遐水謡》《塞寒行》《邊笳曲》等。所歷時間自頭一年之「高秋辭故國」到第二年的「芙蓉老」即夏秋间。在綏州一帶停留較久，或曾短期游幕。』大和二年九月至四年二月，夏綏節度使爲李寰。《勅勒歌塞北》有『却笑江南客，梅落不歸家』之句，《邊笳曲》有『江南戍客心，門外芙蓉老』之句，『江南客』『江南戍客』均係自指，透露此時庭筠家仍居江南吴中，且已有妻室。

庭筠大和四至五年游蜀，六年起行跡多在長安，此後事跡大體可考。故將出塞繫於游蜀之前。

唐文宗大和三年己酉（八二九）　二十九歲。

本年夏秋間，猶在夏綏。

本年十一月，南詔入侵西川。十二月攻入成都。止西郭十日，掠女子工伎數萬南去。

唐文宗大和四年庚戌（八三〇）　三十歲。

約本年秋，庭筠有入蜀之行。入蜀途中，有《過分水嶺》、《利州南渡》詩。

本年十月，李德裕由義成節度使調任西川節度副大使、知節度事。

唐文宗大和五年辛亥（八三一）　三十一歲。

本年春在成都，有《錦城曲》。在西川期間，與某蜀將有交往，此人在大和三年十二月『蠻入成都』時『頗著功勞』（見十年後所作《贈蜀將》題下自注）。在成都期間，似與西川幕中文士有交往，或有欲入西川幕之企求。

暮春後離成都順岷江南下，至新津（屬蜀州，在成都西南）有《旅泊新津却寄一二知己》，當是寄西川幕中文士相知者。

據庭筠《書懷百韻》詩『羈游欲渡瀘』之句，似此次蜀游順岷江南下抵戎州（今四川宜賓）後，曾欲渡瀘水（今金沙江，即長江自宜賓以上至雲南交界處的一段）南去而未成行。

抵戎州後，似未由原路折回成都再返長安，而是順長江東下出峽，道荆、襄回京。至黔巫一帶，與崔某晤别（二十年後，有《送崔郎中赴幕》詩云：『一别黔巫似斷弦，故交東去更凄然。心游目送三千里，雨散雲飛二十年。』）。又有《巫山神女廟》詩，詩云：『古樹芳菲盡』，時將入夏。此次蜀游，四年秋由長安出發，五年暮春在巫山一帶，已歷三季。

唐文宗大和六年壬子（八三二）　三十二歲。在長安。

本年秋有《送渤海王子歸本國》，夏承燾《温飛卿繫年》謂此渤海王子係大和六年來朝之大明俊。（顧學頡《温庭筠交游考》則謂係開成四年來朝之大延廣，其回國或在五年。）

唐文宗大和七年癸丑（八三三）　三十三歲。在長安。

本年二月，李德裕由兵部尚書同中書門下平章事。有《觱篥歌》，題下注：『李相伎人吹。』此『李相』指李德裕。詩有『黑頭丞相』語，德裕此次拜相時年四十七，尚在壯歲，故云。德裕好觱篥，寶曆元年秋任浙西觀察使時有《霜夜對月聽小童薛陽陶吹觱篥歌》，劉禹錫、白居易、元稹均有和作。

唐文宗大和八年甲寅（八三四）　三十四歲。在長安。

本年正月，有《贈鄭徵君家匡山首春與丞相贊皇公游止》。『丞相贊皇公』指李德裕。

唐文宗大和九年乙卯（八三五）　三十五歲。旅游淮上。

庭筠《上裴相公啓》云：『既而羈齒侯門，旅游淮上。投書自達，懷刺求知。豈期杜摯相傾，臧倉見嫉。守土者以忘情積惡，當權者以承意中傷。直視孤危，横相陵阻。絶飛馳之路，塞飲啄之塗。射血有冤，叫天無路。』

無名氏《玉泉子》云：『温庭筠有詞賦盛名。初從鄉里舉，客游江淮間，揚子留後姚勖厚遺之。庭筠少年，其所得錢帛，多爲狹邪所費。勖大怒，笞而逐之，以故庭筠不中第。其姊趙顓之妻也，每以庭筠下第，輒切齒于勖。一日廳有客，温氏獨問：「誰氏？」左右以勖對之。温氏遽出廳事，執勖袖大哭。勖殊驚異，且持袖牢固不可脱，不知所爲。移時，温氏方曰：「我弟年少宴游，人之常情，奈何笞之？迄今遂無有成，安得不由汝致之？」遂大哭，久之，方得解脱。勖歸憤訝，竟因此得疾而卒。』

《北夢瑣言》卷四《温李齊名》：『吴興沈徽云：「温舅曾於江淮爲親表檟楚，由是改名焉。」』

顧學頡《温庭筠交游考·姚勖》：『《通鑑》開成四年五月，「上以鹽鐵推官檢校禮部員外郎姚勖，能鞫疑獄，命權知職方員外郎。右丞韋温不聽，上奏稱：郎官朝廷清選，不宜以賞能吏。上乃以勖檢校禮部郎中，依前鹽鐵推官。」據此，知姚勖確爲鹽鐵官（揚子留後，即鹽鐵轉運使在揚州的分設機構）。笞逐庭筠事，當在開成四年之前。』其《温飛卿傳論》引《通鑑》定飛卿游江淮在大和末（八三五）。

按：顧氏定庭筠游江淮在大和末，近是，兹從之。《玉泉子》與《北夢瑣言》均言其游江淮爲親表所笞逐或檟楚，《玉泉子》且將此事與此後庭筠長期不中第聯繫起來。而庭筠《上裴相公啓》則言此次游江淮拜謁地方長官，爲其屬下之小人所嫉妒，相傾，并受到『守土者』之『忘情積惡』以及『當權者』之『承意中傷』。從而導致『絶飛馳之路，塞飲啄之塗』的後果。所敍情事并不相同，而後果則同。如『旅游淮上』事在大和九年，則其時之『守土者』（淮南節度使）爲牛僧孺，而『承意中傷』之『當權者』或即與僧孺同黨之宰相李宗閔。

本年十一月，甘露之變發生。

唐文宗開成元年丙辰（八三六）　三十六歲。

本年七月前，因李翺之薦，始從太子永游。庭筠曾從太子永游，有其所作《莊恪太子挽歌詞二首》爲證。其從游的起始時間及薦舉者，陳尚君《温庭筠早年事跡考辨》作過如下推斷：『庭筠入東宫游，疑出於李翺薦舉。《謝襄州李尚書》説：「某櫟社凡材，蕪鄉散質，殊乏績效，堪奉恩明。曷當紫極牽裾，丹墀載筆。顧循虛淺，實過津涯。豈知畫舸方游，俄升於桂苑；蘭扃未染，已捧於紫泥。此皆寵自昇堂，榮因著録，勵鴻毛之眇質，摶羊角之高風。」大和至咸通間，堪稱「襄陽李尚書」者，僅李翺一人（其間李程、李景讓曾爲山南東道節度使，均不帶尚書職，景讓自襄州轉官禮部尚書，不能稱「襄州李尚書」）。此啓謝李翺薦己「升於桂苑」、「丹墀載筆」，核以庭筠生平，如此榮耀事，只有隨太子游相稱。「畫舸方游」，謂資歷尚淺，亦合。李翺大和九年出鎮襄州，次年七月前卒。庭筠入東宫陪游，當始於開成元年（八三六）。從挽歌看，可能三年九月始離去。』所考大體可信（李景讓曾帶檢校户部、兵部尚書銜，但其大中六至十年鎮襄陽期間，庭筠無『昇於桂苑』之事）。按：『桂苑』即桂宫，本長安宫苑名，係漢武帝后妃所居之宫。漢成帝爲太子時，曾居此宫，故此啓以『桂苑』借指太子宫。『蘭扃未染，已捧於紫泥』，《新唐書·百官志》，東宫官有内直局，郎二人、丞二人，掌符璽、衣服、繖扇、几案、筆硯、垣牆。』捧紫泥，似指掌符璽筆硯之事，或泛指在太子宫爲文字之役。這與庭筠之文士身份亦相稱。

本年夏或稍後之某年夏，有《題豐安里王相林亭二首》。豐安里，唐長安坊名。王相，指王涯，甘露之變中爲宦官所殺。

唐文宗開成二年丁巳（八三七）　三十七歲。在長安。仍從太子永游。

本年正月，李商隱登進士第。

唐文宗開成三年戊午（八三八）　三十八歲。

在長安。本年九月前，仍從太子永游。

《舊唐書·文宗紀》：開成三年，九月『壬戌，上以皇太子慢游敗度，欲廢之，中丞狄兼謨垂涕切諫。是夜，移太子於少陽院。』十月『庚子，皇太子薨於少陽院，謚曰莊恪。』同書《文宗二子傳》對此事有更詳細之記載：『莊恪太子永，文宗長子也。母曰王德妃。大和四年正月，封魯王。六年，上以王年幼，思得賢傅輔導之……因以户部侍郎庾敬休守本官，兼魯王傅；太常卿鄭肅守本官，兼王府長史；户部郎中李踐方守本官，兼王府司馬。其年十月，降詔册爲皇太子。上自即位，承敬宗盤游荒怠之後，恭儉惕慎，以安天下，以晉王謹愿，且欲建爲儲貳。未幾晉王薨，上哀悼甚，不復言東宮事者久之。今有是命，中外慶悦。後以王起、陳夷行爲侍讀。開成三年，上以皇太子宴游敗度，不可教導，將議廢黜，特開延英，召宰臣及兩省御史臺五品已上、南班四品已上官對。宰臣及衆官以爲儲后年小，可俟改過，國本至重，願寬宥。御史中丞狄兼謨上前雪涕以諫，詞理懇切。翌日，翰林學士六人洎神策軍軍使十六人又進表陳論，上意稍解。其日一更，太子歸少陽院，以中人張克己、柏常心充少陽院使；如京使王少華、判官袁載和及品官、白身、内園小兒、官人等數十人連坐至死及剝色、流竄。』『初，上以太子稍長，不循法度，昵近小人，欲加廢黜，迫於公卿之請乃止。太子終不悛改，至是暴薨（按：太子卒於十月十六日）。時傳云：太子德妃之出也，晚年寵衰。賢妃楊氏，恩渥方深，懼太子他日不利於己，故日加誣譖，太子終不能自辨明也。太子既薨，上意追悔。四年，因會寧殿宴，小兒緣橦，有一夫在下，憂其墮地，有若狂者。上問之，乃其父也。上因感泣，謂左右曰：「朕富有天下，不能全一子。」遂召樂官劉楚材、宫人張十十等責之，曰：「陷吾太子，皆爾曹也。今已有太子（按：是年十月，立敬宗子陳王成美爲太子），更欲踵前邪？」立命殺之。』

庭筠於太子卒後葬驪山北原時有《莊恪太子挽歌詞二首》，中有『鄴客辭秦苑』『西園寄夢思』等語，可證其曾從太子永游。

庭筠從太子永游之時間雖僅二年餘，但却留下一系列與此事有關之詩文，除《上襄州李尚書啓》及《莊恪太子挽歌詞二首》外，尚有《洞户二十二韻》（詳參牟懷川《温庭筠從游莊恪太子考論》，載《唐代文學研究》第一輯）、《雍臺歌》、《生禖屏風歌》（詳參詹安泰《讀夏承燾先生〈温飛卿繫年〉》）。此外，《題望苑驛》、《四皓》二詩亦與莊恪太子事有關，詳《温庭筠全集校注》卷四、卷五對此二詩之詮釋。

唐文宗開成四年己未（八三九）　三十九歲。在長安。

本年三月，裴度卒。有《中書令裴公挽歌詞二首》。從二詩尾聯『從今虚醉飽，無復汙車茵』『空嗟薦賢路，芳草滿燕臺』看，庭筠似曾游於門下，受其知遇。約本年或稍後之某年夏，又有《裴晉公林亭》。

本年秋，參加京兆府試，薦名居第二，然竟被黜落罷舉，不能參加明春之禮部進士試。《書懷百韻》詩云：『文囿陪多士，神州試大巫。對雖希鼓瑟，名亦濫吹竽。自注：予去秋試京兆，薦名居其副。』《感舊陳情五十韻獻淮南李僕射》云：『未知魚躍地，空愧《鹿鳴》篇。自注：余嘗忝京兆薦，名居其副。稷下期方至，漳濱病未痊。自注：二年抱疾，不赴鄉薦試有司。』『二年』，指受薦名之開成四年及五年。《書懷百韻》詩題亦云：『開成五年秋，以抱疾郊野，不得與鄉計偕至王府』。《唐摭言》卷二《等第罷舉》開成四年有温岐（即温庭筠，似此時尚未改名）。

《贈蜀將》約作於本年秋。

唐文宗開成五年庚申（八四〇）　四十歲。在長安。

因『等第罷舉』，未能參加本年春之禮部進士試。五月，作《自有扈至京師已後朱櫻之期》，借以抒發未能參加今春進士試之遺憾。本年秋，因故未能『赴鄉薦，試有司』。詳四年所引詩注。二年不赴鄉薦試有司之真正原因當是遭人毁謗，詳《書懷百韻》。

冬，作《書懷百韻》。題稱『將議遐適，隆冬自傷，因書懷奉寄』，詩云『行役議秦吴』，表明將有自長安赴吴中舊鄉之遠行。

《郭處士擊甌歌》当作于武宗會昌朝之前，姑繫於此。郭處士指郭道源，善擊甌，武宗朝爲鳳翔府天興縣丞，充太常寺調音律官，見段安節《樂府雜録》。

唐武宗會昌元年辛酉（八四一）　四十一歲。自長安赴吴中舊鄉。

本年春，有《送陳嘏之候官兼簡李（黎）常侍》。

約仲春時，自長安啓程赴吴中。行前有《春日將欲東歸寄新及第苗紳先輩》。

約暮春時，經泗州下邳縣，有《過陳琳墓》。自邳縣南行至盱眙縣，有《旅次盱眙縣》。春末抵達揚州，向淮南節度使李紳呈獻《感舊陳情五十韻》。詩云『旅食逢春盡，羈游爲事牽』，又云『冉弱營中柳，披敷幕下蓮，儻能容委質，非敢望差肩。』有希企入幕之意，與《過陳琳墓》『欲將書劍學從軍』之語正合。因欲入淮南幕，故在揚州羈留時間較長。有《過孔北海墓二十韻》，《淮揚志》：孔融墓在府治高士坊。詩有『墓平春草緑』之句，係暮春初抵揚州時作。又有《送淮陰孫令之官》，曰『楊柳煙』，曰『青葭』，時在春夏間。而《法雲雙檜》（一作《晉朝柏樹》）、《經故祕書崔監揚州南塘舊居》，均秋令作。透露庭筠在揚州可能羈留至秋，始渡江歸吴中舊鄉。

渡江後，有《溪上行》云：『緑塘漾漾煙濛濛，張翰此來情不窮。雪羽襹褷立倒影，金鱗撥剌跳晴空。風翻荷葉一片白，雨濕蓼花千穗紅。心羨夕陽波上客，片時歸夢釣船中。』用張翰歸吴中舊鄉典，正切己之歸吴。寫景切秋令。

是年秋，歸抵吴中舊居。《東歸有懷》云：『晴川通野陂，此地昔傷離。一去跡常在，獨來心自知。鷺眠茭葉折，魚静蓼花垂。無限高秋淚，扁舟極路岐。』曰『高秋』『蓼花』，時令、寫景與《溪上行》合。首聯寫舊居景象，亦與前此所作《寄盧生》『遺業荒凉近故都，門前堤路枕平湖』所寫舊居景象相合。

下列諸詩，均會昌元年秋歸吴中舊鄉途中所作：

《和盤石寺逢舊友》《盤石寺留别成公》。前詩有『月溪逢遠客，煙浪有歸舟』及『水關紅葉秋』之句，後詩有『浪連吴苑』『一夜林霜』之語。寺當離蘇州不遠，寫景均切秋令。

唐武宗會昌二年壬戌（八四二）　四十二歲。春赴越中，秋後返吴中。

本年春赴越中，途經杭州，有《錢塘曲》，詩有『錢塘岸上春如織』之句。又曰『淮南游客』，蓋用淮南小山《招隱士》之典。又有《蘇小小歌》，末句云『門前年年春水緑』，與《錢塘曲》時令相同。《河瀆神》（孤廟對寒潮）有『西陵風雨蕭蕭』、『早梅香滿山郭』之句，疑亦會昌二年初春赴越中途經蕭山時作。

春抵越州。有《南湖》七律。南湖即鏡湖。詩有『野船着岸偎春草』之句，説明春天已在越州。

在越中，有《題竹谷神祠》《題賀知章故居疊韻作》。又有《宿一公精舍》，此『一公』指僧一行，在天台國清寺有其當年曾居之精舍。三詩寫景均秋令景象。又《荷葉杯》（鏡水夜來秋月）亦會昌二年秋作于越州。

約本年秋，自越中折返吴中舊鄉。《江上别友人》爲返途經錢塘江别友人之作，詩有『蕭陵』字，指蕭山。又有『秋色滿葭菼』之句。《題蕭山廟》有『馬嘶秋廟空』之句，當與《江上别友人》同時作。

本年七月，劉禹錫卒，庭筠有《祕書劉尚書挽歌詞二首》。

唐武宗會昌三年癸亥（八四三）　四十三歲。春暮由吴中啓程返長安。

春有《寄裴生乞釣鉤》，詩有『今日太湖風色好』之句，説明其時庭筠居太湖濱之吴中舊鄉。時令在春天。上年秋又有《寄湘陰閻少府乞釣輪子》，腹聯云『篷聲夜滴松江雨，菱葉秋傳鏡水風』，松江即吴淞江，鏡水即鏡湖，説明其時詩人已由越返吴。又，樂府有《吴苑行》，亦春令作。

約春暮，離吴中舊鄉北歸。途經常州，作《蔡中郎墳》。至潤州，作《更漏子》詞云：『背江樓，臨海月。城上角聲嗚咽。堤柳動，島煙昏，兩行征雁分。　京口路，歸帆渡，正是芳菲欲度。銀燭盡，玉繩低，一聲村落雞。』曰『背江樓』，曰『歸帆渡』，説明係自京口北渡長江時作，時值『芳菲欲度』之暮春。

《傷温德彝》七絶約作於本年，詳參詹安泰《讀夏承燾先生〈温飛卿繫年〉》。

唐武宗會昌四年甲子（八四四）　四十四歲。在長安。

本年十月，武宗幸鄠縣校獵，庭筠閒居鄠郊，有《車駕西游因而有作》：『宣曲長楊瑞氣凝，上林狐兔待秋鷹。誰將詞賦陪雕輦，寂寞相如卧茂陵。』

本年八月，昭義鎮劉稹叛平。庭筠之《湖陰詞》或有感於此而賦，作年當在五年春。

唐武宗會昌五年乙丑（八四五）　四十五歲。在長安。

《漢皇迎春詞》或是年春在長安作。詩有『豹尾竿前趙飛燕』之句，或借指武宗所寵王才人。

唐武宗會昌六年丙寅（八四六）　四十六歲。在長安。

本年春，有《會昌丙寅豐歲歌》。武宗三月二十三日逝世，此詩有『村南娶婦桃花紅』之句，當爲武宗逝世前作。詩對劉稹平定後時平年豐景象加以歌頌。

唐宣宗大中元年丁卯（八四七）　四十七歲。春游湖湘。

庭筠《上鹽鐵侍郎啓》云：『頃者萍蓬旅寄，江海羈游，達姓字於李膺，獻篇章於沈約。特蒙俯開嚴重，不陋幽遐。至於遠泛仙舟，高張妓席。識桓温之酒味，見羊祜之襟情。既而哲匠司文，至公當柄，猶困龍門之浪，不逢鶯谷之春。今日俯及陶鎔，將裁品物。輒申丹慊，更竊清陰。』此『鹽鐵侍郎』先歷節鎮，後知貢舉，繼以侍郎司鹽鐵，上此啓时又將爲相。檢孟二冬《登科記考補正》，庭筠所歷諸朝中，宦歷與此完全相合者惟裴休一人。啓中提到裴休外任節鎮時，庭筠曾於羈旅中前往拜謁並獻詩文，得到裴休款待。據郁賢皓《唐刺史考全編》，裴休於會昌元年至三年，任江西觀察使；會昌三年至大中元年末，任湖南觀察使；大中二年至三年，任宣歙觀察使。而在裴休任觀察使之江西、湖南、宣歙三地中，庭筠足跡曾至者惟湖南一地。其《次洞庭南》詩佚句云：『自有晚風推楚浪，不勞春色染湘煙。』可證某年春庭筠曾至洞庭湖南。裴休任湖南觀察使期間，會昌三年庭筠方自吴中舊鄉歸長安，會昌四、五、六年亦均在長安，六年春有《會昌丙寅豐歲歌》，故《次洞庭南》當作於大中元年春，時裴休仍在湖南觀察使任。庭筠

《湘東宴曲》云：『湘東夜宴金貂人，楚女含情嬌翠嚬。玉管將吹插鈿帶，錦囊斜拂雙麒麟。重城漏斷孤帆去，惟恐瓊籤報天曙。萬户沉沉碧樹圓，雲飛雨散知何處？堤外紅塵蠟炬歸，樓前澹月連江白。』湖南觀察使治所潭州（今湖南長沙市）在湘水之東，故稱『湘東』，詩中描寫的湘東泛舟夜宴情景，正與《上鹽鐵侍郎啓》所稱『遠泛仙舟，高張妓席』者吻合。詩、文互證，知大中元年春，庭筠曾至潭州謁見裴休並獻詩文，受到裴休款待。

此次湖湘之游，除《次洞庭南》《湘東宴曲》外，途經岳州時曾與任州刺之李遠晤别，有《春日寄岳州李員外二首》，又有《寄岳州李外郎遠》。

唐宣宗大中二年戊辰（八四八）　四十八歲。在長安。

本年春，封敖知貢舉。庭筠應禮部進士試未第。庭筠《上封尚書啓》（啓上於大中六年歲末）云：『伏遇尚書秉甄藻之權，盡搜羅之道。誰言凡拙，獲遇恩知。華省崇嚴，廣庭稱獎。自此鄉間改觀，瓦礫生姿。雖楚國求才，難陪足迹；而丘門託質，不負心期。』《舊唐書·封敖傳》、『宣宗即位，遷禮部侍郎。大中二年，典貢部。』庭筠在考試前雖曾受到封敖公開稱獎，但進士試仍然落第。

本年九月，李德裕由潮州司馬再貶崖州司户。庭筠有《題李相公勑賜錦屏風》，對宣宗貶逐功臣、刻薄寡恩有所諷慨。其時，李商隱有《舊將軍》，三年春有《李衛公》，亦諷宣宗之貶功臣，傷德裕之遠謫。

唐宣宗大中三年己巳（八四九）　四十九歲。在長安。

唐宣宗大中四年庚午（八五〇）　五十歲。在長安。

本年春，裴休以禮部侍郎知貢舉。庭筠應進士試未第。

庭筠《上鹽鐵侍郎啓》云：『既而哲匠司文，至公當柄。猶困龍門之浪，不逢鶯谷之春。』據《唐才子傳·曹鄴》：『累舉不第，爲《四怨三愁五情詩》，雅道甚古。時爲舍人韋慤所知，力薦於禮部侍郎裴休，大中四年張温琪榜中第。』

本年趙嘏在渭南尉任。庭筠《和趙嘏題岳寺》作於趙嘏任渭南尉期間。岳指西岳華山。

《送崔郎中赴幕》約作於本年。庭筠大和五年與崔某在黔巫一帶分别，詩有『一别黔巫似斷絃』、『雨散雲飛二十年』之句。自大和五年（八三一）下推二十年，詩約作於本年。

又，《山中與諸道友夜坐聞邊防不寧因示同志》，夏承燾《温飛卿繫年》引《通鑑》大中四年八月『党項爲邊患，發諸道兵討之，連年無功，戍饋不已』，謂詩約在此一二年内作。《唐五代文學編年史》復引本年九月吐蕃『大掠河西鄯、廓等八州，殺其丁壯，劓刖其羸老及婦人，以槊貫嬰兒爲戲，焚其室廬，五千里間，赤地殆盡』，謂『此與温詩所言「邊防不寧」事合，且「風卷蓬根」亦秋九月之景象』，繫此詩於大中四年九月。然大中年間，庭筠似無山中習道之跡象。詩似早年作。西北邊防不寧，文、武、宣各朝皆有之，不獨大中四年也。

唐宣宗大中五年辛未（八五一）　五十一歲。在長安。

本年三月，有《春暮宴罷寄宋壽先輩》。宋壽，大中五年登進士第。題稱壽『先輩』而不稱其官職，當是登第後未授官時作。

唐宣宗大中六年壬申（八五二）　五十二歲。在長安。

本年春，有《上翰林蕭舍人》七律。蕭舍人爲蕭鄴。

本年八月，裴休以兵部侍郎領鹽鐵轉運使同中書門下平章事。裴休拜相之前，庭筠有《上鹽鐵侍郎啓》；拜相後，有《上裴相公啓》。或謂此『裴相公』係裴度，啓上於開成四年首春，非。辨詳拙文《温庭筠文箋證暨庭筠晚年事跡考辨》。

本年四月，杜悰自西川節度使調任淮南節度使。約六月，庭筠有《題城南杜邠公林亭》，題下自注：『時公鎮淮南，自西蜀移節。』詩云：『卓氏壚前金線柳，隋家堤畔錦帆風。貪爲兩地分霖雨，不見池蓮照水紅。』《北夢瑣言》卷四謂：『豳公聞之，遺絹一千疋。』

歲末，有《上封尚書啓》云：『今者正在窮途，將臨獻歲。曾無勺水，以化窮鱗。俯念歸荑，猶憐棄席。假劉公之一紙，達彼春卿；成季布之千金，即變升沈。』祈求時任山南西道節度使之封敖給明春主持禮部進士試之『春卿』（禮部侍郎崔瑶）寫信推薦自己，以求進士試登第。

《上杜舍人啓》作於本年。杜舍人指杜牧，是年冬任中書舍人，此前以考功郎中知制誥，皆可稱『舍人』。牧卒於年末。

《上蔣侍郎啓二首》係上吏部侍郎蔣係之啓。係任吏部侍郎在大中八年任山南西道節度使之前的數年内。啓内有『既而文圃求知，神州就選……今則商飈已扇，高壤蕭衰，楚貢將來，津塗悵望』及『謹以常所爲文若干首上獻』等語，則啓亦爲應進士試前向顯宦行卷以求延譽而上。參以上裴休、杜牧、封敖諸啓，此啓亦爲大中六年秋所上。

又有《上學士舍人啓》二首，可能爲上蕭鄴之啓，鄴大中五年七月至大中七年六月期間，曾以中書舍人充翰林學士。啓二有『今乃受薦神州，争雄墨客，空持硯席，莫識津塗』等語，用語與上蔣係之第二啓類似，當亦同爲大中六年秋所上。

《北夢瑣言》卷四：『宣宗愛唱《菩薩蠻》詞。令狐相國假其（按：指温庭筠）新撰進之，戒令勿他泄，而遽言於人，由是疏之。』《唐五代文學編年史》謂：『庭筠與令狐綯交往，爲撰《菩薩蠻》詞在令狐綯爲宰相時（大中四年至十三年），確年難考，今姑記於此。』

唐宣宗大中七年癸酉（八五三）　五十三歲。在長安。

本年春崔瑶以禮部侍郎知貢舉，庭筠應進士試未第（參六年《上封尚書啓》等）。其落第後有《上吏部韓郎中啓》。吏部韓郎中指韓琮。琮大中五年爲户部郎中，大中八年爲中書舍人。其爲吏部郎中當在大中六、七年間。啓云：『昇平相公，簡翰爲榮，巾箱永祕，頗垂敦獎，未至陵夷。倘蒙一話姓名，試令區處，分鐵官之瑣吏，厠鹽醬之常僚，則亦不犯脂膏，免藏縑素。』『昇平相公』指裴休（休有休平、昇平之義，又居昇平坊），大中八年十月前以宰相領鹽鐵使。六年八月休爲相前後，庭筠均有啓上裴休。此必七年禮部試落第後請韓琮在休前薦舉自己，以求得鹽鐵使之屬官。此或因琮曾爲户部郎中，係裴休之下屬之故。

《訪知玄上人遇暴經因有贈》作於大中八年知玄歸故山之前，姑繫於此。

《上蕭舍人啓》（某聞孫登之獎嵇康）係代人所擬，蕭舍人指蕭鄴，啓約上於大中五至七年間，姑繫於此。

唐宣宗大中八年甲戌（八五四）　五十四歲。游河中幕。

是年春，庭筠游河中節度使徐商幕。有《河中陪帥游亭》詩。按：李商隱會昌四年有《奉同諸公題河中任中丞新創河亭四韻之作》，所詠河亭係河中節度留後任畹新建，亭建於黄河浮橋中央之島上。温詩中無新建河亭之跡象，當作於商隱詩之後。大中七至十年，徐商任河中節度使。庭筠最遲開成末即與徐商結識，大中十年至咸通元年，又在徐商襄陽幕爲巡官。則此詩所謂『帥』，或即徐商。詩有『柳花飄蕩』語，當作於暮春。大中九年庭筠參加進士試，故此詩當八年暮春作。《題河中紫極宫》或亦八年秋作於河中。其游河中幕或自春至秋。

唐宣宗大中九年乙亥（八五五）　五十五歲。在長安。

是年春，庭筠應禮部進士試未第。

《新唐書・温廷筠傳》：『數舉進士不中第。思神速，多爲人假手作文。大中末，試有司，廉視尤謹，廷筠不樂，上書千餘字，然私占授已八人。』《唐摭言》卷十三《敏捷》：『山北沈侍郎主文年，特召温飛卿於簾前試之，爲飛卿愛救人故也。適屬其日飛卿不樂，其日晚請開門先出，仍獻啓千餘字，或曰潛救八人矣。』《北夢瑣言》卷四：『庭雲每歲貢場，多爲舉人假手。沈詢侍郎知舉，别施鋪席授庭雲，不與諸公鄰比。翌日，簾前謂庭雲曰：「向來策名者，皆是文賦託於學士，某今歲舉場並無假託，學士勉旃！」因遣之，由是不得意也。』趙璘《因話録》卷六：『大中九年，沈詢以中書舍人知舉。』知大中九年沈詢知舉時，庭筠曾應進士試落第。此爲庭筠最後一次應進士試。

本年三月，吏部博學宏詞科考試，庭筠爲京兆尹柳熹之子翰假手作賦。

夏承燾《温飛卿繫年》大中九年：『舊書紀，此年「三月試宏詞，舉人漏泄題目，爲御史臺所劾。裴諗改國子祭酒，郎中周敬復罰兩月俸料，考試官刑部郎中唐枝出爲處州刺史，監察御史馮顓罰俸一月，其登科十人並落下。」《東觀奏記》下記此甚詳，其事實起於飛卿。奏記云：「初，裴諗兼上銓，主試宏、技兩科。其年爭名者衆應宏選，落進士苗台符、楊嚴、薛訢、李詢古、敬翊以下一十五人就試。諗寬裕仁厚，有題不密之説。落進士柳翰，京兆府柳熹之子也。故事，宏詞科止三人，翰在選中。不中者言翰於諗處先得賦（題），託詞人温庭筠爲之。翰既中選，其聲聒不止，徹於宸聽。」《唐摭言》卷十一謂飛卿「卒以攪擾科場罪，爲執政黜貶」，又謂其「以文爲貨」，當指此。』

《秋日旅舍寄義山李侍御》，張采田《玉谿生年譜會箋》謂此詩『蓋寄義山東川者』。按：義山大中五年冬至九年冬在東川節度使柳仲郢幕。此詩當作於大中六至九年之某年秋。

《爲人上裴相公啓》約作於本年四月。

《上崔相公啓》亦係代人所擬，其下限在本年崔鉉罷相之前。

唐宣宗大中十年丙子（八五六）　五十六歲。貶隋縣尉，旋居襄陽幕。

《唐摭言》卷十一《無官受黜》：『開成中，温庭筠才名籍甚。然罕拘細行，以文爲貨，識者鄙之。無何，執政間復有惡奏庭筠攪擾場屋，貶隋州縣尉。時中書舍人裴坦當制，忸怩含毫久之。時有老吏在側，因訊之升黜，對曰：「舍人合爲責辭。何者？入策進士，與望州司馬一齊資。」坦釋然，故有「澤畔長沙」之比。』

《東觀奏記》卷下：『勅：「鄉貢進士温庭筠早隨計吏，夙著雄名。徒負不羈之才，罕有適時之用。放騷人於湘浦，移賈誼於長沙。尚有前席之期，未爽秋毫之思。可隨州隨縣尉。」舍人裴坦之詞也。庭筠字飛卿，彦博之裔孫也。詞賦詩篇冠絶一時，與李商隱齊名，時號「温李」。連舉進士，竟不中第。至是謫爲九品吏。進士紀唐夫嘆庭筠之寃，贈之詩曰：「鳳凰詔下雖霑命，鸚鵡才高却累身。」人多諷誦。上，明主也，而庭筠反以才廢。制中自引騷人長沙之事，君子譏之。前一年，商隱以鹽鐵推官死。商隱字義山，文學宏博，牋表尤著於人間。自開成二年升進士第，至上（指宣宗）十二年，竟不升於王廷，而庭筠亦恓恓不涉第□□□□者，豈以文學爲極致，已靳於此，遂於禄位有所愛耶？不可得而問矣。』

《金華子雜編》卷上：『段郎中成式，博學精敏，文章冠於一時……牧廬陵日……爲廬陵頑民妄訴，逾年方明其清白，乃退隱於峴山。時温博士庭筠，方謫尉隨縣，廉帥徐太師商留爲從事，與成式甚相善，以其古學相遇，常送墨一鋌與飛卿，往復致謝，遞搜故事者九函，在禁集中。爲其子安節娶飛卿女。』

按：庭筠貶隋縣尉之年，如據《東觀奏記》之記載，當在大中十三年。因李商隱於大中十二年以鹽鐵推官死，其事在庭筠貶隋縣尉之『前一年』，則庭筠之貶當在大中十三年。故夏承燾《温飛卿繫年》即據此書庭筠之貶爲隋縣尉於大中十三年，《唐五代文學編年史》從之。然庭筠既以執政惡奏其攪擾場屋（當指其大中九年吏部宏詞試時爲柳熹之子柳翰代筆作賦之事，也可能兼指其應進士試時『潛救八人』之事）而獲譴，則其謫隋縣尉之時間當離事發後不遠。試看宏詞試漏泄題目事發後，對裴諗等有關責任官吏之處分甚嚴，即可見對此案中代人假手作賦、『攪擾場屋』之庭筠之處分必不至於延至事隔四年之後的大中十三年。問題的關鍵在於裴坦草貶制究在何時。裴坦爲中書舍人，雖在大中十一年四月至十三年十一月期間，但十一年四月之前，已爲職方郎中、知制誥。《新唐書·裴坦傳》：『令狐綯當國，薦爲職方郎中、知制誥，而裴休持不可，不能奪。故事，舍人初詣省視事，由丞相送之，施一榻堂上，壓角而坐。坦見休，重愧謝。休勃然曰：「此令狐丞相之舉，休何力！」顧左右索肩輿亟出，省吏眙駭，以爲唐興無有此辱。人爲坦羞之。」』此事當據《東觀奏記》卷中：『以楚州刺史裴坦爲知制誥，坦罷職赴闕，宰臣令狐綯擢用，宰臣裴休以坦非才，不稱是選，建議拒之，力不勝。坦命既行，至政事堂謁謝丞相。故事，謝畢，便於本院上事，四輔送之，施一榻，壓角而坐。坦巡謁執政，至休廳，多輸感謝，休曰：「此乃首台繆選，非休力也。」立命肩舁便出，不與之坐。兩閣老吏云：「自有中書，未有此事也。」人多爲坦羞之。』可見裴坦之任職方郎中、知制誥，當在大中十年十月裴休罷相之前，而唐人習慣，他官知制誥者亦可稱舍人，或謂行中書舍人事，上引《新唐書·裴坦傳》稱時任職方郎中、知制誥之裴坦爲「舍人」，可資佐證。故裴坦草庭筠貶制之時間，完全可以在大中十年十月之前已爲職方郎中、知制誥時。而大中十年春，徐商已由河中節度使調任山南東道節度使，如庭筠大中十年十月前被貶隋縣尉，與徐商留署襄陽巡官，時間亦正相吻合。

庭筠貶隋縣尉在大中十年，其《上首座相公啓》亦提供了内證。啓有云：『昨者膏壤五秋，川途萬里，遠違慈訓，就此窮棲。將卜良期，行當杪歲。』明言自己近五年來在遠離京城的膏壤之地『就此窮棲』，眼下已值歲末，行當離此他適，另卜良遇。對照庭筠生平行蹤，所謂『膏壤五秋』的『窮棲』，只能指居襄陽徐商幕這段時間的生活（自大和初至咸通七年，其生平行蹤大體可考，除居襄陽幕外，别無京城外五秋窮棲之生活經歷）。其離襄陽幕之時間，當在咸通元年歲杪，即徐商罷鎮襄陽内徵以後。自咸通元年逆數『五秋』，正大中十年。然則庭筠之貶隋縣尉，當在大中十年。此啓所上之『首座相公』，指白敏中。敏中大中十三年十二月自荆南再次入相，懿宗《授白敏中弘文館大學士等制》：『敏中可兼充太清宫使、弘文館大學士。』唐制宰相四人，首相例兼太清宫使。白敏中在同時四相（另三相爲杜審權、蔣伸、畢諴）中，年資位望最高，故此『首座相公』指白敏中。或謂此『首座相公』指温造。但温造根本没有當過宰相，更不用説是首相。唐人詩文稱『首座相公』或『首相』『首輔』者，必爲現任宰相中之居首位者，絶不可能稱從未當過宰相者爲『首座相公』。此與稱『相公』者可以是曾任宰相現已卸任者、甚至是帶同中書門下平章事出鎮者乃至方鎮加同中書門下平章事者不同。至於《東觀奏記》有關庭筠貶官時間之記載，因與庭筠《上首座相公啓》所提供的第一手材料不合，只能存疑。

貶隋縣尉前，有《上裴舍人啓》。裴舍人即裴坦，時任職方郎中、知制誥。

至襄陽，爲山南東道節度使徐商留署巡官。事載兩《唐書》本傳及《金華子雜編》等，已見上引。隋州爲山南東道節度使所轄。徐商與庭筠早已結識，徐商鎮河中時，庭筠曾游其幕。庭筠此次適貶其屬郡爲縣尉，故徐商予以照顧，留使府署爲巡官。

據戴偉華《唐方鎮文職幕僚考》，大中十年至咸通元年徐商鎮襄陽期間，幕府文職僚屬有温庭筠（巡官）、韋蟾（掌書記）、温庭皓（庭筠弟，幕職不詳）、王傳（觀察判官）、李鷺（副使）、盧鄯（幕職不詳）、元繇（帶御史中丞銜，幕職不詳）。段成式則於大中十二年起游襄陽幕，與幕中諸文士詩文唱和。余知古則以進士從諸人游。段成式後輯諸人唱和之作爲《漢上題襟集》十卷。

唐宣宗大中十一年丁丑（八五七）　五十七歲。在襄陽幕。

唐宣宗大中十二年戊寅（八五八）　五十八歲。在襄陽幕。

是年春，李億登進士第，爲狀元。庭筠《送李億東歸》作於此前某年春在長安時。

段成式隱於峴山，游襄陽幕。上元日（正月十五）有《觀山燈獻徐尚書三首并序》，序云「尚書東莞公（指徐商）鎮襄之三年」。本年歲暮，李商隱卒於鄭州。

唐宣宗大中十三年己卯（八五九）　五十九歲。在襄陽幕。

在襄陽幕期間，與段成式詩文唱和。現存詩有《答段柯古見嘲》，文有《答段成式書七首》，又有《和元駱襄陽公宴嘲段成式詩》《光風亭夜宴妓有醉毆者》及《錦鞵賦》。以上詩、文、賦，當作於大中十二年至十三年段成式游襄陽幕期間。

《燒歌》作於大中十年至咸通元年居襄陽幕期間之某年春。

歲末，白敏中自荆南節度使征入再次拜相。庭筠有《上司徒白相公啓》（題擬，原題《上蕭舍人啓》，顯誤。考辨詳見《温庭筠文箋證暨庭筠晚年事跡考辨》）。啓有『今者再振萬機，重宣五教』，即指其再次拜相事。又有『四海遐瞻，共卜歸還之兆，一陽初建，便當霖雨之期。』啓當上於大中十三年十二月聞白敏中再次拜相消息後不久，敏中尚在荆南未歸朝時。

唐懿宗咸通元年（八六〇） 六十歲。在襄陽幕。歲杪赴江陵。

本年十一月之前，徐商罷鎮襄陽，詔徵赴闕，爲刑部尚書，諸道鹽鐵轉運使。李騭《徐襄州碑》：『大中十四年，詔徵赴闕。』是年十一月改元咸通。

庭筠罷襄陽幕。歲杪，有《上首座相公啓》，首座相公指白敏中。啓有『昨者膏壤五秋，川途萬里。遠違慈訓，就此窮棲。將卜良期，行當杪歲。通津加歎，旅舍傷懷。』所謂『膏壤五秋』、『就此窮棲』，即指在襄陽幕爲巡官首尾五秋。『將卜良期，行當杪歲』，表明歲末將離襄陽他往，另卜良期。

《上宰相啓二首》或爲上夏侯孜之啓。啓一有『銀黄之末，則青草爲袍』之語，其時庭筠已爲着青袍之八、九品官，當在謫隋縣尉爲徐商留署襄陽幕巡官時。啓二有『加以旅途勞止，末路蕭條』之語，其時庭筠或已罷襄陽幕。夏侯孜本年十月己亥罷相出鎮西川，啓二當上於此前。

唐懿宗咸通二年辛巳（八六一） 六十一歲。在荆南節度使蕭鄴幕。

本年春，自襄陽抵江陵，在荆南節度使蕭鄴幕爲從事。《上令狐相公啓》云：『敢言蠻國參軍，纔得荆州從事。自頃藩牀撫鏡，校府招弓。《戴經》稱女子十年，留於外族；稽氏則男兒八歲，保在故人。藐是流離，自然飄蕩。叫非獨鶴，欲近商陵；嘯類斷猿，況鄰巴峽……今者野氏辭任，宣武求才。倘令孫盛緹油，無慚素尚。蔡邕編録，偶獲貞期。微迴謦欬之榮，便在陶鈞之列。』此啓上於本年令狐綯自河中節度使移任宣武節度使時。『敢言蠻國參軍，纔得荆州從事』二語，上句用郝隆爲桓温參軍事。《世説新語·排調》：『郝隆爲桓公參軍。三月三日會作詩，不能者罰酒三升。隆初以不能受罰。既飲，攬筆復作一首云：「娵隅躍清池。」桓曰：「娵隅是何物？」答曰：「千里投公，始得蠻府參軍，那得不作蠻語也。」』時桓温『爲都督荆梁四州諸軍事、安西將軍、荆州刺史，領護南蠻校尉，假節』（《晉書》本傳），駐節荆州。古稱長江流域中游荆州一帶爲『蠻荆』。下句用王粲依劉表事。《三國志·魏書·王粲傳》：『詔除黄門侍郎，以西京擾亂，皆不就，乃至荆州依劉表。』兩句均用古人在荆州爲從事之典，借指己爲荆州從事，可謂精切不移。庭筠另有《上紇干相公啓》（題有誤，唐無紇干姓爲相者），有『間關千里，僅爲蠻國參軍；荏苒百齡，甘作荆州從事』之語，亦可資佐證。故此二啓之『荆州從事』、『蠻府（國）參軍』乃實指自己在荆州幕府爲從事。聯繫《上令狐相公啓》『嘯類斷猿，況鄰巴峽』之語，更可證其時庭筠居於鄰近巴峽之江陵（此句用《水經注·江水·三峽》『高猿長嘯，屬引凄異』『朝發白帝，暮到江陵』之典）。若謂『以荆州從事代署襄陽巡官之事』，則不切矣。荆、襄雖鄰接，然爲二鎮，不可借代。《上首座相公啓》明言自己在『膏壤』之地『窮棲』『五秋』之後『將卜良期，行當杪歲』，將離襄陽另卜良期，其所往之地即荆州，其所任之職即荆州從事。大中十三年十二月白敏中離荆南節度使任入朝爲相後，繼任者爲蕭鄴（大中十三年十二月至咸通三年在任）。庭筠早在大中六年即有《上翰林蕭舍人》七律，末聯云：『每過朱門愛庭樹，一枝何日許相容？』表現出强烈的依投願望，故此次罷襄幕後即赴荆州依蕭鄴。庭筠當於咸通元年歲杪啓程，於二年春初抵江陵，在蕭鄴幕爲從事。

在荆南幕之同僚有段成式、盧知遒、沈參軍等人。《唐文拾遺》卷三十二盧知遒《盧鴻草堂圖後跋》云：『咸通初，余爲荆州從事，與柯古（段成式字）同在蘭陵公（蕭鄴）幕下。』

在荆南幕期間，有《答段柯古贈葫蘆管筆狀》，其中有『庭筠累日來……荆州夜嗽』之語，當在荆幕時作。今人或列於襄幕時，或收入新輯之《漢上題襟集》中，殆誤。又有《和沈參軍招友生觀芙蓉池》，詩有『楚澤』字，當荆幕唱和之作。《細雨》有『楚客秋江上，蕭蕭故國情』之語，係咸通二年秋荆幕思鄉之作。《開聖寺》亦本年秋作。

《西江貽釣叟騫生》有『春朝』及『梅謝楚江頭』等語，或爲咸通二年春在荆幕作。又有《游南塘寄知者》詩，詩有『楚水』及『杜陵秋思』語，題有『南塘』字，與《渚宫晚春寄秦地友人》詩意及詩語合，與《和沈參軍招友生觀芙蓉池》之『南塘煙霧枝』語亦合，係咸通二年秋荆幕作。《渚宫晚春寄秦地友人》詩有『鳧雁野塘水』、『秦原』、『灞浪』及『思歸』語，係咸通二年春荆幕思歸之作，説明其時庭筠家居仍在鄠郊。《送人東歸》有『鄠門山』字，寫景切秋令，係本年秋荆幕送人東歸之作。《寄渚宫遺民弘里生》係與段成式宴别後寄贈之作，『渚宫遺民』指段成式，其父文昌起即居荆州。『弘里』謂其弘顯故里也。

唐懿宗咸通三年壬午（八六二）　六十二歲。春仍在荆幕。夏末秋初已在長安或洛陽。

《和段少常柯古》有『野梅江上晚，堤柳雨中春』之句，其時仍居荆幕，而段成式已入爲太常少卿。

《和太常段少卿東都修行里有嘉蓮》有『故持重豔向西風』之句，寫景值夏末秋初。而據《南楚新聞》，段成式卒於咸通四年六月。故此詩當作於咸通三年六月末或七月初。味詩意，庭筠此時已回長安，或即作於洛陽。

唐懿宗咸通四年癸未（八六三）　六十三歲。閑居長安。

本年六月，段成式卒。《太平廣記》卷三五一引《南楚新聞》：『太常（少）卿段成式，相國文昌子也，與舉子温庭筠親善。咸通四年六月卒。庭筠閑居輦下。是歲十一月十三日冬至大雪（下略）。』《舊唐書·温庭筠傳》：『咸通中，失意歸江東，路由廣陵，心怨令狐綯在位時不爲成名。既至，與新進少年狂遊狹邪，久不刺謁，又乞索於揚子院，爲虞候所擊，敗面折齒，方還揚子訴之。令狐綯捕虞候治之，極言庭筠狹邪醜跡，乃兩釋之。自是汙行聞於京師。庭筠自至長安，致書公卿間雪冤。』《新唐書·温廷筠傳》：『不得志，去歸江東。令狐綯方鎮淮南，廷筠怨居中時不爲助力，過府不肯謁。丐錢揚子院。夜醉，爲邏卒擊折其齒，訴於綯。綯爲劾吏，吏具道其汙行，綯兩置之。事聞京師，廷筠遍見公卿，言爲吏誣染。』

按：據《舊唐書·令狐綯傳》：『（咸通）三年冬，遷揚州大都督府長史、淮南節度副大使、知節度事。』其到揚州任當已在咸通四年初。庭筠之歸江東，路由廣陵，爲虞候所擊敗面折齒之事，如確有其事，當發生在四年春令狐綯到任之後至最遲本年六月庭筠已在長安閑居的一段時間内。然此事頗有可疑之處：其一、此事不見於晚唐五代各種筆記小説之記載。兩《唐書》關於此事之記載相當詳細具體，按常理説，當有所本，然竟不見當時記載。其二、此事在庭筠現存詩文中，也找不到任何有力之佐證。顧學頡《新舊〈唐書〉温庭筠傳訂補》舉《春日將欲東歸寄新及第苗紳先輩》證其歸江東，舉《上裴相公啓》證其旅游淮上受辱，均誤。詩爲會昌元年春自長安東歸吴中舊鄉前作，苗紳係會昌元年進士。啓爲大中六年八月裴休拜相後所上，啓中所言『旅游淮上』乃大和九年事，均與兩《唐書》所載咸通中失意歸江東路由廣陵事無涉。其三、此事在情節上與大和末游江淮爲姚勖所笞逐之事頗多相似之點，如均有游狹邪之情節，均與從揚子院得厚遺或索錢有關，又均受到笞辱。以六十三歲之老翁，即使風流成性，游狹邪之事容或有之，何至乞索於揚子院，遭虞候之擊而敗面折齒，在同一地點重演三十年前之荒唐行迹而竟忘却己已爲此付出長期之沉重代價？殊令人難以理解。更重要的是：咸通四年自江陵歸江東路由廣陵之記載與咸通三年夏末秋初在長安或洛陽作之《和太常段少卿東都修行里有嘉蓮》直接衝突。如咸通三年夏末秋初已在長安或洛陽，咸通四年初豈能忽又由江陵歸江東？即使撇開此詩不論，時間上亦存在問題。設令庭筠春天啓程回江東，至廣陵當已在春暮甚至夏初。至廣陵後『狂遊狹邪』、『久不刺謁』，又過若干時日。至乞索揚子院遭折辱而訴之令狐綯，綯處置其事，又需時日，然後庭筠方由廣陵返長安，二地相距二千七百餘里，至少需時四五十日。而至遲在本年六月，庭筠已『閑居輦下』，然則在時間上又豈敷分配？頗疑兩《唐書》對此事之記載，乃是誤讀《上裴相公啓》的結果，以爲啓中所云『旅遊淮上』乃咸通中事，將啓内『射血有寃』、『靡能昭雪』理解爲上書公卿間雪寃，而又雜采《玉泉子》遊狹邪遭笞逐之情節，從而添出這樣一段找不到出處與佐證，充滿疑點的情節。史傳編撰者在缺乏傳主可靠材料的情況下，往往因誤讀傳主詩文而誤載傳主事跡，不但温庭筠，同時代的李商隱也有這種情形。

唐懿宗咸通五年甲申（八六四）　六十四歲。閑居長安。

本年有《爲前邕府段大夫上宰相啓》。前邕府段大夫，指段文楚，唐德宗時著名忠臣段秀實之孫，曾兩任邕管經略使。第一次約大中九年至十二年二月。第二次爲咸通二年七月至三年二月。御史大夫爲其第二次臨邕管時所帶憲銜。啓内提及其初任邕管、離任，再任邕管、罷任及其後『僑居乞食，蓬轉萍飄』之困境，希望宰相『録其勳舊，假以生成』。並敍及『今者九州徵發，萬里喧騰，憑賊請鋒，已至城下』之情事，指咸通五年，『康承訓至邕州，蠻寇（指南詔侵擾）益熾，詔發許、滑、青、汴、兗、鄆、宣、潤八道兵以授之』（《通鑑》）。故此啓應作於咸通五年。段文楚咸通三年二月左遷威衛將軍分司，此時或仍在東都。

唐懿宗咸通六年乙酉（八六五）　六十五歲。在長安。約六月以後，因宰相徐商之薦，任國子監助教。

庭筠曾任國子監助教，見其大中七年十月六日《牓國子監》署名，及其弟廷皓所撰《唐國子助教温庭筠墓誌》。其始任國子助教之時間，可能在本年六月以後。《舊唐書·温庭筠傳》：『庭筠自至京師，致書公卿間雪寃。屬徐商知政事，頗爲言之。』《新·傳》亦謂：『俄而徐商執政，頗右之，欲白用。』據《新唐書·宰相表》，咸通六年六月，徐商爲相。庭筠之爲國子助教，當因徐商之薦。《新唐書·百官志》：國子監『助教五人，從六品上，掌佐博士分經教授。』《題韋籌博士草堂》約作於本年或七年十月前。

唐懿宗咸通七年丙戌（八六六）　六十六歲。在長安。任國子監助教，主秋試。冬，貶方城尉，旋卒。

本年春，有《休澣日西掖謁所知因成長句》，當爲任國子監助教期間謁徐商之作。『西掖』指中書省。視『休澣日』語，庭筠當時已在朝中任職。考之庭筠生平，唯一在朝任職之時間即咸通六、七年任國子助教時。詩有『春畹晚』語，當作於咸通七年春。

本年秋，以國子監助教身份主國子監秋試。十月六日，將考試合格之士子所納詩賦牓示於衆，準備報送禮部，參加明春進士試。榜文云：『右前件進士所納詩篇等，識略精微，堪裨教化；聲詞激切，曲備風謡。標題命篇，時所難著。燈燭之下，雄詞卓然。誠宜榜示衆人，不敢獨專華藻。並仰榜出，以明無私。仍請申堂，並榜禮部。咸通七年十月六日，試官温庭筠榜。』榜文中所稱『前件進士所納詩篇』，係指考試合格的士子所納之省卷，爲禮部規定凡舉進士者必須交納之詩文，時間一般爲考試前一年之冬天。所納者係『舊文』，即作者從自己擅長的各種文體中選出一部分佳作納獻於禮部。故這批作品既要在進行秋試之國子監公佈，又要在禮部榜示。也就是説，榜示者並非國子監秋試時按統一命題作的詩文，這類作品因受考試題目的限制，不可能有多少佳作，更無所謂『標題命篇，時所難著』的情況。而舉子從平日所作舊文中選送者，方可能如榜文所稱之『識略精微，堪裨教化；聲詞激切，曲備風謡』、『雄詞卓然』。明乎此，方能弄清庭筠因此榜文及榜示之舊文引起之嚴重後果。

胡賓王《邵謁集序》云：『（謁）尋抵京師隸國子，時温庭筠主試，乃榜三十餘篇以振公道。』《唐才子傳》卷九《邵謁傳》亦云：『苦吟，工古調，咸通七年抵京師，隸國子監。時温庭筠主試，憫擢寒苦，乃榜謁詩三十餘篇以振公道。』《唐詩紀事》卷六十七《李濤傳》云：『温飛卿任太學博士，主秋試，濤與衛丹、張郃等詩賦，皆榜於都堂。』知此次所榜有邵謁、李濤、衛丹、張郃等士子之詩賦。

顧學頡《新舊〈唐書〉温庭筠傳訂補》云：『細玩兩書本傳「頗爲言之」、「欲白用」文意，徐商爲相時，庭筠必曾補官，否則，「楊收疾之，遂貶」、「遂廢」之語蹈空矣。如本閑居無官，楊收又何以疾而廢之耶……庭筠七年十月在國子監，而楊收罷相在八年……其爲楊收所疾當在七年十月之後，八年楊罷相之前。況榜文有「聲詞激切」、「時所難著」之語，或是邵謁所爲詩篇諷刺朝政，而庭筠榜之，遂觸忌而遭廢耶？』又引《唐才子傳》卷九《温憲傳》云：『温憲，庭筠之子也。龍紀元年李瀚榜進士及第。出爲山南節度使府從事，大著詩名。詞人李巨川草薦表，盛述憲先人之屈，辭略曰：「蛾眉見妬，明妃爲出國之人；猿臂自傷，李廣乃不侯之將。」上讀表惻然稱美。時宰相亦有知者，曰：「父以竄死，今孽子宜稍振之，以厭公議，庶幾少雪忌之恨。」上頷之。』陳尚君《温庭筠早年事跡考辨》從顧說，謂庭筠貶死之最明顯原因，當即爲榜詩觸及時諱。梁超然《温庭筠考略》聯繫邵謁《歲豐》詩對豪强之抨擊、《論政》詩對時政之譏刺作進一步具體論證。此處需强調指出，『父以竄死』一語，明確指出庭筠係被貶竄而死，故《舊·傳》『楊收怒之，貶爲方城尉』之記載是可信的，證以紀唐夫《送温庭筠尉方城》詩，其事更爲確鑿。而『再貶隋縣尉，卒』之記載則誤。貶隋縣尉在大中十年，係因『攪擾場屋』而貶，已見前。庭筠之卒，在咸通七年，其弟庭皓撰《唐國子助教温庭筠墓誌》署咸通七年可證。十月六日猶在國子監爲助教，而最遲本年末即卒，可見从牓示詩賦到被貶、到竄死，前後時間不過兩個多月，其罹禍之速之烈可以想見。據『竄死』語，庭筠可能即卒於貶所方城。

庭筠弟庭皓，大中十年至咸通元年爲山南東道節度使徐商幕從事。咸通七年至九年，爲武寧軍節度使崔彦曾團練巡官。九年冬，龐勛反，殺崔彦曾，以刃脅庭皓，使爲表求節度使，庭皓拒之，曰：『我豈以筆硯事汝邪？其速殺我。』十年四月，爲龐勛所殺。兩《唐書》有傳。

子温憲，屢舉進士不第，曾爲山南西道節度使府從事，府主楊守亮頗重之，命李巨川草薦表，盛述其先人之屈，龍紀元年（八八九）方登進士第。憲有詩名，咸通中與許棠、張喬、鄭谷等號稱『咸通十哲』。事見《唐摭言》卷十、《唐才子傳》卷九。

有姊適趙顓，見《玉泉子》。又有姊或妹適吴興沈氏，見《北夢瑣言》卷四。

女適段成式子安節。見《南楚新聞》《金華子雜編》卷上。

重印後記

《温庭筠全集校注》初印時，未及收録《類説》《紺珠集》等書所摘録之《乾𦠆子》片斷。近承臺北大學王國良教授親至圖書館調閱有關資料，複印惠寄，得以據此補入《乾𦠆子》佚文二十一則，至爲感謝。南京大學古典文獻研究所博士生趙庶洋同志爲我提供了上圖所藏清抄宋本《類説》、南圖所藏明抄殘本《類説》所摘録之《乾𦠆子》，得以與國良教授所提供之明嘉靖抄本《類説》比勘，進行增補改正，亦在此致謝。初印本出版後，學生黄皓峰君用秀野草堂原本與上古本温集對校，並細緻地校讀了全書，發現並改正了不少誤字和與本書凡例不一致的標號；韓震軍君幫我複印了四庫本《紺珠集》所摘録的《乾𦠆子》佚文，亦一併致謝。又，在此書撰寫過程中，鄧小軍君用電腦幫我查找了部分生僻典故，丁放、沈文凡君爲我提供了有關温庭筠的論文或詞評的複印件：均趁此次重印的機會，表示謝忱。

劉學鍇

二〇一二年三月十五日